암병동

홍　　　신
세 계 문 학
0　　1　　8

암병동
Раковый Корпус

알렉산드르 솔제니친 지음
홍가영 옮김

홍
신
문
화
사

/ 제2부 /

코스토글로토프 레닌그라드 대학생 시절 서클에서 불만을 털어놓았다는 이유로 체포되어서 수용소로 끌려가고, 다시 중앙아시아 카자흐의 시골마을 우시 체레크로 영구추방된 인물. '암 치료'라는 명목으로 환자의 인권을 무시하는 의료진과 사사건건 충돌한다.

루사노프 지방 K시에서 밀고로 신분상승을 이뤄서 스탈린 정부의 중앙 요직에 안착한 관료. 스스로는 노동자 출신이라고 말하지만 부르주아 계급을 뛰어넘는 특권의식에 사로잡혀 있다. 어느 날 갑자기 들이닥친 종양과 스탈린 시대의 붕괴 때문에 전전긍긍한다.

예프렘 전형적인 노동자 계급 출신. 삶을 후회 없이 즐기며 살다가 닥친 죽음의 위기 앞에서, 톨스토이의 '사람은 무엇으로 사는가'라는 물음에 빠져든다.

돈초바 성실하기 그지없는 암 전문의. '엑스선'이라는 획기적인 치료법이 나오자 환자들에게 1분 1초라도 더 엑스선을 조사하려고 야근도 불사하는데, 십수 년 후에 '방사선 장해'라는 치명적인 부작용이 드러나자 그 모순에 괴로워한다.

간가르트 돈초바의 수제자. 학계에 알려진 치료법을 절대로 의심하지 않고 그대로 믿고 따르는 착실한 의사. 독일계 러시아인인데, 첫사랑이 전쟁 중에 전사한 아픔을 가지고 있다.

조야 의과대학에 다니는 간호사. 전쟁 때문에 할머니와 함께 고향을 떠나 이곳으로 피난왔다. 생활력이 강하고 현실적이다.

레프 레오니도비치 외과의사. 메스로 집도할 능력이 안 되는 낙하산형 의사들 때문에 과도한 수술 스케줄에 시달린다.

니자무트진 암병동 책임자. 청탁으로 의사를 채용하고, 위독한 환자를 내쫓아서 '병원 완치율'을 높이는데 최선을 다한다.

슐루빈 대학교수였다가 지방시 도서관 사서로 전락한 지식인.

엘리자베타 아나톨리예브나 병원 잡역부. 온 가족이 추방당해서 뿔뿔이 흩어져서 살아간다.

/ 제1부 /

1. 절대로 암은 아니다

암병동癌病棟은 달리 제13병동이라 불렸다. 파벨 니콜라예비치 루사노프는 미신을 믿는 사람이 아니고 또 믿을 이유도 없었지만, 입원신청서에 '제13병동'이라 적힐 때 가슴이 철렁 내려앉았다. 외과병동이나 내과병동에 13이라는 숫자를 붙이지는 않았을 테니까. 그러나 지금 의지할 수 있는 곳은 이곳뿐이다.

"하지만 선생님, 저는 암은 아니지요? 그렇지요?"

애원하듯 물으면서 루사노프는 오른쪽 턱밑 종양을 슬며시 만져 보았다. 그것은 보기에 나쁘지 않은 흰 피부 아래에서 날마다 커지고 있었다.

"네, 네, 물론 아니죠."

큰 몸집의 돈초바는 건성으로 대답해 주면서 서둘러 병상카드를 기입했다. 짧은 곱슬머리에 흰머리가 희끗희끗 섞이기 시작한 중년의 여의사는 글을 쓸 때만 모서리가 둥근 사각 안경을 썼다. 안색이 창백하고 피곤해 보였다.

　이것이 며칠 전 외래진찰실에서 있었던 일이다. 외래진찰실에서 암병동으로 지정받은 것만으로도 밤잠을 설칠 일인데, 돈초바는 루사노프에게 되도록 빨리 입원해야 한다고 말했던 것이다.

　생각지도 않았던 이 병이 2주 전 예고 없는 회오리처럼 편안하고 행복하던 루사노프를 덮쳤다. 하지만 지금 그를 우울하게 만드는 것은 병 그 자체보다도 예전에 입원했을 때처럼 큰 병실로 옮기는 일이었다. 그래서 그는 서둘러서 예브게니 세묘노비치, 옌자핀, 울리마즈바예프에게 전화를 걸었고, 그들이 여러 곳에 연락을 취해서 이 병원에 특실이 있는지, 아니면 작은 방을 임시로 특실로 쓸 수 있는지를 알아봐 주었다. 병원이 워낙 좁아서 뜻대로 되지 않았다. 다만 주임의사를 통해서 '치료실, 욕실, 탈의실은 공동으로 쓰지 않아도 좋다.'는 허락만 겨우 받았다.

　장남 유라가 청색 모스크비치 자가용으로 제13병동 입구까지 아버지와 어머니를 모셔 왔다. 몹시 추운 날이었는데 퀭한 돌층계 위에 낡은 무명 가운만 걸친 두 여인이 몸을 움츠리고 서 있었다. 루사노프는 그 꾀죄죄한 가운부터 시작해서 이 병원의 모든 것이 불쾌하게 느껴졌다. 사람들의 발길에 닳은 시멘트 바닥, 환자들의 손때로 광택을 잃은 문 손잡이, 낡아빠진 대합실 마룻바닥, 몹시 불결해 보이는 올리브색의 벽면 널빤지, 얄팍한 판자를 이어서 만든 벤치……. 그 벤치마저 부족해서 환자들이 바닥에 주저앉아 있었다. 솜저고리를 입은 우즈베크 남자들, 흰 두건을 쓴 노파들, 초록이나 빨강이나 파랑 두건을 쓴 처녀들 모두가 장화나 덧신을 신고 있었다. 벤치는 외투자락을 마룻바닥에 늘어뜨린 러시아 청년이 독차지하고 누워 있었다. 앙상하게 뼈만 남은 몸에 배만 유난히 불룩하게 나온 이 청년은 시도 때도 없이 고통스러운 비명을 질러댔다. 루사노프는 그 울부짖음에 정신이 아찔해지면서 마치 이 청년이 자기를 대신해서 울부짖는 것처럼 느껴졌다. 루사노프는 입술까지 파리해져서 중얼거렸다.

"카파, 이런 곳에선 난 죽고 말겠어, 안 되겠어, 돌아갑시다."

카피톨리나 마트베예브나는 남편의 손을 꽉 잡았다.

"돌아가다니요! 돌아간 다음에 어떡하겠다는 거예요?"

"어떡하긴, 모스크바 병원을 알아봐야겠지."

아내는 고개를 돌려서 남편을 보았다. 구릿빛 곱슬머리를 짧게 잘라서 머리가 유달리 커 보였다.

"여보! 모스크바 병원은 대답을 듣기에도 2주가 걸리고 그러고서 안 될 수도 있어요. 그때까지 기다릴래요? 매일 아침 볼 때마다 더 커지고 있는데?"

아내가 남편 손목을 힘주어 잡았다. 루사노프는 직장 일에는 결단력이 있었지만, 가정에서는 모든 것을 아내에게 맡겼다. 큰일은 모두 아내가 빠르고 믿음직스럽게 처리해 주었기 때문이다.

하지만 그때 벤치 청년이 몸을 뒤틀며 고함을 지르자 루사노프는 다시 마음이 흔들렸다.

"집에서 치료를 받을 수도 있을 거야! 돈만 내면⋯⋯."

"여보! 제가 이미 왕진도 알아봤어요. 그런데 여기 의사들은 아무리 돈을 많이 줘도 왕진을 하지 않는대요. 치료에 필요한 시설이 다 여기에 있어서 안된대요."

부인은 남편의 기분을 잘 알고 있다고 타일렀다. 루사노프도 안 된다는 것을 알고 있었다. 그저 투정부려서 말해본 것뿐이다.

암 종양 주치의 니자무트진 바흐라모비치와의 약속으로는 오후 2시에 1층 층계 앞에서 수간호사를 만나기로 되어 있었다. 하지만 층계에는 목발을 짚고 내려오는 환자 한 명만 있을 뿐, 수간호사는 보이지 않았다. 계단 아래 공간에 위치한 수간호사실도 잠겨 있었다.

"믿을 사람이 없군. 대체 월급을 왜 주는 거야!"

루사노프 부인은 발끈해서 '외투 착용자 출입금지'라고 써붙인 복도 안으로 은빛 여우목도리를 두른 채 성큼성큼 걸어 들어갔다. 대합실에 남겨진 루사노프는 서성대면서 오른쪽 쇄골과 턱 사이를 조심스럽게 만져 보았다. 반 시간만에, 집에서 목도리를 두르면서 마지막으로 거울에 비춰 본 때보다 종양이 훨씬 더 커진 것 같았다. 루사노프는 힘이 쭉 빠져서 주저앉고 싶었다. 그러나 벤치가 불결해 보였고 두건 여인에게 자리를 좁혀 달라고 부탁하기도 마땅찮았다. 두건 여인이 두 발 사이에 꽉 끼고 앉아 있는 보통이의 악취가 약간 떨어져서 서 있는 루사노프에게까지 풍겨왔다. 도대체 이 지방 사람들은 언제쯤이나 청결하고 간편한 '가방'을 들고 여행을 하려는지(하지만 종양이 생긴 마당에 그것이 무슨 상관인가)! 루사노프는 청년의 울부짖음, 병원 내부의 삭막한 풍경, 코를 찌르는 냄새 등에 압도되어서 벽 모서리에 멍하니 기대 서 있었다.

출입문이 열리더니 농부 한 사람이 불쑥 들어왔다. 그는 라벨이 붙은 반 리터들이 유리 용기를 들고 있었는데, 용기 속에 누런 액체가 넘치도록 가득 담겨 있었다. 농부는 그것을 마치 맥주를 들듯 거침없이 눈높이로 치켜올리고 루사노프 앞으로 다가오다가, 그의 물개가죽 모자를 보고 흠칫 멈춰서더니 목발 환자에게로 갔다.

"여보세요, 이걸 어디로 가져가면 되죠?"

목발 환자가 검사실 문을 가리켰다. 루사노프는 갑자기 구역질이 났다.

다시 출입문이 열리면서 흰 가운을 입은 수간호사가 들어왔다. 애교라곤 없어 보이는 길쭉한 얼굴의 간호사가 루사노프를 알아보고 다가왔다.

"미안합니다."

급하게 왔는지 숨을 헐떡였고 뺨이 홍조를 띠었다.

"대단히 죄송합니다! 오래 기다리셨지요? 약품이 방금 도착해서 인수

하느라고 늦었습니다."

루사노프는 뭐라고 나무라고 싶었지만, 어쨌든 기다리는 일이 끝난 것만으로도 다행으로 여겨져서 참았다. 유라가 트렁크와 식료품 주머니를 가져왔다. 아들은 외투도 입지 않고 모자도 쓰지 않았으며, 갈색 앞머리가 이마 위에서 흔들렸다. 그는 침착해 보였다.

"가실까요?"

수간호사는 앞장서서 수간호실로 들어갔다.

"주치의 선생님에게 속옷은 본인 것을 쓰신다고 들었습니다. 파자마는요?"

"상점에서 지금 막 사왔소."

"그럼 됐네요. 헌것이면 소독을 해야 해서요. 여기서 갈아 입으세요."

수간호사는 합판으로 된 문을 열고 불을 켰다. 천장이 비스듬하고 창문이 없는 창고 같았는데, 색연필로 표시된 통계표가 덕지덕지 붙어 있었다. 유라가 말없이 그 안에 트렁크를 날라놓고 나오자, 루사노프가 옷을 갈아 입으러 들어갔다. 그 사이 수간호사는 또 다른 볼일이 있는지 바삐 어디론가 가려는데, 그때 루사노프 부인이 돌아왔다.

"이봐요, 간호사 아가씨. 무척 바쁘군요."

"네, 조금……."

"당신 이름이 뭐죠?"

"미타예요."

"색다른 이름이네. 러시아 태생이 아닌가 보죠?"

"독일입니다."

"당신 때문에 꽤 오래 기다렸잖아요."

"정말 미안합니다. 약품을 인수하느라고……."

"미타 양, 당신에게 꼭 일러둘 말이 있는데, 내 남편은 요직에 있는 사람이에요. 중요인물이란 말예요. 파벨 니콜라예비치 루사노프."

"파벨 니콜라예비치 루사노프 씨, 알았습니다. 기억하겠어요."

"그래서 말인데, 전속 간호사를 붙여줄 수 있어요?"

미타의 얼굴이 어둡게 변했다.

"이 병동은 수술실 간호사를 빼면, 환자 60명에 주간 간호사가 3명입니다. 야간 근무는 2명이고요."

"내 말이 그거예요! 갑자기 일이 생겨서 불러도 와 줄 사람이 없잖아요."

"그렇지 않습니다. 호출이 오면 어떤 환자든 재빨리 달려갑니다."

'어떤 환자든이라니!'

수간호사가 이렇게 말하는 이상 더 부탁해도 소용이 없을 듯했다.

"간호사들이 교대도 하죠?"

"네, 열두 시간마다요."

"그렇게 무책임할 수가! 겁이 나네요. 내가 우리 딸애하고 둘이서 교대로 간호할까 봐! 내 돈을 내서 전속 간호사를 둘 수는 있을까요?"

"안 됩니다. 그런 전례가 없었고, 병실에 의자 놓을 자리도 없어요."

"기막혀, 정말 형편없는 병실이군! 꼭 보고 가야겠어요! 도대체 침대는 몇 개나 있지요?"

"아홉 개 있습니다. 그래도 병실에 들어가는 사람은 운이 좋은 편이죠. 새로 들어오는 환자들은 층계 밑이나 복도에 누워 있는 형편이에요."

"그렇다면…… 당신에게 부탁할게요. 당신이 수간호사이니까, 간호사랑 잡역부에게 루사노프를 특별히 보살펴 달라고 부탁해 줘요……."

루사노프 부인은 검은 핸드백을 열고 50루블짜리 지폐 석 장을 꺼냈다. 곁에 서 있던 아들이 조용히 외면했다. 미타는 양손을 등 뒤로 돌렸다.

"아녜요, 안 됩니다! 그런 부탁은……."

"그냥 주는 게 아니라……." 루사노프 부인은 펼쳐진 지폐를 수간호사의 가슴팍에 들이밀었다. "규칙에 따르자면 아무 혜택도 못 받으니까 어떡하겠어요! 이건 일에 대한 보수로 주는 거예요. 당신이 그들에게 잘 봐달라고 부탁 좀 해줘요."

수간호사는 점점 더 냉담해졌다.

"안 된다니까요. 이 병원에서는 그런 일은 하지 않습니다."

작은방 문이 삐걱 열리는 소리와 함께 루사노프가 나왔다. 녹색과 갈색의 새 파자마를 입고, 가장자리에 털가죽을 댄 새 실내화를 신고, 머리카락이 몇 가닥 남지 않은 대머리에 흑갈색의 타타르식 새 모자를 쓰고 있었다. 외투의 깃과 목도리가 없어지니까 턱밑 주먹만 한 종양이 더 무시무시하게 커 보였다. 루사노프는 고개를 똑바로 못 들고 조금 옆으로 기울이고 있었다.

아들이 아버지가 벗어둔 옷을 가지러 작은방에 들어갔다. 부인은 돈을 핸드백에 다시 넣고 걱정스럽게 남편을 바라보았다.

"그렇게 입고 춥지 않을까요? 따뜻한 실내복을 가져다 드릴게요. 여기에 목도리를 넣어두었으니까……." 그녀가 남편의 파자마 호주머니를 벌려서 보여 주었다. "이걸 둘러서 감기들지 않게 하세요!"

털외투로 몸을 꽁꽁 싼 부인은 남편보다 세 배쯤 더 건장해 보였다.

"그럼 병실로 가서 좀 쉬세요. 식료품은 넣어두고, 더 필요한 것이 없는지 잘 생각해 봐요. 전 여기서 기다리고 있겠어요. 내려와 말씀하시면 저녁때까지 무엇이든 가져올게요."

부인은 언제나 차분하게 앞일까지 내다보는 참된 인생의 반려자였다. 루사노프는 고마움과 괴로움이 교차하는 눈빛으로 아내를 쳐다보다가 아들에게로 눈길을 옮겼다.

"유라야, 넌 이제 출장 가야지?"

"밤차로 떠나요."

아들은 언제나처럼 공손하고 차분했다. 모든 것을 담담하게 받아들이는 평소 성격대로, 입원하는 아버지와 쓸쓸하게 이별하는 따위의 감정은 티끌만큼도 안 보였다.

"그래 애, 유라야, 이게 네 첫 출장이지? 처음부터 엄격한 태도를 보여 주어야 한다. 너그러운 태도는 금물이야! 파멸의 근원이 되니까. 유라 루사노프가 아니라 법률의 대표자임을 항상 명심하고 행동해야 한다, 알았느냐?"

유라가 알아듣든 못 알아듣든, 루사노프는 그저 무슨 말이든 하고 싶었다. 뒤에서 미타가 초조하게 기다리고 있었다. 유라가 아버지를 배웅했다.

"저도 어머니와 함께 기다리고 있겠어요. 작별인사는 아직 빠르죠. 다녀오세요, 아버지."

미타가 재빨리 물었다.

"혼자서 걸을 수 있으세요?"

"그래, 혼자서 겨우 서 있을 수 있는 사람을 침대까지 데려다 주지도 않다니. 보따리 정도는 들어다 줘도 되잖소!"

루사노프는 외로운 눈초리로 아내와 자식을 바라보며 부축하려는 미타의 손을 뿌리치고 난간을 꽉 붙잡으면서 층계를 올라가기 시작했다. 심장이 몹시 뛰었다. 층계를 오르느라 그런 것이 아니라, 층계를 다 올라가면 목이 잘리기나 할 듯한 기분이 들었기 때문이다. 수간호사는 보따리를 들고도 계단을 껑충껑충 앞질러서 올라가더니, 위층 간호사에게 큰소리로 뭔가를 지시했다. 그러더니 루사노프가 첫 번째 층계참에 이르기도 전에 벌써 반대쪽 층계로 뛰어내려와서 루사노프 부인에게 '잘 보살펴 드릴 테니 걱정 말라'는 시늉을 해보이고 건물 밖으로 나가 버렸다.

루사노프는 층계참에 도착했다. 오래된 건물에서 흔히 볼 수 있는 널찍하고 긴 층계참이었는데, 거기에 머릿장이 붙어 있는 침대가 두 개 있고, 각각의 침대에 환자가 한 명씩 누워 있었다. 한 명은 중태인지 산소호흡기를 대고 있었다. 루사노프는 그 절망적인 얼굴을 되도록이면 보지 않으려고 서둘러 다시 층계를 올랐다. 층계를 다 오르니 키가 크고 야위고 가슴이 밋밋한 간호사 마리야가 군인처럼 서서 기다리고 있었다. 거무스름한 얼굴은 성상처럼 무표정해서 미소나 호의 따위는 한가닥도 찾아볼 수가 없었다. 마리야는 곧장 층계 옆문으로 들어가며 따라오라는 손짓을 했다. 병실 안에는 중앙 통로를 사이에 두고 침대들이 양옆으로 죽 놓여 있었다. 창문이 없는 벽 모퉁이에 등불이 있고, 그 아래 간호사의 탁자와 처치대가 놓여 있었다. 그 옆쪽 벽에 적십자 표지가 붙은 불투명유리 벽장이 있었다. 마리야는 탁자 앞을 성큼성큼 지나서 환자의 침대 옆으로 더욱 빠른 걸음으로 가면서 깡마른 긴 손으로 가리켰다.

"창가에서 두 번째 침대입니다."

그러고는 재빨리 나가버렸다. 병원의 또 하나 불쾌한 점은 잠시라도 멈춰서서 이야기를 주고받을 여유가 없다는 것이다.

병실 입구의 한쪽 문은 항상 열어 두었지만, 루사노프는 병실에 한발 들여놓는 순간 약 냄새와 뒤범벅이 된 눅눅한 공기에 숨이 턱 막혔다. 냄새에 민감해진 요즘이라서 더 견딜 수 없는 악취였다. 침대가 벽에서 벽까지 꽉 들어찼는데, 침대끼리는 머릿장 너비만큼씩만 떨어져 있었다. 중앙 통로는 두 사람이 겨우 지나다닐 정도의 폭이었다.

중앙 통로에 분홍색 줄무늬 파자마를 입은, 짤막한 키에 어깨가 넓은 밤색머리 환자가 서 있었다. 그는 턱에서 귀밑까지 붕대를 두껍게 동여매고 있었다. 흰 붕대가 목에 바퀴처럼 감겨서 고개를 돌리려면 몸 전체를 돌려야 했다. 밤색머리는 목쉰 소리로 떠들고 있었고, 침대에 누운 환자들은 가만히 듣고 있었다. 루사노프가 들어서자 밤색머리가 몸 전체를 돌려서 루사노프를 싸늘하게 쏘아보았다.

"여기 또 한 사람, 암 환자가 오셨네."

루사노프는 이 버릇없는 말에 대꾸할 기력조차 없었다. 병실 모든 사람들의 시선이 느껴졌지만 우연한 동행인에 불과한 그들과 일일이 인사하기가 귀찮았다. 그냥 밤색머리에게 옆으로 비켜달라는 손짓을 했다. 밤색머리는 길을 비켜서 루사노프를 보내주더니, 루사노프의 침대 앞에 와서 질문을 던졌다.

"당신은 무슨 암이오?"

이미 재빠르게 제 침대에 누운 루사노프는 이 질문에 소스라치게 놀라서 그를 똑바로 쳐다보았다. 그리고 흥분을 누르며 점잖게 말했다(그러나 어깨가 경련하듯 떨렸다).

"암은 아니오. 난 절대로 암은 아니란 말이오."

밤색머리가 숨을 크게 내쉬면서 병실 안을 향하여 선언했다.

"이 사람, 바보로군! 암이 아니면 여기에 들여보낼 이유가 없잖아!"

2. 학문이 지혜를 주지는 않는다

목요일 밤, 병원에 들어와 지낸 몇 시간만에 루사노프는 급격하게 울적해졌다. 이 종양, 갑자기 생긴 무의미한 것, 아무짝에도 쓸모없는 딴딴한 덩어리가 마치 낚싯바늘이 고기를 낚아채 올리듯이 그를 끌어올려서 이 쇠침대 위, 비좁고 초라하고 삐걱대는 얄팍한 매트리스 위에 내동댕이친 것이다. 바로 조금 전에 아래층에서 옷을 갈아입고 가족과 헤어졌는데, 이 병실에 들어서는 순간 지금까지의 생활과 끊어져 버렸다.

그가 울적해진 이유는 종양 자체보다도 불쾌감이었다. 즐겁고 편한 것을 선택할 자유가 없어진 것이다. 구멍투성이 분홍 파자마 차림의 8인을 보기 싫어도 봐야 하고, 그들의 지루한 대화를 듣기 싫어도 들어야 했다. 특히 턱에 붕대를 감은 밉살스러운 밤색머리에게는 입 닥치라고 소리라도 지르고 싶었다. 사내는 사십 대로 보였는데도, 다들 예프렘이라고 함부로 불러댔다.

예프렘은 도무지 가만히 있지를 못했다. 눕지도 않고 그렇다고 병실 밖으로 나가지도 않고, 그저 중앙 통로를 왔다 갔다 서성댔다. 이따금 주사를 맞을 때처럼 양미간을 찌푸리고 머리를 짚어보다가 다시 서성거렸다. 그러다가 루사노프의 침대 앞에 멈춰 서서, 구부러지지 않는 상체 전체를 기울여 넓고 주근깨 투성이의 음흉한 낯짝을 들이밀며 말했다.

"이젠 다 글렀어, 선생. 집에 다시는 못 갈 거요. 알았어요?"

루사노프는 병실 안이 따뜻해서 파자마 바람에 타타르 모자만 쓰고 담요 위에 누워 있다가, 그 말에 금테 안경을 치켜올리며 예프렘을 쏘아보았다.

"참, 모를 일이군. 내게 무슨 용건이 있소? 나를 위협하는 건가요? 난 당신에게 그런 거 안 물어 봤는데……."

예프렘은 심술궂게 코웃음을 쳤다.

"안 물어 봤어도 대답해 드리지. 어찌됐든 집에는 못 돌아갈 거라고. 그 런 안경 따위는 집에 보내버리시구려. 그 새 파자마도 함께 말이오."

예프렘은 한껏 난폭하게 지껄인 후에 다시 통로를 이리저리 거닐었다. 루사노프는 그를 못 움직이게 제지하고 싶었지만 기력이 없었다. 시간이 갈수록 밤색머리의 지껄임에 진절머리가 나는데, 기력도 갈수록 떨어졌 다. 점점 수렁으로 빠져드는 기분이었다. 이 몇 시간 사이에 루사노프는 지위, 공적, 장래의 계획 따위를 모두 상실하고 70킬로그램짜리 고깃덩어 리로 변해버린 것 같았다.

그 괴로움이 얼굴에 드러났는지, 예프렘이 또다시 루사노프의 침대 앞 에 서더니 조금 부드럽게 말했다.

"집에 돌아가도 오래 있지를 못해요. 이내 또 여기로 되돌아올 테니까. 암이란 놈은 사람을 좋아해서, 한번 물면 죽을 때까지 물고 늘어진단 말 이지."

예프렘이 다시 걷기 시작했다. 병실의 누구도 그를 제지할 힘이 없어 보였다. 다들 지쳐서 누워 있거나, 러시아어를 못 알아들어서 가만히 있 었다.

루사노프 침대와 통로를 사이에 두고 다리와 다리가 맞닿을 것처럼 가 깝게 놓인 침대가 하필이면 예프렘의 것이었다. 그쪽은 페치카가 튀어나 와 있어서 침대가 4개뿐이었는데, 예프렘만 빼고 젊은이들이었다. 페치 카 옆이 좀 얼빠져 보이는 가무잡잡한 청년 프로시카였고, 그 옆이 목발 을 짚는 우즈베크 청년 아흐마드잔, 창가가 회충처럼 야위어서 새우같이 몸을 구부린 누런 얼굴의 아조프킨이었다.

루사노프의 왼편은 차례대로 우즈베크 노인 무르살리모프, 카자흐 장 년 예겐베르지예프의 자리였고, 문가에 머리를 박박 깎고 키가 큰 러시아 소년 좀카가 있었다. 루사노프의 오른쪽 사람은 러시아 사람인 것 같기는 했는데, 얼굴 생김새가 악당 같아서 사귈 만한 사람이 못 되는 것 같았다. 흉터 때문이거나(흉터는 입술 가장자리에서 시작되어 왼쪽 빰 밑을 지나 거의 목까지 이르고 있었다), 빗질을 할 수 없게 빳빳이 일어선 억센 검은 머리카락 때문이거나, 그것도 아니면 거칠고 사납게 보이는 인상 때문일 것이다. 이 악당이 건방지게도 문화적인 취미를 갖고 있다니. 지금 그는 막 한 권의 책을 다 읽어가고 있었다.

전등불이 켜졌다. 해가 져도 예프렘은 가만히 있지를 않았다.

"참, 아래층 노인 하나가 내일 수술을 받는다는 거야. 이 노인이 1942년에 조그마한 암을 떼어낼 때는 별로 대수롭지 않았고 또 걱정할 것 없다고들 했지. 그래서 노인은 13년 동안 이 병원 일을 깡그리 잊어버리고 술도 마시고 계집질도 하고 꽤 놀아댔대." 예프렘이 즐거운 듯 혀를 찼다. "수술대에서 곧장 시체실로 직행하지나 않으면 좋겠어."

"그만둬! 그런 불길한 소리 집어치워!"

루사노프는 마침내 고함을 질렀는데 제 소리에 스스로 놀랐다. 고함 소리가 의지할 곳 없는 애절한 여운을 남겼다.

잠시 침묵이 흘렀다. 맞은편 창가의 아조프킨만 앉지도 눕지도 못한 자세로 두 무릎을 가슴에 끌어안고 머리를 침대 가장자리에 대고 신음하고 있었다. 찡그린 얼굴에 이따금 경련까지 이는 것으로 보아 견딜 수 없는 고통을 간신히 참고 있는 것 같았다.

루사노프는 이 청년을 보지 않으려고 무작정 침대 머릿장을 뒤졌다. 식료품을 넣어둔 문도 여닫고, 화장품과 전기면도기를 넣어둔 서랍도 열어 보았다. 예프렘은 여전히 팔짱을 끼고 어슬렁댔고, 간간이 주사바늘에 찔린 것처럼 몸을 떨면서 노래인지 독경인지 모를 소리들을 중얼거렸다.

"뭐라 해도 우리 처지가 처량해, 너무 처량하단 말이지……."

등 뒤에서 탁 하는 소리가 들렸다. 루사노프가 종양을 조심하면서 돌아보니까 인상이 고약한 사내가 책을 다 읽고 책표지를 덮는 소리였다. 루사노프는 이 자에게 어울리는 별명을 떠올려 보았다. 오글로예드(뼈까지 씹어먹는 사람)가 어떨까.

"이건 좀카가 책장에서 가져온 책이 아니라, 하늘이 우리에게 내리신 책이로군!" 오글로예드는 병실 안이 온통 울리도록 큰소리로 말했다.

"제가 어쨌다구요? 무슨 책?" 문가의 소년이 책을 읽다가 대꾸했다.

"시내를 다 뒤져도 이런 책은 못 찾지!" 오글로예드는 예프렘의 뒤통수에 대고 말했다. "예프렘! 그만 투덜대고 이 책이나 읽어 봐."

예프렘은 황소처럼 침울한 눈을 부라렸다.

"책은 읽어 무엇에 쓰나…… 죽을 날이 가까운 것들이."

"곧 죽을 거니까, 빨리 읽어야지, 자!"

그가 책을 예프렘에게 내밀었으나 예프렘은 가까이 오지 않았다.

"읽을 책은 얼마든지 있어요, 필요 없어."

"글을 모르는 모양이지."

"모르다니! 마음만 먹으면 누구보다도 잘 읽지."

오글로예드는 연필로 책 맨뒤의 목차에 군데군데 표시를 했다.

"겁내지 말고, 여기 표시한 곳만 읽어 봐. 다 짤막한 얘기들이야. 모두들 자네의 투덜대는 소리에 진절머리가 나 있으니까 말야, 알았어?"

"이 예프렘이 겁을 낸다고?" 그는 책을 받자마자 제 침대에 내동댕이쳤다.

그때 한 손에 목발을 짚고 절룩거리며 다니는 우즈베크 청년 아흐마드 잔이 문을 들어서며 소리쳤다. 그는 이 병실에서 가장 명랑한 사람이었다.

"숟가락 전투 준비!"

페치카 옆 프로시카도 살았다는 듯이 소리를 질렀다.

"자, 저녁식사가 온다!"

흰 가운을 입은 취사반 배식계 여자가 어깨보다 높이 쟁반을 받쳐들고 나타나더니, 쟁반을 허리춤으로 내려 들고 침대 사이를 돌았다. 아조프킨과 로사노프만 빼고 다들 신나게 접시를 받아들었다. 어린 좀카의 침대만 머릿장이 없어서, 옆자리 몸집이 큰 중년의 카자흐인의 머릿장을 반씩 나눠 썼다. 카자흐인은 입술 위에 흉측한 진갈색 부스럼딱지가 있는데, 붕대로 감지도 않고 그대로 드러내고 있었다.

루사노프는 지금 식사 같은 걸 할 경황이 없어서 설사 집에서 가져온 음식이었어도 손도 대지 못했을 것이다. 그런데 더욱이 이 식사는 끈적끈적한 노란 소스를 발라서 길쭉한 고무덩어리처럼 보이는 보리빵과 두 군데나 휘어진 불결한 알루미늄 숟가락, 그리고 이 병원의 입원을 동의한 일이 얼마나 잘못했던가를 새삼 후회하게 만드는 그런 것들이었다. 하지만 신음하는 젊은이를 제외한 모두가 즐겁게 식사를 시작했다. 루사노프는 접시를 손에 들지도 않고 가장자리를 손톱으로 톡톡 치면서 이걸 누구에게 줄까 하고 두리번거렸다. 다들 옆을 보거나 뒤돌아 앉았는데, 마침 페치카 옆 청년이 이쪽을 보았다.

"자네 이름이 뭔가?"

루사노프는 소리를 높이지 않고 물었다(보통 목소리로도 들을 수 있을 것 같았기 때문이다). 수저질 소리가 요란했지만 청년은 무슨 질문을 할지 짐작했다는 듯이 얼른 대답했다.

"프로시카예요. 프로코피 세묘느이치라고 해요."

"이걸 갖다 들게."

"그래도 될까요? 고맙습니다……."

프로시카는 가까이 와서 접시를 받아들고 기쁜 듯이 고개를 꾸벅 숙였다.

루사노프는 문득 자기가 이 병실에서 결코 가벼운 환자가 아님을 의식했다. 통증이 심한 아조프킨과 붕대를 감은 예프렘을 빼면 다들 건강해 보였는데, 루사노프의 환부는 예프렘과 같았기 때문이다. 중년의 카자흐인은 부스럼딱지 말고는 아픈 곳이 없어 보였고, 우즈베크 목발 청년은 그 목발이 방해물처럼 보였고, 더욱이 프로시카는 환자라기보다는 요양하는 사람처럼 혈색이 좋고 식욕도 왕성했다. 오글로예드는 안색은 좋지 않아도 동작은 자유스럽고 큰소리로 떠들고 빵도 남보다 먼저 먹는 편이었다. 나라에서 환자 식사는 무료로 주니까 꾀병을 부리고 있는 건 아닌가 싶을 정도였다.

루사노프는 종양 덩어리가 머리에 압박을 주어서 고개를 자유롭게 움직일 수 없었고, 종양이 시시각각 더 커지는 것처럼 느껴졌다. 이 병원 의사들은 시간관념이라는 게 없는지, 점심때 입원했는데 저녁식사 때까지 그를 진찰하러 오는 의사가 한 명도 없었다. 돈초바는 도대체 왜 입원이 시급하다고 한 걸까? 그 말에 놀라서 모스크바 대신 이 비좁고 악취가 풍기는 불결한 병원에 들어와서 황금 같은 시간을 허비하고 있는 것이다. 속았다는 생각과 무시당하고 있다는 울분이 종양을 비관하는 마음에 얹히면서 가슴이 더욱 죄어들었다. 접시에 수저 부딪치는 소리, 온갖 잡다한 소리들, 쇠침대, 조잡한 담요, 벽, 전등, 사람들……. 눈에 띄는 모든 것들이 견딜 수 없이 싫었다. 덫에 걸린 기분이었다.

견딜 수 없이 비참한 기분을 떨쳐 버리려고, 그는 침대에 누워서 집에서 가져온 수건으로 눈과 빛을 가렸다. 그리고 집과 가족들에 대해 이것저것 생각해 보았다. 지금쯤 다들 무엇을 하고 있을까?

'유라는 기차를 탔겠지. 검사로서의 첫 번째 출장이니 똑부러지게 주장을 내세우고 와야 할 텐데, 물러터져서……. 아비예타의 모스크바 휴가는 곧 끝나겠군. 극장 구경을 하면서 조금 즐기는 건 좋지만 실제적인 목적을 꼭 명심하고 잊어먹지 않아야 해. 무엇이 어떻게 되어가는지 자기 눈으로 똑바로 관찰하는 일 말이지. 가능하다면 적당한 줄을 잡는 것도 바람직할 거야. 이제 5학년이니까 제 갈 길을 확고히 정해야 해. 아비예타는 유능한 저널리스트가 될 거야. 무조건 모스크바로 가야지, 여긴 좁아. 아무튼 우리 집에서 제일 머리 좋고 재주가 있는 아이야! 라브리크, 이 장난꾸러기 녀석은 성적은 보통이지만 운동신경이 좋아. 리가에서 열린 대회에 출전도 했었어. 그땐 제법 어른스럽게 호텔에 숙박하기도 했었지. 최근에는 면허증을 따려고 군대 부설 교습소에 다닌다지. 2학기에 두 과목이나 2점(5등급 채점법)으로 낙제했으니 새 학기에는 많이 분발하겠지. 마이카는 이미 집에 돌아와 피아노를 치고 있을 거야(그 애가 피아노를 치기 전까지 집에서는 아무도 치지 않았다). 복도 카펫 위에는 줄리바르츠가 잠자고 있겠지. 매일 아침마다 이 녀석 산책시키는 것이 내 일이었는데, 이제부터는 라브리크가 해야 할 거야. 행인한테 슬며시 개를 접근시키고는 능청스럽게 장난치겠지, 무서워 마세요. 제가 꼭 잡고 있으니까!'

그런데 남들이 부러워할 만큼 단란한 가족, 풍족한 생활, 호화로운 집, 이 모든 것들이 며칠 사이에 그에게서 떨어져 종양의 저쪽으로 가버린 것이다. 이 병이 어떤 결과로 끝나든지, 그리고 지금 내가 어떠한 동요를 일으켜 상심하고 눈물을 흘려도, 아내와 아이들은 생활을 계속해 나갈 것이 아닌가. 종양은 담장처럼 가로놓여서 이쪽에 루사노프 혼자만을 떼어놓았다.

집과 가족들을 떠올려도 마음이 가라앉지 않자, 이번에는 국가적인 문제를 생각하며 기분을 바꿔보려고 애썼다.

'토요일에 소련 최고회의가 열릴 예정이지. 특별히 중요한 의제는 없지만, 예산안 통과가 있어. 오늘 집을 나설 때 라디오에서 중공업 문제에 대해 장황한 뉴스를 내보내고 있었는데. 대만해협 포격 사건 보도 다음에. 그런데 이 병실에는 라디오도 없네. 복도에서도 못 봤어. 잘하는 짓이군!

《프라우다》 신문이라도 끊기지 않고 받아보면 좋겠다. 오늘은 중공업 문제, 어제는 축산업 진흥에 관한 결정이 나왔고. 국가경제가 비약적으로 발전하고 있으니 곧 대대적인 행정 및 경제 개혁이 있을 거야. 그때 이 지역에서는 구체적으로 어떤 개혁이 있을까? 조직 개편 때면 분위기가 어수선해서 일도 손에 잡히지 않고, 다들 어디론가 전화를 걸거나, 모여 앉아 이런저런 가능성을 타진해 보겠지. 그러나 이 개혁이 어떠한 방향으로 흘러가든, 설사 예상과 정반대로 되더라도 나, 루사노프는 승진을 하면 했지 좌천되지는 않을 거야!'

그러나 여전히 루사노프의 마음은 개운치가 않았고 힘도 나지 않았다. 목이 아파 왔다. 냉정한 종양이 조용히 움직이며 그를 온 세상으로부터 차단했다. 또다시 국가예산, 중공업, 축산업, 개혁, 모조리 다 종양의 저쪽으로 가서 사라져 버렸다. 이쪽에는 루사노프 혼자만 남겨져 있었다.

여자의 쾌활한 음성이 병실 안에 울려퍼졌다. 지금 루사노프는 무슨 소리를 들어도 즐겁지 않지만, 이 목소리는 달콤하게 들렸다.

"체온 잴게요!" 마치 과자라도 나눠 주겠다는 듯한 말투다. 루사노프는 얼굴을 가렸던 수건을 젖히고 상체를 조금 일으켜서 안경을 집어 썼다. 얼마나 다행인가! 그녀는 침울하고 가무잡잡한 마리야가 아니라, 몸매가 단단한 아름다운 아가씨였다. 금발머리에 두건 대신 의사용 캡을 쓰고 있었다.

"아조프킨 씨! 이봐요, 아조프킨 씨!"

젊은이는 아까보다 더 괴상한 몰골로 누워 있었다. 비스듬히 엎드려서 베개를 배 밑에 괴고 담요에 턱을 바싹 댄 모양새가 개가 앉은 모양 그대로였다. 침대 레일 사이로 보이는 눈마저 우리 속에 갇힌 짐승의 것 같았다. 찡그린 얼굴에는 통증의 그림자가 스쳐가고, 한 손은 마룻바닥까지 축 늘어져 있었다.

"이게 무슨 꼴이에요! 힘을 내요. 자, 체온계쯤은 자기 손으로 받아요."

아조프킨은 우물에서 두레박을 끌어올리듯이 제 손을 침대로 끌어올려서 체온계를 받아들었다. 통증에 넋이 나가 있지만 아직 열일곱 앳된 얼굴이었다. 그가 간호사에게 애원했다.

"조야, 보온기를 빌려줘요."

"그건 스스로 병을 악화시키는 거예요."

"그러나 그래야 견딜만한 걸 어떡해요."

"그것은 자신의 종양을 잘 기르는 것과 같다니까요. 종양 치료에는 보온기를 사용하지 않아요. 당신에게만 특별히 한 번 빌려준 건데."

"그럼 난 주사 안 맞을 거야."

조야는 그 말에 신경도 안 쓰고 맞은편 오글로예드의 침대를 탁탁 쳤다.

"코스토글로토프 씨는 어디 갔어요?"

놀라운 일이다. 루사노프의 짐작은 적중했다. 코스토글로토프(뼈를 삼키는 사람)는 오글로예드란 별명에 너무나 잘 어울리는 이름이다.

"담배 피우러 갔어요." 좀카가 책을 읽으면서 대답했다.

"담배라니!" 조야가 투덜거렸다.

젊은 아가씨란 참 아름답군! 루사노프는 달라붙는 옷 때문에 드러나 보이는 그녀의 포동포동한 몸매와 조금 튀어나온 눈을 은근히 바라보았다. 경탄의 눈으로 한동안 바라보고 있노라니 한결 마음이 부드러워졌다. 그녀가 미소를 지으며 체온계를 꺼냈다. 종양이 보이는 쪽에 서 있으면서도, 이런 것은 처음 봤다며 놀라는 식의 표정은 조금도 짓지 않았다.

"나는 아직 치료를 받지 못할까요?"

"네, 아직." 그녀는 미소를 지으며 미안하다는 듯이 대답했다.

"왜죠? 의사는 어디 있어요?"

"근무시간이 끝났습니다."

조야에게 화내보아야 소용이 없는 노릇이지만 그래도 자기가 치료를 받지 못하고 있는 것은 누군가의 잘못이 아닌가! 빨리 손을 써야겠어! 그래서 조야가 체온을 확인하러 왔을 때 다시 물었다.

　"전화는 어디 있어요?"

　내 태도를 확실히 정해서 오스타벤코한테 전화하면 다 끝나는 일 아니겠는가! 전화를 걸겠다는 생각만으로도 루사노프는 정상생활로 되돌아온 것 같았다. 스스로가 용기 있는 투사처럼 느껴졌다.

　"37도예요." 그녀가 침대 다리에 달아둔 체온표 그래프에 첫 번째 점을 기입했다. "전화는 등록과에 있어요. 그런데 지금은 등록과에 못 가요. 딴 병동이에요."

　"좀 기다려요, 간호사!"

　루사노프는 몸을 일으키면서 경계하는 눈빛을 보였다.

　"이 병동에는 전화가 없다니. 만일 지금이라도 무슨 일이 생긴다면 어떡한단 말이오. 그러니까 예를 들어서 내 병세가 나빠지기라도 한다면?"

　"뛰어가서 전화를 걸지요." 조야는 까딱도 하지 않았다.

　"밖에 눈보라나 비가 퍼부우면?"

　조야는 이미 옆자리 우즈베크 노인의 체온표를 기입하고 있었다.

　"낮이라면 그냥 가도 되지만, 지금은 문이 잠겨 있으니까."

　그녀는 상냥했지만 능글맞은 데가 있었다. 상대방 말을 다 들으려고 하지도 않고, 이미 카자흐인의 침대로 옮겨갔다. 루사노프는 간호사의 등에 대고 언성을 높였다.

　"그럼 또 다른 전화라도 있을 게 아닌가! 전화가 없다니!"

　조야는 카자흐인의 침대에 걸터앉으며 말했다.

　"있긴 한데, 주임의사실에 있어요."

　"그래서 어떻단 말인가?"

"좀카, 36도 8부예요…… 주임의사실은 자물쇠로 잠겨 있고요, 그 선생님이 싫어하세요."

그러고는 간호사는 나가버렸다. 그 순간 외부세계로 통하는 전선이 흔들흔들 뚝 끊어져 버렸다. 턱밑 주먹만 한 종양이 또다시 온 세상을 그로부터 차단시켰다.

루사노프는 손거울을 꺼내어 들여다보았다. 아, 어쩌면 이렇게 부어올랐을까! 내 눈으로 봐도 이렇게 징그러운데 다른 사람이 보면 오죽할까! 이렇게 흉측한 것은 마흔다섯 해를 살면서 본 적이 없어! 그는 그것이 커졌는지를 확인하는 것조차 흉측해서, 허겁지겁 거울을 집어넣고 머리맡에서 먹을 것을 꺼내서 우물우물 먹기 시작했다.

예프렘과 오글로예드가 어디로 나갔는지 안 보였다. 아조프킨은 또다시 해괴한 자세를 하고 있었지만 신음소리는 내지 않았다. 다른 사람들은 조용히 책을 읽거나 누워 있었다. 루사노프도 이젠 잠을 청하는 수밖에 없었다. 오늘밤은 아무것도 생각하지 않고 푹 자고, 아침에 의사들한테 따끔한 맛을 보여줘야지. 그는 옷을 벗고 담요를 덮으며 집에서 가져온 수건으로 얼굴을 덮어서 잠잘 자세를 갖추었다.

그런데 조용한 공기를 타고 어디선가 속삭이는 소리가 귓전에 들려왔다. 신경이 곤두섰다. 근처에서 나는 소리였다. 더 이상 참을 수 없어서 얼굴에 덮었던 수건을 치우고 턱이 아프지 않게 살살 상반신을 일으켜보니, 바로 옆자리 우즈베크 노인의 소리였다. 노인은 살갗이 바싹 말라서 주름투성이인 갈색 얼굴에 짧은 턱수염을 기르고 있었고, 머리에 갈색 둥근모자를 쓰고 있었다. 노인이 두 손을 모아 목덜미에 대고 드러누워 천장을 바라보며 중얼대고 있었다. 이 늙어빠진 게 무슨 기도문이라도 중얼거리는 걸까.

"이봐요, 노인!" 루사노프는 손가락 하나를 세워보이며 경고했다. "그만둬요! 남에게 방해가 되잖아요!"

노인은 금방 조용해졌다. 그는 다시 누워서 수건으로 얼굴을 가렸다. 하지만 이번에는 천장의 전등불빛이 눈꺼풀에 내리꽂혔다. 전등갓을 제대로 씌우지 않아서 불빛이 그대로 쏟아져 내리고 있었다. 그는 헛기침을 하면서 종양을 자극하지 않도록 조심조심 두 손으로 감싸쥐고 베개에서 머리를 들었다. 프로시카가 전등 스위치 가까이에 있는 자기 침대 옆에서 옷을 벗고 있었다.

"이봐 젊은이! 불 좀 끄게!" 루사노프가 명령조로 말했다.

"아직 약을 가져오지 않았는데요." 프로시카가 머뭇거리면서 한쪽 손을 스위치로 뻗었다.

"불을 끄라니, 무슨 소리야?" 루사노프의 등 뒤에서 오글로예드가 고함을 질렀다. "조금 양보해요. 당신 혼자 쓰는 방도 아니잖아."

루사노프도 정색을 하고 바로 앉았다. 그는 안경을 쓰고 종양에 조심하면서 스프링 소리를 내며 몸을 돌렸다.

"좀 더 점잖게 말할 수는 없소?"

"설교는 그만두라구, 난 당신 부하가 아니야."

그가 추악하고 얼굴에 인상을 쓰면서 무례하게 내뱉었다. 루사노프가 불덩어리 같은 시선을 던졌지만 오글로예드한테는 통하지 않았다.

"알았소, 그럼 뭣 때문에 불빛이 필요하단 말이오?"

루사노프가 타협적인 자세로 바꿨다. 그런데도 그는 여전히 무례했다.

"꽉 막혔군!"

병실에 들어올 때 막혔던 숨통이, 한층 더 꽉 조여왔다. 이런 망나니 녀석은 당장 병원에서 쫓아내 노동판에 보내버려야 해! 그러나 그렇게 할 수 있는 구체적인 방법은 하나도 없었다.

"독서라면 복도에 나가면 되지 않소. 결정권이 자기에게만 있다는 태도는 좋지 않아요. 이 방에는 여러 환자가 있으니까, 차별을 둬야 하는 거요."

"어차피 차별은 되어 있어. 당신은 '고인은 근속 몇 년 어쩌구' 이런 추도사를 듣겠지만, 우리는 발로 차서 무덤 속에 넣어질 테니까 말이야."

상대방이 이를 드러내고 웃었다. 루사노프는 이렇게까지 복종할 줄 모르고 통제되지 않은 것들을 본 적이 없었기 때문에 당황했다. 어떻게 대응할지 막막했다. 그렇다고 그 젊은 간호사에게 사정을 하소연할 수도 없는 노릇이었다. 그러니 이 언쟁은 이쯤에서 중지하는 편이 낫겠다 싶었다.

루사노프는 안경을 벗고 슬며시 누워 얼굴에 수건을 덮었다. 여기 입원한 것이 분하고 서글퍼서 가슴이 찢어졌다. '내일 퇴원 수속을 해도 안 늦어, 괜찮아.' 그는 억지로 마음을 다잡았다. 8시가 넘어가고 있었다. '아마 곧 다들 잠잠해질 거야.' 그러나 또다시 통로를 타박타박 걸어다니는 소리가 들렸다. 물론 예프렘이 돌아오는 발소리였다. 예프렘의 발걸음마다 병실 마룻바닥이 울려서 루사노프의 베개까지 진동했다. 그래도 루사노프는 꾹 참았다. '우리 민중의 저속한 부분은 아직도 없어지지 않고 있어. 이렇게 무거운 짐을 짊어지고 어떻게 민중을 새로운 사회로 이끌고 갈 것인가!'

밤은 끝없이 계속될 모양이었다! 간호사가 물약을 주러 오고, 가루약을 주러 오고, 주사를 놓으러 왔다. 아조프킨은 주사를 맞으면서 또 보온기를 빌려 달라고 애걸복걸했고, 예프렘은 이리저리 거닐었고, 아흐마드잔과 프로시카는 더없이 건강한 표정들로 소곤소곤 수다를 떨었다. 좀카마저 코스토글로토프의 침대로 와서 지껄여댔다.

"책을 더 많이 읽을 거예요. 그리고 시간이 있을 때, 대학에 다닐래요."

"그건 좋은 일이야. 하지만 이걸 꼭 명심해야 해. 학문이 지혜를 가르쳐 주는 건 아니라는 걸 말이야."

'이 녀석은 어린애에게 무슨 소리를 한담!'

"왜요?"

"왜는 뭐가 왜야. 그냥 그래."

"그럼 무엇이 지혜를 가르쳐 주나요?"

"아마 인생이겠지."

좀카는 잠시 가만히 있다가 대답했다. "전 찬성할 수 없어요."

"우리 부대에 파시킨이라는 군사위원이 있었는데 그는 항상 '학문은 지혜를 주지 않을 뿐만 아니라 직위도 아무런 소용이 없다.'고 말했어. 어깨 위 별이 많아지면 지혜도 불어나는 것처럼 생각하는 녀석도 있다는 거야."

"그렇다면 공부할 필요가 어디 있어요? 전 찬성할 수 없어요."

"필요하지 않다는 말은 아니야. 공부해야지. 다만 공부가 곧 지혜인 건 아니라는 것만 알아두면 돼. 자기를 위해서도 말야."

"그럼 지혜가 뭔대요?"

"자기의 눈을 믿고 남의 말을 믿지 않는 것. 넌 대학에 가면 무엇을 전공할래?"

"아직 정하지 못했어요. 역사도 하고 싶고, 문학도 하고 싶어요."

"이공계는 아니고?"

"네."

"이상하군. 우리 세대에는 문과가 많았지만 지금 청년들은 거의 이공과를 지망하던데."

"전 사회에 흥미가 많아요."

"사회에? 이봐 좀카야, 이공계가 살아가기 쉬워. 라디오 조립을 공부하는 편이 나아."

"살아가기에 쉽다니……. 만약 여기서 두 달 누워 있으면 2학기 동안에

9학년에서 늦은 것을 따라가야 해요."

"교과서는?"

"두 권 가져 왔는데요, 입체기하가 너무 어려워요."

"입체기하? 좀 가져와 봐."

소년이 교과서를 가지러 갔다가 바로 돌아오는 소리가 들렸다.

"그렇지, 그렇지, 키셀로프의 입체기하, 오래간만이로군……. 똑같아……. 서로 평행한 직선과 평면. 만일 어떤 직선이 어느 평면상에 있는 다른 직선과 평행일 경우 그 직선은 평면과도 평행이 된다……. 아, 진짜 좋은 책이야. 좀카! 세상을 이처럼 분명하게 표현할 수는 없을까! 이 얄팍한 책 속에도 내용은 가득 차 있어!"

"이 한 권을 1년 반만에 공부해요."

"나도 이 책을 공부했지. 잘 알고 있어."

"언제요?"

"가만 있어 보자, 나도 9학년 2학기였으니까 1937년에서 1938년까지야. 같은 책을 아직도 배우고 있다니 신기하네. 나도 기하를 좋아했거든."

"그 후에는요?"

"그 후?"

"졸업하고 말예요."

"대학에서 지구물리학이라는 멋있는 학문을 전공했지."

"어느 대학이었어요?"

"같은 고장이지, 레닌그라드(페테르스부르크)."

"그러고는요?"

"1학년을 마쳤을 때가 1939년 9월이었으니까……. 만 열아홉 살 때 징병제가 실시되면서 군대에 끌려갔지."

"그 뒤에는요?"

"그 뒤는 현역 군인이었고."

"그 다음에는요?"

"그 후는 자네도 알지 않나! 전쟁이야."

"장교였나요?"

"아니, 하사였어."

"왜요?"

"모두가 대장이면 누가 싸울 텐가? 만일 어떤 평면이 다른 평면과 평행된 직선을 통하여 그 평면과 교차하게 된다면, 그 교차로 인하여 생기는 교차선은……. 그래 좀카! 나와 둘이서 매일 조금씩 입체기하를 공부할래? 한번 해볼까, 어때?"

"좋아요."

'이것들이 계속 더 지껄일 건가.'

"그럼 시간을 아껴서, 지금 바로 시작하자. 우선 이 세 가지 공리公理를 살펴봐야 해. 공리는 말야, 보기에는 아주 간단해 보이지만 모든 정리 속에 슬며시 포함되거든. 그것이 어디에 포함되었는지 똑똑히 알아야 해. 첫째 공리 '동일한 직선상에 두 개의 점이 같은 평면에 있을 때, 그 직선상의 모든 점은 그 평면에 있게 된다.'는 무엇을 의미하는 걸까. 이 책을 평면으로 보고, 이 연필을 직선이라고 해서 두 개를 이렇게 놓으면……."

공리다, 증명이다, 지루한 이야기가 오랫동안 계속되었다. 그러나 루사노프는 참고 견디기로 결심했고, 보란 듯이 그들에게 등을 돌렸다. 얼마 후 공부가 끝나고 소년은 돌아갔다. 아조프킨은 2회분의 수면제를 단번에 먹어치우고 잠이 들었다. 그런데 우즈베크 노인이 기침을 시작했다. 루사노프는 그 노인에게 얼굴을 향하고 있었다. 불이 꺼져도 노인의 기침은 좀처럼 멈추지 않고, 금세 숨이 넘어갈 듯이 콜록거렸다. 그는 뒤돌아 누우며 얼굴에서 수건을 치웠는데, 여전히 방 안은 캄캄하지 않았다. 복도 불빛, 떠드는 소리, 발소리, 타구와 양동이가 부딪치는 소리⋯⋯.

잠이 오지 않았다. 종양의 압박감이 그치지 않았다. 행복하고 평온했던 생활이 위기에 처해 있었다. 루사노프는 스스로가 너무 가엾게 여겨져서 조그마한 자극에도 눈물이 왈칵 나올 것 같았는데, 그 자극을 예프렘이 주었다. 어둠 속에서 예프렘은 옆자리 아흐마드잔에게 지껄여댔다.

"인간이 100년을 살면 뭐 하겠어. 그럴 필요는 없었어. 그런데 거기에는 이러한 까닭이 있는 거야. 옛날에 알라신이 모든 동물에게 수명을 50년씩 나눠 주었어. 그런데 마지막으로 인간의 차례가 됐는데 알라신에게 25년밖에 남지 않은 거야."

"25루블 지폐의 25로군."

"그렇지. 알라신은 그거면 충분하다고 했는데 인간은 너무 짧다고 화를 냈어. 그래서 알라신이 말했어. '스스로 여분의 수명을 나눠달라고 물어보아라.' 인간은 길을 떠났다가 말을 만났어. '이봐, 수명이 모자라는데 좀 나눠 줘.' '그래요, 25년만 가져가요.' 또 개를 만났지. '이봐, 수명을 좀 나눠 줘!' '그래요, 25년만 가져가요!' 또 원숭이도 만나서 역시 25년을 받았지. 그러고서 알라신에게 되돌아갔더니 이렇게 말하는 거야. '그렇다면 네 소원대로 첫 25년간은 인간으로서 살고, 다음 25년은 말처럼 일하고, 그 다음 25년은 개처럼 짖고, 그 다음 25년은 원숭이처럼 웃음거리가 되거라⋯⋯.'"

3. 꿀벌

조야는 머리가 명석하고 동작도 민첩해서 담당 병실의 환자 침대 사이를 빠르게 오가며 일했지만, 오늘밤은 소등시간까지 일을 끝마치지 못할 것 같았다. 그래서 남자병실과 작은 여자병실만 정돈을 끝내고 소등하려고 했다. 30인실 여자병실은 어차피 불을 꺼도 조용해지지 않았다. 대부분 장기 요양환자들이어서 누워 있기에 질려서 잘 자지 않았고, 서른 명이나 되다 보니까 방이 항상 더워서 발코니 문을 여닫는 일로 자주 싸웠다. 게다가 몇몇은 수다쟁이여서 새벽 1시까지도 물가, 음식, 남편, 자녀, 이웃에 대해서 쉴 새 없이 떠들다가 음담패설로 끝을 맺었다.

잡역부 넬랴가 큰 병실 마룻바닥을 닦고 있었다. 눈썹도 입술도 허리도 목소리도 굵은 여자였다. 넬랴는 환자들의 말에 일일이 참견하면서 일했기 때문에 좀처럼 끝이 나지 않았다. 그래서 조야가 한두 마디 주의를 주었는데, 넬랴는 또래인 조야에게 지시받는 것에 자존심이 상해서 더 느리게 일했다. 조야는 출근할 때 즐거웠던 기분을 잡역부 때문에 망쳐버렸다.

남자병실 입구 침대의 시브가토프는 몸을 씻을 더운물을 가져다주길 기다리고 있었다. 그는 최고참 환자라서, 환자라기보다는 오히려 이 병실의 주인 같은 존재였다. 넬랴가 그에게 물을 주면서 큰소리로 하품을 했다.

"아아, 녹초가 됐어. 잠시 동안만이라도 쓰러져 자야겠어. 이봐요, 이거 쓰려면 한 시간은 걸리죠? 난 못 기다리겠으니까, 다 쓰면 아래층에 갖다 버려줘요. 네?"(이 견고한 건물은 입구는 무척 넓었지만 이층 배수시설이 되어 있지 않았다.)

타타르 청년 샤라프 시브가토프가 예전에 어떤 사람이었는지 알아볼 힌트는 전혀 남아 있지 않았다. 고통이 너무 오래되어서 과거의 생활이 한 조각도 남아 있지 않고 묻혀버린 것 같았다. 투병생활 3년만에 그는 병원에서 제일 온순하고 겸손한 사람으로 변했다. 오래 신세를 져서 미안하다는 듯한 얄팍한 웃음을 자주 지어보였다. 그는 4개월만, 6개월만, 하고 누워 지내는 동안 의사, 간호사, 잡역부 할 것 없이 낯이 익혀졌으며, 병원 사람들은 그의 존재를 다 알았다. 하지만 넬랴는 이제 들어온 지 몇 주 된 풋내기였다.

시브가토프는 낮은 목소리로 말했다.

"들고 가기가 힘들 것 같군요. 하지만 장소를 알려주면 조금씩 나눠서 버릴게요."

"뭐라고, 등을 굽히지 못하는 환자에게 물을 버리게 하다니!"

조야가 바로 옆 책상에서 이 얘기를 듣고 펄쩍 뛰었다. 하지만 조야도 낮은 목소리로 말해서 세 사람밖에는 아무도 듣지 못했다.

"왜 안 돼요? 나도 피곤해 죽겠는데."

넬랴도 조용히 대답한다고 했는데, 이층 전체에 울려퍼졌다.

"당신이 오늘 당직이잖아! 그리고 월급을 받고 있잖아!"

"흥! 쥐꼬리만 한 월급! 방직공장에서도 그것보단 더 받아요."

"조용히 해! 작게 말하라구!"

"아, 아!" 넬랴는 탄식과 하품을 듬뿍 내뱉었다. "베개가 그립구나! 왜 이렇게 졸리나…… 어젯밤 운전사와 놀았더니만…… 이봐요, 끝나면 대야를 침대 밑에 둬요. 내일 아침에 버릴 테니까." 넬랴는 다시 크게 하품을 하면서 입도 다물지 않은 채로 말했다. "회의실 소파에서 잘게요."

넬랴는 조야의 허락을 기다리지도 않고 옆쪽 문으로 들어가 버렸다. 의사 회의실에는 푹신한 소파가 있었다. 넬랴는 아직 타구도 씻지 않고, 입구 마루 청소도 끝내지 않았다. 조야는 말없이 넬랴의 넓은 어깨 뒷모습만 바라보았다. 조야도 병원 근무가 오래되지 않았지만 일하는 요령을 많이 터득하고 있었다. 결국 성실한 사람은 한 사람 몫으로 성실하지만, 게으른 사람은 두 사람 몫으로 게으른 것이다. 내일 아침 엘리자베타 아나톨리예브나는 자기 몫에 더해서, 넬랴 몫의 타구를 씻고 마루를 닦아야 한다.

시브가토프는 엉덩이를 드러내고 침대 옆 마룻바닥에 놓인 대야 속에 엉거주춤 앉아 그대로 움직이지 않았다. 조금이라도 부주의하게 움직이면 뼈가 아팠고, 환부에 무엇이든 닿기만 해도, 설사 속옷이라도 몸에 닿기만 하면 펄쩍 뛸 만큼 아팠다. 그는 자신의 등이 어떻게 되었는지 볼 수가 없어서 가끔 손가락으로 더듬어볼 뿐이었다. 3년 전, 서 있지도 못해서 들것에 실려 병원에 들어와서, 많은 의사들이 진찰하다가 여의사 류드밀라 아파나시예브나가 치료를 맡았다. 그로부터 4개월만에 그는 여의사의 손등에 입을 맞추고 여유롭게 걸어서 퇴원했는데, 그때 여의사가 간단한 주의를 주었다.

"샤라프, 조심하세요. 너무 뛰거나 달리지 않도록!"

그러나 그는 일자리를 구하지 못해서 다시 예전의 운송계 일자리를 얻어서, 트럭 꼭대기에서 땅바닥으로 뛰어내리고 인부나 운전사가 짐을 나를 때 도왔다. 그러던 어느날 트럭에서 굴러떨어지는 나무통에 맞았는데, 상처가 곪으며 쉽사리 낫지 않았다. 그후 시브가토프는 사슬에 묶이듯 암병동에 갇히게 되었다.

조야는 쉽사리 풀리지 않는 화를 억지로 다스리면서 책상에 앉아 기록하는 일을 시작했다. 까칠까칠한 종이에 잉크가 번지지 않도록 조심하며 쓰는 일은 조야의 성미에 맞지 않았다. '넬랴를 크게 혼냈어야 했는데…….' 조야는 못해 아쉬웠다. 성실한 잡역부와 함께 당직을 했다면 몇 시간은 눈을 붙일 수 있을 텐데……. 그녀가 서류를 바라보고 있을 때 발소리가 가까워지더니 바로 옆에서 멈췄다. 코스토글로토프가 헝클어진 머리를 하고, 큰 손을 병원복 작은 호주머니에 반쯤 걸치고 서 있었다.

"취침 시간은 벌써 지났는데, 왜 돌아다니죠?"

"안녕하세요, 조야?" 그가 아주 상냥한 목소리로 억양을 넣어 말했다.

"안녕하세요." 조야는 생긋 웃었다. "인사는 아까 체온 잴 때 했잖아요?"

"그건 근무시간이었고. 화내지 말아요, 난 지금 당신에게 손님으로 왔어요."

"손님이요?" 이럴 때는 눈을 크게 뜨거나 질끈 감는 것이 예사인데, 조야는 그러지 않았다. "왜 제게 찾아왔지요?"

"야근할 때 당신은 으레 공부를 하더군요. 그런데 오늘밤은 책이 보이지 않네요. 아마 시험이 끝난 모양이지요?"

"눈치가 빠르군요. 끝났어요."

"성적은 어때요? 그건 상관없지만."

"4점이에요. 왜 그건 상관없지요?"

"3점이었다면 말하고 싶지도 않았을 거란 거죠. 그럼 지금 방학이에요?"

조야는 들뜬 표정으로 가볍게 끄덕였다. 끄덕이는 순간 한 가지 생각이 뇌리를 스쳤다. 그렇지, 초조할 필요가 어디 있담, 2주의 방학이면 충분하지! 병원 근무 외에는 어디든지 갈 수도 있어! 자유 시간은 얼마든지 있어! 당직 때는 읽고 싶은 책을 읽으며 이렇게 지껄일 수도 있다.

"그럼, 제가 귀찮게 해도 괜찮지요?"

"일단 앉으세요."

"그런데 조야, 예전에는 겨울방학을 1월 25일에 했는데, 내 기억이 틀림없지요?"

"그래서 가을에 목화따기에 나갔죠. 매년 그래요."

"졸업은 얼마나 남았어요?"

"1년 반이요."

"졸업하면 어디에 취직할 생각이죠?"

조야는 통통한 어깨를 으쓱했다. "우리나라는 넓으니까요."

조금 튀어나온 조야의 눈은 상대를 조용히 바라보고 있을 때에는 눈꺼풀 속으로 들어가지 않고, 밖으로 흘러나올 것 같았다.

"여기에 남을 순 없나요?"

"안 되죠, 물론."

"그럼 가족들과는 헤어져 있어야겠군요?"

"가족이라뇨? 할머니뿐이에요. 할머니와 저, 둘뿐이죠."

"아빠, 엄마는?"

조야는 한숨을 내쉬었다. "어머니는 돌아가셨어요."

코스토글로토프는 조야의 얼굴을 바라보며 아버지에 대해서는 묻지 않았다.

"여기가 고향이에요?"

"아뇨, 스몰렌스크예요."

"그래요? 여기 몇 살에 왔어요?"

"피난할 무렵이에요."

"그렇다면……. 아홉 살쯤 됐겠군!"

"네, 스몰렌스크에서 2학년까지 다니고, 피난 와서 할머니와 둘이 여기에 정착했죠."

조야는 벽 가까운 마루에 놓여 있던 밝은 오렌지색 빅백을 끄집어 당겨서 그 속에서 손거울과 빗을 꺼냈다. 간호사 캡을 벗고, 짧게 자른 금발의 고운 머리카락에 빗을 댔다. 그 황금빛은 코스토글로토프의 험상궂은 얼굴에도 비쳐서 그의 표정을 부드럽게 만들었다. 조야가 거울을 내리면서 농담을 했다.

"그럼, 당신 할머니는 어디 계세요?"

코스토글로토프는 정색을 했다.

"나의 할머니와 어머니는 봉쇄 때 돌아가셨어요."

"레닌그라드에서요?"

"그래요. 여동생도 폭격으로 죽었어요. 그 애도 간호사였어요."

조야는 한숨을 내쉬었다.

"그랬군요. 봉쇄 때 참 많이도 죽었어요. 정말 히틀러는 악당이에요!"

"히틀러가 악당인 건 더 말할 필요도 없지요. 하지만 레닌그라드 봉쇄의 책임은 히틀러뿐만이 아니오."

"왜요? 어째서?"

"생각해 봐요. 히틀러는 우리를 송두리째 없애버리는 게 목표였는데, 그런 사람이 한쪽 문을 열어 놓고 레닌그라드 시민에게 '혼잡을 이루지 말고 한 사람씩 차례대로 나와주십시오'라고 하겠어요? 히틀러는 우리의 적으로서 전쟁을 한 거예요. 그러니 봉쇄에 대한 책임자는 다른 사람이 있다고 생각해요."

"누군데요, 그 사람이?"

조야가 놀라서 목소리를 한껏 낮춰 물었다. 조야는 여태까지 이런 소리를 듣거나 생각해 본 적도 없었다. 코스토글로토프의 검은 눈썹이 꿈틀하면서 가운데로 모였다.

"영국이나 프랑스나 미국이 히틀러와 손을 잡아도 전쟁 준비를 하지 않았을 놈이오. 10년, 20년 월급을 받아먹고도 레닌그라드의 전략적 위치나 방어책에 대해서 무엇 하나 예측하지 못한 놈이죠. 장차 공습이 치열해질 것을 내다보고 식량창고를 지하에 옮길 생각도 못한 놈들, 그놈들이 나의 어머니를 죽인 거요. 히틀러와 공모해서 말이오."

이것은 어딘가 아주 새로운 사고방식이었다. 시브가토프는 두 사람의 등 뒤 한쪽 구석에서 대야 앞에 얌전히 웅크리고 있었다. 조야는 여전히 목소리를 낮췄다.

"하지만 그렇다면, 그렇다면 말예요. 그런 사람들은 벌을 받아 마땅하지 않을까요?"

안 그래도 항상 무서워 보이던 코스토글로토프의 입술이 더욱 일그러졌다.

"글쎄, 잘 모르겠어. 잘 모르겠어."

조야는 캡을 벗고 흰 가운의 제일 위쪽 단추를 풀었다. 금빛 섞인 회색 원피스의 깃이 엿보였다.

"조야, 실은 당신한테 부탁이 있어요."

"어머, 그랬군요!" 조야의 눈썹이 실룩거렸다. "그럼 낮에 근무시간에 오세요. 지금은 자야 하니까! 아까는 손님으로 오셨다면서요."

"물론 놀러온 것도 맞아요. 이건 당신이 의사가 되기 전에, 때가 너무 늦기 전에 인간적인 손길을 뻗쳐주었으면 해서 하는 부탁입니다."

"의사들은 그렇지 않은가요?"

"의사의 손과 당신의 손길은 아주 달라요. 농담이 아니라니까요. 조야, 난 사람들한테 바보 취급을 받고는 못 사는 성미인데, 여기서는 치료는 해주지만 설명을 전혀 안 해줘요. 당신이 《병리해부학》이라는 책을 가지고 있는 걸 봤어요. 그렇죠?"

"그래요."

"그 책에 종양에 관해서도 쓰여 있지요?"

"네."

"그 책을 빌려줄 수 있어요? 좀 읽고 알아볼 것들이 있어요. 나 자신을 위해서 말예요."

조야는 입술을 쫑긋거리며 곤란하다는 듯이 고개를 저었다.

"환자에게 의학책을 읽히는 것은 금기예요. 우리 의학도가 어떤 병을 연구하는 것조차 항상 잔소리를 들을 정도예요."

"다른 사람에게는 금기이더라도 난 달라요!" 코스토글로토프가 커다란 손바닥으로 책상을 탕 쳤다. "난 이미 몇 번이나 위험을 겪어서, 위험에 익숙하단 말입니다. 섣달 그믐이었던가, 시골 병원에서 날 진찰했던 한국인 외과의사도 '안됩니다. 그건 허락되어 있지 않아요'라고만 말했어요. 그래서 '내가 책임질 테니 말해주시오! 최악의 경우, 집안일도 정리해 두어야 하잖아요!'라고 했더니 그제서야 목소리를 잔뜩 낮추고 말해주었어요. '앞으로 3주일은 견딜 텐데, 그 후는 보장할 수 없군요'라고."

"너무해요. 그 사람이 무슨 권리로……."

"아니오. 잘 말해주었어! 그는 용감한 사람이었어! 난 그의 손을 꽉 잡았지. 알고 싶었던 거니까! 반 년 전쯤부터 고민을 해왔었는데, 마지막 한 달은 그 고통을 참으로 견디기 어렵더군요. 통증이 심해서 눕지도 서지도 못하고 하루에 단 몇 분 동안 눈을 붙일 수 있으니, 시종 생각에만 잠겼으니까! 지난 가을 절실히 깨달은 것은, 우리의 육신은 아직 죽지 않았어도 우린 죽음의 세계로 이미 첫발을 내디디고 있다는 거예요. 육체의 내부에서는 지금 피가 돌고, 음식을 소화하고 있지만 심리적으로는 죽음의 준비가 다 갖춰졌다는 거죠. 이미 죽음 그 자체를 경험하고 있단 말입니다. 마치 관 속에서 밖을 내다보듯이 냉정히 주위를 바라보는 거죠. 나는 기독교인이 아니고 다른 종교도 믿지 않지만, 지금까지 나를 모욕한 인간을 용서하고 나를 학대한 무리에게 원한을 품지도 않았어요. 무엇이든 좋게 받아들였어요. 뭔가 고치려고 노력하고 목석처럼 매우 잘 조화된 자연스러운 상태가 되었다고 할 수 있죠. 그런데 지금 나는 그런 상태에서 이탈하려고 하는데, 이것을 기뻐해야 할지 어떨지 잘 모르겠어요. 어쨌든 모든 열정이 소생했답니다."

"그렇게 거드름 피우지 말아요! 물론 좋아해야죠! 당신이 입원한
게…… 며칠 전이죠?"

"12일 전이죠."

"대합실 소파에서 웅크리고 있던 당신은 보기만 해도 소름이 끼쳤어
요. 이미 송장 같은 얼굴을 하고서 체온이 밤낮으로 38도를 넘었으니
까……. 그런데 지금은 어때요? 손님으로도 다니고. 사람이 12일 동안에
이렇게 회복된 건 기적이에요! 흔한 일이 아니에요!"

그때 코스토글로토프의 얼굴은 조각칼로 그어놓은 것처럼 회색 주름
으로 덮여 있었다. 지금은 그 주름이 훨씬 적어지고 회색도 엷어졌다.

"엑스선 조사照射(빛, 광선, 방사선 등을 쐬는 것) 경과가 좋았어요."

"정말 신기해요! 당신은 복이 많은 사람이에요."

코스토글로토프는 쓴웃음을 지었다.

"아마 내가 과거에 행운이라는 것이 너무 적었기 때문에, 이 엑스선의
기적이라는 것이 그것을 보충해 주나 봅니다. 요즘은 뭔가 아련하고 즐거
운 일을 꿈꾸곤 해요. 병이 나을 징조일까요?"

"그런지도 모르죠."

"그러니 더 자세히 알고 싶단 말예요! 치료 방법, 치료 경과, 부작용까
지 다! 또 이렇게 많이 나았으니 이제 치료를 그만두어도 되지 않을까도
알고 싶어요. 돈초바 선생도, 간가르트 선생도 아무 설명도 않고 원숭이
를 치료하듯 한단 말이에요. 책을 빌려줘요, 조야. 부탁해요! 절대 당신에
게 폐가 되지 않도록 하겠어요. 아무한테도 들키지 않을 게요!"

그의 진지한 부탁에 조야는 책상 서랍을 열었지만, 여전히 망설였다.
이를 본 코스토글로토프가 재빨리 손을 내밀었다.

"거기 있어요? 조야, 제발 빌려줘요! 다음 당직은 언제지요?"

"일요일 낮이에요."

"그럼 그때 돌려드리지! 됐어! 약속해요!"

그녀의 금빛 앞머리와 약간 튀어나온 눈매가 한층 아름답게 보였다. 그러나 코스토글로토프는 꾀죄죄하니 영락없는 입원환자 몰골이었다. 빳빳한 모발이 베개에 눌린 모양 그대로 사방으로 뻗쳐 있고, 목 언저리의 단추를 채우지 않아서 자켓 밑으로 무명 내의 아랫도리가 비죽이 나와 있었다. 그런 몰골로 코스토글로토프는 책을 펴고 재빨리 목차를 훑어보았다.

"그렇지, 그렇지. 아주 좋아! 이것으로 다 알 수 있어요. 대단히 고마워요. 나 자신이 가만히 있었기 때문에 괜히 치료를 질질 끌고 있었는지도 몰라요. 의사는 병상카드를 적기만 하면 그만이거든. 그럼 나도 여기서 도망칠까 봐, 약을 좋아하는 것은 만병의 근원이라는 속담도 있으니까."

"어머, 기막혀! 책을 빌려주자마자, 그 꼴이군요! 도로 주세요, 그 책."

조야는 처음엔 한 손으로, 다음엔 두 손으로 책을 빼앗으려고 했다. 그러나 그는 책을 놓지 않았다.

"찢어져요! 도서관 책이죠? 됐어, 빌려줘요!"

조야의 포동포동한 어깨와 팔이 흰 가운 안에서 터질 듯했다. 목은 가늘지도 굵지도 않게 꼭 알맞았다. 책을 잡아당기다가 두 사람 사이가 가까워져서 서로 노려보았다. 그의 험악한 얼굴에 웃음기가 어렸다. 그러자 무섭던 흉터도 그다지 마음에 걸리지 않아 보였다. 안색이 파리한 것은 본래 그런가 보다. 그가 책을 잡은 조야의 손가락을 한 손으로 살짝 밀치고는 속삭이는 목소리로 설득하려 했다.

"조야, 당신은 고등교육을 받았잖아요, 무지하지 않잖아요. 그러니 남이 공부하는 것을 방해하진 않겠지요. 아까 말은 농담이에요, 도망치지 않아요."

조야도 애써 속삭이듯 대답했다.

"당신은 그렇게 제멋대로이기 때문에 책을 읽을 자격이 없어요. 여기 입원만 해도 그래요. 왜 더 빨리 오지 않았죠? 거의 시체나 다름없어질 때까지 입원하지 않았던 까닭은 뭐예요?"

"아니, 또 그 소리군요." 코스토글로토프는 큰소리로 한숨을 내쉬었다. "교통이 불편해서였어요."

"교통이 불편하다니요, 비행기로 오면 되잖아요! 미리 도시로 옮길 수도 있었을 텐데 끝까지 그냥 방치하다니…… 당신이 있던 고장에는 의사나 조수도 없었나요?" 말하면서 그녀가 책을 놓았다.

"의사는 있었죠. 산부인과 의사만 두 사람."

"산부인과 의사가 두 사람이나? 그럼 여자뿐이었겠군요?"

"오히려 여자가 모자랐어요. 산부인과엔 두 사람 있었지만 다른 의사는 한 사람도 없었어요. 검사실이 없어서 혈액검사도 할 수가 없었지요. 나의 혈침반응이 60이나 되었는데도 아무도 몰랐으니까."

"악몽 같군요. 그런데 또 치료를 그만둘 생각을 해요? 자신을 아무렇게나 다루는 것은 자유이지만 애들은 생각해야 합니다."

"애들?"

그는 책장을 넘기다가, 방금 즐거운 꿈에서 깨어난 듯한 표정이 되었다. 그는 험상궂은 얼굴로 되돌아가 느릿느릿한 말투로 말했다.

"난 애들이 없어요."

"그럼 부인을 생각해야죠."

그의 말투는 더 느려졌다.

"아내도 없어요."

"남자들은 다들 아내가 없다고 하더군요. 그럼 집안일들을 정리하고 싶다는 건 뭐예요? 한국인 의사한테 그렇게 말했다고 하셨죠?"

"그건 거짓말이었죠."

"그럼 지금 나한테도 거짓말하는 건가요?"

"아니, 그렇진 않아요, 정말." 코스토글로토프의 얼굴은 점점 침울해졌다. "나는 선택하는 데 꽤 까다로운 편이랍니다."

"부인이 당신과 성격이 안 맞았군요?"

안됐다는 듯 조야는 혼자 고개를 끄덕였다. 코스토글로토프는 아주 천천히 고개를 옆으로 저었다.

"정말 없었어요."

조야는 이상하다는 표정으로 그의 나이를 추리해 보았다. 그녀는 입을 열려다 말았다. 그러다가 다시 한 번 입술을 움직이려다 또 멈췄다.

조야는 시브가토프를 등지고 앉아 있었기 때문에, 그녀를 마주보고 있는 코스토글로토프는 타타르인을 잘 볼 수 있었다. 시브가토프는 아주 조심스럽게 대야에서 일어서서 허리춤에 두 손을 대고 몸을 말리고 있었다. 마치 온몸이 고뇌의 덩어리인 듯한 모습이었다. 모진 슬픔은 이미 초월했지만 기쁨을 이끌어줄 만한 것은 아무것도 없는 듯했다. 코스토글로토프는 숨을 크게 들이쉬었다가 내뱉었다. 숨쉬기가 가장 큰일인 것처럼…….

"아, 담배를 피우고 싶어! 여기선 절대로 안 되지요?"

"안되구말구요. 당신이 담배를 피운다는 것은 자살행위와 같아요."

"무슨 일이 있어도 절대로 안 될까요?"

"무슨 일이 있어도 절대로! 저 있는 데서 피우다니 어림도 없어요."

그러나 그녀는 미소를 짓고 있었다.

"그래도 꼭 한 대쯤이야 어때요?"

"이미 잘 시간이 지났는데, 자고 있어야 할 사람이 어떻게 담배를 피운다는 거죠?"

코스토글로토프는 수공예 조각이 새겨진 긴 파이프를 꺼내어 입에 물었다.

"젊은 사람은 서둘러 결혼하지만, 나이 먹은 사람은 서두르지 않아요."

그는 조야의 책상에 두 팔꿈치를 대고 파이프를 잡은 채 손을 머리카락 속으로 밀어넣고 있었다.

"그래도 전쟁 직후에 결혼을 할 뻔했어요. 그때 난 학생이고 그녀도 학생이었지. 그래도 썩 내키지 않았고, 결국 결혼도 이루어지지 않았고."

조야는 호감형은 아니지만 강한 인상을 주는 코스토글로토프의 얼굴을 빤히 쳐다보았다. 어깨와 팔에 뼈가 앙상한 것은 병 때문일 것이다.

"뭔가 잘 안되는 일이 있었나 봐요?"

"그 사람은 말예요, 뭐랄까……. 파멸했어요."

코스토글로토프는 한 눈을 감고 얼굴을 찌푸리며 상대를 바라보았다.

"아직 살아는 있어요. 지난해에 몇 차례 편지도 주고받았다오."

그는 눈을 가늘게 뜨고 손에 든 담배 파이프를 바라보다가, 그것을 호주머니에 집어넣었다.

"그 편지 속에 적힌 몇 마디의 글귀를 읽고 문득 이런 생각을 했어요. 그때 그녀는 정말 내가 생각했던 것처럼, 완벽한 여성이었을까……. 스물다섯 때 뭘 알았겠어……." 흑갈색의 큰 눈이 조야를 바라보았다. "아마 당신도 남자에 대해 아무것도 모를 거예요."

조야가 웃었다.

"어쩌면 알고 있을지도 모르죠?"

"절대로 그렇지 않아요. 당신이 알고 있다고 생각하는 것은 실은 모른다는 거예요. 결혼을 한 후에 분명히 잘못 알았다는 것을 알게 되죠."

"좋지 않은 전망이군요!"

조야는 고개를 내저었다. 그리고 오렌지빛 빅백에서 자수틀을 꺼내서 펼쳤다. 헝겊 위에는 벌써 초록빛 학이 완성되고, 여우와 주전자는 윤곽만 그려져 있었다. 코스토글로토프는 무척 신기한 것을 본 듯 놀란 목소리로 말했다.

"자수를 다!"

"왜 그리 놀라죠?"

"요즘 의학부 여학생이 이렇게 수를 다 놓다니, 꿈에도 생각 못했어."

"여자가 수를 놓는 것을 본 적이 없었나요?"

"어릴 때는 봤지요, 1920년대쯤. 그런데 그때는 부르주아적이다 뭐다 했었지. 콤소몰(공산주의 청년 동맹)회의에서 비판까지 했으니까."

"지금은 아주 대유행인데. 본 적 없어요?"

코스토글로토프는 고개를 가로저었다.

"좋지 않다고 생각하세요?"

"그런 게 아니오! 아주 귀엽고 가정적이고……. 넋을 잃을 정도군요."

물끄러미 바라보는 앞에서 조야는 한땀 한땀 수를 놓았다. 조야는 수틀을 내려다보고, 코스토글로토프는 조야를 쳐다 보았다. 노란 전등불빛에 그녀의 속눈썹이 연한 금빛으로 반짝였고 그 금빛이 원피스의 깃 언저리에도 어른거렸다. 그가 속삭였다.

"당신은 금발을 가진 꿀벌이야."

"네?" 조야는 머리를 숙인 채 눈썹을 치켜올렸다.

그가 다시 되뇌였다.

"그래요?" 조야는 뭔가 칭찬하는 소리 이상의 것을 기대하고 있는 것 같았다. "당신이 살고 계시던 고장에서는 수놓는 사람이 아무도 없다면 수실은 얼마든지 살 수 있겠네요?"

"뭘 산다구요?"

"수실, 이것 말예요, 자수에 쓰이는 실. 초록, 파랑, 빨강, 노랑. 꽤 사기 어려워요."

"수실이라구요. 잊지 않고 물어보지요. 팔기만 하면 꼭 보내드리죠. 만일 거기에 수실이 많으면, 당신이 우리 고장으로 이사오는 편이 더 좋겠군."

"어딘데요?"

"인적이 드문 개척지라고나 할까."

"개척지요? 그럼 당신은 개척자겠네요?"

"아니, 내가 처음 갈 무렵에는 누구도 개척 운운하지는 않았어. 그런데 요즘 와서 개척지로 불리고 개척자들도 많이 오게 됐지. 당신도 졸업하면 지원해 봐요. 틀림없이 허락되리라 믿어요. 절대 거절 당하지는 않을 겁니다."

"살기 어렵다면서요?"

"천만에. 살기 좋다든가 나쁘다든가 하는 사람들의 기준이 좀 달라요. 상자 같은 5층집 속에서 머리 위로 쿵쿵 돌아다니고 라디오를 온통 크게 틀어놓는 사람들과 사는 것을 좋다고 생각하고 대초원 한구석의 토담집에서 부지런한 농부로서 사는 것은 큰 불행이라고 생각하지요."

그의 말투는 조금도 농담기가 없었을 뿐만 아니라, 오히려 언성을 높여 강조하기조차도 귀찮다는 듯한, 지겨운 확신 같은 것이 깃들여 있었다.

"거기가 대초원이나 사막 같은 곳이에요?"

"대초원이지요. 모래언덕은 없고 여러 종류의 풀이 자라요. 잔다크는 낙타가 먹는 콩과 식물로, 일종의 다년초 엉겅퀴라서 7월에 장미 비슷한 꽃이 피고 향기도 아주 좋아요. 카자흐인들은 이 식물로 1천가지 약을 만들죠."

"그럼 거기는 카자흐 공화국이군요?"

"그래요. 우시 체레크."

"우시 체레크 군郡?"

"군의 이름이기도 하고 군의 중심지이기도 하고. 병원도 있긴 하지만 의사가 부족해요. 제발 와 줘요."

"그밖의 식물은 없나요?"

"천만에요. 여러 가지 밭작물을 심어요. 사탕무, 옥수수, 뭐 야채는 대부분 다 있지요. 그러나 일은 많이 한답니다. 체크메니(카프카즈 지방의 남자 상의)를 입고 열심히 일해야 돼요. 시장이 그림 같아요. 그리스인은 무를 팔고, 쿠르드인은 양고기를 팔고, 독일인은 돼지고기를 팔죠! 보여주고 싶군요! 다들 각자의 민족의상을 입고 낙타 등에 앉아 온답니다."

"당신은 농업기사인가요?"

"아니오. 농지정리원이오."

"그런데 어떻게 그런 고장에서 살게 되었지요?"

그는 콧등을 어루만졌다. "기후가 마음에 들어서요."

"교통이 불편한데도?"

"아니, 자동차는 얼마든지 다녀요."

조야는 옆눈으로 그의 얼굴을 바라보았다.

"전 아직도 제가 무엇 때문에 가야 하는 건지 잘 모르겠군요."

말하면서 표정이 부드럽게 변해 있던 그가, 갑자기 건배축사라도 생각하듯 미간을 찌푸렸다.

"당신이 왜 가지 않으면 안되느냐구? 조야, 어디로 가면 잘 살고, 어디로 가면 불행해진다는 걸 알 수는 없어요! 자기가 어디로 가야 하는지, 잘라 말할 수 있는 사람이 과연 있을까요?"

4. 환자의 불안

외과 환자, 종양 수술 예정 환자들은 아래층 침대가 부족해서 위층 방사선과 환자들의 병실에 수용되어 있었다. 그래서 위층에서는 아침 회진이 두 차례 이루어졌다. 방사선과 회진과 외과 회진. 그러나 2월 4일 금요일은 수술일이어서 외과의들은 회진을 하지 않았다. 그래서 방사선과 여의사 베가 코르닐리예브나 간가르트는 아침회의 후 곧바로 병실로 올라가서, 남자병실 입구에서 안을 기웃거렸다. 간가르트는 보통키에 균형 잡힌 몸매였는데, 허리를 잔뜩 졸라매서 더 균형잡혀 보였다. 흑갈색 머리카락을 다소 유행 지난 스타일로, 위로 올려 묶었다.

아흐마드잔이 여의사를 보고 반갑게 인사했다. 코스토글로토프도 재빨리 두꺼운 책에서 얼굴을 들고 멀리서 고개를 꾸벅했다. 여의사는 미소를 지어보이며, 자신이 없는 동안에도 얌전하게 있으라고 어린애를 타이르듯이 손가락 하나를 세워보이고는 잠시 자리를 떴다. 돈초바와 함께 회진을 해야 하는데, 돈초바가 주임의사 니자무트진에게 불려가 붙잡혀 있었기 때문이다.

돈초바는 주1회 자신의 회진일에만 엑스선 검사를 하고, 다른 날은 가장 눈도 머리도 맑은 오전 두 시간을 그때 그때의 전문의와 함께 엑스선 기계 앞에 앉아서 진단하는 데 썼다. 그녀는 그것을 자신의 업무 중 가장 복잡한 일이라고 생각했는데, 20년간의 경험으로 진단 오류가 얼마나 큰 희생을 가져오는지를 많이 보았기 때문이다. 돈초바는 자신이 맡아 지도하고 있는 세 명의 젊은 여의사들이 경험을 골고루 쌓아 진단 기술을 향상시키도록, 3개월마다 부서를 바꿔서 외래진찰실, 방사선실, 병실을 돌게 했다.

간가르트는 지금 병실 담당이었다. 이 일에서 가장 중요하고 또 위험하며, 연구가 뒤떨어진 것은 '방사선 조사량'에 대한 일이었다. 종양은 죽이면서 다른 장기에는 해가 없도록 방사선 조사의 강도와 양을 계산하는 공식은 없었다. 환자의 상태를 일일이 검사해서 경험과 육감에 따르는 방법뿐이었다. 말하자면 방사선 조사는 '오직 방사선만으로 맹목적이고 장기적으로 행하는' 일종의 외과수술이었다. 건강한 세포에 전혀 해를 주지 않는 것은 불가능했다.

그 외에 병실 담당의가 할 일은 그저 정해진 것을 순서대로 하는 것이다. 적당한 시기에 조직검사 실시 여부를 결정하고, 그 결과를 30장이나 되는 병상카드에 기입하는 일이었다. 줄이 잔뜩 그어진 용지에 자질구레하게 적어 넣는 일을 반기는 의사는 아무도 없지만, 간가르트는 '이들은 모두 내 환자'라는 사명감으로 석 달이나 이 일을 기꺼이 해내고 있었다. 환자는 엑스선 기계의 스크린에 비친 빛과 그림자의 영상이 아니라, 간가르트를 신뢰하고 그 목소리와 시선을 고대하는 살아 있는 인간이며, 구체적인 인간들인 것이다. 그래서 나중에 석 달이 지나서 병실 담당을 다른 의사한테 인계할 때 간가르트는 자기가 치료를 끝내지 못한 환자들과 헤어지는 게 못내 서운하기까지 했다.

당직 간호사 올림피아다 블라지슬라보브나는 이미 머리에 흰 머리카락이 섞일 나이여서 여의사들보다도 위엄 있는 여성으로 보였다. 그녀는 병실마다 다니면서 방사선과 환자들에게 대기하라고 전달하고 있었다. 그런데 큰 여자병실에서는 이 전달을 기다리기나 한 듯이 회색 가운의 환자들이 하나씩 층계를 내려갔다. 사실은 크림 장수 할아버지나 우유 파는 여자가 오지 않나 보러나간 것이었다. 몇은 병동의 출입구 계단 위에서 수술실 창문을 들여다보고 있었고(창문은 아래쪽 반이 희게 칠해 있고 위쪽 투명유리 부분에는 외과의사와 간호사의 캡, 그리고 천장의 밝은 조명기구가 보였다) 개수대에서 병을 씻는 사람도 있었으며 누군가를 찾아다니는 사람도 있었다. 얼마 후에는 수술을 받아야 할 운명이라는 사실과 그들이 입고 있는 낡은 가운은, 그 환자들에게서 여성성을 제거해 버렸다. 뚱뚱한 여자도 입을 수 있도록 통 넓은 푸대자루처럼 재단을 해서, 남자환자들의 연분홍 자켓이 오히려 좋아보일 정도였다. 깃도 단추도 없어서 다들 속옷이 비주룩하게 나오는 것을 막으려고 무명 허리띠를 동여매고 한 손으로는 앞가슴을 여며쥐었다. 병고에 지친데다 꼴사나운 이 가운을 입고 있는 여인들은 누구의 눈도 즐겁게 해주지 못했고, 그것을 자신들도 잘 알고 있었다.

남자병실에서는 루사노프를 제외한 전원이 꼼짝하지 않고 않아서 회진을 기다렸다. 집단농장 수위였던 우즈베크 노인 무르살리모프는 여느 때처럼 낡고 둥근 모자를 쓰고, 손발을 죽 펴고 누워 있었다. 기침이 덜 나서인지 기분이 좋아보였다. 그는 숨쉴 때마다 아래위로 크게 오르내리는 가슴 위에 손을 모으고 천장의 한 점만 응시했다. 어두운 청동색 피부가 두개골 전체에 달라붙은 것처럼 보였다. 콧등뼈, 광대뼈, 세모진 턱수염 밑의 뾰죽한 턱뼈가 불거져 나와 보였고, 귀는 얄팍해서 납작한 연골처럼 보였다. 조금만 더 마르고 검어지면 미이라가 되어버릴 것 같았다.

그 옆 중년의 카자흐 양치기 예겐베르지예프는 마치 자기집 털가죽 깔개에 앉은 듯이 발을 십자로 꼬고 앉아 있었다. 그 크고 늠름한 손바닥으로 둥글고 큰 무릎을 꽉 잡고 앉은 모습이 공장 굴뚝이나 탑같이 단단해 보였다. 건장한 어깨와 등은 분홍색 상의를 찢을 듯했고, 소매 끝 단추는 팔뚝에 조금 힘을 주면 퉁겨져 나갈 것 같았다. 입원할 때 입술에 있던 작은 부스럼이 검붉은 큰 딱지로 변해서 먹고 마시는 것은 다소 불편했지만, 이 사나이는 덤비거나 떠들지 않고 언제나 깨끗이 식사를 해치우고 나선 몇 시간이라도 멀거니 허공을 보며 앉아 있었다.

문에서 제일 가까운 침대 차지인 열여섯 살 좀카는 아픈쪽 다리를 침대 위에 뻗치고 정강이의 환부를 손바닥으로 가볍게 주무르고 있었다. 그는 한쪽 다리를 새끼 고양이처럼 몸 아래로 구부려 넣고, 주위 분위기에 관계없이 책만 읽고 있었다. 좀카는 취침 시간과 치료 시간 외에는 언제나 책을 읽었다. 조직검사실 주임의사 책장에서 자유롭게 책을 빌려왔고, 다른 환자가 읽기 전에 재빨리 새 책과 바꿔가곤 했다. 지금 그는 파란 표지의 낡은 잡지를 읽고 있었다. 이곳 책장엔 새 책이라곤 하나도 없었다.

프로시카는 주름 하나 없이 정돈한 침대에 얌전히 걸터앉아서 두 다리를 마룻바닥에 내리고 끈기있게 기다리고 있었다. 사실 그는 전혀 환자처럼 보이지 않았다. 건강한 혈색의 이마에 곱게 내려뜨린 앞머리 모양으로는 당장 댄스파티에 갈 청년으로 보였고, 단 한 번도 어디가 아프다고 한 적도 없었다. 그 옆 아흐마드잔은 담요 위에 장기판을 펴놓고 혼자 장기를 두고 있었다. 턱에 붕대를 갑옷처럼 감은 예프렘은 통로를 배회하거나 자기 신세타령도 하지 않고, 베개를 두 개 포개놓은 위에 기대어 어제 코스토글로토프가 떠맡긴 책을 들고 있었다. 그러나 책장이 넘어가지 않는 걸 보니 아마 책을 켠 채 졸고 있는 것 같았다.

아조프킨은 어제처럼 계속 괴로워했고, 한숨도 자지 못한 몰골이었다. 창문틀과 머릿장에 물건들이 사방으로 널려져 있었고 침대는 온통 흐트러져 있었다. 이마와 관자놀이에는 땀방울이 맺히고, 몸의 고통스러운 그림자가 그의 누런 얼굴을 스쳐 지나갔다. 그는 발을 마룻바닥에 내리고 두 팔은 침대에 댄 채 등을 둥글게 굽히고 서 있다간 갑자기 두 손으로 배를 움켜 잡고 몸을 접듯이 푹 꺾었다. 그는 이미 며칠 전부터 병실 동료의 말에 대답하지 않고, 자기 얘기도 하지 않으면서, 간호사와 의사에게 약을 더 달라고 조를 때만 말했다. 문병온 가족에게도 이 병원에서 봐둔 약을 사오라고 쫓아내 버렸다.

창밖은 우중충하고 바람도 없는 뿌연 날씨였다. 아침에 엑스선 조사를 받고 돌아온 코스토글로토프는 루사노프의 양해도 구하지 않고 머리 위

통풍창을 열어젖혔다. 공기가 흘러들어왔는데 눅눅하지만 차갑지는 않았다. 루사노프는 턱에 목도리를 감고 벽 쪽으로 붙었다. 누구라 할 것 없이 우둔한 바보들뿐이군! 이 병실에서는 아조프킨만 빼고 정말 고통스러운 놈이라곤 아무도 없지 않은가.

고리키는 자유를 위해 싸운 자만이 자유를 즐길 가치가 있다고 했다. 병을 치료한다는 것도 같은 이치가 아닌가. 루사노프는 오늘 아침 이미 싸움의 제일보를 내디뎠다. 등록과 문이 열리자마자 집으로 전화를 걸어서 간밤의 결심을 전했다. 아내에게 '이 병원에 있다가는 죽을지도 모르니 모스크바 병원 입원 수속을 알아봐달라'고 했다. 카파는 어디에나 무상출입을 할 수 있으니까, 이미 행동을 개시했을 것이다. 종양에 겁을 집어먹고 여기에 입원해버린 것이 정말 어리석은 짓이었다. 어제 오후 3시부터 지금까지, 누구 하나 진료하러 오지도 않고 약도 주지 않았다. 도대체 어쩌자는 걸까. 흰 가운을 입은 살인자(1953년 초의 유대인 의사단 음모사건 때 흔히 쓰던 표현)라고 잘도 말했어! 체온표 같은 것은 바보들의 마음을 위안하려는 속임수일 뿐이야. 이 나라의 의료기관은 좀 더 기강을 바로잡아야 해.

이제나저제나 기다리던 의사들이 모습을 나타냈지만, 곧바로 병실로 들어오지 않고 문밖 시브가토프 옆에서 멈춰섰다. 타타르인은 맨등을 의사들한테 보이고 있었다(그러는 동안 코스토글로토프는 재빨리 책을 이불 밑에 숨겼다).

이윽고 돈초바와 간가르트, 그리고 기록부를 들고 팔에 수건을 걸친 백발이 성성한 간호사 올림피아다 블라지슬라보브나가 병실에 들어왔다. 흰 가운을 입은 사람들이 떼로 들어오면 환자들의 마음은 경계와 공포와 희망으로 널을 뛴다. 이 세 감성은 가운이나 캡이 하얄수록, 얼굴 표정이 심각할수록 강해졌다. 지금 누구보다도 심각하고 굳은 표정을 하고 있는 사람은 간호사였다. 이 간호사는 회진을 돌 때 가톨릭의 부제副祭가 사제의 미사를 도울 때의 심정이 되었다. 그녀는 의사는 보통 사람과 달리 위대한 사람이며, 모든 것을 알고 있고 절대로 과오나 그릇된 결정을 하지 않는다고 생각했다. 그래서 의사의 결정사항을 기록부에 적을 때 행복감마저 느꼈는데, 젊은 간호사에게는 있을 수 없는 그런 것이었다.

그런데 병실로 들어온 두 의사는 루사노프의 침대로 바로 오지 않았다! 소박한 얼굴에 몸집이 큰 돈초바는 모두에게 낮은 목소리로 "안녕하세요."라고 인사를 하면서 문간 좀카 곁에 멈춰서서, 소년을 뚫어지게 들여다보았다.

"뭘 읽고 있지요, 좀카?"

'좀 더 현명한 질문이 없나! 근무 중인데!'

좀카는 습관대로 대답은 않고 퇴색된 파란 표지의 잡지를 내보였다. 돈초바가 눈을 가늘게 떴다.

"참 오래된 잡지군요, 재작년 것인데, 웬일이지요?"

"여기에 재미있는 논문이 실려 있거든요."

"무슨 논문인데?"

"성실에 대한 논문이에요. 성실성이 없는 문학에 대하여……."

소년이 아픈 쪽의 다리를 마룻바닥에 내려놓자 돈초바가 이내 제지했다.

"벗지 않아도 돼! 걷어요."

소년이 바지를 걷어올리자 여의사는 침대에 앉아서 환부 주변을 신중하게 촉진했다. 간가르트가 그 뒤에서 어깨 너머로 들여다보면서 나직히 말했다.

"조사 15회, 3천 밀리뢴트겐(mR. 방사선 양의 단위)."

"여긴 아파요?"

"아파요."

"여긴?"

"그 근처는 다 아파요."

"그럼 왜 가만 있지? 참지 않아도 돼요! 어디서부터 아픈지 말해 봐요."

좀카가 천천히 환부 언저리를 매만졌다.

"가만히 있어도 아파요? 밤에는?"

좀카는 아직 수염이 나지 않아 깨끗한 소년의 얼굴이었는데, 끊임없는 긴장 탓으로 표정만은 무척 어른스러웠다.

"낮이고 밤이고 쑤셔요."

돈초바와 간가르트의 시선이 마주쳤다.

"그럼 본인의 생각은 어때요? 요즘 아픈 것이 더한지, 아니면 덜한지?"

"모르겠어요. 조금 나은 것 같지만 기분 탓인 것 같기도 해요."

돈초바가 간가르트를 돌아보았다.

"혈액은?"

간가르트가 병상카드를 건네주자, 돈초바는 그것을 흘끗 보고 좀카에게 시선을 돌렸다.

"밥맛은 있어요?"

"여태껏 밥맛이 떨어진 적은 없었어요." 좀카가 점잖게 말했다.

"요즘은 정량보다 더 먹습니다." 간가르트가 유머처럼 부드러운 목소리로 말참견을 하면서 좀카에게 미소지었다. 소년도 미소를 지었다. 돈초바는 탐색하듯이 소년의 얼굴을 살피며 물었다.

"좀카, 엑스선 치료를 계속할까?"

"물론 계속해야죠!"

소년은 밝은 표정으로 여의사를 쳐다보았다. 수술을 안 하려고 엑스선 치료를 제안한다고 생각했기 때문이었다. 그러나 돈초바는 수술 전에 엑스선으로 골육종 활동을 억제시켜서 전이를 막아놓자는 생각이었다.

예겐베르지예프는 이미 준비를 갖추고 의사들의 움직임을 주의깊게 지켜보고 있다가, 돈초바가 옆 침대에서 일어서자마자 자기도 통로에 우뚝 서서 가슴을 펴고 군인처럼 부동자세를 취했다. 돈초바는 카자흐인에게 미소를 지어보이고 그 입술에 얼굴을 가까이 하며 부스럼딱지를 살폈다. 간가르트가 작은 목소리로 숫자를 읽어주자, 돈초바가 큰 소리로 말했다.

"아주 좋아졌어요! 모든 것이 다 잘돼 가요, 예겐베르지예프! 곧 집으로 돌아가게 될 거예요!"

돈초바는 러시아어가 통하지 않는 사람에게 말할 때 언제나 필요 이상으로 소리를 높여서 격려했다. 아흐마드잔이 그 말을 우즈베크어로 통역했다(아흐마드잔과 예겐베르지예프는 서로 상대방의 말을 괴상하다고 생각하고 있었지만 뜻은 통했다). 예겐베르지예프는 눈빛에 희망과 신뢰와 기쁨까지 담아서 돈초바를 쳐다보았다. 그것은 참되게 학문을 닦고 세상에 유익한 일을 하는 사람에 대하여, 소박한 사람들이 느낄 수 있는 독특한 기쁨이었다. 그러면서 자기 부스럼딱지 언저리를 가리키며 한마디 물었다.

"전보다 커진 것 같은데, 부었습니까?" 아흐마드잔이 통역했다.

"점차 부기가 빠지고 있어요! 당연히 그렇게 돼야죠!" 돈초바가 힘주어 말했다. "점차 부기가 빠지고 있어요!. 앞으로 석 달 정도 집에서 휴양하고 다시 한 번 오세요!"

여의사는 무르살리모프 노인에게로 옮겼다. 이미 두 다리를 침대 밖으로 내려놓고 앉았던 노인이 일어서려고 하자, 돈초바가 만류하면서 나란히 침대에 걸터앉았다. 이 말라빠진 검은 구릿빛 피부의 노인도 신뢰의 눈길로 돈초바를 바라보았다. 여의사는 아흐마드잔을 통하여 노인의 기침에 대해 묻고, 셔츠를 걷어올리게 해서 가슴의 환부를 촉진했다. 그녀는 두 손으로 두들겨 보다가 얼마 후 간가르트에게 조사량이나 혈액, 주사 등을 알아보고는 아무 말 없이 병상카드를 들여다보았다. 건강한 몸이었을 때는 모든 몸의 기관이 다 갖춰져 있었지만 지금은 뭐든 다 쓸모없고 불필요한 것들만 같았다. 결절된 근육들, 살갗 밑에서 불룩 나온 뼈마디들…… 돈초바는 다시 주사치료를 하리라 결정하고, 머릿장에서 현재 먹는 약들을 꺼내보라고 지시했다. 무르살리모프가 텅 빈 종합비타민제 작은 병을 끄집어냈다.

"언제 샀지요?" 아흐마드잔이 통역했다.

"그제 샀습니다."

"그럼 약은 어디 있지요?"

"다 먹었습니다."

"전부를? 단번에?"

"아뇨, 두 번으로 나눠 먹었습니다."

두 의사와 간호사와 러시아인 환자들이 폭소를 터뜨렸다. 무르살리모프는 이유도 모르면서 이를 드러내고 따라웃었다. 루사노프만이 그 실없는 웃음들에 분노했다. 이제 곧 이놈들에게 정신이 바짝 들게 해줘야지! 루사노프는 의사를 맞이할 최선의 자세를 궁리해 보다가, 두 다리를 꼬고 반쯤 베개에 기대 앉았다.

"괜찮아요, 괜찮아!" 돈초바는 무르살리모프를 안심시켰다. 그리고 다시 비타민C정제를 노인에게 권하고 간호사가 재빨리 내민 수건에 손을 닦으며 뒤돌아섰다.

창문에서 들어오는 빛을 마주받은 돈초바의 안색은 창백하고 지친 병자의 것과 같았다. 대머리에 둥근 모자를 쓰고 안경을 낀 루사노프는 침대에 널찍하게 앉아 있어서 학교 선생을 연상시켰다. 그것도 이미 수백 명의 학생을 길러낸 정년에 가까운 선생 같았다. 돈초바가 가까이 오기를 기다리던 루사노프는 안경을 치켜올리고 대뜸 말을 건넸다.

"이봐요, 돈초바 씨. 이 병원의 실정을 도저히 후생성에 보고하지 않을 수 없군요. 난 오스타벤코 씨에게 전화를 걸까 해요."

여의사는 놀라거나 두려워하지 않았다. 다만 핏기 잃은 안색이 더 누래지면서 양어깨를 동시에 기묘하게 움직였다. 마치 멜빵이 당겨져서 불편할 때의 부자연스러운 동작과 흡사했다.

"오스타벤코 씨에게 전화를 할 수 있을 정도로 후생성에 얼굴이 통하신다면, 제발 실정을 말해주세요. 원하신다면 자료를 보충해 드릴까요?"

"그럴 필요는 없어요! 이 병원의 태만한 꼴은 유례가 없을 정도니까! 난 실로 열여덟 시간을 기다렸어! 그러는 동안에 치료해 주는 사람이라곤 아무도 없었소! 알다시피 난, 난 말이오……."

흥분한 나머지 루사노프는 말을 잇지 못했다. 병실 안의 모든 사람들이 일제히 루사노프를 주시했는데, 타격을 받은 의사는 다른 의사였다. 돈초바가 아니라 간가르트가 입술을 꼭 다물고 얼굴을 찌푸리며, 돌이킬 수 없는 일을 저질렀거나 손댈 수 없는 것을 봤을 때처럼 이마에 주름을 모았다. 그러나 앉아 있는 루사노프 위에 덮치듯 당당하게 서 있는 큰 몸집의 돈초바는 조금도 눈살을 찌푸리지 않고 그저 어깨를 한번 돌리고 나서 낮은 목소리로 달래듯이 말했다.

"그러니까 지금 치료하러 왔잖……."

"이젠 너무 늦었어! 여기서 하는 짓을 낱낱이 다 알았어! 난 퇴원할 거요. 관심을 가져주는 사람도 없고 진찰마저 해주지 않았어!"

루사노프의 음성은 뜻밖에 떨리고 있었다. 그토록 화가 치밀어올랐던 것이다. 하지만 돈초바는 침착했다.

"진단은 나와 있어요. 그리고 퇴원하셔도 갈 곳은 없어요. 이 병을 고칠 수 있는 곳은 우리나라에서 이곳뿐이에요."

"하지만 암은 아니라고 당신이 말하지 않았소! 분명한 병명을 말해줘요. 병명 말이오!"

"우리는 환자에게 병명을 말해줄 의무가 없어요. 하지만 병명을 듣고 마음이 편해질 수만 있다면 말하죠. 임파육종이에요."

"그러니까 암은 아니라는 말이죠!"

"물론이죠."

그녀는 태연하게 루사노프의 종양을 들여다보다가, 부드러운 목소리로 경고했다.

"누구도 여기에 입원하라고 강요하지 않았어요. 지금이라도 바로 퇴원하셔도 됩니다. 그러나 알아두세요. 죽는 원인이 암만 있는 게 아니에요."

"그게 무슨 뜻이오. 날 겁주자는 거요? 무엇 때문에 나를 위협하지요? 이것은 정당한 처사가 아니오!"

루사노프는 또다시 버럭 화를 냈지만, 이미 '죽는다'는 한 마디에 간이 콩알만 해졌다. 그래서 기가 잔뜩 꺾인 목소리로 물었다.

"그건…… 말하자면 제가 그토록 위험한 상태란 말입니까?"

"만일 당신이 이 병원, 저 병원으로 옮겨다니면 물론 위험하구말구요. 목도리를 벗고 일어나 서세요."

그는 고분고분 시키는대로 했다. 여의사는 신중하게 환부와 건강한 부분을 번갈아 눌러보더니, 고개를 앞뒤로 까딱거리게도 하고 좌우로 돌리게도 했다. 그러자 분명해졌다. 루사노프의 목은 이미 운동의 자유를 잃고 있었다.

"윗도리를 벗으세요."

초록과 갈색의 파자마 윗도리는 품이 넉넉하고 단추도 컸는데, 루사노프는 팔을 소매에서 빼려고 힘을 주다가 신음소리를 냈다. 백발이 성성한 간호사가 도와줘서 간신히 팔을 뺐다.

'아, 이 일을 어떡한담!'

"겨드랑이 밑은 아프지 않나요? 손을 움직일 때 거북하지 않아요?"

"그 근처도 나빠질 것 같나요?" 루사노프의 목소리는 맥없이 가늘어졌다.

"팔을 수평으로 드세요!"

여의사가 겨드랑이 밑을 거침없이 꾹꾹 눌러댔다.

"그럼 어떤 치료를 하게 되나요?"

"말씀드렸던 대로 주사를 맞아야겠어요."

"주사라면, 어디에 맞는 거지요? 직접 종양에 말입니까?"

"아뇨, 정맥주사예요."

"몇 번이나 맞지요?"

"주3회. 자, 옷을 입으세요."

"수술은 불가능한가요?" 이렇게 묻기는 했지만 루사노프도 다른 환자처럼 수술대에 눕는 것이 겁이 났다. 장기 치료가 수술보다 낫다고 생각했다.

"수술은 소용없어요."

여의사가 수건에 손을 닦으며 대답했다. 루사노프는 곰곰이 생각했다. '그건 잘된 일이지만, 아무래도 카파에게 먼저 상의해야겠어.' 회진에서 잔뜩 고자세를 취해서 기선을 제압하려고 했는데 실패였다. 그렇다면 오스타벤코에게 전화하는 것도 간단하지 않을 것이었다.

"그럼, 생각해 보지요. 내일까지 결정하면 되겠지요?"

"안 돼요." 돈초바가 딱잘라 말했다. "오늘 결정해 주셔야죠. 내일은 주사를 못 맞아요. 토요일이니까."

또 규정인가!

"토요일에는 주사를 못 맞다니, 그게 말이 됩니까?"

"주사를 놓으면 이튿날 반응을 관찰해야 해요. 일요일에는 그게 안 됩니다."

"그렇게 대단한 주사인가요?"

돈초바는 대꾸 없이 이미 코스토글로토프의 침대로 가고 있었다.

"그렇다면 월요일은······."

"루사노프 씨! 당신은 열여덟 시간이나 치료를 받지 못했다고 우릴 비난했지요. 그런데 일흔두 시간이나 그대로 두셔도 괜찮은가요?"

돈초바의 승리였다.

"우리는 당신의 치료를 맡든지 말든지 둘 중 하나예요. 맡는다면 오늘 오전 11시에 첫 번째 주사를 놓을 겁니다. 그게 싫다면 '치료 거부' 서류를 작성하고 오늘 곧장 퇴원하게 됩니다. 우리에게는 3일이나 아무것도 하지 않을 권리가 없으니까요. 이 병실 회진이 끝날 때까지 잘 생각해서 결정하세요."

루사노프는 두 손으로 얼굴을 가렸다. 그 옆을 턱밑까지 흰 가운으로 감싼 간가르트는 냉랭하게, 올림피아다는 물살을 타는 배처럼 유유히 지나갔다. 입씨름에 시달렸던 돈초바는 기분을 전환하려고 활기차게 물었다.

"코스토글로토프 씨, 당신은 무슨 말을 할 작정이죠?"

코스토글로노프는 머리를 매만지다가 건강한 사람처럼 크고 또박또박한 목소리로 대답했다.

"아니에요. 참 좋습니다! 돈초바 선생님, 더 바랄 게 없습니다!"

두 여의사는 서로 마주보았다. 간가르트의 입가에 가벼운 미소가 보였고 눈이 기쁨으로 빛났다. 돈초바는 침대에 걸터앉으며 물었다.

"그래도, 어떤 기분인지 말해주지 않겠어요? 최근의 변화들을요."

그가 즐겁다는 듯이 말했다.

"그러죠! 아픈 것은 두 번째 엑스선 조사 후에 완전히 없어졌습니다. 열도 그때 내렸구요. 최근에는 매일 열 시간씩 푹 잘 수 있어요. 어떤 자세로 자도 아프지 않고요. 전에는 잠을 자면 아팠었지요. 그리고 식욕이 전혀 없었는데, 요즘은 무엇이든 닥치는 대로 깨끗이 먹어치우고 더 달래서 더 먹는답니다. 그렇게 먹고도 앓지도 않는다니까요."

"앓지도 않는다고?" 간가르트는 웃음이 나왔다.

"그럼 더 주나요?" 돈초바도 웃었다.

"줄 때도 있어요. 아니 무슨 소릴 하고 있지? 여하튼 기분이 새로워졌어요. 입원할 때는 산송장이었지만, 지금은 되살아났답니다."

"구토 증상은 없나요?"

"없어요."

돈초바와 간가르트는 코스토글로토프를 바라보면서 마치 선생이 우등생을 바라보듯 흐뭇한 표정을 지었다. 학생의 지식과 경험 그 자체보다는 또렷또렷한 대답이 선생을 기쁘게 한다. 그리고 이런 학생이야말로 선생의 애정을 독차지한다.

"그럼 종양의 존재는 느끼고 있나요?"

"아뇨, 이젠 마음에 걸리지도 않습니다."

"그렇지만 있다고는 느껴지지요?"

"그래요, 누울 때 좀 무거운 느낌이 있고 가끔 저리기도 하지만, 그래도 마음에 걸리지는 않아요!" 코스토글로토프는 나중 말을 강조했다.

"좀 누워볼까요?"

그는 익숙한 동작으로(이 한 달 동안 여러 병원에서 많은 의사들과 의과대학생들이 그의 종양을 만졌다. 어떤 이는 너무나 놀라고 흥미를 느껴서 옆방 동료를 불러오기까지 했었다) 베개를 베지 않고 누워서 두 무릎을 세우고 배를 드러냈다. 이렇게 하면 몸 깊은 곳으로 숨어 들어가는 두꺼비처럼 생긴 종양이 그의 생명에 찰싹 달라붙어 가벼운 압박을 느끼게 했다. 돈초바는 나란히 앉아서 손가락으로 부드럽게 원형을 그리며 종양에 접근해 갔다.

"긴장하지 말아요, 긴장하지 말아요."

여의사가 주의를 주었다. 그는 언제나 무의식중에 긴장해서 촉진에 방해를 주는 것을 잘 알고 있었다. 이윽고 복부가 서서히 부드러워졌고 돈초바는 위 속 종양의 가장자리를 붙잡았다. 거기서부터 종양의 윤곽을 따라 처음은 부드럽게, 다음은 좀 세게, 세 번째는 더 세게 손가락을 움직였다.

돈초바의 어깨 너머에서 간가르트가 기웃거렸고, 코스토글로토프는 간가르트를 쳐다보았다. 간가르트는 엄하려고 노력하지만 곧 환자들과 친해져 버리고 마는 의사였다. 어른스럽게 보이려고 애를 써도 좀처럼 되지 않았다. 그녀에게는 어딘가 소녀다운 티가 남아 있었다.

"지금도 뚜렷이 촉진이 되네요." 돈초바가 말했다. "조금 납작해진 건 틀림없어요. 좀 안으로 들어가버려서 위를 압박하지 않으니까 아픔이 없어진 거예요. 하지만 다소 부드러워졌대도 크기는 이전과 같아요. 만져보겠어요?"

"아뇨, 전 매일 촉진해 보고 있어요. 혈침 25, 백혈구 5800, 분절운동은……."

"그 주사는 많이 아픈가요?"

루사노프가 손에 묻었던 얼굴을 들고 간호사에게 낮은 소리로 물었다. 그때 코스토글로토프도 역시 질문을 던졌다.

"돈초바 선생! 전 앞으로 몇 회나 더 엑스선 조사를 받아야 되나요?"

"횟수는 아직 정확히 말할 수 없어요."

"그렇지만 말해줘요. 언제쯤 퇴원하게 될까요?"

병상카드를 읽고 있던 의사가 고개를 들었다.

"뭐라고요? 지금 뭐라고 하셨죠?"

"언제 퇴원하게 됩니까?"

코스토글로토프가 다시 한번 또박또박 되물었다. 두 팔로 무릎을 안은 태연한 모습이었다. 돈초바의 얼굴에서 우등생을 대견하게 바라보던 눈길이 서서히 사라져갔다. 그도 역시 구원받을 수 없는, 무지하고 완고한 환자의 한 사람일 뿐이었다!

"당신의 치료는 이제 막 시작된 것뿐입니다!"

그러나 코스토글로토프는 굽히지 않았다.

"돈초바 선생, 제 말 좀 들어보세요. 저도 제가 완치되지 않은 것은 알아요. 그러나 저는 완치를 요구하는 것이 아니에요."

'이제 본성을 드러내는군! 왜 환자들은 하나같이 다 이 모양일까.'

돈초바의 이마에 주름이 잡혔다. 그녀가 화가 났다는 뜻이다.

"도대체 무슨 소릴 하는 거죠? 당신은 그러고도 정상인인가요?"

코스토글로토프가 커다란 손을 휘휘 내저으며 의사의 말을 가로막았다.

"돈초바 선생, 현대인을 정상인지 비정상인지 논하기 시작하면 얘기가 몹시 까다로워집니다. 저도 이렇게 호전시켜준 선생님께 뭐라고 감사하면 좋을지 모르겠어요. 그래서 저는 호전된 상태로 잠시나마 살고 싶은 거예요. 이 이상 치료를 계속하면 대체 어떻게 되는 건지 잘 모르겠으니까요. 나는 먼 장래의 희망 때문에 지나치게 높은 대가를 치르고 싶지 않아요."

돈초바는 얘기를 들을수록 화가 치밀어서 아랫입술이 비죽거렸다. 간가르트는 눈썹을 움쭉거리며 분위기를 누그러뜨려 보려고 환자로부터 돈초바에게로 시선을 옮겼다. 올림피아다는 반항자를 경멸의 눈초리로 쏘아보았다.

"그게 아니라, 당신은 그 저항력에만 의지하다가 산송장으로 입원했던 거잖아요! 당신은 지금 얼마나 위험한 소릴 하고 있는지 잘 모르고 있어요! 더 이상 당신의 말을 듣기 싫어요!"

돈초바는 날카롭게 쏘아붙이며 침대에서 일어서서 아조프킨 쪽으로 돌아섰다. 하지만 담요 위에 무릎을 딛고 일어선 코스토글로토프도 사나운 개처럼 물러서지 않았다.

"돈초바 선생, 말 좀 합시다, 내 치료 결과가 어떻게 될지! 선생에게는 흥미있는 실험일지 몰라도, 난 얼마 동안이나마 편하게 살고 싶단 말이요. 단 1년이라도! 그것뿐이에요."

"알았어요. 나중에 부르죠." 돈초바가 어깨 너머로 힐끗 보며 말했다.

말소리나 표정을 곧 바꾸지 못한 여의사는 아직 화가 가시지 않은 눈으로 아조프킨을 바라보았다. 아조프킨은 일어설 수가 없어서 배를 부여잡고 앉아서 고개만 까딱했다. 그는 윗입술과 아랫입술로 제각기 다른 고통을 표현하고 있었다. 눈에는 표정이 없고, 오직 도움을 청하는 애원뿐이었다. 돈초바가 그의 어깨에 손을 얹었다.

"왜 그러지, 콜랴? 그래 어때요?"

"아픕니다."

그는 폐 속의 공기를 단숨에 토해내지 않도록 조심조심 대답했다. 폐를 조금만 세게 움직여도 복부의 종양에 영향이 갔다. 반 년 전만 해도 콤소몰의 일요 노동봉사 행렬의 선두에서 어깨에 삽을 메고 힘차게 노래를 불러대던 청년이, 지금은 아프다는 말도 제대로 못할 정도가 되어버렸다.

"그럼 콜랴, 우리 함께 생각해 볼까요? 당신은 병원 치료에 싫증이 난 게 아닌가요? 그렇다면 이 병원에 있을 필요가 없지 않을까요? 어때요?"

"네……"

"참, 당신 집은 여기지요? 집에서 정양하는 게 어떨까요? 한 달에서 한 달 반 정도 퇴원해 보는 게 어떻겠어요?"

"그 후엔…… 다시 입원시켜 주나요?"

"물론 입원할 수 있지요. 당신은 이 병원 환자니까. 주사도 좀 중단하고 휴양해 봅시다. 그 대신 약국에서 약을 사서 하루에 세 번씩 혓바닥 밑에 물고 있어요."

"시네스트롤(스테로이드 계통의 합성 호르몬제) 말이에요?"

"그래요."

이 몇 달 동안 아조프킨이 정량의 약과 주사 외에 간호사나 야근하는 의사를 닥치는 대로 붙잡고 졸라서 여분으로 수면제나 진통제를 얻어내서, 이렇게 의사에게 버림받을 날에 대비해서 약들을 조그만 주머니에 모아둔 것이었다.

"당신에게는 휴양이 필요해요. 콜랴……. 조금 쉬면서……."

병실 안이 너무 조용해서, 루사노프가 두 손으로 가렸던 얼굴을 들고 한숨을 쉬며 말하는 소리가 또렷이 들렸다.

"제가 졌습니다, 의사 선생님, 주사를 놓아 주십시오!"

5. 의사의 불안

정신이 압박을 받는 상태를 뭐라고 표현하는 것이 좋을까? 좌절? 압박? 혼미? 아니면 그냥 우울? 눈에 보이지 않는 무겁고 짙은 안개가 가슴에 스며서 온몸을 죄어오는 기분이다. 압박은 확실히 느껴지는데, 압박의 정체는 좀처럼 잡히지 않는 기분, 이것이 돈초바와 함께 회진을 끝내고 층계를 내려올 때의 간가르트의 상태였다. 기분이 아주 좋지 않았는데, 마음을 가라앉히고 사태의 원인을 막을 방도를 세우려 해도 그 원인을 전혀 잡아낼 수가 없는 것이었다.

아니다, 곰곰이 생각해 보니 '엄마'를 걱정하는 마음이었다. 방사선과 수련의 세 명은 돈초바를 그렇게 불렀다. 20대인 그들에게 쉰에 가까운 돈초바의 나이가 그렇게 느껴지기도 했지만, 특히 돈초바가 일을 지시할 때 보이는 독특한 열의 때문이었다. 돈초바는 까탈스럽다 싶을 정도로 부지런했는데, 그런 근면함과 섬세함을 자신의 수련의들에게도 요구했다. 돈초바는 엑스선 진단과 엑스선 치료에 모두 능한 몇 안 되는 의사 중 하나였고, 지식의 세분화라는 시대 추세에 아랑곳하지 않고 수련의들에게 두 가지 모두를 열성적으로 지도했다. 혼자만의 비법을 남겨두고 뻐기지 않았고, 간가르트가 자신보다 나은 역량을 보이면 견제하지 않고 기뻐했다.

그런 '엄마'에게 루사노프가 오래도록 불쾌한 기분을 줄 지도 모른다. 목을 붙이기는 어려워도 목을 자르기는 쉬운 법이니까. 이건 루사노프 혼자에 국한된 일만도 아니다. 불순한 마음을 품은 환자라면 누구든지 할 수 있는 짓이다. 한번 입에서 튀어나온 비방은 한곳에 머무는 법이 없고 계속 뒹굴어 다닌다. 그것은 물 위에 던져진 파문이 아니라 기억에 새겨 놓은 홈이다. 게다가 홈이라면 메우든지 평평하게 펼 수도 있지만, 누군가 술김에 '의사놈들을 때려눕혀라!' '기사놈들을 때려눕혀라!' 하고 외치기라도 한다면 순식간에 모두들 몽둥이를 들고 나설 것이다.

의혹의 파편들은 여기저기 사방으로 퍼져나가 돌아다닌다. 얼마 전 국가보안성 소속 운전사가 위암으로 외과병실에 입원을 했다. 간가르트의 환자가 아니었는데, 어느 날 야근 회진 때 그가 잠을 이룰 수 없다고 하소연해서 브로무랄(수면제)을 처방해 주었다. 이때 간호사가 '1회분으로는 부족하다.'고 하기에 '그럼 2회분을 한꺼번에 먹이라.'고 지시했다. 환자는 약을 받았고 간가르트는 전혀 이상한 기운을 느끼지 못했다. 그런데 얼마 후 병동의 임상검사원이 헐레벌떡 간가르트를 찾아왔다. 그는 운전사의 이웃이어서 가끔 병실에 들렀는데, 운전사가 약을 먹지 않고 '왜 2회분의 약을 한꺼번에 먹이려고 했겠느냐'면서 이렇게 묻더라는 것이다. "그 여자 이름이 간가르트라는 게 이상해. 그 여자에 대해 좀 자세히 말해줘요. 나를 독살하려는 거야. 될수록 빨리 조치를 강구해야겠어."

그로부터 몇 주간, 간가르트는 시종 의연한 태도로 실수 없이 진단을 내리고 트집 잡히지 않게 조사량을 측정하고, 그러면서 이 악명 높은 병동에 와 있는 환자들에게 따뜻한 눈길과 미소를 보냈지만, 대부분의 환자가 '넌 독살범이야!'라고 경계하는 눈초리를 보냈었다. 더군다나 오늘 회진이 더 괴로웠던 이유는 가장 성공적이라고 자부했던 코스토글로토프 때문이었다. 간가르트가 웬지 마음이 쓰였던 그 환자가, 다른 이도 아닌 '엄마'에게 '내가 실험의 희생물이 된 것 같다.'는 의혹을 가지고 있다는 것이다.

돈초바도 회진에 지쳐 축 늘어져 걸어가면서 불쾌했던 기억을 곱씹고 있었다. 포리나 자보드치코바라는 여인이었다. 그녀는 아들이 종양으로 입원해서 병동에 함께 묵고 있었는데, 돈초바가 종양을 잘라내니까 외과의를 붙잡고 떼어낸 종양 조각을 달라고 졸랐다. 그 외과의가 레프 레오니도비치가 아니었다면 그녀는 목적을 달성했을지도 모른다. 그녀는 종양 덩어리를 다른 병원에 가져가서 재진단 받고, 그 진단이 돈초바의 초진과 일치하지 않으면 돈을 우려내거나 재판소에 제소할 심산이었다.

사실 이런 일들이 한두 번이 아니었기 때문에, 회진을 마친 두 의사는 환자 앞에서 말할 수 없었던 일들을 허심탄회하게 나누고 싶었다. 제13 병동은 늘 병실이 부족했기 때문에 방사선과 의사실이 따로 없고 감마선 조사실, 20만 볼트 엑스선 조사실, 12만 볼트 엑스선 조사실뿐이었다. 그나마 대형 엑스선 검사실에 공간이 조금 있었지만 하루종일 컴컴했기 때문에, 방사선과 의사들은 서류와 병상카드를 작성하는 책상을 소형 엑스선 치료실에 두었다. 의사들은 방사선실의 메스껍고 독특한 냄새, 온기 속에서 여러 해 동안 일하고 있었으나 별로 문제삼지 않았다.

두 의사가 거칠게 대패질한 탁자에 마주앉았다. 간가르트는 입원환자 병상카드를 분류하기 시작했다. 먼저 성별로 나눈 후에, 다시 간가르트 혼자 처리할 환자와 돈초바와 함께 처리할 환자를 구별하는 일이었다. 돈초바는 우울한 눈으로 책상을 응시하며 입술을 삐죽 내밀고 연필로 책상을 톡톡 쳤다. 간가르트는 그 모습이 안쓰러웠지만, 루사노프나 코스토글로토프나 의사의 숙명 등에 대해서 떠들 기분은 들지 않았다. 뻔히 알고 있는 사실을 되새긴다 한들 아무 소용이 없고, 그렇다고 문제점을 너무 꼬집어 내는 것은 구차했다. 또 자칫 잘못하면 위로는커녕 그녀를 더 초조하게 만들 것이다. 그래서 돈초바가 말을 꺼내기를 조용히 기다렸다.

"우리가 무력한 것이 정말 분해 죽겠어, 안 그래?" 아마도 오늘 진찰한 대부분의 환자에 대한 이야기인 것 같았다.

"아무 잘못도 안 했는데." 이것은 아조프킨이나 무르살로모프 이야기 같았다.

"언젠가 진단은 애매했지만 치료가 옳았던 적이 있었지. 무엇보다도 조사량을 줄이지 못했어, 대형 기계가 우릴 망쳤지."

'시브가토프를 생각하고 계셨군!'

새로운 기계와 치료법을 총동원하고도 환자를 구하지 못하는 까다로운 병이 간혹 있는 법이다. 들것에 실려 처음 왔을 때, 엑스선 사진에 나타난 시브가토프의 선골은 거의 모든 부분이 깡그리 망가져 있었다. 진단이 애매했다는 것은, 맨처음 선배 교수에게 상의해서 골육종이라고 진단했는데 얼마 후 뼈에 물렁한 부분이 나타나고 선골 전체가 젤리처럼 변해서 골수종으로 뒤집힌 것이다. 그런데 우연히도 치료방법은 적중했었다. 선골은 잡아 빼버릴 수도 잘라낼 수도 없는 주춧돌 같은 것이어서 엑스선 치료밖엔 없다. 그것도 한 번에 다량의 조사를 해야지 소량은 소용이 없었다. 그렇게 시브가토프는 회복되었다! 그런데 뼈가 굳은 것은 좋았는데, 강한 엑스선 때문에 주변 조직이 극도로 약해져서 새로운 악성종양이 생겨나기 쉬운 상태가 되어버렸다. 급기야는 조그마한 타박상으로도 피부 상피 세포에 부스럼이 생겼다. 그래서 그의 혈액도 조직도 엑스선을 전혀 받지 못하게 되어서, 그의 몸에 새 종양이 온통 퍼지는데도 근절할 방도가 없었다. 어느 정도 억제할 뿐이었다.

의사로서 이런 경우 자신의 한계에 절망하고, 의술의 불완전성을 새삼 의식하며 분하고 안타까운 마음을 가진다. 그토록 얌전하고 예의 바르고, 감사하는 마음에 넘친, 슬픈 운명의 타타르인 시브가토프를 위해서 할 수 있는 일이라곤 그 고통을 길게 연장시켜 주는 일밖엔 없으니 말이다.

오늘 아침 니자무트진이 돈초바를 부른 용건도 특히 이 일에 대한 상의였다. 니자무트진은 침대 회전율을 높여야 하니까 호전될 가망이 없는 환자를 퇴원시키자고 했다. 돈초바도 그 말에 원칙적으로는 동의했다. 대합실이 항상 환자로 미어터져서 혹자는 며칠씩 기다려야 했고, 각지의 종양 상담소에서 환자를 인수해 가라고 독촉이 빗발쳤다. 그런데 이 원칙에 꼭 해당하는 환자로선 시브가토프가 첫 번째인데 돈초바는 도저히 그를 퇴원시킬 수가 없었다. 그 선골 하나 때문에 있었던 서로의 다툼은 정말 오래 계속되었고 괴로운 일이었으며 지금에 와서 간단한 상식적인 판단에 맡길 수만은 없었다. 어차피 실패하는 편은 의사가 아니라 죽음의 신일 거라는 가냘픈 희망을 가지고 치료를 계속하지 않을 수 없다. 시브가토프 때문에 돈초바의 학문적 관심의 방향까지도 변했다. 그녀는 그를 구해야겠다는 생각만 가지고 최근 골격병리학 연구에 깊이 들어가 있었다. 물론 대합실에 더 중태에 빠진 환자가 기다리고 있을지 모르지만, 그래도 시브가토프를 내보낼 수는 없었다. 따라서 주임의사 앞에서는 되도록 교묘하게 처신했다.

주임의사가 회복 가망성이 없는 환자를 퇴원시키라고 지시한 데는 또 다른 이유도 있었다. 그런 환자는 병원 밖에서 죽게 하자는 것이다. 그러면 침대 회전율도 높아지고, 환자들의 불안감도 줄고, 통계치도 유리해지기 때문이다. 이런 환자들은 퇴원 사유를 '사망'이 아니라 '병세 악화'라고 기재하니까.

아조프킨의 퇴원도 이런 이유에서 결정되었다. 아조프킨의 병상카드는 몇 달 사이에 두터운 책 한 권이 되었다. 펜이 매끄럽게 움직여지지 않는 꺼칠꺼칠하고 누런 종잇장들이 자주색과 청색의 숫자와 글자로 가득 채워졌다. 두 의사는 그 풀로 붙인 노트를 보기만 해도 고통스럽게 얼굴에 땀을 흘리는 젊은이의 모습이 생생하게 떠올랐다. 그가 아무리 몸을 웅크리고 침대 위에서 뒹굴어도, 숫자들은 재판소 판결문보다 더 엄숙한 것이었다. 26,000밀리뢴트겐 조사에 그나마 12,000밀리뢴트겐은 최근의 연속적인 조사량이었고, 시네스트롤 주사 50회와 수혈 7회에도 백혈구 수가 3,400에 불과했고, 적혈구도 위험했다. 전이세포는 방벽을 탱크처럼 뚫고 나가 흉골과 척추 사이에 진지를 굳히더니 폐까지 침범했다. 쇄골 위까지 염증이 생기기 시작했는데, 이미 그의 몸에는 그것을 막아낼 지원부대가 남아 있지 않았다.

두 의사가 밀린 병상카드를 하나하나 보면서 적을 때, 같은 방에서 엑스선 담당간호사가 외래환자를 처치하고 있었다. 파란색 옷을 입은 네 살 소녀와 그의 어머니였다. 소녀의 입술에 작고 빨간 혈관종양이 있었다. 아직 작았고 악성도 아니었지만, 더 커지지 않도록 엑스선 조사가 필요했다. 구김살없이 예쁜 소녀는 그 조그만 입술에 이미 죽음의 추가 매달린 줄 알 리가 없다. 벌써 여러 번 진찰을 받았는지 아이는 무서워하지 않고 재잘거리며 니켈 도금 엑스선 장치 부속품을 만져보고 번쩍번쩍 비치는 세계를 재미있어 했다. 하지만 단 3분 조사에도 소녀는 가만히 앉아 있지 않았다. 금방 몸을 뒤틀고 움직여서 엑스선 기사가 짜증을 내며 여러 차례 스위치를 끄고 소녀를 바로 앉혔다. 엄마가 장난감으로 소녀를 유혹하면서 '얌전히 앉아 있으면 나중에 더 좋은 선물을 사주겠다.'고 쉴 새 없이 약속했다.

소녀와 엄마가 나가자, 침울한 노파가 들어와 머리에서 수건을 풀고 자켓을 벗으며 앉았다. 그 다음에는 퀴퀴한 가운을 입은 여성 입원환자가 들어왔다. 이 환자는 발바닥에 검고 동그란 종양이 생겨서 신발을 신으면 못에 찔린 것처럼 발에 닿는다고 했다. 1센티미터 가량의 작은 알맹이가 실은 악성종양의 여왕으로 불리는 흑소육종인 줄 꿈에도 모르는 그녀는 간호사와 즐겁게 수다를 떨었다. 두 여의사가 이 환자들에게 마음이 쏠려 환부를 보거나 간호사에게 주의를 주는 사이에, 벌써 간가르트가 루사노프에게 엠비퀸(질소마스터드계 약제) 주사를 놓을 시간이 다 되었다. 간가르트는 미리 별도로 빼둔 코스토글로토프의 병상카드를 돈초바 앞에 내놓았다.

"그만큼 방치된 상태였으니까 치료를 시작하기에는 아주 좋아요. 참 완고한 사람이에요. 퇴원한다는 말은 사실이 아니겠지요."

"퇴원하려면 하라지! 코스토글로토프의 병은 아조프킨과 같은데, 다만 치료가 기적적으로 잘된 것뿐이야. 그런데 뻔뻔스럽게 퇴원해야겠다니!"

"선생님한테 그럴 수 없지요. 그런데 저는 그 사람을 이겨낼 자신이 없어요. 선생님께 맡겨도 될까요? 그 환자와 저는 어쩐지…… 말이 잘 안 통하고…… 이유를 모르겠어요."

그들은 첫 대면에서부터 어긋났다. 하늘이 잔뜩 찌푸려서 비를 뿌리던 정월 어느날 밤, 간가르트가 당직을 서고 있는데 아홉 시쯤 뚱뚱하고 건장한 아래층 잡역부가 찾아왔다.

"선생님, 환자 한 사람이 말을 듣지 않아요. 도저히 손을 쓸 수가 없어요. 어떻게 조처하지 않으면 우리가 야단맞아요."

간가르트가 내려가 보니, 큰 층계 아래에 열쇠로 잠긴 수간호사실 옆 마루에 키 큰 사내가 배낭을 맨 채로 드러누워 있었다. 장화를 신고 변색된 군용외투를 입고, 귀덮개가 달린 민간용 모자를 갑갑할 만큼 꼭 눌러 쓰고 있었다. 간가르트는 하이힐을 신은 가는 다리로(간가르트의 복장은 언제나 단정했다) 다가가면서 그가 창피해서 일어나도록 위엄 있는 눈초리로 쏘아보았는데, 사내는 여의사를 흘낏 보더니 그냥 눈을 감아버렸다.

"누구시죠?"

"사람이오."

"입원허가증을 가지고 있나요?"

"가지고 있습니다."

"언제 받으셨지요?"

"오늘."

그의 외투, 장화, 배낭은 흠뻑 젖어 있었다.

"여기 누워 있으면 안 돼요. 용납될 수도 없고, 보기에도 좋지 않아요."

"천만에. 여기는 내 고향이니까, 부끄러울 것도 없소."

간가르트는 당황했다. 그녀가 일어나라고 소리를 지르거나 명령해도 이자는 무시할 것 같았다. 그래서 대합실 상황을 확인해 보니, 낮에 진료 차례나 문병 시간을 기다리며 북적대던 사람들이 사라지고 중환자들만 남겨져 있었다. 벤치 2개에 각각 노파와 갓난아기가 자고 있었고, 아기 엄마인 우즈베크 여인은 알록달록한 두건을 쓰고 옆에 앉아 있었다. 대합실 바닥에 재울까 했지만 사람들의 왕래로 지저분했다. 그리고 여기는 병원 제복이나 흰 가운을 입은 사람만 출입하게 되어 있었다. 간가르트는 야만인 같은 이 사내를 다시 돌아보았다. 그의 얼굴은 무심하고 창백해 보였다.

"시내에는 아는 사람이 없나요?"

"없습니다."

"여관에 가보시면 어때요?"

"가봤소."

"여관이 다섯 개 있는데요."

"전혀 상대해 주지 않더군."

그는 얘기 끝났다는 듯이 눈을 감았다. 간가르트는 잠시 궁리했다.

"좀 시간이 일렀더라면! 여기 잡역부 중에 환자를 유숙시켜주는 분이 있는데! 돈도 조금 들고."

그는 눈을 감은 채 그대로 누워 있었다. 그러자 당직 잡역부가 화를 냈다.

"며칠이고 무작정 이렇게 누워 있겠다는 거요? 한복판에서 침대를 얻을 때까지 버티겠다는 거냐구! 어디 당신 멋대로 해봐요, 나도 가만히 있지 않을 테니까! 일어나요! 여긴 소독해 놓은 곳이라구!"

간가르트는 문득 벤치 개수가 모자라다는 것을 깨달았다.

"그런데 왜 벤치가 둘밖에 없죠? 하나가 더 있었는데……"

"그건 저기 내놨죠."

잡역부는 유리문 너머로 손짓했다. 엑스선 치료를 받으러 온 외래환자를 위해 낮에 유리문 저쪽, 방사선실 복도에 벤치를 내놓았던 생각이 났다. 간가르트는 잡역부에게 유리문을 열도록 시키고 환자에게 말했다.

"편한 데로 옮기세요. 자, 일어나요."

그제서야 그가 믿어지지 않는다는 눈으로 쳐다보더니 움직이기 시작했다. 힘들게 일어나긴 했는데 몸을 굽혀 배낭을 집지 못했다. 간가르트가 얼른 몸을 굽혀서 흰 손가락으로 젖고 더러운 배낭을 집어서 건네 주었다. 그의 일그러진 얼굴에 미소가 떠올랐다.

"고맙소. 살아남은 보람이 있군요……."

그가 누워 있던 마룻바닥에 길쭉하게 젖은 자국이 남아 있었다.

"비를 맞았군요. 저쪽 복도는 따뜻하니까 외투를 벗어도 돼요. 춥지 않을 거예요. 열은 없죠?"

그가 귀덮개가 달린 털가죽 모자를 쓰고 있어서 그녀는 그의 뺨에 손을 대보았다. 살짝만 대보아도 열을 느낄 수 있었다.

"무슨 약을 먹고 있죠?"

그가 적대적인 태도를 누그러뜨리고 간가르트의 얼굴을 쳐다보았다.

"아날긴이요."

"지금 가지고 있어요?"

"네."

"수면제를 드릴까요?"

"네, 주실 수 있다면……."

"아, 참! 입원허가증도 보여 주세요."

갑자기 그의 입술이 통증인지 냉소인지 모를 감정으로 실룩거렸다.

"허가증이 없다면 비오는 거리로 내쫓을 거요?"

그는 외투 맨 위 후크를 풀고, 작업복 호주머니에서 입원허가증을 꺼냈다. 바로 오늘 아침 외래 진찰실에서 발행한 것이었다. 그는 방사선과 환자였다. 그녀는 허가증을 받아들고 수면제를 가지러 가려고 했다.

"지금 금방 갖다드릴게요. 누워 계세요."

"아니, 잠깐만! 그 서류, 도로 줘요. 난, 그런 수작에 넘어가지 않아!"

"날 못 믿겠다는 거예요?"

"뭘 보고 내가 당신을 믿소? 한솥밥 먹는 사이도 아니고……."

간가르트는 순간 화가 났다. 그래서 다시 그 사람 곁에 가지 않고 잡역부를 시켜서 수면제와 입원허가증을 건네주었다. 허가증에는 'Cito(위급)'라고 적고 밑줄을 긋고 다시 느낌표를 붙였다.

한밤중에 간가르트가 가 보니 그는 잠들어 있었다. 이 벤치는 움푹 들어가 있어서 굴러떨어질 염려 없이 잠자기에 편하게 돼 있었다. 그는 젖은 외투를 벗어 뒤집어쓰고 있었는데, 한쪽 옷소매가 발을 덮고 다른 한쪽이 어깨를 덮었다. 장화 앞코가 벤치 밖으로 삐죽 나왔다. 구두창은 묘하게 다 닳아빠져 검붉은 발바닥이 드러나 보였다. 구두 앞창에는 쇠붙이 한 조각이 붙어 있었고, 뒤꿈치에는 편자 모양의 징이 박혀 있었다.

간가르트는 아침에 수간호사를 시켜서 그를 이층 층계참에 들였다. 그날부터 코스토글로토프는 간가르트에게 무례하게 입을 놀리지 않았다. 점잖게 먼저 인사하고 상냥하게 웃었다. 하지만 느닷없이 엉뚱한 소리를 지껄이는 것은 여전해서, 그저께 혈액형을 조사하려고 피를 뽑으려고 할 때도 걷어올렸던 팔소매를 도로 내리면서 딱딱하게 말했다.

"간가르트 선생, 미안하지만 다른 방법으로 혈액형을 조사하십시오."

"왜요, 코스토글로토프 씨?"

"저는 여러 군데에서 많은 피를 뽑혔습니다. 피가 많은 사람한테나 가서 뽑아요."

"그런 소릴 하고도 창피하지 않아요? 그래도 남자라고."

그녀가 일부러 남자로서의 자존심을 긁었다.

"그래서 어떻다는 거요?"

"당신이 수혈받아야 할 때 어떡하겠어요?"

"수혈? 천만에! 난 남의 피 따위 필요 없어요. 남의 것이 필요 없는 만큼 내 것 역시 한 방울도 주고 싶지 않아요. 혈액형은 말해줄 테니까 그냥 적어요. 이미 군에서 조사했으니까 틀림없어요."

그녀가 아무리 설득해도 코스토글로토프는 듣지 않고 이런저런 이유를 댔다. 그녀는 또다시 화가 나버렸다.

"당신 때문에 제가 아주 우스꽝스러운 입장이 됐잖아요. 마지막이에요, 부탁해요!"

그녀가 저자세가 되는 것은 잘못된 일이다. 왜 부탁을 해야 되는가! 그가 곧 팔을 내밀고 옷소매를 걷어올렸다.

"좋아요. 당신을 위해서라면 세 말도 좋으니 뽑으세요."

간가르트가 코스토글로토프를 어려워하게 된 또 다른 일도 있었다. 언젠가 그가 "당신은 독일사람 같아 보이지 않는데, 간가르트는 바깥양반 성인가요?" 하고 물어서 무심코 "그래요."라고 대답했다. 그 순간에 다른 대답을 한다는 것이 노여웠기 때문이었다. 코스토글로토프는 그 이상 더 묻지 않았다. 그러나 간가르트는 아버지와 할아버지로부터 물려받은 성이었다. 할아버지가 러시아에 귀화한 독일 사람이었다.

그런데 어떻게 대답해야 좋았을까. "나는 미혼이에요."라거나 "결혼한 적은 없어요."라고? 무척 어려운 일이었다.

6. 조직검사

돈초바는 여환자가 방금 치료를 끝내고 나간 방사선실로 코스토글로토프를 불렀다. 천장에서 내려드리운 20만 볼트 대형 엑스선기계 조사관은 오전 8시부터 쉬지 않고 가동되었다. 환기창이 닫혀 있어서 방은 달콤하고 메스꺼운 엑스선 온기로 꽉 차 있었다.

환자들은 이 온기에 불쾌감을 느꼈지만 돈초바는 아무렇지도 않았다. 조사관에 아무런 보호장치가 되어 있지 않던 20년 전부터 지금까지 돈초바는 매일 방사선실 공기를 호흡하며(고압전선을 건드려 하마터면 죽을 뻔한 적도 있었다) 허용시간을 초과하여 엑스선 검사에 종사해 왔다. 차단판과 보호장갑을 쓰긴 했어도, 아마 그 어떤 중환자보다 더 많은 방사선을 쐬었다. 그러나 의사가 쐰 방사선 수치는 누구도 측정하지 않았다.

지금도 돈초바는 일을 서두르고 있었다. 빨리 일을 끝내고 싶어서가 아니라, 단 몇 분도 엑스선 프로그램을 지연시키지 않기 위해서였다. 여의사는 조사관 아래 단단한 나무침대에 코스토글로토프를 눕히고 배를 드러내게 한 후, 간지러운 느낌을 주는 차가운 붓같은 것으로 뱃가죽에 동그라미를 그리고 숫자를 기입했다. 그리고 여자 엑스선 기사에게 사분원四分圓 방식과 사분원의 하나하나에 조사관을 맞추는 방법을 설명하고, 코스토글로토프를 엎드리게 하고 등에도 표시를 했다.

"조사가 끝나면 내 방으로 오세요."

돈초바는 나가버렸다. 엑스선 기사가 코스토글로토프를 다시 바로 눕히고, 첫번째 사분원의 주위를 시트로 덮고 납땜 고무판을 환부가 아닌 부분에 덮었다. 보드라운 시트가 기분좋은 무게로 온몸을 감쌌다. 엑스선 기사가 나가더니 문을 닫고 두꺼운 벽 정중앙의 작은 창문으로 환자를 보면서 기계를 작동시켰다.

윙 소리가 시작되고, 보조전구에 불이 켜지고, 조사관이 점차 뜨거워졌다. 어마어마한 엑스선이 허옇게 드러낸 배의 피부, 피하지방, 이름 모를 여러 기관, 종양 덩어리, 위장, 동맥과 정맥을 흐르는 혈액, 임파액, 세포를 지나면서 척추와 뼈들을 뚫고 다시 등의 피하지방, 혈관, 상피세포를 지나, 침대를 꿰뚫고 두께 4센티미터의 마룻바닥과 기초 콘크리트를 지나 대지로 흘러들어갔다. 사람의 머리로는 상상할 수도 없는 전자장의 벽터, 마주치는 모든 방해물을 찢어 구멍을 내버리는 양자 포탄이었다.

소리 없이 맹렬히 퍼부어지는데도 전혀 아픔을 느끼게 하지 않는 이 거대한 양자 포탄은 코스토글로토프에게 삶의 의욕, 생명의 감각, 식욕과 활기까지 되찾아주었다. 두세 번의 사격으로 해방감을 느끼자 그는 꼭 알고 싶은 게 생겼다. '왜 이 포탄은 모든 것을 꿰뚫으면서 종양만 공격하고 육체의 다른 부분은 건드리지 않는 걸까?' 그는 스스로 엑스선 치료의 원리를 이해하고 믿기 전에는 조사에 몸을 내맡기기 싫어졌다.

그래서 그는 간가르트에게 엑스선 치료의 원리를 물어보자 싶었다. 이 여의사는 큰 층계 밑에서 처음 만났을 때부터 코스토글로토프의 선입견과 두려움을 어루만져준 상냥한 여성이었다. 그는 그때 소방대원이나 경관이 끌어내도 절대 나가지 않고 버틸 작정이었다.

"걱정 말고 가르쳐줘요. 저는 분별있는 투사로서 이 싸움의 문제점을 이해하지 않고는 싸울 수가 없어요. 엑스선이 종양만 파괴하고 다른 조직은 건드리지 않는 이유가 뭡니까?"

간가르트는 감정이 눈보다 입술로 먼저 드러났다. 입술이 나비 날개처럼 몹시 빠르고 민감하게 반응했다. 마음의 동요나 의혹은 곧바로 입술로 나타났다. 아군과 적군을 가리지 않고 무차별 폭격하는 이 맹목적인 무기를 어떻게 설명하면 좋을까?

"아, 그렇다면……. 좋아요, 가르쳐드리죠. 엑스선은 모든 것을 파괴하지만, 정상조직은 금세 회복되고 종양세포는 그렇지 못한 거예요."

사실 여부를 떠나서 코스토글로토프에게는 좋은 설명이 되었다.

"그렇군! 그렇다면 안심했어. 고마워요. 그럼 저도 곧 회복되겠군요!"

그리고 실제로 회복되어 갔다. 그는 기꺼이 엑스선 조사관 아래에 드러누웠고, 조사를 받으며 악성 종양세포가 파괴되는 기분을 느꼈다. 뱀처럼 늘어져 있는 조사관의 배관과 도선을 살펴보면서 두서없는 공상에 사로잡히기도 했다. '뭐가 이렇게 많을까? 이 기계에 냉각장치가 있다면 수냉식일까 공냉식일까?' 생각은 간가르트로 이어졌다. '그렇게 귀여운 여인은 우시 체레크 시내에는 절대로 없지. 이런 여자가 일찍 결혼한 건 당연해.' 그녀의 남편에 대한 생각은 의식적으로 건너뛰었다. '형식적인 한두 마디가 아니라 병원 정원을 산책이라도 하면서 이야기를 나눈다면 얼마나 즐거울까. 그녀가 내 농담에 웃을 텐데.' 복도에서 마주칠 때도, 병실에 들어올 때도 그녀의 아름다움은 언제나 햇살처럼 빛났다. 그것은 직업적인 것이 아니라 마음속에서 우러나는 상냥한 마음씨였다. 선량한 그녀의 미소는 차라리 미소라기보다 입술 그 자체라 할 수 있었다. 그것은 얼굴 한가운데 독립된 별개의 생물체로서 키스뿐만 아니라 또 다른 사명을 지니고 있는 것 같았다.

조사관이 여전히 은근한 진동소리를 내면서 돌아가고 있었다. 그는 간가르트에 이어서 조야를 생각했다. 오늘 아침 눈을 뜨자마자 생각난 것은 어제저녁에 둘이 화제의 꽃을 피우던 순간이었다. 그 생각은 아랫배를 묵직하게 덮은 납땜 고무매트에 대한 고마움으로 넘어갔다. 그 매트는 그를 약간 압박하면서 '보호해 줄테니 걱정말아요!'라고나 하듯 기분 좋게 안심시켜 주었다.

'하지만 만일 그렇지 않다면? 혹시 매트의 두께가 얇지나 않은 걸까? 덮은 데가 벗겨져 있는 것 아닐까?'

열이틀만에 그가 되찾은 것은, 수개월 전 찾아온 통증 때문에 잃어버렸던 '삶의 감각'이었다. 납 매트가 그것을 안전하게 방어해준 셈이었다. 그러니 다시 잘못이 일어나기 전에 이 병동에서 도망쳐야 한다! 이런저런 생각들에 빠져서 진동소리가 멎고 빨간 필라멘트가 식어가는 것을 알아채지 못했다. 간호사가 들어와 고무매트와 시트를 걷어냈다. 그는 마룻바닥에 내려서면서 목을 굽혀서 배에 기입된 자주색 선과 숫자를 보았다.

"이것을 지워도 됩니까?"

"의사 선생님 허락 없이는 안돼요."

"편리한 대답이군. 한 달 동안이라도 그냥 두라는 겁니까?"

코스토글로토프는 돈초바에게 갔다. 여의사는 소형 엑스선 기계실에서 모서리가 둥근 사각 안경을 쓰고 엑스선 필름을 불빛에 판독해 보고 있었다.

"앉으세요."

돈초바는 무뚝뚝하게 말했을 뿐, 계속 필름 두 장만 비교하고 있었다. 코스토글로토프는 이 여의사와 다투기는 했지만, 과도한 치료를 경계하려는 뜻이었을 뿐 그녀를 존경했다. 그녀는 남자 못지 않은 단호한 결단력으로 방사선실 어둠속에서 지시를 내렸고, 일에 열정을 쏟았고, 무엇보다도 첫 진찰부터 그의 종양을 손가락으로 정확하게 찾아내고 윤곽을 더듬어냈기 때문이다. 종양에도 무슨 감각이 있는지 촉진의 정확성은 종양이 말해주었다. 의사가 손가락으로 종양을 알아내고 있는지는 환자만 알수 있다. 돈초바는 엑스선도 필요 없을 만큼 정확히 종양을 잡아냈다.

마침내 여의사가 엑스선 사진을 테이블 위에 내려놓고 안경을 벗었다.

"코스토글로토프 씨, 당신의 병상카드에는 큰 공백이 있어요."

돈초바는 의학적 이야기가 나오면 아주 말이 빨라져서 긴 단어나 문장을 단숨에 발음해 버리는 습관이 있었다.

"당신은 재작년에 수술을 받았다고 했는데, 그것은 현재의 전이 상태로 봐서 우리의 진단과 일치해요. 그러나 다른 가능성이 전혀 없다고 단정할 수는 없기 때문에 초기 단계 조직 견본을 꼭 봐야 하는데, 왜 보내달라고 하지 않는지 이해할 수가 없군요. 조직검사는 틀림없이 하셨죠?"

"네, 틀림없어요."

"그럼 왜 그 결과를 알려주지 않죠?"

돈초바의 말이 너무 빨라져서 몇 마디는 알아들을 수가 없었다. 반대로 코스토글로토프는 빨리 말하는 법을 잊어버렸다는 듯이 말이 느려졌다.

"결과요? 그사이 사건들이 많았지요. 정말 이제는 조직검사에 대해 말하기도 창피해요. 다 잊고 있던 일인데. 무엇 때문에 조직검사를 하는지 모르겠군요."

코스토글로토프는 의사와 이야기할 때 의학 용어를 섞어 쓰기를 좋아했다.

"물론 당신은 모르죠. 의사는 알기 때문에 꼭 합니다. 조직검사는 애들 장난이 아니니까."

그는 광대뼈가 살짝 나온 여의사의 얼굴이 냉정하고 사무적인 표정이 된 것을 알아채고 막막한 심정이 되었다. '내 인생은 어떻게 된 걸까. 바로 앞에 앉아서 내게 호의를 가진 사람, 같은 나라에 같은 세대에 살면서 같은 모국어로 말하는 사람에게 간단한 사실조차 설명할 수 없다니.' 설명하려면 꽤 오래 전으로 거슬러 올라가야 하고, 아니면 도중에서 얘기를 중단해야 했다.

"돈초바 선생, 의사도 할 수 없더군요. 날 수술해 주기로 했던 의사가 우크라이나인이었는데, 수술 준비를 다 해놓고 수술 전날 밤 다른 수용소로 호송돼 갔거든요."

"그래서요?"

"그래서 끝났지요. 데려가 버렸으니까."

"다른 수용소로 간다고 미리 알려주었을 거 아니에요?"

그는 웃음을 터트렸다. 여의사의 말이 너무나 우스웠던 것이다.

"미리 알려줄 리가 있습니까? 돈초바 선생, 사람을 낚아채듯 데려가 버리는 거예요."

돈초바는 이마에 주름이 잡히도록 찡그렸다. 이 남자의 이야기는 완전히 상식 밖의 것이었다.

"하지만 수술환자가 있는 걸 알고 있었다면……."

"흥! 나보다 긴급한 환자들도 많았어요. 식당 알루미늄 숟가락을 삼킨 리투아니아인도 있었죠."

"어떻게 그런 일이 생기죠?"

"일부러 그런 거죠. 독방에서 나오려고요. 그놈도 외과의를 딴 데로 데려갈 줄은 몰랐던 거지요."

"그럼 그 후에는 어떻게 됐지요? 당신의 종양은 점점 더 커졌겠군요."

"매일같이 무섭게요. 닷새쯤 지나서 다른 수용소의 다른 외과의가 오긴 했어요. 카를르 표도로비치라는 독일인이었는데, 그가 적응할 시간을 준다면서 하루를 더 넘긴 후에 수술을 했어요. 그러나 악성종양이나 전이 같은 말들은 누구도 해주지 않아서 난 몰랐어요."

"그럼 그 의사가 조직검사를 의뢰했겠군요."

"난 조직검사가 뭔지도 몰랐어요. 수술 후에 모래주머니를 몸 위에 올려놓고 누워 있다가 1주일쯤 지나서 겨우 발을 딛고 설 수 있게 되었는데, 또다시 수용소에서 '반역자'라는 이름으로 100명을 끌어모아서 다른 지방으로 호송해 버렸지요. 그 속에 벌레도 잡지 못하는 카를르 표도로비치가 끼어 있었어요. 자기 환자들을 마지막으로 살펴주는 것조차 허용되지 않고 수용소 가건물에서 그대로 끌려갔답니다."

"그런 야만적인 짓이!"

"그 정도는 야만에 속하지도 않아요. 친구가 뛰어와서는 나도 그 반역자 리스트에 들어 있었다고 알려주더군요. 의료부장인 마담 두빈스카야가 허락했대요. 그때 나는 걸을 수도 없고, 수술 후 실밥도 풀지 않은 걸 알면서도 허락한 거죠. 망할 놈의 할망구! 아직 상처가 벌어져 있는데 가축용 화물차에 처넣어 흔들리게 되면 틀림없이 아픈 데가 터져서 죽었을 거예요. 그래서 난 결심했죠. 만약 날 데리러 오면 '난 어디에도 가고 싶지 않으니 이 침대 위에서 죽여라'라고 말하겠다고요. 그런데 오지 않았지요. 마담 두빈스카야가 마음을 고쳐먹은 건 아니에요. 내가 남아 있는 걸 보고 그 할망구가 놀랐거든요. 그러니까 아마 관리사무소에서 서류를 보다가 나의 형기가 1년도 채 못되니까 뺐나 봐요. 어쨌든 친구의 말에 놀라서 창밖을 내다보니까 병원 울타리 밖 20미터 지점에 짐짝을 든 죄수들이 죽 줄지어 있는데, 거기서 카를르 표도로비치가 날 보더니 소리를 질렀어요. 간수의 제지에도 아랑곳하지 않고요. '코스토글로토프! 창문 열어! 옴스크에 당신 종양의 조직검사를 의뢰해뒀어! 병리해부학과 검사실, 기억해, 중요한 일이야!' 그러면서 끌려갔어요."

코스토글로토프가 그때의 분위기가 생생하게 떠올라서 의자 등받이에 기대며 흥분했다. 돈초바는 일을 계속하면서 여러 사실 속에서 주요 부분들을 골라내 들었다(환자들의 얘기는 언제나 불필요한 말이 많았다).

"그래서 옴스크에서는 뭐라고 회신이 왔죠?"

코스토글로토프는 뼈만 앙상한 어깨를 으쓱했다.

"아무것도요. 그래서 그냥 나도 잊고 있었죠. 지난 가을 추방 처분이 내려진 뒤부터 건강이 아주 나빠지니까 친하게 지내는 의사 부부가 자주 진찰을 받으라고 권하더군요. 그래서 생각이 나길래 수용소에 편지를 보냈는데 답장이 없었어요. 수용소 관리사무소로 진정서를 냈더니 두 달만에 이런 회답이 왔어요. '귀하의 서류를 상세히 검토하였으나, 조직검사 결과를 확인할 방도가 없음.' 난 이미 쇠약해져서 편지 왕래조차 귀찮아지고 있었고, 또 감독조사국(유형자들의 생활을 감시하는 경찰서의 일종)은 요양을 허가해 주지도 않으니까, 그냥 운에 맡기고 되든 안 되든 옴스크 대학 병리해부학과 검사실로 편지를 냈어요. 그런데 며칠 지나서 회답이 왔어요. 그게 올 1월, 여기에 입원하기 직전입니다."

"그거요! 그 회답, 어딨죠?"

"집에 두고 왔어요. 하지만 그 편지는 도장이 찍힌 공식서류가 아니고, 검사실 여직원이 보낸 편지예요. 그 친절한 여성은 '틀림없이 그 시기에 그 마을에서 조직견본이 와서 검사했고, 결과도 그쪽에서 의심한 바와 같은 종류의 종양이라고 확인되었습니다. 검사 의뢰 회신은 곧 상대방 병원으로 보냈습니다.'라고 했어요. 회신을 수용소로 보냈다는 겁니다. 그럼 이것은 어디까지나 수용소측 문제 아닙니까? 아마 마담 두빈스카야가 이 따위 것은 아무 소용 없다면서……."

돈초바는 이러한 논리를 도저히 이해할 수가 없었다! 여의사는 팔짱을 끼고 안타까운 듯이 손바닥으로 팔을 탁탁 쳤다.

"그때 그 편지를 받자마자 엑스선 치료를 시작했어야 했던 거예요!"

코스토글로토프가 눈을 가늘게 뜨고 빈정댔다.

"누가요? 엑스선 치료요? 어떻게요?"

'대체 15분 동안 무엇을 말했던 걸까. 이 여의사는 아무것도 이해하지 못하잖아.'

"돈초바 선생! 그 세계를 상상한다는 것은……. 아니, 세상 사람들은 상상도 못해요! 엑스선 치료 따위는 더더욱 몰라요! 저는 말입니다, 아흐마드잔처럼 수술 후 진통이 아직 완전히 없어지기 전에 강제노동수용소에서 콘크리트 치우는 작업을 했어요. 선생님은 몰라요, 큰 시멘트반죽통을 두 사람이 젊어지면 얼마나 무겁고 힘이 드는지요."

여의사는 고개를 떨구고 눈을 감아버렸다. 정말이지 이 환자의 병력을 밝히기란 간단한 일이 아니었다.

"그건 그렇다고 칩시다. 검사실 회신이 공식문서가 아니라 개인 편지란 말이죠?"

"네, 개인 편지요. 고마웠어요! 좋은 여자 검사원을 만났던 거예요. 어쩐지 남자보다 여자가 좋은 사람이 많은 것 같아요……. 그리고 제 생각으로 왜 개인 편지로 했냐면 말이죠, 바로 이 나라의 비밀주의 때문이에요! '환자 이름이 빠져 있어서 회답을 정식문서로 할 수가 없었고, 또 조직견본을 반송하지도 못했다.'고 했거든요."

코스토글로토프는 분개하기 시작했다. 분개심은 다른 어느곳보다도 그의 얼굴에 빠르게 나타났다.

"큰 국가적 비밀! 돼먹지도 않은 소리! 한 수용소의 하찮은 죄수 코스토글로토프란 놈이 병에 걸려서 멀리 떨어진 병원 검사실에 알려졌다는 사실이 그렇게 대단하게 경계할 일인가요? 어쨌든 지금 익명의 편지 주인은 편하게 있는데 그 대신 선생이 골치를 앓고 있으니, 이거야말로 비밀주의의 성과가 아니겠습니까!"

돈초바의 눈에 꿋꿋한 빛이 엿보였다. 그녀가 마음을 가다듬었다.

"여하튼 그 편지를 당신의 병상카드에 첨부해야 합니다."

"알았어요. 집에 돌아가면 곧 보내드리죠."

"아뇨, 의사부부에게 찾아서 보내달라고 부탁하세요."

코스토글로토프가 그녀를 흘낏 보며 물었다.

"그런데 저는 집에 언제나 돌아갈 수 있나요?"

"당신이 돌아갈 수 있는 때란, 치료를 중단할 필요가 있다고 제가 판단했을 때예요. 그것도 잠시 동안만."

코스토글로토프는 생각했다. 이때다! 여기서 한바탕 싸워야 한다!

"돈초바 선생! 그렇게 어린애 다루듯이 얘기하지 맙시다. 우린 어른들 아닙니까? 전 심각하단 말예요. 회진할 때 선생은……."

돈초바도 정색을 했다.

"회진 때 당신 태도에 실망했어요. 도대체 어쩌자는 겁니까? 다른 환자들의 마음을 휘저어 놓으려는 심사인가요? 무슨 생각을 그들에게 불어넣으려는 거지요?"

"의도가 무엇이냐고요?" 그는 의자에 다시 깊숙이 고쳐 앉아 흥분을 억누르며 말했다. "난 그저 인간이 자신의 생명을 스스로 처리할 권리를 주장한 것뿐이에요. 선생은 그런 권리를 인정하지 않습니까?"

돈초바는 그의 얼굴에 움푹 패인 흉터를 내려다보며 잠자코 있었다.

"선생은 환자의 치료를 맡으면서 환자의 생각까지 대신해 주려 하고 있어요. 그러다 보니 선생이 환자를 대신해서 생각해 준다는 것이 지시가 되고, 5분 회의가 되고, 예정표와 계획이 되고, 병원의 명예가 되어버리죠. 그럼 난 수용소 죄수 때처럼 한 알의 모래알이 되어버려요. 또다시 보잘것없는 존재로 떨어져 버리는 겁니다."

"병원에서는 수술하기 전에 환자들에게 동의서를 받아요."

돈초바의 갑작스러운 언급에 코스토글로토프는 당황했다.

'왜 갑자기 수술 얘기를? 난 절대 수술에는 동의하지 않을 거야!'

"그건 병원이 자신들의 안전을 위해서 그러는 거지, 수술에 대한 설명을 한 건 아니에요. 그러니 환자의 동의를 얻은 것도 아니죠! 엑스선마저도 어느 만큼의 가치가 있는지도 몰라요!"

"라비노비치가 뭐라고 하던가요? 엑스선에 대해서 뭐라고 해요?"

"그런 분은 알지도 못해요. 저는 원칙적인 것을 얘기한 겁니다."

코스토글로토프는 단호히 고개를 저었지만, 사실 바로 그 라비노비치에게서 엑스선 휴유증을 들었다. 라비노비치는 엑스선 조사를 200회 넘게 받은 외래환자인데 '치료 결과가 너무 나빠서, 조사를 받을 때마다 회복감은 커녕 죽음을 향해 걸어가는 기분'이라고 하소연했다. 그는 이런 하소연을 입에 달고 살았지만 아무도 들어주지 않았다. 건강한 사람들은 아침부터 밤까지 뛰어다니면서 성공과 실패에만 관심을 가졌고, 가족들도 그의 병에 지쳐버렸다. 오직 암병동 환자들만이 몇 시간이라도 지루해하지 않고 그의 이야기를 듣고 동정했다. 그들에게는 '목젖 부분이 굳어가고 엑스선 조사를 받은 자리가 검어졌다.'는 이야기가 의미가 있었다.

'기막혀! 이 사람이 원칙을 말하다니! 의사들이 치료의 원칙을 환자들에게 말해주지 않는 게 틀렸다고! 그렇게 하다간 무슨 시간에 치료를 하란 말야!'

코스토글로토프나 라비노비치처럼 지식욕이 왕성하고 병의 현상을 따져 묻는 환자가 항상 백 명에 둘은 있었다. 그러나 이 남자는 의학적으로도 특수한 사례이다. 방치로 인해서 반죽음 상태까지 갔다가, 엑스선 치료를 받고 급속히 회복 중인 것이다.

"코스토글로토프 씨! 엑스선 조사 12회로 송장처럼 죽었던 당신이 다시 살아나지 않았나요? 그런데 왜 당신은 엑스선 치료를 모욕하죠? 당신은 수용소에서도 추방 중에도 제대로 치료를 받지 못하고 방치되었다고 불평하면서, 이번에는 충분한 치료를 받게 된 것을 불평하니, 그런 논리가 어디 있어요?"

코스토글로토프의 검은 더벅머리가 흔들렸다.

"이것은 논리와는 관계가 없는 일이 아닙니까? 돈초바 선생, 인간은 매우 복잡하게 살고 있어요. 논리나 경제나 생리학대로 되지 않는 것이 오히려 당연하지요. 확실히 나는 산송장이나 다름없는 몸으로 여기에 들어와서 층계참에 누웠다가 겨우 입원했어요. 그런데 다른 건 이겁니다. 선생은 내가 '어떠한 희생을 무릅쓰고라도 구원받으려고' 왔다고 생각하고 있어요. 하지만 나는 '어떠한 희생이라도 무릅쓰고라도' 구원받고 싶은 게 아니란 말입니다. 그런 게 세상에 어디 있어요?" 돈초바가 반박하려 했지만, 코스토글로토프가 재빨리 말을 이었다. "나는 고통을 덜려고 왔어요! 너무 아파서 도와달라고 온 거예요! 선생은 도와주었습니다! 지금은 아프지 않아요! 고맙습니다, 당신은 제 은인이에요! 그러니 지금은 제발 저를 놓아주세요! 나는 개처럼 내 굴로 돌아가 한가롭게 누워 지내고 싶을 뿐입니다!"

"그러다가 또 아파지면 다시 이 병원으로 기어들어 오고요?"

"아마도요."

"그러면, 우리는 또 당신을 받아들이고요?"

"그렇지요! 선생은 친절한 분이니까 틀림없이 또 입원시켜 줄 겁니다. 도대체 선생은 뭐가 걱정이죠? 완치 환자 비율인가요? 보고서인가요? 의학 학술원에서 최소 60회 조사를 권했는데 12회만에 퇴원시켰다고 보고하기 곤란한가요?"

돈초바는 여태까지 이렇게 터무니없는 헛소리를 들어본 적이 없었다. 사실 보고서에 유리하려면 '곧 회복'이라고 쓰고 당장 퇴원시키는 것이 나았다. 조사가 50회를 넘기고 나면 그렇게 간단하게 되지 않는다. 그런데도 코스토글로토프는 끝까지 자기 주장을 내세웠다.

"선생이 종양의 성장을 억제시켜 준 것만으로도 족합니다. 종양이 방어전 중이니까 저도 방어전을 펴고 있잖아요. 병사들은 방어선에 있을 때 제일 편안하답니다. 또한 이런 포화 상태라면, 큰 노력으로 작은 결과밖에 얻지 못해요. 종양이 초반의 재빠른 타격으로 활동이 둔해졌지만 이후의 변화는 크지 않을 거라는 겁니다. 암은 어차피 완치가 안 될 테고. 그렇다면 지금 퇴원시켜 달라는 겁니다."

"재미있군요. 그런 지식을 어디서 얻었지요?"

"어릴 때부터 의학서 읽기를 좋아했어요."

"우리가 하는 치료에서 두려운 점이 구체적으로 뭐죠?"

"돈초바 선생. 난 의사가 아니니까 그런 건 몰라요. 그렇지만 선생은 알고 있을 텐데, 내게 말해주지 않잖아요? 간가르트 선생이 포도당 주사를 놓겠다는데……."

"그건 꼭 필요한 거예요!"

"난 싫어요!"

"왜요?"

"부자연스러운 짓이에요! 포도당이 필요하면 먹이면 되잖아요? 뭐든 주사약으로 만들어버린 것이 마치 20세기의 대발명이나 되는 것마냥. 자연계에 그런 것이 있나요, 동물들이 주사를 놓습니까? 아마 100년 후에는 우리 스스로가 비웃을 짓입니다. 주사 놓는 방법은 또 어떻습니까? 한 간호사가 팔을 누르고 또 한 간호사가 팔 관절 근처를 쿡 찌르고. 몸이 오싹해져요! 수혈도……."

"당신은 기쁘게 생각해야 돼요! 누군가 당신에게 피를, 건강과 생명을 주는 거잖아요!"

"저는 싫어요! 언젠가 체첸(북부 카프카즈 소수민족) 사람이 내 눈앞에서 수혈을 받고 세 시간을 축 늘어져 버렸어요. 불완전 융합이라든가. 또 누구는 주사바늘이 정맥에서 빠져나와 팔뚝에 혹이 생겨서 한 달이나 찜질을 했죠. 난 그런 게 싫어요."

"수혈을 안 받으면 엑스선 조사를 못 해요."

"그럼 하지 마세요! 대체 무슨 이유로 의사들은 남을 대신해서 뭐든지 제멋대로 결정할 권리를 가집니까! 그렇게 해서 좋은 결과가 나지 않는 경우도 많잖아요! 의사들은 그 권리를 두렵게 생각해야 합니다!"

"당신은 아조프킨의 운명을 뒤따를 거예요! 당신과 아조프킨은 똑같은 병이니까요, 아시죠? 악화 정도도 비슷하고. 아조프킨은 살아납니다. 수술 직후부터 조사를 시작했으니까. 하지만 당신은 2년을 방치했어요! 당신은 전이로를 막는 두 번째 수술을 했어야 했는데, 안 했어요. 게다가 당신의 종양이 암 중에서도 가장 위험한 겁니다. 급성이라서 진행도 전이도 빨라요. 사망률은 95퍼센트나 돼요, 보여드릴까요……."

여의사는 산더미같이 놓인 서류더미 속에서 자료를 찾기 시작했다. 코스토글로토프는 지금까지와는 아주 다르게 자신이 없어진 낮은 목소리로 말하기 시작했다.

"나는 제 생활에 그렇게 집착하지 않아요. 반 년 더 산다면 반 년 더 사는 것일 뿐, 10년 20년 후의 계획은 안 세워요. 그래서 필요 이상의 치료는 쓸데없는 고통만 받을 뿐이에요. 엑스선 조사치료 때마다 기분이 나빠지고 구토하고……. 무엇을 위해서 그래야 하죠?"

"찾았어요! 이거, 이게 우리가 만든 통계예요!"

돈초바가 서류 틈에 끼인 노트에서 종이 두 장을 꺼내 보였다. 왼쪽 칸에 '사망자', 오른쪽 칸에 '생존자'라고 쓰여 있고 그 아래로 남자이름들이 세 줄로 쓰여 있었다. 왼쪽에는 지운 곳이 없는데, 오른쪽은 지운 곳들이 많았다.

"퇴원할 때는 오른쪽에 썼다가 이후에 왼쪽으로 옮기죠……. 아직 오른쪽에 남아 있는 사람은 행운인 거예요."

여의사는 반성을 촉구하듯 코스토글로토프 눈앞에 명단을 한동안 들고 있다가, 다시 적극적인 공세를 폈다.

"실제로 나은 게 아니고, 나았다고 느껴지는 것뿐입니다! 하지만 명백한 건 당신에게는 아직 해볼 여지가 남아 있고 중요한 시기라는 거죠. 이럴 때 퇴원을 하겠다니! 좋아요, 퇴원하려면 해요, 어서 나가 버려요! 곧 수속을 해드리죠. 당신 이름을 여기 오른쪽에 써 두고요……."

코스토글로토프는 묵묵히 있었다.

"어때요. 빨리 결정하세요!"

"돈초바 선생. 5회에서 10회 정도만, 적당한 횟수만큼만 한다면……."

"횟수가 문제가 아니에요! 필요하다면 하루에 2회도 하는 겁니다. 오늘부터 담배도 끊으세요. 그리고 또 하나, 무엇보다도 우리를 신뢰하고 기쁜 마음으로 치료를 받으세요! 기쁨으로! 그렇지 않으면 낫지 않아요!"

그는 고개를 숙이고 있었다. 그런데 사실은 이런 얘기들은 그에게 하나의 흥정이었다. 그가 가장 두려운 것은 수술이었는데, 이것으로 그 위기를 모면한 것이다. 엑스선 치료는 별로 걱정할 것이 없었다. 코스토글로토프는 예전부터 남몰래 가지고 있는 비장의 약재가 있었다. 이스이크 쿨리 호수(키르기즈 지방 동부에 있는 호수)에서 나는 식물의 뿌리인데, 퇴원하면 그 뿌리로 본격 치료를 시작할 생각이었다. 말하자면 그에게는 이 암병동이 시험삼아 해본 치료인 것이다.

돈초바는 자기가 이겼다고 생각했던지 말투가 너그러워졌다.

"포도당 주사는 그만두고, 그 대신 다른 근육 주사를 놓아드릴게요."

코스토글로토프는 미소를 지었다.

"제가 졌습니다."

"옴스크에서 온 편지를 되도록 빨리 보여주세요."

코스토글로토프는 여의사와 헤어져 병실로 걸어가면서 마치 두 개의 영원 사이에 끼여 있는 기분을 느꼈다. 그 하나는 죽게 될 운명에 있는 자들의 명단, 다른 하나는 영원한 추방, 별들처럼 은하수처럼 영원한…….

7. 치료할 권리

코스토글로토프가 '그건 무슨 주사입니까? 어디에 쓰입니까? 정말 필요한 겁니까? 도의적으로 용납될까요?'라고 끝까지 물고 늘어졌다면 돈초바도 별수 없이 새로운 치료법의 의미와 결과를 설명해 주었을 것이다. 그랬으면 그는 틀림 없이 자리를 박차고 일어서 버렸을 것이다. 여의사가 일부러 서둘러서 주사에 대해 대수롭지 않게 말하고 넘긴 것은, 그런 설명에 너무 지쳤기 때문이다.

게다가 돈초바는 이제는 엑스선이 인체에 미치는 영향력이 이미 다 알려져 있으니까, 그 방면의 권위자들이 강력히 추천하는 새로운 암치료 방법을 밀어붙여 봐야 한다고 굳게 믿고 있었다. 그 치료법이 놀라운 성공 사례들을 내고 있기 때문에, 여의사는 상대방이 아무리 고집을 부려도 그 치료법을 써보기로 마음먹은 것이다. 초기 단계 조직견본이 없어도 여의사의 직관과 관찰과 경험으로 진단해 보자면, 이 종양은 기형종이나 육종 따위가 아니라 악성종양이었다.

그녀는 '전이가 쉬운 종양들'을 주제로 학위논문을 쓰고 있기는 했다. 하지만 쓰다 말다를 반복해서, 친구들이 틀림없이 훌륭한 논문이 나올 것이라고 격려해 주고는 있지만 언제쯤 나올 수 있을지 알 수 없었다. 경험이나 자료가 부족해서가 아니라, 너무 바빠서였다. 매일 방사선실과 검사실과 병실을 쉴 새 없이 불려다니고, 엑스선 사진을 식별하고 기록하고 정리하고 체계화하고, 학위용 정기 보고서 제출만으로도 능력의 한계치에 와 있었다. 그래서 연구휴가 반 년을 얻었지만, 암병동은 누구 하나 눈을 돌릴 수 없는 병자들뿐인데다가 세 명의 수련의까지 책임지고 있어서 반 년이나 병원을 비울 수 있는 구실이 좀처럼 잡히지 않았다.

레프 톨스토이가 자기 형을 '작가로서의 모든 능력을 갖췄지만 작가가 되기 위해 필요한 결점을 갖추지 못한 사람'이라고 했다는데, 돈초바도 의학박사가 되기 위해 필요한 결점을 갖추지 못한 것 같았다. '저 사람은 보통 의사가 아니야, 의학박사란 말이야'라고 칭송받거나 '짧지만 중요한 논문을 이미 20편 이상 발표했다.' 등의 명예에 관심이 없고, 학위논문 외의 사회 활동에 더 열중하는 것이다. 병원에서 진단과 치료의 착오를 검토하고 새로운 치료방법 보고하는 임상회의를 열면 꼭 참석해서 적극적으로 토의에 참가했다(방사선과 의사와 외과의사는 그렇지 않아도 매일 상담하고 오진을 검토하며 새로운 요법을 적용하고 있는데 말이다). 시 방사선 의사학회에도 보고하고 실험 설명도 했다. 최근 생긴 종양학회에서는 서기까지 맡았다. 그밖에도 의사 연수원, 방사선학회 회보, 종양학회 회보, 의학학술원, 정보센터 등에 서신 답변도 빼놓지 않고 했다. 큰 연구는 거의 모스크바나 레닌그라드에 집중되어 있으니까 여기서는 치료만 하면 될 것 같지만, 실제로는 이곳에서 연구를 떠나서 치료에만 전념할 수 있는 날은 단 하루도 없었다.

오늘도 그랬다. 돈초바는 곧 있을 보고에 대해서 방사선학회 의장에게 전화를 걸었고, 짤막한 잡지 논문 2편을 빨리 검토했고, 모스크바와 벽촌 종양상담소에 각각 답신을 썼다. 오후에는 오늘의 수술을 끝낸 외과과장이 미리 상의했던 부인과 환자 한 명을 데려오기로 했다. 외래접수가 끝날 때까지는 의사 한 명을 데리고 소장암이 의심되는 타샤우즈(전 코레즘 공화국에 속했던 투르크멘 공화국의 도시) 환자를 진찰하러 가야 했다. 돈초바가 제안한 '엑스선 기사들이 더 많은 환자를 능률적으로 처리하는 방법 강의'도 잡혀 있다. 루사노프의 엠비퀸 주사 경과도 확인해야 한다. 루사노프 같은 환자를 여기서 치료하게 된 것은 극히 최근의 일로, 얼마 전까지는 다 모스크바로 보냈었기 때문이다.

이렇게 바쁜데 코스토글로토프 같은 고집쟁이와 실없는 입씨름으로 시간을 허비했다니! 돈초바에게는 이것이 도저히 용서하지 못할 조롱처럼 느껴졌다. 둘이 논쟁할 때에도 감마선 조사 장치 개축공사에 투입된 기술자들이 두 번이나 노크를 했다. 그들은 견적서에 없는 개축공사가 꼭 필요하다고 돈초바를 납득시켜서 서류에 서명을 받았고, 주임의사까지 설득해 달라고 조르고 있었다. 그래서 좀전에 그들에게 이끌려 주임의사 실까지 갔는데, 방 앞 복도에서 간호사에게 전보 한 통을 받았다. 발신인 이 노보체르카스크(남 러시아 로스토프 서북방의 도시)의 안나 자츠이르 코였다. 그녀는 1924년 의과대학에 입학하기 전까지 사라토프의 조산원 학교에 함께 다녔지만 15년간 편지 왕래조차 없었는데, 느닷없이 전보를 보낸 것이다. 그녀의 장남 바짐이 지질학 탐험대에서 빠져나와 오늘이나 내일 이 병원에 입원하니까 잘 부탁하고 병의 진상을 솔직히 알려달라는 내용이었다. 돈초바는 깜짝 놀라서 기술자 곁을 떠나서, 오늘내로 아조프 킨 침대를 바짐 자츠이르코 명의로 확보해 두려고 수간호사 미타를 찾아 갔다. 미타는 온 병동을 싸돌아다녀서 찾기가 쉽지 않았다. 돈초바는 미 타를 만난 김에 당 지구 위원회에 항의전화를 걸려고 함께 곧장 등록과 로 갔다. 방사선과 간호사 올림피아다가 시 주최 조합회계원 세미나에 열흘이나 불려가게 됐는데, 그녀가 워낙 유능해서 대체 인력을 찾을 수 가 없는 것이다. 전화는 처음에는 이쪽이 통화 중이고, 다음은 저쪽이 통 화 중이었고, 간신히 통화가 되니까 조합의 지방위원회로 전화하라고 발 뺌하고, 지방위원회는 '정치적으로 너무 방심하다, 조합 회계는 내팽개쳐 두어도 좋으냐'고 짜증을 냈다. 아마 당 지구위원회나 지방위원회 사람들 은 자기 자신이나 가족들이 종양을 앓은 적이 없는 모양이다. 온 김에 돈 초바는 방사선학회에 전화를 걸고, 또 문득 생각이 나서 주임의사에게도 주선해 달라고 부탁하려 했으나, 그는 외부인과 병원 건물 개축을 상의 하느라고 바빴다. 간신히 자기 방으로 돌아가려는데, 엑스선 검사실을 지 나치다가 그곳에서 엑스선 필름 재고량이 3주분밖에 없다는 보고를 받왔다. 이것이야말로 시급한 일이었다. 필름은 주문에서 도착까지 한 달이 걸리기 때문이다. 돈초바는 약국장과 주임의사를 함께 붙들고 어떻게 해서라도 두 사람의 책임하에 필름을 확보하게 했다. 다시 감마선 장치 기술자들에게 붙잡혀서 서류에 서명을 했고 엑스선 기사들과 상의도 했다.

산초바는 검사실에 앉아서 계산을 시작했다. 종전의 기술력으로는 엑스선 기계가 1시간 가동에 30분 휴식이 원칙이었는데, 그런 것은 이미 무시된 지 오래였다. 모든 기계를 9시간 연속으로 돌리면서 환자들을 최대한 빨리 교체시키며 써도, 환자들에게 필요한 조사를 전부 소화해낼 수 없었다. 별수 없이 외래환자는 일1회, 입원환자는 일2회 조사로 횟수를 제한했는데, 그 대신 기술감사의 눈을 피해서 전류량을 10밀리암페어에서 20밀리암페어로 높였다. 덕분에 일은 배나 더 많이 했지만, 조사관의 수명은 그만큼 짧아졌다. 이렇게 하고도 아직 환자를 다 처리할 수가 없다! 그래서 오늘 돈초바는 피부를 보호하는 동필터를 누구에게 1밀리미터짜리를, 누구에게 0.5밀리미터짜리를 줄지 명단에 일일이 적으러 다녔다(이것은 조사 시간을 반으로 단축시킬 수 있다).

잠깐 이층으로 올라가서 루사노프를 살펴본 후 다시 엑스선 조사실로 돌아오니, 엘리자베타 아나톨리예브나가 조용히 문을 노크하고 들어왔다. 엘리자베타는 방사선과 잡역부이지만 아무도 그녀를 '너'라고 부르지 않았고, 젊은 의사가 고참 간호사를 부르듯 '리즈'나 '리즈 아줌마'라고 부르지도 않았다. 그녀는 교양 있어 보였고, 야근 시간에 틈틈이 프랑스어 책을 읽었다. 그런 부인이 어찌된 영문인지 몰라도 암병동 잡역부를 하고 있었다. 물론 이곳이 다른 데보다 보수가 좋지만(한때는 엑스선 위험 수당으로 5할이나 추가 지불되었다), 최근에는 추가 지불되던 보수가 15퍼센트나 깎였는데도 그녀는 직장을 그만두지 않았다.

"돈초바 선생님." 예절 바른 사람답게 미안하다는 듯 몸을 굽혀서 그녀는 말했다. "하찮은 일로 걱정을 끼쳐드려서 죄송합니다. 걸레가 한 장도 없이 다 떨어졌어요. 그래서 청소를 할 수가 없습니다."

이것도 큰 고민거리다! 후생성은 암병동에 라듐 바늘, 감마선 조사장치, 자동 전압 안전장치, 최신형 수혈기구, 새로운 합성 호르몬제 따위의 공급은 배려했지만, 걸레나 빗자루 같은 비품은 챙기지 않았다. 니자무트진이 '내 사비를 털어서 사달라는 말이요?'라고 항의해서 임시로 낡은 홑이불 따위를 찢어 사용했으나, 그것은 신품을 청구하기 위한 수단으로 하는 짓이라고 경리과에서 말썽이 생겨서 이내 중지되었다. 지금은 헌 이불 등을 한곳에 모아서 경리과 위원회에 인계했고, 위원회는 장부에 기록하고 나서 찢었다.

"저, 제 생각으로는, 방사선과에 근무하는 우리들이 모두 한 장씩 집에서 걸레를 가져오면 어떨까요? 그러면 당분간은 쓸 수 있지 않을까요?"

돈초바는 한숨이 나왔다.

"그것밖에 방법이 없네요. 난 찬성해요. 당신이 올림피아다에게 말해 봐요."

그렇지, 올림피아다를 못 가게 해야지! 유능한 간호사가 열흘이나 일을 못하게 되다니, 정말 말도 안되는 소리다! 그래서 그녀는 다시 전화를 걸러 나갔다. 그러나 결과는 또 신통치 못했다. 그녀는 그 길로 타샤우즈에서 온 환자를 진찰하러 갔다. 잠시 눈을 어둠에 익히고 난 다음 환자의 가느다란 소장 속의 바륨 양을 관찰했다. 서서도 보고, 방호 스크린을 책상처럼 내려서 보기도 하면서 관찰하고, 환자를 옆으로 누이기도 하고 반대로 돌려서 사진을 찍기도 했다. 그리고 장갑 낀 손으로 환자의 복부를 누르며 '아프다'고 지르는 소리와 희미한 반점과 거무스름한 피부의 모양을 종합하여 돈초바는 진단을 내렸다.

어느새 점심시간이 훌쩍 넘어버렸지만 돈초바는 조금도 개의치 않았다(여름에도 샌드위치를 가지고 앞뜰로 나가는 일 따위는 한 번도 없었다).
진단이 끝나자마자 처치실에서 호출이 왔다. 처치실로 가보니 외과과장
이 미리 상의해 두었던 부인 환자와 함께 있었다. 돈초바는 '생명을 구하
려면 난소를 제거하는 방법뿐'이라고 진단했다. 마흔 살의 환자는 울기
시작했다. 의사들은 잠시 울도록 내버려 두었다.

"제 인생은 끝장이군요! 남편에게 버림받을 거예요."

"어떤 수술인지 바깥양반에게 말하지 마세요. 그러면 남편분이 절대로
알 수가 없어요. 당신이 하기 나름이에요, 얼마든지 감출 수 있어요."

중요한 것은 생명이다. 다른 것들은 생명을 구하기 위해서 다 정당화
될 수 있다는 게 돈초바의 신념이었다.

그런데 오늘은 돈초바의 신념이나 책임감이나 권위가 방해를 받았다.
위 부근에서 뚜렷이 느껴지는 아픔 때문이었다. 얼마 전부터 살짝씩 느껴
지기는 했어도 오늘처럼 심했던 건 처음이다. 그렇다고 해도 만약 그녀가
종양학자가 아니었다면 문제 삼지 않을 정도여서, 만약 병원에 간대도 당
당하게 검사를 받으러 갔을 것이다. 그러나 돈초바는 이 병을 너무 잘 알
고 있는 탓에, 가족이나 동료에게 상의해서 해결을 위한 첫걸음을 내딛기
를 미루고 있었다. 러시아인답게 '이러는 동안 저절로 낫겠지, 보통 신경
통이겠지' 하면서 요행을 바라고 있었다.

그러나 마치 가시에 찔린 것처럼 온종일 그녀의 기분을 불편하게 만든
원인은 따로 있었다. 막연하지만 진지한 느낌이었는데, 지금 책상 위 타
자 원고 '방사선 장해'를 손에 들고서야 오늘 종일토록 마음이 언짢았던
이유가 '치료할 권리에 대한 코스토글로토프와의 논쟁'임을 깨달았다. 그
의 얘기가 또렷이 귓가에 남아 있었다.

"20년 전에도 선생은 나, 코스토글로토프와 같은 사람에게 방사선을
조사했겠죠. 그 사람도 치료를 겁내서 반항했을지 모르죠. 그때 선생은

안전하다고 설득했겠죠. 그때는 선생도 방사선 장해를 몰랐으니까!"

돈초바는 곧 방사선학회에 방사선 장해에 관해 보고할 예정이었다. 코스토글로토프의 비난과 거의 같은 내용이었다. 최근 1~2년 사이 방사선과 의사들은 모스크바나 바쿠에서도 쉽사리 진단할 수 없는 증세를 접하기 시작했다. 그들은 의아해서 서로 추측해 보고, 서신을 주고 받고, 회의나 휴식 시간에 화젯거리에 올렸다. 그때 미국 잡지의 연구 결과가 알려졌다. 미국에도 비슷한 사례들이 나타나서 점점 늘어나는 바람에 방사선 장해(radiation hazard)라는 용어가 생겨났다는 것이다.

방사선 장해란, 십수년 전에 엑스선을 대량으로 조사받고 순조롭게 치료받았던 부분에서 조직 괴사와 기형이 일어나는 현상이다. '그때 엑스선 조사를 악성종양에만 쏘거나 소량으로 조사했더라면 지금 당당했을 텐데.' 하지만 돌이켜 생각해 봐도 별도리가 없는 일이었다. 당시에는 엑스선 대량 조사만이 환자를 불가피했던 죽음에서 구해낼 수 있었다. 그러니까 지금 기형화된 환자가 찾아오더라도 '그 기형은 이미 덤으로 살아온 세월과 앞으로 살 세월의 대가를 치르는 것'이라고 이해해야 한다.

그때는 엑스선 조사가 직접적이고 확실하고 절대적인 방법, 현대 의술의 위대한 성과로 평가되었다. 이 요법을 부정하고 다른 비슷한 방법이나 우회법을 찾는 것이 나태한 생각이고, 근로대중에 대한 사보타주라고까지 말했었다. 그때도 조사 초기 단계에 조직과 뼈에 큰 피해를 줄 수 있다는 우려가 있어서 피해 방지 연구도 병행했었다. 하지만 대량 조사가 일반적인 추세였다! 악성종양이 아닌 양성종양에도, 어른이 아닌 아이에게도 마구 조사했다!

그래서 요즘 병원에는 어른이 된 어린애들부터 중년의 환자까지 다양한 사람들이 기형을 호소하며 찾아왔다. 지난 가을 외과병동에 기형의 몸을 가진 15세 소년이 들어왔다. 몸의 한쪽 팔다리와 두개골이 성장이 늦어서, 몸이 만화 캐릭터처럼 위에서 아래로 활 모양으로 휘어 있었다. 돈초바는 병력카드를 조사해서 이 소년이 어머니 품에 안겨서 왔던 2년 6개월짜리 젖먹이와 동일인물임을 확인했다. 그 젖먹이는 종양이 아니었지만, 원인불명의 뼈 장애와 신진대사 이상 증세가 심각했다. 그래서 당시 당황한 외과의가 엑스선 요법을 시도해 보라고 아기를 돈초바에게 보냈고, 돈초바는 엑스선 치료로 말끔히 치료해냈다. 아기 엄마는 '선생님은 은인이며 일생 동안 그 은혜를 잊지 않겠다.'며 기쁨의 눈물까지 흘렸다. 소년은 지금 병원에 혼자 있다. 그 어머니가 이미 이 세상 사람이 아니기도 했고, 소년의 뼈에서 예전에 쏘았던 엑스선을 빼낼 수 있는 사람이 아무도 없기도 했으니까.

한 젊은 엄마는 젖이 안 돈다고 찾아왔다. 그녀 역시 이 병동 저 병동을 돌다가 암병동까지 흘러들어온 것인데, 뒤져보니까 창고에서 그녀의 1941년 병상카드가 발견되었다. 병상카드에는 '양성종양 소녀가 엑스선 조사관 아래에 누웠다.'는 사실이 쓰여 있었다. 돈초바가 지금 할 수 있는 일은, 그녀의 낡은 병상카드에 '연조직에 수축이 생겼는데 방사선 장해에 틀림없다.'고 덧붙여 기입하는 것뿐이었다.

활 소년이나 젖이 마른 산모에게 '어릴 때 치료를 잘못했다.'고 말해주지 않았다. 그것은 개인에게도 무익하고, 무엇보다도 시민들에게 보건 의식을 보급하는 데 방해가 된다. 그러나 돈초바는 개인적으로 이런 일들이 돌이킬 수도 없고 보상할 길도 없는 큰 죄악이었다는 쓰라린 자책을 품게 되었다. 오늘 코스토글로토프가 바로 이 점을 정확하게 찌른 것이다.

여의사는 팔짱을 끼고 전원을 끈 엑스선 기계실의 좁은 통로를 서성댔다.

'그렇다고 그가 옳은가? 의사의 치료할 권리에 의문을 제기하는 것이 허용되어야 할까? 오늘 과학적으로 인정되는 치료법이 내일 부정될 수 있다고 의심하기 시작하면, 어떤 사태가 일어나겠는가! 아스피린으로 죽는 사람도 가끔은 있는데, 그것 때문에 몸을 사린다면 치료가 어떻게 가능하겠는가!'

일상의 행복이란 것도 사실 애매한 것이다. 사람은 일단 어떤 일이든 하게 되면 의도한 결과와 정반대의 결과, 선과 악을 동시에 만들어내게 마련이다. 다만 누구는 선을 더 많이 낳고, 누구는 악을 더 많이 낳는 차이가 있을 뿐이다. 돈초바는 그렇게 스스로를 위안했다.

오진했거나 치료법을 잘못 썼거나 치료 시기를 놓친 사례는, 돈초바의 의료 경력 전체를 통틀어서 2퍼센트도 안 된다. 반면 그녀가 완치시켜서 사회에 복귀시킨 사람들은 수천 명이다. 그들은 지금 밭과 초원과 아스팔트와 하늘을 자유롭게 오가면서, 목화를 수확하고 도로를 청소하고 육해공군으로 복무하는 등 제 구실을 해내고 있다. 수천 중에서 몇몇은 돈초바의 은혜를 잊지 못했다. 그러나 그녀는 치료의 성공사례들은 일정시간이 흐르면서 깨끗이 잊었지만, 운명의 수레바퀴 밑에 짓밟힌 몇몇 환자들은 잊지 못했다.

퇴근 시간이 가까워져 있었다. 이미 보고서 준비하기는 글렀다(원고를 집으로 가지고 가도 아마 헛수고가 될 것이다). 어차피 해야 할 일은 학술지《방사선 의학》의 논문들을 읽는 것과 타흐타 쿠프이르 시 인턴에게 답장을 쓰는 것이었다. 뿌옇게 흐린 창문에서 흘러 들어오는 빛이 어두워져서 여의사는 스탠드를 켜고 책상에 앉았다.

"아직 퇴근 안 하셨어요, 선생님?"

조수 한 사람이 벌써 가운을 벗고 문으로 빼꼼히 고개를 내밀었다.

"퇴근 안하세요?" 간가르트도 들어왔다.

"루사노프는 어때요?"

"자고 있어요. 구토는 없는데 열이 좀 있어요."

간가르트가 턱밑까지 여몄던 병원가운을 벗으니, 출퇴근용으로 입기에는 지나치게 고급스러운 연초록색 호박단추 원피스가 보였다.

"병원에서 입기는 아까운 옷이네." 돈초바가 턱으로 옷을 가리켰다.

"넣어두면 뭐 해요?" 간가르트는 미소를 지으려고 애썼지만 쓸쓸한 표정이 되어버렸다.

"그래, 그럼 다음에는 허용된 10밀리그램을 놓읍시다."

돈초바는 상황을 정리하듯 속사포처럼 지시하고, 인턴에게 편지를 쓰기 시작했다. 간가르트가 방을 나가다가 문가에서 나직이 물었다.

"코스토글로토프는 어떤가요?"

"싸웠지. 지고 나서야 얌전해졌어."

돈초바는 미소를 지으려 했는데, 숨을 내쉬는 순간 다시 위 근처가 찌르는 듯이 아파왔다. '지금 간가르트에게 통증을 말해버릴까?' 하지만 간가르트는 방 한구석의 컴컴한 곳에서 외투에 하이힐까지 신고 연극 구경을 가려고 하고 있었다. '다음에 이야기하지 뭐.'

모두 다 돌아갔어도 돈초바는 여전히 책상에 앉아 있었다. 매일 엑스선을 조사하는 이 방에 단 반 시간이라도 더 머무는 것은 몸에 아주 해롭지만, 일이 밀려 있으니 떠날 수가 없었다. 휴가가 다가올수록 돈초바는 얼굴빛이 창백해졌고, 1년 내내 내려가던 백혈구 수치가 환자보다도 위험한 '2000'까지 떨어졌다. 방사선과 의사는 매일 위 투시 3회가 의무인데 돈초바는 10회 이상을 하고 있었다. 전시에는 20회 이상도 했다. 그러니 휴가 직전에는 매번 그녀가 수혈을 받아야 할 상황이 된다. 그러나 1년간 꾸준히 잃은 것을 휴가로 단번에 되찾을 수는 없다.

일중독인 돈초바가 일에서 헤어날 도리는 없었다. 매일 퇴근 무렵이 되면 못다한 일 때문에 초조해졌다. 지금도 앉아서 일하면서도 시브가토프의 참혹한 증세를 생각하고, 학회에서 오렌시첸코프 박사를 만나서 상의할 사항을 메모했다. 그는 돈초바가 수련의일 때의 지도교수였다. 그는 자상하게 지도해 주면서 항상 시야를 넓게 가지라고 강조했다.

"돈초바, 결코 지나치게 전문화, 세분화되지는 마! 전 세계가 제아무리 전문화를 외쳐도 넌 한 손에 검사를, 한 손에 치료를 잡고 놓지 말란 말이야!"

불을 끄고 나서도 돈초바는 책상으로 다시 돌아가 내일 할 일들을 메모했다. 허름한 하늘색 코트를 걸치고 주임의사실로 다시 들렀는데 문이 잠겨 있었다. 간신히 양편에 포플러가 심겨진 병원 구내의 큰길로 나왔지만, 그녀의 머릿속에서는 여전히 연속적으로 일들이 진행되었다. 그녀는 날씨 따위에는 관심이 없었다. 그녀는 큰길가에서 마주치는 사람들을 두 눈썹을 잔뜩 찌푸리며 날카로운 눈초리로 쏘아 보았는데, 여자라면 으레 관심을 기울이는 옷이나 모자나 신발 따위를 보는 것이 아니라, 몸안에 숨겨진 종양을 투시하는 듯했다. 그녀는 병원 구내다방을 지나, 그 앞에서 신문지로 만든 삼각형 봉지에 편도 열매를 넣어 팔고 있는 우즈베크인 소년을 지나쳐서 정문에 이르렀다. 정문에는 언제나처럼 말 많고 뚱뚱한 여자 수위가 버티고 있었다. 그녀는 건강하고 자유로운 사람만 통과시키고, 환자는 고함을 질러서 쫓아내곤 했다.

돈초바는 이 정문을 지나면 일에서 가정생활로 전환하려고 노력했다. 하지만 쉬운 일은 아니었다. 그녀는 눈뜬 시간의 절반을 병원 구내에서 보내고, 병원을 나와서도 오래도록 일에 대한 상념으로 머릿속이 복잡했다. 아침에도 정문을 들어서기 훨씬 전부터 이런 오버랩 현상이 시작된다.

그녀는 타흐타 쿠프이르로 보내는 편지를 우체통에 넣고, 길 건너 전차 종점으로 갔다. 기다리던 번호의 전차가 종을 울리면서 들어오고 있었다. 앞뒷문이 승객으로 꽉 들어찼다. 돈초바는 얼른 좌석을 발견하고 앉았고, 그제서야 조금씩 사람들의 운명을 선고하는 입장에서 벗어나 만원 전차 속에서 시달리는 승객으로 변해갔다. 하지만 전차의 덜컹덜컹 소음 속에서 창밖을 멍하니 바라보는 중간중간에, 무르살리모프에게 일어난 폐 전이나 루사노프에게 주사약이 미칠 영향 따위를 생각했다. 오늘 아침 회진 때의 루사노프의 건방진 설교나 협박은 그 후 다른 여러 가지 인상과 뒤범벅되었으나 하루가 끝나는 지금, 괴로운 찌꺼기가 되어서 떠올랐다. 아마 한밤중까지도 좀처럼 잊혀지지 않을 것이다.

돈초바도, 전차에 타고 있는 부인들도, 핸드백이 아니라 새끼 돼지 한마리도 거뜬히 들어갈 만큼 커다란 가방을 들고 있었다. 돈초바는 창밖으로 상점들이 스쳐 보일 때마다는 집안일 걱정을 떠올렸다. 집안일에서 남자만큼 못 미더운 존재도 없었다. 돈초바네 집안일도 오롯이 그녀 혼자의 어깨에 걸려 있었다. 언젠가 그녀가 1주일간 모스크바 회의에 다녀 오니까, 남편과 자녀들은 1주일치 식기를 쌓아두었다. 남편은 '가사는 무조건 여자가 해야 한다.'고 생각하는 것이 아니라 '단조롭게 반복되는 가사일은 일도 아니다.'라고 여겼다. 돈초바의 딸은 일찍 결혼해서 아이를 낳았지만, 벌써 이혼 얘기가 오가고 있었다. 오늘 처음으로 딸자식 일이 떠올랐는데, 그것이 곧 그녀의 마음을 어둡게 했다.

'오늘이 금요일이지. 다음주 초 저녁식사 재료들은(돈초바는 주2회 준비했다) 내일 저녁에 손질해 두어야겠고, 밀린 빨랫감들은 일요일에 해치운대도, 속옷들만큼은 물에 담가두었다가 오늘밤을 새워서라도 해야 해. 가만, 지금은 조금 늦었으니까 큰 시장에 가야겠다. 그런 곳은 시간이 좀 늦어도 몇 가게쯤은 열려 있으니까.'

돈초바는 버스를 갈아타려고 내렸다가 정류장 바로 옆의 '가공식품점'을 발견하고 들어갔다. 정육점은 텅 비어 있고, 점원들의 모습도 보이지 않았다. 어물전에는 청어나 절인 가자미나 통조림 종류만 있었다. 반초바는 식료품잡화점에서 해바라기 기름 2병(이전에는 면화씨 기름밖에 없었다)과 오트밀을 사려고 피라미드 모양으로 쌓인 포도주병과, 길쭉한 소시지 모양의 갈색 치즈 무더기를 지나치며 조용한 가게 안을 가로질러 카운터에서 값을 치렀다. 그리고 식료품잡화점으로 가서 물품을 받으려고 줄을 서 있었다.

그때 가게 한켠이 소란스러워지더니 길에서 많은 사람들이 우르르 밀려들어와 가공식품점 카운터 앞에 장사진을 이뤘다. 돈초바도 잠시 머뭇대다가 곧장 빠른 걸음으로 행렬 속에 끼었다. 진열대는 텅 비어 있었는데, 가까이 있는 여자들 말을 듣자하니 '1인당 다진 햄 1킬로그램'씩을 판매한다고 했다. 정말 행운이었다.

8. 사람은 무엇으로 사는가?

목에 들러붙은 이 암 덩어리만 아니라면, 예프렘 포두예프는 남자로서 한참 활동할 시기였다. 아직 사십대에 두뇌가 명석하고, 떡 벌어진 어깨에 16시간을 연속으로 일해도 끄떡없을 만큼 힘도 셌다. 젊었을 때 카마 강(볼가강의 한 줄기)에서 6푸드(약 100킬로그램)짜리 짐을 거뜬히 짊어지던 그 힘이 아직도 그다지 쇠하지 않았고, 지금도 콘크리트 믹서를 미는 일을 마다하지 않았다. 이리저리 떠돌아다니면서 헐기, 땅파기, 운반하기 등의 건설작업을 닥치는 대로 맡았고, 10루블 이하의 잔돈푼은 세지도 않았고, 보드카를 반 리터나 마셔도 끄떡없었다(그렇다고 더 마시려고는 하지 않았다). 그 시절 예프렘은 경계나 한계를 느끼지 않아 자유로웠고, 언제까지라도 그럴 거라고 믿었다. 힘이 장사였지만 전쟁터에는 나가지 않고 특별 건설작업 요원으로 후방에 있었기 때문에 부상을 입거나 병원에 가본 경험이 없었다. 그는 살면서 전염병, 유행성감기, 하다 못해 치통도 앓아본 적이 없었다.

그런데 재작년 난생 처음으로 병이 났는데 그게 암이었다. 지금이야 누군가 병명을 물으면 '암'이라고 거리낌없이 말하지만, 처음에는 '아무것도 아니다, 별 거 아니다.'라고 스스로를 속이면서 도저히 견딜 수 없을 지경에 이르기 전까지 의사에게 가지 않았다. 이 병원 저 병원을 거쳐 암 병동까지 왔더니, 여기서는 오히려 환자들에게 '당신은 암이 아니다.'라고 말해주니까 예프렘도 자신의 이성을 애써 외면했다. '이것은 암이 아니야, 곧 어떻게 되겠지.'

예프렘의 환부는 혀였다. 날래고, 매끄럽고, 눈에 띄지 않고 자기로서는 좀처럼 볼 수 없는 편리한 도구. 50년 가까운 동안 예프렘은 무던히 이 혀를 이용해 왔다. 이 혀를 놀려서 받을 수 없는 임금을 받아냈고, 하지 않은 일을 했다고 맹세했고, 믿지도 않는 일을 고집스럽게 우겼다. 윗

사람들을 씹고, 동료 노동자들을 욕했다. 신성하고 귀중한 것을 실컷 모독했고, 꾀꼬리처럼 많은 노래를 불렀다. 음담패설도 늘어놓고 볼가 지방 민요도 불러댔다. 가는 곳마다 여자들을 '처자식이 없으니 다음 주에 돌아와서 같이 살림을 차리자'는 말로 꼬셔서, 언젠가 한 여자가 저주를 퍼부었다. "그놈의 혀가 움직일 수 없게 됐으면 좋겠어!" 예프렘의 혀가 유일하게 움직이지 않는 때는 고주망태로 취했을 때뿐이었다.

그랬던 혀가 웬일인지 별안간 커지기 시작하더니 치아에 걸렸고, 급기야 입 속에 넣어둘 수 없는 지경에 이르렀다. 예프렘은 친구들 앞에서는 여전히 허세를 떨었다.

"이 예프렘은 말야, 세상에 무서운 게 없어!"

친구들도 말했다.

"그렇고말고, 예프렘만큼 힘센 사람도 없으니까."

그러나 그것은 배짱이 아니라 극단적인 공포 때문이었다. 그는 공포심 때문에 더 일에 집착했고, 수술을 최대한 미루려고 애썼다. 그는 삶에는 익숙했지만 죽음에 대한 준비는 없었다. 예프렘은 삶에서 죽음으로 모드를 전환하는 것이 너무 힘겨웠고, 그 방법도 몰랐다. 그래서 매일 더 열심히 일하러 나가면서 '죽음을 자기에게서 쫓아내려' 했고, 힘세다는 칭찬에 집착했다.

환자가 수술에 동의해주지 않으니까 의사는 침 치료만 했다. 마치 지옥에 떨어진 죄인처럼 혀에 침을 꽂고 며칠씩 그대로 두었다. 예프렘은 속으로 병이 없어지기를 간절히 기원했다. 그러나 혀는 계속 부어올랐다. 그래서 마침내 허세 부릴 기력도 없어지자, 황소 같은 머리를 외과진찰실의 흰 책상 위에서 푹 수그리고 수술에 동의하게 되었다.

레프 레오니도비치의 집도로 수술은 성공적이었다. 혀가 줄어들어서 다시 원활하게 움직였고, 말도 전처럼 지껄일 수 있게 되었다(아직 발음은 조금 분명치 않았다). 수술 후 그는 몇 차례 침을 더 맞고 퇴원했는데, 첫 외래진료일에 레프 레오니도비치가 말했다. "석 달 후에 한 번 더 와. 이젠 아주 간단한 목 수술 한 번만 더 하면 되니까."

그러나 예프렘은 병원에서 '극히 간단한' 목 수술을 한 환자들을 여럿 보았기 때문에 지정일에 가지 않았다. 호출장이 와도 답하지 않았다. 그는 한 고장에 오래 머무르는 체질이 아니었기에, 콜리마나 하카스 쪽으로 떠날 생각이었다. 지켜야 할 처자식도 재산도 없으니까, 잔돈푼만 있으면 자유롭게 만족스럽게 지낼 수 있었다. 그런데 병원에서 '자진출두 거부시 경찰을 보내겠음'이라는 호출장을 보냈다. 암병동 의사들이란 위세가 당당했다. 절대로 암이 아니라고 말하면서도 말이다.

예프렘도 이번에는 도저히 거부할 도리가 없어서 병원에 갔다. 그랬더니 레프 레오니도비치가 '왜 지정일에 오지 않았느냐'고 호되게 나무라더니 강도처럼 칼을 휘둘러서 예프렘의 목 좌우를 째고, 오랫동안 붕대를 감아서 눕혀 놓았고, 성에 안 찬다는 듯이 연신 고개를 설레설레 흔들다가 퇴원을 시켰다.

그런데 이번에는 예프렘의 일상이 예전 같지 않아졌다. 일을 해도, 쉬어도, 술 마시고 담배 피울 때도 몸이 편치 않았다. 목 수술 부위가 좀처럼 낫지 않아서 늘 묵직했고, 당기는 듯 쑤시는 듯 기분나쁜 통증이 머리 끝까지 전해왔다. 병이 목에서 귀 언저리까지 기어올라온 것이다.

그래서 예프렘은 한 달 전에 낡아서 균열된 회색벽돌 건물로 되돌아왔다. 사람들의 발길에 닳아빠진 층계를 오르니 외과의들이 친척이나 맞이하듯 손을 잡더니 환자 가운을 입혔다. 수술실과 가깝고 창문에서 뒷담장이 보이는 병실에 들여보내고, 가련한 이 목에 다시 세 번째 칼날을 기다리게 했다. 그는 이제는 자기 병을 속이지 않았고, 속일 기분도 아니었다.

일단 암을 있는 그대로 인정하고 나자, 그는 갑자기 다른 사람들과 같은 입장에 있고 싶어져서 '당신들도 모두 암'이라고 떠들기 시작했다. 누구도 여기서 나갈 수 없고, 나가도 결국 되돌아올 것이라고 공표했다. 단순히 겁을 주거나 골리려는 심사가 아니라, 기만은 옳지 않으니 사실대로 알아야 한다는 생각이었다.

세 번째 대수술이 끝났다. 그런데 어찌된 일인지 의사들이 붕대를 교체하면서 외국어로 대화하기 시작했고, 점점 붕대를 두껍게 동여매더니 마침내 깁스로 머리와 몸을 고정시켜 버렸다. 머리까지 전해오는 찌르는 듯한 아픔이 점점 심해졌다. 병세가 이 지경에 이르자 이제는 받아들일 수밖에 없었다. 암 뒤에 오는 것, 2년 동안이나 눈을 돌리고 외면해 버렸던 사태, 영원한 쉼.

'죽는다' 대신 '쉰다'고 말하면 기분이 조금은 가벼워지는 것 같기는 했지만, 진심으로 믿는 건 아니었다. 앞으로 어떻게 될 것인지, 무엇을 해야 할 것인지, 동료나 친구들을 속여왔던 일들이 하나하나 다 목의 붕대가 되어 그를 압박했다. 병원에서 마주치는 어떤 사람으로부터도 구원의 소리는 무엇 하나 들을 수가 없었다.

예프렘은 창과 문 사이를 하루에 대여섯 시간씩 오갔다. 구원을 청하는 필사의 발악이었다. 예전의 예프렘은 언제 어디서나(대도시에서 산 적은 없었으나 그밖의 지역이라면 거의 다 살아보았다) '인간에게 필요한 것'을 망설임 없이 전문기술과 사회생활 요령으로 꼽았다. 그 어느쪽도 다 돈이 된다. 그래서 인간은 둘만 만나도 통성명을 하고 직업을 묻고 수입을 묻는다. 수입이 신통찮으면, 못났거나 불행하거나 하찮은 사람이 된다. 보르구타(코미 자치구의 도시. 우랄산맥과 보르구타 강의 북쪽 끝)에서도, 예니세이강 유역에서도, 극동아시아든 중앙아시아든, 예프렘은 이 나이가 될 때까지 단순하게 사는 사람들만 보아왔다. 그들은 돈을 많이 벌었지만 그 돈을 다 써버렸다. 토요일마다 조금씩 쓰든가, 휴일에 한꺼번에 쓰든가, 어쨌든 다 써버렸다. 암 같은 불치병에 걸리지 않는다면, 이것도 좋은 생활방식일 수 있다. 그러나 암에 걸리면 전문기술도, 사회생활 요령도, 일도 급료도, 다 무無가 된다.

사람들이 끝까지 암이 아니라고 기만하는 것을 보면, 사람은 누구나 다 겁쟁이이고, 누구나 과거에서 무언가를 놓쳐버리고 살아가는가 싶었다. 그렇다면 무엇을 놓쳤을까? 예프렘은 어릴 때부터 들어온 대로 '젊은이가 노인보다 영리하다.'고 확신해 왔다. 노인들은 겁이 많아서 일생 동안 다른 고장에 가보지도 못하지만, 예프렘만 해도 열세 살부터 여러 곳을 떠돌며 연발총을 쏘아댔고, 반백이 가까워오자 여자를 어루만져 알듯이 국내 곳곳을 다 알았다. 그런데 지금 병원을 거닐며 떠오르는 것은 카마 강가에서 죽어가던 노인들이었다. 러시아 노인도, 타타르 노인도, 우드무르트 노인도, 당황해서 죽지 않겠다고 버티는 것이 아니라 조용히 죽음을 받아들였다. 청산할 여러 가지 일들을 미루지 않고 조용히 마무리했다. 어미말은 누구에게, 새끼말은 누구 몫인지, 양복 윗도리는 누구에게, 장화는 누구에게 물려줄 것인지를 말이다. 그 노인들이라면 암 선고를 받아도 놀라지 않았을 것 같다. 누구도 암에 걸린 사람은 없었지만……. 그러나 이 병원에는 이미 산소호흡기를 대고 눈알도 제대로 못 움직이는 젊은이가 '나는 죽지 않는다! 나는 암이 아니다!'라고 허세를 부리고 있다. 닭과 흡사했다. 당장 목이 잘릴 운명인데도 목을 빼고 운다거나 모이를 맹렬히 쪼아먹는 닭.

예프렘은 하루하루를 낡은 마룻바닥을 울리면서 병동 안을 서성거렸으나 어떻게 죽음을 맞이해야 할지 좀처럼 알 수가 없었다. 누가 가르쳐주지도 않았고, 책으로 배울 수도 없었다. 예전에 대학교 4학년을 마치고 건설지 강습회에 나가본 적은 있어도 독서 습관 따위는 없었다. 라디오가 있으니까, 신문도 책도 일상생활의 필수품이라고 생각지 않았다. 그가 책을 읽는 경우는 노동자의 교류를 위한 안내서, 기중기 구조 설명서, 작업 지시서가 전부였다. 스탈린의《소련공산당 약사略史》도 제4장까지만 읽었다(당시 소련 국민들은 제4장까지 읽는 것이 의무였다). 책에 돈을 쓰거나 일부러 도서관에 다니는 것을 우스꽝스럽게 생각했다. 여행을 다니면서 오래 기다리는 시간이 생기면 굴러 다니는 책을 20~30페이지 정도 읽은 적은 있어도, 생활에 이익이 되는 것은 하나도 없어서 언제나 도중에 던져버렸다. 그러니 이 병원의 머릿장이나 창가에 놓여 있는 책들에 손댈 생각은 아예 들지 않았다. 그래서 코스토글로토프가 금박의 제목이 닳아빠진 푸른 표지의 책을 내밀어도 내팽개쳐 버렸고, 억지로 읽으라고 강요받는 것이 매우 불쾌했다.

그랬던 예프렘이 등 밑에 베개 두 개를 포개넣고 천천히 읽기 시작했다. 장편소설이면 안 읽었을 것이다. 한두 페이지짜리 짤막한 단편 모음집이었다. 목차가 자갈처럼 딱딱했다. 노동과 병과 죽음, 주요한 규칙, 샘, 함부로 다룬 불은 끌 수 없다, 세 노인, 빛이 있는 동안 빛 속을 걸어라……

예프렘은 제일 짧은 것을 골라서 읽었다. 뭔가 생각하고 싶어졌다. 생각에 잠겼다. 그 이야기를 다시 읽고 싶었다. 다시 읽었더니 또 생각하고 싶어졌다. 다시 또 생각에 잠겼다. 다른 이야기를 읽었고, 또다시 같은 상태가 반복되었다.

그때 소등 시간이 되었다. 그는 책을 누군가 가져가 버리지 않도록, 내일 아침에 바로 다시 읽을 수 있도록 자리 밑에 찔러넣었다. 그리고는 어둠속에서 아흐마드잔에게 알라신 이야기를 다시 들려주었다(그러나 예프렘이 이야기를 믿는 것은 아니었다. 건강하기만 하다면 수명의 여분 따위가 어디 있겠는가). 잠들기 전에 다시 한 번 읽었던 이야기를 생각하려는데, 도중에 콕콕 찌르는 두통이 생각을 방해했다.

금요일 아침, 하늘이 잔뜩 찌푸려 있었다. 병원 생활이란 날씨가 어떻든 아침에는 언제나 침울하다. 이 병실의 아침은 으레 예프렘의 침통한 지껄임으로 시작했다. 그는 누가 조금이라도 희망이나 소원을 말하면 당장 윽박지르고 찬물을 끼얹었다. 그러나 오늘 아침은 그가 책 읽기에 여념이 없어서 조용했다. 그는 거의 뺨까지 붕대를 감고 있어서 세수할 필요가 없었고, 아침식사는 침대에서 하면 되었고, 오늘은 외과 회진도 없는 날이었다. 그래서 그는 천천히 이 책의 꺼칠꺼칠하고 두꺼운 책장을 넘기며 소리 없이 읽고 명상에 잠기기를 반복했다.

방사선과 회진이 시작되었다. 금테 안경을 쓴 풋내기가 의사에게 대들다가 곧 겁을 먹고 주사에 굴복했다. 코스토글로토프가 권리를 내세우고는 병실에서 잠깐 나갔다 왔다. 퇴원이 결정된 아조프킨이 모두와 작별 인사를 하고 배를 움켜쥐며 나갔다. 그밖의 환자들은 엑스선 조사나 수혈 때문에 불려갔다. 그 와중에 예프렘은 중앙 통로를 서성대지 않고 책을 읽으며 침묵을 지키고 있었다.

'사람은 무엇으로 사는가?'라는 글이었다. 그것은 마치 예프렘 자신이 생각해낸 제목처럼 느껴졌다. 병원 마룻바닥을 밟고 거닐면서 골몰했던 것, 요 몇 주 동안 그가 생각해 왔던 것이 바로 이것이었다! 사람은 무엇으로 사는가? 도입부부터 읽기 쉽고 마음에 부드럽고 솔직히 스며드는 문장이었다.

'구두장이 세미욘은 처자식과 함께 한 농가에 세들어 살았다. 세미욘은 자기 집도 토지도 없었으며, 구두를 짓는 일로 먹고 살았다. 빵값은 점점 비싸지고, 구두벌이는 적어져서, 번 돈은 먹는 데 다 써버렸다. 구두장이와 마누라한테는 털가죽 외투 한 벌만 남게 되었고, 그것도 다 낡아빠진 너덜너덜한 것이었다.'

이야기도 참 쉬웠다. 세미욘과 제자 미하일로는 말라깽이였는데, 주인은 '마치 다른 세상에서 온 사람'처럼 뚱뚱했다. 불그레한 얼굴에 목덜미가 황소처럼 굵고, 몸뚱이는 동상처럼 튼튼했다. 죽음의 신도 이런 튼튼한 사람한테는 손을 뻗치지 못할 것 같았다.

예프렘도 그렇게 생긴 녀석들을 싫도록 봐왔다. 석탄 트러스트 주임 카라시츄크가 그랬고, 안토노프와 쿠흐치코프도 그랬다. '나도 몸이 나기 시작하면 그놈들을 닮아가려나?' 예프렘은 한마디 한마디를 천천히 음미하면서 끝까지 읽었다. 그래서 저녁때가 되자, 예프렘은 겉껍질이 벗겨져서 대패질로 곱게 다듬는 일만 남은 상태가 되었다.

예프렘은 여전히 베개 두 개를 등에 괴고 두 무릎을 세워 책을 끼고 앉아서 반대편의 텅 빈 흰 벽을 바라보았다. 바깥 날씨는 침침했다. 맞은편 침대에 신참이 주사를 맞고 얼굴이 창백해져서는 곤히 잠들어 있었다. 오한이 나는지 담요를 여러 장 덮고 있었다. 옆침대에서는 아흐마드잔과 시브가토프가 장기를 두고 있었다. 그들은 서로의 언어를 모르기 때문에 러시아말을 주고받았다. 시브가토프는 아픈 등을 굽히지 않으려고 묘한 꼴로 앉아 있었다. 정수리가 휑했다. 예프렘은 아직 머리가 빠지지는 않았다. 밤색 머리카락은 밀림처럼 숱이 많았다.

그는 얼마 전까지만 해도 여자를 몹시 좋아했다. 몇 명의 여자가 스쳐 갔는지 다 셀 수도 없다. 처음에는 마누라의 수를 하나하나 세었지만 그것도 귀찮아져서 그만뒀다. 첫번째 아내 아미나는 엘라부가(타타르 공화국의 도시)에서 태어난 타타르인으로 매우 감성적인 여인이었다. 그녀의 흰 얼굴은 피부가 얇아서 손가락으로 스치기만 해도 피가 났다. 그런데 고집은 세서 결국 딸을 데리고 떠나버렸다. 그때부터 예프렘은 버림받는 수치심을 느끼지 않으려고 자기가 먼저 여자를 버리게 되었다. 그는 철새처럼 자유롭게 살았다. 일은 일용직일 때도 있고 고용직일 때도 있었지만, 어차피 가정을 이루기에 알맞은 생활방식은 아니었다. 어떤 고장에 가도 시중을 들어줄 여자는 있었다. 미혼인지 기혼인지 묻지 않고 이름도 묻지 않고 스쳐지나간 여자들은, 약속된 돈만 지불하면 그것으로 끝이었다. 그래서 얼굴과 행동과 상황이 뒤죽박죽 다 섞여서 어지간한 특징이 없으면 기억도 나지 않았다.

예브도시카는 기억이 나는 여자였다. 그녀는 전시에 알마아타(카자흐 지방의 도시) 정거장 플랫폼의 기차 창 밑에 서서, 유난히 꼬리를 치고 아양을 떨었다. 예프렘 일행은 많은 사람들과 함께 일리(알마아타의 북쪽 도시)에 신설되는 공장으로 출발하는 중이었고, 트러스트의 직원들이 죽 나와서 전송하고 있었는데 거기에 예브도시카의 남편이 있었다. 그는 바로 옆사람에게 뭔가를 설명하고 있었다. 기차가 덜컹덜컹 움직이기 시작할 때 예프렘이 창밖으로 두 손을 내밀면서 외쳤다.

"이봐! 내가 좋으면 올라타, 함께 가자구!"

그녀는 남편과 트러스트 직원들이 보는 앞에서 창문으로 뛰어올랐고, 일리에서 예프렘과 2주간 함께 살았다. 예브도시카를 기차 안에 끌어넣었던 이 일은 예프렘의 기억에서 사라지지 않았다.

그렇게 예프렘에게 여자란, 항상 있는 존재였다. 떼기가 어렵지 오히려 얻기는 쉬운 대상이었다. 누구나 남녀평등을 말하고 예프렘도 반대의견을 내놓지는 않았지만, 그의 마음속에서 여자는 '인간'이기보다는 그냥 '여자'였다(첫번째 아내 아미나만 예외였다). 그래서 누군가 그에게 '너는 여자를 심하게 대했다.'고 하면 그는 펄쩍 뛰었을 것이다. 그런데 이 묘한 책에 의하면 예프렘은 여러 점에서 잘못되어 있었다.

규정 시간보다 일찍 전등불이 켜졌다. 턱밑에 혹이 달린 귀찮은 신참 녀석이 눈을 뜨고 담요 아래서 대머리를 내밀어 재빨리 안경을 쓰더니 교수라도 되는 듯한 말투로 "대단한 주사인 줄 알았더니 별것 아니군." 하고 떠들어댔다. 그러고는 머릿장에서 닭고기를 꺼냈다.

'저 칠칠치 못한 녀석은 닭고기나 먹어야지, 양고기를 주면 질기다고 엄청 투덜댈 거야.'

건방진 신참놈이 닭고기를 물어뜯었다. 예프렘은 누군가 다른 사람을 보고 싶어서 끙끙대며 조심스럽게 몸 전체를 오른쪽으로 돌렸다.

"이봐, 여기 '사람은 무엇으로 사는가?'라는 짧은 이야기가 있어. 누가 대답 좀 해봐, 사람은 무엇으로 사는가."

시브가토프와 아흐마드잔이 장기판에서 얼굴을 들었다. 아흐마드잔이 회복기 환자답게 자신있게 대답했다.

"월급으로 살지. 식량배급과 현물지급으로 말이야."

아흐마드잔은 입대하기 전까지는 자기 동네에서만 살았기 때문에 우즈베크어밖에 할 줄 몰랐다. 현재 조금 알고 있는 러시아말과 러시아에 대한 이해, 규율, 무염치 등은 모두 군대에서 얻어배운 것이다.

"다른 생각 가진 사람은 없나? 사람은 무엇으로 사는지 말이야."

예프렘은 쉰 목소리로 물었다. 그는 이 뜻밖의 책의 수수께끼가 다른 사람들에게도 어려운 문제일 것 같았다. 무르살리모프 노인이 가장 훌륭한 대답을 할 것 같았지만 그는 러시아어를 못 했다. 그 대신 무르살리모프에게 주사를 놓으러 왔던 인턴 투르군이 대답했다.

"월급으로 사는 거지, 당연하죠!"

거무스름한 프로시카는 진열장을 들여다보듯 구석 침대에서 목을 길게 빼고 멍청하게 입을 벌렸지만, 아무말도 하지 않았다.

"다른 사람은? 어떤가, 젊은이는?"

예프렘이 좀카를 재촉했다. 좀카가 읽던 책을 옆에 놓고 얼굴을 찌푸리며 생각에 잠겼다. 예프렘이 들고 있는 책은 좀카가 병실로 가져와서 가장 먼저 읽은 것인데, 어쩐지 머리에 떠오르는 것이 없었다. 귀가 먼 사람이 질문에 관계없이 얼토당토않은 대답을 하듯이, 그 책은 전혀 요점을

116

찌르지 못했다. 행동에 조언이 필요할 때 그 책은 오히려 나약하게 만들고 혼란만 가져올 뿐이었다. 그래서 좀카는 '사람은 무엇으로 사는가?'를 끝까지 읽지 않았다.

"제 생각으로는……." 좀카는 선생님에게 대답하듯이 틀리지 않게 말하려고 한마디 한마디 또박또박 대답했다.

"우선 사람은 공기로 살아가요. 그리고 물이나 음식도 필요하고요."

예전의 예프렘이라면 여기에 술도 추가되었을 것이다. 하지만 이 책에 쓰여 있는 것은 전혀 그런 것이 아니었다. 예프렘은 혀를 찼다.

"그밖에는?"

"자기 능력으로 살아요." 프로시카가 마음을 정했는지 입을 뗐다.

"고향." 시브가토프가 한숨을 쉬면서 멋쩍게 내뱉었다.

"뭐?"

"자기가 태어난 땅에서 살아간다구."

"반드시 그런 것도 아니야. 나는 어릴 때 카마강을 떠나서 지금 그곳이 어떻게 되었는지 전혀 몰라. 어찌됐든 관심도 없고."

"그러나 태어난 땅에 있으면 병도 악화되지 않아요. 고향에서는 훨씬 편하게 지낼 수 있어요."

"알았어요. 그밖에는?"

"뭔데? 뭘 그래요? 무슨 질문인데?"

루사노프가 활기있게 끼여들었다. 예프렘이 낮게 신음소리를 내면서 왼쪽으로 몸을 돌렸더니, 창가 침대 둘이 비어 있고 맞은편 루사노프만 혼자 남아서 닭다리를 양손에 들고 물어뜯고 있었다. 악마의 장난처럼 앙숙끼리 마주앉은 것이다. 예프렘이 눈을 가늘게 뜨고 물었다.

"이런 질문이오, 선생. 사람은 무엇으로 사는가?"

루사노프는 전혀 당황하지 않았고, 닭고기를 놓지도 않았다.

"그 답은 이미 정해져 있어요. 잘 알아둬요. 사람은 사상성과 사회적 욕구로 산다오."

그러고는 제일 맛있는 물렁뼈 부분을 물어뜯었다. 발끝 껍데기와 늘어진 심줄만 남아 있었다. 루사노프는 머릿장에 펼쳐놓은 종이에 뼈를 내려놓았다. 예프렘은 대꾸하지 않았다. 칠칠치 못한 녀석이 그럴싸한 대답을 한 것이 못마땅했고, 사상성이란 말이 나와서 잠자코 있을 수밖에 없었다. 그래서 책을 펼치고 다시 읽기 시작했다. 대체 뭐가 정답이야?

"무슨 책인데, 뭐라고 써 있지?" 시브가토프는 장기보다 책 내용이 더 궁금해졌다.

"그러니까 구두장이는 술꾼이었는데, 어느날 취해서 집으로 돌아오다가 얼어 죽어가는 미하일로를 주워 왔어. 마누라는 입이 늘었다고 노발대발했지만, 미하일로는 허리 한 번 펴지 않고 열심히 일해서 주인보다 뛰어난 구두장이가 되어서 보답했지. 그러던 어느 겨울 한 신사가 찾아와서 고급가죽을 주면서 주문을 해. '절대로 모양이 일그러지지 않고, 꿰맨 데가 터지지 않는 장화를 만들어 주시오. 그러나 혹시 잘못 만들면 가죽대금을 변상하시오.' 그런데 미하일로가 신사의 뒤쪽 구석을 보면서 이상한 미소를 짓는 거야. 그리고 신사가 나가자마자 가죽을 재단하는데, 가만 보니까 장화가 아니라 슬리퍼 재단인 거야. 구두장이는 깜짝 놀랐어. '네가 날 죽이려 드는구나! 무슨 짓을 하는 게냐?' 그런데 미하일로는 태연하게 대답하는 거야. '신사는 1년 앞을 생각하고 있지만, 자기가 저녁도 되기 전에 죽을 줄은 모르고 있었어요.' 그때 신사의 부인이 보낸 사람이 급히 들어와. '남편이 집으로 돌아오는 길에 죽었으니, 장화 말고 시신에게 신길 슬리퍼를 만들어달라'고 말이야."

"말도 안 되는 소리! 그런 고리타분하고 판에 박힌 소리는 집어치워요! 구린내가 나는 그런 이야기를 우리의 도덕으로 용납할 수 없소! 도대체 그 이야기에는 사람이 무엇으로 산다고 쓰여 있지요?"

예프렘은 이야기를 중단하고, 멍한 눈으로 대머리 루사노프를 바라보았다. 대머리의 아둔함이 안타까웠다. 이 책에는 사람은 이기심이 아니라, 남을 위한 사랑으로 산다고 쓰여 있었다. 칠칠치 못한 저녀석도 사회적 욕구에 의해서 산다고 대답했었다. 그건 대체로 비슷한 것이 아닌가.

"무엇으로 사느냐면 말이지⋯⋯." 그것은 입으로 말하기 어려운 것이었다. 어쩐지 점잖지 못한 것 같고. "그것은 사랑으로⋯⋯."

"사랑? 아, 그건 도덕과는 달라요! 도대체 그 친구가 누구요?"

"뭐요?"

예프렘이 불만스럽게 소리를 질렀다. 요점이 자꾸만 옆길로 새어나가는 느낌이었다.

"작가가 누구냔 말이요. 맨 첫 장을 봐요."

이름이 무슨 소용이 있다고!

"톨, 스, 토, 이."

"톨스토이? 그럴 리가! 톨스토이(알렉세이 니콜라예비치 톨스토이) 작품은 다 낙천적이고 애국적인데? 안 그러면 출판되었을 리가 없잖아.《빵》이나《표트르1세》말야. 스탈린상을 3번이나 탄 사람이라구!"

"그 톨스토이가 아니에요. 저건 레프 톨스토이에요." 좀카가 말했다.

"아, 그러면 그렇지, 다른 사람이었군." 루사노프는 반은 안심이 되고, 반은 짜증이 난 얼굴로 말했다. "그, 러시아혁명의 거울이라고 불렸던, 쌀로 만든 커틀릿(톨스토이의 채식주의를 레닌이 비꼰 표현)을 먹으라던 사람이로군. 흥, 괴상한 소리를 했던 사람이었지! 몰라도 한참 몰랐던 사람이야. 우리들은 말이야, 악에 반항해야 해, 악에 싸워야 한단 말이야!"

"저도 그렇게 생각합니다." 낮은 목소리로 좀카가 대답했다.

9. 심장종양

외과부장 예브게냐 우스치노브나는 외과의사다운 구석이 하나도 없었다. 의지가 꿋꿋해 보이는 눈매, 이마에 깊이 패인 주름살, 무엇이든 씹어으스러뜨릴 것 같은 강인한 턱, 이런 것들이 하나도 없었다. 그녀는 예순이 넘었지만, 아담한 몸매에 긴 머리를 틀어올리고 의사 모자를 썼기 때문에 사람들이 뒷모습을 보고 "이봐요, 아가씨?" 하고 불러댔다.

그러나 뒤돌아 보이는 얼굴은 늘어지고 꺼칠한 피부에 피로로 눈밑이움푹 패여 있었다. 그래서인지 항상 밝은 색상의 립스틱을 칠했고, 흡연으로 지워져도 다시 칠했다. 그녀는 수술실이나 병실에 있을 때를 빼고는줄담배를 피웠다. 일하는 중간 중간에도 자주 복도에 나가서 담배에 불을붙여 미친 듯이 빨아댔다. 회진 때도 무의식중에 집게손가락과 가운뎃손가락을 입 근처에 갖다대곤 해서, 환자들이 뒤에서 수군댔다.

노의사는 키가 크고 팔이 길쭉한 외과과장 레프 레오니도비치와 함께수술을 했다. 온몸을 절단하고, 기관절개수술관을 목구멍에 삽입하고, 위를 잘라내고, 장을 이곳저곳 손대고, 골반 속까지 도둑처럼 침입했다. 암에 침범된 유선乳腺을 꺼내는 수술 정도는 능숙하게 처치했다. 거의 매주화요일과 금요일에는 유방 절제 수술이 있었다. 언젠가 그녀는 담배연기를 뿜어내면서 '내가 잘라낸 유방을 모두 모으면 큰 산더미가 됐을 것'이라고 청소부에게 말했다.

육십의 여의사는 평생을 외과의로 살았고, 외과의 말고는 아무것도 아니었다. 그러나 메스 대신 방사선, 화학 약품, 약초, 빛, 색채, 텔레파시 등을 이용한 치료법이 발명되는 것에 반대하지 않았다. 어떤 신념 때문이아니라, 일생 동안 메스를 휘두르면서 피와 살덩어리에 진저리가 났기 때문이다. 그녀는 톨스토이 소설에 나오는 카자흐인 예로시카가 유럽 의사에 대해서 말하는 대사를 이해하고 있었다. '그저 무턱대고 잘라내는 것

밖에는 몰라, 바보들. 우리 시골의사가 진짜지. 약초를 쓸 줄 아니까.'

회진은 주임의사와 전문의 서너 명이 함께 도는 것이 관례였다. 그런데 며칠 전 레프 레오니도비치가 흉곽 성형술 세미나 때문에 모스크바에 가서, 노의사는 토요일에 그냥 혼자서 이층 남자 병실에 갔다. 들어가지 않고 조용히 문설주에 기대 섰는데, 그것은 흡사 아가씨의 몸짓 같았다. 어린 처녀들은 등과 어깨를 쭉 펴고 똑바로 서 있기보다, 기대서는 것이 귀엽다고 여겨서 자주 기대어 선다.

여의사는 이런 자세로 좀카를 묵묵히 관찰했다. 좀카는 아픈 다리를 침대에 뻗고 건강한 다리는 구부리고 앉은 채, 무릎에 책을 펼쳐놓고 책 위에 긴 연필 네 자루로 이상한 모양을 만들며 놀고 있었다. 여의사가 가만히 부르자, 소년은 고개를 들고 네 자루를 하나로 모았다.

"좀카, 뭘 만들고 있었지?"

"정리定理예요!"

좀카가 필요 이상의 큰소리로 힘주어 대답했다. 두 사람의 말은 그것뿐이었으나 눈은 서로를 유심히 바라보고 있었다.

"시간은 자꾸만 지나고 있는데."

좀카는 덧붙여 말했으나, 그 음성은 높지도 않고 힘도 없었다. 여의사는 고개를 끄덕였다. 여전히 문설주에 기대선 채 잠시 가만히 있었다. 이번에는 젊은 처녀의 몸짓이 아니라, 그저 피곤한 표현일 따름이었다.

"잠깐 볼까?"

얌전한 좀카가 웬일인지 반항적으로 거부했다.

"어제 돈초바 선생님이 보았어요! 조사를 계속하자고 말하면서!"

여의사는 끄덕였다. 그녀는 어딘가 쓸쓸하면서도 우아한 데가 있었다.

"잘됐군. 그렇지만 역시 나도 봐야지."

좀카는 얼굴을 찌푸렸다. 그리고 입체기하학 책을 옆으로 내려놓고, 몸을 움직여 여의사가 앉을 자리를 만들고 아픈 다리의 바지를 무릎까지 걸어 올렸다. 여의사는 침대에 앉으면서 가운과 그 아래옷의 소매를 팔꿈치까지 걷었다. 가늘고 날씬한 여의사의 손이 좀카의 다리 위에서 두 마리의 동물처럼 움직이기 시작했다.

"아프니?"

"네, 네." 좀카의 표정이 점점 더 일그러졌다.

"잘 때, 다리가 신경이 쓰이니?"

"네. 하지만 돈초바 선생님이……."

외과부장은 알겠다는 듯이 머리를 끄덕이며 어깨를 두드렸다.

"좋아. 조사를 계속 받도록 해."

그들은 다시 한번 마주보았다. 병실이 조용해서 두 사람의 이야기가 또렷이 울려퍼졌다.

외과부장은 일어나서 뒤를 돌았다. 프로시카가 어젯밤 창가 침대로 옮겨서(죽으러 나간 자의 침대는 재수가 없다고 했는데) 페치카 옆 침대에는 키가 작고 눈썹까지 희끗희끗한 프리드리히 페제라우가 누워 있었다. 페제라우는 사흘 전부터 층계참 침대에 누워 있었기 때문에 병실 사람들과 구면이었다. 그가 얼른 일어나서 두 손을 바지 옆 솔기에 붙이고 경이에 찬 눈으로 여의사를 바라보았다. 여의사보다 키가 작았다.

이 환자는 이미 완쾌됐다! 아픈 데가 한 곳도 없었다! 첫 수술이 아주 성공적이었다. 그런 사람이 다시 암병동에 나타난 것은 재발 때문이 아니라, 깔끔한 성격 탓이었다. 그는 진찰권에 '1955년 2월 1일 검사를 위하여 출두할 것'이라고 쓰여 있다고, 먼 곳에서 몇 차례나 차를 바꿔타면서 어려운 여행을 하고, 1월 31일도 아니고 2월 2일도 아니라 정확히 2월 1일에 병원에 나타났다. 월식이나 일식 때의 달의 운행처럼 정확하게 말이다.

페제라우는 웬일인지 병실을 배정받았지만 스스로는 오늘쯤 퇴원하리라고 기대했다. 간호사 마리야가 침침한 눈으로 바라보며 다가와서 외과 부장에게 수건을 건넸다. 여의사는 두 손을 닦고 팔꿈치까지 걷어올린 손을 들어서, 여전히 병실 사람들이 침묵 속에서 주시하는 가운데 페제라우의 목을 촉진했고, 윗옷 단추를 끄르게 하고 쇄골 위 움푹한 곳과 겨드랑이 밑까지 뒤졌다.

"아주 좋아요, 페제라우. 모두 다 좋아요."

페제라우의 얼굴이 상이라도 탄 것처럼 활짝 밝아졌다. 여의사는 환자의 턱밑을 다시 만지면서 상냥하게 말했다.

"아주 좋군요. 작은 수술 한 번만 하면 다 끝나겠어요."

"어째서요? 선생님, 모든 것이 잘됐다면서 왜 또 수술을 해야 하나요?"

"더 좋게 하려구요."

"여긴가요?"

페제라우가 손바닥으로 목을 비스듬히 째는 시늉을 했다. 얌전한 얼굴에 가련한 빛이 엿보였다. 눈썹이 이상해 보였다.

"거기예요. 하지만 걱정 말아요. 악화되지 않았으니까. 수술은 내주 화요일에 하죠(마리야가 날짜를 메모했다). 2월 말에는 퇴원할 수 있어요. 그러면 다시는 여기에 돌아오지 않아도 돼요."

"검사는요?" 페제라우는 웃으려고 했으나 웃음이 나오지 않았다.

"그래요. 검사는 받아야 할지 몰라요."

여의사가 연민의 미소를 지었다. 그 미소밖에는 이 환자를 위로할 방법이 없었다. 페제라우는 멍하니 서 있다가 침대에 주저앉으며 생각에 잠겼다.

외과부장은 옆의 아흐마드잔에게 미소를 지으며 지나쳐서(그녀는 3주일 전 아흐마드잔의 서혜부를 수술했다) 예프렘에게 갔다. 예프렘은 푸른 표지의 책을 옆에 놓고 여의사를 기다리고 있었다. 어깨가 넓은데 목을 붕대로 친친 감아 놓으니 머리통이 기형적으로 커 보였다. 다리를 꼬고 침대에 앉아 있는 꼴이 마치 난쟁이 같았다. 그는 여의사의 지적을 예상 하면서 눈을 크게 뜨고 그녀를 보았다. 여의사는 예프렘의 침대 프레임에 팔꿈치를 대고 두 손가락을 입술에 가까이 하면서 담배 피우는 시늉을 했다.

"기분은 어때요, 예프렘?"

기분 따위나 지껄일 때인가! 그런 말만 할 거라면 빨리 끝내고 저쪽으 로 가라지.

"수술에 싫증이 나버렸어요."

수술에도 싫증이 나는가? 그녀가 놀랐다는 듯이 눈썹을 치켜올렸지만 아무말도 하지 않았다. 예프렘도 역시 더 이상 입을 열지 않았다. 두 사람 은 싸워서 사이가 나빠진 연인처럼 잠시 말없이 노려보고 있었다.

"또 같은 데를 째려고요?"

이미 질문하는 말투가 아니었다. 예프렘은 이렇게 말하고 싶었다. '왜 지금까지 그런 수술을 했던 거죠? 도대체 어떻게 하려고?' 그러나 윗사 람한테 곧잘 대들던 이 사람도 이 여의사에게는 그렇게 하지 못했다. '내 가 하고 싶은 이야기를 알아차려 주면 좋으련만.'

"조금 옆이요."

가련한 이 사람에게 설암과 턱암의 다른점을 어떻게 설명해줄 수 있을 까. 턱밑 임파선은 떼어내도 금방 더 깊은 곳 임파관에 전이되어 버린다. 그렇다고 미리 잘라낼 수도 없었다. 하품할 기력도 없어서 예프렘은 목구 멍에서 간신히 소리를 냈다.

"이젠 됐어요. 그럴 필요가 없어요."

여의사는 어쩐지 반박하고 싶지가 않았다.

"퇴원시켜 주세요!"

수많은 공포를 겪어서 두려움이 없어진 사나이의 눈, 그 충혈된 눈을 바라보면서 여의사는 생각했다. 메스가 그 전이를 뒤따르지 못한다면 이 환자를 무엇 때문에 괴롭혀야 한단 말인가?

"월요일에 다시 한 번 검토해 보기로 해요. 예프렘, 그럼 됐지요?"

예프렘은 퇴원을 요구했으나, 실은 이런 말을 기대했었다.

'정신이 나갔군요, 예프렘. 퇴원하겠다니 무슨 소릴 하는 거예요? 우리 는 끝까지 당신을 치료할 거예요. 고쳐놓고야 말겠어요.'

하지만 여의사는 동의해 왔다. 그렇다면 이젠 끝장인 걸까? 그는 머리 를 끄덕일 수가 없어서 몸 전체를 움직이며 여의사한테 동의를 표했다.

여의사는 프로시카 곁으로 다가갔다. 젊은이는 일어서면서 웃는 낯으 로 여의사를 맞이했다.

"기분은 어때요?"

"네, 좋아요! 이 알약이 효과가 있나 봐요!"

프로시카는 활짝 웃으면서 종합 비타민제 병을 꺼내보였다. '이렇게 말 해야 의사가 좋아하겠지. 또 수술 하자는 말을 못하도록 잘 얼버무려야 해!'

여의사는 비타민제를 보고 고개를 끄덕이면서, 한 손을 프로시카의 왼 쪽 가슴에 뻗었다.

"여기는? 아픈가?"

"네, 조금."

여의사는 다시 끄덕였다.

"오늘 퇴원 수속을 합시다."

프로시카는 어안이 벙벙했다! 새까만 눈썹이 쑥 치켜져 올라갔다.

"정말입니까? 그럼 수술은 안 하는 거죠?"

여의사가 또다시 끄덕였다. 벌써 1주일 가까이 촉진을 받고, 엑스선을 네 차례나 쬐고, 앉히고 눕히고 들어올리고, 흰 가운의 괴상한 노인에게 까지 옮겨지니까 '이토록 중한 병이었나?' 하고 불안해지고 있었는데 난 데없이 수술도 하지 않고 퇴원을 하라니!

"그럼 저는 다 나은 건가요?"

"완치는 아니지만……."

"역시 이 알약이 좋았군요. 그렇지요?"

프로시카의 검은 눈동자는 이해와 감사로 빛나고 있었다. 좋은 결과로 여의사를 기쁘게 했다고 생각하니까 더 유쾌한 기분이 들었다.

"이런 약은 나중에 시내 약국에서 사면 돼요. 일단은 한번 더 처방해 줄 테니까 그걸 먹고." 여의사는 간호사 쪽을 보았다. "아스코르빈산(비 타민 C)."

마리야는 심각한 얼굴로 노트에 적었다.

"그렇지만 당분간은 몸을 아껴요. 너무 빨리 걷거나, 무거운 물건을 들 지 않아야 해요. 몸을 굽힐 때도 조심해야 하고."

아조프킨은 여의사가 세상 물정을 모르는 것이 재미있다는 듯이 웃 었다.

"전 트랙터 운전수예요. 무거운 물건을 들어올리지 말라니요."

"아니, 당분간은 일하지 말아야 해요."

"그럼 어떡하죠, 병결病欠?"

"아뇨. 여기 진단서를 첨부해서 근무할 수 없다는 신청을 내세요."

"근무할 수 없다고요? 왜요? 노인도 아니고. 전 젊으니까 일하고 싶어 요."

젊은이는 일하고 싶어서 견딜 수 없다는 듯이 굵은 손가락, 두툼한 손 을 내밀었다. 그러나 여의사는 더 이상 설득하려 하지 않았다.

"30분 뒤에 처치실로 와요. 진단서를 끊어주고, 설명도 해 드리죠."

여의사가 병실을 나갔다. 그 뒤를 보기 싫지 않게 마른 마리야가 뒤따랐다.

병실 안이 소란스러워지기 시작했다. 프로시카는 근무를 할 수 없다는 것에 대해서 다른 사람들과 얘기하고 싶었으나, 다른 사람들의 관심은 페제라우에게 집중되어 있었다. 모두가 충격을 받은 것이다. 깨끗하고 새하얀, 전혀 아프지도 않은 턱을 난데없이 수술하라니!

예프렘은 침대에 두 손을 짚고 다리를 쪼그린 채 몸뚱이를 빙그르르 돌리더니(앉은뱅이가 하듯이 잘했다) 낯까지 붉히면서 흥분해서 소리를 질렀다.

"지지 말라구, 페제라우! 바보 같은 짓을 못하게 해야 해! 한번 째도록 내버려 두면 나처럼 몇 번이고 째야 한단 말이야!"

그러나 아흐마드잔은 생각이 달랐다.

"반드시 째야 해요, 페제라우! 째야 한다고 하면 다 그럴 만한 이유가 있을 거야!"

"아프지도 않은데 쩰 필요가 어디 있담." 좀카는 분개했다.

"건강한 턱에 메스를 대라니, 미친 짓이야." 코스토글로토프도 굵은 목소리로 보탰다.

루사노프만 아무 말이 없었다. 그는 어제는 주사가 아프지 않아서 하루종일 즐거웠다. 그런데 턱 종양 때문에 밤부터 오늘 아침까지 머리가 잘 안 움직이고, 종양의 크기도 그대로여서 비참한 기분으로 변했다. 간가르트 선생은 어제 낮, 저녁, 오늘 아침까지 환부의 상태를 자세히 물어보면서 '종양은 주사 몇 대로 변하지 않는다.'고 설명해 주었다. 그 설명을 듣고 얼마간 마음이 가라앉았다. 찬찬히 뜯어 보면 간가르트 선생은 매우 영리해 보이는 얼굴이었다(이름은 좀 괴상하지만). 하기야 이 병원이라고 해서 못생긴 의사들만 모여 있으란 법은 없겠지.

그런데 안심은 오래 가지 못했다. 외과부장이 나가버리자 턱밑 종양의 압박감은 더 심하게 느껴지는데, 지금 누군가 아프지도 않은 턱을 쩬다고 떠들어대기까지 한다. '나는 이렇게 큰 종양이 있는데도 수술 이야기가 전혀 없다. 이미 손 쓸 때가 지나버렸다는 뜻인가?'

루사노프는 그저께 이 병실에 처음 들어왔을 때만 해도, 자신이 이렇게 빨리 이들과 연대의식을 느끼게 될 줄은 몰랐다. 무엇보다도 지금 화제의 중심이 턱이다! 턱 종양으로 고통 받는 사람이 셋이나 되었다.

페제라우는 당황했다. 여러 충고에 일일이 귀를 기울이고 난처한 미소를 지었다. 모두가 페제라우에게 어떻게 해야 한다고 아우성을 쳤지만, 정말로 어떻게 해야 할지는 막막하기만 했다. 수술은 아주 위험한 일이지만, 수술을 않는 것도 위험하기는 마찬가지다. 그는 예전에 진료받으러 왔다가 예겐베르지예프처럼 엑스선으로 아랫입술을 치료한 일이 있기 때문에, 이미 수술에 대한 예비지식이 많았다. 그때의 입술 부스럼딱지는 떨어졌지만, 지금 턱 수술의 이유는 분명했다. 암세포의 전이를 막자는 것이다. 하지만 예프렘처럼 수술을 두 번이나 받고도 효과가 없다면…….암세포가 전이될 징후가 명백한 것도 아니지 않나? 이미 암세포가 없어져 버렸을 수도 있지 않나?

페제라우는 아내, 딸 헨리예타와 상의해 보기로 했다. 특히 헨리예타는 가족 중에서 제일 교육을 많이 받았고 결단력도 있었다. 그런데 페제라우의 집은 우편배달부가 주2회만 다니는 초원 골짜기였다. 그나마 날씨가 궂으면 건너뛰었다. 그렇다고 일단 퇴원해서 집에 상의하러 다녀오는 것도 힘든 일이었다. 그것은 의사들이 생각하는 것보다, 지금 충고라면서 아우성치고 있는 이 환자들이 상상하는 것보다 훨씬 더 어려운 일이었다.

일단 이곳의 시 감독조사국에 출두해서 애써 얻었던 휴가증명을 취소시키고 임시명부에서 삭제되어야 출발할 수 있다. 지금 이대로 가벼운 코트 차림에 단화를 신고 기차에 오르면, 중간에 작은 정거장에서 내려서 아는 사람 집에 맡겨뒀던 외투와 방한화를 찾아 갈아 신어야 한다(그곳은 아직도 추위와 바람이 심했다). 이후에 기계 트랙터국(집단농장 농기구 세공 기관)까지의 150킬로미터를 트럭에 실려 흔들리며 가야 한다. 집에 도착하면 곧바로 지방사령부에 신청서를 내서 귀가여행허가증이 나오기까지 2~3주를 기다려야 한다(길면 4주가 걸리기도 한다). 허가증이 나오면 재빨리 휴가계를 제출하고 다시 여기로 되돌아와야 하는데, 눈이 녹기 시작하면 길이 나빠져서 자동차가 움직이지 못하는 시기가 된다. 그러면 간신히 간이역까지 간다 해도, 하루에 두 번 와서 딱 1분만 정차했다가 떠나는 기차를 타려면, 1분만에 각 차량을 뛰어다니면서 태워주겠다는 차장을 찾아야 한다. 그렇게 해서 이곳 도시에 도착하면, 다시 감독조사국 임시명부에 등록하고, 다시 며칠간 입원 차례를 기다려야 한다.

그 사이 병실의 화제는 프로시카에게 옮겨갔다. "재수가 없기는!" "재수 없는 침대에 있었던 게 오히려 잘됐어!" 모두들 프로시카를 축하해주고 근무불능 신청서를 꼭 내라고 당부했다. "근무불능자로 처리될 수만 있다면 그렇게 해야지!" "그렇게 하라는 데는 다 그럴 만한 이유가 있을 테니 따라." "어차피 나중에 취소되더라도 일단은 그렇게 하는 편이 좋겠지." 그런데 프로시카는 끝까지 일하고 싶다고 고집을 부렸다. "바보 같은 소리!" "일할 기회는 앞으로도 얼마든지 있어!"

어쨌든 프로시카가 진단서를 받으러 나갔다. 병실이 다시 조용해졌다.

예프렘은 다시 책을 펼쳤지만 방금 일어난 일들에 마음이 너무 동요되어서 한 글자도 읽히지 않았다. '이제 나에겐 아무런 변화도 없을 것이다. 앞으로 남은 나날을 나 혼자 헤아리며 살아가는 도리밖에 없다.' 이렇게 생각을 다잡고 나서야 글자들이 의미를 되찾았다.

진단서를 받아쥐고 신나게 층계를 올라온 프로시카가 문 앞에서 코스토글로토프와 마주쳤다.

"이거 봐요, 제대로 써진 거 맞죠? 이게 뭐라고 쓴 거예요?"

한 장은 철도 당국에 '수술 직후 환자이니 승차권을 주라'고 부탁하는 내용이었고(수술 직후라고 쓰지 않으면, 일반 병자도 일반인 줄에 서야 하기 때문에 이삼일을 기다리는 경우가 비일비재했다) 다른 한 장은 거주지 의료기관에 보내는 진단서로 이렇게 적혀 있었다.

「Tumor cordis, casus inoperabilis.」

코스토글로토프는 얼굴을 찌푸렸다.

"좀 기다려요, 생각 좀 하고."

프로시카가 귀중한 진단서를 꼭 쥐고 짐을 챙기러 가자, 코스토글로토프는 난간에 기대서 층계참으로 얼굴을 내밀었다. 그는 라틴어는커녕 일반 외국어도 정식으로 공부해본 적이 없었다. 사실 완전히 공부해본 학문이라고는 측량학뿐이고, 그마저도 군대에서 하사관 교육으로 배운 것이었다. 그러나 코스토글로토프는 틈만 나면 교양이라는 것을 노골적으로 비웃어대면서도 한편으로는 자신의 교양을 넓히는데 작은 기회도 놓치지 않았다. 1938년에는 지구물리학 강좌에 출석했고, 1946년과 1947년에는 측지학 강좌를 들었다. 이 두 시기 사이에 군대와 전쟁이 끼어들었는데, 코스토글로토프는 할아버지의 말씀을 마음에 새기고 있었다. "바보는 가르치고 싶어 하지만, 영리한 사람은 배우고 싶어 한다." 그래서 그는 군대에서 이익이 될 것은 소화했고, 상대방이 다른 연대에서 온 장교이건 같은 소대의 병졸이건 관계없이 지식이 되는 이야기들을 하면 귀를 기울였다. 물론 체면을 잃지 않으려고 건성으로 듣는 척하면서 말이다. 그런 맥락에서 코스토글로토프는 새로운 사람을 만날 경우 결코 자기 소개를 먼저 하지 않으면서, 상대가 누구이며 어디서 왔고 무엇이 전문인지를 재빨리 알아내려고 했다. 이것은 상대의 이야기를 끄집어내서 견문을 넓히는 데 큰 도움이 되었기 때문이다.

그래서 역설적이게도 코스토글로토프의 지식욕을 가장 만족시켜 준 장소는, 전쟁 직후 초만원을 이룬 모스크바 부트이르키 수용소였다. 그곳 감방에서는 매일 밤마다 대학교수와 조교수와 지식인들이 원자물리학, 서양 건축, 유전학, 시, 양봉기술 등을 다양하게 토론했는데, 코스토글로토프는 그 이야기를 누구보다도 일심히 들었다. 감옥의 널빤지 침대에서도, 죄수 호송열차의 거친 잠자리에서도, 숙박지 땅바닥에 앉아서도, 수용소 대열 속에서도, 곳곳에서 코스토글로토프는 할아버지의 말씀에 따라 대학강의실에서 배우지 못한 것을 보충하려고 애썼다.

수용소 위생실에서 서류정리를 하고 때로는 더운 물을 끓이러 다니기도 하는 갓 늙은측에 접어든 소심한 사람이 있었는데, 그는 한때 레닌그라드 대학의 고전문학과 교수였다. 코스토글로토프는 이 사람에게 라틴어를 배우기로 결심했다. 그래서 그들은 혹한에 밖으로 나가서 울타리 안을 왔다갔다 거닐며 수업을 했고, 쓸 것이 있으면 교수가 잠깐씩 벙어리장갑을 벗고 눈 위에 손가락으로 썼다. (교수는 무보수로 수업을 해줬는데, 얼마 동안이나마 인간다운 기분을 느끼게 해주는 것만으로도 아주 고맙다고 말했다. 코스토글로토프로서도 수업료를 주고 싶어도 돈이 없었다. 그러나 수업은 오래가지 못했다. '탈주를 계획해서 눈 위에 지도를 그렸다.'는 고발을 받고 따로 호출되어 심문을 받았기 때문이었다.)

그래도 그때 배운 덕분에 코스토글로노프는 casus(증례證例)나 in(부정 접두사)를 알았고, cordis가 코르디어그램(심전도)의 어근임을 짐작할 수 있었다. Tumor는 조야에게 빌린《병리해부학》책에서 읽었다. 이렇게 그는 프로시카의 진단서를 꽤 정확하게 읽어낼 수 있었다.

「심장종양, 수술불가능의 증례.」

아스코르빈산을 처방했다는 것은, 수술뿐만 아니라 치료도 불가능하다는 뜻이다. 그래서 층계 난간에서 코스토글로토프는 자신의 원칙 때문에 고민에 빠졌다. 바로 어제 돈초바에게 주장했던 원칙, 환자는 자신의 운명을 스스로 알아야 한다는 원칙 말이다. 그러나 그것은 코스토글로토프 자신처럼 경험이 많은 사람을 위한 원칙이다. 프로시카의 경우는 어떤가?

프로시카가 짐 하나 없이 맨몸으로 병실을 나왔다. 그 뒤를 시브가토프와 좀카와 아흐마드잔이 전송하러 따라나왔다. 하나는 등을, 하나는 다리를, 세 번째는 목발을 조심하며 걸었고, 그 앞을 프로시카가 흰 이를 드러내고 의기양양하게 걸었다. 저토록 해방감을 느끼고 있는 사람에게 뭐라고 할 것인가, 문 밖에서 또 체포될 것이라고 말할 것인가?

"뭐라고 쓰여 있던가요?" 프로시카가 지나치며 가볍게 물었다.

"모르겠어." 코스토글로토프는 입을 찡그렸다. 흉터도 함께 일그러졌다. "의사들도 교활해졌어. 무슨 소린지 알 수가 있어야지."

"그럼 빨리 회복하라구! 모두들, 빨리 나아요! 그래서 힘차게 일해야지!" 프로시카는 여러 사람과 악수를 나누고 층계를 내려가면서 다시 한 번 되돌아보고 즐겁게 손을 흔들었다. 그는 그렇게 자신에 찬 걸음으로 걸어나갔다. 죽음을 향해서.

10. 아이들

외과부장은 좀카의 종양을 촉진해본 후 격려하듯 어깨를 살짝 두드렸을 뿐이다. 그러나 그 순간 좀카는 자기 운명을 깨달았다. 실낱같던 희망의 가지가 끊어지는 순간이었다.

사실 당시에는 별 느낌이 없었다. 병실 사람들이 프로시카에 대해서 이러쿵저러쿵 이야기꽃을 피울 때, 좀카는 이제는 행운의 침대가 된 창가자리로 옮길 차비를 했다. 창가가 밝아서 책 읽기에도 좋고 코스토글로토프와도 가까웠다. 그런데 그때 새 환자가 들어왔다. 햇볕에 검게 그을린 이십대 청년이었다. 타르를 바른 듯 새까만 머리카락을 잘 빗어넘기고 양쪽 겨드랑이에 책을 세 권씩 끼고 있었다.

"안녕하세요, 여러분! 저는 어느 침대죠?"

청년은 이렇게 물으면서도 웬일인지 침대보다는 벽 쪽을 바라보았다. 좀카는 그 솔직한 태도와 얌전한 얼굴, 그리고 책이 마음에 들었다.

"책을 많이 읽나요?"

"네, 아침부터 밤까지!"

좀카는 잠시 생각에 잠겼다가 다시 물었다.

"일 때문인가요, 아니면……."

"일하는 데 필요해요."

"그럼 좋아요. 저기 창가 침대를 쓰세요. 시트는 곧 깔아줄 거예요. 그것은 무슨 책이죠?"

"지질학입니다."

좀카는 그 한 책의 표제를 읽었다.《광맥 시굴의 지구화학적 방법》.

"창가 침대를 쓰세요. 어디가 아픈가요?"

"다리요."

"저도 다리예요."

좀카가 한쪽 다리를 조심스럽게 움직였다. 피겨 스케이트 선수같은 몸짓이었다.

간호사가 침대에 시트를 깔아주자, 청년은 마치 그것 때문에 여기에 오기라도 했다는 듯이 재빨리 책 다섯 권은 창문 문지방에 내려놓고 여섯 번째 책을 읽기 시작했다. 그렇게 질문도 수다도 없이 한 시간여를 탐독하다가, 진찰실로 불려갔다.

좀카도 책을 펼쳤다. 우선 입체기하 책을 펼쳐놓고 연필로 도형을 구성하려고 했다. 그러나 책의 도형은 모두 다 잘라진 직선 조각과, 부서진 꺼칠꺼칠한 평면과의 구성으로, 모두 똑같아 보였다. 그래서 이번에는 가벼운 것을 읽으려고 스탈린상 수상자 코제브니코프의 책《살아 있는 물》을 집었다.

좀카는 작가가 너무 많아서 버겁다는 생각을 하곤 했다. 지난 세기의 작가들은 십여 명에 그쳤는데, 다들 대가였다. 그런데 요즘은 작가가 수천명이나 출현했다. 그래서 그들의 책을 다 읽는 것은 불가능했고, 안 읽느니만 못한 책도 있었다. 작가는 스탈린상을 받으며 갑자기 주목받았다가 영원히 사라져 버리기도 했다. 수상작들은 두꺼운 책으로 출판되었는데, 그것만 읽어보려 해도 해마다 줄잡아 4~50권은 족히 되었다. 머릿속에서 책 제목이 뒤엉키기는 예삿일이었다. 그런데 평론을 읽으면 더 이해할 수 없게 되었다. 좀카가 '객관적 묘사란 사물을 있는 그대로의 모습으로 보는 것'이라는 의미를 이해하자마자, 어느 여류작가가 '쓸데없이 불안전하고 난잡한 객관주의의 구렁텅이로 빠져버렸다.'라 비난해대는 식이었다.

'그래도 가능한 한 많이 읽고 이해하고 기억해야지!'

좀카는《살아 있는 물》을 읽기 시작했지만, 그렇게 지루하고 침침한 느낌이 작품 탓인지 자신의 정신상태 탓인지 알 수가 없었다. 억압과 고독이 점점 좀카를 짓눌렀다. '누군가와 상의해 볼까? 차라리 누구라도 붙잡고 푸념을 해볼까? 아니면 인간적인 대화로 동정을 구해볼까?' 동정은 사람을 얕보는 감정이라고, 책에서도 읽고 사람들에게도 많이 들었지만, 지금은 간절히 동정을 받고 싶었다. 생각해 보니 좀카는 지금까지 어느 누구에게도 동정을 받아본 적이 없었다.

다른 환자들의 대화에 끼어드는 것도 재미있겠지만, 지금 이 기분과는 동떨어진 대화들이었다. 남자들끼리는 말할 때도 서로 체면을 지키려고 한다. 그렇다고 시끄러운 대형 여자병실에 들어가고 싶은 마음은 조금도 없었다. 만일 건강한 여자들이 몇 명 모여 있다면 지나치면서 기웃거려 보는 재미도 있겠지만, 앓는 여자들의 소굴에서는 눈길을 딴 데로 돌려 아무것도 보지 않으려고 애썼다. 여자들의 병은 금단의 장막이었으며, 그것은 단순한 수치보다 더 강한 것이었다. 층계나 입구에서 좀카와 마주친 어떤 여인은 보기에도 딱할 만큼 기가 죽어 있었고, 가운에서는 악취가 풍기고, 가슴이나 허리춤 밑에 내의가 비죽 나와 있었다. 그런 모습을 볼 때마다 그는 즐거움은 고사하고 고통을 느꼈다. 그래서 언제나 그는 여자들 앞에서는 눈을 감아버렸다. 게다가 여기서는 환자들끼리 친해지는 게 간단하지가 않았다.

그런데 스초파 아줌마만은 이 소년을 알아주고 말을 걸어주어서 금방 친해졌다. 스초파 아줌마는 벌써 손자까지 있는 할머니여서인지, 얼굴 주름이나 남의 허물을 감싸주는 미소나 여러 면에서 할머니다웠는데 목소리가 남자 같았다. 좀카는 스초파 아줌마와 층계 맨 위에 서서 얘기하곤 했다. 지금까지 좀카의 이야기를 그렇게 자세히 들어준 사람은 없었다. 그래서 그는 자기 신상의 이야기를 털어놓고 싶었고, 어머니 얘기나 그밖에 남에게 하지 않았던 얘기를 하게 되었다.

아버지가 전사했을 때 좀카는 두 살이었다. 얼마 후에 의붓아버지가 나타났는데, 자애롭지는 않아도 얌전한 사람이어서 그런대로 함께 살 만했다. 그런데 그 무렵 어머니는…… '매음'을 시작했다(이 말을 좀카는 가슴속에 굳게 감춰두고 스초파 아줌마 앞에서도 절대로 내뱉지 않으려고 했다). 얼마 후 의붓아버지가 어머니를 떠나자, 어머니는 단칸방으로 남자들을 끌어들여서 꼭 함께 술을 마셨다(좀카에게도 술을 권했으나 마시지 않았다). 남자들은 밤 늦도록 혹은 다음날 아침까지 단칸방에 머물렀다. 그 방은 가로등 불빛이 비쳐 들어와서 밤새 어둡지 않았다. 그래서 좀카는 또래 소년들이 호기심을 가지는 성性에 그저 냉담하게 되었다. 좀카는 7학년이 되면서부터는 학교 수위인 노인집에서 살았다. 식사는 하루에 두 번 학교에서 했다. 어머니는 좀카를 데려가려고도 하지 않았으며 오히려 혹이 떨어져 나간 것처럼 좋아했다.

좀카는 어머니 이야기가 나오자 냉정을 잃고 뜻밖에 거친 말투로 변했다. 스초파 아줌마가 끄덕이면서 듣더니 결론 비슷한 이상한 말을 했다.

"모두들 밝은 세상에 살고 있어요. 누구든지 밝은 세상에서는 딱 한 번만 살 수 있어."

지난해부터 좀카는 야간학교가 있는 노동자촌으로 옮겨와서 기숙사에 들어갔다. 공장에서는 견습 선반공으로 일하면서 2급 기술자 자격을 얻었다. 일은 고되었지만, 좀카는 어머니의 타락된 생활에 반항하듯이 술도 마시지 않고 노래를 부르러 다니지도 않고 공부에만 전력했다. 그래서 8학년을 우수한 성적으로 수료하고 9학년 1학기를 끝냈다.

오락거리라고는 때때로 아이들과 축구를 하는 정도였다. 그런데 운명의 신은 그 소소한 오락거리로 좀카에게 벌을 내렸다. 게임 도중 누군가가 실수로 좀카의 정강이를 구둣발로 찼는데, 당시에는 조금 절룩거리고 말았던 그 상처가 가을이 되면서부터 극심한 통증으로 변했다. 하지만 좀카는 상처를 오랫동안 의사한테 보이지 않고 방치했고, 결국 상태가 급격히 악화되어서 근처 병원에 입원했고 결국 이곳까지 온 것이다.

좀카는 스초파 아줌마에게 묻고 싶었다. 왜 운명은 이다지도 공평하지 않은지, 어떤 사람은 일평생 편안히 잘 살던데 어떤 사람은 하는 일마다 제대로 되지 않는 이유가 무엇인지.

"하느님 뜻대로야. 하느님은 모든 것을 알고 계시니까, 우리가 참아야 해, 좀카."

"하느님이 그의 뜻대로 처리하고 계신 거라면, 왜 누구에게는 고통만 주나요? 공평하지 않게."

하지만 참고 견뎌야 한다는 데에는 이견이 없었다. 참지 않으면 달리 어떤 방도가 있겠는가?

스초파 아줌마는 이 고장 사람이어서 딸, 아들, 며느리가 자주 음식을 싸들고 문병을 왔다. 스초파 아줌마는 음식을 환자들과 잡역부들에게 나눠주었다. 좀카도 자주 병실로 불려가서 달걀이나 고기만두를 얻어먹었다. 좀카는 일찍이 배불리 먹어본 기억이 없고 항상 굶주려 왔다. 먹는 것에 계속 신경을 쓰니까 굶주림이 실제보다 훨씬 강하게 느껴졌을 것이다. 그렇지만 스초파 아줌마의 음식을 받을 때면 왠지 미안해져서, 달걀을 받으면 고기만두는 사양하곤 했다.

"괜찮으니 먹어. 고기만두니까 육식기(러시아 정교에서 크리스마스에서 대정진기까지의 기간) 안에 먹어야 해."

"왜요? 그 이후에는 못 먹어요?"

"못 먹지. 몰랐니? 육식기가 지나면 사육주간謝肉週間(채식만을 하는 대정진기 전의 1주일)이니까."

"그럼 괜찮잖아요! 사육주간이라면 명절이니까요."

"명절이라도 고기만은 먹어선 안돼."

"그럼, 사육주간 후에는 먹을 수 있어요?" 좀카는 난생 처음 먹어보는 향긋한 고기만두를 맛있게 먹으면서 물어보았다.

"요즘 아이들은 아무것도 모른다니까. 그 후는 대정진기(부활제 전의 1주일)란 말야."

"대정진기가 뭐예요? 정진기라니, 더군다나 대大자까지 붙여서!"

"좀카야, 인간은 배가 너무 부르면 짐승과 가깝게 돼. 그래서 가끔 굶주려야 하는 거야. 배가 고프면 머리와 마음이 맑아지거든. 그렇게 생각한 적이 한 번도 없었니?"

"없어요!" 늘 굶주렸던 좀카에게는 도무지 이해되지 않는 말들이었다.

좀카는 1학년 때부터 '종교는 마약이고 반동적인 것이고 협잡꾼만 이롭게 하는 이론'이라고 귀에 못이 박히도록 들어 왔다. 종교 때문에 만국의 노동자들이 아직도 착취에서 해방되지 못하고 있고, 그렇기 때문에 무기를 들어 자유를 쟁취하고 종교와 인연을 끊어야 한다고 들어왔다. 그렇다면 이 우스꽝스러운 의식을 여태 지키면서, 말마다 하느님을 내세우고, 침울한 병동에서 혼자 태평하게 웃으면서 고기만두를 먹고 있는 스초파 아줌마가 극반동주의자라는 말이 된다.

하지만 지금, 토요일 점심식사를 끝내고 의사들은 돌아가고 환자들은 저마다 생각에 잠겨 있으며, 병실이 아직 어둡지는 않았으나 층계와 입구에 벌써 전등불이 켜진 무렵에, 좀카는 절름발로 이리저리 다니면서 바로 그 스초파 아줌마를 찾고 있었다. 실제적인 충고는 한마디도 못하고, 그저 참으라고만 말하는 노파를 말이다. '발을 잃고 싶지 않아. 잘리고 싶지 않아. 과연 의사들이 내 발을 자를까, 안 자를까? 이 끈질긴 고통에서 벗어나려면 역시 자르는 편이 나을까?'

스초파 아줌마의 모습이 어디서도 보이지 않았다. 그 대신 아래층 복도에서, 폭이 살짝 넓어지면서 자그마한 홀처럼 생긴 공간에서 한 소녀를 보게 되었다. 아래층 간호사의 탁자와 약품장이 있는 곳은 환자 휴게실을 겸하고 있었다(공산주의 서적과 잡지가 비치되어 있다). 소녀는 다른 여자 환자들처럼 꾀죄죄한 가운을 입었는데도 영화배우처럼 아름다웠다. 황금빛 머리카락이 가볍게 살랑대는 모습이 신선한 인상을 주었다.

좀카는 그저께 금단화처럼 노란 머리카락을 보고 눈만 깜박거렸다. 그때는 소녀가 너무 아름다워서 똑바로 바라보지도 못하고 눈을 돌리고 지나쳐 버렸다. 오늘 아침에는 그녀의 뒷모습을 보았다. 환자 가운을 입었어도 날씬한 개미허리가 눈길을 끌었다. 좀카는 그 소녀를 찾고 있었던 것은 아니다. 이쪽에서 먼저 말을 건넬 용기도 전혀 없었고, 만일 말을 건넨다 해도 입이 묘하게 무거워져서 횡설수설할 것이 분명했다.

그 소녀와 다시 마주치게 되니 좀카는 가슴이 철렁 내려앉았다. 그는 다리를 절룩거리지 않도록 신경쓰면서 휴게실로 들어가서 《프라우다》 신문철을 뒤적거렸다. 신문철은 환자들이 포장지 등으로 찢어 썼기 때문에 아주 얇아져 있었다.

붉은 테이블보가 깔린 테이블을 반이나 차지하면서 스탈린 청동흉상이 서 있었다. 머리나 어깨를 실물보다 크게 만든 동상이었다. 테이블의 나머지 절반에는 신문지가 펼쳐져 있고, 체구가 크고 입술이 두툼한 잡역부가 마치 스탈린과 겨루기라도 하듯이 당당하게 서서 해바라기씨 껍데기를 신문지 위에 뱉어내고 있었다. 아마도 일요일은 일이 한가하니까 잠깐 휴게실에 들렀다가, 해바라기씨를 보자 쉽게 떠날 수 없었던 모양이었다. 벽의 확성기에서 지지직대는 댄스 음악이 흘러나왔다. 작은 테이블에서는 환자 두 명이 장기를 두고 있었다.

좀카가 곁눈으로 살펴보니, 소녀는 아무것도 않고 그냥 벽 쪽 의자에 앉아 있었다. 등을 쭉 펴고 한 손으로 가운 앞가슴을 여미고 있었다. 여자 환자복에는 후크가 전혀 없었다. 곧 날아가버릴 것 같은 금발의 천사가 앉아 있었지만 말 한 마디 걸 수 없었다. 무슨 이야기라도 나눌 수 있다면 좋겠다! 이 다리에 대한 이야기를 나눌 수 있다면…….

좀카는 자책하면서 신문만 들여다보았다. 시간을 절약하려고 머리를 빡빡 깎아버린 것이 이제 와서 후회가 되었다. 아마 지금 소녀의 눈에는 까까머리 목각 인형처럼 보일 것이다.

"원래 말이 없어요? 우리 두 번째 만난 거잖아요. 이리 가까이 와요."

좀카는 몸이 덜덜 떨려서 주위를 살펴보았다. 다른 사람이 누가 또 있나? 이것은 분명히 나한테 걸어온 말이 아닌가!

"내가 무서워요? 의자를 이리로 가져와요. 우리 알고 지내요."

"무섭긴 뭐가……." 그러나 목이 잠겨서 말소리가 나오지 않았다.

"그럼 의자를 가져와요."

좀카는 발을 절지 않도록 노력하면서, 의자를 소녀의 의자 옆에 나란히 놓고 앉았다. 그러고는 한 손을 내밀었다.

"난 좀카라고 해요."

"난 아샤." 소녀는 부드러운 손을 좀카의 손에 맡겼다가 거두었다.

어쩐지 우스꽝스러운 상황이었다. 둘이 마치 신랑 신부처럼 나란히 앉아 있었던 것이다. 그는 일어나서 좀 더 편한 자리로 의자를 옮겼다.

"당신은 왜 그냥 앉아 있지요? 아무것도 안 하고?"

"아무것도 안 한다뇨? 그렇지 않아요."

"뭘 하는데요?".

"음악을 듣고 있어요. 마음속으로 춤을 추면서. 춤출 줄 알아요?"

"마음속으로?"

"아니, 진짜 춤, 발로 말예요."

좀카는 부정의 뜻으로 입맛을 다셨다.

"그럴 줄 알았어요. 여기서 둘이서 한번 추면 어때요?" 아샤는 주위를 두리번거렸다. "좀 좁네. 사실 이런 음악은 별로 신나지 않지만. 가만히 있으려니까 속이 답답해서 듣고 있었을 뿐이에요."

"어떤 춤을 좋아해요, 탱고?"

아샤가 한숨을 쉬었다.

"탱고는 할머니들 춤이에요! 지금 춤은 로큰롤이라야 해. 여기서는 아직 유행이 아니지만, 모스크바에서는 다들 이 춤을 춰요."

좀카는 소녀의 말을 따라갈 수 없었지만, 이렇게 얼굴을 마주보며 대화하는 것만으로도 즐거웠다. 소녀의 눈동자는 신비로운 초록빛이 났다.

"굉장히 신나는 춤이죠! 아직 본 적이 없으니까 흉내는 못 내지만. 당신은 지루할 때 뭘 해요? 노래?"

"아니, 노래는 안 불러요."

"왜요, 우린 노래를 불러요. 오랫동안 가만히 있으면 답답하잖아요. 당신은 뭘 할 줄 알지요, 아코디언?"

"아니……."

좀카는 부끄러운 표정을 지었다. 어쩐지 이 소녀와 말을 맞춰가기는 어려울 것 같았다. 그렇다고 사회문제에 가장 흥미를 가졌다고 말할 수 있는 분위기도 아니었다.

아샤는 의아하다는 듯한 표정을 지었다. 아주 재미있는 타입이 아닌가!

"스포츠는요? 난 5종경기를 좋아해요. 140센티미터에 1320점이죠."

"난 별로."

이 소녀 앞에서 자신이 완전히 무능력자처럼 보이는 것이 분했다. 세상 사람들은 얼마나 자유로운 생활을 보내고 있었던가! 좀카는 도저히 그럴 수가 없었는데…….

"축구를 조금……(그러나 그것도 이제는 못 하게 되었지)."

"담배는? 술은? 맥주?"

"맥주……."

좀카는 한숨을 쉬었다(사실은 맥주를 한 번도 마셔보지 못했지만, 더 이상 창피를 당하고 싶지는 않았다).

"아아아!" 그녀가 마치 허리를 다쳤을 때처럼 소리를 질렀다. "당신은 아직 어린애군요, 스포츠도 안 하다니! 우리 학교에도 그런 남자애들이 있어요. 작년 9월에 남학교(소련에서는 1954년 9월 남녀공학제도를 실시했다)로 옮겨갔는데, 겁쟁이와 우등생만 남아 있고 재미있는 애들은 모두 여학교로 갔더라고요."

소녀는 좀카를 모욕할 의도가 없었지만 좀카는 겁쟁이라는 말에 괜히 뜨끔했다. 그래서 소녀에게 다른 질문을 던졌다.

"몇 학년이지요?"

"10학년이요."

"그런 머리 모양이 허락되요?"

"허락요? 싸우는 거죠! 그래서 우리가 반항하고 있는 거예요!"

다소 냉소를 받거나 두들겨맞더라도, 좀카는 이 소녀와 이야기를 나누는 것이 즐겁기만 했다.

댄스 음악이 끝나고, 아나운서가 파리협정을 반대하는 여러 국민들의 투쟁에 대해 말하기 시작했다. 그것은 프랑스를 독일에 팔아넘기고, 독일을 프랑스에 팔아먹는 위험한 협정이라고 했다.

"그러면 당신은 평소에 뭘 해요?"

"선반공이에요."

그러나 선반공이라는 말에도 아샤는 놀라지 않았다.

"봉급은 얼마나 되죠?"

좀카는 스스로 땀흘려 받은 급료를 자랑스럽게 여겨왔다. 그러나 지금은 그 금액을 입 밖에 낼 기분이 아니었다.

"대단한 건 아니에요." 좀카는 억지로 대답했다.

"그건 안됐군요. 스포츠라도 했으면 좋았을 텐데! 이렇게 좋은 체격이 아까워요."

"하지만 잘해야지……."

"잘하다니 뭘? 운동선수는 누구든 할 수 있어요! 연습만 한다면 말이 야! 운동선수가 되면 좋아요! 30루블짜리 호화판 호텔식사에, 상금도 받고, 여러 도시로 공짜여행도 간다구요!"

"당신은 어느 도시에 가봤어요?"

"레닌그라드에도 가보고, 또 보로네시에도."

"레닌그라드는 어땠어요?"

"거긴 대단해요! 아케이드! 백화점! 여러 전문점들이 있어서 양말만 파는 가게도 있고, 핸드백만 파는 가게도 있었어요!"

이 소녀가 이렇게 열을 올려서 말하는 걸 보니 굉장히 멋있는 도시인가 보다. 좀카가 애착을 가지고 있는 이 근처에서의 생활 따위는 아무것도 아닐 것 같았다. 잡역부는 여전히 동상처럼 서서 몸을 굽히지도 않고 껍데기를 신문지에 뱉어내고 있었다.

"그렇게 스포츠를 좋아하면서 어째서 여기 왔지요?"

어디가 아프냐고 묻는 것은 실례되는 일이었다.

"그저 검사해 보려고요. 사흘만."

아샤는 관심 없다는 듯이 말했다. 소녀의 한 손은 앞가슴이 열리지 않도록 시종 가운을 누르고 있었다.

"지독한 가운이에요, 입기 창피해 죽겠어! 이런 곳에 1주일 더 있으라고 하면 미칠 거예요…… 당신은 왜 여기 있어요?"

"나요? 난 다리가……."

좀카는 잠시 말을 끊었다. 자기의 다리에 대해서 누군가와 진지하게 상의하고 싶었는데, 이렇게 느닷없이 질문을 받으니 당황스러웠다. 이제까지 좀카에게 '나는 다리가'라는 말은 무겁고 심각하고 의미를 가졌다. 그런데 꾸밈없는 아샤 앞에서는 '그것이 그렇게 중차대한 일인가?' 하는 의구심이 들었다.

"의사가 뭐라던가요?"

"그게……. 아무 말도 안 했지만……. 잘라야 하나 봐요."

아샤는 오랜 친구에게 하듯이 좀카의 어깨를 툭툭 쳤다.

"이봐요, 그게 무슨 소리예요! 다리를 절단하다니? 의사가 돌았군요! 치료를 안 하겠다는 거잖아요! 절대로 지면 안돼요! 다리를 자른다면 차라리 죽는 편이 나아요. 병신이 되어서 어떻게 살아가요! 우린 행복해지기 위해서 살아가는 거잖아요!"

그래, 아샤의 말이 맞다. 목발 짚은 사람에게 무슨 행운이 있을까? 지금처럼 소녀와 나란히 앉을 수나 있을까? 의자를 스스로 나를 수 없으니 소녀에게 날라오게 해야 할 텐데. 그렇다, 다리 없는 생활은 생각할 수도 없는 일이다. 우리는 행복해지려고 살고 있는 것이다.

"그런데 언제 입원했어요?"

"글쎄, 얼마나 됐을까…… 한 3주일 돼요."

"어머나! 얼마나 지루했겠어! 라디오도 아코디언도 없이! 병실에서 종일 떠들어대는 소리들이란, 다 뻔한 것들이고!"

좀카는 온종일 책을 읽으며 공부하고 있다고 말하지 못했다. 아샤 입에서 나오는, 거센 힘을 가진 말에 부딪치면 좀카에게 중요했던 말들이 빛을 잃었다. 그래서 냉소를 띠며(속으로는 냉소할 처지가 아니었지만) 말했다.

"그래, 이런 얘기도 있더군요. '사람은 무엇으로 사는가'라는."

"아! 그런 작문 제목이 나온 적이 있어요." 아샤는 어떤 질문이라도 다 대답할 수 있는 것 같았다. "여러 가지 실례를 들고 있었어요. 목화 따는 일꾼들 얘기. 젖 짜는 여자 이야기. 국내전 영웅 이야기, 파벨 코르차긴 (오스트로프스키의 소설 《강철은 어떻게 단련되는가》의 주인공)을 어떻게 생각하느냐, 마트로소프(독일전에서 적의 토치카의 총알을 자기 몸으로 막고, 열아홉 살에 죽은 영웅)의 위업을 어떻게 생각하는가 등등."

"어떻게 생각하다뇨?"

"자기가 그 입장이 되면 같은 행동을 할 수 있겠냐는 거죠. 그것을 꼭 물었어요. 그러면 모두들 똑같은 행동을 할 것이라고 썼어요. 선생님의 기분을 건드릴 필요는 없으니까요. 그런데 사시카 그로모프는 '제가 생각하는 대로 써도 좋습니까?' 하고 질문했어요. 정말 '생각하는 대로'라고 말했던 거예요! 그런 짓을 했다간 낙제할 것이 뻔한데도 말예요! 다른 계집애가 쓴 것은 아주 걸작이었어요. '조국을 사랑해야 할지 아직 모르겠다.' 여선생은 불같이 화를 냈어요. '그건 무서운 생각이에요! 사랑하지 않는다는 건 있을 수 없어요.', '틀림없이 사랑하리라고 생각하지만, 잘 모르겠습니다. 확인해 보지 않고서는…….' '확인할 필요도 없어요! 여러분들은 어머니의 젖을 빨 때 조국에 대한 사랑까지 함께 빨면서 자랐으니까! 다음 수업시간까지 다시 써요!" 그 여선생은 별명이 두꺼비였어요. 교실에 들어와서 한 번도 웃어본 적이 없었지요. 그것은 당연하죠. 노처녀니까 우리한테 화풀이를 하는 거예요. 예쁜 아이들을 특히 적대시했어요."

아샤는 자기 얼굴을 의식하면서 말을 했다. 분명히 이 소녀는 통증이나 불쾌감, 식욕부진, 불면 등의 증세들을 조금도 경험하지 못한 것 같았다. 싱싱하고 불그레한 뺨을 잃지 않았으며 체육관이나 무도장에서 잠시 빠져나와 3일간의 검사를 받기 위해서 나타난 것뿐이었다.

"하지만 좋은 선생님도 있겠죠?" 상대의 침묵이 두려워 좀카는 물어

보았다. 소녀가 계속 지껄이고 있어야 이쪽에서 그 얼굴을 바라볼 수 있었다.

"없어요! 다들 얼굴이 넓은 칠면조 같은 사람들뿐이야! 도대체 학교라는 건…… 말하고 싶지도 않아요!"

아샤의 명랑하고 건강한 분위기가 좀카에게까지 전해졌다. 좀카는 소녀가 떠들어대는 것이 고마웠다. 어느새 어색함이 사라지고 유쾌한 기분이 들었다. 이 소녀와는 어떤 점에서도 다투고 싶지가 않아서, 신념 따위는 우선 덮어두고 모든 의견에 찬성하고 싶어졌다. 행복하기 위하여 산다는 것도, 다리를 잘라서는 안 된다는 것도, 그대로 맞는 말이었다. 그러나 다리는 줄곧 쑤셔서 좀카에게 자꾸만 현실을 일깨웠다. 대체 어디쯤을 잘라야 하지? 정강이 한가운데? 무릎? 넓적다리 중앙? 생각해보면 '사람은 무엇으로 사는가?'를 깊이 생각하게 된 것도 이 다리 때문이었다.

"정말 어떻게 생각해요? 무엇 때문에…… 인간이 살고 있는지."

이 소녀는 모든 것이 명확했다. 그런 것을 농담투가 아니라 정색을 하면서 묻는 사람의 마음을 알 수 없다는 듯이, 그녀는 좀카를 녹색 눈동자로 물끄러미 바라보았다.

"그야 물론 사랑이죠!"

사랑이라! 톨스토이도 사랑이라고 했는데, 그건 어떤 의미의 사랑이었을까? 아샤의 담임 여선생도 사랑을 강조했는데, 그건 또 어떤 의미의 사랑이었을까? 좀카는 상대방의 참뜻을 파악하고, 그것을 자기 머릿속에서 정리하는 데 익숙했다.

"하지만 그건……." 목쉰 소리로 좀카는 말했다(마음은 이미 통했으나, 말은 자유롭게 할 수 없었다). "사랑이라는 건…… 인생의 전부가 아니고 그건…… 이따금 하는 거라서 나이가 어느 정도가 되면……."

"나이가 어느 정도라니, 몇 살을 말하는 거예요?" 아샤는 모욕이라도 당했다는 듯이 화를 냈다. "우리들 나이에는 즐거운 일뿐이죠. 언제 또 이럴 때가 있을까요? 그리고 사랑 이외에 인생에 또 무엇이 있지요?"

소녀의 신념은 눈썹에서도 엿보였다. 반대해도 소용없는 일이다. 좀카는 반대하지 않았다. 다투기보다는 상대방의 의견에 귀를 기울이고 싶었다. 그녀가 좀카 쪽으로 몸을 돌려 얼굴을 가까이 했다. 손은 여전히 가운의 앞가슴을 여미고 있어도 지상의 모든 장애물을 두 손으로 쳐부술 기세였다.

"사랑은 언제나 우리들의 것이에요! 사랑은 지금 시작해야 해요! 누가 뭐라 해도 귀를 기울일 필요가 없어요! 사랑! 그게 전부니까요!"

그녀는 이미 좀카와 오래 사귄 사이처럼 솔직했다. 만일 해바라기씨를 씹어대는 잡역부나, 간호사나, 장기를 두는 두 사람이나, 복도를 가끔 오가는 환자들이 없었다면, 지금 당장이라도 이 홀의 한쪽 구석에서, 그들의 꽃다운 시절이 지나가버리기 전에 그녀는 좀카를 이끌고 사람은 무엇을 위해서 사는지를 보여주었을 것이다.

꿈속에서까지 쉬지 않고 쑤셔대던 다리가 갑자기 잊혀졌다. 좀카에게서 통증이 사라졌다. 좀카는 입을 멍청하게 벌리고 아샤의 풀어헤쳐진 젖가슴을 바라보고 있었다. 어머니에게는 심한 혐오감밖에 느끼지 못했는데, 지금은 처음으로 그것이 누구에게도 부끄럽지 않고 이 세상 무엇보다도 순결한 것이라는 생각이 들었다.

"당신, 혹시?" 금방 웃음이 나올 것 같았으나, 동정이라도 하듯이 아샤는 나지막하게 속삭여 물었다. "지금까지 한 번도, 아직 경험이 없군요?"

도둑질을 하다가 들키기라도 한 것처럼 좀카의 귀와 얼굴과 이마가 화끈 달아올랐다. 20분 동안 감추려고 노력했던 벽이 그녀에게 단숨에 헐려버리자, 좀카는 바싹 메마른 목소리로 용서라도 비는 듯이 물었다.

"당신은?"

아샤는 가운 밑의 속옷이나 마음을 조금도 감추지 않았던 것처럼 이 말에도 무엇 하나 감추려고 하지 않았다.

"그야 뭐, 우리 반의 절반 이상이 이미 경험자인 걸요. 누구는 8학년 때 벌써 임신까지 했어요! 어떤 애는 여관에서 돈을 벌다가 들키기도 하고……. 그 애는 자기 저금통장까지 만들었대요! 어떻게 들통이 났냐면 무심코 일기장에 적어놓은 것을 여자 선생이 보게 된 거죠. 하지만 빠르면 빠를수록 재미있는 일이 아닐까요? 우물쭈물할 필요가 뭐가 있어요? 때는 바야흐로 원자시대인데!"

11. 자작나무의 암

토요일 밤이면 암병동 병실에도 눈에 보이지 않는 안도감이 찾아왔다. 휴일이라고 환자들이 병에서 해방되는 것도 아니고, 더욱이 근심이 사라진 것도 아닌데…… 아마 그것은 의사의 진찰이나 치료에서 해방되는 어린아이 같은 기쁨에서였을 것이다.

좀카는 아샤와 얘기를 나눈 후에 더 심하게 쑤시기 시작한 발로 조심스럽게 층계를 올라가 병실로 돌아왔다. 병실 안은 보통 때보다 더 떠들썩했다. 병실 주인들 외에 시브가토프, 아래층 손님들까지 끼여 있었다. 그 속에는 방사선 치료실에서 방금 나온 연로한 한국인 이李씨처럼 낯익은 사람도 있고(혀에 라듐 침을 꽂아놓고 있는 동안, 이 환자는 마치 은행에 맡겨진 귀중품처럼 자물쇠가 잠긴 방에 갇혀 있었다), 새 얼굴도 있었다. 백발을 곱게 빗어넘긴 풍채 좋은 러시아인은 목이 아픈지 작고 쉰 소리로 말했다. 이 사람이 좀카 침대의 절반을 차지하고 앉아 있었다. 모두들 연설을 듣고 있었는데, 러시아어를 알지도 못하는 무르살리모프와 예겐베르지예프까지도 귀를 기울이고 있었다.

연설자는 코스토글로토프였다. 침대가 아니고 한층 더 높은 창틀에 걸터앉아 있는 폼이 이 모임의 중요성을 나타내는것 같았다(시끄러운 간호사라면 그런 데 앉는 것을 절대 허락하지 않았겠지만, 오늘밤 당직은 이해심이 많은 인턴 투르군이었다. 그는 창틀에 환자가 걸터앉았다고 해서 의학 그 자체가 어떻게 되는 것은 아니라고 생각하는 사람이었다). 코스토글로토프는 양말을 신은 한쪽 다리를 자기 침대 위에 내려놓고 무릎을 굽힌 다른 다리를 그 위에 기타처럼 올려놓고, 흥분으로 몸을 흔들면서 병실 전체에 대고 큰소리로 말했다.

"일찍이 철학자 데카르트는 '모든 것을 의심하라'고 했다!"

"하지만 그것은 우리 현실에 적합한 말이 아니야!" 루사노프가 손가락

하나를 치켜세우면서 경고했다.

"물론, 그건 그렇겠지." 코스토글로토프는 반대 의견이 나와서 놀란 것 같았다. "내가 말하는 건, 우리가 토끼처럼 의사를 믿으면 안 된다는 거야. 자, 여기 내가 지금 읽는 이 책 말이야." 그는 책장이 펼쳐진 두꺼운 책을 창틀 위에서 집어들었다. "이건 아브리코소프와 스트류코프의 공저로 된 《병리해부학》으로 전문학교 교과서인데, 읽어보니까 종양의 진행 방법과 중추신경계 활동과의 관련성이 아직 전혀 해명되지 않았다는 거야. 그런데 이 둘 사이는 놀랄 만한 관련성이 있어요. 여기에 똑똑히 쓰여 있어." 그는 그 줄을 찾았다. "'흔하지는 않지만, 자연치료의 실례를 볼 수 있다!' 이 의미를 알겠어? 치료하는 게 아니야. 자연치료란 말이야! 어떤가?"

병실 전체가 술렁거렸다. 그것은 마치 모두가 두꺼운 교과서의 펼쳐진 책장에서 나온 자연치료라는 이름의 무지갯빛 나비에게 은혜를 받아 낳으려는 듯이 얼굴이나 뺨을 내미는 것처럼 보였다.

"자연치료!" 코스토글로토프는 책을 덮고 다리는 여전히 기타처럼 꺾은 채 양팔을 크게 벌렸다. "원인은 알 수 없지만, 느닷없이 종양이 거꾸로 움직이기 시작한단 말이야! 종양이 작아지고 줄어들어서 마침내 아주 없어져 버리는 거야! 어때?"

모두들 동화 같은 소리를 입을 벌린 채 조용히 듣고 있었다. 종양이, 인생을 뒤바꿔놓은 이놈이 갑자기 후퇴하고, 약해지고, 쇠해서 사멸된다고? 누구나 다 무지갯빛 나비에 얼굴을 내밀고 침묵을 지키고 있었다. 침울한 예프렘만이 침대의 스프링을 삐걱거리면서 절망적인 목쉰 소리로 말했다.

"그러려면 아마 깨끗한 양심을 가져야 할 거야." 의견인지 혼잣말인지, 대부분의 사람들은 알아들을 수가 없었다.

루사노프는 주의깊게, 얼마쯤은 공감하면서 코스토글로토프의 연설을 듣고 있다가, 여기서 제지하고 나섰다.

"그건 관념주의의 독버섯이야! 양심과 무슨 상관이 있어!"

그러나 코스토글로토프는 예프렘의 의견을 받아들였다.

"아니, 잘 말했어, 예프렘! 무엇과 어떻게 관련이 되는지 알 바가 아니야. 우리는 아무것도 모르고 있으니까 말이야. 〈즈베즈〉라는 잡지에서 아주 재미있는 논문을 읽은 적이 있어. 인간에게는 머리로 통하는 통로가 있고, 거기에 골수의 방벽과 같은 것이 있다는 거야. 그 방벽이 치명적인 세균 따위가 뇌 속으로 들어가는 것을 가로막아서 인간이 살 수 있는 거지. 문제는 세균의 돌파 여부가 무엇으로 결정되느냐는 건데……."

젊은 지질학자는 이 병실에 들어온 후부터 줄곧 책에 매달려 있었다. 코스토글로토프 침대의 맞은편 자기 침대에서 책을 읽다가 이따금 고개를 들어 논쟁에 귀를 기울였다. 지금 막 지질학자가 다시 고개를 들었다. 병실 주인환자들과 손님환자들이 다같이 경청하고 있었다. 페치카 옆 페제라우는 아직 깨끗하고 흉터는 없었으나 이미 운명이 정해진 목을 부둥켜 안고 옆으로 돌아누워 베개를 베고 듣고 있었다.

"골수의 방벽 속 칼슘염과 나트륨염의 상관관계에 의해 결정된다는 겁니다! 어느 쪽인지는 잊었는데, 이를테면 나트륨염이 지나치게 많으면 방벽이 세균을 철저하게 가로막아서 살고, 칼슘염이 지나치게 많으면 방벽이 뚫려서 죽는 원리였습니다. 그럼 칼슘염과 나트륨염의 비율은 무엇으로 결정되느냐 하면, 이것이 아주 재미있지, 바로 인간의 기분에 의하여 결정된다고! 알겠어요? 인간이 힘이 넘치고 정신적으로 건강한 동안에는 방벽 속 나트륨염의 분량이 많아져서 병에 걸려도 죽지 않는 겁니다! 그렇지만 인간이 풀이 죽어 있으면, 어느새 칼슘염의 분량이 많아집니다. 이렇게 되면 관을 준비해야 된단 말입니다."

지질학자는 칠판에 선생이 다음에 쓸 것이 무엇인지를 알고 있는 우등생처럼 냉정하고 비판적인 표정으로 듣고 있다가, 긍정적인 의견을 말했다.

"낙천주의적 생리학이군. 착상이 나쁘지 않아요, 아주 좋아요."

그러고는 시간을 낭비했다는 듯이 다시 책 읽기로 되돌아갔다. 루사노프도 여기에는 반대하지 않았다. 이 이야기는 과학적이었다. 코스토글로토프가 말을 이어갔다.

"그래서 앞으로 100일쯤 지나서 '양심에 가책이 없는 인간의 체내에서는 칼슘염이 분비되고, 고통이 많은 인간은 그것이 분비되지 않는다.'는 발견이 이루어진대도 나는 놀라지 않을 겁니다. '칼슘염의 양에 따라서 세포가 종양으로 변화하는가 종양이 소멸하는가가 결정된다.'고 판명되어도 말입니다."

예프렘은 목쉰 소리로 한숨을 내쉬었다.

"나는 여자 여럿을 버렸어. 어린애가 있는 여자는 울면서……. 내 종양은 없어지지 않을 거야."

"그게 무슨 상관이야!" 루사노프가 끼어들었다. "그런 사고방식은 중들이나 가지고 있는 거야. 당신은 쓸데없는 책을 너무 많이 읽어서 사상적으로 타락했어! 그래서 도덕적 향상을 우리한테 떠들어대는 거야."

"당신은 왜 그렇게 도덕적 향상을 기를 쓰고 반대하는지 모르겠군!" 이번에는 코스토글로토프가 달려들었다. "도덕적 향상이라는 말을 들으면 당신한테 속병이라도 생기나? 도덕적 향상이라는 말에 성내는 사람은 도덕적 불구자뿐이야!"

"아니야, 당신은 중대한 것을 잊고 있어요!" 루사노프가 고개를 드니 금테 안경이 번쩍였다. 그는 그 순간 목의 종양이 자유로운 고갯짓을 방해했다는 것을 아주 잊어버리고 말았다. "몇몇 문제들은 이미 일정한 의견이 정해져 있어서 왈가왈부할 수 없단 말이오!"

"왜 그렇죠?" 코스토글로토프의 검고 큰 눈이 루사노프를 쏘아보았다.

"아니, 그것보다도……." 좀카 침대에 걸터앉은 러시아인이 소리도 제대로 내지 못하면서 속삭이듯 끼어들었다. "이봐요, 아까 자작나무 버섯 얘기, 그것을……."

그러나 루사노프도 코스토글로토프도 물러서지 않았다. 둘 다 서로를 극심한 증오의 눈길로 노려보았다.

"발언을 한 이상, 기본적인 상식쯤은 알고 있으라고! 레프 톨스토이 일파가 말하는 도덕적 향상에 대해서는 이미 레닌이 최종적인 판단을 내렸어! 스탈린 동지도 그랬고! 고리키도 그랬어!"

루사노프는 한마디 한마디를 일부러 똑똑히 발음했다. 그러자 코스토글로토프가 한 손으로 밀어서 막는 시늉을 하면서, 과장되게 부드러운 목소리로 대답했다.

"안됐지만, 제아무리 위대한 사람이라도 최종 판단이라는 것을 내릴 수는 없어. 그렇다면 인간의 생활은 정지되고 마니까. 뒷세대의 인간들은 아무것도 할 말이 없어지는 게 아닌가."

루사노프는 말문이 막혔다. 희고 민감하게 생긴 귀의 위끝이 점점 붉어지더니, 뺨 군데군데에 붉고 둥근 반점이 나타났다.

'아무리 토요일 밤이 한가하대도 이렇게 다투고 있을 필요는 없어. 그것보다도 이 사람이 누구고 어디서 왔고 어디 소속인지, 그래서 이 격렬한 불신 사상이 직장에 해독을 끼치고 있지는 않은지 조사해야겠어.'

"나는 물론 공부할 여유가 없었기 때문에 사회과학을 잘은 모르는데, 그러나 내가 알기로는 레닌이 톨스토이를 비판한 건, 도덕적 향상이라는 사고방식이 전제정치와의 투쟁이나 무르익기 시작한 혁명의 찬스에서 사회를 분리하기 때문이야. 뭐, 그것도 다 좋다고 쳐. 그런데……."

코스토글로노프가 커다란 손바닥으로 예프렘을 가리켰다.

"죽음을 눈앞에 두고 처음으로 인생의 의미에 대해 생각하게 된 사람의 입을 막을 필요가 있소? 그가 톨스토이를 읽는 게 왜 그렇게 화가 날 일이지? 별로 남에게 해를 끼치는 것도 아닌데 말이야. 톨스토이의 책을 모두 모아서 불살라버리자는 건가? 정부의 종교회의(제정시대의 러시아 정교 통치기관)도 거기까지는 결론을 내리지 못했어!"(사회과학을 자세히 모른다고 말한 대로 코스토글로토프는 '교회의 종교회의'라고 말해야 할 것을 '정부의'라고 잘못 말했다.)

루사노프의 양쪽 귀가 모두 새빨개졌다.

'이것은 정부기관에 대한 노골적인 공격이 아닌가. 이런 논쟁이 조직화되지 않은 청중 앞에서 계속될수록 사태가 점점 악화될 뿐이다. 차라리 이 논쟁을 재치있게 끝내버리고, 이 코스토글로토프란 놈에 대해서 되도록 빨리 조사해야겠다.'

그래서 루사노프는 원칙론을 집어치우고 예프렘을 보고 말했다.

"오스트로프스키(죽는 순간까지 당에 충성을 바친 유명한 러시아 작가)를 읽도록 해요. 아마 유익할 거요."

그러나 코스토글로토프는 루사노프의 세심한 배려 따위는 아랑곳없이 늘 하던 대로, 남의 의견은 듣지 않고 자기 생각을 숨김없이 털어놓았다.

"사람이 생각하는 일에 왜 간섭하려 듭니까? 도대체 우리나라의 인생 철학이 무슨 소용이 있다는 거지? '아, 인생은 아름답다! 인생이여! 너를 사랑한다! 인생은 오직 행복을 위해서!' 이따위 소리가 죽음 앞에서 무슨 의미가 있을까! 그런 소리는 개 고양이도 할 수 있어."

"잠깐, 잠깐만! 죽음 얘기는 집어치워요! 죽음 같은 건 생각하고 싶지도 않아!"

시민의 의무를 들고 역사의 무대에 선 위대한 배우같던 루사노프가, 갑자기 하나의 연약한 생명체로서 항의했다. 코스토글로토프가 삽처럼 생긴 손을 휘휘 내저었다.

"내게 부탁해 봐야 소용없는 짓이야! 여기서 죽음 이야기를 하지 않으면 대체 어디서 하란 말인가? 그냥 '아, 우리는 영원히 살 거야!'라고 말해?"

"당신은 뭘 바라는 거요? 항상 죽음을 생각하고 지껄이면, 그 칼슘량이라는 것이 늘어나기라도 한단 말이오?"

자기 모순을 알아차리자 코스토글로토프도 좀 조용해졌다.

"항상은 아니야. 그래도 이따금 생각해야 돼요. 우리는 살면서 한 가지의 설교만 들어왔으니까. '너희는 집단의 일원이다, 너희는 집단의 일원이다!' 그야 그렇지. 하지만 그것은 살아 있는 동안의 일이지, 죽을 때가 되면 집단에서 풀려나. 집단의 일원이기는 하지만 죽는 순간에는 철저하게 혼자가 된다고! 종양은 한 사람만 물고 늘어지지, 집단 모두에게 덤벼들지 않으니까. 비근한 예가 당신이야, 당신! 솔직히 말해봐요. 당신은 지금 세상에서 무엇이 제일 두렵지? 죽는 일이겠지! 제일 말하고 싶지 않다는 것이 뭐지? 죽는 것이지! 그렇다면 당신 태도는 뭐요? 위선 아니오?"

이때 총명한 지질학자가 조용히 참견했다.

"이성적으로 말하자면 그렇지. 우리는 죽음을 두려워한 나머지, 이미 죽어간 사람들까지도 생각하지 않으려고 해요. 무덤까지도 팽개치고 있어요."

"그래, 그래, 옳은 말이오. 영웅의 기념비는 소중히 하지 않으면 안돼요. 신문에도 그렇게 쓰여 있었어." 루사노프가 다급하게 동의했다.

"아니, 영웅뿐만 아니라 모든 무덤을 말이오. 각지의 묘지들이 다 황폐해졌어요. 알타이 산맥에서 노보시비르스크로 내려오면서 보니까, 울타리도 없어서 돼지가 들어가 흙을 파헤치는 걸 봤어요. 이것은 우리의 민족적 성격이 아닐까요? 아니야, 과거에는 무덤은 존중되어 왔으니까……." 지질학자는 큰소리를 내보지 못했던 것처럼 조용히 말하고 있었다. 이 청년의 야윈 어깨가 약한 체력을 보여주었다.

"존중돼 왔었지!" 이번에는 코스토글로토프가 다급하게 동의했다.

루사노프는 그들의 말에 귀기울이지 않았다. 흥분해서 조심성 없이 움직인 목과 머리가 아파와서, 이런 저능아들을 계몽하고 허튼 소리를 일일이 고쳐줄 의욕이 사라졌다. 어차피 이 병동에 입원한 것은 우연인데, 암치료에 집중해야 될 중요한 시간을 이런 사람들과의 교류에 낭비하기 싫었다. 루사노프는 어제 주사를 맞은 후에도 종양이 작아지지 않으니까 등골이 오싹할 정도로 두려웠다. 코스토글로토프가 죽음에 대한 얘기를 즐기는 건 자기는 회복 단계이기 때문이리라.

좀카 침대에 앉아 있던 풍채 좋은 러시아 사내는 아픈 목을 감싸 누르며 여러 차례나 의견을 피력하려고 했다. '우리는 지금 모두가 역사의 주체가 아니고 객체에 불과하다.'고 외쳐서 논쟁을 중지시키고 싶었지만 그 속삭이는 목소리는 누구의 귀에도 들리지 않았다. 혀나 목의 병은 말하기를 방해해서 유난히 사람을 괴롭히는 병이다. 그는 손가락 두 개로 목을 눌러서 아픔을 조금 덜어서 목소리를 회복하려고 애썼다. 나중에는 두 손을 크게 내저으면서 논쟁을 제지하려고 했지만 소용없었다. 그가 더 이상 참지 못하고 중앙 통로로 나와 섰을 때 마침 떠들썩했던 소리가 잦아들어서 말소리가 겨우 들리게 되었다.

"여러분! 여러분!" 듣기에도 애처롭게 쉰 목소리였다. "그런 어두운 이야기는 그만둡시다. 그렇지 않아도 병고에 시달리는 우리들 아닙니까! 그것보다는, 이봐요, 당신!" 그는 높은 곳에 앉아 있는 머리가 헝클어진 코스토글로토프를 향해 통로를 걸어가면서 신에게 애원하듯 한 손을 내밀었다(다른 한 손은 목을 누르고 있었다). "아까 자작나무 버섯 이야기를 했었지요. 그 얘기를 더 계속해 주십시오!"

"그래, 자작나무 이야기를 좀 해줘요!"

시브가토프가 거들었다. 안색이 구릿빛인 한국인 이씨도 일부분을 떼어내서 통통 부어오른 혀를 간신히 움직여서 웅얼웅얼 부탁의 소리를 했다. 다른 사람들도 입을 모아 부탁했다.

코스토글로토프는 쓸쓸하면서도 즐거워졌다. 그렇게 오랫동안 세상 사람들 앞에서 침묵하고, 뒷짐 지고 고개를 숙인 채 지냈기 때문에 등이 마치 선천적인 것처럼 굽어 있었다. 추방생활 1년간 그 버릇은 더 굳어져서, 지금도 그는 병원 구내를 산책할 때 뒷짐을 지었다. 오랫동안 세상 사람들은 코스토글로토프 같은 유형자, 추방자와 대등하게 얘기를 나누는 것이 금지되었다. 악수나 편지 왕래까지도 금지사항이었다. 그런데 지금 창틀에 편하게 걸터앉아서 연설하는 코스토글로토프 앞에 사람들이 아무것도 모르고 앉아서 자기의 희망의 지팡이가 될 수 있는 말을 들으려고 귀를 기울였다. 코스토글로토프는 이전처럼 사람들과 대립하는 자기가 아니라, 같은 불행 속에서 그들과 얽혀진 자신을 느꼈다.

더욱이 일상집회나 회의에서 많은 사람 앞에서 연설하던 일을 까맣게 잊고 있었는데, 느닷없이 연설을 하게 되니까 마치 즐거운 꿈을 꾸는 것 같았다. 한 번 미끄러지기 시작하면 멈추지 않는 스케이트처럼, 멈추지 않으면서 속도를 더해가는 것처럼, 그의 연설도 한 번 시작되니까 끝날 줄 몰랐다. 어조도 이상하게 열띤 웅변조가 되어갔다.

"여러분! 이것은 정말 놀라운 이야기로, 내가 아직 입원 차례를 기다리고 있었을 때 외래진료실에서 만난 외래환자에게 자작나무 버섯 이야기를 들었습니다. 그래서 나는 가볍게 엽서를 보냈고, 회신 주소로 병원을 적었지요. 그랬더니 오늘 답장이 왔어요, 열이틀 만에요! 마슬렌니코프 박사는 오히려 회신이 늦어져서 죄송하다면서, 매일 열 통 이상의 답장을 써야 하기 때문이라고 썼습니다. 성의있게 회답을 쓰려면 한 통에 30분씩은 걸릴 테니, 그는 매일 다섯 시간씩 편지를 쓰고 있는 겁니다. 그것도 무보수로요!"

"하루 우표 값만 해도 4루블이 들겠어요." 좀카가 말참견을 했다.

"그래요. 하루에 4루블, 한 달이면 120루블이나 드는 일인데, 박사는 의무도 아닌 일을 선의로 하고 있는 거예요. 선의라는 말이 틀렸다면……." 코스토글로토프가 짓궂게 루사노프에게 시선을 줬다. "인도주의적이라고 해두죠."

루사노프는 신문의 예산 보고를 읽으면서 못들은 체했다.

"박사는 조수도 비서도 없답니다. 모든 일은 근무외 시간에 해내야 하고, 그렇다고 해서 명예가 주어지는 것도 아닙니다. 우리 환자들에게 의사는 나룻배의 사공과 같죠. 강만 건너면 잊어버리는 뱃사공처럼, 완쾌되는 날 의사의 편지 같은 건 쓰레기통에 던져버립니다. 박사가 편지에 그렇게 썼어요. 환자들은 일정 기간이 지나면 약의 복용 경과를 알려주는 서신 연락을 끊어버린다고요. 그래서 박사는 신신당부를 하더군요. 약의 복용량과 복용 경과를 꼬박꼬박 편지하라고요! 우리는 박사의 발 아래 무릎을 꿇어야 해요!"

코스토글로토프는 마슬렌니코프의 헌신과 열성에 대해서 감동했기 때문에 그를 칭찬하고 싶었다.

"다른 이야기로 빠지지 말아줘요, 코스토글로토프!"

시브가토프는 가냘픈 희망의 미소를 보내며 이야기를 재촉했다. 그는 얼마나 병이 낫기를 바랐던가! 수개월 수년에 걸친, 이미 결과가 뻔한 절망적인 치료를 받아온 그가, 지금 완쾌를 꿈꾸고 있었다! 등의 상처가 나아서 바른 자세로 서고 경쾌하게 걷는 싱싱한 젊은이가 되기를 꿈꾸고 있었다!

환자들은 이런 기적을 낳는 의사와 약에 대해서 알고 싶었다! 물론 단

도직입적으로 '당신은 기적의 의술을 믿습니까?'하고 물으면 안 믿는다는 사람도 있겠지만, 마음속으로는 모두가 그런 의사나 약초를, 하다못해 선한 마법사 할머니라도 만나기를 고대했다. 그렇게만 된다면 그들은 구원받을 것이다! 사람들은 건강하고 행복하게 사는 동안에는 기적을 우습게 여기지만, 생활에 타격을 받고 좌절해서 구원받을 길이 없어지면 기적에 매달린다.

코스토글로토프는 사람들이 자기의 말에 열중하고 있음을 새삼 깨닫고 더 열을 올리기 시작했다.

"처음부터 차근차근 말하자면, 아까 말했던 외래환자가 마슬렌니코프 박사에 대해 알려주었어요. 박사는 모스크바 근교 알렉산드로프 군의 시골 의사인데, 10년째 그곳에서 근무하다 보니 특이한 사실을 발견하게 되었어요. 의학논문에는 암 발병률이 계속 올라간다고 쓰여 있는데, 그 병원에 오는 농민 환자 중에는 암을 찾아보기가 힘들다는 것이었어요. 이유가 궁금해진 박사가 조사를 시작했어요. 조사를 시작했단 말입니다!"

코스토글로토프는 같은 말을 되풀이하는 버릇이 없었는데, 지금은 저도 모르게 들떠서 스스로 말하기를 즐기고 있었다.

"그리고 이것을 알게 되었어요. 그곳 농민들이 찻값을 아끼려고 챠가를 끓여 마신다는 걸요."

"자작나무 버섯 말이군." 예프렘이 끼어들었다. 이 며칠 동안 절망감에 사로잡혔던 그는 이렇게 흔하고 손쉽게 얻을 수 있는 약이 있다는 사실에 마음을 빼앗겼다. 이곳 환자들은 남쪽 출신들이 많아서 자작나무 버섯은 고사하고 자작나무조차 본 적이 없었기 때문에, 챠가가 단번에 감이 오지 않았다.

"정확히 말하자면 자작나무의 버섯이 아니라 자작나무의 암이야. 자작나무 고목 표면에 혹처럼 붙은, 겉은 검고 속은 흑갈색의……."

"원숭이의자버섯? 예전에는 부싯깃으로 써왔다는?" 예프렘이 대꾸했다.

"아마 그랬을 거야. 마슬렌니코프 박사는 이렇게 추측했지. 러시아 농부들은 우연히, 챠가 덕분에 암으로부터 구제받아 온 것 아닐까 하고."

"예방이 되었다는 말이군요." 젊은 지질학자가 끄덕였다. 독서에 방해를 받기는 했지만, 그만한 가치가 있는 이야기였다.

"추측만으로는 부족했지. 더 자세하게 조사해야 했어. 마슬렌니코프 박사는 챠가 차를 마시는 사람과 안 마시는 사람을 장시간 관찰해 볼 필요가 있었어. 또 무엇보다도 암 환자에게 마시게 해야 했지. 이것은 쉬운 일이 아니지. 다른 치료들을 중단해야 하니까 말이야. 효과가 보인다고 하더라도 몇 도로 몇 분을 끓일지, 챠가는 얼마나 넣고 끓일지, 하루에 몇 잔을 마시며 부작용은 없는지 등등 알아야 할 것들이 한둘이 아니었어."

"그래서, 결과는?" 시브가토프가 대답을 재촉했다.

'내 다리에도 효과가 있지 않을까?' 좀카도 기대감에 휩싸였다.

"편지가 바로 그 결과에 관한 내용이었어요. 치료법도 적혀 있구요."

"그분 주소가 어떻게 되죠?" 목소리가 나오지 않는 사내가 자켓 호주머니에서 수첩과 만년필을 끄집어내고 있었다. 한 손은 여전히 목을 꾹 누르고 있었다. "사용법도 적혀 있단 말이죠? 목 종양에도 듣는다고 써 있나요?"

사람들을 전적으로 무시하고 있던 루사노프도 이 기회를 놓칠 수는 없었다. 최고회의에 제출된 1955년도 국가예산안의 의미나 숫자는 이미 머릿속에서 날아갔다. 루사노프도 천천히 신문을 옆에 내려놓고, 코스토글로토프의 기분을 상하지 않도록 상냥한 목소리로 달래듯이 물어보았다.

"그렇다면 그 방법은 정식으로 인정되어 있겠군요? 의학적으로 증명이 되었겠군요?"

코스토글로토프는 창틀에서 루사노프를 내려다보면서 냉소했다.

"의학적으로 증명이 되었다면 우리가 지금 매일, 간호사에게서 그 끓인 차를 마시고 있었겠지. 층계참에 큰 물통을 놓아두고 말이지. 그렇다면 굳이 알렉산드로프까지 수소문할 필요가 어디 있어?"

"알렉산드로프." 목소리가 나오지 않는 사내가 재빨리 메모했다. "어느 우체국이지요, 거리 이름은?"

아흐마드잔도 아까부터 몹시 흥미롭게 들으면서 무르살리모프와 예겐베르지예프에게 요점을 조용히 통역해 주고 있었다. 아흐마드잔은 완치 단계라서 챠가가 필요하지는 않았다. 그렇지만 궁금한 점은 있었다.

"그 버섯이 그렇게 효력이 있다면, 왜 의사들은 치료에 사용하지 않을까요? 왜 약으로 사용하지 않을까?"

"사용되기까지의 과정이 어려우니까. 누구는 믿지 않을 테고, 누구는 인식을 바꾸는 것이 귀찮아서 반대할 테고, 자기의 치료약을 쓰게 하려고 의도적으로 훼방하는 사람도 있겠지. 어쨌든 환자들은 선택의 자유가 없으니까."

코스토글로토프는 목소리가 나오지 않는 사내의 질문에는 대답하지 않았다. 주소를 가르쳐 주기가 싫었던 것이다. 그 사내는 풍채가 좋고 용모도 좋아서 은행장이나 남미 작은 나라 수상 같은 인상을 풍겼지만, 어딘가 끈덕진 데가 있어서 싫었다. 이 사람은 안 그래도 수많은 편지들로 골머리를 앓고 있는 마슬렌니코프 박사를 더 귀찮게 할 것이다.

힘겹게 내는 쉰 목소리를 들으면 측은한 마음이 들기는 했다. 하지만 코스토글로토프는 암에 대해 배우려고 몸과 마음을 바쳐서 공부했다. 《병리해부학》을 통독했고, 간가르트와 돈초바에게 귀찮게 질문을 퍼부어서 설명을 들었고, 이렇게 마슬렌니코프에게 엽서를 보내서 답장도 받은 것이다. 코스토글로토프는 오랫동안 온갖 권리를 빼앗기며 살다 보니 '아는 것을 말하지 말고, 손에 쥔 것을 내보이지 말라'는 규정이 몸에 배었다. '아무도 나에게 해주지 않았듯, 나 역시 이들에게 재난을 피할 방법을 알려줄 의무는 없다. 이들이 모두 마슬렌니코프에게 편지를 쓴다면 나는 두 번째 답장을 빼앗길 것이다.'

"사용법이 어떻게 돼죠?" 지질학자가 물었다. 이 젊은이는 독서를 할 때 연필과 종이를 앞에 놓아두는 습관이 있어서 곧 받아쓸 수가 있었다.

"사용법을 읽어줄 테니 다들 적어요."

코스토글로토프는 큰소리로 외쳤다. 모두들 웅성대며 연필과 종이를 마련했다. 루사노프는 좀카에게 연필을 빌렸다(집에는 펜촉이 속으로 감추어지는 신식 만년필이 있었다). 시브가토프, 페제라우, 예프렘, 이씨까지도 모두 필기 준비를 마쳤다. 코스토글로토프가 천천히 편지를 읽기 시작했다. 바싹 말린 챠가를 어떻게 갈고, 몇 도로 끓이고, 어떻게 걸러서 몇 잔을 마시고…… 받아쓰기 속도가 다 달라서 여러번 반복해서 읽어주었다. 병실에 따뜻한 우정의 분위기가 감돌았다.

받아쓰기가 끝나자, 좀카가 나이에 어울리지 않게 천천히 말을 꺼냈다.

"그런데, 자작나무가 없는데, 어디서 가져오지요?"

모두들 한숨을 쉬었다. 자의든 타의든 이미 중부 러시아를 떠난지 오래된 사람들의 머릿속에 그 잔잔하고 온화한 풍경, 태양의 뜨거운 열을 받아본 적이 없는 땅의 풍경이 떠올랐다. 버섯을 자라게 하는 부슬비의 장막에 덮이고, 봄의 홍수에 씻기고, 들판과 숲 속 오솔길들로 한없이 이어지는 숲. 그 숲 흔한 나무가 이처럼 인간에게 봉사하다니. 비록 그곳 주민들은 숲과 나무에 감사하지 않고 바다나 바나나 농장을 동경하겠지만, 지금 이곳 인간들에게 절대적으로 필요한 것은 그 땅이었다. 그 땅, 그 숲, 그 자작나무 줄기에 생긴 못생긴 검은 혹, 자작나무의 병, 자작나무 종양말이다.

무르살리모프와 예겐베르지예프만이 이곳에도, 이곳 초원과 산에도 자기들이 필요한 것은 틀림없이 있다고 생각했다. 지식과 기술만 있으면, 사람은 어디에서든 필요한 것을 찾아낼 수 있다.

"채집해서 보내달라고 부탁해야겠지." 지질학자가 좀카에게 대답했다.

그런데 정작 챠가라는 정보를 알려준 코스토글로토프 본인은 중부 러시아에 버섯을 채집해 줄 만한 친척이 전혀 없었다. 누구는 죽었고, 누구는 행방불명이었고, 누구는 부탁하기 어려운 사이였고, 누구는 도시 출신이라서 자작나무도 못 찾았다. 그는 신기한 풀을 찾아먹고 스스로 병을 고치는 짐승들처럼, 직접 숲 속에 들어가서 챠가를 채집하고 그것을 잘게 썰어 모닥불에 끓여 마시며 천천히 병을 고치고도 싶었다. 하지만 코스토글로토프는 러시아 귀국이 금지되어 있었다.

러시아 귀국길이 막혀 있지 않는 환자들은 그들대로 현재 생활을 희생할 용기가 없었다. 그들 눈에는 장애물만 보였다. 버섯을 따러 갈 질병휴가나 보통휴가 증명서를 어떻게 얻지? 가족들에게는 어떤 핑계를 대고 떠나지? 돈은 어떻게 마련하지? 그런 여행에 필요한 준비물과 복장은 무엇이지? 어느 역에서 내려 어디서 길을 물어 가지?

코스토글로토프가 문제의 편지를 흔들면서 말을 이었다.

"박사가 쓴 것을 보니까 뭐랄까, 중간장사치가 있다더군. 챠가를 채집하고 말려서 돈 받고 파는 사람들이지. 그런데 비싼 게 문제야. 1킬로그램에 15루블이라니까, 제대로 치료하려면 한 달에 6킬로그램 90루블이나 드는 거야."

"그놈들은 무슨 권리로 그렇게 하는 거지?" 루사노프가 언성을 높이니까 고급관료의 표정이 나왔다. 그 눈으로 한 번만 쏘아보면 어떤 장사치라도 겁에 질려 기절할 것이다. "자연성장한 버섯을 그렇게 비싸게 팔아먹다니, 정말 파렴치한 놈들이야!"

"조용하!" 예프렘이 제지했다(그는 가끔 이상하게 발음을 하였다. 일부러 그러는 건지, 혓바닥 때문인지 모르겠다). "버섯따기가 쉬운 일이라고 생각하오? 주머니와 도끼를 들고 숲 속을 헤매야 해. 겨울이면 스키를 타고 말이지."

"하지만 1킬로그램에 15루블은 너무하잖아, 괘씸한 암상인놈들!"

루사노프는 조금도 물러설 줄 몰랐고, 그의 얼굴에 다시 붉은 반점이 나타났다. 이것은 너무나 중대한 문제였다. 이미 수년 전부터 루사노프의 마음속에서 서서히 굳어버린 움직일 수 없는 신념에 의하면, 이 나라의 여러 결함과 미완성 부분, 덜되고 불완전한 부분은 다 암상인의 활동이 근본원인이었다. 길에서 골파(백합과 2년초 꽃)를 파는 사람, 시장에서 우유나 달걀을 파는 여인, 정거장에서 사과든 털양말이든 생선튀김이든 잔뜩 쌓아놓고 파는 사람, 국가 창고에서 물자를 트럭으로 빼돌리는 사람 등이 모두 암상인이다. 이런 암거래들을 일소하면 국가 경제가 살아나고 생산 성과도 한층 높아질 것이다. 사람들이 국가에서 받는 고액 봉급과 연금으로 자기의 물질생활을 개선하는 것은 조금도 나쁜 일이 아니었다. 그런 경우에는 승용차도, 별장도 정당한 근로의 대가이니까. 그러나 똑같은 자동차, 똑같은 표준설계 별장이라도, 암거래에서 얻은 돈으로 샀다면 그것은 범죄다. 루사노프는 말 그대로 '암상인 공개처형'을 꿈꿨다. 공개처형을 부활시키면 우리 사회는 급속히, 철저히, 건전해질 것이다.

"알았어. 알았으니 조용히 해요. 15루블이 비싸다면 안 사면 되잖소!" 예프렘이 짜증을 냈다. "그럼 스스로 나가서 버섯따기 조합을 조직하든지."

그것이 딜레마였다. 암상인은 괘씸했지만, 이 새로운 약이 의학학술원에서 인정되지도 않았고 중부 러시아 지역 협동조합에서 정식으로 판매되지도 않는다고 해서 루사노프의 종양이 기다려 주지는 않으니 말이다.

목소리가 나오지 않는 사내는 유명일간지 기자나 되는 것처럼 수첩을 펴들고 코스토글로토프의 침대까지 뛰어나와 있었다.

"판매인 주소가? 판매인 주소도 쓰여 있나요?"

루사노프도 주소를 적으려는 모양을 취했다. 그런데 코스토글로토프는 가타부타 말이 없이, 창틀에서 뛰어내려 침대 밑에 손을 넣어 무언가를 찾았다. 그는 병원 규칙을 어기고 산책용 장화를 감춰 놓고 있었다.

좀카는 받아적은 처방을 머릿장에 넣고, 아픈 다리를 침대 위에 올려서 뻗었다. 좀카는 15루블이나 되는 큰돈이 없었고, 그런 돈이 생길 가망도 없었다.

루사노프는 어쩐지 마음이 언짢았다. 코스토글로토프와는 사흘 동안 의견 충돌이 잦았지만, 지금은 그의 이야기에 큰 관심이 있어서 주소를 알고 싶었다. 그래서 슬쩍 코스토글로토프의 기분을 맞추려는 화제를 꺼냈다.

"그래요! 뭐니뭐니해도 세상에서 제일 무서운 건, 이……(암인가? 그러나 나는 암이 아니야!) 이…… 종양이라든가…… 암만큼 무서운 건 없지요."

그런데 코스토글로토프는 나이로나 사회적 지위로나 경력으로나 자기보다 윗사람인 루사노프가 친근한 정을 보여주는데도 조금도 감동하지 않았다. 그저 장화에 감아서 말려 놓은 붉은색 발싸개를 발에 두르고 군데군데 기운 낡은 인조가죽 장화를 신으면서 퉁명스럽게 내뱉었다.

"암보다 무서운 건, 나병이지!"

이 묵직하고 위협적인 단어가 일제사격처럼 강한 진동을 일으키며 병실 속에 울려퍼졌다. 루사노프는 소리없이 얼굴을 찌푸렸다.

"왜요? 그것이 왜 암보다 무섭지요? 병의 진행 속도도 암보다 느린데."

코스토글로토프의 까만 눈동자에서 적의가 뿜어져 나와서 루사노프의 밝은 안경과 눈동자에 쏟아졌다.

"왜 암보다 무섭냐면, 아직 살아 있는데도 가족과 사회로부터 격리당해서 철조망 속에 감금되기 때문이지. 이래도 종양이 더 무섭소?"

루사노프는 너무 가까운 곳에서 쏟아지는 적의의 시선에 어리둥절했다.

"내가 말하고 싶은 것은, 일반적으로 이러한 저주받을 병은……."

루사노프식 사교법에 따르면, 상식적인 사람이라면 여기서 루사노프에게 다가와서 계속 이야기를 나누어야 했다. 그러나 코스토글로토프는 상식이라곤 눈꼽만큼도 없는 사내였다. 성큼 일어나서 껑충한 키에도 발끝까지 끌리는 여자용 무명가운(산책할 때 외투 대용으로 이용했다)을 몸에 걸치고, 아주 만족스러운 듯이(아는 것이 많아 보였다) 말했다.

"어느 철학자가 말하기를, 병을 앓아보지 않은 사람은 자신의 한계를 모른다더군."

그러고는 가운데 호주머니에서 돌돌 말아두었던 군대용 허리띠를 꺼냈다. 손가락 네 개 정도의 넓이에 오각형 별 모양 버클이 달린 허리띠였다. 그는 환부에 닿지 않게 조심하면서 가운 위에 허리띠를 매더니, 싸구려 담배 한 대를 손가락 사이에 끼고 문 쪽으로 걸어갔다. 중앙 통로에 선 목소리가 나오지 않는 사내가 길을 비켜주면서, 은행장이나 수상처럼 당당한 풍채와는 딴판으로 애걸했다. 마치 코스토글로토프가 종양학계의 권위자인데 지금 막 이 건물을 영원히 떠나기라도 하는 것처럼.

"이봐요, 가르쳐 주십시오. 목 종양은 대체 몇 퍼센트가 암인가요?"

남의 병이나 슬픔을 비웃는 것은 창피한 짓이지만, 병이나 슬픔에도 흠잡히지 않을 정도로 위엄이 있어야 한다. 코스토글로토프는 겁에 질려서 아침부터 병실에서 어슬렁대는 이 사람을 쳐다보았다. 그 얼굴은 종양이 생기기 전에는 얼마나 자신에 넘쳤을까. 말하는 동안 아픈 목을 손가락으로 누르는 동작이 너무 자연스러워서 어쩐지 우스워 보였다.

"34퍼센트."

코스토글로토프는 웃으며 자리를 떴다. 그러나 사내는 아래층까지 따라오면서, 그 큰 몸집을 앞으로 연신 굽신거리며 끈질기게 물어댔다.

"이봐요. 제발 말해 줘요. 혹시 나의 이 종양이 아프지 않다면 나아진 걸까요. 아니면 나빠진 걸까요? 이건 무슨 징후죠?"

귀찮고 지루한 사람이었다. 코스토글로토프는 멈춰섰다.

"당신 직업이 뭐요!"

"대학 강사예요." 회색 머리를 곱게 빗어넘기고 귀가 큼직한 사내가, 마치 의사를 바라보듯이 희망에 찬 눈으로 코스토글로토프를 바라보았다.

"강사? 전공은?"

"철학이요." 사내는 코스토글로토프가 아까 옛 철학자의 말을 제멋대로 인용한 것을 묵인해 주었다. 챠가 판매상 주소를 알려는 마음에서다.

"강사가 목을 침범당했군."

코스토글로토프는 병실에서 판매인 주소를 말하지 않은 것을 후회하지 않았다. 코스토글로토프가 지난 7년간 이 사회에서 당하며 알게 된 상식에 따르면, 그런 건 바보들이나 하는 짓이었다. 모두 앞다퉈 주문하면 값만 올라서 결국 자신이 챠가를 구할 수 없게 된다. 그래서 내심 몇몇 좋은 사람에게만 사적으로 가르쳐주려고 했었다. 지질학자와는 아직 열 마디도 채 나누지 않았지만 알려주기로 마음먹었다. '얼굴이 마음에 들고, 황폐해진 묘지를 안쓰럽게 여기는 것도 마음에 들어.' 좀카에게도 알려줄 것이다. '좀카는 어차피 돈이 없으니까(코스토글로토프 자신도 돈이 없기는 마찬가지였지만).' 페제라우와 이씨와 시브가토프에게도, 같은 병으로 고통받는 동료로서 가르쳐주고 싶었다. '한 사람씩 물으러 와야지, 안 그러면 그것도 그만이야.' 그런데 이 철학강사는 코스토글로토프의 눈에 하찮은 사람으로 보였다. '도대체 어떤 강의를 한다는 걸까? 쓸데없이 학생들 머리를 혼란스럽게 만드는 거 아냐? 철학을 공부했다면서 병 한번 걸

렸다고 이렇게 쩔쩔맬 거면, 대체 철학은 뭐하러 공부했어? 하지만 어쨌든 목에 병이 생긴 건 참 안됐어!'

"받아 적어요! 당신에게만 특별히 가르쳐주는 거요!"

코스토글로노프가 명령조로 말했다. 철학강사는 재빨리 만년필을 꺼냈다.

말을 끝낸 코스토글로노프는 총총걸음으로 산책을 나갔다. 입구 층계는 텅 비어 있었다. 그는 바람 한점 없는 축축하고 싸늘한 공기를 행복하게 들이마시고, 이 맑은 공기가 폐에 퍼질 겨를도 없이 담배에 불을 붙여 물었다. 담배를 피우지 않는 행복은 완전하지 않았다(돈초바뿐만 아니라 마슬렌니코프까지 금연을 권했지만).

바람도 없고 추위도 대단치 않았다. 한 창문에서 흘러나오는 전등 불빛에 물 웅덩이가 거무스름하게 보였다. 2월 5일인데 벌써 봄날 같은 이상기후였다. 대기가 뿌옇는데 안개라기보다는 공중에 가볍게 떠 있는 수분이어서 먼 곳 가로등이나 창문이 흐릿하고 부드러워 보였다. 왼편에는 지붕보다 높은 피라미드형 포플러 네 그루가 네 형제처럼 나란히 서 있었다. 그 오른쪽에 조금 떨어져서 한 그루가 더 있는데, 그 가지와 높이가 네 그루에 뒤지지 않았다. 따로 수목이 울창하게 우거진 저쪽이 공원의 시작이었다.

제13병동 돌층계는 난간이 없어서 몇 단만 내려오면 살짝 경사진 아스팔트 길이었다. 길 양쪽은 나무들이 울타리처럼 서 있었다. 그 나무들은 잎은 다 떨어지고 없었지만 빽빽하게 서 있는 모습만으로도 생명력을 뿜어냈다. 코스토글로토프는 산책을 나오면 항상 공원 가로수길을 걸었다. 한발 한발 대지를 밟으면서 살아 있다는 기쁨을 음미하곤 했다. 그러나 지금은 돌층계에서 바라본 풍경에 매혹되어 담배를 피웠다.

드문드문 있는 가로등과 맞은편 병동 창문에서 불빛이 부드럽게 새어나왔다. 이미 한길에는 거의 인기척이 없었다. 가까운 철길 소음이 뒤쪽에서 들려오지 않을 때는 냇물 흐르는 소리가 들렸다. 산골짜기 급류여서, 이웃 병동 저쪽 언덕에 서 있으면 물거품이 일어나는 물살이 내려다보였다.

언덕과 냇물을 더 지나면 또다른 시립공원이 나오는데, 그 공원에서인지 아니면 클럽의 열린 문에서인지 브라스 밴드가 연주하는 댄스 음악이 들려왔다. 토요일이니까 다들 커플을 이뤄서 춤을 출 것이다.

코스토글로토프는 아직도 상기되어 있었다. 오랜만에 긴 연설을 했고, 모두가 자신의 연설에 귀기울였다. 별안간 생활 감각이 되돌아오자 벅차서 숨이 막힐 것 같았다. 2주 전만 해도 그 생활은 이제 영원히 끝났다고 포기해 버리지 않았던가. 물론 그 생활 감각이 이 대도시 사람들이 부딪치는 일들을 해결해 주지는 않았다. 집, 돈, 명성 등이 아니라 본질적인 기쁨이 되살아난 것이다. 누구에게도 명령받지 않고 자유롭게 대지를 걸을 권리, 혼자 있을 권리, 별을 바라볼 권리, 내 손으로 불 끄고 잠들 권리, 편지를 써서 우체통에 넣을 권리, 일요일에 쉴 권리, 냇가에서 수영할 권리……. 거기에는 여자들과 말할 권리도 있었다.

코스토글로토프는 담배를 피워문 채 즐거운 기분에 사로잡혔다. 공원에서 댄스음악이 들려왔지만, 코스토글로토프의 내면에서는 차이코프스키의 4번 교향곡이 울려퍼지고 있었다. 이 교향곡의 불안하고도 묵직한 서두, 놀라운 선율……. 코스토글로토프는 그 선율을 정통해석법과는 상관없이 제멋대로 해석하고 있었다. 오랜만에 집으로 돌아온 주인공, 기적적으로 눈이 뜨인 주인공이 사랑하는 사람의 얼굴을 손으로 어루만지면서도 자기의 행복을 믿지 못하는 그런 심정이었다.

12. 모든 정열이 소생한다

일요일 아침, 조야는 출근 준비를 서두르다가 문득 '다음 당직 때 제발 금빛 도는 회색 원피스를 입어달라'던 코스토글로토프의 부탁을 떠올렸다. 그는 그날 밤 가운 밑으로 보였던 그 옷깃을 낮의 밝은 빛에서 다시 보고 싶다고 했다. 때로는 솔직한 부탁을 들어주는 것도 즐거운 일이다. 그 원피스는 오늘 기분에도 맞았다. 야회복에 가까운 옷이었다. 오늘 오후는 별로 바쁘지 않을 테니까 코스토글로토프와 이야기를 나눌 수 있으리라는 기대감도 있었다.

조야는 원피스를 급히 갈아입고, 손바닥에 여러 번 향수를 부어서 옷에 두드리고, 앞머리를 빗어 넘겼다. 이미 출근시간이 촉박했다. 그래서 그녀는 현관으로 걸어가면서 코트를 입고, 할머니가 주는 도시락을 주머니에 넣으면서 밖으로 뛰어 나갔다.

조금 쌀쌀했지만 한겨울 같지는 않은, 습도가 높은 아침이었다. 중부 러시아에서는 이런 날 레인코트를 입는다. 그러나 남쪽 지방은 더위와 추위의 개념이 달랐다. 따뜻한 날에도 양털옷을 입었고, 코트는 일찍부터 입기 시작해서 늦게까지 벗지 않았고, 사람들은 추운 날이 며칠만 계속되어도 털외투를 다시 꺼내 입었다.

대문을 나서는데 전차가 보였다. 조야는 거의 한 블록을 뛰어가서 마지막 칸에 올라탔다. 숨이 차고 뺨이 빨갛게 달아올라서, 바람이 잘 통하는 뒤쪽 승강구에 섰다. 이곳 전차들은 다 하나같이 느렸고, 커브길에서 철로에 긁히면서 괴상한 금속성 소리를 냈다. 자동문이 있는 차량은 한 대도 없었다.

숨이 가쁘고 가슴이 아픈 것이 젊은 육체에는 즐겁게 느껴지기도 한다. 그 느낌들이 금방 사라지면서 건강과 휴일의 기분이 강렬해지기 때문이었다. 방학 때의 주3회 병원 당직도 거의 노는 것과 다름없는 일이었다. 물론 당직이 없다면 더 편했겠지만, 조야는 이미 두 가지 일을 병행하는데 숙달되어 있었다. 공부와 노동을 병행해온 것이 벌써 2년째였다. 병원 일은 경력을 쌓기 위해서가 아니라 돈을 벌려고 시작했다. 할머니의 연금은 식비에도 모자랐으며, 조야의 장학금은 눈깜박할 새에 없어졌다. 아버지는 뭐 하나 보내준 것이 없었고, 조야도 그런 아버지에게는 아무런 신세도 지고 싶지 않았다.

지난 야근 이후의 이틀 휴가를 조야는 바쁘게 보냈다. 어려서부터 그녀는 부지런했다. 우선 12월 봉급으로 사두었던 조제트(프랑스산 비단) 옷감으로 봄 블라우스 제작에 들어갔다('썰매는 여름에, 마차는 겨울에 준비하라'는 것은 할머니가 입버릇처럼 하는 얘기였는데, 진짜로 상점에서 좋은 여름 물건은 겨울에만 살 수 있었다). 스몰렌스크에서 피난길에 들고 온 할머니의 재봉틀과 옷본을 사용하되, 재단 강습회에 다니는 이웃 사람이나 지인들을 만날 때마다 보아둔 최신 디자인을 응용했다(조야는 강습회에 갈 짬은 나지 않았다). 이틀만에 블라우스를 완성하지는 못했지만, 그 대신 몇 군데 세탁소를 돌아 솜씨 좋은 곳을 찾아서 여름코트 얼룩 제거를 맡겼다. 그리고 시장에 가서 악착같이 값을 깎아서 두 바구니 가득 장을 봐왔다(상점의 행렬에는 할머니가 줄을 서 주었으나 무거운 물건은 운반하지 못했다). 대중탕에 가서 목욕도 했다. 누워서 빈둥대거나 독서할 시간은 전혀 나지 않았다.

그 대신 어젯밤에 동급생 리타와 함께 문화회관에 춤추러 갔다. 조야는 클럽보다 건실하고 참신한 기분이 드는 장소를 좋아했지만, 클럽 외에는 젊은 남자들과 만나고 사귈 수 있는 장소와 기회가 없었다. 학교에는 러시아 여자가 많고 젊은 남자는 거의 없었다. 그래서 학교 파티는 매력이 없었다. 문화회관은 널찍하고 깨끗하고 난방도 따뜻했다. 청동 프레임의 대형거울이 있어서 아주 멀리서도 자기의 춤추는 모습을 볼 수가 있었다. 대리석 원기둥과 대리석 층계와 고급 안락의자도 있었다(덮개가 씌워져서 착석은 금지되어 있었다).

조야는 섣달 그믐날 밤 이후에 문화회관에 처음 와봤다. 그날 밤 가장 무도회에서 '최고의 의상 시상식'이 있어서, 조야가 꼬리 원숭이 의상을 만들었다. 머리카락과 얼굴 표정과 색 조화가 우스꽝스러우면서 예뻤다. 경쟁자가 많았지만 일등상은 틀림없다고 믿었다. 그런데 상을 결정하기 직전에 어떤 짓궂은 남자들이 칼로 원숭이 꼬리를 잘라서 서로 전달하고 감추며 놀았다. 사람들은 속도 모르고 재미있다고 웃어댔다. 조야는 너무 속상해서 울고 말았다. 꼬리를 잃은 의상은 매력이 반감했고, 조야는 상을 받지 못했다.

어젯밤 클럽에 갔을 때에도 다시 그 일이 떠올라서 불쾌했다. 그러나 아무도 원숭이 꼬리를 기억하고 있지 않았고, 분위기도 말끔히 달라져 있었다. 여러 대학에서 온 학생들과 젊은 노동자들이 모여 있었다. 조야와 리타는 여자들끼리 붙잡고 춤을 출 수는 없으니까, 서로 떨어져서 각자의 파트너와 함께 세 시간 동안 브라스 밴드의 음악에 맞춰서 흔들고 발을 굴렸다. 육체는 회전과 요동의 반복을 즐겼다.

파트너인 건설기사 콜랴는 거의 말을 하지 않았는데, 가끔 농담이라고 던지는 말들은 유치했다. 집까지 바래다주는 사이에는 인도 영화와 수영에 대한 얘기가 잠깐 있었다. 진지한 얘기를 하기에는 어울리지 않았다. 집 현관까지 오자 어두운 곳에서 키스를 했는데, 그때 콜랴의 관심사는 조야의 가슴이었다. 그녀의 탱탱한 가슴은 남자들의 마음을 동요시켰다. 콜랴는 조야의 가슴을 마구 주무르다가 다른 곳으로 손을 뻗었다. 조야는 기분이 야릇해졌지만, 다음날 아침 일찍 일어나야 하니까 이렇게 시간을 허비할 수 없다는 냉정한 생각이 있었다. 그래서 콜랴를 돌려보내고 낡은 층계를 뛰어올라서 이층 방으로 돌아왔다.

조야의 여자 친구들, 특히 의학 계통 친구들 사이에는 '인생의 좋은 부분은 빨리 자기 것으로 만들어야 하고, 빠를수록 좋다.'는 생각이 퍼져 있었다. 그래서 그런 분위기에서 대학교 3학년까지 경험이 없는 올드미스로 지내는 것은 거의 불가능한 일이었다. 조야도 이미 모든 과정을 거쳤다. 남자에게 조금씩 허락하다가 상대방에게 사로잡혀서 완전히 함락되는 교제가 몇 번 있었다. 폭탄이 떨어진대도 바꿀 수 없는 그 격정의 순간, 격정이 지나간 후에 마룻바닥과 의자에 벗어던졌던 옷을 주섬주섬 줍는 흡족하고 노곤한 시간, 그리고 조금 전만 해도 벗어던진 옷만 봐도 부끄러워 견딜 수 없었는데 상대가 보는 앞에서 태연히 속옷을 입는 경험은 정말 강렬했다.

그런데 조야는 대학교 3학년 때 올드미스에서 벗어났지만, 어딘가 잘못되었다고 느꼈다. 그런 교제에는 생활의 안정감이나 생활 그 자체를 가져다 주는 본질적인 지속감 같은 것이 없었다. 조야는 스물세 살밖에 되지 않았지만, 벌써 여러 가지를 보고 기억하고 있었다. 스몰렌스크에서 피난올 때, 화물차에 실렸다가 나룻배를 탔다가 다시 화물차에 실리는 그 미칠 듯이 지루하던 길. 화물차에서 옆자리 남자는 널빤지 침대를 하나하나 자로 재고, 조야네 침대가 2센티미터 더 넓다고 화를 냈다. 전쟁 중 굶주림이 이 도시를 휩쓸 때는 모두가 배급권과 암시장 물건값 이야기만 했다. 폐자 아저씨는 조야네 찬장에서 한끼분의 빵을 훔쳐갔다. 그 외에도 병원 안에서 보는 숙명적인 고통과 무의미한 생활들, 환자들의 어두운 사연과 눈물들.

이러한 경험들에 비하면 키스나 포옹이나 섹스는 인생이라는 고해에 떨어지는 달콤한 물방울이었다. 몇 방울 받아마셔도 갈증이 가시지 않았다. 그렇다면 역시 결혼을 해야 하는 걸까? 행복은 결혼생활 속에 있는 걸까? 조야와 사귀던 젊은 사내들은 판에 박힌 듯이 쾌락을 맛보고 얼른 꽁무니를 뺄 생각뿐이었다. 저희들끼리는 이렇게 말하는 것이다.

"하루 이틀 밤 사귈 사람은 얼마든지 있는데, 군이 결혼할 필요가 있어?"

혼인 신고서는 소용이 없었다. 동료인 우크라이나인 마리야는 혼인 신고를 하고 안심했지만, 1주일 후에 남편이 집을 나가서 소식이 끊기는 바람에 7년째 법적으로 유부녀이면서도 혼자 아이를 기르고 있었다. 그래서 조야는 위험하게 생각되는 날 전후에 술파티에 갈 때는 지뢰밭을 걷는 병사처럼 신중하게 행동했다. 혼인 신고가 아무짝에도 쓸모없다는 예는 마리야보다 가까이에도 있었다. 조야의 부모도 일생을 싸우고 화해하고 별거했다가 합치면서, 서로를 괴롭혔다.

조야는 육체와 성격과 인생관의 균형과 조화를 중요하게 여겼다. 이러한 균형과 조화 속에서만 인생이 폭넓게 전개될 수 있다고 믿었다. 어젯밤의 콜랴처럼 손으로 조야의 몸을 만지면서도 아둔하고 저속한 이야기를 하거나, 영화 대사만 외워대는 남자는 조화롭지 않아서 싫었다.

전차 뒤쪽 승강구에서 여차장이 무임승차를 한 젊은이를 큰소리로 혼내고 있었다(그는 야단을 맞으면서도 차표를 사지 않았다). 전차가 덜컹거리더니 종점에 도착했다. 전차는 회전하는 원형 선로에 들어섰으며 반대쪽에서는 벌써 많은 승객이 기다리고 있었다. 젊은 남자 하나가 겸연쩍어하면서 움직이는 전차에서 뛰어내렸다. 소년도 뒤따라 뛰어내렸다. 조야도 가까운 거리로 가기 위해서 차가 멈추기 전에 용케 뛰어내렸다.

이미 8시에서 1분이 지나 있어서 조야는 구불구불한 아스팔트 길을 달렸다. 간호사가 달리는 것을 금지사항이었지만, 조야는 아직 학생이니까 눈감아줄 것 같았다. 암병동까지 뛰어가서 코트를 벗고 2층에 올라갔을 때는 8시10분이 지나 있었다. 올림피아다나 마리야였다면 지각을 그냥 넘기지 않았을 것이다. 마리야는 10분만 늦어도 반나절이나 기다렸다는 듯한 표정을 지었다. 그러나 다행히 어젯밤 당직은 카라칼파크(우즈베크 공화국의 자치주, 터키계의 주민이 많다) 출신 인턴 투르군이었다. 투르군은 조야에게 관대했다. 투르군이 장난으로 그녀의 엉덩이를 때리려고 하자, 조야가 살짝 피하면서 투르군을 층계 아래로 밀어버렸다. 투르군은 인턴이지만 소수 민족 출신이어서 이미 어떤 농촌 병원 주임의사로 임명받은 상태였기 때문에, 이렇게 가벼운 행동도 앞으로 몇 달뿐이었다.

투르군은 업무일지와 함께 수간호사 미타의 특별지시 사항도 인계했다. 일요일에는 당직의사의 허가를 받지 않고 병실에 들어오는 면회자를 막는 성가신 업무가 있었는데, 그밖에는 회진과 수술과 수혈이 없어서 한가했다. 그래서 미타는 자기가 미처 정리를 끝마치지 못한 통계 작업을 언제나 일요 당직자에게 넘겨주었다. 오늘 할 일은 1954년 12월의 병상카드 정리였다.

조야가 휘파람을 불 때처럼 입술을 동그랗게 내밀고 두꺼운 병상카드 뭉치의 모서리를 손가락으로 탁탁 퉁기면서 '대체 몇 장이나 되는 거야? 수 놓을 시간이 남을까?' 등을 가늠해 보는데, 키가 훤칠한 사람이 옆으로 다가오고 있었다. 조야는 놀라는 기색 없이 고개를 돌려(고개를 돌리는 모양도 유달랐다) 코스토글로토프를 바라보았다. 수염을 깎고 머리도 단정하게 빗어넘겼으나 턱의 상처 때문에 여전히 범죄자 같은 인상을 풍겼다.

"안녕하셨어요, 조야." 그가 신사처럼 인사를 건넸다.

"안녕하세요." 조야는 고개를 설레설레 흔들었다. 그것은 무슨 불만이 있거나 혹은 의심이라도 하고 있는 것처럼 보였으나, 실은 아무 의미 없는 동작이었다. 코스토글로토프는 조야를 지그시 살펴보며 말했다.

"모르겠군요. 당신이 저의 제안을 받아준 것인지, 아닌지?"

"제안이라뇨?" 조야는 놀라며 얼굴을 찌푸렸다(그 표정이 매력적이라고 조야도 의식하고 있었다).

"다 잊어버렸군. 난 그것만 생각하고 있었는데."

"당신이 저의 병리해부학 책을 빌려간 것은 잘 기억하고 있어요."

"책은 곧 돌려드릴게요. 감사해요."

"도움이 되던가요?"

"필요한 건 대충 알았어요."

"역시 잘못한 짓 같아요. 난 후회하고 있어요." 조야가 진지하게 말했다.

"그렇지 않아요, 조야!" 그가 손을 흔들다가 조야의 팔을 살짝 스쳤다. "잘못되기는커녕 오히려 그 책 덕분에 더욱더 힘이 생겼어요. 빌려줘서 도움이 됐어요. 그건 그렇고……." 그는 조야의 목 언저리를 살펴보았다. "가운 맨 위 단추를 풀어 봐요."

"어머나!" 조야는 깜짝 놀랐다(이 놀라는 표정도 아주 매력적이었다). "난, 덥지 않아요!"

"그렇지 않아요, 당신은 새빨갛게 달아올랐는데."

조야가 순진하게 웃었다. 출근길에 뛴 데다가 투르군과의 농담으로 사실 깃을 좀 열고 싶었다. 조야가 단추를 풀었다. 금빛 어린 회색 칼라가 보였다. 코스토글로토프는 눈이 휘둥그래지면서 거의 속삭이듯이 말했다.

"좋군요, 고마워요. 나중에 더 보여주겠어요?"

"당신의 제안이 뭔지 듣고 나서."

"그건 나중에 말하죠, 그래도 되겠지요? 오늘은 종일 같이 있을 거니까."

조야는 인형처럼 눈동자를 빙그르르 돌렸다.

"오늘은 할 일이 많아요. 와서 좀 도와주세요."

"살아 있는 인간을 바늘로 찌르는 일이라면 도와줄 수 없어요."

"통계 작업인데. 그렇게 까다로운 일은 싫어요?"

"나는 통계를 존중해요. 비밀로 속이는 것은 빼고요."

"그럼 아침식사 후에 와주세요." 조야가 미소지었다.

이미 각 병실에 아침식사가 배급되고 있었다. 조야는 사실 지난 금요일 아침에 당직을 교대할 때 등록과에 가서 코스토글로토프의 입원신고서를 찾아보았다. 거기에는 코스토글로토프의 부칭父稱이 올레그 필리모노비치라는 것과(묵직한 느낌을 주는 부칭은 코스토글로토프라는 기묘한 성과 어울리면서도 묘하게 이름 전체의 인상을 부드럽게 해주었다), 1920년 생으로 현재 34세인데 결혼한 적이 없다고 적혀 있었다(실로 믿을 수 없는 일이었다). 현주소는 우시 체레크였고 보호자가 아무도 없었다. 원래 직업은 지형학자인데 입원 전까지의 직업은 농지 측량기사였다. 이것을 읽자 신상이 분명해지기는커녕 오히려 더 애매해졌다.

오늘 업무일지에는 코스토글로토프가 금요일부터 시네스트롤 근육주사를 매일 2CC씩 맞았다고 적혀 있었다. 그것은 야근 간호사가 할 일이었지만, 조야는 뾰루퉁한 입술을 삐죽 내밀며 벼르고 있었다.

아침식사가 끝나자 코스토글로토프가 병리해부학 책을 가지고 찾아왔다. 하지만 그때 조야는 병실마다 돌아다니면서 하루에 두세 번 나눠서 복용하는 약을 분배하느라 바빴다. 이윽고 두 사람이 그녀의 작은 책상에 마주앉았다. 조야는 커다란 그래프 용지를 꺼내서 여러 수치들을 그래프에 옮기는 방법을 설명하고, 자신도 크고 묵직한 자를 대고 선을 긋기 시작하였다.

젊은 독신자의(때로는 기혼자의) 조수로서의 가치를 조야는 잘 알고 있었다. 이런 경우 대개, 조수는 상대방의 환심을 사려고 많은 말을 떠들다가 틀린 그래프를 만들어 버리는 것이 보통이었다. 그러나 조야는 그것이 신경쓰이지 않았다. 제아무리 시시한 구애라도, 최고로 훌륭한 도표보다 재미있는 법이다. 오늘 조야는 지난밤의 즐거웠던 대화를 이어가는 것에 반대가 없었다.

그러나 코스토글로토프는 묘한 눈짓이나 말투 따위는 아예 집어치우고, 일의 요점을 금방 파악해서 거꾸로 조야에게 가르치기 시작했다. 얼마 후 코스토글로토프는 병상카드를 읽는 데 온정신을 쏟았고, 조야는 커다란 도표에 선을 그었다. "신경종…… 부신종……비강육종…… 척수종……." 그는 모르는 것을 재빨리 물었다.

일단 기간내 발생한 종양을 종류별, 남녀별, 연령별로 세고, 각각의 경우 실시한 치료법과 강도를 정리했다. 그리고 나서 각 구분마다 다섯 종류 결과의 해당란을 채웠다. 완쾌, 호전, 무반응, 악화, 죽음. 조수는 결과란에 각별히 열심이었다. 완쾌는 거의 없었고, 죽음도 극히 적었다.

"하기야 병원에서 죽게 하지 않으니까. 죽기 전에 쫓아내니까." 코스토글로토프가 중얼거렸다.

"그건요, 올레그. 생각해 봐요." 일을 도와준 대가인지 조야는 그를 '올레그(코스토글로토프의 애칭)'라고 불렀다. 그가 그녀에게 살짝 눈을 흘겼다. "도저히 고칠 수 없고 몇 주에서 몇 달까지 죽음만 기다릴 사람에게 어떻게 침대를 그대로 내주나요? 치료를 하면 나을 수 있는 사람들이 줄서서 기다리고 있는데, 그런데 인큐어러블(incurable) 환자를……."

"인, 뭐라고요?"

"도저히 치료가 불가능한 환자요, 그들은 이야기나 혹은 존재 그 자체가, 치료하면 나을 수 있는 환자들에게 나쁜 영향을 줘요."

"매우 논리적이군요. 그러나 아조프킨의 퇴원은 문제가 된다고 봐요. 어제 프로시카도 아무 설명 없이 'Tumor cordis(심장종양)'라고 쓴 진단서를 줘서 내보냈어요. 난 마치 내가 그를 속인 것처럼 죄책감이 들었어요."

조야는 코스토글로토프의 상처가 없는 쪽 옆얼굴을 보면서 그렇게 무서워 보이지는 않는다고 생각했다. 이렇게 두 사람은 사이좋게 일을 정리해서 점심 전에 일을 끝냈다.

사실 미타의 지시사항은 하나 더 있었다. 병상카드에 붙이는 종이를 절약하기 위해서 분석검사 결과를 환자 체온표에 옮겨 쓰는 것이다. 그러나 일요일 하루만에 그 일을 모두 한다는 것은 좀 무리였다. 그래서 조야는 말했다.

"정말 고마워요, 올레그 필리모노비치."

"아니, 뭘 새삼스럽게! 아까처럼 그냥 올레그라고 불러요!"

"점심식사 후에는 쉬세요."

"휴식은 필요없어요."

"하지만 당신은 환자잖아요."

"그건 이상하군요, 조야! 난 이제 완전히 건강해졌단 말입니다."

"그렇다면 좋아요. 응접실로 오세요." 조야가 턱으로 의사 회의실을 가리켰다.

그러나 점심식사 후에 조야는 또 약을 분배했고 대형 여자병실에 급한 볼일이 생겼다. 커다란 병실 안에 가득 찬 쇠약하고 병든 분위기 속에서, 조야는 새삼스럽게 자기의 몸 세포 하나하나의 청결함과 건강함을 사무치게 느꼈다. 더욱이 브래지어로 꼭 감싼 유방이 환자의 침대로 몸을 구부릴 때마다 유난히 늘어지고 바쁘게 걸을 때 조금씩 흔들려서 즐거운 기분이 들었다.

이윽고 바쁜 일이 끝났다. 조야는 잡역부를 불러서 입구 책상에 앉히고 '면회자를 병실에 들여보내지 말고, 무슨 일이 생기면 나를 부르라'고 지시한 후 자수거리를 가지고 앞장서서 회의실로 들어갔다.

창문이 셋 있는 밝고 네모난 방이었다. 개성은 부족했지만 회계과장과 주임의사의 취미는 뚜렷이 느껴지는 방이었다. 침대겸용 접이식이 아니라 사무실용의 긴 소파 2개가 있는데, 등이 수직으로 답답하고 높았다.

그래서 그 뒤 벽에 붙인 거울은 기린만 들여다볼 수 있겠다 싶게 높이 있었다. 책상 배치도 위압적인 관청식이었다. 의장용 대형책상에 두꺼운 플라스틱 판이 덮여 있고, 그것에 직각으로 기다란 회의용 탁자가 T자 모양으로 붙어 있었다. 기다란 탁자에는 사마르칸트식 하늘색 벨벳 테이블보가 덮여 있어서, 그 멋있는 하늘빛이 방 안 전체에 부드럽게 뿌려졌다. 탁자와 관계없이 드문드문 놓인 안락의자들은 방 안 분위기를 부드럽게 해주고 있었다. 2월 7일(볼셰비키 혁명 기념일)자 벽신문 《종양학자》 말고는 병원을 연상시키는 물건이 하나도 없었다.

조야와 올레그는 방의 제일 밝은 곳에 있는 편하고 부드러운 안락의자에 앉았다. 곁에는 용설란 화분이 놓여 있고, 커다란 통유리창 밖에는 창문 높이보다 높은 떡갈나무의 가지가 뻗어 있었다. 올레그는 단순히 걸터앉은 것이 아니라, 등을 쭉 펴고 목과 머리를 뒤로 젖혀서 온몸으로 그 안락의자의 편안함을 느끼는듯 보였다.

"아, 기분이 좋군요! 이렇게 평화로운 기분을 맛보는 것은…… 15년 만이야."

'저렇게 안락의자가 좋으면, 왜 사지 않았을까?'

"그런데 당신 제안이 뭐예요?" 조야가 고개를 돌려 물었다.

소소한 수다만 떨 것인지 본질적인 토론을 할 것인지는 몇 마디 말투나 목소리나 눈치로 알 수 있다. 조야는 단순한 얘기를 나누고 싶었지만, 여기에 올 때는 본질적인 토론을 예감했기 때문이었다. 아니나다를까 코스토글로토프는 의자등에 머리를 기댄 자세로 조야의 머리 위 창문을 내다보면서 엄숙하게 말을 꺼냈다.

"그것은…… 금발의 앞머리를 가진 아가씨가…… 우리 개척지에 와줄수 있느냐는 겁니다."

말을 끝내고 나서야 그는 조야의 얼굴을 쳐다보았다. 조야는 그 시선을 마주 받았다.

"그 개척지에 무엇이 있죠?"

코스토글로토프는 한숨을 내쉬었다.

"지난번에 말한 대로예요. 재미있는 것이라고는 전혀 없어요. 수도물도 없고, 숯불로 다람질을 하고요. 석유 등잔불을 켜고, 비가 오면 진흙진창이 되고, 날이 개이면 먼지투성이고, 좋은 옷은 1년 내내 입을 기회가 없어요."

마치 조야에게 오지 말라고나 하듯이 그는 나쁜 것만 들춰냈다. 좋은 옷을 입을 기회가 없다는 것은 얼마나 비참한 생활일까? 그러나 대도시의 생활이 아무리 편리해도, 생활에 필요한 것은 도시가 아니라 마음이라고 조야는 생각하고 있었다. 그런데 조야로서는 이 사람이 사는 고장보다 이 사람부터 더 알고 싶었다.

"모르겠네요. 당신을 그곳에 붙들어 놓고 있는 것이 무엇인지."

"하하, 붙들고 있는 것은 내무성이에요, 내무성!"

조야는 경계하는 빛을 보였다.

"그렇지 않을까 생각은 했어요. 그러나 이상한 질문일 수도 있는데…… 당신은 러시아 사람인가요?"

"그렇지. 나야말로 순수한 러시아 사람이라오! 머리가 검기는 해도."

"그렇다면 왜……."

그는 한숨을 내쉬었다.

"참 요즘 젊은이는 아무것도 몰라! 하기야 우리도 형법에 어떤 조항이 있는지, 그것이 어떻게 확대해석이 되는지 전혀 몰랐지만…… 하지만 당신은 이 지방의 중심지에 살면서 유형수라도 강제이주자와 행정사범이 근본적으로 다르다는 것을 모르고 있어요."

"어떻게 다른데요?"

"나는 행정사범이야. 말하자면 내가 추방된 원인은 민족의 문제가 아니라 올레그 필리모노비치 코스토글로토프 개인의 문제라는 말이에요. 착실한 보통시민들 속에서는 살 수 없는 명예시민이란 말이오."

그런데 조야는 놀라고 있지 않았다. 놀랐어도 결정적인 충격을 받을 만큼 놀란 것은 아니었다.

"그래서…… 몇 년 추방인데요?"

"영구추방!" 그는 으르렁대듯이 대답했다.

그 대답이 종소리처럼 조야의 귓전을 때렸다. 영구추방! 얼마나 무서운 말인가! 조야는 반쯤 속삭이는 소리로 되물었다.

"종신이라구요?"

"아니, 영구추방! 종신은 죽은 후에 관이라도 돌아갈 수 있지만, 영구라고 하면 아마 관도 못 돌아갈 걸. 태양이 다 타버릴 때까지도 못 돌아가요. 영구는 그것보다도 더 긴 것이니까."

조야의 가슴이 비로소 죄어들었다. '역시 복잡한 사정이 있었군. 그 상처에도, 엄한 표정에도. 혹시 이 사람은 무서운 살인마인지도 몰라. 지금이라도 달려들어 내 목을 졸라 죽일지도 몰라.' 그러나 조야는 도망치기 쉽게 의자를 돌려놓거나 하지는 않았다. 그저 자수거리를 옆으로 내려놓고(아직 손대지 않았었다), 폭탄선언 후에 평온하게 안락의자에 앉아 있는 코스토글로토프를 정면으로 쏘아보면서 물어보았다.

"대답하기 싫으면 안 해도 좋은데, 괜찮다면 대답해 줘요. 그렇게 무서운 판결을 받은 이유가 뭐예요?"

코스토글로토프는 담담하게 미소를 띠면서 대답했다.

"판결 같은 것은 있지도 않았어. 조야, 날 영구추방한 녀석들은 지령에 따랐을 뿐이에요."

"지령이라뇨?"

"일종의 송장送狀이지. 창고에 물건을 보관할 때 기록하는 것 말이야. 자루가 몇 개, 통이 몇 개, 봉투가 몇 개……. 그러니까 제10항(반소 행위를 규정한 형법 제58조. 1959년에 폐지)에만 해당되면 추방되지는 않고, 10항에 11항까지 추가되면 추방되고요."

"11항이라뇨?"

코스토글로토프는 잠시 생각에 잠겼다가 말을 이었다.

"조야, 나는 꽤 지껄여댔지만, 이런 얘기는 되도록 남에게 하지 않는 게 좋아요. 괜히 당신까지 의심받으니까. 나는 처음에 제10항 죄목으로 7년 형을 받았는데, 내가 자신있게 말할 수 있는 건 형기가 8년 이하면 다 결백하다는 거요! 무죄라구! 그런데 그룹을 처벌하는 11항이 있었어. 10항만이라면 형기를 늘리지 않았겠지만 불행히도 우리는 그룹이었기 때문에 영구추방을 당한 거요. 예전 그 장소에서 다시 뭉치지 못하도록 말이야. 이해가 되나요?"

하지만 조야는 아직도 뭐가 뭔지 알 수 없었다.

"그럼, 그건…… 그러니까 말하자면 당신들이 도당徒黨을 꾸민 거군요?"

코스토글로토프는 폭소를 터트렸다. 그러다가 이내 웃음을 멈추더니 눈살을 찌푸렸다.

"제대로 말했어요. 내 담당판사도 당신이 '그룹'이라는 말에 만족하지 못하듯이 우리를 '도당'이라고 불렀지. 그래요, 우리는 도당을 꾸미고 있었어. 대학교 1학년 남녀 학생들의 도당." 코스토글로토프의 눈초리가 험악해졌다. "실내흡연이 규칙위반인 건 알지만, 피워야겠어요, 괜찮죠? 우리는 같이 모여서 남녀가 함께 춤도 추고 얘기도 했어요. 남학생들은 정치 이야기도 했고. 우리는 마냥 즐겁고 행복한 청년들이 아니라, 뭔가 불만이 있는 사람들이었지. 그러다가 두 사람이 전쟁에 나갔다 와서 '전후 사회의 변화'를 기대했을 뿐이야. 그런데 5월, 중간시험 직전에 여학생까지 모조리 붙잡혀 갔지."

조야는 당황해서 자수를 붙잡았다. 이 사람은 아주 위험한 소리를 지껄이고 있었다. 이런 이야기는 함부로 말하는 건 물론이고, 듣는 것만으로도, 귀를 막지 않고 있는 것만으로도 위험했다. 그러나 한편으로는 그가 누군가를 뒷골목으로 끌고 가서 죽인 것이 아니어서 안심했다.

"도무지 모르겠군요…… 당신들은 그래도 무언가를 저질렀겠지요?"

"저질렀냐고?" 코스토글로토프는 담배연기를 깊이 들이마셨다가는 내뿜었다. 그의 몸집에 비해서 담배가 너무나 작아 보였다.

"우리는 대학생이었어요. 장학금이 생기면 맥주 마시고 파티하고. 그랬는데 여학생들까지 잡혀가서 5년형을 받다니. 조야, 상상해 봐요, 당신이 2학기 중간시험 직전에 체포되어 감방에 갇히는 일을."

조야는 수를 놓던 손을 멈췄다. 이 사람의 이야기가 아주 무서울 것이라고 예상했는데, 어쩐지 어떤 의미로는 조금도 무섭지 않았고, 어린애들 이야기같기도 했다.

"그런데 당신들은 왜 그런 짓을 했죠?"

"뭘?"

"말하자면, 그…… 불만이 있었다던가…… 다른 어떤 것을 기대했다는 거 말예요."

"과연 그렇군!" 코스토글로토프는 점잖게 웃음을 띠었다. "거기까지는 생각이 미치지 못했어. 조야, 당신은 어쩌면 그렇게 판사랑 똑같은 소리를 하지. 그런데 이 안락의자, 참 좋군요! 침대에 걸터앉는 것과는 완전히 달라."

그는 다시 기분 좋게 안락의자에 몸을 파묻고, 눈을 가늘게 뜨고, 담배를 피우면서 통유리창 밖으로 내다보았다. 벌써 저녁 무렵이 되었는데,

하늘이 구름에 덮여 있었기 때문에 오히려 좀 밝아진 느낌이었다. 유리창 너머 정면의 서쪽 하늘에는 구름의 층이 얇아지기 시작했다. 조야는 비로소 자수에 손을 대었다. 꽤 열심히 한바늘 한바늘 수를 놓았다. 둘 다 잠잠해졌다. 그는 예전처럼 자수 칭찬은 하지 않았다.

"그럼…… 당신 애인은 어떻게 되었어요? 그 그룹에 같이 있었겠죠?" 조야는 수를 놓으면서 얼굴을 들지 않은 채 물었다.

"그, 그래요." 그는 무슨 딴 생각을 하고 있었던 것처럼 말을 더듬었다.

"지금 그 사람은 어디 있어요?"

"지금? 지금은 예니세이강 근처에 있어요."

조야는 흘끔 그를 바라다보았다.

"그래서 그녀와 함께 지내지 못하는군요?"

"바라지도 않아요."

그의 대답이 냉담했다. 조야가 곁눈으로 보니, 그는 창밖만 보고 있었다.

"그녀를 당신 곁에 부르는 것이 어려운 일인가요?"

"우선 거주등록이 안 되니까 불가능해요. 그런데 문제는, 이제는 결합할 이유도 사라졌다는 거죠."

"그분 사진 가지고 있으세요?"

"사진이요? 죄수는 사진을 갖는 것이 허락돼 있지 않아요. 찢어버렸지."

"어떤 사람이었죠?"

그는 눈을 가늘게 뜨고 미소를 지었다.

"머리를 어깨까지 늘어뜨리고 끝을 좀 말아넣었어. 눈은 당신처럼 사람을 조롱하는 듯했지만 언제나 수심에 차 있었고, 자기 운명을 예감했던 걸까."

"수용소에서는 함께 지냈나요?"

"아니요."

"그럼 마지막으로 만난 것은 언제지요?"

"내가 체포되기 5분 전. 우리는 5월 밤에 공원 벤치에서 오랫동안 함께 앉아 있다가 새벽 1시가 지나서 헤어졌는데, 공원 밖으로 나와 한 블록도 못 가서 붙잡힌 거지. 자동차가 길모퉁이에서 대기하고 있었으니까."

"그분은?"

"다음날에."

"그럼 그 이후에는 한 번도 못 만났어요?"

"딱 한 번. 법정에서. 난 이미 머리를 빡빡 깎인 상태였고. 판사가 서로에게 불리한 증언을 하라고 대면시켰는데, 우리는 서로 잠잠히 서 있었지."

그는 담배꽁초를 어디에 버릴까 망설이면서 손을 빙빙 돌렸다.

"여기." 조야가 의장석의 번쩍거리는 재떨이를 가리켰다.

서쪽 하늘에 구름이 점점 벗겨지면서 연한 노란색 햇빛이 새어나오기 시작했다. 그 빛을 받아 굳어 있던 그의 얼굴도 부드럽게 풀렸다. 조야는 동정심이 들었다.

"그래도 왜, 지금 그분과는?"

"조야!" 그는 무뚝뚝한 말투로 그녀를 불렀다가, 부드러운 어조로 이야기를 이어갔다. "당신은 상상할 수 있을 거요. 아름답고 젊은 처녀가 수용소에서 어떻게 될지! 호송 중에 다행히 강간당하지 않았대도 수용소에서 당하게 되니까. 도착한 첫날 밤에 수캐 같은 간수나 조리사 따위의 수용소 기생충들이 여자들을 발가벗겨서 욕실까지 걸어가게 하지. 그동안 누가 누구를 가질지 정하고는, 이튿날 아침에 누구와 함께 살면 깨끗하고 따뜻한 작업장에서 일할 수 있다고 제안해요. 이걸 거부하면 제 발로 기어나와서 부탁할 때까지 심한 학대를 받아요." 그는 눈을 질끈 감았다.

"그녀는 죽지 않고 살아남아서 무사히 형기를 마쳤어. 그녀를 책망하지 않아요. 다 이해하니까. 그러나 끝나버렸지. 그녀도 잘 알고 있을 거야."

침묵이 흘렀다. 태양은 찬란한 모습을 드러내면서, 모든 것을 밝고 즐거운 빛으로 감쌌다. 공원의 나무가 빛을 받아 그림자를 만들면서 또렷이 떠올랐고, 방 안 탁자를 덮은 테이블보의 하늘빛과 조야의 금발이 돋보였다.

"그룹의 여자아이 하나는 자살했고, 하나는 살아남았지. 남자 셋은 죽었고 둘은 행방불명이고……."

코스토글로토프는 안락의자의 팔걸이에 몸을 기대고 몸을 흔들면서 시를 읊었다.

"태풍은 지나가고…… 우리들 중에 살아남은 몇몇이……

친구의 이름을 되뇌여보는…… 가슴 아픈 목소리여……."

그는 비스듬한 자세로 마룻바닥을 내려다보고 있었다. 머리카락이 사방으로 뻗쳤다. 하루에 두세 번은 물을 적셔 빗어야 하는 머리였다. 코스토글로토프는 더 이상 말하지 않았지만, 조야는 듣고 싶었던 얘기를 다 들었다. 추방된 것은 살인 때문이 아니라는 것, 결혼을 하지 않았던 것은 육체적 결함 때문이 아니라는 것, 몇 해가 지나도록 옛 애인에 대해서 이렇게 부드럽게 말한다니 참 인간적인 감정을 가지고 있다는 것. 얼굴보다는 마음이 고와야 한다는 말을 할머니는 입버릇처럼 했었다. 조야는 이 남자에게서 고난을 이겨나가는 인내와 힘을 강하게 느꼈다.

조야는 자수바늘을 움직이다가 갑자기 자신을 더듬는 그의 시선을 느꼈다. 그래서 눈을 치켜뜨면서 그를 올려다보았다. 그는 시선으로 조야를 끌어당기듯이 바라보면서, 좀전에 읊던 시의 다음 구절을 이어갔다.

"누굴 부를까요…… 누구와 얘길 나눌까요……

살아남은 나의 이 쓰라린 즐거움을……."

"지금 당신이 말하고 있잖아요!"

조야가 눈과 입술에 방긋 웃음을 담고 속삭였다. 조야의 입술은 장밋빛이 아니라, 진홍빛과 오렌지색이 섞인 밝은 불꽃 색깔이었다. 부드러운 황금빛 석양이 코스토글로토프의 병색 있는 낯빛을 살려주고 있었다. 그 따뜻한 빛 속에서 이 환자가 결코 죽지 않고 쾌유될 것이라는 생각이 들었다.

기타로 슬픈 곡조를 퉁기던 사람이 갑자기 즐거운 노래로 바꿀 때처럼 그는 고개를 한번 혼들었다.

"이봐 조야! 모처럼의 일요일인데, 즐겁게 지내요. 그 흰 가운은 정말 기분을 망치고 있어. 내게 간호사가 아닌, 거리의 아름다운 아가씨를 보여줘요! 우시 체레크에서는 미인을 좀처럼 볼 수 없다구요."

"그렇다면 제가 당신을 위해 어디서 아름다운 아가씨를 데려올까요?"

"당신이 그 가운을 벗기만 하면 돼요. 그리고 걸어 봐요!"

그는 의자에 앉은 채 몸을 움직이며 실내를 걸어보라는 몸짓을 했다.

"근무 중이에요. 그러다가 야단맞아요."

우울한 이야기를 오래 해서인지 석양 때문인지, 조야는 어떤 충동이 치밀었다. '가운을 벗어도 괜찮을 거야.' 그녀는 자수를 내려놓고 소녀처럼 의자에서 껑충 뛰어 내려서, 조금 앞으로 숙이고 단추를 풀기 시작했다. 그것은 마치 달리기 경주 준비라도 하는 것 같았다. 조야가 한쪽 손을 내밀었다.

"잡아당겨요!"

코스토글로토프가 잡아당기자 팔이 빠져 나왔다.

"이쪽도!"

춤추듯이 조야가 몸을 빙그르르 돌렸다. 다른쪽 소매도 빠져나와서 가운이 그의 무릎 위에 떨어졌다. 조야는 방 안을 걷기 시작했다. 패션 모델처럼 적당히 몸을 굽혔다가 펴기도 하고, 걸으면서 두 손을 흔들거나 치켜올리기도 했다. 몇 걸음 전진하다가 홱 돌아서더니 두 팔을 벌려 포즈를 취했다. 그는 조야의 가운을 가슴에 안고 눈을 크게 뜬 채 그 모습을 바라보았다.

"브라보!" 나지막하게 외쳤다. "멋져."

그에게 방탕하고, 혼잡하고, 승화되지 않은 모든 욕망이 되살아나고 있었다. 빼앗기고 학대받고 집 없이 지내온 생활이 빼앗았던 욕망들, 부드러운 의자에 앉아 있는 기쁨, 상쾌한 방 안에 있는 기쁨, 그리고 조야를 시선으로 즐기는 기쁨. 2주 전만 해도 그는 이미 죽어 있지 않았던가!

조야는 불길처럼 타오르는 입술을 뽐내듯 움직이며, 그밖에 무슨 비밀이라도 알고 있다는 듯이, 능청스러운 표정을 지으면서 같은 코스로 창문까지 걸어갔다. 그리고 또 한 번 오른쪽으로 돌고는 그 자세로 서 있었다.

코스토글로토프는 여전히 그대로 앉아 있었지만, 검은 솔 같은 머리를 들어 조야를 쳐다봤다. 꼭 집어서 말할 수는 없었지만, 조야에게서 힘이 느껴졌다. 무거운 가구를 옮기는 데 필요한 힘이 아니고, 대항력을 요하는 힘이었다. 그 도전에 응할 수도, 조야와 겨룰 수도 있다는 것이 코스토글로토프를 즐겁게 했다. 인생의 여러 가지 정열이 회복기 육체에 되살아나고 있었다! 여러 가지 정열이!

"조오야!" 그가 노래를 부르듯 그녀 이름을 불렀다. "조오야, 당신은 당신 이름의 뜻을 알고 있어요?"

"조야는, 생명이에요!" 그녀는 구호를 외치듯이 말했다. 자기 이름의 유래를 말하는 것이 좋았다. 등에 돌린 손으로 문설주를 잡고 한 발에 체중을 두고, 약간 기울인 자세로 조야는 서 있었다.

"동물과는 관계가 없을까? 우리의 조상인 동물과 친밀감을 느끼는 일은 없나요?"

그 말에 조야는 웃음이 나왔다.

"인간은 누구나 동물과 비슷한 데가 있어요. 밥 먹고, 아기에게 젖을 먹이고, 그것이 나쁜가요?"

여기서 그녀는 지나치게 수다를 떨었다. 코스토글로토프의 숨막히고 환희에 차서 감탄하는 표정 때문에 그녀도 좀 흥분하고 있었다. 그것은 주말 댄스에서 함부로 아가씨들을 껴안는 젊은이한테서는 절대 찾아볼 수 없는 표정이었다. 조야는 두 팔을 벌리고, 손가락을 튕기면서 몸을 흔들고 유행하고 있는 인도 영화의 주제가를 불렀다.

"아바라이 야아아! 아바라이 야아아!"

코스토글로토프의 얼굴빛이 갑자기 흐려졌다.

"그만! 그 노래는 그만둬요, 조야!"

조야가 노래를 뚝 그쳤다. 언제 노래를 부르고 허리를 흔들었냐는 듯이.

"이것은 '방랑자'의 노래예요. 보지 않았어요?"

"봤어요."

"좋은 영화였어요. 난 두 번이나 보았어요!(사실은 네 번 보았으나, 그렇게는 말할 수 없었다.) 당신은 싫은가요? 그 방랑자의 운명이 당신하고 꼭 같지 않아요?"

"아니, 나의 운명과는 관계가 없어요." 그는 얼굴을 찌푸렸다. 지금까지의 밝은 표정이 이제는 다시 돌아오지 않았다. 노란 햇빛은 이미 그를 포근히 감싸주지 않았고, 그의 얼굴에 다시 병색이 감돌기 시작했다.

"그 주인공도 역시 형무소에서 나왔어요. 그는 과거의 생활을 모두 청산했어요."

"그건 다 거짓이야. 그 주인공은 전형적인 악당이고, 범죄자란 말야."

조야가 손을 내밀었다. 코스토글로토프는 일어나서 가운을 조야에게 입혀 주었다.

"그럼, 당신은 그들이 싫어요?" 조야는 고맙다는 듯이 머리를 까딱하고 단추를 끼우기 시작했다.

"난 범죄자를 싫어해. 범죄자들은 남에게 붙어서만 살 수 있는 욕심쟁이 기생충이야. 우리나라가 30년 전부터 범죄자에게 '갱생'이니 '다 같은 동포'니 하지만, 놈들의 철학은 히틀러의 철학과 똑같아. 지독히 신랄한 은어를 쓰지만 의미는 똑같아. 매맞지 않으려면 얌전히 앉아서 차례를 기다려라! 옆 사람이 옷을 벗겨도, 자기가 당하는 것이 아니라면 얌전히 차례를 기다리라는 거지. 이미 쓰러져버린 인간을 짓밟고 차는 것이 놈들이 즐기는 짓이란 말이야. 그런데 우리는 그놈들이 전설을 꾸미는 것을 일부러 거들어주거나, 때론 놈들의 노래를 영화에서 부르기까지 한단 말이야."

"전설이요?"

"그들의 이야기가 백 년, 이백 년 전해 내려온다는 거야."

두 사람은 창가에 나란히 섰다. 그는 조야의 팔꿈치를 잡고 여동생에게 얘기하듯이 말했다.

"자기들을 멋있는 도둑으로 만들어 놓기 위해서 악당들이 자랑하는 것은 정해져 있어요. 가난한 사람의 것은 훔치지 않는다, 정치범은 괴롭히지 않는다…… 말하자면 감방에서는 빵을 훔치지 않는다는 거야. 훔치는 건 다른 데서 하니까 제법 체면을 안다는 거야. 1947년에 크라스토야르스크(중부 시베리아 예니세이강 석암의 도시)의 호송 중계 감옥 감방에 있었는데 말이야, 죄수의 절반이 도둑놈이고 나머지는 일본인 포로라서 러시아인 정치범이라고는 두 명뿐이었어. 나하고 또 한 사람, 그는 북극 탐험을 했던 유명한 비행사였지. 북극해에 그 사람 이름을 딴 섬도 있는데 정작 본인은 감옥 신세였지. 어쨌든 그런 곳에서 도둑놈들이 배가 고프다고 설탕이나 빵을 닥치는 대로 뺏어 가는 거야. 그런 일이 사흘이나 계속

되니까 일본인들이 한밤중에 몰래 일어나서 침대 널빤지를 뽑아들고 도둑놈들을 지독하게 때렸지! 아주 볼 만한 구경이었어!"

"당신들은?"

"우리는 일본인들의 빵을 훔치지 않았잖아. 그날 밤 우리는 중립적으로 일본인들의 지독한 구타를 구경만 했어. 그래서 아침에 소동이 수습되고 우리의 빵과 설탕을 되찾았지. 그런데 감옥 당국은 일본인 절반을 다른 곳으로 옮기고 그만큼 새로운 도둑들을 넣어주었어. 그러니 이번에는 도둑놈들이 일본인을 습격했어. 말할 수 없이 참혹했지. 나와 비행사가 일본인편을 들었는데도 말이야."

"러시아인끼리 싸웠군요?"

그는 조야의 팔꿈치를 놓고 자세를 바르게 하더니 고개를 좌우로 저었다.

"난 그런 악당들을 러시아인으로 인정하지 않아."

그러고는 한 손가락으로 상처를 지워버리듯이 상처를 매만졌다. 턱에서 뺨 아래를 지나 목 있는 데까지.

"이게 그때 찢긴 자국이야."

13. 망령도 또한

루사노프의 종양은 일요일 아침까지도 조금도 줄어들지 않았다. 그는 기상하기도 전에 그것을 느꼈다. 새벽녘부터 내내 귓가에서 기침을 계속하는 우즈베크 노인 때문에 일요일 아침인데도 빨리 눈을 떴다. 창밖은 그저께처럼 여전히 흐려서 바라보기만 해도 마음이 울적해졌다. 카자흐인 양치기는 루사노프보다도 더 일찍 일어나 침대 위에 다리를 꼬고 나무 그루터기처럼 멍하니 앉아 있었다. 오늘은 회진도 없고, 엑스선 조사나 붕대 교환으로 불려갈 일도 없어서, 저녁 때까지 자유시간이었다. 불길한 사나이 예프렘은 여전히 톨스토이의 책에 달라붙어 작가의 명복이라도 빌고 있는 것 같았다. 여전히 발소리를 내면서 중앙 통로를 걸어다녔지만, 이제는 루사노프에게 달려들지 않았다. 코스토글로토프는 병실에서 나가더니 하루 종일 안 보였다. 호감이 가는 젊은 지질학자는 혼자서 조용히 지질학 책을 읽고 있었다.

오늘 아내가 면회를 온다는 소식에 루사노프는 마음이 든든했다. 아내가 실질적인 도움을 주지는 못하겠지만 병세가 좋지 않다고, 주사가 효과가 없다고, 병실 동료들이 싫다고 하소연하고 동정을 받고 싶었다. 기분전환용 현대소설과 만년필을 가져다달라고도 부탁할 것이다. 어제 처방전을 적을 때 좀카에게 연필을 빌린 것이 창피했다. 하지만 무엇보다도 중요한 것은 '자작나무 버섯 주문'을 시키는 일이었다. 희망이 다 사라져버린 것이 아니었다. 병원 약이 듣지 않아도 다른 방법들이 있는 것이다!

루사노프는 아주 조금씩이지만 이곳 생활에 익숙해지고 있었다. 아침 식사 후 어제 신문에 실린 즈베료프의 예산 연설을 끝까지 읽었다. 바로 이때 어제보다 조금도 늦지 않게 오늘 신문이 도착했다. 문간 좀카가 신문을 받았다. 루사노프는 좀카에게 신문을 달라고 해서 '망데스 프랑스

총리 실각' 소식을 만족스럽게 읽고, 에렌부르그의 긴 논문을 읽은 뒤, 축산가공품 대증산에 관한 1월 총회 결의의 실천에 따르는 논설을 유심히 읽기 시작하였다.

이때 잡역부가 들어와서 루사노프에게 부인의 면회를 알렸다. 규정에 의하면 누워만 있어야 하는 환자의 면회자만 병실로 들어올 수 있었다. 루사노프는 목도리로 따뜻하게 목을 감싸고 아래층으로 내려갔다. 1년만 있으면 은혼식을 맞게 될 루사노프 부부만큼 금슬 좋은 부부도 드물었다. 루사노프는 태어나서 지금까지 아내만큼 깊이 사귄 사람도 없었고, 기쁨이나 슬픔을 나눌 상대도 아내뿐이었다. 카파는 좋은 친구였고, 정열적이고 현명한 여자였다(루사노프는 친구들에게 "내 아내의 두뇌는 동사무소야!" 하고 자랑했다). 그는 그녀를 배신하려는 생각을 한 번도 하지 않았고, 카파도 남편을 배신한 적이 없었다. 세상 남편들이 출세한 후에 자기의 청춘을 후회한다는 것은 거짓말이다. 루사노프 부부는 결혼할 무렵에 비하면 꽤 출세했지만(카파는 마카로니 공장 여공이었고, 루사노프는 같은 공장 반죽실에서 일하다가 결혼 직전 공장 위원회 서기로 승격되어 보안 관계 사무를 보았다. 콤소몰 계통으로는 노동조합강화의 임무를 맡았고, 1년 후에는 공장 9개년 계획의 지도위원이 되었다), 오늘까지 부부간 애정에 금이 간 적은 없었고, 서로 겸손한 마음을 잊은 적이 없었다. 쉬는 날마음이 통하는 사람들과 한잔할 때도 루사노프는 곧잘 과거 공장 생활의 추억담으로 시작하고, 기분이 좋아지면 '볼로차예프의 나날'이나 '우리는 붉은 기병대' 따위의 옛날 노래를 불렀다.

대기실에는 몸집이 큰 카파가 은빛 여우 목도리를 두르고 서류가방만한 핸드백을 긴 채 따뜻한 구석 벤치에서 3인분의 자리를 차지하고 앉아 있었다. 루사노프를 보자 그녀는 일어나서 따뜻하고 부드러운 입술로 남편에게 키스하고, 자기의 털외투를 깔고 그 위에 남편을 앉혔다.

"편지가 왔어요."

아내가 입술 한쪽을 실룩거렸다. 루사노프는 그 입술 움직임으로 편지 내용이 불만족스럽다는 걸 알았다. 다른 점에서는 대범하고 대장부같은 카파였지만, 이런 여자스러운 버릇은 좀처럼 못 고쳤다. 즉 그녀는 좋은 소식이든 나쁜 소식이든 만나자마자 대뜸 털어놓는 버릇이 있었다.

"알았어, 알았어. 그렇게 해서 날 괴롭힐 작정이군! 그게 뭐 그리 중요한 편지라고!"

"아녜요, 그럴 리가 있어요?" 아내는 후회하면서 얼른 말투를 바꿨다. "몸은 어떠세요? 주사 얘기는 들었어요. 금요일에도 어제 아침에도 수간호사에게 전화했어요. 무슨 일이라도 있으면 이내 달려오려고 생각했지요. 그런데 수간호사 얘기로는 주사가 무사히 잘 끝났다고 하더군요."

"주사는 무사히 끝났어요." 자기의 인내력을 자랑하듯이 루사노프는 말했다. "그런데 환경이 좀…… 카파, 환경이 좋지 못해……." 루사노프는 말을 꺼내려고만 했는데도 이미 예프렘이나 코스토글로토프를 비롯한 여러 가지 불쾌했던 일들이 한꺼번에 밀어닥쳤다. "적어도 화장실만이라도 따로 썼으면 좋겠어! 지독해! 칸막이도 없이 다들 보는 데서……."(루사노프는 직장에서 일반인들이 사용하지 못하는 특별층 화장실을 사용했다.)

남편이 불만을 토로하지 않고는 견딜 수 없어 하는 것을 보자, 카파는 더 많이 하소연하도록 유도했다. 그래서 루사노프는 있는 대로 불만을 모조리 털어냈고, 마지막에는 '무엇 때문에 의사에게 봉급을 주는 거야?'라는 대꾸할 수도 없는 말까지 지껄여댔다. 아내는 주사를 맞은 기분을 자세히 물어 주었고, 남편의 작은 목도리를 풀고 종양을 보면서 조금 작아진 것같다고 말해주었다. 거짓말인 줄 알면서도 루사노프는 기뻤다.

"그래도 커지지는 않았지?"

"물론이에요! 더 커지지는 않았어요!"

"제발 자라지만 않았으면 좋겠어!" 루사노프가 다시 애원조가 되었다.

'제발 자라지만 않는다면! 만일 지금처럼 앞으로도 계속 커지면······ 도대체 어떻게 되는 거지?'

이 말을 입 밖에 낸다는 것이 눈앞에 컴컴한 지옥을 들여다보는 것 같아서 루사노프는 도저히 입이 떨어지지가 않았다.

"다음 주사는 내일 맞아. 그 다음은 수요일. 주사가 효과가 없으면 어쩌지?"

"그땐 모스크바로 가죠!" 카파가 딱잘라 말했다. "앞으로 두 번 더 주사를 맞고도 신통찮으면, 비행기로 모스크바에 갑시다. 금요일의 전화는 당신이 후에 취소했지만, 저는 곧바로 옌자빈 씨에게 전화를 해서 알르이모프 씨를 만났어요. 알르이모프 씨는 손수 모스크바로 전화를 걸어주셨는데, 당신 같은 병은 최근까지도 모스크바에서 치료해냈대요. 그래서 환자가 전부 모스크바로 보내졌던 거예요. 여기서 치료하게 된 것은 이 지방에 의사가 많아졌기 때문이죠. 대체로 의사란 것들은! 자기들 실적을 높이고 싶은 건 알겠는데, 그래도 환자는 살아 있는 인간이잖아요! 정말 의사들이 싫어요!"

"그래, 그렇다니까!" 루사노프는 전적으로 동의했다.

"그리고 학교 선생도 미워 죽겠어요! 마이카 때문에 얼마나 괴로움을 당했는지 몰라요. 라브리크 때문에도 또······."

루사노프는 안경을 벗었다.

"생산 지도원 때, 나는 이미 알고 있었어. 그 무렵의 선생들은 모두가 적성분자였지. 그들을 억압하는 일이 제1의 과제였어. 그런데 요즈음은 어떨지, 선생한테 너무 대들면······."

"그래요, 그러니까 잘 들어요! 당신을 모스크바 병원에 입원시키는 건 어렵지 않아요. 절차도 알았고, 적당한 이유를 만들 수 있으니까. 그리고 알르이모프 씨가 주선해 주셔서 거기서는 특실에 들어갈 수도 있을 것 같아요. 알겠죠? 이제 세 번째 주사만 기다리면 되겠죠."

이렇게 계획을 세우고 나니 루사노프는 마음이 놓였다. 이 구질구질한 굴 속에서 얌전하게 파멸을 기다릴 수는 없다. 루사노프 부부는 활동적인 사람들이었고, 솔선해서 일하는 부류였다. 이런 점이야말로 이 부부가 세상과 균형을 이루며 사는 방법이었다.

급한 일도 없으니 루사노프는 아내와 좀 더 함께 있기로 했다. 문이 쉴 새 없이 열려서 실내온도가 내려가자 카파는 자기 외투에 걸친 숄을 내려서 남편의 몸을 감싸 주었다. 같은 벤치에 앉은 사람들도 교양 있어 보이는 깨끗한 사람들이었다. 루사노프는 행복감을 느꼈다.

그러자 카파는 루사노프의 병세 때문에 미뤄두고 있던 생활의 문제들을 하나씩 꺼내서 말하기 시작했다. 사실 둘 다 가장 중요한 문제, 병세가 최악으로 악화되었을 경우에 대한 이야기는 피하고 있었다. 그들은 최악의 사태를 준비할 수 있는 마음가짐이 되어 있지 않다는 이유로, 그런 일은 일어나지 않을 것이라고 믿고 있었다(가끔 남편이 죽었을 때의 재산문제를 생각해보지 않은 것은 아니지만, 이 부부는 극단적인 낙천주의자들이라서 미리 그런 문제를 검토하고 유서를 남기는 것보다 차라리 문제를 애매하게 내버려두는 편이 좋았다).

일단 산업관리국에 대한 여러 소문들이 나왔다. 루사노프는 재작년에 공장의 특별위원회(미국 CIA에 대응하는 소련 국가 보안위원회의 다른 이름)에서 산업관리국으로 옮겼다(실무는 전문지식이 있는 기술자와 경제학자들이 했고, 루사노프는 그들을 관리했다). 직원들은 루사노프를 좋아했다. 지금 직원들이 그를 걱정하고 있다는 말을 들으니 루사노프도 기분이 흐뭇했다. 산업관리국 연금 전망에 대한 얘기도 나왔다. 루사노프는 정치

요원으로서도 공장 지도원으로서도 오랫동안 중요한 직위에 있었고 큰 잘못을 저지른 적도 없지만, 숙원이었던 개인 연금은 받지 못할 것 같았다. 액수나 지불 개시가 훨씬 유리한 공무원 연금도 역시 받지 못하게 됐다. 왜냐하면 1939년에 소집당했을 때, 최후까지 군복무를 하려는 결심이 서 있지 않았기 때문이다. 그것은 너무나 분한 일이었지만, 최근 2년간의 불안정한 정치 정세를 보면 오히려 잘되었는지도 모를 일이었다. 연금을 받는 것보다는 평온 무사한 생활을 이어가는 편이 나았다.

최근 몇 년 동안에 의복이나 가구나 주택 면에서 더 풍족하게 살고 싶은 욕구가 점점 더 강해져 간다는 것도 화제에 올랐다. 카파는 남편의 치료가 성공하더라도 퇴원하기까지는 한 달 반에서 두 달이 걸리니 그동안 집손질을 해놓고 싶었다. 욕실 파이프와 부엌 개수대의 위치를 옮기고, 세면대 벽에 타일을 붙이고, 식당과 서재의 벽도 다시 칠하고 싶었다. 페인트 색깔은 요즘 유행하고 있는 금빛 계통을 원했다. 그는 이 제안에 별 반대가 없었지만, 여기서 까다로운 문제가 생겼다. 집수리 일꾼들은 나라의 지시에 따라서 루사노프의 집으로 파견되어 나라가 정한 임금을 받도록 돼 있었으나, 반드시 주인에게 뒷돈을 강요할 것이다. 돈이 아까워서가 아니라(물론 돈도 아깝지만) 루사노프에게 중대한 문제는 '무엇에 대한 보수인가' 하는 원칙이었다. 루사노프는 규정된 봉급과 보너스만 받고 그 이상의 팁이나 보너스를 요구해본 적이 없는데, 파렴치한 일꾼들은 왜 뒷돈을 바라는가? 이것을 용납하는 것은 근본적인 타협이며, 소시민적 세계에 대한 용납할 수 없는 양보였다.

"카파, 그놈들은 왜 노동자의 명예 같은 걸 생각지 못할까? 마카로니 공장에서 일할 때 우리는 윗사람한테 보너스를 요구하지 않았잖아. 그런 건 생각지도 못했는데……. 일꾼들과 절대로 타협해서는 안돼! 그런 돈은 뇌물과 같단 말이오."

카파는 남편 말에 전적으로 찬성하면서도, 곧장 다른 측면에서의 의견을 피력했다. 일꾼들에게 사례금을 주지 않고 일을 시작할 때와 중간에 술을 마시도록 해주지 않을 경우, 앙갚음이 어디에선가 꼭 나타나서 나중에 주인이 후회하게 된다는 것이었다.

"퇴역 대령한테서 들은 얘긴데, 그 사람도 단 1코페이카도 주지 않겠다고 버텼대요. 그랬더니 일꾼들이 욕실 하수구에 죽은 쥐를 틀어박아 놓아서 물이 빠지지 않고 고약한 냄새가 나서 한동안 혼났다는 거예요."

집수리 이야기는 제자리를 맴돌았다. 인생은 참으로 복잡한 거다. 생각하면 생각할수록 알 수가 없었다.

두 사람은 유라의 얘기로 넘어갔다. 장남은 성인이 되었으나 너무나 얌전해서, 루사노프 집안의 독특한 생활력이 결여되어 있었다. 법과를 나와서 유망한 직장에 들어갔지만, 어쩐지 그 일이 적성에 맞지 않는 것 같았다. 자기의 위치를 확고히 한다든가, 유리한 줄을 잡는다든가, 그러한 것을 조금도 하지 못했다. 지금도 출장지에서 무슨 잘못이라도 저지르고 있지나 않은지, 루사노프는 몹시 마음에 걸렸다. 카파는 장남의 혼인 문제가 걱정거리였다. '신혼부부 집이야 우리가 마련해 주면 되겠지만, 아직 철부지인 애가 어디 방직공장 여공에게라도 반해서 결혼한다고 하면 어떡한담. 아니야, 그런 데에는 가지 않으니까 우선 여공과 알게 될 리는 만무한 일이야. 아니지, 지금처럼 출장지에서는 누구와도 마주칠 수 있을 텐데.' 경솔한 혼인은 젊은이의 일생을 망칠 뿐만 아니라, 그 가족의 오랜 노고마저도 수포로 돌아가게 한다! 엔자빈 씨 딸만 해도 교육대학의 같은 학년 남학생과 결혼한다고 큰 소동이 났었다. 엔자빈 씨 저택은 훌륭한 가구로 차 있고 늘 저명한 인사들로 붐볐다. 그런 집안인데 결혼식장에서 거주증명도 없는 흰 두건 차림의 농부 아낙네가 시어머니 자리에 앉아 있으면 어떻겠는가! 불행 중 다행으로 엔자빈 씨는 그 남자의 사회적 명예를 추락시켜서 딸을 구해낼 수 있었다.

아비예타, 약칭으로 아바라고 부르는 우리딸이라면 좀 사정이 다르다. 아비예타는 루사노프 집안의 보배였다. 초등학교 시절의 철없는 장난을 빼면, 딸아이 때문에 걱정했던 기억이 거의 없었다. 아바는 미인이고 영리하고 적극적이어서 인생을 올바르게 이해했다. 사소한 실수도 없는 아이였으므로 감독할 필요조차 없었다. 다만 본인은 이름 때문에 양친에게 불만이 있었다(비행장이라는 뜻). "이렇게 아무렇게나 붙인 이름은 싫어요." 그래서 굳이 '알라'라고 불러달라고 고집했다. 그렇지만 아비예타 파블로브나는 부르기에 예쁜 이름이었다. 휴가가 끝나가니까 수요일쯤은 모스크바에서 비행기로 돌아올 것이다. 아마 병원에 문병을 오겠지.

이름은 참 중요한 것이다. 시대의 요구에 따라서 인생은 변해갈지라도 이름은 한번 붙이면 계속 간다. 라브리크도 이름 때문에 양친을 원망하고 있다. 학교에서는 놀림을 받지 않았지만, 올해 거주증명을 받을 때 보니까 증명서에 '라브렌치 파블로비치(1953년 스탈린의 사후반역죄로 총살당한 베리야의 세례명)'라고 쓰여 있었다. 그것은 사실 부모의 깊은 배려였다. 스탈린의 전우인 불굴의 사나이, 그 장관과 같은 이름을 붙이면 자식도 출세하리라고 믿었는데, 2년 전부터 입밖에 꺼내기도 난처한 이름이 될 줄은 꿈에도 예상하지 못했다. 다행인 것은 라브리크가 사관학교에 입학하려는 것이다. 군대에서는 이름과 부칭으로 부르지 않을 것이다.

말이 나왔으니 말인데, 내놓고 할 말은 못되지만, 그 사람은 왜 그렇게 되었을까? 베리야가 이리 붙었다 저리 붙었다 하는 기회주의자라서, 부르주아 민족주의자로서 권력 탈취를 기도했다고 치자. 그렇다면 재판에 회부하는 것도, 비공개로 총살하는 것도 이해가 된다. 그런데 그 사실을 일반 국민에게 알릴 필요가 있었을까? 민중의 신념에 의혹을 불러일으킬 필요가 있느냐 말이다. 비공개문서에 사정을 기록해 두는 것은 부득이한 일이겠지만, 신문에는 심근경색으로 죽었다고 발표하면 될 일이다. 그리고 보통장례를 치렀으면 좋았을 것이다.

루사노프 부부는 막내 마이카에 대해서도 이야기를 나눴다. 올해부터 마이카의 성적표에서 5점(5단계 평가)이 일제히 자취를 감췄다. 4점도 흔치 않았다. 마이카는 이미 모범생 게시판에서 사진이 떼어졌다. 1학년부터 4학년까지 담임을 맡은 여선생은 루사노프 집안을 잘 알고 있었고 마이카도 잘 이해해 주었다. 그런데 금년부터는 과목별로 전문교사 20명을 교대하기 시작했으니, 주1회 만나는 교사도 태반이었다. 그러니 선생들은 학생들 얼굴도 제대로 못 외우고, 수업계획표대로 진도만 밀고 나갔다. 어린아이들이 상처 받고 성격이 비뚤어지는 것을 생각이나 하는 걸까? 카파는 학부형 위원회를 통해서 학교를 정상으로 되돌려 놓을 작정이었다.

이런저런 이야기로 1시간여를 보내는 동안 루사노프는 마음속이 텅 빈 것처럼 공허해졌다. 남들이 못 듣게 속삭이는 것도 답답했지만, 무엇보다도 아내가 말하는 인물과 사건들이 실제처럼 느껴지지 않았다. 그러자 이제는 아무것도 하고 싶지 않아졌고, 빨리 침대로 돌아가서 부드러운 베개로 턱의 종양을 감추고 싶었다.

카파도 신나지 않았다. 핸드백 속 편지가 마음에 걸려서였다. K시 미나이가 보낸 편지였다. 루사노프 부부는 K시에서 자라서 결혼해서 아이들을 낳았고, 전쟁이 터지자 집을 미나이에게 내주고 이곳으로 이사를 왔다. 지금 남편이 편지 내용 따위를 들어주고 신경써 줄 여유는 없었지만, 아무래도 이 편지는 마음에 걸리는 것이었다. 늘 남편을 격려하고 위로하는 카파이지만, 역시 그녀도 남편의 지지가 필요했다. 누구에게도 털어놓을 수 없는 소식을 혼자 지니고 있는 것은 보통 견디기 어려운 일이 아니었다. 하지만 남편이 소소한 이야기를 나누면서도 눈에 띄게 지쳐가니까,

이야기를 꺼내기가 점점 더 어려워졌다.

그래서 카파는 자루 속에서 가져온 간식거리를 하나씩 꺼내보였다(머릿장에는 아직도 입원할 때 가져온 식료품이 꽤 남아 있었다). 털외투의 소매 끝에 검은 양털이 달려 있어서 끈 달린 자루 속에 손이 잘 들어가지 않았다. 그것들을 바라보고 있자니 루사노프는 먹고 마시는 것보다 더 중요한 것, 오늘 가장 먼저 꺼냈어야 할 이야기가 생각이 났다! 챠가! 자작나무 버섯! 루사노프는 즉시 아내에게 기적의 치료법을 말해 주었다. 그러면서 대수롭지 않은 일이라는 듯이, 중부 러시아에 사는 사람을 찾아봐서 그 버섯을 채집해 주도록 편지를 써주면 어떻겠느냐고 덧붙였다.

"그렇군, K시 부근에도 자작나무가 많았어. 미나이라면 그쯤이야 문제없을 거야. 미나이에게 편지를 보내주지 않겠소? 그곳 옛 친구들에게도 모두 편지로 부탁을 하는 거야. 이 병을 모두에게 알려줘요!"

남편이 미나이와 K시 이야기를 먼저 꺼내고 있지 않은가! 그래서 카파도 핸드백 잠금새를 열었다 닫았다 하면서 조심스럽게 이야기를 시작했다. 아직 핸드백 속 편지는 꺼내지 않았다.

"그런데 여보, K시에 병 이야기를 퍼뜨리는 것은 좀 생각해 봐야 해요. 미나이가 편지하기를…… 헛소문일지도 모르지만…… 로지체프가 돌아왔대요. 명예회복을 했다고…… 사실일까요?"

카파는 '명예회복'을 길게 발음하면서 핸드백 잠금새를 돌리며 편지를 꺼내고 있었기 때문에, 남편의 얼굴이 새파랗게 질려버린 것을 나중에야 발견했다.

"왜 그러세요?"

편지에 놀랐을 때보다 더 놀란 카파가 외쳤다. 루사노프는 벤치에 기대면서 여자 같은 몸짓으로 아내의 숄을 여몄다. 아내가 튼튼한 두 손으로 남편의 어깨를 붙잡았는데, 한 손에 백을 쥔 채여서 마치 남편의 어깨에 백을 거는 것처럼 보였다.

"헛소문인지도 몰라요! 아직 몰라요! 미나이가 직접 만나본 것도 아니고, 그저 소문이……."

루사노프는 차차 안색을 되찾았지만, 온몸의 힘이 쑥 빠져버렸다. 허리와 어깨와 팔이 축 늘어져서, 한쪽으로 기운 목 밑 종양이 한결 커보였다.

"왜 그런 이야기를 내게 하오? 이것만으로는 나의 고통이 부족하다는 말이오?"

루사노프의 음성이 슬픔에 젖어 나지막했다. 눈물은 흐르지 않았지만 마치 우는 것처럼 가슴과 머리가 두어 번 떨렸다. 아내가 남편의 두 어깨를 껴안다시피하면서 구릿빛 곱슬머리를 여러 번 흔들었다.

"미안해요, 여보! 정말 미안해요! 하지만 저도 어떻게 해야 할지 모르겠어요! 그 사람이 미나이의 집을 뺏을까요? 이제부터 어떻게 될까요? 벌써 두 번이나 그런 일이 있었잖아요?"

"집 따위가 이럴 때 무슨 문제가 돼. 빼앗으려면 빼앗으라지."

목메인 낮은 목소리였다.

"그런 난폭한 말씀 마세요. 집을 빼앗기면 미나이가 곤란하잖아요."

"동생보다 남편 걱정을 좀 해요! 내 생각도 좀 해줘야지……. 구준에 대해서는 뭐라고 써 있어?"

"구준 얘기는 별로…… 그들이 모두 돌아오면 앞으로 어떡하지요?"

"내가 알게 뭐야!" 남편이 찌그러진 듯한 목소리로 대답했다. "도대체 무슨 권리로 그놈들을 지금 석방하는 거야…… 어째서 사람의 옛 상처를 건드리는 거지?"

14. 심판

루사노프는 아내를 만나서 기운을 되찾으려고 했는데 결과는 정반대였다. 카파가 오지 않는 편이 더 나았다. 그는 점점 더해가는 오한을 느끼면서 난간을 붙잡고 위층까지 올라갔다. 카파는 외투를 입은 채로는 이층까지 함께 갈 수가 없어서(잡역부가 고집을 부려서 통과시키지 않았다), 잡역부에게 식료품 바구니를 들려 병실까지 루사노프를 따르게 했다. 처음 병원에 왔을 때 어쩐지 카파의 마음을 끌던 눈이 둥근 간호사 조야가 당직을 보고 있었다. 지금 조야는 커다란 그래프 용지를 펼쳐놓고 환자 따위는 아랑곳없이 헝클어진 머리의 코스토글로토프와 마주앉아 교태를 부리고 있었다. 루사노프가 아스피린을 달라고 청했는데도, 딱 잘라서 아스피린은 밤에만 줄 수 있다고 대답했다.

식료품은 저절로 병실 안에 나눠졌다. 루사노프는 아까부터 바라던 대로 베개에 종양을 대고 누워서(여기 베개는 아주 부드러워서 집에서 따로 가져올 필요가 없었다) 머리까지 담요를 뒤집어썼다. 여러 상념들이 머릿속에서 뒤섞이고 맥박을 치며 불길처럼 타올라서, 육체의 다른 부분은 마취되어버린 듯했다. 병실 안 실없는 대화도 들리지 않고, 예프렘이 걷는 진동도 못 느꼈다. 바깥 하늘이 서서히 개이면서 창으로 햇빛이 비쳐드는 것도 몰랐다. 약기운 때문인지 좀 어지러워지더니 곧 잠이 들었고, 눈을 뜨자 전등불이 켜져 있었는데 또다시 잠들었다. 그래서 한밤중에 잠에서 깼다.

더 잠이 오지 않았다. '착한 사람'이라는 허울이 벗겨졌다는 공포가 가슴 언저리에 스며들어 멍울지고 있었다. 갖가지 생각이 머릿속에서, 컴컴한 방 안에서 빙빙 돌아갔다. 그것은 생각이라기보다 공포였다. 로지체프가 내일 아침이라도 간호사나 잡역부의 제지를 뿌리치고 이 병실로 뛰어들어와서 죽이려고 달려들지 않을까. 재판이나 사회적 제재나 굴욕보다도 맞는 일이 두려웠다. 루사노프는 지금까지 맞은 기억이 딱 한 번밖에 없다. 6학년 때 수업이 끝나고 학교 문을 나가자 부근에서 많은 아이들이 기다리고 있었다. 칼은 없었지만 사방에서 뼈마디가 억센 주먹들이 무차별하게 습격해 오던 공포는 지금까지도 또렷이 떠올랐다.

회상 속에서 죽은 사람의 인상은 세월이 아무리 지나도 늙지 않는 법이다. 로지체프도 18년이나 지났으니 귀도 멀고 허리도 굽었을 텐데, 루사노프에게는 그가 체포되기 직전의 마지막 일요일에 공용발코니에서 아령을 들어올리던, 햇빛에 그을은 건강한 사내로만 회상되었다. 로지체프가 상의를 벗은 채로 루사노프를 불렀었다.

"루사노프! 이리로 와요! 이 알통 좀 만져보란 말이야. 자, 힘껏 잡아봐! 어떤가, 이거야말로 새시대의 기술자가 아닐까? 우리는 구루병 환자처럼 되어선 안돼요. 에두아르드 흐리스토포로비치처럼 말이지. 우리는 균형잡힌 인간이 되어야 해. 자네는 요즘 어딘가 약해진 것 같군. 문 안에만 처박혀 있으면 몸을 상해. 내가 주선해 줄 테니 우리 공장에 오게! 싫은가? 핫핫핫!"

그는 경쾌하게 웃고, 샤워를 하러 가면서 노래를 불렀다.

"우리는 대장장이, 마음은 젊고 자유로워……."

그 힘이 넘치던 사나이가 지금이라도 주먹을 휘두르며 병실로 달려들어올 것 같았다. 로지체프와 루사노프는 콤소몰의 같은 세포조직에서 만나 친구가 되고, 공장으로부터 같은 숙소를 배정받아서 함께 지냈다. 이후 로지체프는 예비학교에서 노동자대학으로 가고, 루사노프는 조합의 일에서 노무과로 옮겼다. 그들의 사이가 벌어지기 시작한 것은 부인들 때문이었다. 로지체프는 간혹 루사노프를 모욕하는 말을 했고, 평상시에도 자기 멋대로 행동하면서 조직과 대립했다. 그들은 이웃으로 살아가기가 점점 어려워졌다.

서로의 반목이 심해진 결과 루사노프는 이러한 정보를 상부에 전했다. 그러니까 '로지체프가 개인적인 대화에서, 이미 분쇄된 산업당(1930년에 반혁명 파업사건으로 기소된 기사 및 대학교수들이 조직한 그룹)을 호의적으로 말하면서, 자기 공장에서 유해분자의 조직화를 획책했다고 말했다.'고 보고한 것이다. 그러면서 루사노프는 '이 사건에서 내 이름을 빼고 법정에도 나서지 않게 해달라.'고 판사에게 누누이 부탁했다. 판사도 '법적으로 루사노프의 이름을 밝힐 필요가 없고, 피고의 자백이 있으면 법정 증언도 필요 없다.'고 했다. 루사노프의 최초 밀고서를 예비조서에 첨가할 필요조차 없었다. 그래서 형법 206조(불량배, 무뢰한에 대한 징계조항)에 의하여 재판을 받게 되는 피고가 밀고한 이웃 사람의 이름을 알게 될 염려는 조금도 없었다. 모든 일이 순조롭게 풀렸다.

그런데 구준이라는 사나이, 공장의 당위원회 서기가 등장했다. 구준이 '로지체프는 인민의 적이니 당에서 제명하라.'는 지령을 받고 '로지체프는 얌전한 사람이니 더 상세한 증거를 보여주지 않으면 납득할 수 없다.'고 고집을 부렸다. 결국 그는 이틀 후 밤에 로지체프와 함께 긴급체포되었고, 그 다음날 아침에 '반혁명 지하조직의 분자들'로 즉각 당에서 제명되었다.

지금 루사노프의 걱정은, 구준이 버티던 이틀 동안 상부 사람들이 정보제공자가 루사노프였다고 무심코 누설하지 않았을까 하는 것이었다. 만일 그랬다면 구준이 유형지에서 로지체프와 만났을 때 말해주었을 것 아니겠는가(두 사람은 같은 사건으로 추방되었기 때문에 어디선가 만났으리라).

물론 로지체프의 아내 카치카는 사실을 짐작하고 있는지도 모른다(그 여자도 아직 살아 있을까?). 로지체프가 체포되면 자동적으로 그의 아내에게도 추방 처분이 내려지니까, 카파는 그 집과 공용발코니를 독차지할 수 있다고 기대했다(그때는 가스도 안 나오는 4평 남짓한 방 하나가 왜 그렇게 중요했을까? 애들도 아직 어릴 때였는데). 그런데 카치카는 쫓아내려고 하자 느닷없이 임신 중이라고 주장했고, 증거가 있어야 한다고 하자 진단서를 내밀었다. 법적으로 임산부는 추방할 수 없었다. 그래서 추방은 겨울까지 연기되었고, 카치카는 몇 달간 배가 불러서 돌아다녔다. 그녀는 아이를 낳고 규정된 산후휴가 기간까지 루사노프네와 한지붕 아래서 살았다. 당연히 카파는 부엌에서 카치카에게 찍소리도 못 했고 다섯 살이던 아바만 카치카를 놀려댔다.

루사노프는 가벼운 숨소리와 코 고는 소리로 가득 찬 병실의 어둠 속에서 천장을 바라보고 누워서(입구의 간호사 책상 위 스탠드 불빛이 뿌연 유리창 너머로 희미하게 비쳐들고 있었다.) 맑은 정신으로 사태를 똑바로 바라보려고 애썼다. '로지체프와 구준의 망령에 왜 이렇게 당황하게 되는 걸까. 다른 놈들, 나로 인해서 유죄가 결정된 놈들이 돌아와도 이렇게 당황할까.' 가령 에두아르드 흐리스토포로비치 말이다. 루사노프는 노동자들이 보는 앞에서 부르주아 출신 기술자인 그에게 '바보, 사기꾼'이라고 욕설을 퍼부었다(그는 후에 자본주의의 부활을 꾀하고 있었다고 자백했다). 루사노프를 돌봐주던 어느 고관의 연설을 속기할 때 전혀 다른 말을 넣어서 연설을 왜곡한 여자 속기사도 있었다. 고집불통 계리사(성직자의 자식이라는 사실이 드러나 곧 체포되었다), 옐리찬스키 부부……. 루사노프는 갈수록 대담하게, 공공연하게 죄상을 폭로했고, 나중에는 법정 출두도 두 번이나 나가서 큰 목소리로 규탄했다. 그때는 지금 같은 상황은 생각지도 못했다! 1937년에서 1938년에 걸쳐서 사회가 눈에 띄게 깨끗해지고 호흡마저 편해지지 않았던가! 사기꾼, 중상모략자, 자아비판 중독자, 거추장스러운 지식인, 그런 녀석들이 다 사라지고 잠잠해지고 숨을 죽였다. 반면에 끝까지 원칙에 충실하고 끈기 있는 사람, 루사노프와 루사노프의 친구들은 크게 활개를 치고 다녔다.

그런데 지금은 아주 달라져서, 뭔가 애매하고 불건전한 시대가 돼버렸다. 한때 시민으로서의 최선의 행동이 지금은 도리어 부끄럽게 생각되었다. 오히려 자기에게 위험이 닥칠 것을 염려까지 하게 되었다. 두렵다, 바보처럼! 루사노프는 지난 세월을 되돌아 볼 때 자기가 비겁한 인간이라고 생각하지 않았다. 무엇을 두려워한 적이 한 번도 없었다! 특별히 용감하지는 않았어도 비열한 행동은 하지 않았다. 전쟁터에 나갔더라도 전투를 겁내지 않았을 것이다(보기 드문 유능한 직원이어서 전선에 불려가지 않았던 것뿐이다). 폭격이나 화재에도 당황하지 않았을 것이다(K시에 공습이 시작되기 전에 피난해 왔으니까 화재를 당한 일은 없다). 그는 재판이나 법률도 두렵지 않았다. 법을 위반한 적이 없고, 법정은 항상 루사노프를 옹호하고 지지했다. 일반 민중들에게 적발될까 봐 두려워한 적도 없었다. 민중은 항상 그의 편이었다. 지방 신문에 그를 공격하는 기사가 실릴 걱정도 없었다. 쿠지마 포치예비치나 닐 프로코피이치가 사전에 막았을 테니까(중앙지는 루사노프의 일까지 들먹거리지는 않을 것이다).

흑해를 기선으로 건널 때도 깊은 바다가 무섭지 않았다. 높은 곳은 올라본 적이 없었다(등산, 암벽등반은 경솔한 인간들이 하는 짓이다. 루사노프는 일의 성질상 높은 다리 난간에도 올라가본 적이 없다). 20년 가까이 루사노프가 해온 일은 노무과 일뿐이었다. 이 일은 직장마다 여러 가지 명칭으로 불렸으나 본질적으로는 다 같은 내용이었다(이 일이 얼마나 교묘하고 미묘한 일인지 모르는 사람은 물정을 모르거나 사정을 모르는 제삼자들뿐이다). 누구라도 일생 동안 적잖게 신상조사서를 기입할 텐데, 거기에는 일정한 개수의 질문들이 있다. 신상조사서 한 가지 질문에 대한 한 가지 대답, 그것이 노무과와 대답하는 인간 사이를 이어주는 실이다. 이렇게 해서 한 인간은 수백만 가닥, 수천만 가닥의 실로 연결된다(그런 실들이 눈에 보인다면 하늘이 거미줄로 덮였을 것이다). 그런데 문제는 사람은 누구나 얼마간의 부정적인 면, 의심스러운 면이 있어서, 누구든 꼬치꼬치 따지고 보면 죄가 있고 비밀이 있기 마련이다. 그래서 이 보이지 않는 실이 당겨지는 것을 끊임없이 느끼면 실을 잡아당기는 사람, 이 복잡한 노무과 일을 밀고 나가는 사람을 존경하게 되어서, 그 인물에게 권위가 생기는 것이다.

음악으로 비유해 보자면, 루사노프가 작은 널빤지 조각을 잔뜩 모아서 실로폰을 만들어 제멋대로, 생각나는 대로 두들겨대는 것과 같다. 두들겨서 나는 소리는 제각기 다를 것이다. 그중에는 아주 신중하게 다뤄야 될 조각도 있다. 그래서 루사노프는 그런 조각에게 불만을 표할 때는 독특한 인사법을 썼다. 그쪽이 인사할 때 사무적으로 답하고 절대로 웃는 얼굴을 보이지 않는 것이다. 아니면 눈썹을 움직이며(그 움직이는 동작을 일부러 사무실 거울 앞에서 연습했다) 잠시 답례를 머뭇거리다가(인사를 받아줄 필요가 있는지, 인사를 받을 가치가 있는지 고민하는 인상을 줄 것이다) 마지못해서 인사를 했다(이 인사에는 목을 완전히 상대방에게 돌리기, 절반만 돌리기, 전혀 돌리지 않기의 3단계 방법이 있다). 이러한 미묘한 차이는 큰 효과를 줄 수 있었다. 냉정하게 대접받은 직원은 '내가 무슨 잘못을 저질렀나' 하는 걱정을 시작한다. 이렇게 의혹을 심어두면 그 본인이 보다 신중하게 처신하게 되어서 하마터면 범할 뻔했던 과오를 피할 수 있는 효과도 있었다. 물론 루사노프는 그런 효과를 후에야 알 수 있었지만.

더 강력한 수단도 있다. 그 사람과 만났을 때(전화를 걸거나, 특별 호출을 해도 좋다) '내일 아침 열 시에 나한테 와주지 않겠습니까?' 하고 말하는 것이다. 그러면 상대는 꼭 '지금은 안될까요?' 하고 되묻게 된다. 부르는 이유를 빨리 알고 싶고, 좋지 않은 이야기는 되도록 빨리 끝내고 싶기 때문이다. 그럴 때 '아니, 지금은 안되겠어요.'라고 딱 잘라 말한다. 절대로 다른 일이 바쁘다거나 회의가 있다고 설명해 주면 안 된다. 명확한 이유 없이(그것이 제일 효과적인 방법이다) '지금은 안되겠다.'라고 말하면 많은 의미가 담긴다. 상대가 아주 용감해서, 혹은 세상물정을 몰라서 '무슨용건이지요?' 하고 물어올지도 모르지만 '내일이면 알게 됩니다.'라고 해버리면 된다. 그러면 그 사람은 다음날 아침 열 시까지(얼마나 긴 시간인가), 퇴근하고 집으로 돌아가서 가족들과 이야기를 나누거나, 영화관이나 학교 학부형 회의에 가거나, 혹은 잠자는 동안에도(잠을 이루지 못하는 경우도 많다), 이튿날 아침식사를 하면서도 줄곧 '왜 부르는 걸까?' 하는 의문에 사로잡혀 있게 된다. 그 기나긴 시간 동안 여러 가지 일들을 후회하고 고민해서 '앞으로 집회 같은 데서 상사와 맞서는 일은 절대 하지 말아야겠다.'고 다짐하는 것이다. 그런데 막상 이튿날 아침에 출두해 보면 용건이란 것이 생년월일이나 증명서 번호를 확인하는 것에 지나지 않는 정도였다.

그렇지만 뭐니뭐니해도 가장 효과적인 방법은 "세르게이 세르게예비치(전 기업의 최고 책임자이자, 이 도시에서 가장 높은 사람이다)의 명령이니 몇 월 며칠까지 이 신상조사서를 기입해 주십시오."라고 말하는 것이다. 그 말 뒤에 건네주는 신상조사서는, 단순한 신상조사서가 아니라 일종의 극비서류다. 사람들은 세르게이 세르게예비치를 맹수처럼 두려워했기 때문에 '세르게이 세르게예비치가 이런 것을 왜 이렇게까지 깊이 조사할까?' 하는 의문을 품게 된다. 겉으로는 아무렇지 않은 척해도, 노무과에 숨긴 일이 있으면 마음속 불안이 걷잡을 수 없이 커지는 것이다. 이 신상조사서에는 아무것도 감출 수가 없다. 루사노프는 이 신상조사서로 여자들을 형법 58조(반역죄)로 끌려간 남편과 이혼시켰다. 그녀들은 다른 이름으로 소포를 보내서 남편의 사건을 감춰왔지만, 이 신상조사서의 질문 조항의 울타리는 너무나 튼튼해 거짓말로는 도저히 뚫고 나가지 못했다. 이 울타리에서 도망칠 수 있는 유일한 구멍이 정식 이혼이었다. 죄수는 이혼에 이의를 제기할 수 없기 때문에 이혼 수속은 매우 간단했다. 루사노프에게 중요한 것은 아직 파멸되지 않은 여자를 범법자의 더러운 손에서 구해서 시민의 올바른 길에서 이탈하지 않게 하는 것이었고, 이혼으로 그렇게 할 수 있었다. 이렇게 막강한 신상조사서는 루사노프만 보았다. 세르게이에게도 가끔 이야기로 들려줄 뿐 보여주지 않았다.

루사노프의 일을 시적이라고 말할 수 있는 것은 바로 이 점이다. 구체적으로 억압하지 않으면서도 한 인간을 완전히 장악한다는 실감!

일반적인 생산과정과 달리 수수께끼 같고 반쯤은 이 세상 일처럼 생각할 수 없는 입장이기 때문에, 오히려 루사노프는 생활의 진짜 과정에 깊은 지식을 가지고 있었다. 생산, 회의, 공장신문, 지방위원회 성명, 봉급지불, 구내식당, 공장 클럽, 이런 것들은 진정한 생활이 아니라 형식이다. 생활의 진정한 방향은 사무실에서 조용히, 언성을 높여서 논쟁할 필요도 없이 서로를 이해하는 두세 사람의 입으로, 또는 몇 차례 전화통화로 결정된다. 생활의 진실이란, 루사노프나 그의 동료들의 서류 가방 속을 흘러다니면서 오래도록 조용히 특정인의 뒤를 따라다니다가 한순간 갑자기 정체를 드러내고 입을 열어 희생자에게 불을 뿜어내고는 다시 어디론가 자취를 감춰버리는, 비밀서류였다. 겉으로는 공장 클럽도, 구내식당도, 봉급도, 공장 신문도, 생산도 그대로이고, 다만 작업인들 틈에서 목 잘린 사람, 제명된 사람, 추방된 사람의 모습이 안 보일 뿐이다.

루사노프의 사무실은 그 작업의 기묘한 성질에 어울리는 설비를 갖추고 있다. 출입문이 가죽과 번쩍거리는 장식으로 덧대어져 있는데, 거기에 추위를 막을 작은 방이 덧붙여져 있었다. 그런데 넓이가 1제곱미터도 안 되는 컴컴한 작은 방이 방문객을 무력하게 만들어 주었다. 방문객이 첫 번째 문을 닫고 두 번째 문을 열 때까지의 불과 몇 초 사이에 어리둥절해진다. 결정적인 대면이 있기 전 몇 초간 컴컴한 곳에 처박혀서 순간적인 구류를 당한 방문객은, 이제 만날 인물과 자기를 견주어서 자신의 무력함을 느끼게 된다. 그가 아무리 용감하고 의지가 굳어도 이 어둡고 조그마한 방 속에서는 어느덧 그것이 사라져버렸다. 물론, 루사노프의 방에는 여러 명이 한꺼번에 들어오지 않았다. 반드시 한 사람씩 전화로 입실 허가를 받고 들어왔다.

루사노프의 직업적 생활양식은 자연스럽게 사생활까지 확대되었다. 해가 지날수록 루사노프 부부는 여행할 때 보통 차량은 물론 좌석지정차도 못 견뎌했다. 양피외투 차림에 양동이나 자루를 든 사람들이 꾸역꾸역 올라탔기 때문이다. 나중에는 특별실이 달린 차량이나 특등차도 성에 안 찼다. 호텔은 특실이어야 했고, 요양소도 보통사람들은 못 가는 최특급 서비스 업체로 갔다(그런 곳은 모래사장이나 큰길도 일반인이 드나들지 못하게 울타리를 쳤다). 그래서 카파는 의사가 좀 더 걷도록 권유할 때도 이러한 요양소 이외에서는 걸을 곳이 없어서 곤란을 느꼈다.

루사노프 부부는 민중을 사랑했다. 이 나라와 위대한 민중을 사랑하고, 그들에게 봉사하고, 민중을 위해서라면 목숨도 버릴 각오가 서 있었다. 그러나 해가 갈수록 루사노프 부부는 민중을 참을 수 없어졌다. 그들은 명령에 따르지 않고 제멋대로 행동했고, 고집이 세고 요구사항이 끝이 없었다. 부부는 전차, 트롤리버스, 일반버스를 타는 것에도 혐오를 느끼게 되었다. 타고 내릴 때의 혼잡은 이루 말할 수 없었고, 더러운 작업복을 입은 채 비비고 들어오는 건설 노동자들은 외투에 기름이나 석회를 태연하게 문질러대거나 어깨를 툭툭 건드리는 나쁜 버릇이 있었다.

하지만 근무처가 멀고 직위의 급에도 어울리지 않으니 걸을 수도 없었다. 그래서 사무실 자동차가 다 외근이나 수리 중이면, 식사시간에도 집에 안 돌아가고 몇 시간이라도 책상 앞에 앉아서 차가 돌아오기를 기다려야 했다. 걷다가는 어떤 뜻밖의 봉변을 당할지도 모르는 일이었다. 옷이 너절하고 버릇 없는 주정뱅이들이 최악이었다. 조잡한 옷차림의 인간은 항상 위험했다. 자기의 사회적 책임 따위는 조금도 느끼지 못하는 놈들이기 때문이다. 그도 그럴 것이 그들은 잃을 것이라곤 무엇 하나 가지고 있지 않았다. 그렇지 않다면 아마 깨끗한 복장을 하고 있었을 것이다. 물론 경찰과 법률이 루사노프를 복장이 조잡한 인간으로부터 보호해 주겠지만, 그 구원의 손길은 항상 한 발 늦게 닿는다. 악한들이 벌을 받는 것은 항상 사건이 끝나고 난 후였다. 그래서 세상에 무엇 하나 두려운 것 없는 루사노프도 취한에게는 공포심을 느꼈다. 더 정확히 말한다면 얼굴을 주먹으로 치기라도 할까봐 겁을 냈다.

그래서 로지체프의 귀향 소식이 처음에는 루사노프의 마음을 휘저어 놓았다. 어찌됐든 로지체프는 루사노프를 그대로 놔두지 않을 것이다. 로지체프나 구준에게 정식으로 소송당할 염려는 없다. 법률적으로는 그들이 루사노프에게 어떠한 청구권도 가질 수 없다. 그러나 그들의 몸이 아직도 크고 건장해서, 속된 말로 한방 먹이러 온다면 어떡하는가? 그렇지만 냉정히 생각해 보면 루사노프의 본능적인 첫 공포는 불필요했다. 로지체프의 귀환은 헛소문일 것이다. 헛소문이라면 좋을 텐데. 요즘 명예회복에 대해 떠도는 일련의 소문들처럼 그저 뜬소문이겠지.

설사 로지체프가 돌아온다 해도, K시로 돌아오지 여기로 오는 것이 아니다. 그러면 그는 K시에서 재추방되지 않으려고 조심하느라고 루사노프를 찾아나서지는 못할 것이다. 찾는대도 단번에 여기를 찾아낼 수는 없다. K시에서 여기까지 오려면 여덟 개 주를 횡단해야 한다. 기차로만 3일이 걸린다. 가령 이 도시에 왔다 해도, 이 병원이 아니라 집으로 먼저 갈 것이다. 그러니까 루사노프는 이 병원에만 있으면 절대로 안전할 것이다.

안전! 얼마나 우스꽝스러운 일인가…… 이 종양을 가지고 안전이라니.

그렇지, 만약 시대가 앞으로 점차 더 불안해진다면 차라리 죽는 편이 나을지도 모른다. 옛 망령들이 되돌아올 때마다 겁을 집어먹으면서 사느니 죽는 편이 낫다. 그놈들을 돌려보내다니! 그놈들이 돌아온다! 무엇 때문에? 그들은 그곳 생활에 익숙해지고 거기서 얌전해졌는데 왜 지금 그들을 석방해서 남의 생활을 혼란에 빠뜨리는가?

루사노프는 생각에 지쳐서 잠이 들려고 했다. 조금이라도 자야 했다. 그러나 그 전에 화장실에 가고 싶어졌다. 그것은 이 병원에서 제일 불쾌한 행동의 하나였다. 그는 조심스럽게 몸을 일으켜(종양이 쇳덩어리처럼 몸을 압박했다) 침대에서 내려와서 슬리퍼를 신고 파자마를 걸치고 안경을 쓴 뒤 슬슬 걸었다. 간호사 탁자에 앉아 있던 마리야가 슬리퍼 끄는 소리에 뒤돌아보았다.

층계 바로 앞에 팔다리가 길쭉한, 얼핏 보기에는 건강한 그리스인이 신음하고 있었다. 도저히 누워 있질 못해서, 상반신을 일으킨 채 겁에 질린 눈으로 루사노프를 쳐다보았다. 층계참에는 머리를 묶어올린 누런 얼굴의 소년이 베개 두 개를 포개서 상체를 기대고 앉아 산소흡입기를 입에 대고 있었다. 머릿장에 귤, 과자, 사탕, 발효우유 등이 놓여 있었지만, 소년은 깨끗한 공기조차 필요한 양만큼 폐 속으로 들이마시지 못하고 있었다. 아래층 복도에도 침대가 몇 개 있었다. 그곳 환자들은 잠들었다. 동양인 같은 얼굴의 노파만 괴로움에 머리를 흔들어 풀어헤치고 침대 위에서 데굴데굴 뒹굴었다.

루사노프는 그 앞의 작은 방을 지났다. 그 방에는 작고 더러운 소파가 있는데, 누구나 관장을 할 때 거기에 누웠다. 루사노프는 숨을 한번 크게 들이켜고 숨을 참으면서 화장실로 들어갔다. 칸막이도 없고 변기도 없는 이 화장실에 들어오면 현재의 비참한 형편이 한결 더 생생해진다. 잡역부가 아무리 여러 번 청소해도 언제나 배설물, 토사물, 피, 오물 등이 남아 있었다. 야만적인 인간들, 자포자기한 환자들이 사용하기 때문이다. 어떻게든 주임의사를 만나서 의사 전용 화장실을 사용할 수 있게 허가를 받아야 했다.

루사노프가 다시 관장용 방과 머리를 풀어헤친 카자흐 노파, 산소흡입기 소년을 지나 층계를 다 올라오자, 그리스인이 쉰 목소리로 말을 걸었다. "여보시오. 이 병원에 있으면 다 낫나요? 역시 죽게 되나요?"

루사노프는 거칠게 그를 쳐다봤는데, 그러면서 자신이 목이 아니라 예프렘처럼 몸 전체를 움직인 것을 느꼈다. 목에 달라붙은 무서운 것이 위턱과 아래 쇄골을 동시에 압박하고 있었다. 루사노프는 재빨리 자기 침대로 돌아갔다. 새삼스럽게 무엇을 생각할 것인가…… 이제 와서 누가 무섭단 말인가…… 누굴 의지해야 하나…… 턱과 쇄골 사이의 이것에 그의 운명이 달려 있는 것이다. 그곳이 심판장이다. 거기에는 친지들도, 과거의 공적에 의한 변호도, 변호해줄 사람도 없다.

15. 각자의 운명

"몇 살이에요?"

"스물일곱."

"아, 꽤 많군!"

"넌?"

"난 열여섯. 열여섯에 다리를 잘라야 하는 마음을 생각해 봐요."

"어디를 자르는데?"

"무릎쯤이요. 그보다 아래로는 안될 것 같아요. 대체로 무릎보다 조금 위거든요. 이쯤을…… 나머지 다리가 건들거리면 기분이 나쁘겠죠."

"의족을 하지 그래. 장래 어떤 방면으로 나갈 작정이지?"

"대학에 가고 싶어요."

"무슨 과?"

"문과나 사학과."

"입시는 자신 있어?"

"걱정없어요. 난 절대 흥분하지 않아요. 침착하니까요."

"그럼 됐어. 의족을 괴롭게 생각할 필요는 없어. 공부하거나 일하는 데 부자유스럽지는 않을 거야. 참을성이 생기게 되어 오히려 유리하게 될 거고 학문 연구에도 더 잘됐어."

"하지만 그밖의 것은?"

"학문 외에…… 그밖의 것?"

"저, 말하자면……."

"결혼 말인가?"

"네, 혹시……."

"괜찮아! 어떤 나무에도 새는 오니까! 어쨌든 둘 중 하나를 택해야 할 게 아냐."

"네?"

"다리냐, 목숨이냐."

"그래도 혹시나 하는 마음이 들어요. 저절로 나을 수도 있지 않을까."

"아니야, 좀카. '혹시나' 뒤에는 계속 '혹시나'만 남아. 이성이 있다면 그런 요행을 믿어선 안돼. 너의 종양을 의사는 뭐라고 불렀지?"

"SA라든가 뭔가……."

"SA? 그럼 역시 수술해야겠군."

"뭘 아세요?"

"알고말고. 나 같으면 말야, 한쪽 다리를 잘라야 한다면 자르겠어. 움직일 수 없는 인생 따위는 나에게 의미가 없지만. 내가 일하는 곳은 자동차가 못 다녀서 걷거나 말을 타야 해."

"그럼 아직 수술 얘길 안 하던가요?"

"그래."

"시기가 너무 늦었나요?"

"아니, 말하자면…… 시기가 늦어진 것이 아니고…… 아니, 시기가 늦은 것도 있지. 너무 바빴으니까. 실은 석 달 전에 진찰했어야 했는데 일을 중단할 수가 있어야지. 걷고 말을 타니까 비를 맞아서 환부가 곪아버렸어. 그래도 농이 나오면 좀 편해져서 다시 일하고…… 이렇게 자꾸 치료를 미뤘어. 지금은 닿기만 해도 너무 아파서 이쪽 바짓가랑이를 자르고 맨살로 앉아 있고 싶을 정도야."

"붕대도 안 감았어요?"

"응."

"좀 보여줄래요?"

"그래."

"야아, 대단하네…… 그런데 검군요."

"원래 그래. 날 때부터 거기 큰 점이 있었어. 그 점이 변질된 거야."

"그런데 이건 뭐예요?"

"이건 세 번 째져서 농이 나온 후에 생긴 세 개의 구멍이야. 그런데 좀 카, 내 종양은 네 것과 아주 달라. 나는 아주 악성인 흑소육종이야. 보통 8개월 시한부를 선고받는."

"그런 걸 어디서 알았어요?"

"여기 오기 전에 책에서 읽었어. 읽고 나서 서둘렀지. 그렇지만 내가 진찰을 서둘렀더라도 역시 수술은 못 받았을 거야. 흑소육종은 너무 악성이어서 메스로 살짝 건드리기만 해도 전이되거든. 그놈도 그놈 나름대로 살고 싶은 거야. 여하튼 몇 달 내버려두었더니 서혜부까지 번졌지."

"돈초바 선생은 뭐라고 했지요? 토요일에 부르지 않던가요?"

"콜로이드(화학약품) 금을 구해야겠다고 하더군. 아마 그것으로 서혜부 쪽 진행을 막나 봐. 다리 쪽을 엑스선으로 막아놓고 시간을 연장하려는 거지."

"그럼 나을까요?"

"아니, 좀카. 난 이제 낫지 않아. 흑소육종은 낫는 병이 아니야. 여태껏 나은 환자가 한 명도 없었어. 내 경우는 다리를 모조리 잘라도 소용없어. 그렇다고 그 위를 자를 수는 없지 않아? 그래서 이후로는 시간을 끌 뿐이야. 얼마나 끌 수 있을까? 몇 달, 아니면 몇 년?"

"그렇다면, 말하자면, 그건……."

"난 말이야, 이미 그 운명을 받아들였어. 또 오래 산다고 꼭 값지게 산다고 할 수는 없으니까. 현재 나의 최대 관심사는 앞으로 얼마나 일할 수 있을까야. 나는 3년이 필요해! 딱 3년이면 돼, 아무것도 필요 없어! 단 병원에 누워 있는 3년이 아니라, 밖에서 일하는 3년이어야지."

둘은 창가 바짐 자츠이르코의 침대에 걸터앉아서 소곤소곤 이야기를 나눴다. 바로 옆 예프렘에게도 들리지 않을 만큼 작은 목소리였다. 예프렘은 아침부터 감각이 없는 덩어리처럼 누워서 천장의 한곳만 응시했다. 루사노프는 엿듣고 있었는지 가끔 가엾다는 듯이 바짐의 얼굴을 보았다.

"하고 싶은 일이 뭔데요?"

"난 지금 아주 중요한 실험을 하는 중이야. 중앙의 훌륭한 학자들이 아직 전혀 생각 못한 걸 말이야. 몇 가지 금속들이 묻혀 있는 광맥은 지하수의 방사능으로 발견할 수 있다는 가설이야. 방사능은 알고 있지? 이 설에 대해서 여러 이론들이 나왔는데, 탁상공론을 아무리 해봐야 무슨 소용이야. 난 말이야, 그 설을 증명할 수 있다는 것을 육감으로 알아, 육감으로 말이야. 그렇지만 증명하려면 오랫동안 산을 돌아다니면서 실제로 지하수의 방사능만으로 광맥을 발견해야 하잖아. 그것도 될 수 있는 대로 많이. 그게 쉬운 일이 아니야. 예를 들면 진공펌프가 없어서 원심펌프를 사용하는데 시동을 걸려면 공기를 뽑아내야 하거든. 뭘로 뽑는 것 같아? 입으로 하는 거야! 그러니 방사능을 가진 물이 흘러나오면 우리가 마시는 거지. 키르키즈인 노동자들은 자기들도 대대로 그곳의 물은 마시지 않았다면서 우리도 마시지 말라고 했어. 그러나 우리 러시아인은 아무렇지도 않게 마셨지. 흑소육종을 가지고 있는 내가 방사능을 두려워하겠어? 어때, 나에게 딱 들어맞는 일 아니겠어?"

"바보로군." 예프렘이 미동도 않고 억양 없는 혼탁한 목소리로 말했다. 아까부터 듣고 있었나 보다. "어차피 죽을 거라면 왜 지질학 따위를 연구하고 있지? 그까짓 것 아무 쓸모도 없어. 그것보다는 사람은 무엇으로 사는가를 생각해 보는 것이 어때?"

바짐은 발은 못 움직여도, 목 위 머리는 자유롭게 돌렸다. 그가 또렷한 검은 눈빛을 반짝이며, 기분 상한 기색 전혀 없는 목소리로 대답했다.

"대답할게요. 사람은 창조로 살아가요! 창조는 모두에게 유익한 겁니다. 마시는 것도 먹는 것도 필요치 않을 만큼."

그는 자기의 이야기가 어느 정도 이해되었는지 알아보려는 듯이 예프렘을 바라보면서 매끄러운 플라스틱 샤프를 이에 딱딱 두들겼다.

"자, 이 책을 읽어 보게, 놀랄 걸세!" 예프렘은 그를 쳐다보지도 않으면서 더러운 손톱으로 푸른 표지의 책을 탁 튕겼다.

"벌써 읽었어요. 우리시대에 적합한 책이 아니에요. 윤곽이 너무 애매하고 힘이 없어요. 우리에게 말을 시킨다면 '더 열심히 일하라! 그것도 자신의 이익을 위해서가 아니라 모두를 위해서'라고 대답할 거예요."

루사노프는 기쁨으로 몸을 떨면서 큰소리로 물었다.

"젊은이, 자네는 당원인가?"

바짐은 당황하는 기색 없이 루사노프를 바라보며 부드럽게 대답했다.

"네."

"그럴 줄 알았지!" 루사노프는 신이 나서 큰소리로 말하며 손가락 하나를 세워 보였다. 그 모습은 학교 선생 그대로였다.

바짐은 좀카의 어깨를 두들겼다.

"이제 침대로 돌아가. 나는 공부를 좀 해야 돼."

그는 작은 글자들과 감탄부호, 의문부호가 많이 쓰여진 《지구 화학적 방법》을 펼쳤다. 손가락으로는 간간이 검정 샤프를 돌렸다. 바짐은 마치 그 자리에서 사라져버리기라도 한 것처럼 독서에 빠져들었는데, 청년의 지지에 다소 힘을 되찾은 루사노프는 두 번째 주사를 맞기 전에 자신감을 얻고 싶었는지 예프렘을 다시 공격했다.

"예프렘, 이 젊은이가 정말 좋은 말을 했어. 병 따위에 지면 안 되지만, 종교적인 책에 져서도 안 돼. 자네의 행동은 누구한테도 이롭지 않아요, 오직……."

'적'의 이익이 될 뿐이라고 말하고 싶었으나, 일상 생활에서는 항상 적을 지적할 수 있었지만, 이 병원의 침대 위에서는 도대체 누가 적이란 말인가. "좀 더 인생의 깊은 부분을 바라보지 않으면 안 돼요. 무엇보다도 인간의 위대한 공적을 말이야. 생산에서 공을 세운 사람들은 대체 무엇으로 그것을 이룰 수 있었을까? 전쟁에서 전공을 세운 사람은? 또 이전의 국내전에서도 마찬가지야. 굶주리고 제대로 신발이나 옷도 없고, 무기도 없이……."

오늘 예프렘은 이상할 정도로 움직이지 않았다. 통로를 오가지도 않고, 몸 전체를 움직여서 이곳저곳을 바라보지도 않았다. 아침식사 때에도 '양이 적어서 맛까지 없는 것 같군.'이라고 말했을 뿐이다. 눈마저 깜박이지 않았더라면 경직 상태로 의심했을 것이다.

눈은 뜨고 있었다. 마침 그 눈이 루사노프를 향하고 있었기 때문에 몸을 움직일 필요도 없었다. 천장과 벽 이외에는 새하얀 루사노프의 얼굴만 눈에 띄었다. 예프렘은 루사노프의 설교를 들었다. 루사노프의 입이 조금씩 움직이고 여전히 악의에 찬 말소리가 이전보다도 더 알아들을 수 없게 들렸다. "국내전이 어떻다고? 당신이 국내전에서 싸웠단 말이야?"

루사노프는 한숨을 쉬었다.

"당신도 나도 그때는 싸울 수 없는 나이가 아니었나."

예프렘은 코웃음을 쳤다.

"모를 일이군, 당신이 왜 싸우지 않았는지. 난 싸웠어."

루사노프는 안경 밑에서 눈썹을 치켜올렸다.

"그게 무슨 말이지?"

"간단하지. 연발단총을 들고 싸웠어. 재미있던데. 나 혼자가 아니야."

"어디서 싸웠는데?"

"이제프스크(우드무르트 공화국 수도) 근처. 제헌의회(소련혁명 중에 볼셰비키파에 반대해서 결성된 의회)를 쳐부술 때, 난 혼자서 일곱 명을 처치했어, 똑똑히 기억하고 있지."

그렇다, 아직 어린애였을 때 예프렘은 폭동이 일어난 거리에서 어른 일곱 명을 쓰러뜨렸다. 어디서 어떤 상대를 쓰러뜨렸는지 지금도 기억이 난다. 금테 안경이 뭔가 중얼거렸지만 오늘 예프렘은 청각에 신경을 집중시키지 못했다. 새벽에 눈을 떠서 천장 한구석을 바라보던 순간, 불현듯 머릿속에 떠오른 것은 이미 다 잊어버렸던 자질구레한 사건이었다.

전쟁 직후 11월의 어느날, 눈이 내리다가 방금 파낸 따뜻한 흙 위에 닿으면 흔적도 없이 녹았다. 그들은 가스관을 설치하려고 1미터 80센티미터 깊이의 구덩이를 파고 있었다. 그런데 예프렘이 지나가면서 보니까 아직 필요한 깊이에 이르지 못했다. 조장은 다 팠다고 우겼다. "그럼 재볼까? 나중에 군소리 말아." 예프렘은 10센티미터마다 까만 표시가 된 눈금 막대기를 들고 축축한 진흙을 밟으며 재려고 나섰다. 예프렘은 장화를 신었고, 조장은 단화를 신었다. 한 군데는 깊이가 1미터 70센티미터였다. 다른 곳을 재보려고 가니까, 세 사람이 파고 있었다. 키가 크고 깡마른 농부는 얼굴 전체가 수염으로 덮여 있었고, 군대에 다녀온 젊은이는 군모를 쓰고 있었는데 모표도 떨어지고 와니스를 발랐던 모자챙 등도 다 더럽혀져 있었다. 또 다른 젊은이는 전투모를 쓰고 도시에서 유행하는 외투를 입었는데(그 당시 의복이 부족해서 죄수들은 제 나름의 복장을 했다) 학생 때 입던 것인지 길이도 짧고 품도 좁아서 몸에 꽉 끼었다(오늘 새벽에 이 외투까지 또렷이 기억이 났다). 젖은 진흙이라서 파기가 힘들어서, 농부와 군모 사나이가 파내는 흉내를 내고 있었다. 외투가 작은 젊은이는 삽자루에 가슴을 찔린 모양으로 기대어 서 있었다. 손이 양쪽 팔소매로 들어가 있어서 전신의 힘을 빼고 축 늘어진 꼴이 마치 눈 맞는 허수아비 같았다. 셋 다 장갑을 끼고 있지 않았고, 농부 말고는 자동차 타이어로 만든 고무 슬리퍼를 신었다.

222

"왜 그렇게 서 있는 거야, 이놈아! 밥을 줄여도 좋은가? 빨리 해!"

조장이 젊은이에게 고함을 질렀다. 젊은이는 한숨을 쉴 뿐 더욱 축 처지며 삽자루에 기댔다. 그 순간 조장이 젊은이의 목을 내리쳤다. 젊은이는 질겁해서 삽을 움직이기 시작했다.

예프렘은 깊이를 재 보았다. 파낸 흙이 구덩이의 가장자리에 쌓여 있어서, 막대기의 눈금을 정확히 읽으려면 몸을 기울여야 했다. 군모 사나이가 거들어주는 체하면서 막대기를 교묘하게 기울여서 1센티미터쯤 늘리려고 했다. 예프렘은 그에게 욕설을 퍼붓고 막대기를 똑바로 고쳤다. 1미터 65센티미터였다.

"이봐요, 감독님. 몇 센티미터는 좀 봐주십시오. 우리는 이제 무리예요. 배가 고파서 지쳤어요. 게다가 이런 날씨에는……." 군모 사나이가 애원했다.

"그럼 너 때문에 나더러 처벌을 받으라는 말이야? 바보 같은 소리! 정해진 예정이 있어. 그리고 구덩이 밑은 평평해야 하는데, 가운데가 홈처럼 파여 있잖아."

예프렘이 몸을 구부려서 막대기를 들어올리고 진흙에서 발을 잡아뺄 때, 세 사람이 일제히 쳐다보았다. 생기가 없는 눈들이 예프렘을 올려다보고 있었다. 외투가 작은 젊은이의 입술이 움직였다.

"뭐, 당신도 언젠가는 죽을 날이 오겠지!"

예프렘은 이들에게 독방 조치를 취하지는 않았다. 다만 자기가 책임을 뒤집어쓰지 않도록 그들의 작업 태도를 낱낱이 보고했다. 그게 벌써 10년 전인데, 그 가스관은 임시로 설치한 것이기 때문에 지금쯤은 가스가 통하지 않을지도 모르고 아예 가스관을 다른 곳으로 옮겼을지도 모르는데, 그 한 마디가 이 새벽에 눈을 뜨자마자 귓가를 파고든 것이다.

"당신도 언젠가는 죽을 날이 오겠지!"

그 젊은이는 더 살고 싶어 했다! 예프렘이 더 살고 싶은 건 왜일까? 병에는 이유가 필요 없었다. 병에는 미리 정해진 예정만 있었다.

예프렘은 톨스토이의 책을 벌써 사흘밤 요 밑에 넣어두었다. 그 책에는 힌두교의 신앙도 적혀 있었는데, 우리는 아주 죽는 게 아니라 영혼이 동물이나 다른 사람한테 옮겨간다고 했다. 예프렘은 윤회설에 마음이 끌렸다. 다만 모조리 없어지지는 말고, 자기만의 어떤 것을 남겨 가고 싶었다. 그런데 만약 돼지새끼의 코 같은 데로 옮겨가면 어떡하지?

목에서 머리까지 찌르는 듯한 아픔이 반복되더니, 점차 규칙적인 네 박자로 때리기 시작했다. 예프렘-사망-이상-끝-예프렘-사망-이상-끝……. 그는 네 박자를 마음속으로 중얼거렸다. 되풀이하면 할수록, 이 죽을 운명의 사나이 예프렘으로부터 자기 자신이 떨어져나가는 것 같았다. 급기야 옆 사람의 죽음을 보듯 자신의 죽음이 객관적으로 느껴졌다. 다만 예프렘 포두예프의 죽음을 냉정하게 생각하고 있는 내부의 그 무엇만은 계속 그대로였다.

혹시 구원받을 방법이 없을까? 자작나무 버섯을 달여 먹으면 될까? 중단 없이 1년간 꾸준히 마셔야 한다고 했으니 말린 버섯이 최소한 2푸드(1푸드는 약 16킬로그램), 젖은 것이라면 4푸드가 필요하다. 소포로 여덟 꾸러미나 되는데, 버섯이 썩지 않아야 하니까 소포를 한꺼번에 받지 말고 매달 한 번씩 받아야 했다. 누가 그렇게 시기를 놓치지 않고, 요령있게 채집해서 잊지 않고 보내줄 것인가? 그 먼 곳에서 말이다. 피붙이 아니고선 불가능하다.

예프렘은 많은 사람과 사귀었지만 가족처럼 가까운 사람은 아무도 없었다. 우랄산맥 저쪽에는 첫째 아내 아미나 외에는 편지로 부탁할 만한 사람이 없었다. 하지만 아미나는 틀림없이 '차라리 죽어버려, 색마!'라고 답장할 것이다. 그것은 당연한 일이었다. 그러나 이 책에 따르면 아미나는 예프렘을 가엾게 여기고 사랑해야 한다. 남편으로서가 아니라, 괴로움에 시달리고 있는 한 인간으로서 사랑해야 한다. 그리고 버섯 꾸러미를 보내주어야 한다.

여기까지 생각했을 때 '사람은 일하려고 산다.'는 지질학자의 말을 들었다. 잠시 대꾸했지만 다시 생각속으로 빠져들었다. 머리를 쪼는 듯한 아픔이 다시 시작되었다. 이 아픔이 일단 밀려오면, 가만히 누워서 움직이지도 않고 먹지도 않고 듣지도 않고 보지도 않는 것이 가장 편했다. 그냥 존재하고 싶지 않아지는 순간이었다.

그때 누군가 다리와 팔꿈치를 마구 흔들었다. 아흐마드잔이 간호사의 부탁으로 흔들고 있었다. 아까부터 외과 간호사가 침대 곁에 서서 '붕대 갈러 가자.'고 하고 있었다. 이런 쓸데없는 일 때문에 예프렘은 일어나야 했다. 그는 일어난다는 의지를 6푸드의 육체에 전달했다. 손발과 등을 긴장시키고, 안정상태에 있는 뼈와 살을 억지로 움직여서, 무거운 몸을 일으켜 올리고, 말뚝처럼 뻗치고 서서, 자켓을 입고 고통을 받으며 복도와 층계를 걸어갔다. 10여 미터 길이의 붕대를 풀고, 그것을 다시 감는 무익한 고통을 받으려고.

그것은 꽤 오랜 시간의 고통이었다. 주위에서 쉴 새 없이 희미한 소음이 들려왔다. 예브게냐 우스치노브나와 수술에는 절대 손대지 않는 두 사람의 의사가 있었다. 여의사가 두 의사에게 무언가를 설명하고, 예프렘에게도 무슨 말인가 했지만 안개처럼 희미한 소음이 모든 말소리를 덮어버렸다.

예프렘은 이전보다 더 튼튼한 붕대의 굴레를 쓰고 병실로 돌아왔다. 목에 감긴 것이 머리통보다 더 컸다. 손에 담배주머니를 들고 거닐고 있던 코스토글로토프가 예프렘에게 물었다.

"그래, 어떻게 결정됐어?"

예프렘은 붕대 교환을 할 때 아무것도 듣지 못했다. 정말 어떻게 결정 되었지? 그런데도 대답이 술술 나왔다.

"어디든 좋은 데 가서 목을 매라는 거야. 이 병원에서만은 안 된대."

페제라우는 자기도 같은 운명에 처해질 거라는 눈초리로 기이한 목을 바라보며 물어보았다.

"그럼 퇴원인가요?"

그 질문에 예프렘은 제정신이 돌아왔다. 지금 침대에 누우면 안 된다. 퇴원 준비를 해야 했다. 아무리 몸을 굽힐 수 없어도 평상복으로 갈아입 어야 했다. 그리고 말뚝 같은 몸으로 거리를 걸어다녀야 했다. 무엇 때문 에, 누구 때문인지는 몰라도, 아무리 괴롭더라도 이런 일을 전부 해야 한 다. 기가 막히는 노릇이었다.

코스토글로토프는 전우로서의 동정심을, '이번 탄환은 네가 맞았지만 요다음 것은 내 차례일지도 모른다.'는 심정을 느꼈다. 예프렘의 지난날 을 잘 아는 것도 아니고 병실에서 특별히 친하게 지낸 것도 아니지만, 예 프렘의 솔직한 마음은 평소에도 마음에 들었다. 그의 인생 경험에 비추어 보면, 이 사람은 결코 최악의 악인은 아니었다.

"그럼, 기운 내요, 예프렘!"

코스토글로토프는 한 손을 내밀었다. 예프렘이 그 손을 붙잡고 히죽 웃었다.

"태어나서 빈둥거리고 설치다가 죽는 것, 이게 인생이야."

코스토글로토프는 돌아서서 담배를 피우러 나가려고 했다. 그때 검사 실 조수가 신문을 가지고 들어와서 제일 가까이 있는 그에게 건네주었 다. 코스토글로토프는 펼쳐 들었다. 루사노프가 그것을 보고 나가고 있는 조수를 향해서 고함을 질렀다.

"이봐, 이봐! 신문은 나한테 제일 먼저 가져오라고 했잖아!"

그의 목소리는 울분에 차 있었으나, 코스토글로토프는 동정하지 않고 대들었다.

"왜 당신이 제일 먼저야?"

"그건, 왜냐구? 왜라니?"

루사노프는 괴로웠다. 다툴 여지도 없는 너무나 명백한 자기의 권리를 말로 설명할 수 없는 것이 너무나 괴로웠다.

루사노프는 갓 배달된 신문에 다른 사람이 자기보다 먼저 손을 댄 것에 질투 같은 기분이 드는 것을 어쩔 수 없었다. 왜냐하면 이 병실에서 자기보다 신문을 더 잘 이해하는 사람은 없었으니까. 루사노프는 신문을 그냥 읽는 것이 아니라 일종의 암호문처럼 해독했다. 신문은 모든 것을 공개적으로 다 알리는 것이 아니라, 특정의 지식과 능력을 가진 사람만이 여러 가지 세세한 징후나 장소나 생략된 말까지 종합해서 올바른 판단을 내릴 수 있게 되어 있다. 그러니까 루사노프가 가장 먼저 신문을 읽어야 했다. 그렇다고 이런 것을 입 밖에 낼 수도 없는 노릇이 아닌가! 그래서 루사노프는 그저 불만스럽게 말했다.

"이제 곧 주사를 맞아야 해요. 그전에 좀 보려고 해요."

"주사?" 코스토글로토프의 말투가 좀 부드러워졌다. "좀 기다려줘요……."

그는 담배가 급해서 최고회의 자료와 뉴스 위주로 얼른 훑었다. 그러나 루사노프한테 넘겨주려고 신문을 접다가, 문득 어떤 기사에 눈길이 꽂혀서 꼼꼼하게 읽기 시작했다. 작지만 긴장된 목소리로 한마디 한마디를 혓바닥 위에 굴리듯 여러 번 되풀이해서 읽었다.

"재미있군. 재, 미, 있, 어……."

베토벤 교향곡 '운명'의 테마처럼 네 글자가 코스토글로토프의 머리 위에서 울렸다.

"뭔데, 도대체? 빨리 신문을 줘요!"

코스토글로토프는 아무 대꾸도 하지 않고 신문을 먼저처럼 넷으로 접었다. 그러나 여섯 페이지의 신문은 처음보다 좀 두껍게 되었다. 코스토글로토프는 루사노프에게 한 걸음 다가가서(루사노프도 한 걸음 다가왔다) 신문을 넘겨주었다. 그리고는 병실에서 나가지 않고, 담배주머니를 열고 떨리는 손가락으로 담배를 말기 시작했다.

루사노프도 떨리는 손으로 신문을 펼쳤다. 코스토글로토프가 '재미있다'는 게 대체 뭘까? 루사노프의 눈이 요령 있고 재빠르게 헤드라인을 훑다가, 사정을 모르는 사람이라면 건너뛰었을 중간크기의 활자에서 멈췄다.

「최고재판소 전원 경질.」

'뭐? 뭐라고?'

사실이야? 최고재판소가? 울리리흐의 차석 마툴레비치도? 파블렌코도? 클로포프까지 해임이라니! 그럼 누가 최고재판소를 지키지? 새로운 이름들뿐이야, 25년 동안 법조계를 지배했던 전원이 한꺼번에 경질되다니! 이것이 우연일 리가 없다.

'역사의 흐름……'

루사노프의 이마에 땀방울이 맺혔다. 겨우 오늘 새벽 무렵에야 공포가 헛된 것임을 깨닫고 안정을 찾았는데 지금 갑자기…….

"주사 맞으세요."

"뭐라고?"

루사노프가 펄쩍 뛰었다. 여의사 간가르트가 주사기를 들고 서 있었다.

"팔을 걷으세요, 루사노프 씨, 주사예요."

16. 지리멸렬

루사노프는 콘크리트 관처럼 생긴 통 속을 기어가고 있었다. 관이 아니고 터널이었는지도 모른다. 양쪽에 튀어나온 철근이 있어서 이따금 턱의 혹이 거기에 걸렸다. 엎드린 자세로 있으니 자기를 땅으로 내리누르는 육체의 중량을 심하게 느꼈다. 그 중량이 체중보다 훨씬 더 무거워서, 금방이라도 짓눌려 죽어버릴 것 같았다. 처음에는 쇳덩이를 넣은 주머니에 깔린 줄 알았는데, 그게 아니라 자기의 육체였다. 얼른 이 통로를 기어나가서 안도의 한숨을 내쉬며 밝은 빛을 보는 것이 중요했다. 하지만 통로가 끝이 없었다. 가도 가도 끝이 나지 않았다.

그때 누군가가 옆으로 기어가라고 명령했다(소리를 들은 것이 아니라 텔레파시처럼 생각을 전달받았다). 옆은 벽인데 어떻게 기어가지? 하지만 옆으로 기어가라는 명령도 육체만큼의 중량으로 그를 찍어내렸다. 그래서 끙끙대면서 옆으로 기는 시늉을 하자 어찌된 일인지 기어갈 수가 있었다. 그런데 그 방향에 익숙해지자마자 반대쪽으로 가라는 명령이 왔다. 할 수 없이 다시 끙끙거리며 그쪽으로 이동하기 시작했다. 짓누르는 무게와 고통은 어느 쪽으로 가든지 똑같았고, 빛이나 출구도 안 보였다. 그런데 다른 명령이 들렸다. '오른쪽으로 더 빨리 기어라.' 오른쪽은 튼튼한 벽이었는데, 웬일인지 팔꿈치와 무릎으로 기니까 꽤 나갈 수 있었다. 다시 명령이 바뀌었다. '왼쪽으로 더 빨리 기어라.' 이제 의문도 품지 않고 곧장 왼쪽으로 방향을 바꾸었다. 목의 종양은 자꾸만 어딘가에 걸렸고, 그때마다 통증이 머리까지 울렸다. 이렇게 괴로운 경험은 난생 처음이었지만, 가장 분했던 건 끝까지 기어가 보지 못하고 여기서 죽는 것이었다.

그때 느닷없이 발이 가벼워졌다. 공기라도 집어넣은 것처럼 가벼워지더니, 다리가 일어서기 시작했다. 가슴과 머리는 여전히 지면에 짓눌려 있었다. 귀를 기울였으나 아무런 명령도 들리지 않았다. 그렇다면 여기서 도망칠 수 있겠다고 생각되었다. 다리만 터널을 빠져나간다면 그것을 따라 뒷걸음질로 도망칠 수 있을 것이다. 그래서 정말로 두 팔에 힘을 주면서 뒷걸음질을 시작해서(어디서 그런 힘이 솟아났을까?) 자기 다리를 따라서 구멍을 빠져나갔다. 구멍도 좁았지만, 그보다 피가 머리로 모조리 올라가서 머리가 터져 죽을 것 같았다. 사방에서 조여오는 벽을 최후의 일격으로 깨고 간신히 기어나왔다.

정신을 차리고 보니, 토관 위에 앉아 있었다. 어느 건설 현장이었는데, 인기척이 없는 것을 보니 근무시간이 지난 것 같았다. 주위는 질퍽했다. 한숨 돌리고 얼핏 고개를 돌리니 바로 옆에 지저분한 작업복 차림의 처녀가 앉아 있었다. 머리에는 아무것도 쓰고 있지 않아서 짚북데기같이 머리카락이 헝클어졌고 머리핀도 꽂지 않았다. 처녀는 이쪽을 바라보지는 않았지만, 그가 질문을 해오기를 기다리는 눈치였다. 그도 섬뜩했지만 처녀가 더 놀란 것 같아서, 도저히 이야기할 마음이 아니었어도 입을 열었다.

"아가씨, 어머니는 어디 계시지?"

"몰라요." 그녀가 발 아래를 보면서 손톱을 씹었다.

"모르다니, 무슨 소리야?" 그는 화가 나기 시작했다. "알고 있을게 아냐, 솔직히 있는 그대로 적어야지…… 왜 가만 있지? 또 한 번 묻지만 네 어머니는 어디 있지?"

"그건 제가 묻고 싶은 말예요."

그는 처녀를 바라보았다. 그녀의 눈에 눈물이 고여 있었다. 그는 몸서리치면서 여러 가지 사실을 한꺼번에 깨달았다. 각성이 파도처럼 그를 덮쳤다. 처녀는 민족 지도자(스탈린)의 험담을 해서 투옥된 '프레스 공장 노동자 그루샤'의 딸이었다. 처녀는 사실을 은폐한 부정확한 신상조사서를 제출했다가, 루사노프에게 소환되어서 재판에 회부하겠다는 위협을 받고 음독자살을 했다(확실히 음독자살이었는데, 지금 머리카락이나 눈을 보니 투신자살이었는지도 모르겠다). 거기다가 루사노프가 깨달은 또다른 사실은, 처녀가 이쪽이 누구인지 알고 있다는 것이다. 자살한 처녀와 나란히 앉아 있다니, 나도 죽은 걸까. 식은땀이 나기 시작했다. 그 땀을 닦으면서 태연한 척 처녀에게 말했다.

"지독한 더위로군! 어디 물 마실 데가 없을까?"

"저쪽."

처녀가 턱으로 가리켰다. 상자처럼 생긴 물통에 썩은 빗물이 가득했다. 녹색 물에 진흙마저 섞여 있었다. 이것이 처녀가 마시고 죽은 물이고, 그녀가 다른 사람에게도 이 물을 마시게 하고 싶어한다는 깨달음도 왔다. 그렇다면 나는 아직 살아 있는 건가?

그는 처녀를 멀리할 구실을 열심히 생각했다.

"그럼, 이렇게 하지. 잠깐 현장 감독을 불러올 수 없을까? 장화를 가져오도록 말해 줘. 장화가 없으면 여기서 나갈 수 없으니까."

처녀는 끄덕이고, 토관에서 미끄러져 내려가 물웅덩이 속으로 처벅처벅 걸어갔다. 뒷모습을 보면 흐트러진 머리카락은 너무 불결했지만, 작업복에 장화를 신은 모습은 건설 현장에서 흔히 볼 수 있는 것이었다.

그는 너무 목이 타서, 그 물통의 물을 마시기로 결심했다. 조금만 마시면 괜찮겠지. 그래서 토관에서 내려와 진창길을 걸으려고 하는데, 발밑 대지가 어쩐지 물컹하더니 사방이 막막하고 깜깜해졌다. 그래도 계속 전진하려는데, 갑자기 중요한 서류를 분실한 일이 생각나서 깜짝 놀랐다. 호주머니를 뒤졌지만 (모든 호주머니를 한꺼번에, 손을 움직여 하는 것보다 훨씬 더 재빨리 뒤졌지만) 역시 잃어버렸다는 것만 확인하게 되었다. 왜 그렇게 놀랐느냐면 이 서류는 현재의 시점에서는 아직 일반 사람들이 읽어서는 안 되는 것이었기 때문이다. 읽게 될 경우에는 대단히 불쾌한 결과가 될지도 모른다.

어디서 잃어버렸는지 곧 알아차렸다. 토관에서 미끄러져 내려올 때다. 당황해서 뒤돌아가기 시작했다. 그런데 조금 전까지 있던 장소가 아니라 전혀 다른 곳이었다. 토관은 그림자도 안 보이고 노동자 몇 명이 오가고 있었다. 최악의 사태다! 그들이 주워갈지도 모른다!

노동자들은 낯선 젊은이들뿐이었다. 방수 점퍼를 입은, 용접공인 듯한 젊은이가 멈춰서며 이쪽을 바라보았다. 왜 저렇게 쳐다볼까? 서류를 주웠을까?

"잠깐, 여보게, 성냥을 가지고 있지 않나?"

"당신은 담배를 안 피우죠."

'어떻게 알았지?'

"아니야, 성냥은 다른 데 필요해."

"다른 데 어디에 쓰실 거죠?"

얼마나 미련한 대답인가! 이것으로 모든 것이 탄로나 버렸어! 그것은 전형적인 생산 저해 분자의 대답방식이었다. 이놈은 체포해도 좋지만 그동안에 서류를 찾을 수가 없을 것이다. 성냥은 그것 때문에 필요한 거야, 서류를 불사르기 위해서 말이다.

젊은이가 점점 다가왔다. 루사노프는 불길한 예감에 떨었다. 젊은이는 루사노프의 눈을 들여다보며 한마디 한마디에 힘을 넣어 뚜렷이 말했다.

"자기 딸을 내게 맡긴 것으로 판단할 때, 옐리찬스카야는 자기가 유죄임을 인정하고, 체포를 예기했다고밖에 사려되지 않음."

루사노프는 찬물을 뒤집어쓴 것처럼 오싹해졌다. 몸이 덜덜 떨렸다.

"어떻게 그것을 알지?"

그 서류를 읽은 것이 분명했다! 지금 말한 것은 서류 속의 문장 그대로

가 아닌가! 그러나 용접공은 대답하지 않고 가버렸다. 루사노프는 내달렸다! 이 근처에 나의 밀고서가 떨어져 있는 게 틀림없어! 빨리 찾아내야 해!

루사노프는 담벼락 사이를 달렸다. 모퉁이를 몇 번을 도는데 발이 점점 느려져서 마음이 초조해졌다. 이 발이 왜 이다지도 느리게 움직일까! 그때 잃어버린 서류가 보였다! 전속력으로 뛰어가려는데 발이 전혀 움직이지 않았다. 그래서 팔로 엉금엉금 기었다. 다른 사람이 앞질러 가게 해서는 안 돼! 자, 조금만 더, 조금 더…… 겨우 서류를 잡았다! 이거야! 그것을 찢을 힘도 남아 있지 않아서, 그냥 서류 위로 넘어져버렸다.

그때 누가 어깨를 건드렸다. 그는 다짐했다. '서류를 감추고, 뒤돌아보지 말자.' 그러나 어깨에 닿는 손길이 부드러웠다. 옐리찬스카야임을 직감했다. 그녀가 그의 귀에 대고 속삭였다.

"루사노프 씨! 내 딸아이 어디 있지요? 어디다 맡겨두셨어요?"

"안전한 곳에 맡겼으니까 걱정하지 말아요, 옐리찬스카야." 루사노프는 대답하면서도 절대로 그녀에게 머리를 돌리지는 않았다.

"안전한 곳?"

"아동 시설이오."

"어느 아동 시설이요?" 심문하는 목소리가 아니라 슬퍼하는 목소리였다.

"미안하지만 그건 말할 수 없어요." 그는 어디인지 알지도 못했다.

"제 이름으로 맡겼나요?"

"아니, 이름을 바꿨어요. 그게 법이라서 나도 별 도리가 없었어요."

루사노프는 엎드린 채 자기가 전에 옐리찬스카야와 그녀의 남편을 꽤 좋아했던 일을 회상했다. 그는 그들 부부에 대해 어떤 악감정도 없었다. 그런데 옐리찬스카야의 나이 많은 남편을 고발한 이유는, 평상시 이 노인을 못마땅하게 여기고 있던 추흐넨코의 부탁 때문이었다. 그래서 루사노프는 그녀의 남편이 투옥된 후에 친절히 그녀와 딸을 돌봐주었다. 그러나 체포될 것을 각오한 그녀는 딸을 루사노프에게 맡겼었다. 그 후 무슨 이유로 그녀까지 밀고해서 체포시켰는데, 그 이유는 도저히 생각나지 않았다.

얼굴을 들고 뒤돌아보니까 옐리찬스카야는 사라졌다(생각해 보니 옐리찬스카야는 이미 죽었던 것이다!). 오른쪽 목이 다시 쿡쿡 쑤시기 시작했다. 그래서 목을 똑바로 하고 다시 아까와 같은 자세로 돌아왔다. 여하튼 쉬어야 했다. 몹시 피곤했다. 이렇게 피곤해 보기는 난생 처음이다!

여기는 탄광의 갱도다. 눈이 어둠에 익숙해지자, 바로 옆에 먼지를 뒤집어쓴 전화기가 보였다. 어떻게 이런 데까지 도시 문명의 혜택이 있지? 선은 연결되어 있을까? 그렇다면 마실 것을 가져오도록 전화를 걸어야지. 그런데 이런 상태라면 병원에 입원하지 않으면 안 되겠다.

수화기를 귀에 대니까, 발신음 대신 힘찬 사무적인 목소리가 들려온다.

"루사노프 씨입니까?"

"네, 네, 그런데요." 루사노프도 힘있게 대답했다(그 목소리는 분명히 상사의 목소리이지 부하의 목소리는 아니었다).

"최고재판소로 출두하십시오."

"최고재판소로요? 네! 곧 가겠습니다! 알겠습니다! 그런데 죄송합니다만, 이전 최고재판소입니까, 새로운 곳입니까?"

"새로운 곳입니다. 서둘러 주십시오." 상대방이 냉랭하게 전화를 끊었다.

루사노프는 최고재판소의 인사 이동을 상기했다! 그리고 자기가 먼저 수화기를 들어올린 것을 후회했다. 마툴례비치, 클로포프, 베리야는 이미 없어졌어! 이것이 바로 세월이라는 걸까!

그렇지만 가지 않으면 안된다. 일어설 힘마저도 빠져버렸다. 그러나 어쨌든 일어나야 했다. 손발에 힘을 주어 일어섰으나, 갓난 망아지처럼 힘없이 넘어져버렸다. 물론 시간을 정했던 것은 아니지만 '서둘러 주시죠!'

라고 말했던 것이다. 벽을 짚고 겨우 일어섰다. 그대로 벽을 따라 힘빠진 발로 휘청거리며 걷기 시작했다. 어쩐지 목의 오른쪽이 줄곧 아팠다.

걸어가면서 생각했다. 혹시 재판에 회부되는 것은 아닐까? 그만큼 세월이 흘렀는데 지금 새삼스럽게 재판에 회부되겠어? 아냐, 최고재판소의 인물들이 바뀌었잖아! 아, 이것은 불길한 징조야! 최고재판소에 대한 경우는 조금도 변하지 않았지만, 이렇게 된 이상은 끝까지 변명해야겠어. 끝까지!

이렇게 말해야겠어. 선고를 내린 것은 제가 아닙니다! 심리를 진행한 것도 제가 아닙니다! 저는 의심스러운 사실을 통보한 것뿐입니다. 지도자의 얼굴 사진이 찢긴 신문지 조각을 공중변소에서 보았다면, 그 조각을 제출하고 통보하는 것은 저의 의무입니다. 그 후에 사실을 자세히 조사하는 것은 재판소가 할 일입니다! 그 신문이 찢긴 것이 우연일 지도 모르고, 아닐 지도 모릅니다. 그 점에 대하여 명백히 해야 하는 것은 재판소의 일입니다. 저는 단지 시민의 의무를 다했을 뿐입니다.

또 이렇게 말해야지. 그 당시는 건전한 사회를 만드는 것이 중요과제였습니다! 도덕적으로 건전한 사회를 만드는 겁니다! 그 일은 사회의 숙청이 없이는 불가능합니다. 그리고 숙청은 밀고를 즐기는 인간 없이는 불가능합니다.

마음속에서 토론을 하면 할수록 루사노프는 더욱 격앙되어서, 지금이라도 곧 말을 입 밖에 뱉어놓지 않고는 견딜 수 없었다. 지금은 한 시라도 빨리 재판에 회부되었으면 했다. 그럼 그놈들한테 큰소리로 말해야지.

"그것은 나 혼자 한 일이 아니야! 당신네들이 어떻게 나를 재판한단 말이오? 그것을 하지 않은 인간이 있다면 보여주시오! 거기에 가담하지 않고 어떻게 자기 지위를 지킬 수 있단 말이오. 구준? 그는 자업자득이야!"

이미 그렇게 외치고 난 것처럼 긴장했으나, 정신을 차리고 보니 외친 것이 아니고 목이 부풀었을 뿐이었다. 목구멍이 따끔거렸다.

"루사노프! 어디 아픈가? 걷기가 몹시 거북한 것 같군? 어디 가는 거야?"

그는 좀 기운을 차리고 여기까지 걸어온 것 같았다. 누가 불러서 뒤돌아보았더니, 청년 돌격대 견장을 찬 즈베이네크였다. 루사노프는 그의 젊은 모습에 놀랐다.

"어디라니, 자네와 같은 곳이지. 위원회 말이야."

무슨 위원회일까, 루사노프는 생각하기 시작했다. 호출한 데는 다른 데였으나, 자기의 행선이 어딘지는 이미 생각나지 않았다. 그리하여 그는 즈베이네크와 발을 맞춰서, 힘 있게 빠른 걸음으로, 씩씩하게 걸어갔다. 그러자 자기 자신도 스무 살도 안 된 미혼자처럼 생각되었다.

두 사람은 큰 관청으로 왔다. 많은 사무용 책상에는 지식인들이 앉아 있었다. 성직자처럼 수염을 기르고 넥타이를 단정하게 맨 나이 많은 회계원들. 단추 구멍에 조그마한 해머의 배지를 단 기술자들. 귀족계급의 부인을 닮은 중년들. 무릎 위로 올라간 스커트를 입은 젊은 타이피스트들. 루사노프와 즈베이네크가 네 개의 장화소리를 울리면서 들어서자마자, 이들 서른 명이 넘는 사람들이 일제히 두 사람을 주목하고, 어떤 사람은 일어서고, 어떤 사람은 앉은 채 인사했다. 모든 시선은 두 사람을 쫓았고, 모두의 얼굴은 놀라운 빛을 띠고 있었다. 루사노프는 그것이 만족스러웠다.

두 사람은 다음 방으로 들어가서 위원회 동료들과 인사를 나누고, 빨간 테이블보가 깔린 탁자에 마주앉았다.

"그럼 시작할까요!" 의장인 베니카가 지시를 내렸다.

프레스 공장의 그루샤 아주머니가 들어왔다.

"그루샤 아주머니, 웬일이세요?" 베니카가 놀라서 말했다. "지금은 사무 관계를 숙청하고 있는데. 아주머니는 언제부터 사무원이 되셨나요?"

모두들 웃어댔다.

"그런게 아니라, 딸애가 꽤 자라서 유치원에 보낼까 해서."

"알겠어요, 그루샤 아주머니!" 루사노프가 버럭 소리질렀다. "신청서를 내세요. 딸을 유치원에 넣어줄 테니 염려말아요! 그럼 일을 방해하지 말아요. 우리는 인텔리들의 숙청을 시작할 테니!"

물병의 물을 따르려고 손을 내밀었는데, 물병이 비어 있었다. 그래서 옆 사람에게 턱짓으로 다른 물병을 가져오게 했는데, 그것도 비어 있었다.

"물을!" 루사노프는 소리질렀다. "물!"

"지금 드리죠." 여의사 간가르트가 말했다. "곧 가져다 드리겠어요."

루사노프는 눈을 떴다. 간가르트는 루사노프의 침대에 앉아 있었다.

"머릿장에 콤포트(설탕에 절인 과일즙)가 있어요." 루사노프는 가느다란 목소리로 말했다. 오한이 날 때마다 통증은 점점 더 심해지고, 머리가 빠개지는 듯이 아팠다.

"그럼 콤포트를 드세요." 간가르트는 얄팍한 입술에 웃음을 띠었다. 머릿장을 열고 콤포트의 병과 컵을 꺼냈다.

창문에는 저녁놀이 깃든 것 같았다.

루사노프는 간가르트가 콤포트를 나누어 담는 것을 곁눈으로 보고 있었다. 한 그릇을 다 덜어서는 안된다. 새콤한 콤포트는 몸속에 스며드는 듯이 맛이 있었다. 루사노프는 반쯤 몸을 일으켜서 간가르트가 기울여주는 컵에 든 것을 한 방울도 남기지 않고 마셨다.

"오늘은 괴로웠어요." 루사노프는 호소했다.

"아니, 그렇지 않을 텐데요. 오늘은 주사액의 양을 늘렸을 뿐이에요."

새로운 의혹이 루사노프의 가슴을 찔렀다.

"매번 투입량을 늘리나요?"

"아니요, 앞으로는 오늘과 똑같아요. 익숙해지면 편할 거예요."

"그런데 최고재판소는?"

루사노프는 말을 하다가 멈췄다. 어느 것이 환상이고, 어느 것이 현실인지 뒤죽박죽이 되어버렸다.

17. 바곳 뿌리

간가르트는 루사노프가 주사약의 허용량에 어떤 반응을 보일지 염려되어서 처치가 끝난 뒤에는 잠시 남아서 곁을 지키고, 하루에도 여러 번 상태를 보러 갔다. 올림피아다가 당직이라면 이렇게 자주 다니지 않아도 되었으나, 그녀가 결국 조합 계리사 세미나에 끌려가서 오늘 낮에는 투르군이 당직을 서고 있었다. 그는 낙천적인 데가 있는 사람이었다.

루사노프는 주사를 맞으면 수면제를 먹고 계속 잠들었는데, 자면서 끊임없이 뒹굴고 고함을 질렀다. 간가르트는 그 모든 것을 주의깊게 관찰하고 맥박을 짚어봤다. 루사노프는 새우처럼 몸을 둥글게 말거나 다리를 쭉 뻗었다. 얼굴이 뻘겋게 달아오르고 땀을 흘렸다. 안경을 벗은 얼굴은 전혀 관료처럼 보이지 않았다. 몇 가닥 없는 머리카락이 정수리에 달라붙어 있었다.

간가르트는 병실의 다른 일도 처리해야 했다. 퇴원한 예프렘이 형식상으로 이 병실 책임자였기 때문에 후임자를 정해야 했다.

"코스토글로토프 씨, 오늘부터 당신이 이 병실의 책임자가 되어 주세요."

코스토글로토프는 담요 위에 누워서 신문을 읽고 있다가(간가르트가 병실로 들어올 때부터 줄곧 똑같은 자세였다) 여의사에게로 밝은 시선을 옮기면서, 의사에게 예를 갖추듯 침대에 죽 뻗었던 다리를 거두었다. 그러나 대답은 태도만큼 선의가 넘치지는 않았다.

"간가르트 선생! 제게 돌이킬 수 없는 죄를 짓게 하지 마세요. 모든 관리직에는 과오가 따르고 권력욕도 생기기 때문에, 저는 몇 년간 고민한 끝에 맹세했거든요. 이제 다시는 어떤 관리직도 맡지 않겠다고."

"맡았던 일이 있었나요? 그렇게 대단한 관리직에?" 간가르트는 얼떨결에 얘기에 말려들었다.

"제일 높았을 때가 소대장 보좌였죠. 그러나 소대장과 다름 없었던 게, 진짜 소대장은 너무 무식해서 무능자로 재교육을 받으러 교육대에 들어 갔고, 교육을 받더니 중대장급이 되어서 다른 연대로 갔어요. 그 사람 대 신 장교가 새로 왔지만 정원 외 인원이다가 곧 정치부로 갔고요. 그래서 엘레츠에서 프랑크푸르트까지의 2년 동안은 내가 소대장 대리로 임명되 었죠. 나는 우수한 측량기사였고 병사들도 내 말을 잘 따랐으니까. 그때 가 내 생애의 가장 좋은 시절이었어요. 좀 우습긴 하지만."

"그렇다면 왜 거절하시죠? 다시 생애의 가장 좋은 시절을 맛보시죠." 간가르트는 그의 말을 듣거나 자기가 말할 때면 늘 미소를 지었다.

"좋은 말이군요, 좋은 시절! 그러나 민주주의는 어떻게 됩니까? 당신은 민주주의 원칙을 짓밟고 있어요. 나를 이 병실 사람들이 선출한 것도 아 니고, 그들은 내 경력조차 모르는데…… 하기야 당신도 모르죠."

"그렇군요, 그럼 말해 줘요."

여의사의 말소리는 처음부터 나지막했고, 그도 여의사한테만 들리게 목소리를 낮췄다. 루사노프는 잠들었고, 바짐은 독서 중이고, 예프렘의 침대는 이미 비어 있어서 두 사람의 얘기를 듣는 사람은 아무도 없었다.

"그러면 얘기가 길어지는데, 숙녀가 서 있고 내가 앉아 있으면 안 돼 죠. 여기 제 침대에 걸터앉아요."

"가야 하는데." 그녀는 말하면서도 침대에 앉았다.

"간가르트 선생, 나는 민주주의를 신봉해서 쓸데없는 고초를 겪었어 요. 나는 군대 내에 민주주의를 심으려다가 논란이 많았지요. 그래서 1929년에 사관학교에 못 가고 졸병으로 머물렀어요. 1940년에는 사관학 교에 들어갔다가 상관에게 대드는 바람에 곧 제적되었고, 1941년에 겨우 극동 하사관교육대에 들어갔어요. 내가 장교가 될 수 없다는 게 아주 분 했지만, 내게는 정의가 더 중요했죠."

"제가 아는 사람 중에도 그런 분이 계셨어요. 참 교양있는 분인데도 계속 졸병 신세였지요." 잠시 침묵이 흘렀다. "그런데 당신은 지금도 여전하군요."

"지금도 졸병이라는 겁니까, 교양이 있다는 말입니까?"

"따지길 좋아한다고요. 의사들과 얘기할 때요. 특히 내게는 더 하죠."

간가르트의 모든 말과 동작은 상냥하면서도 묘하게 위엄이 있었다. 조화로운 음악 같은 태도였다.

"당신과 말할 때는 제일 정중하게 말하는 거예요! 내가 처음 이곳에 온 날을 생각하시는 것 같은데, 그것은 내가 어떤 곤경에 있었는지 몰라서예요. 나는 반죽음 상태로 거주지를 빠져나왔고, 오는 길에 억수같이 쏟아지는 비를 맞았죠. 간신히 방한화를 역에 맡겨놓고 전차를 타고 옛 전우의 주소지를 찾아가려는데, 전차 사람들이 날이 어두울 때는 구시가에 가지 말라고 다 말리는 거예요. 1953년 특사(스탈린 사망 때 실시) 때 살인 강도범들이 모조리 석방되어서 위험하다고요. 하는 수 없이 몇 군데 여관을 전전했는데, 모든 여관의 로비가 깨끗해서 발을 들여놓기가 창피했어요. 빈 방이 있어도 내가 유형수 증명서를 내밀면 하나같이 거절했고요. 죽을 각오는 되어 있었지만, 그렇다고 객사를 받아들일 수는 없잖아요.

그래서 경찰서로 갔지요. '저는 유형수인데 여기서 좀 재워주십시오.' 그렇지만 신분증명서를 조사하지 않는 찻집에 가라고 쫓아내더군요. 하지만 아무리 걸어도 찻집은 보이지 않고. 그래서 그냥 이 병원 외래진찰실로 와서 꼭두새벽부터 줄을 서서 순번을 기다렸지요. 의사가 진찰하더니 곧 입원하라는 겁니다. 그래서 다시 전차를 두 번 갈아타고 변두리에 있는 감독조사국으로 갔는데, 역시나 감독조사관은 출타 중이고 직원은 '돌아오실지 안 오실지 모르고, 유형수에게는 어떠한 서류도 발부하지 않는다.'고 하네요. 그때 생각난 것이 '증명서를 여기 맡기면 역에 맡긴 방한화를 못 찾는다.'였어요. 그래서 다시 전차를 두 번 갈아타고 1시간 반이나 걸려서 역에 갔어요."

"방한화는 기억이 안 나는데. 그것을 가지고 계셨던가요?"

"기억에 없는 것이 당연하죠. 그때 역에서 어떤 여자에게 팔았으니까. 어차피 올 겨울은 병원에서 지낼 테고, 다음 겨울까지는 죽을 거라고 생각했으니까요. 어쨌든 거기서 다시 1시간 반 걸려서 감독조사국으로 갔어요. 전차 차비만도 10루블에, 전차에서 내려서도 1킬로미터나 진창길을 걸어요. 다행히 책임자가 돌아와 있어서, 유형지 감독조사국에서 발부한 허가증을 맡겨놓고 이 병원 입원허가서를 보였더니 겨우 입원허가를 해주더군요. 그래서 또 전차를 타고, 거리의 번화가로 갔어요. 〈잠자는 숲속의 미녀〉가 상연중이라는 포스터가 나붙어 있었어요."

"발레 구경도 했다구요? 그런 줄 알았더라면 안 넣어주는 건데. 기가막혀서."

"죽기 전에 마지막으로 한 번 더 발레를 보고 싶었을 뿐이에요. 영구추방된 신분으로는 발레 같은 건 절대로 볼 수 없잖아요? 그런데 하필이면 작품이 바뀌었더라고요! 〈잠자는 숲속의 미녀〉가 아니라 〈아구 발르이〉(스탈린 시대에 작곡된 이탈리아풍의 우즈베크 오페라)를 상연하고 있었어요."

간가르트는 소리 없이 웃으면서 머리를 저었다. 죽기 전에 다시 한번 발레를 보고 싶다는 말이 마음에 들었다.

"음악학교 홀에서는 피아노과 학생들의 연주회가 열리고 있었는데 역에서는 거리가 멀었고, 이미 입장권도 매진되었어요. 비는 여전히 퍼붓고 갈 곳은 병원뿐이었어요. 그런데 병원에서는 '침대가 꽉 찼으니 이삼일 기다리라.'는 겁니다. 환자들의 말을 들으니 이미 수주일을 기다리고 있는 사람도 있더군요. 만약 내가 수용소에서 단련된 심장이 아니었다면 그

길로 포기했을 겁니다. 그럴 때 당신이 입원허가서를 달라고 했잖아요? 그래서 내가 좀 지나친 소리를 했어요. 용서해 주세요."

그렇게 생각하니 그때의 기억이 유쾌한 추억이 되었다.

코스토글로토프는 별로 긴장하지도 않고 술술 사정을 이야기하면서 속으로 '이 여의사가 1946년에 의과대학을 졸업했다면 서른한 살쯤일 테니까 나와 비슷한 연배'라고 생각했다. 그런데 스물셋의 조야보다 간가르트가 더 젊게 느껴진다. 아마도 차분하고 조신한 몸가짐 때문일 것이다.

한편 여의사도 그를 바라보며 실없는 생각에 사로잡혔다. '이 사람은 처음에 왜 그렇게 악의에 차고 거칠게 보였을까. 물론 지금도 어두운 눈동자에 포악한 면이 엿보이지만, 그래도 말을 나눠보니 바라보는 눈길이나 말투가 친절해.' 그러나 더 정확히 표현하자면 이 사람은 언제라도 그 어느쪽 태도라도 가질 수 있는 것 같다. 언제든 태도가 돌변할 수 있다는 뜻이다.

"발레리나와 방한화에 대해서는 잘 들었습니다." 간가르트는 미소를 띠었다. "하지만 장화라면, 아시다시피 당신의 장화는 이 병동 규칙에 대한 중대한 침해가 됩니다." 그러면서 그녀는 가볍게 눈을 흘겼다.

"또 규칙이군." 코스토글로토프는 얼굴을 찌푸렸다. 얼굴의 흉터도 함께 일그러졌다. "하지만 감옥에서도 산책은 허락해요. 나는 산책을 하지 않고서는 도저히 살 수 없고, 병도 낫지 않는다고 생각해요. 혹시 신선한 공기를 마실 권리를 내게서 빼앗으려는 것은 아니죠?"

그렇다, 이 사람이 구내의 호젓한 가로수길을 오래 산책하는 모습을 간가르트는 여러 번 보았다. 안 그래도 부족해서 남자들에게는 빌려주지 않는 여환자용 가운을 의복계원에게서 억지로 뺏었는지, 군대 허리띠로 동여매어서 그런대로 맵시를 부려 입었는데 소맷자락은 너풀너풀했다. 그리고는 모자도 쓰지 않아서 텁수룩한 검은 머리카락을 드러낸 채, 장화를 신고 발 언저리의 자갈을 내려다보며 성큼성큼 걸었고 일정한 경계까지 가면 휙 뒤돌아왔다. 언제나 뒷짐을 지고 있었다. 누구와 함께 산책하는 일 없이 항상 혼자였다.

"하지만 조만간 니자무트진 바흐라모비치의 회진이 있어요. 그때 장화가 발각되면 큰일이에요. 야단맞는 건 나라구요."

여의사는 요구가 아니라 애원하는 말투로 재차 말했다. 마치 간가르트 자신이 가련한 처지에나 있듯이. 두 사람이 평등한 관계가 아니라 어딘가 종속 관계처럼 느껴졌다. 환자에게 이런 감정이 들기는 처음이었다. 코스토글로토프는 넓적한 손바닥으로 여의사의 팔을 안심시키듯이 어루만졌다.

"간가르트 선생! 장화는 절대 발각되지 않아요. 백 퍼센트 보장하죠. 현관을 나가는 것도 절대 들키지 않게 할 테니 걱정 말아요."

"길에서 마주치면요?"

"이 병동 환자가 아닌 척하죠! 혹시 내가 장화를 가지고 있다는 밀고가 들어가도 장화는 절대로 발각되지 않아요!"

"밀고라니요? 좋지 않은 일이에요." 여의사는 다시 눈을 흘겼다.

"밀고쯤이야 누구든 하고 있는 일 아닙니까? 그렇다고 결과가 반드시 나쁜 건 아닙니다. 옛날 로마 사람들은 'testis unus, testis nullus', 그러니까 '증인이 한 명이면 없는 것과 마찬가지'라고 했다는데, 20세기에서는 한 사람도 너무 많아요. 증인 따위는 필요도 없으니까요."

여의사는 눈을 감았다. 그것은 논하기 어려운 화제였다.

"그럼 장화를 어디다 감추죠?"

"감추는 방법이요? 많죠. 때로는 임기응변으로 불 없는 페치카 속에 던져넣기도 하고, 노끈으로 창 밖에 매달기도 하고."

여의사는 저절로 웃음이 터져나왔다. 그렇게 하면 정말 감쪽같이 감출 수 있을 것 같았다.

"그런데 애초에 어떻게 가지고 들어왔어요?"

"간단해요. 옷을 바꿔입는 작은방 문 뒤에 두면, 잡역부가 다른 것들은 죄다 명찰이 붙은 주머니에 모아서 보관소에 가져가요. 목욕하고 나오면서 장화를 신문지에 싸서 가져왔지요."

화제는 점차 사소한 것으로 흘렀다. 간가르트는 문득 '아직 근무시간인데 왜 이런 데 앉아 있지?' 하고 생각했다. 그래서 루사노프의 맥박을 짚어보고 나가려다 문득 생각이 나서 다시 코스토글로토프에게로 돌아섰다.

"아, 잊었군요. 특식 아직 못 받았어요?"

"아니, 전혀." 코스토글로토프는 귀가 번쩍 뜨였다.

"그렇다면 내일부터 드릴 겁니다. 하루에 달걀 두 개에 우유 두 잔, 버터 50그램씩."

"뭐라구요? 꿈이야 생시야, 그런 고급식사는 난생 처음이군요…… 하기야 그게 공평한 처사지요. 나는 이번 입원 때 유급휴가도 못 받았으니까요."

"그건 왜죠?"

"이유야 간단해요. 나는 조합가입 6개월이 지나지 않아서 자격이 없어요."

"저런! 어쩌다 그렇게 되었어요?"

"내가 현실에 무관심했던 탓이지요. 추방처분을 받으면 '되도록 빨리 조합에 들어야겠다.' 등을 생각할 겨를이 없거든요."

한쪽으로는 빈틈이 없었으나, 처세술에는 무척 어수룩한 간가르트는 이 특식을 타내기까지 무척 고심했었다. 교섭은 꽤 어려웠다. 이제 돌아가야지, 이렇게 이야기하다간 하루가 다 지나갈 것 같았다. 문쪽으로 걸어가는 여의사를 향하여 코스토글로토프는 놀리듯 소리질렀다.

"혹시 특식을 병실 책임직을 인수받는 조건으로 주는 것은 아니죠? 첫 날부터 뇌물이 걸린다는 것은 반갑지 않으니까……."

간가르트는 나가버렸다.

그러나 환자들의 점심식사 후에 아무래도 다시 한 번 루사노프를 찾아 봐야 했다. 이때 알게 된 것은 예상했던 주임의사의 회진이 내일 있으리라는 것이었다. 그래서 병실에서 더 바빠졌다. 머릿장 속을 점검해 두어야 한다. 주임의사는 머릿장에 여분의 식료품이 들어 있는 것을 제일 싫어했다. 병원에서 주는 빵과 설탕 이외에는 아무것도 들어 있어서는 안된다. 게다가 주임의사는 청결 정돈에 대해 귀가 따갑도록 말하고 있었으며, 거의 여자처럼 세심하게 잔소리를 하면서 병실을 돌아본다.

간가르트는 천장 구석에서 거미줄을 발견하고(마침 햇빛이 비치어 방 안이 밝았었다) 잡역부를 불렀다. 엘리자베타 아나톨리예브나가 왔다(어찌된 일인지 성가신 일은 죄다 이 부인이 도맡는 것 같았다). 여의사는 내일 회진에 대비해서 청소를 철저히 해야 한다고 설명하고, 거미줄을 가리켰다. 엘리자베타는 가운 호주머니에서 안경을 꺼내 쓰고 말했다.

"알겠어요, 이거 정말 큰일이군요!" 안경을 벗고 사다리와 비를 가지러 갔다. 일할 때 그녀는 늘 안경을 벗었다.

병실로 들어가니, 루사노프가 여전히 땀을 흘리고 있었으나 맥박은 많이 안정되었다. 코스토글로토프는 마침 장화를 신고 가운을 차려 입고 산책을 나가려던 참이었다. 간가르트는 병실 안에 내일 주임의사의 회진을 알리고 머릿장 속 청소를 부탁했다.

"그럼 우선 병실 책임자부터 시작하겠어요."

책임자부터 점검할 이유는 없었다. 왜 다시 코스토글로토프 곁으로 갔는지 그녀 자신도 잘 몰랐다. 간가르트의 모습은 꼭지점을 이어놓은 두 개의 삼각형처럼 보였다. 아래 삼각형이 위의 삼각형보다 좀 컸다. 허리가 매우 가늘어서 한 손에 잡힐 것 같았다. 그러나 코스토글로토프는 그런 짓은 하지 않고, 서둘러 자기 머릿장을 열어보였다.

"어서 보세요."

여의사는 침대 끝에 걸터앉아 점검을 시작했다. 코스토글로토프는 여의사 바로 뒤에 서 있었기 때문에 간가르트의 목덜미가 잘 보였다. 섬세하게 드러나 보이는 선. 검정과 아마색의 중간인 머리카락은 유행에는 전혀 무관하게 목덜미에 단조롭게 묶여 있었다. 이런 들뜬 기분에서 빨리 벗어나야 했다. 미인을 볼 때마다 이렇게 멍해진다는 것은 좋지 않다. 잠시 침대에 앉아서 떠들다 가버렸을 뿐인데도, 이 몇 시간 동안 간가르트 생각뿐이었다. 저쪽은 아무렇지도 않을 것 아닌가? 밤에 집으로 돌아가 남편 품에 안기면 그만 아닌가. 해방되어야 한다! 그러나 여자가 아니고선 여자로부터 해방될 도리는 없다. 코스토글로토프는 서서 여의사의 목덜미를 뚫어지게 바라보았다. 뒷덜미 가운 깃이 살짝 들려져서 동글하게 작은 뼈가 보였다. 등 맨 위쪽 첫번째 등뼈였다. 그것을 손가락으로 만져보고 싶었다.

"이 병동에서 가장 지저분한 머릿장이에요. 빵 찌꺼기, 종이 부스러기에 담뱃가루, 책, 장갑까지! 전부 오늘 중으로 정리하세요."

그러나 그는 여의사의 목만 쳐다보면서 아무 대답도 없었다.

여의사는 제일 위 서랍 잡동사니들 속에서 작은 병 하나를 끄집어냈다. 40밀리그램쯤 되는 액체가 들어 있었다. 병 주둥이에는 마개가 단단히 박혀 있고, 여행용 세트에 들어 있는 것 같은 작은 플라스틱 병과 스포이드가 함께 있었다.

"이것은 무엇이에요? 약품인가요?"

코스토글로토프는 휴우 하고 숨을 내쉬었다.

"네, 못 쓰는 거예요."

"무슨 약품인가요? 우리는 이런 걸 내준 기억이 없는데?"

"제가 제 약을 가지고 있는 게 어때서요?"

"병동에 있는 동안 우리가 모르는 약을 가지고 있어선 절대 안 돼요!"

"아니, 감추려는 것은 아니었는데…… 부끄럽게 되었군요."

여의사는 레테르가 붙어 있지 않은 그 작은 병을 잠시 흔들고 있다가, 마개를 열고 냄새를 맡으려고 했다. 그러나 코스토글로토프가 재빨리 제지했다. 힘센 그의 손아귀가 갑자기 여의사의 두 손을 붙잡아 마개를 뽑으려던 손을 병에서 살짝 떼어놓았다.

"조심하세요." 코스토글로토프는 낮은 목소리로 경고했다. "서투르게 다루면 안 돼요. 손가락에 쏟으면 큰일나요. 냄새도 맡으면 안 돼요."

이것은 이미 농담의 한계를 벗어나 있지 않은가! 간가르트가 얼굴을 찌푸렸다.

"도대체 뭐예요? 극약인가요?"

코스토글로토프는 여의사 곁에 앉으면서 아주 낮은 목소리로 사무적으로 말했다.

"극약입니다. 이스이크 쿨리 호반(키르키즈 공화국에 있는 호수)에서 자라는 식물의 뿌리예요. 이것을 날것으로 알코올에 담근 상태로는 냄새를 맡으면 안 돼요. 그래서 이렇게 꽉 막아뒀어요. 이 뿌리를 만진 손을 씻지 않고 후에 빨기라도 하면 죽습니다."

간가르트는 무척 놀랐다.

"왜 그런 걸 가지고 있지요?"

"그것을 물으면 곤란해요. 그건, 그건…… 그것은 정말 비밀입니다. 발각된 것이 운이 나빴지만…… 병을 고치기 위한 거예요. 현재도 조금씩 사용하고 있어요."

"그 목적뿐인가요?" 여의사는 그의 눈을 빤히 처다보았다. 조금도 눈을 가늘게 뜨지 않고 의사다운 눈초리로 쏘아보았다. 눈빛이 맑은 커피색이었다.

"그것뿐입니다." 코스토글로토프는 성의있게 말했다.

"혹시…… 만일의 경우를 위해서가 아닌가요?"

"처음에 여기 왔을 때는 그런 뜻도 있었지요. 쓸데없이 고통받고 싶지 않아서…… 하지만 이제 통증이 없어져서 그런 생각은 안 해요. 하지만 치료 목적으로 아직도 사용합니다."

"아무도 안 보는 데에 숨어서?"

"자유롭게 생활하도록 허락되지 않은 인간은 다른 방법이 없어요."

"어느 정도를 마시나요?"

"단계적으로 마십니다. 한 방울에서 열 방울까지 늘리고 열 방울에서 다시 한 방울로 되돌아와서 열흘 동안 쉬어요. 지금은 마침 쉬는 시기랍니다. 솔직히 말해서 통증이 없어진 것은 엑스선 덕분만은 아니라고 생각해요. 이 뿌리의 도움도 있었을 거예요."

두 사람은 나지막한 목소리로 주고받았다.

"그 뿌리를 어떤 용액에 담갔지요?"

"보드카 술에."

"농도는?"

"뿌리 한 줌에 보드카 1리터 반을 부으라더군요."

"뿌리의 중량은?"

"무게 따위는 재지도 않았어요. 눈짐작으로 가져온 거예요."

"눈짐작으로? 이런 극약을 눈짐작으로? 이것, 바곳 뿌리지요? 얼마나 위험한 짓인지 생각해 봤어요?"

코스토글로토프는 슬슬 화가 났다.

"세상에 의지할 사람이라곤 전혀 없는 사람이 혼자서 죽어가는 것을 상상해 봐요. 게다가 감독조사국은 좀체로 입원을 허가해 주지 않고요. 그럴 때 바곳 뿌리가 위험하다는 말이 무슨 소용이 있겠어요? 일일이 저울에 달아볼 수 없어요! 그 한 줌의 뿌리를 얻으려고 내가 얼마나 모험을 했는지 알아요? 징역 10년이에요! 허가 없이 유형지를 이탈하면 그렇게 되지요. 그렇지만 나는 갔어요. 산골로 말입니다. 파블로프 박사처럼 수염을 기른 노인이 살고 있었어요. 금세기 초에 이주해 갔다는데 대단한 학자였어요! 자기가 뿌리를 채집해서 마음대로 복용량을 정했지요. 속담에 '자기 고향에서 예언자는 없다.'더니, 모스크바나 레닌그라드에서는 여러 사람들이 방문하는 그분이 마을에서는 웃음거리더군요.《프라우다》 기자까지 나타나서 확인했대요.

그런데 소문에 의하면 그 노인이 체포되었대요. 어떤 바보녀석이 뿌리를 담근 보드카를 주방에 두었는데, 파티에 온 손님이 보드카가 다 떨어지자 주인 눈을 피해서 그것을 마신 거죠. 그래서 세 사람이 죽었대요. 그 밖에 어린 아이가 잘못해서 마시기도 했고. 그렇다고 그 노인을 체포할 이유는 없잖아요? 그는 사용법을 다 설명했는데……."

그러나 잘못 말한 것을 알아차리고, 코스토글로토프는 입을 다물어버렸다. 간가르트는 새파랗게 질렸다.

"그래서 위험하단 말예요! 병실에 극약은 보관하지 못 해요! 절대로 안 됩니다. 불상사가 생기면 어떡해요? 자, 그 병을 줘요!"

"못 줘요!"

"줘요!"

여의사는 양미간을 모으면서 작은 병을 꽉 잡은 코스토글로토프의 손에 자기 손을 내밀었다. 노동으로 단련된 그의 손가락은 작은 병이 안 보이도록 꽉 싸쥐고 있었다. 여의사는 찌푸렸던 양미간을 풀고 미소를 지었다.

"언제까지 그렇게 쥐고 있으려구요? 당신이 산책하는 사이에 집어가면 돼죠."

"예고해 주어서 고마워요. 그렇다면 나는 어디에라도 감추지요."

"노끈에 매어서 창문 밖에 달겠군요? 저는 보고하지 않을 수가 없어요."

"그렇지 않을 거예요. 당신 자신이 오늘 밀고는 좋지 않다고 말했으니까!"

"하지만 다른 방법은 없잖아요!"

"그렇다고 밀고를 하겠다고요? 안 돼요. 당신은 루사노프가 이것을 마시지나 않을까 걱정하는 거죠? 마시게 내버려두지는 않아요. 잘 포장해서 간수할게요. 그래야 퇴원 후에 이것으로 계속 치료하죠. 꼭 그렇게 할게요! 당신은 이것의 효력을 믿지 않지요?"

"물론이죠! 그건 인간의 생사 문제를 대수롭지 않게 생각하는 미신이에요. 저는 임상에서 증명된 과학적 보고만을 믿어요! 이것은 학생 시절부터의 신념이에요. 모든 종양학자의 신념이죠. 그 병을 이리 줘요."

여의사는 코스토글로토프의 손가락을 하나씩 펴려고 했다. 그 화가 치밀어오른 맑은 갈색 눈동자를 보자 코스토글로토프는 더 이상 여의사와 다투기가 싫어져서, 뭐든 다 내주고 싶었다. 하지만 역시 자기의 신념을 버리기는 괴로웠다.

"아, 신성한 과학! 그렇게 절대적인 거라면 10년마다 치료방법이 뒤집히지는 말아야죠. 도대체 나는 무엇을 믿어야 할까요? 당신의 주사? 그렇다면, 나는 이번에 또 다른 주사를 맞아야 하겠지요, 어떤 종류의 주삽니까?"

"아주 필요한 주사예요! 당신의 생명을 구해내기 위해서 아주 중요한 주사예요! 핵심은 당신의 생명을 구하는 것이니까요!" 여의사의 눈이 자신감으로 빛났다. "이젠 나았다고 낙관하지 말아요!"

"그럼 좀 더 자세히 말해 줘요! 어떤 효능의 주산데요?"

"더 자세히 말할 필요는 없어요! 전이를 막는데 효과가 좋은 주사예요. 더 상세히 말해도 당신은 알지 못할 거예요…… 그 병을 주세요. 퇴원할 때 꼭 돌려드리죠. 약속해요!"

두 사람은 서로 바라보았다. 코스토글로토프의 모습은 너무나 우스꽝스러웠다. 여자용 가운을 걸치고 별표가 붙은 군용 허리띠를 동여매고 있었다.

이 여의사는 왜 이렇게 고집이 셀까! 이따위 병은 어떻게 되어도 좋다. 사실 아까울 것도 없다. 집에 이것보다 10배도 넘는 바곳 뿌리를 사두었으니까. 걸리는 것은 그런 것이 아니고 이 밝은 갈색 눈의 미인이었다. 자체발광하는 얼굴, 대화하는 내내 즐거운 이 미인에게 키스를 할 수 없다니!

"당신한테 내주는 것도 위험하다고 생각되는군요." 코스토글로토프는 농담을 했다. "당신 집에서 혹시 누가 잘못 마시지나 않을지."

'누구라니! 누가 잘못 마시다니? 혼자 사는데.'

하지만 그것을 지금 말하는 것은 어색하고 경솔한 짓이다.

"좋아요. 그렇다면 절충하지요. 이 병 속의 약을 버려요!"

코스토글로토프는 웃음이 나왔다. 그 외에 그녀를 위해 할 것이 없다는 것이 오히려 유감스러웠다.

"알았습니다. 정원에 나가서 버리죠."

"아니, 당신을 신용할 수 없어요. 버리는 것을 보지 않고선……."

"그렇지, 이렇게 하면 어때요? 버려서 없애버리느니 차라리 당신들이 단념한 불쌍한 환자에게 주면? 효과가 있을지도 모르잖아요? 흑소육종이죠?"

코스토글로토프가 턱으로 바짐의 침대를 가리켰다.

"아, 그런 소리를 하니까 역시 버리지 않으면 안 돼요. 저는 독살 공모자가 되고 싶지 않아요! 게다가 중환자에게 아무 생각없이 극약을 줄 수는 없어요. 자살이라도 하면 어떡하죠? 양심이 두렵지 않아요?"

"자살하지 않을 거예요. 의지가 강한 청년이니까."

"여하튼 그건 절대 안 돼요! 버리러 가요!"

"난 오늘 어쩐지 몹시 유쾌해요. 알겠어요. 갑시다."

두 사람은 침대들을 지나서 층계로 향했다.

"그렇게 입고 춥지 않아요?"

"밑에 자켓을 입었어요."

여의사는 왜 그런 소리를 했을까? 어떤 색깔의 어떤 자켓인지 보고 싶다. 그러나 그는 볼 수 없다.

두 사람은 현관으로 나갔다. 하늘이 아주 맑게 개여서 봄날처럼 화창했다. 다른 고장에서 온 사람에게는 2월 7일이라는 것이 믿어지지 않을 것이다. 햇빛이 내리쬐고 있었다. 키 큰 포플러도, 키 작은 울타리 관목도 아직 잎이 돋아나지 않았다. 응달에는 아직 눈도 남아 있었다. 눈에 밀려 떨어진 지난해의 낙엽들이 나무들 사이에서 보였다. 오솔길이나, 디딤돌이나, 자갈이나, 아스팔트는 아직 눅눅했으며, 말라 있지 않았다. 광장에는 생기 넘치는 인파가 있었다. 의사, 간호사, 잡역부, 사무원, 외래환자, 면회자들이 왕래하고 있었다. 벤치 두 개에는 이미 누군가 앉아 있었다. 어느 병동에나 여기저기에 창문이 열려 있었다.

현관 바로 앞에서 약을 버리는 것은 어쩐지 부끄러웠다.

"저리 갑시다!" 코스토글로토프는 암병동과 이비인후과병동 사이의 통로를 가리켰다. 그가 즐기는 산책로였다.

두 사람은 돌이 깔린 오솔길을 나란히 걸었다. 비행사의 것처럼 생긴 간가르트의 의사캡이 코스토글로토프의 어깨 언저리에 닿곤 했다. 코스토글로토프는 곁눈으로 보았다. 여의사는 무슨 중요한 일을 하러 가는 것 같이 진지한 얼굴이었다. 그는 우스운 생각이 들었다.

"당신은 학창시절에 뭐라고 불렸지요?"

코스토글로토프의 느닷없는 질문에 그녀가 흘끔 쳐다보았다.

"왜요?"

"그냥 궁금해서."

여의사는 말없이 몇 걸음 포장된 돌을 꽁꽁 눌러밟듯이 걸었다. 코스토글로토프는 다 죽어가며 병원 마룻바닥에 누웠던 첫날, 영양의 다리처럼 가느다란 그녀의 아름다운 다리를 처음 보았다.

"베가(직녀성)."

(이것은 거짓말이라고는 할 수 없었지만 사실과는 조금 다르다. 학창시절에 간가르트를 그렇게 불렀던 사람은 한 사람뿐이었다. 아주 교양이 있던, 전쟁에서 돌아오지 못한 병사. 그녀는 저도 모르게 충동적으로 그 애칭을 다른 남자에게 가르쳐준 것이다.)

그들은 응달을 지나서 병동 사잇길로 나왔다. 햇볕이 그들에게 내리비쳤고 통로에 바람이 살랑거리고 있었다.

"베가? 별 이름? 그 반짝반짝 빛나는 하얀 별?"

그들은 멈춰섰다.

"저는 빛나지 않아요."

처음으로 그녀가 아니라 코스토글로토프 자신이 당황했다.

"아니 내가 말하고 싶었던 것은……."

"이젠 그만해요." 여의사는 명령하듯 말했다. 미소도 없이 시무룩한 표정이었다.

코스토글로토프는 단단히 박아놓은 마개를 좌우로 움직여서 조심스럽게 빼낸 후, 땅에 구부리고 앉아(장화 위 가운이 스커트처럼 보여서, 그 모습이 몹시 우스꽝스러웠다), 도로를 포장할 때 남은 작은 돌 한 개를 들쳐냈다.

"잘 봐요! 나중에 호주머니에 감췄다고 하지 말고!"

그는 여의사의 발 아래에 쪼그리고 앉으며 말했다. 그 다리, 처음 만났을 때부터 눈여겨본 영양과 같은 그 다리. 돌을 들어낸 검고 눅눅한 작은 구멍 속으로 그 흑갈색 액체를 코스토글로토프는 부어넣었다. 누군가를 죽일지도, 혹은 살릴지도 모르는 그 액체를.

"돌로 덮을까요?"

여의사는 내려다보며 샐쭉 웃었다. 액체를 붓거나 돌뚜껑을 덮는 것이 어린애 장난이기는 해도 무슨 맹세의 의식 같았다. 비밀 맹세.

"자, 나를 칭찬해 주지 않겠어요?"

여의사는 미소를 지었으나 쓸쓸한 표정이었다. "그럼 산책하세요." 그러고는 병동으로 발을 옮겼다.

코스토글로토프는 가운의 뒷모습을 바라보았다. 여자의 사소한 선심에 왜 이토록 마음이 설렐까! 여자의 모든 말에서 그는 뜻밖의 의미를 느끼거나, 여자의 모든 거동에서 그다음에 계속될 것에 기대를 가지는 것이다. 코스토글로토프는 그녀의 뒷모습을 바라보며 중얼거렸다.

"베가! 베가!" 멀리 사라져가는 모습에 마음을 전하고 싶었다. "돌아와요! 들리지요? 돌아와요! 자, 뒤돌아 봐요!"

간가르트는 뒤돌아보지 않았다.

18. 무덤가에 두라

달리기 시작한 자전거는 움직이는 동안은 안전하지만, 움직이지 않고 멈추면 이내 넘어진다. 남자와 여자의 사랑도 일단 시작되면, 그 후에는 발전만 있을 뿐이다. 어제에 비해서 오늘 조금이라도 발전이 없다면, 이미 끝나버린 것과 마찬가지다.

코스토글로토프는 조야가 야근하는 화요일 밤을 손꼽아 기다렸다. 여러 색깔로 단장된 두 사람의 즐거운 희롱의 자전거는 지난번 야근 때보다, 일요일 낮보다 더 멀리 내달릴지도 모른다. 그 전진하는 원동력을 몸속에 느끼면서 코스토글로토프는 들뜬 기분으로 조야를 기다렸다.

처음에는 출근하는 조야와 마주치려고 가로수길에서 담배 두 대를 피웠는데, 여자 환자복 가운을 입은 모습이 꼴사납게 느껴져서 관두기로 했다. 이미 땅거미가 내리기 시작하기에, 일단 병동에 돌아와 가운을 벗고 장화를 숨기고 파자마 차림으로(그 꼴도 우습지 않은 것은 아니지만) 큰 층계 아래에 서 있었다. 고슴도치처럼 빳빳이 서는 머리카락을 되도록 다듬어 붙이려고 했다.

조야가 의사 탈의실에서 나타났다. 교대 시간에 늦어서 서두르는 눈치였는데, 코스토글로토프를 보자 눈썹을 올렸다. 놀라는 표정이 아니라 '당연히 기다리고 있을 줄 알았다.'는 표현이었다. 조야가 멈춰 서지 않고 층계를 오르자, 코스토글로토프도 서둘러 뒤쫓아서 다리를 넓게 벌리며 조야와 나란히 층계를 올랐다.

"뭐, 새로운 일이 있어요?" 조야가 마치 부관에게 묻듯이 물어보았다.

새로운 것! 최고재판소 경질, 이것이야말로 최대의 뉴스다! 하지만 그 의미를 이해하려면 예비지식이 있어야 했다. 지금 조야한테 필요한 것은 그 따위 것은 아닐 것이다.

"당신의 새 별명이 생각났어. 이것저것 궁리하다가 겨우 떠올랐지."

"어머, 어떤 별명인데요?" 조야는 계속 성큼성큼 층계를 오르며 말했다.

"걸으면서 얘기하고 싶지 않아. 중대한 일이거든."

층계 끝에 다다르자 코스토글로토프는 마지막 몇 층계를 뒤떨어졌다. 뒤에서 본 조야의 다리는 뜻밖에 굵고 통통했다. 하지만 그것은 풍만한 몸집과 잘 어울렸다. 굵은 다리지만 독특한 좋은 인상을 풍겼다. 그러나 가느다란 다리와는 아주 분위기가 달랐다. 말하자면 베가의 다리 같은.

그는 자기 자신에 놀랐다. 여자의 다리를 이렇게 바라보거나 생각하는 것을 저속하다고 여겨서 단 한번도 해본 적이 없었다. 이 여자 저 여자 생각을 헤매는 것도 처음 있는 경험이었다. 조부님이 아시면 색골이라고 말했을 것이다. 그러나 속담에도 "밥은 배고플 때, 사랑은 젊어서."라고 했다. 코스토글로토프의 젊은 시절은 무척이나 공허했기에, 가을 식물이 대지에 남아 있는 영양분을 서둘러서 빨아올리듯 지금 그는 이 인생의 짧은 회복 기간에(하지만 코스토글로토프의 인생은 사실 이제 내리막길로 접어들었다. 그렇다, 바로 내리막길이었다) 조급히 여자를 흡수해 버리려는 것이었다. 이런 생각을 여자의 면전에 대고 말할 수는 없다. 그는 다른 사내들보다 훨씬 예민하게 여자를 느끼고 있었다. 오랫동안 여자를 가까이 하지 못했기 때문이었다. 여자의 목소리조차 기억나지 않을 정도였다.

조야는 당직을 인수하자마자 팽이처럼 바쁘게 움직이기 시작했다. 책상과 기록표와 약품장 주변을 뛰어다니더니 어딘가의 병실로 들어갔다. 코스토글로토프는 이 모양을 지켜보고 있다가 조야가 한숨 돌릴 때 다가갔다.

"그밖에 특히 달라진 것은 없어요?" 조야는 부드럽게 물었지만, 손으로는 전열기에 올려놓은 뜨거운 물에 주사기를 소독하고 엠플을 자르고 있었다.

"참! 그렇군. 오늘은 큰 사건이 있었어. 니자무트진의 회진이 있었지."

"그래요? 내가 당직이 아니어서 잘됐네! 어땠어요? 혹시 당신 장화는 빼앗기지 않았어요?"

"장화는 끄덕없었어. 좀 충돌은 있었지만."

"충돌이라뇨?"

"대단했지. 주임의사 회진에 흰 가운을 입은 사람이 열다섯이나 줄줄이 따라 들어왔었지. 주임급에서 전문의까지. 처음 보는 얼굴도 있었어. 주임의사는 호랑이처럼 머릿장에 덤벼들더군. 하지만 우리의 정보망이 얼마나 철저한데. 미리 다 치워두웠지. 그래서 주임의사가 아무것도 찾지 못한 게 불만인지 얼굴을 찌푸리더군. 마침 그때 돈초바 선생이 나에 대한 보고를 했는데 좀 실수를 한 거예요. 그러니까 내 기록카드를 읽는데……."

"기록카드요?"

"병상카드 말이야. 초진 장소를 카자흐 공화국이라고 읽자마자 갑자기 니자무트진이 '뭐라고? 다른 공화국에서 온 환자라고? 이렇게 침대가 부족한 판국에 남의 환자까지 치료해야 한단 말야? 빨리 퇴원시켜요!'라고 소리쳤지."

"이곳 병실 절반이 타지 환자인걸요!"

"그러니까. 내가 재수없이 걸린 거야. 그런데 놀랍게도 돈초바 선생이 생쥐를 앞에 둔 고양이처럼 털을 곤두세웠어. '이 환자는 아주 복잡하고 중요한 케이스예요! 치료의 원칙을 확립하기 위해서 꼭 필요한 환자예요.' 나는 묘한 입장이 되고 말았어요. 얼마 전 돈초바 선생에게 퇴원시켜달라고 대들기까지 했는데, 오늘은 적극적으로 내편을 들어주니까. 내가 니자무트진에게 그냥 죄송하다고 했더라면 오늘 점심시간까지 여기서 내쫓겼을 거예요. 그러면 우리는 이렇게 만나지도 못하게 될 뻔했지……."

"그럼 나 때문에 '네, 네, 죄송합니다.'라고 하지 못했단 말인가요?"

"아닌 게 아니라 그렇잖아?" 코스토글로토프가 목소리를 확 낮췄다. "당신이 주소도 가르쳐주지 않았으니 퇴원해도 찾을 수가 없잖아."

그러나 조야는 바빠서 그의 이야기를 어느 정도 믿어야 할지 몰랐다.

"그래서 나로선 돈초바 선생에 대해서 어떤 태도를 가져야 할지 몰랐어." 그가 다시 목소리를 높였다. "멍청하게 앉아 있던 니자무트진이 '이런 환자라면 지금 외래진찰실에 가면 다섯이 아니라 열이라도 데려올 수 있어요! 그것도 다 우리 공화국 사람으로 말이에요. 당장 퇴원 시켜요!'라고 말했지. 그때 내가 말한 것이 잘못한 것인지도 몰라. 모처럼 퇴원할 기회를 망쳤으니까. 그러나 기가 죽어 찍소리 못하는 돈초바 선생이 가엾더군. 그래서 팔꿈치를 짚고 일어나 헛기침을 하고 나서 조용히 물었지. '나는 개척지에서 온 사람인데, 그래도 퇴원시키겠다는 거예요?' '아, 개척자이시군!' 니자무트진은 갑자기 놀라며(개척자를 무리하게 퇴원시키면 정치적 이슈가 될 수 있었다) '개척지 사람이라면 모든 것이 우선입니다.' 하고 말하고는 재빨리 나가버렸어."

"기지가 있군요."

"수용소 덕분에 이렇게 철면피가 됐다오, 조야. 예전에는 이렇지 않았어. 나쁜 짓은 모조리 수용소에서 배운 거라오."

"그러나 쾌활한 것은 천성이지요?"

"아니야, 그것도 수용소 덕택이지. 죽음에 익숙해지면 쾌활해져요. 이 병원에서 울고 있는 면회자를 보면 참 이상한 느낌이라니까. 왜 우는 거야? 추방되거나 몰수당하는 것도 아닌데."

"그럼 당신은 한 달쯤 더 여기에 있겠군요?"

"함부로 말하지 말아요…… 한두 주일 정도는 있게 되겠지. 말하자면

'어떤 치료라도 받겠습니다.' 하고 돈초바 선생한테 부탁한 거나 같으니까……."

조야는 데워진 액체를 주사기에 담아서 황급히 사라졌다. 사실 오늘 조야는 한 가지 겸연쩍은 일을 해야 해서, 그 일에 대해서 어떤 태도를 취하면 좋을지 망설이고 있었다. 코스토글로토프에게 새 주사를 놓는 일이었다. 물론 민망한 부위에 놓는 주사는 아니었지만, 지금 두 사람의 관계에서 주사를 놓는 자체가 어쩐지 어색한 느낌이었다. 주사를 놓으면 이 관계가 망가질 것 같았다. 지금과 같은 유희가 망쳐지는 것은 코스토글로토프 못지않게 조야도 바라진 않았다. 두 사람의 희롱의 자전거는 더 멀리 달려야 했다. 좀 더 가까운 사이가 된다면 주사를 다시 놓을 수 있는 상태가 될 것이다.

그래서 조야는 책상에 되돌아와서 같은 종류의 주사를 아흐마드잔용으로 준비하면서 물었다.

"그건 그렇고, 당신은 얌전하게 주사를 맞으시죠? 고집부리지 않고."

코스토글로토프는 기다리고 있었다는 듯이 말문을 열었다.

"조야, 내 마음은 잘 알고 있을 테지. 피할 수 있다면 피하고 싶은 마음은 변하지 않았어. 그러나 그것도 상대에 달렸지. 투르군의 경우는 그가 장기를 배우고 싶어해서, 약속을 했었지. 만일 내가 이기면 주사를 안 맞고, 그가 이기면 주사를 맞기로 말이야. 그런데 나는 별로 신경을 안 써도 투르군한테는 쉽게 이길 수 있었으니까. 그러나 마리야는 그렇게 호락호락하지 않아. 무서운 얼굴로 주사기를 겨누면서 달려드는 거야. 내가 제아무리 농담을 걸어도 '코스토글로토프 씨, 팔을 걷어요!'라며 막무가내야. 그녀는 절대로 허튼소리나 인간적인 이야기를 주고받는 일이 없어요."

"그것은 당신들을 미워하니까 그렇죠."

"날 말이오?"

"당신네들 모두를, 남자들을요."

"그래, 그 편이 일하는 데는 나을지도 모르지. 이번에 새로 온 간호사들과도 잘 사귀지 못했어. 올림피아다가 돌아오면 사태는 다시 절망적이야. 그녀와는 전혀 타협이 안되니까."

"저도 타협은 안할 거예요!" 조야가 주사액 2cc를 둘로 나누면서 말했다. 그러나 그 목소리에서 이미 타협이 느껴졌다. 조야는 코스토글로토프를 책상에 혼자 남겨두고 아흐마드잔에게 주사를 놓으러 갔다.

조야가 코스토글로토프에게 주사 놓기를 망설이는 더 중요한 이유가 있었다. 그 주사의 의미 때문이었다. 그도 그럴 것이 두 사람은 반 농담으로 주고받은 말이 갑자기 진지한 말로 변할지도 몰랐다. 그럴 가능성은 충분히 있었다. 혹시 이번에는 방 안에 벗어던진 옷을 쓸쓸한 마음으로 챙겨입는 데 그치지 않고 지속성 있는 사태가 일어날지도 모른다. 그러니까, 조야가 진심으로 코스토글로토프의 꿀벌이 되기로 마음먹고 유형지에 따라갈 결심을 할지도 몰랐다(코스토글로토프가 말한 대로 혹시 행복은 변방 지역에서 그녀를 기다리고 있을지 몰랐다. 그것은 누구도 알 수 없는 일인 것이다). 만일 그렇게 된다면 이 주사는 코스토글로토프만의 문제가 아니라 조야의 문제도 되는 것이다. 그런 경우라면 조야는 주사에 반대했다.

빈 주사기를 들고 돌아온 조야는 밝은 목소리로 말했다.

"자! 각오 되셨죠? 팔을 걷어 올리세요, 코스토글로토프 씨! 곧 시작해요!"

그러나 그는 가만히 앉아서 조야를 바라보고만 있었다. 그 눈길은 조금도 환자 같지 않았다. 주사에 대한 걱정은 하지도 않는 눈빛이었다. 눈꺼풀 속에서 흘러떨어질 것 같은 조야의 튀어나온 눈을 그는 바라보고 있었다.

"어디로 갑시다, 조야." 그가 겨우 들릴 만큼 낮은 목소리로 말했다.

"어디로요?" 조야는 놀라며 웃음을 터뜨렸다. "어디? 시내로?"

"회의실로 가요."

피할 수 없는 상대방의 시선을 담뿍 받으며 조야는 정색을 하고 말했다.

"그건 안돼요, 올레그! 일이 이렇게 많은데."

그는 이 말의 뜻을 이해할 수 없는 듯했다.

"가요!"

조야는 문득 생각난 듯 더듬거렸다. "산소흡입기 주머니에 산소를 넣어야겠어요. 저기……." 층계쪽을 가리키며 환자의 이름을 말한 것 같았으나 그의 귀에는 들리지 않았다. "그런데 산소통의 마개가 너무나 단단히 막혀 있어서…… 좀 도와주겠어요? 같이 갑시다."

그리하여 층계참까지 내려갔다. 얼굴빛이 누렇고 코끝이 뾰족한 불쌍한 환자는 그 층계참의 침대에 누워서 가슴을 헐떡이며 시종 고무주머니로부터 산소를 빨아들이고 있었다. 암에 폐를 침식당한 이 환자는 예전부터 이렇게 작았는지, 아니면 병 때문에 줄어들었는지 알 수 없었다. 회진 때 의사는 이 환자에게 말도 건네지 않고, 병세를 물어보는 일도 없었다. 병세가 악화된 것은 오래 전부터였으며 오늘밤에 더욱 악화되었다는 것은 누구나 알 수 있었다. 고무주머니의 산소는 이미 얼마 남지 않았으며, 비어 있는 다른 주머니가 곁에 또 하나 있었다. 이 환자는 괴로움에 지쳐서 그곳을 오가는 사람이나 가까이 오는 사람도 전혀 알아보지 못했다.

두 사람은 빈 주머니를 집어들고 층계를 더 내려갔다.

"그 사람한테는 어떤 처치를 하고 있나요?"

"아무런 처치도 못하고 있어요. 수술 불가능 케이스예요. 엑스선도 효과가 없구요."

"폐의 외과수술은 하지 않나요?"

"여기서는 아직 못해요."

"그럼 그 사람은 죽는 건가요?"

조야가 고개를 끄덕였다.

손에 그 환자를 죽이지 않기 위한 산소 주머니를 들고서, 두 사람은 곧 그 환자를 까맣게 잊어버렸다. 이제 곧 재미있는 일이 일어날 것만 같았기 때문이었다. 큰 산소통은 유리문으로 칸막이가 된 복도 구석에 있었다. 흠뻑 젖어 반죽음이 된 코스토글로토프를 간가르트가 처음 잠자게 했던 방사선실 가까이 있는 그 복도였다(불과 3주일 전의 일이다).

복도에 들어가 두번째 전등을 켜지 않으면(두 사람은 입구쪽 전등불만 켰다) 산소통이 있는 벽의 돌출부 그늘 언저리는 어두컴컴했다. 조야는 산소통보다도 키가 작았다. 코스토글로토프는 키가 더 컸다. 조야가 고무 주머니 밸브를 산소통 밸브에 연결하기 시작했다. 코스토글로토프는 그 뒤에 서서 조야의 모자 밑에서 풍기는 머리카락 냄새를 맡고 있었다.

"이 마개가 너무 단단히 박혔어." 조야는 불만스럽게 말했다.

코스토글로토프는 마개에 손을 대고 획 돌렸다. 가느다란 소리가 나면서 산소가 흘러나오기 시작했다. 그때 아무런 예고도 없이, 코스토글로토프가 금방 마개를 틀어 빼던 손으로 이미 고무주머니를 놓아버린 조야의 손목을 잡았다. 그녀는 몸부림도 놀라는 기색도 없이 그저 조금씩 부풀어 오르는 주머니를 지켜보고 있었다. 코스토글로토프의 손은 조야의 손을 미끄러지듯이 쓰다듬고, 손목에서 위로 움직이기 시작하여 팔꿈치를 지나 어깨로 더듬어 올라갔다. 그것은 서툴기는 했으나, 코스토글로토프나 조야에게 필요한 탐색이었다. 지금까지의 모든 이야기가 정확히 이해되고 있는지를 확인하는 행위였다. 그렇다, 정확히 이해되고 있었다.

그는 손가락 두 개로 조야의 앞머리를 가볍게 집었다. 조야는 화내지 않고 물러서지도 않고 주머니를 바라보고 있었다. 코스토글로토프는 억센 힘으로 조야를 끌어당겨 입술에 입을 맞췄다. 그토록 그에게 미소를 던지던 그 입술에. 그를 맞이한 조야의 입술은 굳게 닫혀 있지도 나긋나긋하지도 않았다. 그것은 기대에 차서 준비하고 있는 긴장된 입술이었다. 모든 것이 완벽했다. 이 순간까지도 그가 까맣게 모르고 있었던 것이 있었다. 입술마다 특징이 있고, 키스마다 다 다르며, 하나의 키스는 다른 키스와 비교할 수 없다는 것을 그는 알지 못했다. 충격적으로 시작된 그 키스는 오래도록 계속 되었다. 그것은 끝날 수 없는, 또 끝낼 이유도 없는 일관된 하나의 행위였으며 기나긴 연속인 것이다.

2백년쯤의 시간이 흘렀다고 생각될 무렵 입술은 떨어졌다. 그때 처음 조야의 얼굴을 바라보았다. 조야의 목소리가 들렸다.

"왜 키스할 때 눈을 감으세요?"

눈을 감고 있었나? 그는 의식하지 못했다!

"다른 사람을 생각한 거 아녜요?"

다른 사람이라니! 이젠 다른 사람에 대한 기억조차 없는데…….

두 사람은 잠시 숨을 돌리고, 다시 바다 밑 진주를 캐러 가듯이 또 입술을 맞댔다. 그러나 이번에는 눈을 감았던 것이 마음에 걸려서 곧 눈을 떴다. 눈 바로 앞에, 믿기 어려울 만큼 바로 앞에 야수를 닮은 조야의 황갈색 두 눈동자가 있었다. 조야의 입술은 여전히 확신과 긴장에 넘쳐 있었으며 움직이지 않았으나, 조금씩 몸을 움직이고 있었다. 그녀의 눈은 그의 눈을 빤히 쳐다보며 그의 마음을 확인하는 것 같았다. 영원에 가까운 시간이 한 번 두 번 세 번 되풀이되었다.

그런데 갑자기 조야의 시선이 옆으로 쏠리더니, 거칠게 몸을 젖히고 소리를 질렀다.

"산소통 마개!"

큰일났다, 마개를! 그는 산소통에 손을 내밀고 서둘러 마개를 단단히 잠갔다. 고무주머니가 터지지 않아서 다행이야!

"키스 같은 걸 하니까 그렇죠!" 아직도 숨을 헐떡이면서 조야는 내뱉 듯이 말했다. 앞머리는 흐트러지고 모자가 떨어졌다.

그것은 맞는 말이었으나 두 사람은 또다시 입술을 합하고 서로의 몸을 꼭 껴안았다. 복도 유리문 저쪽에서 누군가 지나가던 길에 이쪽 으슥한 곳에서 튀어나온 두 사람의 흰 팔꿈치와 불그레한 팔꿈치를 보았을지 모른다. 보려면 마음대로 보라지. 또 한 주머니에 다시 공기가 들어가고 있을 때 코스토글로토프는 조야의 목덜미를 만지며 말했다.

"졸로톤치크(조그만 황금)! 이것이 당신 별명이야. 졸로톤치크."

"졸로톤치크? 폰치크(둥근 파이) 같네. 싫지 않아요, 그렇게 불려도."

"내가 유형수라도 무섭지 않아요? 범법자라도?"

"아뇨."

"내가 이렇게 나이가 많아도?"

"왜 당신이 나이가 많아요?"

"병자라도?"

조야는 그의 가슴에 얼굴을 대고 그대로 서 있었다. 따뜻한 타원형 돌출부, 탁자에 있던 무거운 자를 얹어놓아도 미끄러져 내리지 않을지 아직 확인하지 않은 그 돌출부를 눌러 뭉개듯이 조야를 다시 꼭 껴안으면서 코스토글로토프는 말했다.

"정말 우시 체레크로 와주겠어? 결혼해 줘…… 거기에 우리의 집을 지어요."

이 말이야말로 지금까지 조야가 고대하던, 꿀벌을 닮은 본래의 성격 속에 감춰진 지속성이라고 생각되었다. 정신없이 옷을 벗어던진 다음에 오는 집요하고 건설적인 지속성. 코스토글로토프한테 바싹 달라붙어 가습 전부로 그를 느끼는 지금, 조야는 계속 생각했다. 이 사람일까? 나의 운명은 이 사람일까?

조야가 몸을 쭉 펴고 다시 그의 목을 껴안았다.

"올레그! 당신은 이 주사가 어떤 것인지 알아요?"

"어떤 것인데?" 그가 볼을 비볐다.

"이 주사요…… 어떻게 설명할까…… 정식 명칭은 호르몬 요법이라고 해서 서로 다른 성性의 호르몬을 주사하는 거예요. 여자에게는 남성호르몬을, 남자에게는 여성호르몬을요. 전이를 예방하는 데 효과적이라는데…… 하지만 그러한 효과보다 먼저 다른 일이…… 아시죠?"

"뭐? 몰라! 전혀 몰라!" 그는 안색이 달라지며 불안스럽게 물었다. 조야의 한쪽 어깨를 잡고 있었으나, 그것은 한시라도 빨리 사실을 쥐어짜내려는 것처럼 보였다. "말해 줘! 자 빨리!"

"말하자면…… 억압되는 거예요, 성적 능력이…… 반대 성별의 제2차 성징이 나타나게 되거든요. 많은 양을 주사하면 여자는 수염이 나고 남자는 유방이 커지고……."

"잠깐만! 뭐가 어떻게 된다고?" 겨우 의미를 알아챈 코스토글로토프는 큰소리로 말했다. "이 주사가 말이오? 능력이 완전히 상실돼요?"

"완전히는 아니에요. 리비도(욕망)는 남을 거예요."

"리비도가 뭔데?"

조야는 그의 눈을 똑바로 바라보며 턱수염을 살짝 건드렸다.

"지금 당신이 저한테 느끼고 있는 것…… 욕망이라고 해도 좋아요."

"욕망은 남는데 능력은 없어진다는 거요? 그래요?"

어안이 벙벙해지며 그는 물었다.

"능력이 아주 약해져요. 차츰 욕망이 약해지는 거예요. 아시겠어요?" 조야는 손가락으로 그의 흉터를 따라 깨끗이 면도한 뺨을 어루만졌다.

"그래서 당신한테는 이 주사를 놓고 싶지 않았어요."

"그랬군!" 그는 겨우 제정신이 들면서 자세를 가누었다. "역시 그랬군! 어쩐지 불길한 예감이 들었어, 그래서 그랬군!"

코스토글로토프는 여기 의사는 물론이고 의사라는 종족들에게 죽도록 욕설을 퍼붓고 싶었다. 그들은 남의 생명을 제멋대로 할 수 있다고 생각한다. 이렇게 말하려다가 그는 갑자기 밝은 확신에 넘친 간가르트의 얼굴이 떠올랐다. 어제 간가르트는 맑게 빛나는 눈으로 그를 바라보면서 말하지 않았던가. '당신의 생명을 구하기 위해서 아주 중요한 주삽니다! 문제는 당신의 생명을 구하는 데 있으니까요!'

그 베가가! 베가는 마음속으로부터 그를 위한 것이 아니었던가? 생명을 구하기 위해서는 속여도 된단 말인가?

"당신도 언젠가는 그 여의사처럼 될 테지."

그는 조야를 곁눈으로 보았다. 아니, 왜 그렇게 생각해야 되나! 조야의 인생에 대한 눈은 코스토글로토프와 똑같았다. 그것이 없다면 살아갈 가치가 없다고 생각했다. 방금도 조야는 그 애욕의 입술, 불길과 같은 입술의 힘으로 코스토글로토프를 카프카즈 산맥까지 끌고가지 않았던가. 조야는 여기 서 있고, 여기 조야의 입술이 있지 않은가! 그리고 여기 바로 그 리비도가 그의 다리에, 허리에 흐르고 있는 한, 키스를 서둘러야 한다!

"……오히려 반대로 왕성해지는 주사를 맞을 순 없을까?"

"그런 짓을 하다간 나는 이 병원에서 쫓겨나게 돼요."

"그런데 그런 주사가 있긴 있을까?"

"같은 주사예요. 남성 것과 여성 것을 바꾸지 않으면 되지요……."

"그럼 졸로톤치크, 어디라도 갑시다."

"여기에 왔잖아요. 이젠 돌아가야죠."

"회의실로 가지!"

"안 돼요. 잡역부가 있고 사람들도 다니고…… 게다가 아직 시간이 일
러요."

"그럼 밤중에……."

"그렇게 서두를 필요는 없어요, 올레그! 서두르면 미래가 없어져
요……."

"미래가 무슨 소용이야? 리비도가 쇠퇴해진다면…… 아니, 리비도는
여전히 남게 되겠지! 부탁이야, 어디로 가자!"

"올레그, 즐거움은 남겨둬야죠…… 그렇게 서두르면, 안돼요! 여하튼
이 주머니를 옮깁시다."

"……."

"이제 옮겨요."

"……."

"옮겨요…… 지금요……."

두 사람은 축구공처럼 빵빵해진 고무주머니를 들고 올라갔다. 두 사람
의 몸의 움직임은 그 주머니를 통해서 서로의 육체에 전해졌다.

밤낮으로 사람들이 바쁘게 걸음을 옮기던 층계참에, 그 안색이 누렇고
말라빠진 환자가 등에 베개를 대고 반쯤 일어나 있었다. 기침은 멎었지만
두 무릎을 세워서 자기 머리를 처박고 있었다. 그것은 무릎을 벽으로 잘
못 알고 있는 모습이었다. 그 환자는 아직 살아 있었다. 그러나 주위에는
인기척이 없었다. 혹시 오늘이 그 환자의 최후의 날이 될지도 모른다. 그
환자는 코스토글로토프의 형제일 수도 있고 친구일 수도 있었다. 모든 사
람으로부터 버림을 받고, 동정에 굶주리고 있는 한 인간. 그 침대 곁에 앉
아서 아침까지 곁에 있어준다면 임종의 괴로움이 조금이라도 덜어질 것
이다.

그렇지만 두 사람은 산소흡입기 주머니를 그 침대 곁에 장치해 주고는

그대로 층계를 올라갔다. 죽음에 허우적거리는 인간이 마지막 기대를 걸었던 그물과도 같은 이 주머니는, 두 사람한테는 으숙한 곳에 숨어 키스하기 위한 한낱 구실에 불과했다. 눈에 보이지 않는 끈으로 이어진 것같이 코스토글로토프는 조야를 따라 층계를 올라갔다. 뒤에 남은 빈사의 환자는 한 달 반 전의 제 모습일 수도, 반 년 후의 제 모습일 수도 있다. 그러나 그 환자 생각은 이미 사라졌다. 오직 이 처녀, 이 여성, 그녀에 대한 생각만이, 잘 타일러 으숙한 곳으로 데려갈 생각만이 남아 있었다.

그리고 또 하나 잊고 있었던 감각, 뜻밖의 달콤했던 감각, 아릴 정도로 난폭하게 부벼 대던 입술의 감각이 온몸에 힘차게 넘쳐흐르고 있었다.

19. 빛에 가까운 속도

어머니를 엄마라고 부르고 있는 사람, 더욱이 남들 앞에서 그렇게 부르는 사람은 흔치 않았다. 남자는 열다섯을 넘기면 그렇게 부르는 것을 부끄럽게 생각했다. 그러나 자츠이르코 집안의 형제들, 바짐과 보리스와 유리는 달랐다. 세 형제는 아버지가 살아계실 때도 한결같이 어머니를 사랑했고, 아버지가 총살된 후에도 여전히 사랑했다. 터울이 얼마 나지 않아서 동갑내기 친구들처럼 자랐고, 학교나 집에서나 언제나 성실했으며, 일없이 길거리를 쏘다니는 일도 없어서 홀로 된 어머니를 슬프게 한 적이 단 한 번도 없었다. 아이들이 어렸을 때 우연히 사진을 찍었던 것이 계기가 되어서, 어머니는 이후로 2년에 한번씩 아이들을 데리고 사진관에 갔다(그러는 동안에 아이들이 카메라를 사용하게 되었다). 그래서 이 집 앨범은 어디를 펼쳐도 어머니와 세 아이의 사진뿐이었다. 어머니는 연한 금발이고 자식들은 셋 다 검었는데, 자포로제 증조모와 결혼한 터키인 포로의 핏줄을 이어받았기 때문이다. 사진 속 세 아들은 다른 사람이 쉽게 가려내지 못할 만큼 서로 닮은 데가 있었다. 사진 속 아이들은 눈에 띄게 쑥쑥 크고 튼튼해지고 있었다. 키도 어느덧 어머니보다 커졌는데, 어머니는 거꾸로 늙어가고 있었다. 그래도 그녀는 이 가족의 살아 있는 역사를 자랑스럽게 생각하며 카메라 앞에서 몸을 빳빳이 펴고 있었다. 그녀는 그 시내에서 유명한 여의사라서 항상 사람들에게 감사의 꽃다발이나 고기만두를 받았다. 설사 그녀가 사회를 위하여 무엇 하나 한 것은 없었다 해도 이 세 자녀를 길러낸 것만으로 아주 의미있는 여자의 일생이라고 말할 수 있었을 것이다. 셋 다 같은 기술전문학교에 진학해서 장남은 지질학과, 차남은 전기공학과를 전공했다. 셋째는 금년에 건축과를 졸업할 예정으로, 어머니는 이 막내와 함께 지내고 있었다.

바짐의 발병 소식에 어머니는 몹시 당황해서, 지난 목요일에는 이곳까

지 오려고 했다. 그녀는 토요일에 '콜로이드 금이 필요하다.'는 돈초바의
전보를 받고, 일요일에 즉시 '금을 얻으러 모스크바로 간다.'는 답신을 보
내고는, 월요일에 정말 모스크바에 날아갔다. 아마 어제와 오늘 이틀간은
고관들이나 주요직책 인사들의 응접실에 찾아가 '죽은 남편을 봐서라도
(그는 소비에트 정부와 잘 맞지 않는 지식인이었지만, 전쟁중에 시내에 남았
다가 빨치산의 연락을 받고 아군 부상자를 숨겨주었고, 그 때문에 독일군에
게 총살당했다) 아들들을 위해서 콜로이드 금의 재고를 조금 나눠달라.'
고 부탁했을 것이다.

　바짐은 신세지고 창피 당하는 일이 죽도록 싫었다. 과거의 공적이나
연고를 이용하는 따위가 아주 질색이었다. 이미 입원 전부터 엄마가 돈초
바에게 전보를 쳤다는 것이 두통거리가 되었다. 바짐에게는 생명을 구하
는 것이 제아무리 중대한 일이라 해도, 게다가 그것이 암이라는 흉측한
병이라 해도 어떠한 특권도 이용하고 싶지 않았다. 다행히 돈초바를 만나
보니, 이 여의사는 엄마의 전보가 없었다고 시간과 노력을 아낄 사람은
아니었다. 단지 콜로이드 금이 필요하다고 엄마에게 전보를 칠 필요가 있
었을까 하는 의문은 들었다.

　그 금을 얻자마자 엄마는 이 병원으로 날아올 것이다. 얻지 못해도 역
시 날아오는 건 마찬가지다. 그래서 바짐은 어머니에게 자작나무 버섯에
대해서 편지를 썼다. 그 효력을 믿어서가 아니라 어머니에게 일거리를 주
려는 생각 때문이었다. 혹시 사태가 절망적으로 되었을 경우에는, 의사로
서의 지식과 신념에는 아랑곳없이 어머니는 바곳 뿌리를 구하려고 산골
노인한테로 갈 것이다(어제 코스토글로토프가 '여자와 다투기가 싫어서 바
곳 뿌리액을 버렸다.'고 사과하고, 어차피 그것만으로는 부족했다면서 노인
의 주소를 가르쳐주고, 혹시 노인이 투옥되어 없을 경우 자기가 예비로 가지
고 있는 뿌리를 나누어 주겠다고 약속했다).

장남 몸에 들이닥친 위험을 정말 알게 되었다면 엄마는 살고 싶은 마음도 없어질 것이다. 어머니는 무슨 일이든 다 할 것이다. 하지 않아도 좋을 일까지도 하려고 들 것이다. 탐사대로 떠날 때도 갈카라는 여자친구와 함께 가는 줄 뻔히 알면서도 엄마는 따라가겠다고 나섰다. 결국 이 종양이 발생한 것도, 이 병에 대해 단편적으로 읽고 들은 것들을 종합해 보니, 엄마가 지나치게 마음을 쓰고 조심한 결과였다. 어려서부터 바짐의 다리에는 커다란 검은 점이 있었는데, 어머니는 의사로서 이 점을 줄곧 만져 보다가 언젠가 '마침 좋은 외과의가 있으니 변질될 위험성을 예방하는 차원에서 수술을 받자'고 했다. 그런데 바로 그 수술이야말로 해서는 안 되는 것이었다.

　그러나 지금, 자기가 죽어 가는 것이 엄마 탓이라고 하더라도, 바짐은 앞에서는 물론 뒤에서도 어머니를 비난하고 싶은 마음은 털끝만큼도 없었다. 결과에 따라서 사람을 비난한다는 것은 얼마나 이기적인가. 차라리 의도에 따라서 비난하는 편이 훨씬 인간적이다. 하던 일이 아직 중도에 걸려 있고, 흥미가 단절되고, 가능성이 보이지 않는다고 해서 엄마의 실책을 탓하는 것도 부당한 일이다. 흥미나 가능성이나 일에 대한 열정도 바짐 자신이 없다면 있을 수 없는 것들이고, 그 바짐은 어머니가 없다면 존재할 수도 없었으니까.

　인간은 이가 있어서 씹기도 하고, 악물기도 하고, 부득부득 갈면서 분통을 터뜨리기도 한다. 이빨이 없는 식물들은 모두 온화하게 성장하고 참으로 온화하게 죽어가지 않는가! 그러나 어머니를 용서할 수 있는 바짐도 병을 용서할 수는 없었다. 제 피부의 단 1제곱센티미터도 병에게 양보할 수 없다! 그래서 이를 갈지 않을 수 없었다. 아, 이 저주스러운 병이 느닷없이 뛰어나와 길을 가로막아 버렸어! 그것도 가장 중요한 시기에 습격해 오다니.

사실 바짐은 어릴 때부터 늘 시간의 부족을 느껴왔던 것 같았다. 여자 손님이나 이웃 아주머니들이 와서 이야기를 시작하여 엄마와 자기의 시간을 뺏을 때마다 안절부절못했다. 초등학교에서나 상급학교에서나, 근로동원이나 소풍 그리고 파티, 데모행진 같은 많은 사람이 모일 경우에도, 항상 실제 시작하는 시각보다는 한두 시간 앞당겨 일찍 시간을 정하여, 사람들은 으레 늦게 마련이라는 사고방식을 보였을 때 화가 나서 견딜 수가 없었다. 그는 라디오의 30분 뉴스도 끝까지 참지 못했다. 중요한 것이나 필요한 것은 5분으로 압축해도 족했다. 나머지 25분은 불필요한 것이다. 쇼핑을 가서 뜻밖에 10퍼센트 할인이나 대매출 행사에 말려들어도 비위가 상했다. 동사무소나 우체국, 출장소가 휴일이 아닌데도 문을 닫는 것도 상상할 수도 없는 일이었다.

시간에 대한 강박관념은 아버지에게 물려받은 습관인지도 몰랐다. 아버지도 시간 낭비를 아주 싫어했다. 지금도 아버지가 그를 무릎에 앉히고 이렇게 말했던 것이 생각난다. '바짐! 1분을 활용하지 못하는 사람은 한 시간을, 하루를, 일생을 헛되게 보내게 된단다.'

아니, 아니야! 이 악마 같은 버릇, 시간에 대한 억누를 수 없는 강박관념은 아버지한테 배우기 전부터 어린 바짐의 몸속에 자리잡고 있었다. 이웃 아이들과 놀다가도 좀 싫증이 나면 재빨리 집으로 돌아와 버렸다. 책 내용이 신통찮게 느껴지면 도중에 내던지고 내용이 충실한 책을 찾았다. 영화의 첫 장면이 시시해도(영화의 내용을 미리 전혀 알려주지 않는 것은 제작자의 고의일 것이다) 입장료는 생각지 않고 좌석을 박차고 일어나 나와서 귀중한 시간과 맑은 머리를 간직했다. 그가 가장 괴로웠던 일은 10분마다 잔소리를 되풀이하면서 제대로 하지도 못하는 주제에 말꼬리를 질질 끌어가며 황당무계한 소리만 늘어놓다가 휴식종이 울린 다음에야 숙제를 내기 시작하는 선생들이었다. 선생이 수업 계획을 짜는 것보다 더 면밀하게 학생은 휴식 시간의 계획을 세우고 있다는 것을, 이런 선생들은 알지 못했다.

혹시 바짐은 자기 몸에 스며드는 위험을 어려서부터 자기도 모르게 의식한 것은 아닐까? 아무 죄도 없는 갓난아기 때부터 이 색소의 반점은 타격을 가해왔다. 소년시절부터 시간을 이토록 절약하고, 그 시간 절약의 정신을 두 동생한테 전해주고, 취학 전부터 어른들이 읽는 책을 읽은 것도, 6학년 때 집에 화학실험실을 꾸며놓은 것도, 다 앞으로 발생될 종양과의 경쟁을 시작한 징조가 아니었겠는가? 바짐한테는 이것이 적의 모습이 보이지 않는 맹목적인 경쟁이었다. 그러나 종양은 전혀 모습도 드러내지 않고 있다가, 그의 가장 결정적인 시기에 불쑥 튀어나와 찔러대고 있다! 병이 아니다, 그것은 뱀인 것이다. 이름도 꼭 뱀을 닮았다. 멜라노블라스토마(흑소육종)!

그것이 언제 시작되었는지 바짐은 알 수가 없었다. 다만 알타이 산맥 탐사기 무렵부터 그 부분이 단단해지고 아프기 시작하더니, 구멍이 뚫리고 아픔이 가라앉았다가는 곧 다시 굳기 시작하여 옷에 닿아서 걸어다니기도 힘들게 되었다. 그렇지만 바짐은 어머니에게 알리지 않았고, 일을 그만두지도 않았다. 마침 최초의 연관된 자료를 수집하는 시기여서, 그것을 가지고 모스크바로 가려는 참이었다.

탐험대는 지하수의 방사능을 조사하는 데 그쳤고, 광맥의 발견따위는 일같이 생각지 않았다. 그러나 바짐은 나이에 비해서 많은 독서를 해서 지질학자의 홈으로 돼 있던 화학 지식에도 밝았기 때문에 이 탐사에서 광맥을 발견하는 새로운 방법이 틀림없이 나오리라고 확신했다. 탐사대 대장은 바짐의 이러한 고집에 대해서 가끔 잔소리를 했다. 대장에게 필요한 것은 계획을 제대로 실행하는 것뿐이었다.

그래서 바짐이 모스크바 출장을 신청했을 때 대장은 허락하지 않았다. 그래서 바짐은 종양 이야기를 털어놓고 병가를 얻어서 이 병원에 왔다. 그는 진찰을 받자마자 사정이 있으니 빨리 진단서를 써달라고 했고, 입원허가서를 받아서 곧장 모스크바로 갔다. 때마침 한 회의에 체레고로드체프가 참석한다는 소문을 들었다. 이 학자는 여러 연구서와 책을 썼는데, 사람들은 그에 대해서 '체레고로드체프는 상대방의 첫마디를 듣고 말 상대할 가치가 있지를 판단하고, 상대할 가치가 없다면 더 이상 말을 섞지 않는다.'고 말했다. 모스크바로 가는 내내 바짐은 그 말을 곰곰이 생각했다.

바짐은 회의 휴식시간에 구내매점에 들어가는 체레고로드체프를 만났다. 바짐이 인사를 건네자 그는 매점에 들어가다 말고 청년의 팔을 붙잡고 옆으로 데려갔다. 그 5분간의 대화가 복잡했던 것은(바짐한테는 그것이 불꽃 튀기는 대화처럼 생각되었다) 말하자면 상대의 대답을 생각하거나, 자기 지식을 펴놓을 때처럼 천천히 말할 시간도 없이 냅다 지껄이지 않으면 안되었으며, 중요한 부분은 끝까지 지껄이지 말고 덮어두어야만 했기 때문이다. 교수는 즉각 반대의견을 밝히고는 '지하수의 방사능 검사는 근원적인 징후가 아니라 부차적인 징후이니 그 징후를 보고 탐사하는 광맥은 허사'라고 반대했다. 그렇게 말하면서도 번복할 만한 사실이 있다면 언제라도 의견을 바꿀 수 있다는 태도를 보이며 바짐의 반론을 기다렸으나, 결론이 나오지 않은 채 끝났다.

그러나 바짐은 그 토론으로 '내가 바위투성이의 알타이 산맥 한가운데에서 혼자 열심히 조사하고 있는 동안에 모스크바 학회도 그 문제에 관심을 기울이고 있었다.'는 사실을 알고 흥분했다. 이것은 최고의 발견이 아닌가! 그렇다면 더 계속해서 일할 보람이 있지 않을까! 그러나 지금 당장은 입원해야 한다…… 엄마에게 솔직히 말해야 한다. 노보체르카스크의 병원에 입원해도 좋았으나 문제의 산맥에 가깝기 때문에 이 병원이 마음에 들었다.

모스크바에서 바짐이 알게 된 것은 지하수나 광맥에 대한 것 뿐만이 아니었다. 흑소육종은 불치병이라는 사실도 알았다. 흑소육종 환자는 길어야 1년, 대개는 8개월을 견디기 어렵다는 것이다.

하지만 그러면 어떤가. 바짐의 시간과 질량은 마치 빛에 가까운 속도로 날아가는 듯했으며, 다른 사람과는 달랐다. 시간의 용적은 커지고 질량은 압축되었다. 이 젊은이에게 몇 년은 몇 주일로, 며칠은 몇 분으로 압축된다. 어려서부터 서둘렀지만, 이제부터 정말 서둘러야 하는 때가 온 것이다. 안정된 은둔생활로 60년쯤 지낸다면 바보도 박사가 될 것이다.

그렇다면 스물일곱 살에는 무엇이 되어야 할까? 스물일곱 살이라면 레르몬토프(결투로 죽은 러시아 낭만주의 소설가)가 죽은 나이였다. 레르몬토프도 죽고 싶지는 않았을 것이다(바짐은 자신이 어느 정도 레르몬토프를 닮았다고 생각하고 있었다. 키가 그다지 크지 않고, 가무잡잡하고, 날씬한 몸집과 조그마한 손등이. 다만 수염이 없을 뿐이다). 그러나 레르몬토프는 우리의 기억 속에 새겨져 있다. 100년이 아니라 영원히! 죽음의 표범은 이미 검게 번들거리는 몸을 움직이며 꼬리를 흔들고, 그와 한 침대에 나란히 누워 있었다. 바짐은 지적인 인간으로서 그놈과 함께 지내기 위한 일정한 방식을 발견해 내야 하였다. 어떻게 나머지 몇 개월을 유효하게 지낼 수 있을까? 자기 생활에 느닷없이 끼어든 새로운 요인으로서의 죽음을 철저히 분석해 보지 않으면 안되었다. 그 분석의 결과, 바짐은 자기는 이미 죽음에 익숙해지기 시작했다는 것과, 동화되어 가고 있다는 것을 깨닫게 되었다.

가장 잘못된 사고방식은 잃게 될 것을 새삼스럽게 생각하는 일이었다. '오래 산다면 얼마나 좋을까, 어디를 갈까, 무엇을 할까' 따위를 생각하는 것이다. 필요한 것은 통계를 인정하는 일, 즉 일찍 죽어야 할 인간이 있다는 사실을 인정해야 한다. 그 대신 요절한 자는 사람들의 기억에 영원히 젊게 남을 것이다. 죽음 직전에 번쩍이던 불꽃은 영원히 빛날 것이다. 바짐이 최근 몇 주일 동안 생각한 끝에 발견한 것이지만 이것은 아주 중요한, 그러나 한편 역설적인 특징이었다. 말하자면 재능이 있는 인간은 무능한 인간보다도 죽음을 이해하기 쉬우며, 그것을 쉽게 받아들인다는 것이다. 하지만 재능이 있는 사람은 죽음에 의하여 무능한 사람보다 훨씬 많은 것을 잃지 않는가? 에피쿠로스도 '무능한 인간에게는 그 무능에 알맞게 긴 인생이 필요하지만, 어리석은 자는 영원이 주어져도 다룰 줄 모른다.'고 했다.

물론 우리 세대의 과학은 눈부시게 발달하고 있으니까, 앞으로 3~4년 내에 흑소육종 치료약이 발견될 것이다. 그것을 생각하면 부럽지 않은 것도 아니었다. 그러나 바짐은 생명을 연장하는 일이나 병을 완치하는 따위는 벌써 생각지도 않았다. 한밤중의 고독한 몇 분 동안이라도 이런 쓸데없는 생각 때문에 낭비하고 싶지 않았다. 정신을 바짝 차리고 일해야 했다. 후세의 사람들에게 광맥을 찾는 새로운 방법을 남겨야 한다.

이렇게 일찍 죽는 대가로서, 바짐은 마음 편안히 죽기를 원하고 있었다. 그리고 그의 27년간, 바짐은 유효하게 시간을 썼다는 것뿐 아니라 더 충실하게, 풍족하게 그리고 조화된 시간을 보냈었다고 스스로 다짐했다. 그랬기 때문에 이 최후의 몇 개월도 한층 더 값있게 보내야 했다.

이렇게 바짐은 일에 대한 정열에 불타서 옆구리에 책 여섯 권을 끼고 이 병실에 들어온 것이다. 병실에서 예상되는 첫 번째 적은 라디오와 스피커였는데, 바짐은 여러 합법적 방법으로 그것과 싸울 결의를 굳혔었다. 우선 같은 병실 사람들을 설득하고, 그것이 안 되면 전선을 절단하든지 스피커를 벽에서 떼낼 것이다. 이 나라는 도처에 확성기 장치가 되어 있어서 마치 그것이 문화보급의 증거나 되는 것처럼 보이지만, 실은 거꾸로 문화의 뒤떨어진 것을 나타내고 있으며 지적 태만을 장려하게 된다. 하지만 바짐이 아무리 이렇게 말해도 지금까지 누구 하나 동의하지 않았다. 묻지도 않은 정보나 선택하지도 않은 음악(더욱이 그때 기분에 어울리지도 않는 음악)을 쉴 새 없이 흘려보내는 것은 시간을 훔치고, 정신의 혼란과 산만을 초래하며, 주체적으로 움직일 수 없는 침체된 인간에게만 필요한 일 아닌가. 에피쿠로스가 말한 어리석은 사람은 주어진 영원을 라디오 청취에만 다 써버릴지도 모른다.

그런데 놀랍고 다행한 일은 병실을 아무리 살펴보아도 라디오가 눈에 띄지 않는 것이었다! 이층 어디에도 확성기가 없었다(그 이상한 현상은, 이 병동이 신축 건물로 이사하기로 되어 있는데, 그 이사가 매년 연기된 사정에 있었다. 그 새 건물에는 물론 도처에 라디오가 설비될 예정이었다).

바짐이 예상했던 두 번째 적은 어둠이었다. 소등은 이르고, 점등은 늦고, 창문은 멀었다. 그런데 친절한 좀카가 창가 침대를 양보해 주어서 바짐은 첫날부터 이곳의 생활에 쉽게 적응할 수 있었다. 밤에는 다 함께 일찍 잠자리에 들었고 새벽에 눈을 떠서 공부하기 시작했다. 하루에서 가장 조용하고 가장 좋은 시간이었다.

생각했던 세 번째의 적은, 환자들끼리 시끄럽게 떠드는 잡담이었다. 그러나 그것은 아주 없지는 않았어도 비교적 조용했고, 병실의 인원 구성도 꽤 바짐의 마음에 들었다. 그에게 가장 좋은 사람은 예겐베르지예프였다. 그는 항상 말이 없었고, 두툼한 입술과 불룩한 뺨에 인자한 미소를 띠고 있었다. 무르살리모프와 아흐마드잔도 고집이 없는 선량한 사람들이었다. 두 사람이 우즈베크말로 이야기할 때 바짐은 전혀 신경이 쓰이지 않았고 그 말투도 신중하고 조용했었다. 바짐은 무르살리모프와 같은 현명한 노인을 산중에서 종종 만났다. 다만 한 번 무르살리모프와 아흐마드잔이 꽤 심한 언쟁을 벌였는데, 사정을 알고 보니 무르살리모프가 새로운 이름들에 화를 내고 있었다. 그는 예언자가 남긴 진짜 이름은 40여개뿐이고 그밖의 이름은 옳지 않은데, 아무것도 아닌 몇 개 단어를 이어서 작명하는 경향이 못마땅했던 것이다.

아흐마드잔도 나쁜 청년은 아니었다. 조용히 하라고 부탁하면 언제나 조용히 했다. 그런데 언젠가 바짐이 에벤크족(북극 해안에 사는 동부 시베리아 민족)의 생활을 이야기했더니, 그것이 그의 상상력을 아프게 자극했나 보다. 아흐마드잔이 이틀 후에 갑자기 바짐에게 물었다.

"그 에벤크족은 어떤 복장을 하고 있었지?"

바짐이 대답해 주자, 다시 몇 시간을 생각에 잠겼다가 다리를 절름거리면서 다시 다가왔다. "에벤크족의 하루 일과는 무엇이었나?"

다음날 아침에도 물었다. "말해 주게, 에벤크족의 일은?"

에벤크족이 보통 생활을 하고 있었다는 것이, 아흐마드잔에게는 납득이 되지 않았던 것이다.

아흐마드잔의 장기 친구 시브가토프도 조용하고 호감이 가는 사람이었다. 이 사람은 분명히 교육 수준이 낮아 보였지만 큰소리로 떠드는 것이 품위를 손상하는 짓이라는 걸 잘 알고 있었다. 그래서 아흐마드잔이 말다툼을 하면 항상 말리는 역할을 했다.

"어쨌든 이 고장의 포도는 진짜가 아니야. 멜론도 진짜가 아니야."

"그럼, 어디 것이 진짜란 말이야?" 아흐마드잔이 흥분해서 말했다.

"크리미아지, 거기 멜론이라면…… 당신에게 보여주고 싶군."

좀카도 좋은 소년이었으며, 결코 허풍선이가 아니었다. 좀카는 늘 생각하거나, 교과서를 읽거나, 코스토글로토프에게 입체기하를 배우곤 했다. 그러나 이 소년에게서 재능의 빛을 찾아볼 수가 없었다. 뜻밖의 것을 들을 때 묘하게 어두워지는 표정에서 그것을 알 수 있었다. 소년에게는 공부를 계속하며 지능이 필요한 직업을 가지는 것이 쉬워보이지 않았다. 이 소년에게 쉬운 일이라곤 없을지도 모른다. 그러나 노력에 따라서는 이런 아둔한 소년도 언젠가는 온전한 인간이 된다.

루사노프도 바짐의 방해는 되지 않았다. 그는 흔히 찾아볼 수 없는 성실한 관리였다. 생각하는 것이 근본적으로 잘못된 것은 아니지만, 부드럽게 표현할 줄 모르고 딱딱하게만 표현하고 있었다.

코스토글로토프는 처음에는 바짐의 마음에 들지 않았다. 떠버리에 거친 사람처럼 보였다. 하지만 겉으로만 그렇지 사실은 섬세하다는 것을 곧 알아챌 수 있었다. 그는 불행한 과거 때문에 정서적으로 약간 불안정한 것뿐이었다. 그 과거의 불행은 고집 센 성격 탓도 있을 것이다. 그의 병세는 회복되어 가는 듯했으며, 더욱더 무엇엔가 집중하고 자기가 무엇을 하고 싶은지 똑바로 의식한다면 잃어버린 생활을 회복할 수 있을 것이다. 무엇보다 부족한 것은 정신집중이었다. 그것은 이 사람이 시간을 아무렇지도 않게 낭비하고 있었으며 쓸데없이 정원을 산책하거나, 담배를 피우거나 또 발작적으로 책을 읽다가 도중에 내던지고, 여자를 쫓아다니기도 하는 것에 잘 나타나 있다. 그다지 눈여겨 보지 않아도 이 사람과 조야의 사이에 무슨 일이 있고 간가르트와도 무슨 일이 있다는 것을 대뜸 알게 되었다.

조야나 간가르트는 미인이었지만, 바짐은 죽음의 주변에서 여자에게 정신을 쏟을 마음이 조금도 없었다. 탐사대에서 갈카가 바짐과 결혼하려고 기다리고 있었지만, 바짐은 이미 결혼할 권리가 없었다. 그래서 갈카에게 더 이상 접근하지 않았다. 이젠 어느 누구에게도 접근하지 않을 것이다. 흔히 정해진 값은 확실히 지불해야 한다고 말한다. 하나의 정열이 자기를 사로잡으면, 그밖의 정열은 모두 쫓겨나 버린다.

병실에서 바짐의 비위를 건드리는 사람은 예프렘 한 사람이었다. 예프렘은 심술궂고 무뚝뚝하다가는 갑자기 약해지고, 달콤한 관념론에 빠지곤 했다. 바짐은 옆사람과 화목하고 사랑한다거나, 자기 희생으로 남을 돕는다거나 하는 바보스러운 우화를 참을 수 없었다. 그 이웃이 어떤 게으름뱅이지, 주체할 수 없는 사기꾼인지도 모르지 않은가! 이렇게 생기를 잃은 퇴색한 이야기는 바짐의 싱싱하게 타오르는 의지나 총알같이 날아가려는 욕구하고는 전혀 다른 것들이었다. 바짐한테는 언제나 자기를 희생할 각오는 돼 있지만, 그것을 하잘것없는 다반사로 할 수는 없었다. 불꽃 튀기는 일을 통해서 전 국민, 전 인류를 위하여 기여하는 것이다!

그래서 예프렘이 퇴원하고 백발이 성성한 페제라우가 구석 침대에 옮겨오자 마음이 놓였다. 페제라우만큼 조용한 사람도 흔치 않았다. 그는 병실에서 제일 조용한 인물이었다. 하루종일 한 마디 말도 없이 가만히 누운 채 슬픈 표정을 짓고 있었다. 매우 과묵한 시골뜨기였다. 바짐의 이상적인 이웃이었다. 그러나 모레 금요일에는 그가 수술을 받을 예정이라고 했다. 한 마디 말도 없다가 오늘은 어쩌다가 병에 대한 이야기를 시작했는데, 페제라우는 뇌막염으로 죽을 뻔한 일이 있었다고 말했다.

"머리를 어디에 부딪쳤어요?"

"아니, 감기가 들었어. 처음에는 고열이 덮쳐오더니 공장 자동차로 집에 돌아왔을 때는 머리가 차가웠어. 그래서 뇌막염에 걸리고. 눈이 멀어버렸지."

이 비극을 이야기하면서 페제라우는 별로 말에 힘도 주지 않고 아주 냉정하게 미소마저 띠고 있었다.

"고열이 덮쳐왔다는 게 무슨 뜻이에요?"

바짐은 예의상 묻긴 했지만, 눈은 계속 시간이 아깝다는 듯이 글자를 훑었다. 그러나 병실에서 병 이야기가 나오면 으레 듣는 사람이 나타나는 법, 지금도 저쪽 루사노프가 어쩐지 이상하리만치 가냘픈 시선으로 페제라우를 바라보고 있었다. 그래서 페제라우가 반쯤 루사노프를 향해 말을 이어갔다.

"보일러가 고장나서 좀 까다로운 용접을 해야 했지. 증기를 뽑고 보일러를 식히는 데 24시간이 걸렸어. 공장장이 밤늦게 차를 보내와서 '페제라우! 생산을 중지하면 안 되니까 방호복을 입고 보일러 속으로 들어가 주겠나?'라고 했던 거야. 그래서 필요하다면 하겠다고 대답하고 보일러 속에 들어갔어. 한 시간 반쯤 있었을 거야…… 어떻게 거절할 수가 있겠어? 항상 내 이름이 모범 노동자 게시판 제일 위에 쓰이는데 말야."

루사노프가 자랑스럽다는 듯이 계속 귀기울이며 칭찬했다.

"당원으로서도 좀체로 하지 못하는 일이야."

"나도…… 당원입니다." 페제라우는 더욱 겸손하게 웃는 얼굴을 보이면서 조용히 말했다.

"당원이었겠지." 루사노프는 그의 말을 바로잡았다. '이것들은 좀 칭찬을 해주면 이내 기고만장이야'.

"지금도 그래요." 페제라우는 아주 낮은 목소리로 말했다.

오늘 루사노프는 남의 사정을 들어주거나 토론을 하거나 남을 선도하는 따위의 일은 지겨웠다. 무엇보다 자기 상황이 몹시 비극적이었기 때문이다. 그러나 너무나 뚜렷한 과오는 바로잡지 않을 수 없었다. 지질학자는 이제 책에 열중해 있었다. 그래서 루사노프는 낮고 또렷한 목소리로 (상대방은 긴장하고 있어서 아무리 낮은 목소리로 말해도 들을 수 있을 것이다) 말했다.

"그런 일은 있을 수 없어요. 당신은 독일 사람인가요?"

"네." 페제라우는 고개를 끄덕였으나, 쓸쓸한 표정이었다.

"그렇다면 추방될 때 당원증을 빼앗겼을 게 아니오."

"빼앗기지 않았어요." 그는 고개를 저었다.

루사노프는 말하기가 귀찮아서 얼굴을 찌푸렸다.

"그렇다면 그것은 어딘가 잘못된 것 같군. 바삐 서두르다 놓쳐버린 거겠지. 당신이 자진해서 제출해도 돼요."

"아니요!" 페제라우는 조용히, 그러나 완강하게 말했다. "13년간 당원증을 가지고 있었으니까 틀림없어요! 지구당 위원회에 모였을 때에도, 우리를 일반인과 같이 취급할 수는 없으니까, 제발 당에 남아달라고 했어요. 감독조사국에 어떻게 등록되어 있든지 당비는 제대로 지불했어요. 간부는 물론 될 수 없지만 평당원으로라도 모범적으로 일해야죠. 그렇지 않을까요?"

"글쎄, 잘 모를 일이야." 루사노프는 한숨을 지었다. 이제는 눈꺼풀이 내려앉아 말을 계속하기가 매우 어려웠다. 그저께 맞은 두 번째 주사는 전혀 효력이 없었다. 종양은 줄지도 물러서지도 않고, 여전히 쇳덩어리처럼 턱을 압박해왔다. 오늘 루사노프는 아주 풀이 죽어서 또다시 무서운 악몽에 사로잡힐 것을 각오하며, 세 번째 주사를 침착하게 기다리고 있었다. 카파와 약속한 대로 세 번째 주사가 끝나면 모스크바로 갈 예정이었으나, 루사노프는 싸울 기력도 이미 잃어가고 있었다. 운명이 무엇인지를 지금 비로소 알 듯했다. 세 번째 주사건 열 번째 주사건, 여기에서나 모스크바에서나, 낫지 않을 종양은 낫지 않는다. 종양이라고 해서 모두 죽는 것은 아니다. 종양을 가진 채 불치병자나 불구자로 살아가기도 한다. 그렇지만 루사노프는 어제까지 이 종양을 죽음과 결부시켜 생각하지는 않았다. 그런데 코스토글로토프가 의학서를 읽을 때 종양은 전신에 그 독소를 뿌리고 있다는 것을 알게 되었고, 그래서 그냥 방치해 둘 수가 없다는 걸 깨달았다.

그것이 루사노프의 괴로움이었다. 역시 죽음에서 도저히 벗어나지 못하리라는 것을 알았다. 루사노프는 어제 아래층에서 수술 환자가 머리 위까지 시트로 덮여 있는 것을 목격했다. 그때 비로소 잡역부들이 곧잘 '그 환자는 곧 시트가 덮일 것이다.'라고 말하던 뜻을 알았다. 흔히 죽음의 일반적인 상징을 검은색이라고 말하지만, 그것은 죽음의 서막만 그럴 뿐이다. 죽음 자체는 흰빛이다.

물론, 모든 사람은 죽지 않으면 안되기 때문에 루사노프도 언젠가는 삶을 청산할 때가 오리라고 각오하고는 있었다. 그렇지만 그것은 언젠가의 이야기지 지금 당장은 아니다! 언젠가 죽을 것은 안 두려운데, 지금 당장 죽는 것은 두려웠다. 그렇다면 그 후는 어떻게 되는 걸까? 남은 가족은? 창백하고 냉담한 죽음은 공허한 시트의 모습으로 슬리퍼를 신고 소리 없이 루사노프에게로 다가서고 있었다. 다가오는 죽음 앞에서 루사노프는 그것과 싸울 수 없을 뿐만 아니라, 그것을 생각할수도, 어떤 결심을 할 수도, 또 어떤 발언을 할 수도 없었다. 죽음은 불법적으로 다가오고 있었으나 루사노프를 지켜주고 보호해 줄 법규나 법령은 없었다.

루사노프는 자기 자신이 가련했다. 그토록 목적이 명확하고, 정력적이며, 아름답던 그의 생활이 난데없이 종양으로 인해 파괴되어가는 것은 차마 바라볼 수 없었다. 루사노프의 정신은 이 종양의 어떤 필연성을 거부하고 있었다. 자기연민으로 시도 때도 없이 눈앞이 뿌얘지며 눈물이 흘렀다. 낮에는 안경을 쓰거나 얼굴에 수건을 올려서 눈물을 감췄다. 저녁에는 어둠에 숨어서 소리 죽여 오래도록 울었다. 그는 어릴 때부터 울어본 적이 거의 없었으며, 운다는 것이 무엇인지도 모르고 있었으나, 그것보다 눈물의 효용을 잊었다는 편이 루사노프한테는 타당했을 것이다. 암, 예전 재판, 내일 주사, 반복되는 악몽 등에 대한 여러 가지 번민은 눈물로 씻어낼 수가 없었으며, 오히려 그러한 위험에서 루사노프를 한층 높은 데로 인도해 가는 것처럼 생각되었다.

그는 어쩐지 마음이 개운한 것처럼 느껴졌다.

그리고 또 그는 몸도 많이 약해졌으며, 몸을 움직이기도 거북했고 식욕도 없었다. 이 쇠약상태는 일종의 쾌감이라고 할까, 불길한 쾌감같은 것이었다. 그것은 동사凍死할 때의 황홀감과 비슷한 것인지도 모른다. 평상시의 시민의식, 추악하고 부정한 존재를 용납하지 못하는 기분까지도 마비된 것 같았으며 두터운 솜으로 덮인 것처럼 느껴졌다. 어제 주임의사의 회진 때 코스토글로토프는 웃어가면서 자기가 개척자라고 거짓말을 했었다. 루사노프가 한 마디 입을 열었다면 지금쯤 그는 이 병실에서 보지 못하게 되었을 것이다.

하지만 루사노프는 잠자코 있었다. 그것은 국가적인 견지에서 본다면 불성실한 행위였다. 거짓말을 폭로하는 일은 루사노프의 의무였다. 그런데 웬일인지 루사노프는 아무 말도 하지 않았다. 입을 열 힘이 없었던 것도 아니고 보복이 두려웠던 것도 아니고, 그저 어쩐지 말하고 싶지 않았다. 이 병실 안에서 일어나는 일은 이미 루사노프에게는 어찌되든 좋다는 생각이 들었다. 이런 기묘한 생각까지 들었다. 그 제멋대로 지껄여대던 사람, 불을 끄지 못하게 하고 제멋대로 환기창을 열기도 하고, 또 신문은 먼저 보려던 그 사람도 결국 한 인간이며, 자기의 운명을 짊어지고 살아갈 바에는 좋을 대로 내버려두자고 생각하게 되었다.

오늘 코스토글로토프의 이상한 점이 하나 더 밝혀졌다. 검사실 직원이 선거인 명부를 작성하러 와서(여기서도 선거 준비가 진행되고 있었다) 모두의 거주증이나 콜호즈 신분증을 모아갔는데, 코스토글로토프에게는 신분증이 하나도 없었다. 여직원이 놀라서 증명서를 달라고 다시 재촉하자 코스토글로토프는 '너희는 정치적 교양도 없느냐, 추방 처분에도 여러 가지가 있다, 못 믿겠으면 여기저기로 전화해 물어보라, 내게도 틀림없이 선거권이 있지만 최악의 경우 기권해버리겠다.'고 고함을 쳤다.

루사노프의 짐작대로 이 옆 침대 사내는 수상쩍은 구석이 하나둘이 아니다. 그러나 이제 루사노프는 점점 더해가는 무관심 속으로 몸을 내맡겼다. 코스토글로토프도 페제라우도, 시브가토프도 제각기 나름대로 살면 되는 것이다. 루사노프도 그 축에 끼어서, 모두 완치되고 행복하게 살았으면 싶었다. 시트가 덮개처럼 씌워졌던 광경이 루사노프의 머리에 떠올랐다가 이내 사라져버렸다. 다들 잘 살면 돼. 루사노프는 이제 누굴 심문하거나, 조사하지는 않을 것이다. 그 대신 다른 사람도 루사노프를 심문하지 않았으면 좋겠다. 누구도 먼 과거의 일을 뒤적거리지 않았으면 좋겠다. 과거의 일은 다 지난 일이다. 18년 전의 잘못을 조사한다는 것은 부당한 노릇이다.

입구에서 잡역부 넬랴의 날카로운 목소리가 들려왔다. 저런 목소리를 가진 여자는 이 병동에는 다시 없었다. 넬랴는 별로 애쓰지 않고서도 20미터 앞 사람에게 말을 걸 수가 있었다.

"이봐요, 이 에나멜 신발이 어떻게 이런 데 있을까?"

다른 여자의 대답은 들을 수가 없었다. 온통 넬랴 목소리 뿐이다.

"아, 나도 이런 걸 신어봤으면. 모두 모여와서 웃어대겠지!"

다른 여자는 뭐라고 반대의견을 말하고, 넬랴가 그것에 수긍했다.

"그건 그렇지! 나도 카프론(합성섬유) 양말을 처음 신었을 때는 정신이 얼떨떨했어. 그런데 세르게이가 성냥을 긋는 바람에 타서 쭈그러졌어!"

이윽고 물걸레를 든 넬랴가 등장했다.

"여러분, 어제 대청소 했죠? 그래서 오늘은 적당히 하면 돼요…… 아 참! 뉴스가 있어요!" 갑자기 생각난 듯 페제라우 침대를 손가락으로 가리키며 즐거운 듯이 말했다. "저쪽 사람이 가버렸어! 수술 받고서!"

무던했던 페제라우도 어딘가 언짢은 기분이 들어서 어깨를 움츠렸다.

넬랴는 잘 알아듣지 못하는 줄 알고 더 설명을 했다.

"그래요, 주근깨투성이! 목에 붕대 감았던 사람! 어제 정거장에서 말이야, 매표소 부근에서. 벌써 실려와서 해부됐대요."

"그만둬요!" 루사노프는 애원하듯이 말했다. "당신은 왜 그렇게 생각이 모자라지? 그런 우울한 이야기는 퍼뜨리는 게 아니야!"

병실 안은 시름에 잠겼다. 죽음에 대해 많은 말을 하던 예프렘은 분명히 명이 다한 사람이었다. 통로에 서서 경을 읽듯이 되풀이하던 구절이 지금도 귓전에 남았다.

"뭐라고 해도 우리들 신세는 비참해……."

그러나 누구도 예프렘의 최후를 보지 않았고, 모두의 기억에는 병실에서 나가던 그의 살아 있는 모습만 남아 있었다. 그러나 지금은 싫어도 상상해야 했다. 그저께까지 이 마룻바닥을 밟고 있던 사람이 이미 시체실에 놓여지고, 터져버린 소시지처럼 배 한가운데가 갈라진 모습을.

"유쾌한 소식도 있어요. 들으면 모두들 놀라게 돼요. 그러나 큰소리로 말할 수 있는 건 아니지만……."

"괜찮아, 말해봐요! 말해보라구!" 아흐마드잔이 졸랐다.

"참! 이봐요, 미남, 엑스선실에서 불러요! 당신, 당신 말이에요!"

잡역부가 바짐을 불렀다. 바짐은 창가에 책을 놓았다. 아픈쪽 다리를 손으로 받쳐서 조심스럽게 마루에 내려놓고, 이어서 다른쪽 다리를 내려놓았다. 그 아픈 다리만 없다면 발레를 추는 것과 흡사한 모습으로 병실을 나갔다.

바짐은 예프렘에 대한 이야기는 귀담아 들었지만 동정은 가지 않았다. 이 조심성 없는 잡역부와 마찬가지로 예프렘도 사회에 가치 있는 인간은 아니었다. 인간의 가치는 쌓아올린 양量이 아니라, 성숙된 질質로 결정된다.

이때 검사실 직원이 신문을 가지고 들어오고, 그 뒤로 코스토글로토프가 따라 들어왔다. 금방 신문을 가로채갈 폼이었다. 루사노프는 한 쪽 팔을 힘없이 내밀고 말했다.

"이리 줘요! 이리로!"

루사노프가 안경도 채 쓰지 않고 신문을 펼쳤다. 1면 헤드라인과 사진이 보였다. 루사노프가 천천히 상반신을 일으키고, 안경을 쓰고 다시 신문을 들여다보았다. 예상대로 최고회의가 끝났다는 기사였다. 간부회의와 회의장의 사진이 실렸으며 중요한 결의사항이 커다란 활자로 늘어져 있었다. 작은 활자의 의미심장한 기사를 찾을 필요가 없을 정도로 그것은 큰 활자였다.

"뭐? 뭐라고?"

루사노프는 누구와 이야기하는 것도 아니면서, 신문기사에 호들갑떠는 것이 꼴사납다는 것을 알았지만, 그래도 느닷없이 큰소리가 터져나오고 말았다. 제1면 헤드라인은 '말렌코프 수상이 본인의 희망에 따라 사임을 표명하고 최고회의가 만장일치로 수락했다.'는 기사였다. 예산심의만으로 끝날 줄 알았던 최고회의가 이런 결과를 가져오다니…… 루사노프의 실망은 컸다. 그는 끝내 힘이 쭉 빠지면서 손에서 신문을 놓아버렸다. 더 읽을 수가 없었다.

이게 어찌된 영문인지 루사노프는 이해할 수 없었다. 누구든지 신문기사에 대해 아무것도 이해하지 못했다. 이해한 것은 급격한 변화라는 사실뿐이었다. 너무나 급격한! 마치 어떤 깊은 땅 속에서 지층이 요동하는 것 같았고 조금 그 자리를 바꾸었더니, 갑자기 거리 전체가, 이 병원이, 루사노프의 침대가 뒤흔들리는 것 같았다.

그러나 방과 마루의 진동도 알아차리지 못하고 깨끗한 흰 가운의 여의사 간가르트가 상냥한 웃음을 머금고 침대 가까이로 왔다. 그녀는 손에 주사기를 들고 정중하고 침착하게 말했다.

"자, 주사 맞으시죠!"

코스토글로토프는 루사노프 발치에서 신문을 주워서 헤드라인만 골라 읽었다. 다 읽고 나서 일어섰다. 그는 앉아 있을 수가 없었다. 코스토글로토프도 이 뉴스의 의미를 정확히 이해하지 못했다. 그러나 그저께는 최고재판소 판사의 경질, 오늘은 수상의 사임이라면, 이것은 역사의 발걸음 아니겠는가!

역사의 발걸음이 나쁜 방향으로 향하고 있다고는 생각할 수 없었고, 믿고 싶지도 않았다. 그저께는 아직 들뜬 마음을 억제하면서 '믿지 말자, 기대를 갖지 말자.'고 다짐했던 것이다. 그러나 이틀 후 지금도 그때와 똑같은 베토벤의 '운명'의 소리가 경고하듯이 하늘에 울려퍼졌다. 마치 진동판처럼. 조용히 침대에 누워 있는 환자들에게는 그 소리가 들리지 않았다. 베가 간가르트는 조용히 정맥 속에 엠비퀸을 주사하고 있었다. 코스토글로토프는 밖으로 산책하러 뛰어나갔다. 넓은 곳으로!

20. 아름다운 회상

코스토글로토프는 오래 전부터 믿음을 잃었다. 그는 쉽사리 기뻐하지도 않았다.

막 수감 생활을 시작한 죄수는 '소지품을 가지고 감방에서 나오라.'는 호출을 듣거나 특사 소문이 돌 때마다 '혹시 내가?'라고 기대한다. 그러나 대개 호출은 더 기분 나쁜 서류를 읽어주고 더 어두컴컴하고 더 숨막히는 감방으로 옮기는 일이다. 특사는 전승기념일에서 혁명기념일로, 다시 최고회의 개최일로 줄곧 연기되다가 비누거품처럼 사라져버린다. 게다가 도둑, 사기꾼, 도망병은 특사를 받아도 투사들은 봐주지 않았다. 그래서 자연이 기쁨을 주려고 만든 심장세포는 쓸모가 없어서 죽어갔고, 신념이 자리잡았던 마음은 텅 비어서 말라버렸다.

코스토글로토프는 이제 무엇을 믿는다거나 석방을 기대하는 따위를 하지 않는다. 지금은 오직 아름다운 유형지, 그리운 우시 체레크로 돌아가고 싶을 뿐이다. 그래, 아름다운 우시 체레크! 그가 적응할 수도 없고, 또 적응하고 싶지도 않은 이 복잡한 세계, 이 거대한 도시, 이 병원에 비하면 유형지는 그렇게 생각되는 곳이었다.

우시 체레크란 '세 그루의 포플러'라는 뜻이다. 10킬로미터 앞 초원에서도 보이는 오래된 포플러 세 그루 때문에 붙은 이름이다. 세 그루는 가지런히 늘어서 있는데, 포플러답지 않고 조금 구부정했다. 수령이 400년은 거뜬히 넘었을 것이다. 일정한 높이로 자라고는 더 자라지 못해서 옆으로 구부러지면서 큰 수로에 커다란 그림자를 만들었다. 마을에 이런 나무가 많았지만 1931년에 베어버렸다고 했다. 그 후에는 심어도 잘 자라지 않았다. 소년단들이 아무리 열심히 심어도 양들이 새싹을 먹어버렸다. 아메리카 단풍나무만이 지구당위원회 앞 큰길에 뿌리를 내리고 있었다.

사랑하는 고장이란, 어린 시절에 뛰놀며 보고 듣는 것의 의미도 모르고 즐겁던 고장일까? 그렇지 않다면 처음 풀려난 곳, 감시원도 없이 혼자 가던 곳일까?

혼자서 가라! 침구를 가지고 자유롭게 행동하라!

그는 반쯤 자유로운 몸이 되었던 첫날 밤의 일들을 지금도 기억하고 있다! 감독조사국 감시 하에 있던 동안은 마을로 들어가는 것이 금지되고, 내무성의 출장소 앞뜰의 건초 창고에서 취침하도록 허락되었다. 창고 안에는 말들이 밤새 움직이지도 않고 우물우물 풀을 씹었다. 그 소리보다 더 아름다운 소리는 여태까지 들은 적이 없었어!

코스토글로토프는 밤이 깊도록 잠들지 못했다. 뜰의 단단한 땅 표면에 달빛이 하얗게 비쳤다. 그는 달빛에 홀린 사람처럼 뜰 안을 거닐었다. 감시탑은 아무 데도 없었고, 아무도 감시하지 않았다. 뜰의 울퉁불퉁한 땅에 걸리면서도 행복이 느껴졌으며 고개를 뒤로 젖혀 하얀 하늘을 쳐다보면서 그는 걸어다녔다. 바쁜 일이라도 있는 듯 쉴 새 없이 계속 걸었다. 내일은 가난한 시골로 가는 것이 아니라 마치 어떤 큰 승리의 세계로 개선하여 가는 것만 같았다. 남국 이른 봄의 밤공기는 훈훈하고 고요했다. 흡사 큰 역 구내에서 밤새도록 기관차가 서로 기적을 울리듯이 촌락의 구석구석에서 울타리나 뜰 안에 갇힌 당나귀나 낙타가 승리의 나팔소리 같은 소리를 질러대며, 집요하게 자기들의 번식욕과 생존을 확신하듯이 아침까지 짖어대고 있었다. 이 욕정의 부르짖음은 코스토글로토프의 가슴속에서 짖어대는 소리와 자연스럽게 융합되고 있었다.

이렇게 하룻밤을 지낸 고장보다 더 사랑스러운 곳이 또 있을까? 이 밤에 그는 새삼 믿기도 하고, 희망도 품었다. 이미 여러 번 흔들리는 마음을 다졌던 것이다.

여기서도 노동자들이 물싸움으로 체크메니(카프카즈인의 윗옷)를 찢고 다리를 잘리기도 했지만, 수용소 생활보다 추방 생활이 더 어렵다고 할 수는 없었다. 추방 생활이 훨씬 해방감이 있고, 다채롭고, 마음이 편했다. 이 고장에 뿌리를 내리고, 나무를 기르는 일이 그렇게 쉬운 것은 아니었다. 감독조사국의 비위를 거슬러서 150킬로미터나 더 들어간 황무지로 보내지지 않도록, 항상 잘 처신해야 했다. 비와 이슬을 피할 오두막집이라도 찾아 주인 마나님한테 집세를 내야 하지만 돈은 갖고 있지 않았다. 빵과 식료품을 매일 사야 했다. 그래서 우선 일거리를 찾아야 했으나, 7년간이나 곡괭이질을 했던 끝이라 체크메니를 입고 물을 뿌리는 일은 역시 싫었다. 이곳 과부들은 이미 채소밭이나 소를 기르고 있었으며, 고독한 유형수를 남편으로 맞을 준비는 다 갖춰져 있었으나, 여자한테 몸을 내맡기기엔 아직 이른 느낌이었다. 인생은 이미 끝난 것이 아니라, 지금 막 시작이니까.

수용소 죄수들은, 특히 이 지방은 남자가 부족하니까 감시원만 없으면 여자를 마음대로 골라잡을 수 있다고 믿었다. 마치 여인들은 모두 고독해서 항상 남자를 구하려고 몸부림치는 줄로 상상했다. 그런데 이 마을에서는 아이들을 수시로 볼 수 있었고, 여자들은 생활에 만족했고, 고독한 여자나 젊은 처녀나 모두 정식으로 혼인해서 마을에 집을 짓는 것 외에는 생각하지 않는 듯했다. 우시 체레크의 풍습은 아직도 19세기 그대로였다.

감시원이 옆에 없었으나, 코스토글로토프는 가시철조망에 둘러싸여 있을 때와 마찬가지로 여전히 여자를 모르는 생활을 하고 있었다. 이 마을에는 화장술이 뛰어난 검은 머리 그리스 여인이나, 일을 잘하는 금발의 독일 여인들도 많았다. 이곳으로 '영구' 추방을 당했으면서도 이곳에서 결혼하는 것은 조금은 꺼려졌다. 어떤 때는 베리야라는 이름의 공허한 빈 우상이 쇳소리를 내면서 쓰러지고 누구나 급격한 변화를 기대했지만, 변화는 느리고 보잘것없었다. 언젠가 그는 크라스노야르스크에 있는 옛 여자친구를 찾아서 편지를 보냈다. 알고 지내던 레닌그라드 여자에게도 편지를 보냈는데(그러나 누가 레닌그라드의 집을 버리고 산간벽지로 오겠는가) 이럭저럭 하는 동안에 통증이 모든 것을 압도하게 되었다. 여자들이 '친절한 인간' 이상의 매력이 되지 못했다.

추방 생활에는 누구나 문학작품에서 읽어서 알고 있는(이런 고장을 좋아하지 않는 사람까지도 알고 있는) 억압적인 면과 함께, 사람들이 잘 모르는 해방감(여러 의혹과 책임에서의 해방)도 있다. 그래서 비참한 사람은 유형지로 추방된 자가 아니라, 형법 제39조(수용소 출소자의 취업, 거주의 제한)에 의한 범법자 여권을 가지고 다니면서 정착지와 직업을 아무리 찾아도 언제나 쫓겨나는 사람이었다. 유형수는 충분한 권리가 있었다. 아무도 유형수를 유형지에서 쫓아낼 수 없는 것이다! 지금 병이 회복되어 가면서, 복잡하게 얽힌 인생 앞에 서서 코스토글로토프는 우시 체레크라는 행복한 마을의 존재를 즐겁게 느끼고 있었다. 그는 그곳을 '내 고장'으로 불렀다.

우시 체레크에서 보낸 1년 중 9개월을 앓았다. 그러니 마을의 자연이나 생활을 자세히 관찰하고 음미해보지도 못했다. 환자에게 초원은 먼지가 너무 많았으며, 햇볕이 너무 뜨거웠고, 채소밭은 지나치게 무더웠으며 벽돌 원료인 진흙은 꽤 무거웠다. 그런데 지금 그는 그 봄날 밤 당나귀들처럼 생명이 몸 속에서 외치는 소리를 들으면서, 병원 구내 오솔길을 걸으며 도처에 우거진 나무와 인간과 색채와 석조건물을 바라보며, 초라하지만 온화한 우시 체레크 세계의 윤곽을 감동적으로 생각하고 있었다. 그 초라한 세계가 코스토글로토프에게는 가치 있는 세계였다. 그것은 죽을 때까지 영원히 자기 것이었으며 지금 이 세계는 일시적으로 빌린 세계에 불과했기 때문이다.

그는 초원의 쥬산을 생각했다. 그 씁쓰레한 냄새, 그리운 향기! 가시가 있는 잔타크도 생각했다. 가시가 더 많은 건 친길리였다. 친길리가 울타리를 따라 뻗는 5월에는 라일락과 똑같은 향기를 뿜는 자색 꽃이 피어난다. 그리고 사람의 마음을 휘저어 놓는 치두나무. 그 꽃향기는 자기 욕망을 억누르지 못하는 여인이 함부로 뿌려대는 향수처럼 몹시 자극적이었다.

어려서부터 러시아의 숲과 들판의 호젓한 자연에 익숙했던 러시아인이, 타의에 의하여 그곳에서 영원히 추방된 순간부터 그 초라하고 광막한 자연에 애착을 느끼는 것은 얼마나 신기한가. 이곳은 더위와 바람이 심해서, 흐린 날에 한숨 돌리고 비 오는 날은 명절처럼 들떴다. 그는 여기서 죽을 때까지 살겠노라 마음을 먹었다. 그래서 사르임베토프, 첼레게노프, 마우코예프, 스코코프 형제들과 그는 말은 통하지 않아도 정을 느꼈다.

코스토글로토프는 서른네 살이었다. 35세 이상은 대학에 입학할 수가 없으니까 학문의 길은 막혀버렸다. 그래서 최근에 농지 측량기사의 조수가 되었다(조야에게는 농지 측량기사라고 했지만, 실은 봉급 350루블의 조수였다). 코스토글로토프는 충분히 실력을 발휘할 수 있었지만 사실 일거리가 별로 없었다. 각 콜호즈에 배포된 토지의 영구 이용(이것도 영구였다!)에 관한 법령에 의하면, 팽창해 가는 주택지구 때문에 콜호즈의 토지를 어느 정도 잘라내는 따위의 일이었으나 이런 일은 간혹 있었을 뿐이다. 드러누워서 자기 등으로 토지의 경사를 재는 관개용수 관리인 미라브와 마음을 트고 지낼 수는 없지 않은가! 아마 몇 해 뒤에는 코스토글로토프도 이 일에 적응될 것이다. 그러나 현재로서도 이렇게 우시 체레크가 그리워지는 까닭은 도대체 무엇일까? 유형지는 저주와 증오와 악으로써 생각하게 되는 것이 당연하지 않을까?

그러나 오히려 따끔한 몽둥이로 때려야 할 일도 그는 미소를 띠면서 에피소드로 기억했다. 새로 부임한 초등학교 교장 아벤 베르제노프가 사프라소프(19세기 러시아 풍경화가)의 그림 '갈가마귀'를 벽장에 숨겼던 일(화면에 교회가 있어서 종교 선전물이라고 생각했던 것이다), 보건소 주임인 시끄러운 러시아 여자가 그곳 시골 백화점에 물건이 없는 것을 기회로 크레프데신(프랑스 비단) 옷감을 배가 넘는 값으로 여자들에게 암매한 일. 구급차가 환자가 아닌 지구당 위원회의 서기를 태우고 달리거나 베르미셸리(마카로니의 일종)를 배달하던 일, 소매상 오렘바예프가 도매로만 물건을 팔던 일…… 오렘바예프의 식료품점에는 물건이 있는 적이 없고 빈 상자만 산더미처럼 쌓여 있는데도 '판매 계획 초과 달성'으로 수차례 표창만 잘 받고 항상 상점 문가에서 졸고 있었다. 저울에 달거나 물건을 나누는 소매상은 귀찮다. 그래서 그는 우선 유지들에게, 다음으로 자기가 점찍은 손님에게 운을 떼었다. '마카로니 필요하시죠? 한 통 통째로 가져가시죠.' '설탕이 필요하시죠? 한 포대 그대로 드릴게요.' 수용소를 나온 후에는 무엇이든지 그저 농담이나 휴식처럼 보이는 것이다.

황혼 때는 흰 루바시카를 입고(그것은 이미 깃이 닳아 떨어진 단벌옷인데다 바지와 신발은 말로 표현할 수 없었다) 마을 큰길을 걸었다. 이것이 즐거움이 아니고 무엇이겠는가. '새로운 예술영화의 초대작'이라는 영화 포스터가 붙어 있고, 머리가 좀 모자라는 바샤가 극장에 손님을 끌어들이고 있었다. 제일 싼 2루블짜리 좌석을 끊어서 들어가, 아이들과 함께 맨 앞줄에서 구경했다. 한 달에 한 번은 찻집에서 체첸 운전사들과 어울려 한 컵에 2루블 5코페이카짜리 맥주를 마셨다.

하지만 누구보다도 카드민 부부, 산부인과 의사 니콜라이 이바노비치와 그의 처 엘레나 알렉산드로브나와 어울렸다. 그들도 항상 이렇게 말했다.

"참 좋아요! 예전 생활보다 얼마나 좋은지 몰라! 이렇게 매력적인 장소로 오게 되다니. 우리는 정말 운이 좋았어!"

그들은 빵을 얻어도, 서점에서 두 권의 《파우스토프스키 선집》을 입수해도, 클럽에서 좋은 영화가 상영되어도, 유형지에 치과 의사가 와도 행운이라고 좋아했다. 심지어 산부인과 의사가 온다고 해도 '참 잘됐군! 그러면 불법 낙태나 출산까지 몽땅 그 여자에게 맡기고, 나는 일반 진료만 해야지. 수입은 줄지만 여가가 생길 테니 오렌지색, 장밋빛, 빨간색, 자줏빛으로 빛나는 초원의 일몰을 바라보아야지!'라고 했다. 그러면서 다부진 몸매에 백발이 성성한 니콜라이 이바노비치는 뚱뚱하고 병색이 있는 엘레나 알렉산드로브나의 손을 잡고 저녁노을을 구경하러 갔다.

그러나 이 샘솟는 기쁨의 생활은 이 부부가 채소밭이 딸린 오두막집을 사들이면서 시작되었다. 반쯤 허물어져 가는 이 오두막은 두 사람의 마지막 거처이자 인생 최후의 피난처였다(카드민 부부는 둘이서 함께 죽을 약속을 했었다. 어느 쪽이 먼저 죽든지 남은 사람이 뒤따르기로 했다. 혼자 살아 남아서 무얼 하겠는가). 가구가 전혀 없어서, 역시 유형수인 홈라토비치 노인한테 말해서 방구석에 벽돌로 직육면체의 부부침대를 만들었다. 커다란 매트리스 주머니 모양을 꿰매서 안에는 짚을 쑤셔 넣었다. 홈라토비치에게 둥근 테이블도 주문했다. 홈라토비치는 칠십 평생 둥근 테이블은 본 적이 없다고 당황해했었다. 유리로 된 석유 램프는 멀리에 부탁해서 구해 받고 손수 만든 갓을 씌웠다. 1954년, 도시에서는 플로어 스탠드(마루에 세워놓는 전등)를 쓰고 수소 포탄까지 발명되었는데, 우시 체레크에서는 특별히 고안한 둥근 테이블 위에 램프를 놓은 진흙 오두막집이 18세기의 멋진 응접실로 변모하게 되었다. 엘레나 알렉산드로브나는 감개무량했던지 이렇게 말했다.

'아, 올레그, 어릴 때를 빼고, 지금이 생애의 가장 행복한 시기 같아요!'

엘레나 알렉산드로브나가 얘기한 대로였어! 인간의 행복이란 생활수준에서가 아니라, 마음과 마음의 접촉, 그리고 우리들이 생활을 어떻게 보는지에 달려 있었던 것이다. 사람은 행복을 바라기만 한다면 항상 행복할 수 있으며, 그것을 방해할 사람은 아무도 없었다.

전쟁 전에 그녀는 시어머니와 함께 모스크바 교외에서 살았다. 시어머니는 자질구레한 것까지 잔소리를 했는데, 남편은 아주 효심이 두터웠고 엘레나는 중년의 재혼녀였기 때문에 그냥 견뎌내야 했다. 그녀는 그 몇 년을 '나의 중세'라고 불렀다. 이 집안에 신선한 바람은 다름 아닌 시어머니가 스스로 만든 재앙으로 인해 불었다. 시어머니는 전쟁이 터진 해에, 신분증명서를 갖지 않은 어떤 남자가 나타나서 숨겨달라고 애원하자, 가족한테는 엄했던 시어머니가 기독교 신앙에 입각해서 그를 숨겨주었다. 도망병은 이틀 밤을 지내고 나갔는데, 어디선가 체포되어서 숨겨준 사람을 자백하는 바람에 체포조가 들이닥쳤다. 그런데 정작 숨겨준 시어머니는 여든이 넘어서 내버려두고, 사정을 까맣게 몰랐던 쉰의 아들과 마흔의 며느리가 체포되었다. 그 도망병이 카드민의 일가친척이라면 그나마 정상 참작의 여지가 있었는데, 그냥 탈영병이었기 때문에 '탈영 방조' 및 '의식적으로 조국에 손해를 끼친 적대행위'로 10년형을 선고받았다. 전쟁이 끝나자 탈영병은 1945년 스탈린 대특사로 석방되었는데(왜 도망병이 제일 먼저, 무제한으로 사면되었는지 후세의 역사가는 이해하기 어려울 것이다.) 숨겨준 사람들의 피해 같은 건 까맣게 잊고 있었다. 카드민 부부는 게다가 단독범이 아니라 그룹의 조직적인 범행(부부이므로)이라고 해서 둘 모두에게 영구추방 처분이 내려졌다. 부부는 추방지라도 같도록 청원서를 냈지만 남편은 카자흐 공화국 남부인 우시 체레크로, 아내는 크라스노야르스크 지방 벌목지로 보내졌다.

같은 조직의 일원이었기 때문에 떼어놓은 것이 아니고, 징벌이나 증오의 의미도 아니고, 단순히 내무성에서 유형수 부부를 함께 가도록 설정하는 담당 직원이 없어서 생긴 일이었다(그러나 엘레나는 지금 예니세이강 유역이 경치가 멋졌다고 회상했다). 부부는 1년간 끊임없이 모스크바로 청원서를 보내서 겨우 엘레나를 이곳으로 데려왔다. 그러니 이곳 생활이 어찌 기쁘지 않겠는가.

니콜라이 이바노비치는 온도계 세 개를 걸어놓고, 우량계를 설치하고, 풍력에 대해서는 국립관상대에서 일하는 10학년생 인나 슈트롬에게 물으러 다녔다. 그는 관상대보다 세밀한 '우시 체레크의 기상일지'를 쓰고 있었다. 니콜라이 이바노비치는 통신기사였던 아버지로부터 활동성과 꼼꼼한 성격을 물려받았는데, 그는 이런 일들을 아는 체 잘하던 코를렌코(혁명 전의 러시아 작가)의 말을 인용해서 "사물의 질서가 정신의 안정을 보장한다."거나 "사물은 자신의 자리를 알고 있다."고 표현했다. 사물이 제자리를 알고 있으니까, 사람이 사물을 방해해서는 안 된다는 것이다.

니콜라이 이바노비치가 긴 겨울밤을 보내는 방법은 제본이었다. 너덜너덜 떨어진 헌 책을 말끔한 새 책으로 만드는 일은 참으로 기쁜 일이었다. 그는 제본용 프레스와 재단기를 갖춰놓았다.

카드민 부부는 오두막집을 장만한 이후에는 라디오용 배터리를 사려고 돈을 모았다. 배터리가 워낙 불규칙하게 들어오는 물건이라서 쿠르드인 잡화점에, 배터리가 들어오면 꼭 달라고 부탁을 해두었다. 그들은 유형수에게 늘 따라다니는 라디오 수신기에 대한 무언의 공포를 극복했다(내무성은 어떻게 생각할까? BBC 방송을 듣기 위한 것이냐고 심문할까?) 마침내 그들은 배터리를 얻어서 라디오를 틀었다. 배터리용이어서 잡음이 적으니 천국의 소리처럼 들렸다. 푸치니, 시벨리우스, 보르트냔스키(18세기 후반 러시아 음악가)가 매일 카드민 씨네 오두막에 흘러넘쳤다.

봄이 오면 라디오 청취 시간이 짧아지고, 채소밭 일이 바빠졌다. 예순의 니콜라이 이바노비치는 늙은 볼콘스키 공작의 '민둥산'과 그의 건축사(톨스토이의 《전쟁과 평화》의 등장인물)도 비교가 안 될 만큼 작은 밭을 잘 가꿨다. 그러면서도 한밤중에 해산이라도 있으면 재빨리 뛰어나갔다. 길을 걸을 때도 엘레나가 만들어준 방수포 윗도리 소맷자락을 펄럭이며 바쁘게 뛰어다녔다. 하지만 삽질만은 힘에 부쳐서 40분만 일해도 금방 숨이 찼다. 그렇지만 그들의 계획은 탄탄하고 이상적이었다. 토지 경계선에 묘목 두 그루만 심어진 상태에서도 그는 코스토글로토프를 데리고 나가서 자랑했다.

"잘 들어봐 올레그, 내 계획은 이렇다네. 왼쪽에 포도원을 짓고, 이후에 정자를 지을 거야. 우시 체레크에서 볼 수 없는 최신식 정자로 말이야! 기초 공사는 이미 끝냈어. 이 반원형 벽돌 벤치가 그 시작이었지(이것도 홈라토비치가 왜 반원형이어야 하냐고 투덜댔었다). 그리고 이 장대에는 홉 덩굴이 올라갈 거야. 사람들이 이 옆에서 담배도 피울 수 있게. 정자가 생기면 낮에는 햇볕을 피하고, 밤에는 사모바르(러시아 특유의 차 끓이는 주전자)에서 차를 따라 마시는 거야. 어떤가!"

장차 어떤 농작물이 재배될지는 몰라도 지금 없는 것을 들추어 보면 한이 없었다. 감자도, 양배추도, 오이도, 토마토도, 호박도, 아무것도 없었다. 하지만 카드민 부부는 그쯤은 언제든 살 수 있다고 무시했다. 우시 체레크로 이사를 오면 사람들이 경제관념이 발달해서 소, 돼지, 양, 닭을 직접 기른다. 카드민 부부도 가축을 기르긴 하지만, 그것이 개와 고양이이다. 이것 역시 '우유나 고기는 시장에서 팔지만, 개의 충성심을 어디서 사겠느냐'는 것이다. 곰만큼이나 몸집이 크고 흑갈색의 귀가 축 처진 쥬크나, 온몸이 새하얗고 잘 움직이며 몸집이 작고 귀만 검은 약삭빠른 토비크도 돈 때문에 이렇게 반갑게 달려드는 것은 아닐 것이다.

동물들도 카드민 부부의 말에 귀기울였고 졸졸 따라다녔다. 토비크는 방에서 자다가도 엘레나 알렉산드로브나가 코트를 입으면 재빨리 마당으로 뛰어나갔고, 그러면 쥬크도 함께 주인을 따라나섰다. 쥬크는 카드민 부부가 극장에 들어가면 잠시 어디로 사라졌다가 꼭 영화가 끝날 시각에 마중을 갔다. 언젠가 필름이 5분의 1만 상영되자, 쥬크는 집으로 헐레벌떡 뛰어와서 오랫동안 슬픈 얼굴로 짖었다.

쥬크가 따라나서지 않는 경우는 니콜라이 이바노비치가 일하러 나갈 때뿐이다. 일할 때 따라나가는 것은 분별없는 짓이라고 생각하고 조심하는 것 같았다. 저녁때 의사가 재빠른 걸음걸이로 밖으로 나가면 산모를 보러 가는지(이때는 따라가지 않는다), 목욕을 하러 가는지(이때는 따라간다) 귀신같이 구별을 했다. 목욕 장소는 5킬로미터쯤 떨어진 츄강이어서 인적이 드물었다. 이곳에 카드민은 두 마리를 거느리고 다녔다. 가는 길에 가시 초원이 있어서 다리가 상처투성이가 되어도, 물에 빠진 경험 때문에 물에 무서워하면서도 개들은 강한 의무감으로 언제나 따라나섰다. 강에서 300미터쯤 떨어진 곳에 이르면 토비크는 뒷걸음질을 치며 귀나 꼬리를 축 늘어뜨리고 송구스럽다는 듯이 기어서 갔다. 쥬크는 낭떠러지 끝까지 나가서 보초를 서듯 사람들이 목욕하는 것을 지켜보았다.

토비크의 배웅 의무는 카드민 씨 댁에 자주 놀러오는 코스토글로토프에게도 적용되었다. 내무성 관리가 너무 방문이 잦다고 따로 불러서 심문하기도 했다. 쥬크는 배웅을 않을 때도 있지만 토비크는 어떤 날씨에도 반드시 배웅해 주었다. 비가 내려서 길이 질퍽하면 토비크는 다리가 젖어서 싫다는 듯이 우물쭈물하다가 그래도 따라나섰다. 토비크는 카드민 부부와 코스토글로토프 사이의 우편배달부도 겸했다. 재미있는 영화가 상영된다거나 아주 좋은 음악프로가 있다든가, 식료품점이나 백화점에 좋은 물건이 왔다는 통지를 코스토글로토프에게 전할 때, 메모를 달아맨 헝겊목도리를 채워서 손가락으로 방향을 가리키고 '코스토글로토프 집으로 가라!'고 명령하면, 토비크는 어떤 날씨에도 그 가느다란 다리로 코스토글로토프 집까지 와서 그가 올 때까지 문밖에서 기다렸다. 가르친 적이 없는데 육감으로 해내니 놀라운 일이었다(이러한 의지를 북돋워주기 위해서 토비크가 우편 심부름을 할 때마다 물질적 보답을 했다).

쥬크는 몸집이나 생김새로 보아 독일산 양치기 개의 혈통이었다. 그런데 양치기 개 특유의 경계심과 심술은 없고 힘센 동물다운 선의가 가득했다. 쥬크 스스로 카드민 부부를 주인으로 선택했다. 이전에는 찻집 주인 바사드제가 길렀는데, 제대로 먹이지도 않고 항상 줄로 묶어두고, 풀어줄 때면 이웃집 개와 싸움을 붙였다. 쥬크는 명령대로 맹렬히 싸워서 동네에서 악명이 자자했지만, 사실은 매우 순한 개였다. 그래서 어느날 줄이 풀리자 쥬크는 카드민 집에 드나들기 시작했다. 쥬크는 바사드제가 다른 지방으로 이사가서 그의 유형수 여자친구 에밀리야 집으로 가자, 에밀리야가 먹이를 많이 주는데도 먹을 것 하나 없는 카드민네로 와버리곤 했다. 에밀리야는 카드민 부부에게 화를 내며 쥬크를 데려가서 다시 줄에 묶었는데, 개는 줄을 끊고 도망쳐버렸다. 그래서 에밀리야는 쥬크를 쇠고랑으로 자동차 타이어에 붙들어맸다. 바로 그때 엘레나 알렉산드로브나가 그곳을 지나가다가 쥬크를 보았는데, 그 순간 개는 말처럼 콧김을 뿜으면서 달려왔다. 목에 타이어를 달아서 벌렁 자빠지면서도 100미터를 전력질주했다. 이를 본 에밀리야는 쥬크를 단념했다.

그런데 아시 체레크에는 동물을 총으로 쏘기를 좋아하는 사람들이 있었다. 그들은 사냥에 실패하면 술을 마시고 길가에서 개들을 쏘았다. 쥬크도 두 번이나 총격을 받고 난 뒤 총부리뿐만 아니라 카메라의 렌즈까지도 두려워하게 되어서 절대로 사진을 찍으려 하지 않았다.

지금 병원 구내를 산책하면서 코스토글로토프의 머리에 떠오른 것은 쥬크의 모습이었다. 이따금 그의 집 창문으로 쥬크의 커다란 머리가 쑥 나타났었다. 앞발을 창문턱에 얹고 서서 사람처럼 들여다보는 자세였다. 그 곁에서 토비크까지 마구 뛰고 있으면 곧 니콜라이 이바노비치가 온다는 뜻이었다.

코스토글로토프는 현재의 자기 운명에 만족을 느끼며, 추방 생활을 전면적으로 받아들이고 있다는 것을 알게 되어서 어떤 감동을 억누를 수가 없었다. 그는 하늘에 건강을 간절히 기원했다. 카드민 부부처럼 살아가고, 사물의 현재 그대로의 모습을 즐기는 것! 조그마한 것일지라도 만족하는 사람이야말로 가장 현명한 사람인 것이다.

낙관론자란 어떤 사람을 두고 하는 말일까? 어디로 가든지 좋지 않는 일 투성이어도 '우리는 그래도 운이 좋았어!'라고 쾌활하게 말할 수 있는 사람이다. 현재 상태에 만족하고, 함부로 탄식하지 않는 사람을 말한다.

비관론자란? 어디든지 좋은 일뿐인데도 '여기서만은 좋지 않았다.'고 자기 운명을 늘 한탄하는 사람을 말한다.

지금은 무엇보다도 치료를 잘 받아야 한다! 엑스선 요법도, 호르몬 요법도 모두…… 그리고 또 병신이 되기 전에 도망쳐야 한다. 그래서 우시체레크로 돌아가는 것이다. 이제 다시는 어디에도 가지 않겠다! 결혼도 하고! 조야는 오지 않겠지. 혹시 와준다면 1년 반 뒤에는 결혼을 해야지.

크사나와 결혼해도 좋다. 좋은 아내가 될 거야. 지금도 어깨에 수건을 걸치고 접시를 닦는 모습이, 마치 여왕 같지 않은가! 매혹당하고 만다. 그 여자라면 안정된 생활을 할 수 있을 것이다. 집도 짓고, 애들도 많이 낳을 거야. 인나 슈트롬과 결혼해도 좋다. 그녀는 아직 열여덟이기는 하지만 매력적인 면이 있었다. 그녀의 미소는 어딘가 산만하고 버릇없으면서도, 내면적이고 매혹적인 데가 있다.

결국 파도치는 소리도, 베토벤의 운명의 소리도 믿지 않게 되었다. 이것은 모두 무지갯빛의 비누거품에 지나지 않았다. 마음을 가다듬어 믿지 말아야 했다! 장차 좋은 일이 있을 거라는 기대 말이다!

현재를 기쁘게 생각하자!

영원히 또 영원히…….

21. 망령이 사라지다

코스토글로토프는 아비예타와 병동 출입문에서 부딪칠 뻔했다. 그녀가 몸을 앞으로 수그린 채 달려 들어오고 있었기 때문에 재빨리 피했다. 그녀는 초콜릿색 머리카락이 바람에 흐트러지지 않도록 파란 베레모를 썼고, 깃에 스카프같이 나풀거리는 헝겊이 단추로 고정된 독특한 디자인의 외투를 입었다. 그녀가 루사노프의 딸인 줄 알았더라면 궁금해서 병실로 올라왔을 텐데, 몰랐기 때문에 여느 때처럼 산책길로 나가버렸다.

아비예타는 이층 병실로 올라가는 허가를 받고, 외투를 벗고 검붉은 스웨터 위에 흰 가운을 걸쳤다. 루사노프는 어제 세 번째 주사를 맞고 지쳐버려서, 웬만한 일이 아니면 침대에서 일어나려고 하지 않았다. 이제는 험하게 자지도 않았고, 남의 말에 참견하지도 않았다. 평소의 고집은 어디론가 사라지고, 이제 병에 몸을 내맡겨버렸다. 처음에는 초조했으나 지금은 이미 루사노프 자신이 아니라 종양이 미래의 열쇠를 쥐고 있었다.

루사노프는 아비예타가 모스크바에서 돌아온 것을 들어서, 오늘 아침쯤 문병을 오리라고 기대했다. 그런데 한편으로는 벌써 카파가 로지체프나 구준에 대한 일들을 낱낱이 얘기했을지가 궁금했다. 어차피 이렇게 된 일 영리한 아비예타의 의견이 필요하기는 했지만, 딸이 이 문제를 어떻게 받아들일지, 부모를 비판하지는 않을지 염려되었다.

아비예타는 한 손에 무거운 주머니를 들고, 한 손으로 흰 가운을 여미면서 바람을 안고 힘있게 걸어 들어왔다. 싱싱하고 젊은 얼굴에는 윤기가 흘렀다. 중환자의 침대에 가까이 오는 사람에게 흔히 볼 수 있는 우울한 동정의 빛은 전혀 없었다. 딸은 활기차게 아버지 침대에 걸터앉으면서, 면도하지 않아서 꺼칠한 뺨에 입을 맞췄다.

"좀 어떠세요, 아빠! 오늘 기분은 어떠세요?"

딸의 꽃다운 모습과 힘찬 질문에 루사노프는 얼마간 생기를 되찾았다.

"그래, 어떻다고 말할까?" 그는 자문자답하듯이 낮은 소리로 말했다. "아직 종양은 작아지지 않았단다. 좀 압박감이 줄어들기는 했어."

딸은 살짝 아버지의 옷깃을 헤치고 환부를 들여다보았다. 마치 매일같이 의사가 진찰하듯이.

"임파선이 좀 많이 부은 정도예요. 엄마가 괜히 큰일이라도 난 것처럼 편지에 쓰셔서, 전 정말 깜짝 놀랐어요! 조금은 자유롭게 목을 움직일 수 있다고 하셨죠? 그렇다면 주사의 효과가 있었군요. 이제 곧 작아질 거예요. 이제 반쯤 작아지면, 퇴원할 수도 있어요."

"그럼, 그렇고말고." 루사노프는 한숨을 내쉬었다.

"통원치료도 할 수 있어요!"

"집에까지 와서 주사를 놓아줄까?"

"왜 안 돼요? 이곳 사람들과 잘 사귀어 두세요. 그러면 주사쯤은 집에서 계속 맞을 수 있어요. 또 그런 건 차후에 천천히 생각해 봐도 돼요!'

루사노프는 마음이 개운했다. 통원치료가 가능하다는 생각보다도, 다소 장해가 되는 일이 있어도 끄덕도 하지 않는 딸의 꿋꿋함이 기뻤다. 아비예타가 몸을 그에게 구부리고 있어서 그 진지하고 개방적인 얼굴의 표정은 안경을 쓰지 않아도 잘 보였다. 아주 정열적이고 싱싱해서, 조그마한 부정에 대해서도 콧방울과 눈썹을 민감하게 움직였다. 고리키였던가, "자식이 부모보다 낫지 않으면 자식을 낳은 보람이 없고, 부모의 일생이 허사였다고 말하지 않을 수 없다." 그래, 루사노프의 일생도 헛된 것은 아니었다.

하지만 여전히 딸이 그 일을 물어올까 봐 조마조마했다. 다행히 딸은 치료과정과 의사들에 대해서 물었다. 그러고 나서 머릿장을 뒤져서 아버지가 무엇을 먹는지 알아보면서 상한 음식을 새것과 바꿨다.

"포도주를 챙겨왔어요. 글라스로 조금씩 마시면 좋아요. 좋아하시는 연어알이랑 모스크바 귤도 가져오고……."

"수고했다."

딸은 조잘대면서 병실 내부와 환자들을 살펴보았고, 아버지를 바라보고 이마에 주름살을 지었다. 그것은 여기가 지루한 곳이긴 하지만 유머를 잊지 말고 자신감을 가지라는 뜻인 것 같았다. 이 부녀의 이야기에 귀기울이는 사람은 없었지만, 딸은 아버지에게 얼굴을 가까이 하고 낮게 속삭였다.

"아빠, 정말 큰일이에요. 모스크바에서는 이미 뉴스의 단계는 지났어요. 다들 떠들어대거든요. 예전 재판에 대해 재심을 집단적으로 행한다고."

"집단적으로?"

"그래요. 전염병처럼 유행이에요. 엉터리예요! 역사의 걸음을 역행시키는 거예요! 아무도 그런 짓은 못해요! 예전 재판이 정당했든 안했든 지금 새삼스럽게 유형수를 사회에 복귀시키려 하다니. 그리고 예전의 생활로 되돌린다는 것은 참으로 무리한 생각이란 말예요! 이미 죽은 사람도 있을 거고. 망령의 명예를 회복시켜 뭘 하겠다는 거죠? 그 친척들에게 근거 없는 희망을 안기고, 복수심을 갖게 하는 이유가 무엇이죠? 게다가 또 '명예회복'이란 건요? 그렇다고 완전히 죄가 없다는 건 아니겠지요! 조금이라도 잘못된 점은 반드시 있을 거예요."

아, 얼마나 영리한 딸인가! 너무나 열렬한 정론을 토로했어! 아직 중요한 얘기는 나오지 않았지만, 루사노프는 딸이 자기를 지지하고 있다는 것을 믿어 의심치 않았다.

"유형수가 더러 돌아왔어? 모스크바에도 왔어?"

"네, 그들은 모스크바에 돌아와서 환영받고 있었어요! 하지만 덕분에 비극적인 사건도 일어났어요! 아무 일 없이 지내던 사람이 느닷없이 법원에 호출돼 법원에서 대질하는 거죠. 상상이 되세요?"

루사노프의 얼굴은 창백해졌다. 아비예타는 곧 알아차렸으나, 그녀는 말을 끝까지 하지 않고는 견딜 수 없는 성미였다.

"20년 전 증언을 되풀이해서 말하게 한대요. 누가 그걸 기억해요? 그러니 명예회복도 좋지만, 법원에서의 대결 같은 건 그만둬야 해요! 사람의 신경을 휘저어놓는 거예요. 집으로 돌아가 목을 맨 사람도 있대요!"

루사노프의 몸에 식은땀이 흘렀다.

"게다가 누구의 강요에 의해서 하지도 않은 일을 했다고 자백한 건지가 문제의 핵심이에요. 그것이 틀렸단 말이에요. 도대체 그 당시 실제로 일한 사람들을 생각지도 않고 이런 큰 소동을 벌이다니 너무 우둔한 짓이에요."

"엄마에게 들었니?"

"네, 들었어요. 아빠! 이럴 때 나설 필요는 전혀 없어요! 제 생각에 스스로 정보를 제공한 사람은 진보적이고 의식적인 사람이에요! 그 사람은 사회를 위해 훌륭한 일을 할 생각이었으니, 민중들도 그것을 인정하고 이해해야 한다고 생각해요. 물론 이 사람들이 잘못할 경우도 있겠죠. 그러나 전혀 잘못을 저지르지 않은 사람이란, 아무것도 하지 않은 사람이에요. 그 사람은 언제나 계급적인 본능에 따랐던 거예요. 그것은 결코 손해는 주지 않아요."

"고맙다, 알라! 고맙다!" 아버지는 눈물이 북받쳐 올라왔다. "잘 말해주었다. 민중들은 반드시 인정해 주겠지. 민중들은 꼭 이해해 줄 거야. 민중이라고 말하면 곧 밑바닥의 사람들을 연상하는 것은, 요즘 좋지 않은 습관이야." 아버지는 땀에 흠뻑 젖은 손으로 싸늘한 딸의 손목을 잡았다. "젊은 사람들이 우리를 이해하고 지지한다는 것은 아주 중요한 일이야. 그런데 너는 어떻게 생각하니? 그, 법률적이라는 것은, 지금이라도 우리는…… 말하자면 내가…… 그 위증이란 것 때문에 뭐랄까…… 끌려가기라도 하지 않을까?"

"그럴 리는 없어요! 모스크바에서 그런…… 미심쩍은 일에 대해서 이야기하는 것을 곁에서 들었는데 법률전문가가 말하기를, 소위 위증죄라는 것은 최고 2년형이고 더군다나 그때부터 지금까지 특사가 두 번이나 있었지요. 그래서 누가 누구를 위증죄로 고발한다는 것이 있을 수 없대요! 그래서 로지체프는 어떻게 할 도리가 없어요. 안심하세요!"

루사노프는 종양의 아픔이 순식간에 사라져버리는 것 같았다.

"아, 넌 참 영리한 애야! 무엇이든 모르는 것이 없구나! 어디서나 꼭 필요한 지식을 얻으니 말야! 덕분에 아빠는 힘이 솟는다!"

그는 두 손으로 딸의 손을 잡고 그 손에 입을 맞췄다. 루사노프는 이기적인 사람은 아니었다. 자식들의 이익은 언제나 자기 것에 우선하고 있었다. 그는 자기 자신이 충성심과 정확성과 인내심 이외에 아무런 장점도 가지지 못하고 있다는 것을 알고 있었다. 그러나 이 딸은 루사노프한테는 바로 서광이었으며, 그 빛 속에서 마음이 훈훈해졌다.

아비예타는 줄곧 어깨에서 흘러내리는 흰 가운을 잡고 있기가 귀찮아서 아예 벗어서 아버지의 체온표가 걸려 있는 침대 등받이에 내던졌다. 아버지는 딸의 새 스웨터를 처음 보았다. 소매로부터 겨드랑이와 가슴을 지나 다시 소매로 하얗고 널찍한 지그재그 무늬가 흐르고 있었다. 그 대담한 무늬는 아비예타의 대담한 몸의 움직임과 잘 어울렸다. 아버지는 아비예타가 비싼 옷을 사도 한 번도 나무라지 않았다. 아비예타는 비싼 수예품과 수입품을 사들여 당당하고 대담한 옷차림을 했었다. 명석한 두뇌에 어울리는, 눈이 번쩍 뜨일만한 매력을 항상 자랑하고 있었다.

"그런데 내가 알아달라고 하던 말 기억하지, 그 야릇한 표현 말이다. 연설이나 논설에 요즘 자주 나오는 개인숭배라는 것…… 그게, 도대체 무슨……."

"무서운 일이에요, 아빠…… 무서워요…… 작가대회 같은 데서도 여러 번 그런 말이 나왔어요. 그런데 중요한 것은 어떤 것도 명확히 말하지는 않지만, 모두들 알고 있다는 표정을 하고 있어요."

"그렇지만 그것은 분명히 모독이야! 어째서 그런 것이 용납되지?"

"정말 부끄러운 일이에요! 누군가 말하기 시작하자 순식간에 번졌어요. 하지만 '개인숭배'(스탈린주의의 잔학상을 소련에서 부정적으로 말할 때)라면서도 동시에 '위대한 후계자'라고도 해요. 정신을 바짝 차리지 않으면 휘말리게 돼요. 중요한 건 유연한 자세를 갖는 거예요, 아빠. 시대의 요구에 민감한 것이 필요하단 말예요. 아빠를 슬프게 하고 싶지는 않지만, 우리는 좋든 싫든 새 시대에 적응해야죠! 작가들 조직이 평온했다고 생각하세요? 아주 복잡했어요! 그래서 경험도 풍부해지고 많은 것을 공부했어요!"

아비예타가 여기 앉아서 재빠르고 명쾌한 답변으로 지난날의 어두운 망령을 쫓아내고 밝은 전망을 말해준 15분만에 루사노프는 눈에 띄게 기운을 회복했다. 지금은 지긋지긋한 종양이나 병원을 옮기는 일을 상의하기가 싫었다. 지금은 딸의 즐거운 이야기에 귀를 기울이며 그녀가 발산하는 상쾌한 분위기를 호흡하는 것만으로 만족스러웠다.

"그래, 모스크바는 어떻든? 여행은 어땠니?"

"아!" 아비예타는 말이 파리를 쫓을 때처럼 고개를 저었다. "모스크바에서 살지 않고는 몰라요! 모스크바는 별천지예요! 모두가 텔레비전을 보고요……."

"여기서도 이제 곧 볼 수 있겠지."

"이제 곧? 하지만 모스크바의 프로그램을 안 보면 텔레비전 따위는 가치가 없어요. 그것은 마치 웰스의 세계란 말예요. 가만히 앉아서 텔레비전을 볼 수 있어요! 그런데 좀 더 일반적인 이야기를 하자면 그곳에 가서 이내 느끼게 된 것은 우리의 생활양식이 이제는 많이 변해졌다는 거예요. 생활혁명이 가까워졌어요! 냉장고나 세탁기는 말할 것도 없고, 건물 입구들이 유리로 바뀌고, 호텔 테이블도 미국식으로 아주 낮아졌어요. 처음에는 어쩐지 익숙해지지 않더군요. 스탠드의 갓도 집에 있는 것처럼 형겊갓은 이미 소시민의 취미예요. 침대도 등에 널빤지가 붙어 있던 시대는 지나고, 다리가 짧고 폭이 넓은 소파 아니면 등받이가 없는 벤치들이에요. 방 안의 모습이 모두 변해 아빠는 상상조차 할 수 없을 거예요. 그래서 엄마하고 이야기했지만, 우리집도 여러 가지를 마음먹고 바꿔야 해요. 여기는 없으니까 일일이 모스크바에 주문해야겠죠. 마음에 안드는 것도 있어요. 이를테면 로큰롤이라는 춤, 그렇게 음탕한 춤은 도저히 받아들일 수 없어요! 자다 일어난 것 같은 더벅머리도 그렇고."

"그게 다 서구 탓이야! 우릴 타락시키려는 거야."

"그래요, 물론 퇴폐적인 풍조예요. 그런데 그것들이 문화까지 들어와서, 어디서 굴러왔는지도 모르는 에프투셴코가 엉터리 시를 쓰고 손을 내저으면서 외치면 계집애들이 열광해서……."

비밀 용건으로부터 일반적인 화제로 이야기가 진행됨에 따라 아비예타는 목소리가 점점 커져서 지금은 그녀의 말소리가 병실 사람들에게 다 들렸다. 다른 사람들은 관심을 기울이지 않았지만, 좀카만은 잠시 공부도 내던지고 수술대로 끌려가는 괴로운 아픔도 잊고 아비예타의 말에 귀를 기울였다. 바짐은 이따금 책에서 시선을 들어 아비예타의 등을 바라보았다. 붉은 스웨터 밑에서 등이 미끈한 곡선을 그렸다.

"네 얘기도 듣고 싶구나!"

"아빠, 이번 여행은 큰 성공이에요, 제 시집이 출판 계획에 포함되었어요! 그것은 내년 계획이긴 하지만, 그렇지만 대부분은 그 정도의 시간은 걸린대요. 그래도 빠른 편이에요!"

"정말이야, 알라? 그럼 1년 뒤에는 틀림없이 네 시집을 손에 쥐어볼 수 있단 말이지?"

"1년 후가 될지, 2년 후가 될지는 몰라도……."

오늘은 기쁜 소식뿐이었다. 딸이 모스크바로 자기의 시를 가져간 것은 알았지만, 그 타이프 원고가 알라 루사노프라는 이름이 박힌 책으로 되기까지는 멀고 험난한 길처럼 생각되었다.

"용케도 성취했구나?"

알라가 회심의 미소를 지었다. 주위 사람들과 이 기쁨을 나누고 싶다는 미소였다.

"물론 대뜸 출판사에 들어가서 원고를 내보이면 아무도 상대해 주지 않아요! 저는 안나 예프게니예브나가 M씨와 C씨를 소개해 주었어요. 내가 시를 두세 편 읽으니까, 두 분 다 마음에 들어했어요. 그 후 누구한테 전화를 걸기도 하고 또 소개장도 써주어서 일이 잘 진행되었어요."

"그것 참, 잘됐다." 루사노프는 얼굴에 기쁜 웃음을 띠면서 머릿장에서 안경을 집어서 썼다. 마치 금방이라도 그 기념할 만한 시집을 읽으려는 듯이.

좀카는 난생 처음으로 살아 있는 시인을 보았다. 그것도 여류시인을. 소년은 입을 다물지 못했다.

"저는 작가들을 옆에서 많이 봤어요. 그 사람들의 인간관계란 아주 단순한 것이에요! 상을 받았던 유명한 작가도 서로 이름을 마구 불러대요. 교만함이 조금도 없이, 너나 할 것 없이 솔직해요. 작가를 구름 위의 사람들처럼 모두 창백한 얼굴을 하고, 접근하기 어려운 사람이라고 생각하면 안 돼요! 생활의 즐거움을 알고, 마시고 먹고 드라이브 하기를 좋아하며, 항상 어울려서 활동하고 있어요. 서로 농담을 주고받으며 웃고 떠들어요. 소설을 쓸 때만 별장에 들어앉아 2, 3개월이 지나면 '자, 어서 가져가요!'

라고 하는 거예요. 그런 독립된 생활이 얼마나 마음에 드는지 몰라요. 자유롭고! 뜻있고! 그래서 나는 무슨 일이 있어도 작가동맹에 들어갈 생각이에요!"

"그럼 기자 생활은 그만두는 거냐?" 루사노프는 좀 걱정이 되었다.

"아빠, 신문기자는 심부름꾼과 똑같아요. 이렇게 해라, 저렇게 해라, 한마디 항의도 못하고 유명인과 인터뷰 기사를 써야 돼요. 작가와는 비교도안 돼요. 어느 작가는 자기가 직업작가가 되자, 곧 아내와 조카한테 원고쓰는 방법을 가르쳐 주었어요! 지금은 세 사람이 쓰고 있어요!"

"대단하군!"

"그렇게 되면 돈을 많이 벌게 되죠!"

"알라, 하지만 걱정이야, 혹시 잘되지 않으면 어떡하지?"

"잘되지 않을 일이 없어요! 고리키는 이렇게 말했어요. '누구든지 작가가 될 수 있다!' 열심히 하면 안될 일이 없다는 거죠. 최악의 경우는 아동문학가가 되는 거예요. 그거라면 누구나 할 수 있으니까."

"그렇다면 별로 나쁘지 않겠군."

"제 이름은 발음이 예뻐요! 그래서 따로 필명은 쓰지 않겠어요. 그리고외모도 문학가로서는 떨어지지 않는다고 생각해요."

"알라, 그래도 혹시 잘되지 않을 경우는? 한 사람 한 사람을 그럴듯하게 묘사한다는 것은 대단히……."

"그런데 좋은 생각이 있어요! 저는 개개의 특정한 인물에 대하여 묘사하지는 않겠어요. 그것은 쓸데없는 짓이에요! 제가 생각하는 새로운 수법으로는 집단 전체를 단번에 묘사하는 거예요. 아주 큼직하게 터치하는거죠. 역시 인생은 결국 집단 속에 있는 것이지 개인 속에 있는 것은 아니니까요!"

"그건 그렇지만, 평론가들이 비판을 하면 어떡하니? 우리나라에서는 평론가의 비판을 받는다는 것은 사회 전체에서 비판을 받게 되는 거니까 위험해!"

그러나 아비예타는 여장부답게 미래를 응시하고 있었다.

"그런 점에 대해서 심하게 비판 받을 일은 절대로 없어요. 제가 사상적으로 이탈하는 건 아니니까! 예술적인 부분에 대해서 작가가 비판을 받은 적이 있나요? 바바예프스키는 모든 사람이 좋아했지만, 일단 나쁘다고 하니까 열렬한 애독자까지 모두 떨어져 나갔죠. 그러나 그것은 일시적이었을 뿐, 다시 독자들이 돌아왔어요. 말하자면 그것은 인생에 가끔 있는 하나의 변동에 불과해요. 예를 들어 예전에는 '갈등이 있으면 안된다!'라고 했지만 지금은 '갈등이 없는 이론은 모순'이라고 해요. 하지만 어떤 사람은 낡은 생각을 말하고, 어떤 사람은 새로운 생각을 말한다는 것은, 무엇인가 변하고 있다는 사실을 분명히 입증해 주는 일이에요. 그런데 그 과정을 빼고서 모두가 갑자기 새로운 생각을 말하기 시작하면 변화는 눈에 띄지 않게 돼요. 아무튼 시대에 대해 재빠르고 민감하면 평론가한테 당하지도 않아요. 그리고 아빠, 책을 부탁하셨죠? 자, 여기 있어요. 《발트해의 봄》, 《그놈을 죽여라》, 이건 시집이에요."

"《그놈을 죽여라》라니, 좋아, 거기 놔."

"《여기는 벌써 아침이다》, 《지상의 빛》, 《세계의 근로자》, 《꽃피는 산맥》……."

"기다려, 《꽃피는 산맥》은 아마 읽었을 거야……."

"아빠가 읽은 건 《꽃피는 대지》겠지요. 이것은 《꽃피는 산맥》이에요. 《청춘은 우리와 함께》부터 읽으세요. 힘나는 것들만 골라 왔어요."

"잘했어. 그런데 눈물이 나올 만한 소설은 가져오지 않았니?"

"눈물이 나올 소설이라구요? 그런 건 아빠의 기분이……."

"이런 것들은 대체로 알 만해." 루사노프는 쌓아놓은 책더미를 손가락

두 개로 탁 두들겼다. "뭔가 마음에 찡하고 울리는 것을 찾아 봐."

아비예타는 곰곰이 생각했다. "슬픈 소설이죠? 찾아볼게요."

딸은 돌아갈 차비를 하였다. 그러자 멎지 않는 다리의 아픔 때문인지 멋있는 여류시인한테 기가 죽은 탓인지 아까부터 구석 침대에서 얼굴을 찌푸리고 안절부절못하던 좀카가 겨우 결심을 하고, 헛기침을 해대며 입을 떼었다.

"저, 좀 물어보겠습니다. 문학에 있어서의 성실성에 대해서 어떻게 생각하십니까?"

"네? 뭐라구요?"

아비예타는 소년 쪽으로 홱 돌아보았으나, 그 입가에는 기쁨을 나누어주는 미소를 띠고 있었다. '그 성실성 이야기를 여기서도 듣게 되다니! 잡지 편집부에서 그 성실성 때문에 전원이 해고되었는데 또 여기서 그 소리를 듣다니!'(1953년 말에 문예지 〈노브이미르〉에 실린 포메란체프의 논문 '문학에 있어서의 성실성'이 공산당기관지에 의해 주관주의로 몰려 편집장 등 여러 명이 해고됨) 그다지 지성적인 데도 없고, 세련되지도 않은 좀카의 얼굴을 아비예타는 바라보았다. 이제는 시간이 얼마 남지 않았지만, 이 소년을 좋지 않은 영향 아래 그냥 방치할 수가 없었다.

"잘 들어 봐요! 그 논문을 쓴 사람은 의식적으로 내용을 왜곡시켰거나 생각이 부족했던 거예요. 성실성은 문학작품의 주요한 규범이 되지는 못해요. 올바르게 생각하지 못하거나, 우리와는 인연이 먼 태도를 가진 사람의 경우, 성실성은 그의 작품에 해로운 거예요! 주관적인 성실성이란 생활묘사의 진실성과 대립할지도 몰라요. 이 변증법을 알겠어요?"

좀카는 이 말을 이해하기 어려웠던지 이마에 주름을 모았다.

"잘 모르겠어요."

"그럼 더 설명하겠어요." 아비예타가 두 팔을 벌리자 흰 지그재그 무늬가 가슴을 지나 한쪽 팔에서 다른 팔로 번개처럼 지나가고 있었다. "어두운 현실을 있는 그대로 묘사하는 것만큼 간단한 것은 없어요. 그러나 눈에 보이지 않는 미래의 싹을 독자에게 보이기 위해서는 깊이 파고들어야 합니다."

"그러나 싹은……."

"네?"

"싹은 자연스럽게 자라게 해야죠." 좀카는 당황해서 말을 이었다. "깊이 파버리면 죽잖아요."

"지금 농사 이야기가 아니에요. 이봐요! 사람들에게 진실을 말한다는 것은 더 나쁘게 말하는 것도 아니고 결함을 파헤치는 것도 아니에요. 좋은 것을 용감하게 말하는 거예요. 그것을 한층 더 좋은 것으로 하기 위해서 말예요! 도대체 어디서 '엄격한 진실'이라는 그릇된 요구가 나왔는지 몰라, 게다가 왜 진실은 엄격해야 하는지도 모르겠군요. 왜 그것은 빛나고 매력적이고 낙천적일 수가 없을까? 문학은 일종의 축제여야 합니다! 누구든 자기의 생활을 처참하게 묘사하면 화가 나니까요. 생활을 문장으로 장식하듯이 아름답게 묘사하면 모두 다 좋아하게 됩니다."

"그 의견에는 대체로 찬성해요. 사실 그래요. 우울하게 묘사해서 좋을 건 하나도 없어요."

뒤에서 맑고 경쾌한 목소리가 들렸다. 아비예타는 자기편을 들어줄 것을 기대한 것은 아니었지만, 경험상 이런 경우는 항상 아비예타에게 유리한 발언이었다. 그녀는 지그재그 무늬를 번쩍이면서 창문 쪽을 뒤돌아보았다. 아비예타 또래의 총명해 보이는 청년이 까만 샤프 끝으로 자기의 이를 톡톡 치고 있었다.

"문학의 목적이 뭡니까? 기분이 나쁠 때 우리를 즐겁게 하는 것이지."

"문학은 인생의 교사예요."

좀카는 목쉰 소리로 말하고 나서 창피하다는 생각이 들어서 낯을 붉혔다. 바짐은 고개를 들고 좌우로 저었다.

"인생의 교사? 우리는 문학이 없어도 어떻게든 살아가. 대체 작가라는 사람들이 그렇게 현명한 사람인가? 우리 현실적인 사람보다도?"

청년과 아비예타는 재빠른 시선을 움직이며 서로 바라보고 있었다. 두 사람은 비슷한 데가 있었다. 나이도 그렇고 용모도 서로 호의를 가질 수 있는 것이 당연했다. 그러나 자기의 인생 코스에서 한 발도 이탈하려 하지 않았기 때문에 순간적인 시선 속에도 모험 따위는 찾아볼 수 없었다. 바짐이 이야기를 이어갔다.

"문학의 역할은 지나치게 과대평가되고 있어요. 별것 아닌 책들이 평가를 받죠. 《가르강튀아와 팡타그뤼엘》 같은 건 읽기 전에는 무슨 굉장한 것으로 생각했는데, 읽어보니 한낱 에로스 책이에요. 시간 낭비야."

"에로틱한 요소는 현대작가들한테도 있어요. 쓸데없는 것이라고만 할 순 없어요. 진보적인 사상성과 결부시키면 그것은 일종의 풍미를 더해줘요. 예를 들면……."

"쓸데없는 거예요. 활자는 성욕을 자극하기 위해 있는 것은 아니에요. 흥분제가 필요하면 약방에서 사면 돼요."

그러고는 검붉은 스웨터를 입은 여장부를 바라보면서 그 반론을 기다리지도 않고 책을 내려다보았다. 인간의 사고가 옳고 그른 두 개의 명확한 구분이 서지 않고, 뜻하지 않게 여러 가지 뉘앙스의 미로를 헤매다가 끝에는 사상적인 혼란만 남기게 될 경우, 아비예타는 항상 서글픈 생각이 들었다. 지금은 잘 분간할 수 없었다. 그 청년이 자기의 의견에 찬성하는지 반대하는지, 끝까지 토론을 계속할 것인지 여기서 그만둘 것인지.

아비예타는 여기서 그만두기로 작정하고, 좀카를 향해서 이야기의 끝을 맺었다.

"여하튼 그런 거예요. 알겠어요? 지금 있는 그대로 묘사한다는 것은 쉬운 일이에요. 하지만 지금 없는 것, 그렇지만 언젠가는 꼭 있게 될 것을 묘사한다는 것은 어려워요. 오늘 우리가 소박한 눈으로 바라보고 있는 것을 반드시 진실하다고는 말할 수 없어요. 진실이란 있을 수 있는 것, 생겨날 수 있는 거예요. 그래서 우리나라의 훌륭한 '내일'을 써야 하는 거야."

"그렇다면 내일이 되면 무엇을 해야 하는 거예요?"

"내일이 되면? 내일에는 모레 일을 쓰면 되지."

얼마나 둔한 소년인가. 이런 아이하고 토론할 시간은 없다. 대중의 진실을 위한 싸움의 투사로서 아비예타는 결론을 내렸다.

"어쨌든 그 논문은 해로운 거예요. 논조의 근거도 희박하고, 여러 작가를 불성실하게 비난하면서 건방진 수작을 보였어요. 그렇게 작가를 경멸하는 것은 속물들의 짓이에요. 작가는 존중받아야 해요. 작가들도 노동자니까! 불성실을 비난하려면 서구의 작가를 비난하면 돼요. 그들은 자신이 쓴 글을 팔아먹으니까요. 또 그렇게 하지 않고서는 출판사가 책을 내주지 않아요. 거기서는 모든 것이 돈으로 환산되거든요."

그녀는 벌써 일어나 통로에 서 있었다. 튼튼하고 균형이 잘 잡힌 몸매였다. 루사노프는 좀카에게 딸이 한 강의를 만족스럽게 들었다. 아비예타는 아버지한테 키스를 하고, 한쪽 손바닥을 펴서 작별을 고했다.

"그럼 아빠, 힘내세요! 치료도 싸움이에요. 종양을 이기세요. 이제 걱정할 것은 아무것도 없어요. 모든 것이 다 잘될 거예요!"

/ 제2부 /

22. 모래밭으로 사라지는 강

1955년 3월 3일

친애하는 엘레나 알렉산드로브나와 니콜라이 이바노비치!

여기 수수께끼의 그림 한 장을 보여드립니다. 여기가 어디겠습니까? 창에 쇠창살이 달려 있고, 방에는 침구가 놓인 침대마다 잔뜩 겁에 질린 인간들이 앉아 있는 곳. 아침식사 때 간식인 설탕과 차를 먹으면 규칙위반입니다. 오전에는 누구 하나 얘기하려 들지 않아서 무거운 침묵이 흐르지만, 밤이면 와글와글 떠듭니다. 환기창을 열까 닫을까, 누구 경과가 좋고 누구 경과가 나쁜가, 사마르칸트 사원의 벽돌은 총 몇 장일까……. 낮에는 한 명씩 '끌려가서' 나리들의 질문에 대답하거나, 치료를 받거나, 친지들의 면회를 받습니다. 그 후는 장기를 두거나 책을 읽어요. 차입물을 받은 사람들은 나눠주고 다니지요. 특식을 받는 사람도 있지만 죽을 사람은 주지도 않아요. 가끔 불시단속이 뜨니까 그때 빼앗기지 않으려고 물건을 감추고, 산책할 권리를 위해서 싸우기도 합니다. 목욕 시간은 최대 사건이자 최악의 재난입니다. 신참자들이 이곳 생활을 잘 모르고 바보 같은 질문을 하기도 합니다. 물이 따뜻한지, 그 양은 충분한지, 갈아입을 내의는 무엇을 주는지…….

어떻습니까, 짐작이 되지요? 내 이야기가 엉터리라고 생각하실지 모르지만, 호송 도중의 감옥에는 침대에 침구 따위는 있지도 않고, 한밤 불심검문이야 일상입니다. 이 편지는 우시 체레크 우체국에서 검열을 받을 테니, 비유적인 표현은 이만하겠습니다.

이곳은 암병동입니다. 벌써 5주째네요. 예전 생활로 돌아간 것 같아 씁쓸합니다. 제일 괴로운 것은 무기한이라는 것입니다(감독조사국에서 준 휴가는 3주였으니까, 사실 나는 도망죄로 재판에 회부되어도 할 말이 없는 상태입니다). 퇴원 시기든 뭐든, 무엇 하나 약속해 주지를 않아요. 아마도 병원측 방침이 '환자를 쥐어짤 수 있을 때까지 쥐어짜자, 피 한 방울 남지 않았을 때 퇴원시키자.'인가 봅니다. 가장 상태가 호전되었던 입원 2주 때 우겨서 퇴원을 했어야 했나 봅니다. 당신이 지난번 편지에 '다행증多幸症'이라고 표현했던 상태는 흔적도 없이 사라져버렸어요.

나의 치료는 유익한 것은 진즉 끝나고, 해로운 것만 시작되고 있어요. 엑스선 300밀리뢴트겐을 20분씩, 하루에 두 번 조사합니다. 그래서 우시 체레크에서의 통증은 사라졌는데, 그 대신 새롭게 엑스선 구토증이 생겼습니다(주사 때문인지도 몰라요. 원인 불명입니다). 엑스선 냄새가 가득한 방사선실로 갈 때마다 구토가 납니다. 정말 불쾌해요! 담배도 저절로 끊어질 정도예요. 너무 메스꺼워서 산책도 못 하고, 앉아 있지도 못합니다. 베개를 발에 괴고, 머리는 오히려 조금 침대 아래로 떨구는 자세가 그나마 편해요(이런 자세로 쓰고 있기 때문에 연필로 쓴 글씨가 지저분합니다).

이럴 땐 소금에 절인 오이나 양배추가 좋은데 병원에서는 구할 수가 없어요. 그렇다고 외출을 허가해 주지도 않으면서 '친지나 친구에게 부탁하라'는데, 내 친구는 크라스노야르스크 삼림에서 네 발로 뛰어다니고 있는 걸요(러시아에서 유명했던 풍자. 비밀경찰이 유형수더러 '삼림의 이리가 너의 동지'라는 걸 비꼰 말). 장화를 신고, 여자용 환자 가운에 군대 허리띠를 동여매고, 병원 울타리의 허물어진 틈새로 빠져나가, 길을 건너서 5분쯤 걸어가면 시장이 있습니다. 도로에서도 시장에서도 내 꼴을 보고 놀라거나 웃지 않습니다. 모든 것에 익숙해 있는 우리 국민의 정신 상태를 엿볼 수 있지요. 시장을 우울한 표정으로 걸어다니면서 환자에게 허용되는 데까지 흥정을 하지요(살이 알맞게 찐 노르스름한 닭고기를 보고는 콧소리로 '아주머니, 이런 폐병에 걸린 병아리는 얼마죠?' 하고 묻지요). 돈은 얼마 없어도 물건이 손에 들어오는 것을 보면 신기해집니다. 나의 현명한 할아버지께서 '티끌 모아 태산이고, 태산의 높이는 머리를 쓰기 나름이다.'라고 말씀하셨지요.

오이만이 유일한 구세주이고 다른 것은 먹지 못하고 있어요. 치료 초기에는 건강이 회복되었으나, 지금은 머리가 무거워졌습니다. 물론 종양은 크기가 절반 이하로 줄고 부드러워져서, 손으로 잘 느껴지지 않는 정도가 되었지만, 그 대신 혈액이 망가져서 백혈구 수를 늘리는(동시에 다른 무엇을 잃게 되죠) 특수한 약을 먹고 있어요. '백혈구 증가증'을 유발시키기 위해서 우유를 주사한다는 거예요! 이 얼마나 야만적인 치료입니까! 차라리 금방 짜낸 우유를 한 잔 마시게 하는 편이 낫지! 그래서 그 주사는 절대 맞지 않을 겁니다. 수혈을 하겠다고도 위협하는데, 이것도 거절했습니다. 다행히 나의 혈액형이 A형이기 때문에 헌혈할 사람이 드물었어요.

이러다 보니 방사선과 주치의와 사이가 나빠져서 만나기만 하면 다툽니다. 아주 고집쟁이 여자예요. 얼마 전에는 촉진 후에 '시네스트롤 반응이 나타나지 않으니 주사를 맞은 척 속이고 있다.'는 겁니다. 나는 화를 냈습니다(물론 속이고 있었지만요).

그러나 병실 담당의와는 좀처럼 다툴 수가 없어요. 무척 상냥한 여자 거든요(니콜라이 이바노비치, 당신이 언젠가 '부드러운 말은 뼈를 부순다.'는 말의 유래를 알려주었지요? 다시 한 번 말씀해 주십시오). 그녀는 결코 큰소리를 내지 않고, 얼굴을 찡그리는 일도 없어요. 나의 의견과 반대되는 지시를 할 때에는 눈을 지그시 감아요. 그러면 제가 할 수 없이 따르게 되더군요. 그리고 그녀는 좀 얘기하기 거북한 사연이 있나 봅니다. 젊고 미인인데 아직 독신이에요. 처음에는 유부녀라고 했었는데, 아마 독신이라고 말하기가 꺼려져서 거짓말을 했던 모양입니다. 그렇다고 내가 무슨 일인지 꼬치꼬치 캐묻기는 부끄러운 일입니다. 게다가 그녀는 다소 어린애 같은 데가 있어서, 현재의 치료법을 굳게 믿고 있습니다.

사실 의사들은 나와 치료법을 상의해 주거나, 분별 있는 동지로 대해 주지 않습니다. 그러니까 할 수 없이 의사들의 말을 귀동냥으로 듣고 추리하고 의학서적을 얻어 읽으면서 자가진단을 합니다. 그래도 결정을 내리기는 쉽지 않습니다. 무엇이 최선인가? 요즘 쇄골 위를 촉진하는 것은 거기로 종양이 전이되었기 때문인가? 엑스선을 몇 천 몇 만 밀리뢴트겐씩 조사하는 것은 정말 종양 재발 방지 목적일까, 아니면 그저 5~10배의 안전도 확보용일까, 그것도 아니면 비정하고 무차별한 치료법을 쓰지 않으면 잘리니까 그냥 시키는 대로 하는 걸까? 그러나 어쨌든 나는 3주 전에 치료를 그만두는 편이 나았어요. 사실을 알고 싶은데…… 아무도 말해 주지 않습니다.

하긴 오래 살고 싶은 생각은 없어요! 그러니 장래 계획을 세우는 것이 무슨 소용입니까? 줄곧 감시원의 감시를 받고, 계속되는 통증에 시달리며 살 바에는 그저 지금 잠시나마 그것들로부터 해방되어 살고 싶군요.

이것이 나의 소망입니다. 레닌그라드나 리오데자네이로에 가겠다는 것도 아니고, 그저 우리의 소박한 우시 체레크로 돌아가고 싶을 뿐입니다. 이제 곧 여름이 되겠죠. 올 여름에는 별을 보며 잠들고, 한밤에 눈을 떠 백조 자리, 페가수스 자리 등으로 시각을 가늠해 보고 싶어요. 올 여름, 탐조등이 아니라 별이 빛나는 하늘을 바라볼 수만 있다면 여한이 없겠습니다. 더위가 가시는 저녁 무렵 당신과 함께(물론 쥬크와 토비크도 함께) 초원 오솔길을 따라 츄강으로 가서 다리를 물에 담그고 강가 왜가리와 오래도록 눈싸움을 하고 싶습니다.

츄강은 큰 강이나 호수나 바다로 흐르지 않고, 모래밭으로 사라져 버립니다. 어디로도 흐르지 않고, 중도에서 사라져 버리는 것이 우리 죄수들의 생애와 흡사합니다! 우리도 그렇게 아무것도 못한 채, 명예스럽지 못한 죽음을 강요당할 겁니다. 우리가 아직 쇠퇴하지 않았던 최상의 시기는 굽이쳐 흐르는 큰 강의 한 구간에 불과하고, 우리의 추억이나 만남이나 대화들로 이루어지는 것도 두 손으로 떠올린 물만큼 작은 일에 지나지 않습니다.

모래밭으로 사라지는 강! 그런데 의사들은 마지막 한구간까지도 우리로부터 앗아가버립니다. 무슨 해괴한 권리로(의사들은 그 권리에 대해서 스스로 반성하는 일이 조금도 없습니다) 그들은 내가 없는 곳에서 나를 대신해서 호르몬 요법 같은 무서운 치료법을 결정했을까요? 그것이 시뻘겋게 달군 쇠붙이를 살에 대듯, 죽을 때까지 불구자가 되는 일인데 말입니다(이런 것이 병원이 늘 하는 일 중에서도 가장 일상적인 일이라고 생각됩니다).

오래 전부터 생각해 왔는데 요즘은 늘 생각하는 게 있어요. '도대체 생명의 가치는 얼마일까?'라는 겁니다. 생명의 대가로 얼마를 지불해야 하며, 어느 정도 이상은 허락되지 않을까요? '인간에게 가장 귀중한 것은 생명이며, 그것은 한 번밖에 주어지지 않는다.'라고 학교에서 배웠으니까, 어떤 대가를 치르더라도 생명을 부지해야 하지만…… 수용소에서는 보통 배신하는 일, 의지할 곳 없는 선량한 인간을 파멸시키는 대가가 생명보다 훨씬 비쌉니다. 그러나 아부, 추종, 거짓의 경우에는 죄수들의 의견이 갖가지입니다.

그런데 이렇게 생각해 보세요. 생명을 유지하기 위해서, 생명이 가지는 모든 색채와 향기와 감동을 희생한다면, 소화와 근육과 두뇌 활동밖에 없는 생활을 감수해야 한다면, 너무나 지나친 대가가 아닙니까? 군대에서 7년, 생지옥 같은 수용소에서 7년을 보내면서 남성성, 여성성을 빼앗긴다면 지나친 대가가 아닐까요?

사실은 내가 그들과 싸우고 퇴원하려고 했는데, 그러면 병원진단서를 못 받아요. 만능의 종이, 유형수의 필수준비물인 '병원진단서'가 없으면, 내일이라도 당장 감독조사관이나 내무성 직원에 의해 300킬로미터 떨어진 황무지로 쫓겨나니까요. 그래서 '장기 치료 필요'의 진단서는 절대로 포기할 수 없습니다. 나이 먹은 죄수라면 더더욱!

그렇다고 매일 책략과 거짓을 꾸미며 살 수도 없습니다(보내주셨던 옴스크 대학의 조직검사 편지를 받아 제출한 제 책략이 지나쳤습니다. 그 편지가 곧장 병상카드에 첨부되고 방사선과 주임에게 알려지면서 오히려 의사가 더 호르몬 요법을 우기게 되었거든요).

우시 체레크에 돌아가면 종양의 전이를 막기 위해서 바곳 뿌리를 쓰려고 했어요. 독소에는 어떤 고귀함이 있습니다. 독소는 약효를 속이지 않고 '나는 독이다! 조심하라! 그렇지 않을 때는!' 하고 큰소리로 외칩니다. 우리도 그것을 알면서 사용하는 겁니다.

지난번 편지(빠르게도 닷새만에 받았습니다)를 읽고 흥분했습니다. 그곳에 정말 측지학 탐험대가 옵니까? 경위의經緯儀 앞에 설 수 있다면 얼마나 기쁠까요! 단 1년만이라도 사람답게 일하고 싶습니다! 하지만 나를 채용해 줄까요? 감독조사국과의 충돌은 불가피하겠군요. 어쨌든 비밀로 해야 합니다. 나는 딱지가 붙은 사람이니까 어떻게 될지 몰라요.

당신이 칭찬하던 영화 〈애수〉와 〈무방비 도시〉는 관람하지 못하겠어요. 퇴원 후에나 숙소를 정해 놓고 영화를 보러 가야 하는데, 그렇게까지 해서 퇴원시켜 달라고 애걸하기는 싫습니다. 안타깝게 우시 체레크에서 재상영하지는 않을 테고요.

돈을 빌려주시겠다는 호의는 감사히 받겠습니다. 처음에는 거절할 생각이었습니다. 평생 돈을 빌리지 않으려고 노력했습니다. 그러나 설사 내가 죽는다고 해도, 유산이 하나도 없지는 않습니다. 우시 체레크식 양털 반외투면 당당히 재산목록에 넣을 수 있겠고, 담요 대신으로 쓰던 2미터짜리 검은 나사 옷감, 멜리니츄코프 부부가 준 닭털베개! 침대용으로 못 박아 연결한 세 개의 상자! 두 개의 프라이팬! 수용소에서 만든 조끼! 스푼, 그리고 양동이도 있어요! 사크사울(중앙아시아 사막의 무엽수) 땔감 남은 것! 도끼! 그리고 석유램프! 아직 유서를 쓰지 않았던 것은 정말 경솔한 일이었습니다.

그래서 혹시 150루블(그 이상은 필요하지 않습니다)만 보내주시면 크게 도움이 되겠습니다. 표백제와 소다와 계피를 찾아보라고 쓰셨더군요. 그 밖에 더 필요한 물건은 없습니까? 무엇이든 가지고 갈 테니 염려하지 마십시오.

니콜라이 이바노비치, 당신이 그곳은 아직 눈도 녹지 않고 좀 춥다고 했는데, 여기는 봄날씨랍니다. 어쩐지 애매하고 이해할 수 없습니다. 마침 기상에 대한 얘기를 하니까 생각이 나는군요. 인나 슈트롬을 만나게 되면, 말씀을 좀 잘 전해주십시오. 여기에 오니 그녀 생각을 자주 합니다…… 아니, 그런 소리는 하지 않는 편이 낫겠군요…… 뭔가 막연한 생각에 사로잡혀 고민하고 있습니다. 나는 도대체 무엇을 바라는 걸까요? 그러나 '예전에는 더 나빴다!'라고 생각할 때마다 곧 힘이 솟아납니다. 누구보다도 우리는 목이 붙어 있어요! 아직도 이렇게 허우적거리고 있으니까.

엘레나 알렉산드로브나는 이틀 밤에 열 통의 편지를 썼다고 하셨죠. 당신들만큼 남을 위해 동정에 넘친 계속적인 배려를 하는 사람을 본 적이 없습니다. 지금 누가 이렇게 멀리 떠나가버린 사람을 생각하고 이틀 밤이나 계속 편지를 쓸까 생각해 봅니다. 그래서 당신들한테 긴 편지를 쓰는 것은 즐거움이 되었습니다. 이 편지를 소리내서 여러 번 읽으면서, 그리고 한 구절 한 구절을 다시 읽고 모든 점에 대해서 회답을 주리라고 생각합니다. 항상 평안하고 밝게 지내시기를!

당신들의 올레그 올림

23. 우울한 삶

3월 5일, 거리에는 차가운 이슬비가 내리고 있었고, 병실에서는 혼잡한 이동이 있었다. 어제 수술동의서에 서명한 좀카가 외과병동으로 가고, 새 환자가 두 명 들어왔다.

문가 좀카 침대에는 노인이 들어왔다. 키가 큰데 등이 심하게 굽어서 더 늙어보였다. 눈밑살이 많이 처져서 눈이 타원형이 아니라 원형으로 보였다. 흰자위는 충혈되고 황갈색 눈동자는 처진 눈밑살 때문에 실제보다 더 커보였다. 그 큰 눈으로 노인은 한 사람 한 사람을 불쾌할 만큼 찬찬히 뜯어보았다.

좀카는 지난 주에 병세가 악화되었다. 이제는 통증이 너무 심해져서 잠도 못 자고 공부도 못 하고, 주위에 폐를 끼칠까 봐 새어나오는 신음소리를 참느라고 안간힘을 썼다. 고통이 어찌나 심했던지 다리가 한시바삐 내던져 버려야 할 짐처럼 느껴질 정도였다. 그래서 한 달 전에는 세상의 종말처럼 피하고만 싶던 수술을, 지금은 구원처럼 간절히 기다렸다.

그러나 동의서에 서명하기 전에 병실 모든 사람과 상의했던 좀카는, 오늘 이미 짐은 다 챙겨두고 작별인사를 할 때까지 위안과 격려의 말을 초조히 기다렸다. 그래서 바짐은 여러 차례 했던 얘기를 다시 들려주었다. "이 수술로써 일이 끝나는 너는 행운아야. 할 수만 있다면 내가 기꺼이 대신 수술을 받고 싶다."

그런데도 좀카는 아직도 수술을 망설였다.

"뼈를 톱으로 자르다니. 나무를 켜듯이 말이에요. 어떤 마취를 하더라도 소리는 들리는 모양이에요."

그러나 바짐은 대화가 길어지는 것이 싫었다.

"수술은 네가 처음 받는 것도 아니잖아. 다른 사람들이 참았다면 너라고 못 참을 건 없어."

바짐은 여느때와 마찬가지로 냉정했다. 그는 스스로에게도 어떤 위로의 말도 건네고 싶지 않았다. 위로란 어딘지 연약하고 종교적인 요소가 있었다.

바짐은 입원 첫날부터 언제나 정신을 집중해 의연하고 예의바른 나날을 보내고 있었으나, 최근에는 산에서 까맣게 그을렸던 얼굴이 누렇게 뜨고 입술이 고통으로 떨리고 이마에 초조와 시름에 찬 주름이 잡히는 일이 빈번해졌다. '목숨이 8개월 남았다.'고 말하면서도, 말도 타고 모스크바까지 날아가 체레고로드체프를 만났던 걸 생각하니, 마음속으로는 회복되리라고 기대한 모양이다. 그러나 이제 입원한 지 1달이 되었다. 8개월 중의 한 달이었다. 최초의 한 달이 아니라, 실은 3개월이나 4개월째인지도 모른다. 아무튼 날마다 보행이 어려워지면서 이미 말을 타고 들판을 달리는 건 상상도 못할 상태가 되었다. 통증은 서혜부까지 이르렀다.

여섯 권 중 세 권을 독파했는데, 그러면서 지하수의 방사능 탐사로 광맥을 발견할 수 있다는 확신이 희박해졌다. 그 유일한 확신이 희박해지자 책도 시들해졌다. 하루가 24시간으로는 모자랄 정도로 바쁘게 지내는 것이 가장 좋은 생활방식이라고 믿던 바짐인데, 요새는 24시간으로 충분할 뿐만 아니라 오히려 남았다. 부족한 것은 시간이 아니라 목숨이었다. 연구 능력은 이제 절박한 처지에 놓였다. 아침에도, 조용할 때 공부하기 위해 일찍 일어나는 일이 드물어졌고 아무 일도 하지 않고 침대에 머리를 파묻고 누워서 '이대로 반항하지 않고 죽어버리는 편이 싸우는 것보다 편하다.'는 생각을 하기도 했다. 이 병실의 지저분한 환경, 시시한 대화, 이러한 것들 때문에 인생 무상을 점차 절실히 느낄 바에는 차라리 이 허울 좋은 인내심을 내던져버리고 짐승처럼 울부짖고 싶었다. "이제 장난은 그만하고, 이 다리를 풀어다오!"라고.

바짐의 어머니는 고관들의 응접실을 네 군데나 돌아다니고도 콜로이드 금을 얻지 못했다. 그러나 챠가를 구해 와서는, 잡역부에게 '격일로 달여서 약으로 만들어달라.'고 시키고, 다시 콜로이드 금을 구하러 모스크바로 떠났다. 자식이 서혜부 위쪽까지 암에게 침범당하는 것을 어머니로서 보고만 있을 수 없었다.

좀카는 코스토글로토프에게 마지막 작별인사를 건네려고 다가갔다. 코스토글로토프는 두 다리를 침대 난간에 올리고 머리를 통로에 내려서 비스듬하게 누워 있었다. 그래서 뒤집어진 좀카의 얼굴을 올려다 보면서 한쪽 손을 내밀어 낮은 목소리로 작별인사를 했다(폐 아래 부분이 울려서 이제는 큰소리를 내기 어려웠다).

"겁낼 것 없어, 좀카. 레프 레오니도비치가 오는 걸 봤어. 그 의사라면 빨리 끝내줄 거야."

"그래요? 직접 보셨어요?" 좀카의 얼굴이 밝아졌다.

"그럼."

"잘됐군요…… 수술을 연기하기를 잘했어요!"

긴 팔을 축 늘어뜨린 이 키다리 외과의사가 병동 복도에 나타나면 환자들은 힘이 솟아났다. 만일 수술 전에 외과의사 전원을 늘어서게 하고 환자들이 자유롭게 고르게 하면 모두가 레프 레오니도비치를 택할 것이다. 그렇지만 본인은 몹시 무료한 표정으로 병동을 걸어다녔다. 따분해 보이는 건 오늘이 그의 수술일이 아니기 때문이다.

물론 좀카는 예브게냐 우스치노브나에게 딱히 불만이 있는 것은 아니었지만, 원숭이처럼 털이 많은 레프 레오니도비치의 손 아래 누우면 '이 사람은 절대로 실패하지 않는 의사'라는 안도감이 들었다. 환자는 아주 짧은 시간에 외과의사에 매달리게 된다. 자기 부모보다도 더 믿고 따르게 된다.

"그렇게 훌륭한 외과의사인가?"

좀카 침대에 새로 들어온 눈언저리에 부기가 있는 노인이 낮은 소리로 물었다. 노인은 추운지 방 안에서도 파자마 위에 무명가운을 껴입고 있었다. 사방을 두리번거리는 모양이, 한밤중에 혼자 있는 방문을 누군가 갑자기 노크해서 일어나 앉은 것 같았다.

"그렇구말구요!" 좀카는 마치 수술이 반은 끝난 것같이 한층 더밝은 표정으로 만족스럽게 말했다. "훌륭한 선생이에요! 말할 수 없이 말이에요! 당신도 수술하실 겁니까? 어디가 나쁜가요?"

"같은 병이에요." 노인은 그렇게만 대답했다. 그 얼굴에는 좀카의 안도의 기분은 조금도 반영되지 않았고, 크고 둥근 눈의 표정도 그대로였다. 무엇을 응시하는 것 같기도 하고, 아무것도 보지 않는 것 같기도 한 눈이었다.

좀카가 나가자 노인은 새 시트를 간 침대에서 벽에 기대 앉아서 다시 뚫어지게 바라보기 시작했다. 눈동자를 전혀 움직이지 않고, 병실 안의 누군가가 눈에 들어오면 그저 물끄러미 보다가, 한참 후에 다른 목표물에게로 시선을 돌려서 응시했다. 눈앞으로 누가 지나가건 말건, 병실 안의 움직임이나 소리에는 아무런 반응을 보이지 않았다. 입은 전혀 열지 않아서, 대답도 않고 묻지도 않았다. 한 시간만에 이 노인에 대해서 알게 된 것이라곤 페르가나(우즈베크 공화국 도시) 출신이라는 것뿐이었다. 후에 간호사에게 그의 이름이 슐루빈이라는 것을 들었다.

'부엉이 같군.'

루사노프 눈에는 미동도 않는 눈동자가 영락없이 그렇게 보였다. 침울한 병실에 이런 부엉이가 오다니, 더 우울해지는 일이었다. 이미 노인이 그 어두운 시선을 루사노프에게 꽂고 불쾌하도록 오랫동안 쳐다보고 있었다. 마치 이 병실 모든 사람에게 원한이라도 있다는 듯 한 명 한 명을 응시했다. 병실의 생활이 지금까지의 한가로운 흐름에서 벗어나고 있었다.

루사노프는 어제 열두 번째 주사를 맞았다. 이제는 이 주사에 익숙해져서 악몽을 꾸지는 않았지만, 예전보다 두통과 허탈감이 잦았다. 그렇지만 중요한 것은 죽음의 위협에서 멀어졌다는 사실이었다. 죽음의 공포라고 생각했던 것은 한낱 단순한 공포상태에 지나지 않았던 것 같다. 종양크기도 처음의 절반 정도로 작아졌으며 아직 남은 부분도 꽤 멍울이 부드러워져서 저항감도 적어지고 목운동이 자유로워졌다. 남은 것은 이 허탈감뿐이었다. 하지만 그 허탈감에는 어떤 쾌적감도 있었다. 가만히 누워서 가벼운 읽을거리 잡지 〈오고뇨크〉나 〈크로코지르〉를 읽으며 포도주를 조금씩 따라마시고, 맛있는 음식을 먹으면서 유쾌한 친구들과 얘기를 나누고 라디오만 들을 수 있다면 집에서 생활하는 것과 다를 것이 없었다.

단지 한 가지 걱정되는 것은 진찰할 때마다 돈초바가 손가락으로 힘을 잔뜩 주어 아프게 누르며 겨드랑이 밑을 촉진하는 일이었다. 입원 기간이 1달쯤 되면 여의사가 전이된 종양을 찾는 것인지 이내 알아챌 수 있다. 처치실로 불려 가서 침대에 눕히고는 같은 방법으로 아프도록 서혜부를 촉진하는 경우도 있었다.

"전이될 수도 있지요?" 루사노프는 걱정스럽게 물었다. 종양이 약해졌다는 기쁨도 점차 사라져가고 말았다.

"전이되지 않게 하려고 치료를 계속하는 거예요! 그러니까 힘들더라도 주사는 당분간 참아주세요."

"앞으로 얼마나 더 해야 합니까?"

"그건 곧 알게 됩니다." (의사는 항상 애매한 소리만 했다.)

이미 열두 번의 주사로 몸이 몹시 쇠약해졌으며 의사들은 혈액검사의 결과를 놓고 자주 고개를 갸우뚱했는데, 앞으로 얼마 동안 이런 상태를 견딜 수 있을까? 이럭저럭 해서 병은 끝까지 집요하게 자기를 주장하고 있었다. 종양의 기세는 꺾였지만 마음으로부터 기쁨이 우러나지 않았다. 루사노프는 우울한 나날을 보내며 누워 있을 때가 많아졌다. 다행히 코스토글로토프는 요즘 얌전해져서 떠들거나 달려들지는 않았다. 이제는 그도 허세를 부릴 수 없도록 병마에 짓눌려버린 것 같았다. 눈을 가늘게 뜨고, 머리를 침대 밖으로 떨어뜨리고 오랫동안 가만히 누워 있을 때가 많았다. 루사노프는 두통약을 먹고, 이마를 젖은 수건으로 식히고, 눈을 감아 빛을 피했다. 이래서 두 사람은 서로 다투지도 않고, 아주 조용하게 몇 시간이라도 누워 있는 것이었다.

최근 넓은 층계참(산소 호흡기를 대고 있던 그 작은 환자는 이미 죽어서 시체실로 옮겨졌다) 위에는 커다란 표어가 걸려 있었다. 흰 글씨로 쓰인 붉은 무명의 크고 길쭉한 천이었다.

'환자 여러분! 서로 병에 대한 이야기를 하지 맙시다!'

병실의 환자는 조금씩 바뀌었으나 새로 들어오는 사람치고 명랑한 사람은 하나도 없었으며, 항상 찢기고 지쳐빠진 사람들만 오게 되었다. 이미 목발을 내던지고 곧 퇴원하기로 결정된 아흐마드잔만 이따금 흰 이를 드러내 보이며 즐거워했는데, 그것은 다른 사람들에게 부러움만 불러 일으켰다.

그런데 오늘 침울한 환자가 새로 들어오고 두 시간쯤 지나서였다. 오후의 우울한 회색빛 속에서 모두들 자기 침대에 누워 있었다. 비에 젖은 창문 때문에 병실이 한결 어두워져서 규정시간보다 일찍 전등을 켜든가, 그렇지 않으면 빨리 밤이 되기를 바랐다. 그때 느닷없이 안내하는 간호사를 앞질러 보통 키의 민첩한 사나이가 성큼성큼 병실로 들어왔다. 들어왔다기보다는 돌진해 왔다는 느낌이 들었으며, 그 서두르는 폼이 마치 환영 대열의 군중들에게 기다리게 해서 죄송하다는 듯한 모습이었다. 그러나 모두들 우울하게 누워 있는 것을 보고 놀라서 멈칫하더니, 이내 획 휘파람을 불고 정력적이면서 선량해 보이는 말투로 나무라듯이 말했다.

"아, 여러분. 왜 이렇게 기운들이 빠져 있죠? 다리라도 부러졌나요?"

병실 쪽에서는 그를 맞을 준비가 전혀 되어 있지 않았다. 오히려 그가 반쯤 군대식으로 인사말을 했기 때문에 당황했다. "찰르이라고 합니다. 막심 페트로비치 찰르이! 잘 부탁드립니다! 쉬십시오!"

그의 얼굴에는 암 환자 특유의 초조한 그림자는 없었고, 삶의 기쁨과 확신에 넘치는 미소가 떠 있었다. 몇몇이 저절로 따라 웃었고 루사노프의 얼굴빛도 한결 누그러졌다. 이 우울한 환자들과 한 달 동안 같이 지냈지만 이렇게 인간미 넘치는 사람은 처음이었다.

"자, 그럼." 누구한테 묻지도 않고, 그는 눈치 빠르게 자기 침대를 찾아서 척척 걸어갔다. 루사노프 옆, 무르살리모프가 쓰던 침대였다. 새로 들어온 환자는 루사노프 옆으로 들어가 침대에 앉았다. 침대에서 삐걱 소리가 났다. 그는 무슨 판정을 내리듯이 말했다. "감가상각 60퍼센트. 주임의사는 쥐덫을 놓지 않았군."

그는 손에 짐이랄 것을 전혀 들고 있지 않았다. 그냥 한쪽 호주머니에서 면도칼을 꺼내고, 다른 한쪽 호주머니에서는 조그마한 상자를 꺼냈으나, 그것은 담배가 아니라 아직도 깨끗한 트럼프였다. 그것을 꺼내더니 손가락으로 튕기며 영리한 눈으로 루사노프를 바라보며 물었다.

"하십니까?"

"네, 가끔."

"프레퍼런스?"

"대개는 나폴레옹을."

"그것은 게임 축에 들어가지도 못해요. 그럼 쉬토스는요? 빈트? 포커?"

"아무것도!" 루사노프는 당황해서 손을 내저었다. "배울 틈이 없었어."

"그럼 여기에 있는 동안에 배우면 돼요. 할 줄 모르면 배우고, 원하지 않아도 시켜야 한다는 말도 있지요!"

찰르이가 큰소리로 웃었다. 그는 얼굴에 비해 코가 큰 편이었다. 좀 불그레하고 부드럽고 큰 코 덕분에 그의 얼굴은 정직하고 도량이 있어 보였다.

"뭐니뭐니 해도 포커가 제일 재미있어요! 더욱이 돈내기를 하면."

루사노프가 노름 친구가 돼주리라고 믿고, 그는 더 상대할 사람을 찾아 주위를 돌아보았으나 아무도 호응하지 않았다.

"나도! 나도 배웁시다!" 뒤쪽에서 아흐마드잔이 외쳤다.

"좋아요! 그럼 이 침대 사이에 가로놓을 판자를 찾아 보아요."

찰르이는 슐루빈의 냉담한 시선을 느꼈고, 저쪽에서 장밋빛 두건을 쓰고 은실처럼 길쭉한 턱수염을 늘어뜨린 우즈베크인도 보았다. 이때 넬랴가 양동이와 대걸레를 들고 때아닌 마루 청소를 하려고 나타났다.

"오! 얼마나 듬직한 아가씨인가! 이봐요, 이전에 만난 일이 없었던가? 함께 그네를 탄 적이 있었지."

넬랴는 두툼한 입술을 비죽거렸다. 그녀만의 독특한 미소였다.

"지금도 늦지는 않았어요. 하지만 당신은 환자잖아요!"

"배와 배를 맞대면 어떠한 병도 다 나을 수 있어요. 아니면 내가 무섭기라도 한가?"

"흥, 당신은 좀 모자라는군요!"

"걱정 말아요. 당신쯤은 충분히 이겨낼 수 있어! 자 빨리 마루 청소를 해요. 아가씨 궁둥이 구경 좀 하게!"

"얼마든지 봐요. 공짜니까."

넬랴는 아무렇지도 않다는 듯이 말하고, 중앙 통로 깔개를 돌돌 말아서 걷어놓은 후 대걸레를 첫 번째 침대 밑으로 쑥 집어넣었다. 찰르이는 얼핏 보아서 아픈 데가 없는 것 같았다. 겉으로는 종양도 통증도 보이지 않았다. 그렇지 않다면 의지의 힘으로 아픔을 이기고, 이 병실에서는 볼 수 없었던 모범을, 우리 국민에게 어울리는 모범을 보여주는 것이 아닐까? 루사노프는 부러운 듯이 찰르이를 쳐다보면서 둘만 들을 수 있는 낮은 소리로 물었다.

"그런데 무슨 병이요?"

"저요?" 찰르이는 동요하는 빛을 보였다. "용종이에요."

용종이 무엇인지 정확히는 몰랐지만, 종종 들어본 말이었다.

"아프진 않나요?"

"아프기 시작해서 여기 왔어요. 잘라야 한다면 어서 잘라버리려고요."

"어딘데요?"

"위 어디인가 봐요! 허허, 위를 자른대요. 4분의 3정도 잘라도 아무렇지도 않다는군요." 손바닥으로 자기 배를 자르는 시늉을 하며 눈을 가늘게 떴다.

"그건 큰 수술인데요?"

"아니, 곧 회복될 겁니다! 술만 마실 수 있으면 되니까!"

"당신은 정말 침착하네요!"

"천만에요. 마음가짐에 달렸어요. 이것저것 따지지 않는 사람은 고민도 적어지지요. 당신도 마음을 느긋하게 가지세요!"

아흐마드잔이 베니어판 조각을 가져왔다. 그것을 루사노프와 찰르이의 침대 사이에 걸쳐놓자 안성맞춤이었다.

"꽤 쓸 만한데." 아흐마드잔이 기뻐했다.

"불을 켜주게!" 찰르이가 지시했다.

불이 켜지자 분위기가 한결 흥겨워졌다.

"또 한 사람 누가 없을까요?"

네 번째 사람은 잘 나타나지 않았다.

"그럼 우선 설명해 줄 수 있겠어?"

루사노프는 기분이 좋아졌다. 건강한 사람처럼 두 발을 마루에 내려놓고 앉았고 목돌림도 한결 편해졌다. 눈앞에는 베니어판이긴 하지만 천장의 전등불에 밝게 비춰진 게임용 테이블이 있었다. 반들반들한 카드의 흰바탕에 붉고 검은 그림이 돋보였다. 찰르이 말대로, 병을 고통스럽게 생각하지 않으면 병이 도망쳐 가버리는 것인지도 모를 일이다.

"자, 빨리 해요!" 아흐마드잔도 재촉했다.

"그럼, 자." 찰르이는 재빠른 솜씨로 필요한 것과 불필요한 것을 척척 가려냈다. "쓰는 카드는 9에서 에이스까지예요. 클로버, 다이아몬드, 하트, 스페이드 순서로 강하고요. 이렇게요, 알겠어?"

"알겠어!"

겹친 카드장을 꺾듯이 휘어잡았다가 놓으면서, 소리를 내거나 섞어놓기도 하면서 찰르이는 설명을 계속했다.

"우선 다섯 장씩 나누고, 나머지는 여기에 놓아요. 다음은 패의 조합을 알아야 해요. 제일 간단한 것은 원 페어. 이게 그 다음인 투 페어, 그리고 스트레이트, 이것은 계속되는 패가 다섯 장이라야 돼요. 이렇게 말이지. 그렇지 않으면 이렇게도. 그 다음 쓰리 카드 그리고 풀하우스……."

문밖에서 간호사가 불렀다.

"찰르이 씨, 찰르이 씨, 부인 면회입니다!"

"뭘 좀 가져왔나? 잠깐 쉬고 있어요."

그가 의기양양하게 밖으로 나갔다. 병실 안은 조용해졌다. 밤처럼 전등불이 밝았다. 아흐마드잔은 침대로 돌아갔다. 마룻바닥에 물을 튕기면서 넬랴는 움직이고 있었다. 그래서 모두 침대 위로 다리를 올려놓아야 했다.

루사노프도 누웠다. 여전히 '부엉이'의 시선이 느껴졌다. 비난이라도 하는 것 같은 끈질긴 시선이 머리 측면에 압력을 가했다.

"당신은 어디가 나쁜가요?"

그러나 부엉이 노인은 못 들었다는 듯이 미동도 않고, 붉게 흐린 큰 눈으로 루사노프의 귀언저리만 바라보았다. 루사노프는 대답을 기대하지도 않고, 카드를 모으기 시작했다. 그때 낮은 목소리가 들려왔다.

"같은 병이라네."

'같은 병'이라니? 무식하게! 루사노프는 이제 다시 노인 쪽을 보지도 않고 똑바로 누워서 신문을 기다렸다. 오늘은 잊을 수 없는 날(1955년 3월 5일 스탈린의 3주기)이었다. 이런 날이니 신문에 이 나라의 장래를 암시하는 여러 기사가 실릴 것이다. 나라의 장래는 곧 루사노프의 장래였다. 신문의 각 면에 검은 테두리를 둘렀을까? 한 면만? 초상 사진의 크기는 전면일까, 아니면 4분의 1면일까? 톱기사의 제목이나 논설에는 어떤 표현이 쓰일까? 2월의 정변 후에는 이것이 특히 중요한 것이었다. 루사노프가 근무처에 있었다면 누군가 정보를 얻어다 주었겠지만, 여기서는 신문밖에 의지할 데가 없었다.

넬랴의 엉덩이가 침대와 침대 사이로 바쁘게 움직였다. 그녀의 마루 청소는 요령이 있었다. 지금은 청소를 끝내고 중앙 통로 깔개를 펴고 있었다. 그 깔개 위로 방사선실에서 돌아오는 바짐이 아픈 다리를 끌면서 아픔에 입술을 이그러뜨리며 걸어왔다. 손에 신문을 들고 있었다.

"바짐! 이리 와 앉아요."

바짐이 잠시 멈칫하더니 루사노프의 침대로 다가와서 환부가 닿지 않게 바지를 잡으면서 앉았다. 바짐이 벌써 신문을 펴보았다는 것을 한눈에 알았다. 신문에는 한눈에도 검은 테두리나 초상 사진이 없었다. 서둘러 장을 넘겨보는데 아무데도 없었다.

"없나? 정말 없어? 논설도 없는 거야?"

루사노프는 바짐이 당원이었고 지질학 전문가라는 것밖에는 몰랐지만, 언젠가 한번 이 청년 때문에 기뻤던 적이 있었다. 병실에서 강제 이주민 이야기가 나왔는데 그때 이렇게 말했던 것이다.

"그래도 무슨 이유가 있겠지요. 아무 이유 없이 이주시킬 수는 없어요."

지금도 바짐은 루사노프의 수수께끼 같은 말만 듣고도 신문 구석을 가리켰다. 구석의 평범한 기사였다. 사진도 없는, 아카데미 회원의 논문이었다. 그런데 그마저도 3주기에 대한 것이 아니었다! 전 국민의 슬픔을 말하고 있지도 않았다. '지금도 살아계시며 미래에도 영원히 살아 계시리라'라는 문장도 아니었다. 표제는 '스탈린과 공산주의 건설의 여러 문제'(새로운 사회 건설이라는 공산주의식 표현)였다.

'이게 전부란 말인가? 문제로 끝낸다고? 어떤 문제? 건설 문제? 왜 건설 문제라고 했을까? 식목 문제(스탈린 생전의 자연 개발 계획)라고 써도 좋잖아! 군사적인 승리의 문제는 어디로 갔나? 철학 천재와 과학 총수는? 전 국민의 사랑은 어디로 사라졌단 말인가?'

이마에 주름을 모은 루사노프는 안경 너머로 괴로운 듯이 바짐의 가무잡잡한 얼굴을 바라보고 있었다.

"이것이 어찌된 노릇이오?" 어깨 너머로 코스토글로토프의 동정을 살피니, 그는 눈을 감고 여전히 침대 밖으로 머리를 떨어뜨리고 있었다. 잠든 것 같았다. "2개월 전, 겨우 2개월 전이지? 기억이 나지요. 탄신 75주년! 모든 것이 예전 그대로였어. 커다란 사진이 실렸어! '위대한 후계자'라는 큰 제목이 나붙고! 그랬는데…… 이것은?"

이것은 이미 위험하다는 것으로 그칠 일이 아니었다. 살아 있는 사람에 대한 위험만 말할 때가 아니다. 이것은 배은망덕이다! 마치 루사노프 자신의 개인적인 공적이나 완전무결한 것에 침이 뱉어진 기분이었다. 한 세기를 호령하던 영광이 단 2년 사이에 허물어져 버리면, 그리고 모든 직속 상관과 그 위의 상사까지도 복종하던 가장 현명하고 사랑스럽던 지도자가 불과 24개월로써 여지없이 짓밟힌다면, 앞으로는 무엇을 믿을 수 있겠는가? 정신적인 지주는 어디에 갔는가? 무엇을 의지하여 투병 생활을 계속한단 말인가?

"그런데…… 형식적으로는 최근의 법령에 의해서 서거일을 기념일로 하지 않고 탄신일만 기념일로 하기로 결정했지만 이 논문으로 보건대……."

루사노프는 불쾌하다는 듯이 고개를 저었다. 바짐 역시 그것을 일종의 치욕으로 느끼고 있었다. 무엇보다도 우선 돌아가신 아버지에 대한 치욕인 것이다. 아버지가 스탈린을 얼마나 좋아하고 있었는지 뚜렷이 기억에 남아 있다. 자기를 사랑하는 이상으로 스탈린을 사랑했다는 것은 말할 나위도 없었다. 레닌에게보다 더한 사랑을 가지고 있었다. 처자식에 대한 사랑보다 더했는지도 몰랐다. 아버지는 가족에 대해서는 농담도 하고 악담도 했지만, 스탈린에 대해서 말할 때만은 늘 목소리를 떨었다. 스탈린 초상을 자식들 방에 걸어놓고, 아이들이 매일 그 짙은 눈썹과 수염과 무표정을 보며 자라게 했다. 또 그는 스탈린이 연설할 때마다 그것을 통독한 후에, 아이들에게 군데군데 읽어주면서 사상의 깊이나 언어의 섬세함이나 러시아어의 멋있는 점을 설명해 주곤 했다. 아버지가 돌아가신 후, 성인이 된 바짐은 그러한 연설문이 무미건조하고 사상도 산만한 것이었으며, 분량에 비해서 사상이 빈약하단 점을 알게 되었지만 입 밖에 내서 말하지 않았다. 오히려 어렸을 때 몸에 젖은 감탄의 마음을 표명하는 편이 어쩌면 순수한 자기기분인지도 몰랐다.

서거한 날의 기억은 아직도 생생했다. 남녀노소 할 것 없이 울었다. 처녀들은 눈물을 줄줄 흘렸으며 청년들도 눈시울을 적셨다. 한 인간이 죽은 것이 아니라 마치 세계에 커다란 균열이 생긴 것처럼 다들 눈물을 흘렸다. 그날은 1년 중 가장 슬픈 날로 영원히 인류의 기억에 새겨질 것이라고 생각했었다.

그런데 오늘, 3주기의 신문에는 검은 테두리의 잉크마저 없다. '2년 전의 서거' 운운하는 단순한 말도 없다. 전쟁 중의 병사들은 그분의 이름을 마지막 말로 남기고 쓰러진다고 했는데…… 단지 그렇게 교육을 받았기 때문이 아니라 모든 이성적인 판단이 그 위대한 고인을 존경하라고 말하고 있었다. 그는 내일이라는 날이 과거의 궤도에서 이탈되지 않는다는 확신을 가르쳐 주었다. 그는 학문의 수준을 높이고, 학자의 지위를 높이고, 봉급에서 주택까지의 자질구레한 걱정에서 학자들을 해방시켰다.

바짐이 아픈 다리를 침대 위에 올려놓을 때 찰르이가 돌아왔다. 커다란 식료품 주머니를 짊어지고 만족스러운 모습이었다. 루사노프 반대쪽에서 그 식료품을 머릿장에 집어넣으면서 슬며시 미소를 띠었다.

"마지막 한 푼까지 털어서 먹을 것을 사 왔군! 도저히 혼자서는 다 먹을 수 없을 것 같아!"

루사노프는 어이없다는 듯이 찰르이를 쳐다보았다. 이거야말로 낙천가시군! 유쾌한 친구야!

"토마토 조림……." 찰르이는 손가락으로 병을 열고 토마토 한 조각을 집어먹더니 눈을 가늘게 떴다. "아, 맛있어! 송아지 고기도 타지도 않고 알맞게 구워졌어." 그는 한입 먹고는 입맛을 다셨다. "여자란 고마운 존재야!"

루사노프는 그가 몸으로 감춰가면서 반 리터짜리 술병을 머릿장에 넣는 것을 보고 있었다. 그가 루사노프에게 윙크를 했다.

"당신은 이 고장 사람이요?"

"아니, 여기는 아닙니다. 출장으로 자주 왔었지요."

"그럼 부인이 이 고장 사람이군요?"

그러나 찰르이는 그 질문은 듣지도 못하고 빈주머니를 버리러 나갔다. 돌아와서는 머릿장을 열고, 눈을 가늘게 뜨고 물끄러미 바라보더니, 토마토 한 조각을 더 꺼내 먹었다.

"자, 어디까지 가르쳤던가요? 계속합시다."

아흐마드잔은 그 동안 네 번째 노름 상대를 찾아냈다. 아까부터 층계참의 카자흐 청년을 자기 침대에 앉혀놓고 설명에 열을 내고 있었다. 또 어제 저녁에 본, 러시아가 터키군을 섬멸한 유명한 전투를 그린 영화 〈플레브나 탈취〉에 대해서 손짓발짓을 해가며 러시아말로 설명해 주고 있었다. 두 사람이 다시 이쪽으로 와서 두 침대 사이에 널빤지를 걸쳐놓고, 즐거운 표정으로 찰르이의 설명을 들었다.

"이것이 풀하우스예요. 같은 짝이 석 장에 원 페어, 알겠어? 체치메크 (러시아인들이 우즈베크인을 업신여겨 이르는 말)?"

"나는 체치메크가 아니야." 다행히 아흐마드잔은 그리 기분 나쁜 표정은 아니었다. "군대에 가기 전에 체치메크였었지."

"그럼, 됐어. 프래시! 이것은 다섯 장 모두 같은 종류의 카드일 경우. 포 카드는 넉 장은 같고 다섯 장째는 뭐든지 상관없어. 그리고 스트레이트 프래시! 이것은 같은 종류의 9에서 킹까지의 스트레이트야. 이렇게 안 되면, 이렇게 해도 되는 거지. 더 센 것은 로얄 스트레이트 프래시……."

어려워 보이지만 몇 번 쳐보면 곧 알게 된다고 찰르이는 말했다. 무엇보다도 즐거운 것은 그의 친절하고 성의 있고 부드러운 목소리였다. 그것이 루사노프의 마음을 크게 안정시켰다. 이렇게 상냥하고 마음이 끌리는 사람은 온 병원 안에서 다시 만날 수는 없을 것이다. 이렇게 사이좋게 모여 있는 동안에 시간은 소리도 없이 흘러가고 이렇게 매일을 지낸다면 병에 대해 생각할 필요가 어디 있겠는가, 그리고 그밖의 불쾌한 일들도 생각할 필요가 있을까? 찰르이의 말이 옳다!

규칙을 다 알 때까지는 돈을 걸지 말고 하자고 루사노프가 말하려는데, 갑자기 출입문 쪽에서 말소리가 들려왔다.

"찰르이 씨 계십니까?"

"있어요!"

"부인 면회예요!"

"제길, 망할 년! 그렇게 토요일 말고 일요일에 오라고 일렀는데! 용케 마주치지 않았어! 그럼, 여러분 잠깐 실례합니다."

찰르이가 밖으로 나가서 게임은 다시 깨지고 말았다. 아흐마드잔은 트럼프를 가지고 카자흐인과 함께 자기 침대로 돌아가 자기끼리 연습을 했다.

루사노프는 다시 종양과 3월 5일의 일을 생각했다. 여전히 부엉이의 시선이 느껴졌다. 반대쪽을 바라보니 커다랗게 뜨고 있는 코스토글로토프의 눈과도 마주쳤다. 코스토글로토프는 아까부터 전혀 자고 있지 않았다. 루사노프가 바짐과 신문을 뒤적이면서 속삭이는 소리를 눈을 감고 죄다 들었다. 그는 두 사람의 이야기와 바짐이 무슨 말을 하는지 흥미를 느끼고 있었다. 이제는 신문을 뒤적이면서 보지 않아도 모든 것을 분명히 알 수 있었다.

가슴이 두근거렸다. 심장이 고동쳤다. 절대로 열리지 않는 철문 안에서 심장이 강하게 고동치고 있었다. 무슨 소리가 났다! 뭔가가 흔들렸다! 그리고 자물쇠에서 녹이 떨어졌다! 그들은 2년 전 오늘, 남녀노소 할 것 없이 온 세상이 어버이를 잃은 것처럼 슬픔에 잠겼다고 했는데, 코스토글로토프의 기억은 좀 달랐다. 돌연 작업이 중지되고, 가건물의 문이 열리지 않아서, 죄수들은 갇혀 있었다. 게다가 항상 울리던 울타리 밖 스피커까지 잠잠했다. 상황을 종합해 봤을 때, 뭔가 아주 곤란한 일이 생겨서 당국이 당황하고 있는 것이 분명했다. 당국의 곤혹은 죄수들의 즐거움이다! 작업을 쉬고 가건물 안에서 뒹굴고 밥 먹는 것만큼 좋은 일도 없었다. 처음에는 모두들 잠만 잤으나, 그 다음은 놀라고, 그리고 기타나 발랄라이카(우크라이나식 만돌린)를 켰고, 이 방 저 방을 다니며 진상을 알아보았다. 어떤 변방으로 죄수를 보내도, 진상은 언제나 새어나왔다! 조리사나 화부로부터 취사장에서 새어나오는 진상은 점점 퍼져나갔다! 아직 확신할 수는 없지만 모두 가건물 안을 거닐면서, 혹은 침대에 걸터앉아 이야기를 나누었다. '여러분! 아무래도 식인종 괴수가 뒈진 것 같은데…….' '사실인가?' '그럴 리가!' '아니야, 난 믿어!', '이젠 뒈질 때도 됐지!' 그러고는 모두들 웃음을 터뜨렸다. 그래, 더 힘차게 기타를 쳐라! 발랄라이카를 쳐라! 그러나 가건물은 꼬박 하루를 열어놓지 않았다. 다음날, 시베리아의 차가운 겨울 아침에 수용소 죄수 전원을 집합시켜 놓고 소령도, 대위 두 명도, 중위들도 고개를 숙였다. 소령이 목메인 소리로 명령했다.

"어제, 모스크바에서 충심으로 애도의 뜻을……."

순간 죄수들의 표정이, 참으려 해도 올라오는 기쁨 때문에 부드러워졌다. 이 미소의 움직임을 본 소령이 구령을 외쳤다.

"탈모!"

숙연하게 탈모하지 않을 수는 없는 상황이었는데, 분해서 모두들 주저했다. 그때 수용소의 광대를 자처하는 죄수 하나가 인조 모피 모자인 '스탈린모'를 공중으로 내던졌다. 명령에 복종했던 것이다! 죄수들이 순식간에 따라했다. 수백 개의 모자가 일제히 공중을 날았다.

찰르이는 먼저보다 더 큰 식료품 주머니를 짊어지고 돌아왔다. 누군가 비웃었지만, 찰르이는 조금도 언짢게 생각하지 않고 누구보다도 먼저 웃었다.

"여자란 할 수 없군. 남자한테 해바치는 것이 기쁨이니까. 도리가 없는 거야. 이렇게 하면 조금은 그들을 기쁘게 해주고 싶단 말야. 누구한테 폐가 되는 것도 아니니까…… 아무리 귀부인이라도 여자라는 이름이 붙으면."

그리고는 여분의 웃음을 제지하기라도 하듯이 한 손을 흔들면서 큰소리로 웃었으나 그것이 오히려 병실의 모든 사람들로 하여금 웃음을 자아냈다. 루사노프도 저절로 웃음이 터져나왔다.

"어느 쪽이 부인이지?" 아흐마드잔이 다그쳐 물었다.

"묻지 마요." 찰르이는 한숨을 쉬면서 식료품을 머릿장에 옮겼다. "법률 개혁이 필요해. 회교도한테는 더 인도적인 법률이 있대요. 지난해 8월부터 낙태가 허락되어서 사회는 아주 명랑해졌어. 뭐니뭐니 해도 여자가 혼자 산다는 것은 좋지 않아요. 1년에 한 번쯤은 누군가 방문해 주어야 한단 말이야. 출장갈 때가 좋아요. 어느 도시에나 치킨 수프나 따뜻한 방이 기다리고 있다면 말이야."

식료품과 함께 까만 작은 병이 또 언뜻 눈에 띄었다. 찰르이는 빈 주머니를 돌려주려고 나갔다가, 그 여자를 그다지 좋아하지 않는지 금방 돌아왔다. 그리고 예전의 예프렘처럼 통로 중앙에 서서 루사노프를 바라보며 뒷머리를 긁적긁적 긁고 있었다. 머리카락은 아마와 밀짚의 중간색으로 부드러웠다.

"맛 좀 보실까?"

루사노프는 동의의 미소를 지었다. 오늘은 저녁식사가 늦어서 배가 고팠지만, 찰르이가 입맛을 다시며 머릿장에 식료품을 넣은 것을 보자 병원 식사 생각이 싹 사라졌다. 찰르이의 유쾌함이 함께 식사하기에 제격이었다. 루사노프는 제 침대로 오라고 했다.

"이리 오세요. 저한테도 먹을 것이 좀 있어요."

"컵은?" 루사노프의 머릿장으로 통조림이나 봉지를 재빨리 옮기면서 몸을 굽히고 찰르이는 말했다.

"아니, 그건 역시 안돼요! 이 병원에서는 절대 금하고 있으니까……."

지난 한 달 동안 병실의 아무도 그런 것은 생각조차 못했는데, 찰르이는 당연한 것으로 생각하고 있었다.

"성함이?" 벌써 찰르이는 자기 침대에서 루사노프 쪽으로 무릎을 맞대고 앉았다.

"파벨 니콜라예비치."

"그럼 파샤라 부르면 되겠네!" 찰르이는 친근하게 루사노프의 어깨에 손을 얹었다. "의사를 믿어서는 안돼요! 고치는 것도 의사, 죽이는 것도 의사 아닙니까. 우리는 당근의 꼬리를 붙잡고서도 살아야 한단 말이오!"

불그레하고 큰 코, 두툼한 육감적인 입술이 어쩐지 호감을 주는 찰르이의 얼굴에는 확신과 우정이 넘쳐 있었다.

토요일에는 치료가 없다. 회색 창문 밖에 내리는 비가 루사노프에게 가족들을 그립게 했다. 신문도 울적한 마음을 부추겼다. 이럴 때 이 유쾌한 사람과 가볍게 한잔 하고 포커를 치는 것도 나쁘지는 않을 것이다.

찰르이는 어느새 요령도 좋게 베개 밑에 술병을 숨겼다. 마개를 손가락으로 잡아빼고 무릎 언저리에서 컵에 반쯤 따랐다. 두 사람은 곧 컵을 마주쳤다. 루사노프는 러시아인답게 최근의 공포나 의사의 당부도 금주에 대한 맹세도 순식간에 무시해 버렸다. 이제 한시 바삐 고민을 털어버리고 인간다운 따뜻함을 느끼고 싶은 마음뿐이었다.

"살아야지! 악착같이 살아야 한다구, 파샤! 죽고 싶은 놈은 멋대로 죽으라지. 우리는 악착같이 살아야 해!"

두 사람은 잔을 비웠다. 루사노프는 이 한 달 동안 몸이 많이 지쳐서 도수가 낮은데도 이내 목이 타는 것을 느꼈다. 몇 분만에 껍질이 벗겨지는 것 같은 상쾌한 기분이 올라왔고, 확신 같은 것이 용솟음쳐 올라왔다. 무엇이든 우물쭈물할 것은 없어. 암병동에도 사람은 사니까. 그리고 여기서 나가버리면 되는 거다.

"그런데 몹시 아픈 건가, 그…… 용종 말이야."

"가끔. 하지만, 난 지지 않아요! 자, 보드카를 마셔요, 보드카는 만병특효약이니까. 수술할 때도 알코올을 마셔요. 왜냐하면 보드카보다 흡수가 빨라서 증거가 남지 않기 때문이야. 의사가 위를 열어도 깨끗해! 그런데 취해 있는 거야! 당신도 전쟁에 나갔었다면 알 거요. 총공격 때 보드카로 사기를 올리죠…… 부상한 경험은?"

"없소."

"그건 운이 좋았군! ……난 두 번이나 당했어. 여기하고, 여기를."

잠시 후 두 컵에 또 100그램씩 따랐다.

"아니, 이젠 더 못하겠어. 위험해요."

"뭐가 위험해? 위험하다니, 누가 그런 소리를 했어? 자, 토마토라도 들게! 이 토마토 조림은 어떤가!"

일단 규칙을 어긴 이상 1잔이면 어떻고 2잔이면 어떤가. 위대한 사람의 기일에 아무도 말 한마디 하지 않는 판국인데 3잔이면 어쨌단 말인가? 이제 고인이 된 지도자를 추모하면서 루사노프는 추도의 한 잔을 마셨다.

"참, 훌륭한 토마토야! 여기서는 킬로그램당 10루블인데 카라간다에 가지고 가면 30루블이에요. 얼마든지 팔 수 있어요! 그런데 카라간다까지 운반을 못 해, 수화물로 받아주지를 않아서. 왜 안 될까? 왜 안 되는지 말해 봐요."

찰르이는 흥분해서 눈을 크게 떴다. 그 눈에는 진지하게 의미를 알고 싶다는 표정이 번뜩이고 있었다. 인생의 의미를.

"허름한 옷을 입은 사람이 역장실로 터벅터벅 걸어 들어가더니 느닷없이 '역장님, 당신도 죽고 싶지는 않겠죠?' 했지. 역장이 입에 거품을 물고 전화통을 잡았어. 죽일 거라고 생각했던 모양이야. 그는 역장의 책상 위에 지폐 석 장을 내던졌어. '왜 안 된다는 거지? 그 이유가 뭐야? 당신도 죽고 싶지는 않을 테고 나 역시 살고 싶소. 내 광주리를 수화물로 인정하도록 지시해 줘요!' 죽는다, 산다 하는 말을 섞어서 하면 얘기는 빨라지는 거라오, 파샤! 그런데 다음 열차가 큰일이 나는 거야. 여객열차란 푯말은 붙어 있지만 여기저기에 토마토 광주리 천지가 돼버렸어. 선반 위에도 토마토, 밑에도 토마토. 차장이 오건 검사원이 오건 아랑곳없었어. 관할이 바뀌어져 다른 차장이 왔지만, 그 사람도 도리가 없었어."

루사노프의 몸은 조금씩 비틀거렸으며 속은 타들어갔다. 이제 병은 조금도 두렵지 않았다. 그러나 찰르이는 도저히 루사노프가 납득할 수 없는 소리를 지껄여댔다. 용서할 수 없는 억지 논리…….

"그것은 억지야! 어째서 자넨……그것은 나쁜 짓이야……."

"나쁜 짓이라니? 자, 달콤한 오이나 들어요! 이 연어알도 들고! 카라간다에는 어디로 가나 '석탄은 빵이다.'라고 써붙어 있지만, 그것은 공장이 먹는 빵이라는 뜻일 겁니다. 사람이 먹는 토마토는 아무데도 없어요. 관리하는 사람들은 아무데서도 운송해 오지 않아요. 그러니까 킬로그램당 25루블이나 받고 팔아도 모두 고맙게 여겨요. 토마토를 구경만 해도 좋으니까. 그런데 카라간다에서 당국이 하는 짓은 기가 막혀 말할 수도 없어요. 경비원을 잔뜩 모아가지고, 화물차에 40대분이나 사과를 나르게 하는 것이 아닌가 생각했더니, 그게 아니라 그들을 각 역에 배치해 놓고 어느 역에도 절대로 운반하지 못하도록 하는 거야!"

"그럼, 자네는 그런 일을 하고 있소?"

"나 말인가? 파샤, 난 광주리는 운반 안 해. 서류가방이나 여행 가방을 들고 점잖게 다니지. 출장기간이 끝나는 소령, 중령들이 개찰구에서 떠들고 있지만 승차권은 없어요! 매진이야…… 나는 그런 데서 떠들지도 않고 얼마든지 기차를 탈 수 있어요. 어느 역에 가면 목욕탕이 어디 있고, 임시 보관소가 어디 있는지 손바닥 보듯이 알고 있어요. 알아둬요, 파샤. 인생을 즐기는 사람은 언제나 이길 수 있어요!"

"무슨 일을 하는데?"

"난 기술자란 말이야, 파샤. 공업학교는 나오지 않았지만. 그밖에 대리인 노릇도 하고 있어요. 아무튼 돈 버는 일이라면 뭐든 해요. 지불이 나쁜 곳에서는 서슴지 않고 도망쳐버리는 거야, 알겠어?"

그것은 인생의 정도에서 벗어난 일이고, 부정이라고 말할 수도 있는 일이었다. 하지만 루사노프는 입원 이후 처음으로 마음에 든 사람을 화나게 하고 싶지 않았다. 그래서 조심스럽게 돌려서 말했다.

"그러나 그게 좋은 일일까?"

"좋은 일이지, 좋은 일이고말고!" 찰르이는 안심시키듯이 말했다.

"자, 이 송아지 고기를 들어요. 자네의 콤포트를 좀 주게, 파샤. 인생은 한 번이야, 왜 우울하게 사나? 유쾌하게 살아야지!"

"하지만 찰르이, 그러한 사고방식은 비판을 받아요"

"파샤, 그건 견해의 차이인데 말이야, 이런 것처럼.

'티끌 하나만

들어가도 눈은 아픈데

반 아르신(약 35센티)이나 되는 것이

들어가도 여자는 아무렇지도 않네!'"

찰르이는 낄낄 웃으면서 루사노프의 무릎을 철썩 내리쳤다. 루사노프도 참을 수 없어 웃음을 터뜨렸다.

"그건 참 좋은 문구로군! 당신은 시인이야, 찰르이!"

"당신은 뭐지요, 직업이?"

이렇게 터놓고 이야기를 나누고 있었으나 루사노프는 여기서 뜻밖에 태도를 바꿨다. 일의 성질상 신중하지 않을 수 없었다.

"뭐라고 할까, 인사에 대해서인데."

"인사? 어디의?"

루사노프는 직장의 명칭을 말했다.

"그렇군! 그럼 우수한 사람이로군. 날 거기 취직시켜 주게! 적당한 사례는 할 테니 말이야!"

"무슨 소리야? 잘못 생각하면 곤란해!" 루사노프는 화를 냈다.

"잘못 생각하다니? 요직에 있는 사람이라도 사례를 받지 않고서는 생활할 수가 없어요. 애들을 먹여 살려야 하니까. 당신 애가 몇이에요?"

"신문은 다 보았죠?"

두 사람의 머리 위에서 낮게 귀에 거슬리는 목소리가 들렸다. 가운을 아무렇게나 걸치고, 불길하게 눈이 부어오른 부엉이가 어느새 옆에 다가와 서 있었다. 그런데 알고 보니 루사노프가 신문을 깔아 뭉개고 앉아 있었다.

"자 어서 보십시오!" 찰르이는 서둘러 루사노프의 엉덩이 밑에서 신문을 끄집어냈다. "엉덩이를 치워요, 파샤! 자 어서 가져가시오!"

슐루빈은 침울한 얼굴로 신문을 받아들고 자기 침대에 돌아가려고 했으나, 거기서 코스토글로토프한테 잡히고 말았다. 아까부터 슐루빈은 아무 말없이 모두를 빤히 바라보았는데, 이번에는 코스토글로토프가 이 사람을 뚫어지게 바라보고 있었다. 그가 옆에 와 있어서 관찰하는데 아주 좋았다. 심상치 않은 얼굴, 금방 화장을 지운 지친 연극배우 같은 얼굴. 코스토글로토프는 침대에 반쯤 기댄 자세로, 첫 대면하는 사람한테도 꼬치꼬치 묻는 수용소 특유의 무례한 말투로 물었다.

"아저씨, 직업이 뭡니까?"

슐루빈은 눈만이 아니라 머리 전체를 코스토글로토프에게 돌려서 눈도 깜박이지 않고 상대방을 바라보았다. 대답을 않겠구나 포기할 무렵 그가 갑자기 대답했다.

"도서관."

"어디의?" 코스토글로토프는 여유를 주지 않고 두번째 질문을 던졌다.

"농업 전문학교."

그의 집요한 시선과 소 같은 침묵 때문일까. 루사노프는 슐루빈을 깔아뭉개고 싶은 생각이 들었다. 술 탓인지도 몰랐다. 루사노프는 필요 이상 지나치게 경박한 말투로 물었다.

"그럼, 물론 비당원이겠군?"

부엉이는 누런 눈으로 루사노프를 바라보았다. 그 질문의 의미를 알지 못하겠다는 듯이 눈을 깜박였다. 또다시 깜박이더니 갑자기 입을 열었다.

"그 반대야."

그리고는 자기 자리로 돌아갔다. 그 걸음걸이가 어딘가 부자연스러웠다. 어딘지 쑤시거나 아픈 걸음걸이였다. 부자연스럽게 몸을 기울이고 가운 소매를 펄럭이며 다리를 절면서 걷고 있는 모습은 큰 새를 연상케 했다. 이제는 날 수 없는, 날갯죽지를 아무렇게나 잘린 새를……

24. 수혈

코스토글로토프는 햇볕이 내리쬐는 벤치 옆 돌에 앉아 있었다. 장화 신은 다리를 답답하게 굽혀서 두 무릎이 땅바닥에 닿을 것 같았다. 두 팔도 덩굴처럼 땅에 늘어뜨리고 있었다. 모자도 안 쓰고 희색 가운도 풀어 헤쳤다. 검은 머리와 등이 뜨거워져도, 코스토글로토프는 무념무상으로 3월의 햇볕을 흡수하고 있었다. 숨을 쉴 때마다 옆에서 알아볼 수 없을 정도로 어깨가 조금씩 아래위로 움직였다. 그래도 돌 위에서 굴러 떨어지지도 않고, 제법 균형을 잡고 있었다.

뚱뚱하고 몸집이 큰 아래층 잡역부가 다가오고 있었다. 언젠가 소독을 했다면서 복도에서 코스토글로토프를 쫓아내려던 여자였다. 그 여자가 해바라기씨를 까먹으면서 오솔길을 걸어왔다. 가까이 오면서 시장바닥 여인네처럼 큰소리로 외쳤다.

"이봐요, 아저씨! 아저씨!"

코스토글로토프는 머리를 들어 햇볕을 정면으로 쬐면서 얼굴이 일그러지도록 눈을 가늘게 뜨고 잡역부를 바라보았다.

"처치실로 가요. 선생님이 불러요."

햇볕을 쬐며 돌처럼 움직이지 않는 상태에서, 몸을 움직여 일어서는 것은 불쾌한 일을 하는 것처럼 싫었다!

"선생님이라니, 누가?"

"의사요! 이런 데까지 당신 부르러 다니는 건 내 일도 아니라구요."

"나한테 할 처치가 없는데. 사람을 잘못 알았겠지."

"당신요, 당신!" 해바라기씨를 뱉어내면서 그녀는 말했다. "학처럼 길쭉한 다리를 가진 사람을 누구와 혼돈한단 말예요?"

코스토글로토프는 한숨을 지으면서, 다리를 천천히 펴고 투덜대며 일어났다. 잡역부는 못마땅한 표정으로 그를 쳐다보았다.

"쏘다니지만 말고 몸을 돌봐야 해요. 누워 있어야 하는데……."

"시끄럽군." 코스토글로토프는 또 한숨을 쉬었다. "말처럼 되나!"

그는 천천히 오솔길을 걷기 시작했다. 이제는 군인다운 자세는 흔적도 없이 등이 굽어 있었다. 처치실에서 또 뭔가 새로운 불편이 기다리고 있는 게 틀림없다. 그것이 무엇인지도 모르면서, 코스토글로토프는 도망칠 궁리만 했다.

처치실에서 기다리는 사람은 열흘 전에 간가르트와 교대한 엘라라파 일로브나가 아니고 처음 보는 뚱뚱하고 젊은 여자였다. 볼은 붉다 못해 오히려 푸르스름했고, 건강해 보였다.

"이름이?" 그가 출입문을 들어서자마자 그녀는 물었다.

코스토글로토프는 불만스럽게 눈을 가늘게 뜨면서 그녀를 바라보았다. 영문을 모르니 궁금했지만, 대답을 서두르진 않았다. 때로는 이름을 숨겨야 할 때도 있으며, 변명을 쓸 경우도 필요하니까.

"뭐예요? 이름!" 팔뚝이 굵은 여의사는 다그쳤다.

코스토글로토프는 겨우 대답했다.

"어디에 숨어 있었지요? 빨리 벗어요! 이리로 와서 누워요!"

코스토글로토프는 단번에 사태를 파악했다. 수혈! 코스토글로토프는 여전히 원칙을 굽힐 수는 없었다. 즉, 남의 피는 바라지 않았고 내 피를 주고 싶지도 않았다! 헌혈자의 혈액을 자기가 마셔버리기라도 한 것같이 위세가 당당한 이 여인도 황당했다. 베가는 지금 이 병원에 없었다. 또다시 새로운 의사, 새로운 습관, 새로운 과실, 이런 회전목마는 언제까지나 돌고 도는 것일까. 변하지 않는 것은 없단 말인가!

코스토글로토프는 우울한 얼굴로 가운을 벗어서 그것을 걸 장소를 찾으며 반항의 핑계를 찾고 있었는데, 간호사가 모자걸이를 가리켰다. 그래서 가운을 걸고, 상의를 걸고, 장화를 구석에 벗어던지고, 깨끗한 리놀륨

바닥을 맨발로 걸어서 쿠션 좋은 높은 처치대에 누웠다. 아직도 좋은 구실이 떠오르지 않았다. 하지만 금방 생각날 것이다.

처치대의 머리쪽에 있는 번쩍거리는 쇠 삼각대 위에 수혈 기구가 얹혀 있었다. 갈색빛이 나는 혈액의 일부분은 혈액형이나 헌혈자의 이름이나 채혈 날짜 등이 기입된 레테르에 가려져 있었다. 보아서는 안될 것을 굳이 보는 습관에 코스토글로토프는 처치대에 올라가면서도 그 레테르를 재빨리 읽고, 머리를 베개에 대기도 전에 말했다.

"호오! 2월 28일! 오래된 혈액이군. 수혈 않겠어요."

"뭐라구요? 혈액은 한 달 이상이라도 저장할 수 있어요!"

여의사의 불그스름한 얼굴이 화가 나서 푸르스름하게 변했다. 팔꿈치까지 드러낸 팔뚝은 토실토실하고 장밋빛이었으나, 피부에는 닭살 같은 것이 돋아 있었다. 추위 탓이 아니고 두드러기였다. 그 두드러기를 보고 코스토글로토프의 반항심은 최종적인 것으로 굳어졌다.

"소매를 걷고, 팔을 내려놓아요."

그녀는 수혈을 맡아 한 2년간 의심스러운 표정을 하지 않는 환자를 본 적이 없었다. 누구든지 자기 몸에는 귀족의 피가 흐르고 있어서, 비천한 피를 섞고 싶지 않다는 표정들을 했다. 색깔이 이상하다느니, 혈액형이 틀린다거나 헌혈 날짜가 오래된 것이라느니 혈액이 너무 차다, 뜨겁다, 굳었다 등등 가지가지 핑계를 댔다. 별별 질문도 다 했다. '그 혈액은 불량품이 아닌가요?' '왜 손대지 말라고 쓰여 있지 않나요?' '그거 한번 수혈했다가 상한 것 아니오?' 다들 결국 체념할 거면서 궁시렁댔다. 바보스러운 의심을 때려부수는 데는 단호한 태도 외에 달리 방법이 없었다. 게다가 오늘 수혈 계획도 꽉 차 있었다. 서둘러야 한다.

그러나 코스토글로토프는 정맥을 여러 번 찔리거나 잘못 찔러서 생기는 혈종을 여러 번 목격했다. 반응을 조사하지 않고 수혈을 받아서 오한

이 난 환자도 보았다. 그래서 이 서둘러대는 토실토실한 팔뚝, 작은 두드러기가 돋은 팔을 도저히 신용할 수 없었다. 엑스선에 시달린 자기 피가 남의 신선한 피보다도 귀중했다.

"싫어요." 코스토글로토프는 소매를 걷지도 팔을 내려놓지도 않았다. "혈액도 오래되었고, 오늘은 어쩐지 기분이 안 좋아요."

한번에 두 가지 구실을 늘어놓아서는 안되며, 하나씩 말해야 한다는 것을 알면서도 두 가지 구실이 단번에 튀어나왔다.

"그럼 혈압을 잽시다."

여의사는 새로 온 사람이었다. 간호사는 전부터 이 처치실에 있었으나, 직접 처치를 받은 적은 없었다. 아직 소녀다운 그녀는 키가 크고 거무스름하고 일본 사람처럼 눈이 가늘었다. 머리를 복잡하게 묶어서 보통 모자나 스카프를 쓸 수가 없었고, 머리카락의 삐쭉 나온 곳과 둥그렇게 뭉친 곳에는 하나하나 리본을 정성껏 매고 있었다. 그 리본을 매는 일 때문에 항상 15분이나 일찍 출근해야 했다.

코스토글로토프한테는 간호사의 하얀 왕관과 같은 머리를 보면서 괜히 그 리본을 다 풀었을 때의 머리 모양을 상상했다. 이 방의 주역은 여의사이기 때문에, 여의사를 상대로 싸워야 했다. 멍청하게 있지 말고 적극적으로 반대하고, 구실을 늘어놓으면서 거절해야 한다. 그러나 코스토글로토프는 의욕을 잃고 처녀의 가는 눈매만 바라보고 있었다. 이 처녀도 젊다는 이유 하나만으로도 뭔가 신비로움을 간직한 듯 보였다.

그러는 동안에 코스토글로토프는 팔뚝에 검은 띠가 감겨지고 '혈압 정상' 판정이 내려졌다. 그는 다시 수혈을 반대하려는데, 여의사는 전화가 와서 나가버렸다. 간호사가 혈압계 상자를 챙겼다.

"저 의사는 어디서 온 사람이오?"

"수혈 센터에서 왔어요."

"왜 오래된 혈액을 가져왔지?"

"오래된 혈액이 아니에요."

그녀는 주저함 없이 대답하고 머리를 흔들면서 방 안을 서성거렸다. 그 처녀는 자기 일에 대한 자신감이 있어 보였다.

해는 이미 처치실 옆으로 기울고 있었다. 비껴가는 햇빛을 받은 두 창문은 밝게 빛나고 천장 한쪽에서 무엇인가 반사되어 커다란 빛의 반점을 던지고 있었다. 밝고 청결하고 쾌적한 방이었다. 코스토글로토프의 시야에는 보이지 않던 문이 열리고, 아까의 그 여의사가 아닌 다른 누군가가 들어오고 있었다.

그런 걸음걸이는 한 사람뿐이다! 이 방에 나타나 주기를 바라는 오직 한 여인!

베가!

그래, 그녀다. 그녀가 그의 시야에 들어왔다. 잠시 방을 비웠다는 듯 사뿐히 들어왔다.

"도대체 어디로 갔었어요, 베가?" 그는 미소를 지었다.

그는 외치는 것이 아니라 낮은 목소리로 다정하게 물었다. 처치대에 묶여 있는 것도 아닌데 일부러 일어나려고도 하지 않았다.

"또 반항을 하셨어요?"

"내가? 아니야, 이제는 반항할 이유가 없어졌지……. 어디에 갔었어요? 1주일 이상이나…….".

어려운 낱말을 열등생한테 가르칠 때처럼 간가르트는 그의 머리 위에서 천천히 또박또박 발음을 했다.

"종양 센터가 개설되어서 출장갔다 왔어요. 암 예방 운동의 일로."

"어디 먼 데에?"

"네."

"이젠 출장이 없어요?"

"네, 당분간 없어요. 당신 기분이 좋지 않군요?"

그 눈 속에는 무엇이 있을까? 침착성, 주의력, 아직 한 번도 느껴보지 못했던 불안, 의사의 눈. 맑은 커피색 눈이었다. 한 잔의 커피에 두 방울의 우유를 탔을 때의 색깔이었다. 그러나 코스토글로토프는 오랫동안 커피를 마시지 않아서 그 색을 잊었다. 여하튼 그리운 색깔이다. 그립고 다정한 눈!

"아니, 별일은 없어요. 지나치게 햇볕을 쪼여서 그런가 봐요. 오래 앉아 있었더니 졸음도 오고……."

"당신이 햇볕을 쪼였단 말예요? 종양을 따뜻하게 하는 것은 제일 해로운 일이에요. 그것을 모르고 계셨어요?"

"해로운 것은 탕파(끓는 물을 넣어서 몸을 따뜻하게 하는 쇠나 자기로 된 그릇)뿐이라고 생각했어요."

"햇볕은 더 나빠요."

"그럼 흑해 해안도 안되겠군요?"

그녀는 고개를 끄덕였다.

"살려면 결국 노릴리스크(서부 시베리아, 예니세이 항구 도시)에 추방되어야 하겠군……."

간가르트는 어깨를 움츠렸다. 이것은 여의사의 힘이 미치지 않는 일이었으며 이해할 수도 없었다.

"그런데 왜 당신은 배신했지요?"

"배신하다니, 뭘요?"

"우리들의 약속이요. 수혈은 당신만 하고 인턴에게는 시키지 않겠다고 약속했잖아요."

"그 사람은 인턴이 아니라, 오히려 전문가예요. 그 사람이 오면 우리는 가만히 보고 있어야 해요. 그러나 벌써 가버렸어요."

"갔다구?"

"갑자기 호출을 받고 가버렸어요."

아, 회전목마! 회전목마로부터 구원을 받게 한 것은 같은 회전목마였군.

"그럼, 선생님이?"

"네, 당신이 주장하는 그 오래된 혈액이라는 건 어디 있지요?"

그는 머리로 가리켰다.

"저건 오래되지 않았어요. 하지만 당신에게는 맞지 않네요. 당신에게는 250그램이 필요하니까." 간가르트는 다른 책상에서 혈액을 가져왔다. "당신이 레테르를 읽고 확인하세요."

"간가르트 선생, 제 자신이 생각해 봐도, 저는 나쁜 성질을 가졌다고 생각해요. 무엇이든 확인하고 싶고, 무엇 하나 믿지를 못해요. 그렇지만 확인할 필요가 없다면 나도 기쁘겠어요. 이해해 줘요."

마치 죽어가는 사람처럼 지친 말투로 그는 말했다. 그러나 읽는 데 익숙한 눈은 어느새 재빨리 레테르를 읽어냈다. 'O형, I.L. 야로슬라브체바, 3월 5일.'

"오! 3월 5일, 이거라면 됐어!"

코스토글로토프는 내의를 팔꿈치 위까지 걷어올리고 오른쪽 팔을 몸 가까이 내려놓았다. 사실 이렇게 신뢰하며 믿고 몸을 맡길 수 있는 일이야말로, 여간해서는 의심을 풀지 못하는 코스토글로토프에게는 큰 즐거움이었다. 이 상냥한 여인, 공기처럼 가벼운 여인, 조용히 움직이며 신중히 생각하는 여자는 결코 실수하지 않을 것을 믿었다. 그래서 그는 휴식하는 기분으로 누워 있었다. 천장에 비친 울퉁불퉁한 크고 약한 햇빛의 반점이 타원형으로 일그러졌다. 무엇이 반사하는 것인지도 모를, 그 반점도 지금 그에게는 아주 즐겁게 느껴졌고, 이 조용하고 청결한 방의 인상을 한층 강하게 했다.

간가르트는 그의 팔에서 교묘하게 소량의 피를 뽑더니 그것을 원심분리기에 걸어서 네 부분으로 나눈 접시에 부어 놓았다.

"왜 넷으로 하지요?" 그는 일생 동안 어디서나 물어보는 버릇 때문에 물었을 뿐, 지금은 아무런 이유도 알고 싶지 않은 기분이었다.

"하나는 적합성을 조사하고, 나머지 셋은 혈액형을 확인해요."

"혈액형이 일치하는데, 왜 적합성을 조사하지요?"

"환자의 혈액이 헌혈자의 혈액과 섞여서 응집 반응이 생기지나 않을까 조사하는 거예요. 흔히 있는 일이니까."

"그렇군요. 그럼 원심분리기에 거는 것은?"

"적혈구를 분리시키는 거예요. 꼬치꼬치 묻지 않고는 견딜 수 없군요."

별로 묻지 않아도 될 일이었다. 그는 천장의 희미한 반점을 쳐다보았다. 아무리 질문해도 세상 일을 다 알 수는 없었다. 죽을 때까지 알지 못하는 일은 얼마든지 있겠지.

간호사가 삼각대 위의 고리에 3월 5일이라고 적힌 앰플을 거꾸로 세웠다. 그리고 코스토글로토프의 팔꿈치 밑에 베개를 댔다. 빨간 고무관을 팔꿈치 윗부분에 감고, 실눈으로 주의깊게 내려다보며 동여매 주었다. 왜 아까는 이 처녀가 신비로운 데가 있다고 생각했을까.

간가르트는 주사기를 손에 들고 가까이 왔다. 주사기는 보통 것이지만 투명한 액체가 가득차 있었고, 바늘이 아니라 대롱 같았으며 끝은 삼각형 모양이었다. 그것으로 찌르는 게 아니라면 대롱 그 자체는 문제될 것이 없었다.

"당신 정맥은 잘 보이네요." 간가르트는 말하면서 한 쪽 눈썹을 치켜올리고 혈관을 찾고 있었다. 그리고 힘을 주었으며, 피부가 째지는 소리가 들리고, 무서운 바늘이 꽂혔다. 이것이 전부였다.

왜 고무관으로 팔꿈치 위를 동여맸을까? 왜 주사기에 물 같은 액체를 넣었을까? 물어보아도 되었지만, 자기의 머리로 생각해 보고 싶었다. 아마 주사기에 액체를 넣은 것은 혈관에 공기를 넣지 않으려는 것이며, 혈액을 주사기에 역류시키지 않으려고 그랬을 것이다.

바늘을 혈관에 꽂은 채, 윗팔을 묶은 고무줄이 풀리고, 주사기의 몸체가 살짝 빠졌다. 간호사는 접시 위에서 수혈 세트 끝의 접촉 부분을 흔들어, 처음 흘러나오는 혈액을 버렸다. 간가르트는 잽싸게 접속 부분을 주사기 대신 바늘에 꽂고 그것을 손으로 잡고 위의 나사를 돌렸다.

수혈 세트의 두터운 유리관의 투명한 액체 속을 서서히, 하나 하나 투명한 거품이 떠오르기 시작했다. 왜 이렇게 굵직한 바늘을 사용할까? 왜 처음의 혈액은 버려야 할까? 거품은 왜 생길까? 그러나 한 사람의 바보가 멋대로 질문하게 되면 100명의 똑똑한 사람이 당해내지 못하는 법이다. 이제 물어보려면 좀 다른 것을 묻고 싶었다. 방 안의 모든 것은 어쩐지 화사했으며 천장의 흰 빛의 반점은 더욱 그랬다.

"간가르트 선생님, 제가 할 일이 또 있습니까?" 자기 목소리에 귀를 기울이는 것처럼 간드러진 목소리로 일본인 같은 간호사가 물었다.

"아니, 아무일도 없어." 간가르트는 조용히 대답했다.

"그럼 30분쯤 나가도 좋겠어요?"

"괜찮아."

두 사람만이 함께 있게 되었다.

기포는 서서히 올라가기 시작했다. 그러나 간가르트의 손이 나사에 닿자마자, 기포의 움직임이 멈췄다. 전혀 올라가지 않았다.

"닫았어요?"

"네."

"왜?"

"당신 또 질문이에요?" 여의사가 미소를 지었다. 하지만 오히려 질문을 기뻐하는 얼굴이었다.

처치실 안은 너무나 조용했다. 낡은 벽, 튼튼한 문. 속삭이는 것보다 좀 큰소리로도 얘기할 수 있었다. 보통 숨을 쉬는 것처럼 그냥 소리만 내면 되었다. 그것은 무척 쾌적한 상태였다.

"정말 나 자신도 싫은 성격이에요. 언제나 허용되어 있는 것 이상으로 알고 싶어한단 말이에요."

"알고 싶어하는 것은 좋은 일이지만."

여의사는 말했다. 그 입술은 말의 내용에 결코 무심하지는 않았다. 조그마한 움직임에 의해서도 좌우가 맞지 않게 구부러지고, 약간 일그러지기도 하고, 약간 떨기도 하면서, 말의 내용을 지지하고, 보충하기도 했다.

"우선 25그램을 넣고 나서, 적당한 간격을 두고, 환자들이 어떤 기분인가를 확인하는 겁니다."

여의사는 우선 한쪽 손으로 바늘과 고무관의 접촉 부분을 쥐고 있었다. 그리고 가벼운 미소를 띠면서 몸을 굽혀서 상냥하게 무엇을 찾기라도 하듯이 코스토글로토프의 눈을 들여다보았다.

"기분이 어떻죠?"

"지금 이 순간은 황홀해요."

"황홀하다는 것은 그다지 좋지 않다는 뜻인가요?"

"아니, 정말 황홀한 기분이에요. 좋다는 기분 이상이라는 뜻입니다."

"춥지는 않은가요? 입 안이 불쾌하지 않으세요?"

"괜찮아요."

앰플, 바늘, 수혈은 두 사람의 공동작업 도구였다. 두 사람이 사이좋게 누군가 제삼자를 치료하는 것처럼 생각되었다.

"지금 이 순간이라고 말씀하셨지만, 다른 순간은 어땠어요?"

"다른 순간?" 이렇게 오래도록 눈을 맞대고 있다는 것은 즐거운 일이었다. 눈을 피할 필요도 없이 정정당당히 바라볼 권리가 있다는 것은…… "별로 신통치 않았어."

"무엇이 신통치 않다는 거예요. 어떻게?"

여의사는 친구처럼 동정과 불안으로 묻고 있었다. 하지만 지금이야말로 타격을 줄 때라고 코스토글로토프는 느꼈다. 맑은 커피색 눈이 제아무리 상냥하더라도, 이 타격을 피할 수는 없으리라.

"정신적으로 말입니다. 목숨과 바꾸는 데에 너무나 많은 것을 잃어야 한다는 의식말예요. 나를 속여 그런 짓을 하는 사람이 바로 당신이라니."

"내가요?

서로 눈을 돌리지 않고 바라보고 있는 사이에 새로운 사실을 알게 되었다. 그것은 얼른 바라볼 때에는 알아볼 수 없었던 것이다. 눈은 자기도 모르는 사이에 모든 사실을 털어놓고 만다.

"그 주사가 절대로 필요하다고는 해도 나로서는 그 주사의 의미를 이해할 수 없었는데, 왜 그렇게 화를 냈었지요? 대체 무엇을 이해하라는 겁니까? 호르몬 요법의 어떤 점을 이해하란 말이죠?"

이것은 물론 비꼬는 말투였다. 무방비의 커피색 눈을 꼼짝달싹 못하게 해야겠다. 그러나 지금은 이 이상 물을 수는 없었다. 여의사의 눈 속에서는 무엇인가 동요하고 있었다. 그리하여 닥터 간가르트는, 아니 베가는 눈을 돌려버렸다. 마치 괴멸 직전의 부대가 싸움터에서 후퇴할 때처럼.

여의사는 앰플을 바라보았으나 레테르에 가려 있는 혈액을 무엇 때문에 볼 필요가 있겠는가? 기포는 떠오르지 않았다. 나사를 돌리자 기포가 떠오르기 시작했다. 다시 수혈할 시간이 되었는지 모르겠다.

바늘에 연결된 수혈 세트의 고무관을 여의사는 막힌 곳을 없애듯이 손가락으로 훑었다. 그러고 나서 접촉 부분 밑에 탈지면을 대고, 고무관이 접히지 않도록 했다. 또 준비한 반창고는 끝부분을 코스토글로토프의 팔에다 붙여버렸다. 늘어뜨린 팔의 손가락은 갈고리처럼 위로 향했는데 그 손가락에 고무관을 감았다. 이렇게 해서 고무관은 마침내 고정되었다.

베가는 고무관을 손에 쥐고 있을 필요가 없어졌기 때문에 굳이 그의 곁에 서서, 그 손을 바라볼 필요가 없었다. 어둡고 엄한 얼굴로 여의사는 기포가 좀 더 세차게 나올 수 있도록 조절하고 나서 말했다.

"이대로 움직이면 안돼요."

그리고 코스토글로토프 곁을 떠났다.

그러나 방에서 나간 것이 아니라 다만 코스토글로토프의 시야에서 벗어난 것뿐이었다. 코스토글로토프는 몸을 움직이는 것이 금지되어 있었으므로 시야에 보이는 것은 수혈 세트를 얹은 삼각대, 적갈색의 혈액이 든 앰플, 반짝이는 거품, 밝은 창문의 상부, 희미한 빛의 반점이 어른거리는 넓다란 천장뿐이었다. 베가의 모습은 보이지 않았다. 그래서 중요한 질문은 중단되고 말았다. 마치 소중한 물건을 바닥에 떨어뜨린 때처럼. 천장을 바라보면서 그는 입 밖으로 소리내어 말하면서 천천히 생각했다.

"하지만 이제는 내 일생도 이미 끝나버린 거나 다름없어. 영구추방, 영원한 죄수라는 낙인이 골수까지 스며 있고 미래에 대한 아무런 희망도 없다면 말이야. 게다가 또 의식적으로 나의 내부에서 그러한 가능성마저 죽이고 있다면 생명을 구할 길이 어디 있겠는가? 무엇 때문일까?"

베가는 여전히 시야 밖에 있었다.

"처음부터 나는 개인적인 삶을 빼앗겼어요. 이번에는…… 나의 존재 그 자체를 지속시킬 권리마저 빼앗으려 하고 있어요. 누구 때문에, 무엇 때문에 이 이상 더 살아야 하는 거죠? 철저한 병신으로! 사람들의 동정이라도 받으면서 거지 노릇을 해야 하나요?"

베가는 아무런 말도 없었다.

천장의 반점이 가끔씩 흔들리고 있었다. 가장자리가 오므라들기도 하고, 전면에 주름이 잡히기도 했다. 그것은 반점 자신이 얼굴을 찌푸리며 무엇을 생각하는 것처럼 보였다. 어느새 움직이지 않았다.

투명하고 경쾌한 기포는 부글부글 소리를 내고 있었다. 앰플 속 혈액은 조금 줄어 있었다. 수혈이 4분의 1정도 끝난 것 같았다. 일리나 야로슬라브체바의 피. 젊은 여자일까? 노파일까? 여학생일까? 상인일까?

"거지 노릇이라도 할까……."

별안간 베가가 반박하듯이 숨가쁘게 외쳤다. 여전히 시야 밖에 있었다.

"하지만, 그것은 사실이 아니죠, 정말 그렇게 생각한 건 아니죠? 당신이 그렇게 생각하리라고 믿지 않아요. 자신의 마음을 잘 확인해 봐요! 그것은 남의 생각인 거예요. 절대 자기의 독창적인 기분은 아닐 거예요!"

그 말소리에는 그가 지금껏 한 번도 들어보지 못했던 초조함이 숨어 있었다. 그리고 베가는 갑자기 입을 다물고 침묵했다.

"그럼, 어떻게 생각하면 됩니까?" 코스토글로토프는 신중히 도전했다.

아, 너무 조용하지 않은가! 밀폐된 유리병 속의 가벼운 기포 소리가 크게 울렸다. 베가는 말하기 싫은 것 같았다! 가느다란 목소리로 겨우 이어갔다.

"누구든지 독특한 사고방식을 가져야 해요! 적은 수의 사람들이라도 독특한 사고방식을 가져야 돼요!"

이 마지막 말은 다시 무서운 위력을 가진 부르짖음이었다. 그 부르짖음은 코스토글로토프에게 큰 충격을 주었다. 말없이 고뇌에 싸인 그를 구원의 방향으로 전력을 다하여 밀어올렸다.

그리하여 개구쟁이 소년의 장난감 고무총에서 튕겨나간 돌맹이처럼, 또 해바라기의 튕겨나간 씨앗처럼, 그렇지 않으면 전쟁 말기에 개발된 장

거리포의 탄환처럼, 코스토글로토프도 날아 올라가서, 일상시의 반복에서 벗어나, 미친 듯이 포물선을 그리며 자기 인생의 사막을 지나, 훨씬 예전의 나라로 착륙하는 것이다.

코스토글로토프의 유년시대! 그곳이 유년시대였다는 것을 그 자신은 금방 알지 못했다. 그러나 눈을 비비고 몽롱한 눈으로 그것을 확인하자마자 갑자기 부끄러운 생각이 들었다. 베가가 지금 한 말은 그대로 소년시대의 코스토글로토프의 사고방식이었던 것이다. 그런데 지금 코스토글로토프가 베가에게 하는 것이 아니라, 베가가 코스토글로토프에게 마치 자기가 발견한 것처럼 말하고 있다니, 어찌된 영문일까.

기억 속에서, 무엇인가가 이쪽을 향해 슬슬 뻗어오고 있었다. 빨리 생각해내야 한다. 드디어 그는 생각하게 되었다! 생각은 빨랐으나, 말은 신중했다.

"1920년대에 프리들란드 박사라는 성병 전문의가 쓴 책이 인기를 끌었어요. 그 무렵에는 현실 직시가 가장 최선으로 여겨졌지요. 일반인도, 젊은이도 그랬어요. 그런데 그 책은 아주 미묘한 문제를 아주 의학적으로 설명했던 겁니다.《닫힌 문을 넘어서》와《사랑의 고뇌에 대하여》. 당신은 그것을 읽지 못했던가요? 의사로서도 읽어야 하는데?"

기포는 점차 적어졌다. 시야 밖에서 여의사의 숨소리가 들리는 것 같았다.

"저는 열두 살쯤 몰래 숨어서 읽었는데, 정말 충격을 받았죠. 하지만 뭔가 실망 같은 걸 느꼈어요. 어쩐지 산다는 것이 싫어지고……."

"나도 그 책을 읽었어요." 느닷없이 무뚝뚝한 대답이 들려왔다.

"네, 역시 당신도?" 코스토글로토프는 즐거운 듯이 말했다. 당신이라고 강조한 것은 어디까지나 자기의 주도권을 주장하는 것같이 느껴졌다. "실로 철저하고 이론적이며 조금도 반박할 수 없는 유물론이 아닌가요? 따라서 솔직히 말하면 살아 있다는 것의 의미를 알지 못하게 되었어요. 몇 퍼센트의 여성이 무엇을 느끼고, 몇 퍼센트가 기쁨을 느낀다는, 숫자나 통계뿐이었어요. 여성이 자기 자신을 찾아서, 여러 가지 범주의……이 남자에서 저 남자에게로 떠돌아 다닌다는 그런 이야기는…….” 최근에 일어난 사건을 생각하면서 코스토글로토프는 타박상이나 화상을 입었을 때처럼 숨을 들이마셨다. “그 저자는 마음을 부부생활에 있어서 부차적인 것에 불과하다고 믿고 있어요. 성격이 맞지 않는 것까지 생리학으로 설명하려고 해요. 읽어보셨다면 알고 계시죠. 언제 읽으셨지요?”

베가는 대답하지 않았다.

더 캐묻지는 못했다. 그러지 않아도 코스토글로토프는 거칠고 노골적으로 말하는 버릇이 있었으며 무엇보다도 여자와 이야기하는 데 익숙하지 못했다. 천장에 비친 기묘하게 창백한 빛의 반점은 갑자기 가느다란 주름을 짓고 있었다. 어디선가 밝은 은빛 점들이 반짝이며 떠돌아다녔다. 그 떠돌아다니는 점들과 잔잔한 물결 같은 주름에서 그는 겨우 알아차렸다. 천장의 신비로움 같은 빛은 창밖의 담장 옆에 있는, 아직 다 마르지 않은 웅덩이의 반사에 지나지 않았다. 다만 웅덩이가 이렇게 변모했던 것이다. 지금은 산들 바람이 불기 시작했다. 베가는 아무 말도 없었다.

“실례했습니다, 용서하십시오!” 베가한테 사죄하는 것은 즐겁고 감미로운 느낌마저 주었다. “내가 좀 지나친 말을 했나 봅니다.” 여의사한테 얼굴을 돌리려고 했으나, 그녀의 모습은 여전히 보이지 않았다. “그런 생각만 있으면 세상의 인간적인 것은 죄다 멸망하고 말아요. 그런 생각에 굴복하고, 그런 생각을 받아들인다면…….”

이때 베가가 그의 시야에 들어왔다. 그 얼굴에는 조금도 심한 말을 들은 흔적이나 예리한 데가 엿보이지 않았으며, 다른 때처럼 부드러운 미소를 띠고 있었다.

"나도 역시 당신이 그러한 생각을 받아들이는 것은 싫어요. 받아들이지 않으리라고 생각하고요."

여의사의 얼굴은 환하게 보였다. 그녀는 코스토글로토프의 유년시대에 속하는 사람이다! 초등학교 시절의 여자친구인 것이다. 왜 여태까지 그것을 알지 못했을까! 그는 무슨 우정어린 단순한 말을 하고 싶었다. '놀자!' 하고 손을 잡을 때가 얼마나 좋았던가!

그러나 그 오른팔에는 바늘이 고정돼 있었다.

마주 쳐다보며 '베가! 베가!' 하고 불러보고 싶었다.

앰플 속의 혈액이 반이나 줄어들었다. 남의 육체, 고유한 성격과 사상을 가지고 있는 육체 속을 흐르던 피가 지금은 코스토글로토프의 육체에 흐르고 있었다. 적갈색의 건강이 흐르고 있다.

바쁘게 움직이는 베가의 손을 그의 눈이 쫓았다. 여의사는 팔꿈치 밑의 베개와 닿은 부분의 탈지면이 비주룩하게 나온 것을 고치고, 고무관을 손가락으로 더듬어, 수혈 세트의 상부와 앰플을 함께 조금 들어서 올리기도 했다.

그 손을 잡아 키스하고 싶어졌다.

이런 행위가 아까 했던 자기 말과는 설사 모순이 된다고 하더라도.

25. 베가

간가르트는 병원을 나서면서 자기만 듣는 콧노래를 흥얼거렸다. 연회색 스프링 코트를 입었는데, 길바닥이 말끔히 말라서 부츠를 신지 않았더니 날아갈 듯 가벼운 기분이었다. 저녁 무렵에 조금 선선해지긴 해도 이제는 완연한 봄날씨였다. 만원버스를 타는 것은 미련한 짓처럼 여겨졌다. 걷는 편이 훨씬 기분도 상쾌했다.

그래서 베가는 걷기 시작했다. 이 지방에서 제일 아름다운 것은 살구꽃이다. 그녀는 갑자기 봄의 길잡이 같은 그 꽃을 보고 싶었다. 그 엷은 장밋빛은 눈에 잘 띄지만, 아직 시기가 일렀다. 나무가 회색에서 연두빛으로 탈바꿈하기 시작했다. 어느 나무에나 연두색이 군데군데 보였지만 아직 회색이 훨씬 많은 미묘한 시기였다.

여느 때라면 베가는 서둘러 버스를 타서, 스프링이 망가진 좌석에 앉거나 손잡이를 잡고 서서 피곤을 느끼고 있을 때였다. 그렇게 밤이 오면 멍하니 있다가 다시 아침이 되면 만원버스를 타고 직장에 출근한다. 그런데 오늘은 천천히 걸으면서 자꾸만 무엇인가 하고 싶어 견딜 수가 없어졌다! 생각해 보면 할일이 산더미였다. 집안일, 쇼핑, 바느질, 독서. 그런 것들을 한꺼번에 다 하고 싶었다! 그러나 서둘러 집으로 돌아가 성급히 무엇을 하고 싶은 마음은 아니었다. 그저 마른 아스팔트를 밟는 감촉을 즐기면서, 천천히 걷고 싶었다.

상점들은 아직 문을 닫지 않았으나, 필요한 식료품이나 일용품을 사기 위해 어느 상점에도 들어가지는 않았다. 많은 포스터 앞을 지났으나 하나도 보지 않았다. 그저 천천히, 오래도록 걸었다. 걷는 그 자체가 즐거웠다.

어제는 휴일이었어도 온종일 축 늘어져 있었는데, 오늘은 여느 때처럼 근무를 하고도 홀가분하고 행복한 기분이었다. 자기를 올바른 인간이라고 느끼게 되는 날이라야 휴일의 의미가 있다. 그런데 자기의 은근한 결심, 집요한 결의, 남의 웃음거리가 되고, 인정을 받지 못하는 결의, 자기 혼자 매달려 있는 이 밧줄이, 갑자기 강철 케이블로 변하고, 그 안전성이 확인된 것이다.

자기는 미치광이가 아니라고 혼자서 생각하는 것으로는 부족하다. 다른 사람들에게 '당신은 정상'이라는 말을 들어야 의미가 있다! 베가는 코스토글로토프가 그렇게 말하고, 생각하고, 인생의 절벽을 걸어가면서도 생각을 바꾸지 않은 것에 대해, 마음으로 감사하고 싶었다. 하지만 지금은 양해를 구하는 도리밖에 없었다. 호르몬 요법 때문이다. 프리들란드 학설뿐만 아니라, 호르몬 요법에도 그는 반대하니까.

모순이 있든 없든, 이 치료에 따르도록 그를 납득시켜야 한다! 이 환자를 설득하고, 고집을 고쳐서, 어떻게든 치료해야 한다! 이렇게 반항적인 고집쟁이를 설득하려면 이쪽도 웬만한 자신감이 없이는 안 된다. 그런데 이 환자에게 비난받고 곧 생각한 일이지만, 원래 호르몬 요법은 중앙에서 지시하거나 꽤 일반적인 여러 가지 이유에서 종양 치료로 오랫동안 사용해오던 것이다. 호르몬 요법이 특정 종양을 치료하는 데 효력을 발휘하는지 아닌지, 그 점에 대해서는 그런 테마의 학술 논문이 기억에 남지 않았지만, 아마 학술자료는 한두 편이 아니며 외국 논문도 틀림없이 있을 것이다. 철저하게 논증하기 위해서는 이런 논문을 전부 읽어야 한다. 아니, 그를 설득하기 위해서 모두 꼭 읽고 말겠다!

코스토글로토프는 언젠가, 바곳 뿌리로 병을 고치는 치료사가 의사보다 용하지 않다고 분명히 말할 수 없고, 의학에도 수학적인 엄밀성이 결여되어 있다고 공격했었다. 그때 베가는 화를 냈다. 그러나 후에 다시 생각해 보니 그의 의견도 부분적으로는 옳았다. 엑스선으로 세포를 파괴시킬 때 몇 퍼센트가 건강한 세포에 가해지며 몇 퍼센트가 앓는 세포에 대해 영향을 주는지 베가도 잘 몰랐다. 그것은 치료사가 마른 바곳 뿌리를 눈짐작으로 집어주는 것과 별 차이가 없지 않을까? 옛 고약 따위를 누가 설명할 수 있을까? 또한 모든 사람이 페니실린에 달라붙어서, 그 효능을 극찬하고 있을 무렵 누가 의학적으로 페니실린의 작용의 본질을 해명했던가? 흑내장과 같은 것이 아닐까? 의학 잡지를 차분히 읽으며 여러 가지 생각할 필요가 있었다!

전혀 모르는 사이에 이렇게 빨리 왔군! 그녀는 자기 아파트에 도착했다. 층계를 몇 계단 올라가면, 거기에는 난간이 달린 공동 베란다였으며, 누군가 융단이나 매트리스를 난간에 걸어서 말리고 있었다. 구멍투성이 시멘트 바닥을 지나, 군데군데 칠이 벗겨진 공용출입문을 오늘만은 밝은 기분으로 열고, 그러고 나서 어두컴컴한 복도를 걸어갔다. 어둡다고 해서 어느 전등이나 마음대로 켤 수는 없었다. 계량기가 각기 따로 있었기 때문이었다.

여의사는 또 다른 열쇠 하나로 자기방 문을 열었다. 오늘은 이 수도원 독방 같은 방이 조금도 답답하지 않았다. 도시의 아래층 방과 같이 창문에 도둑을 막기 위한 쇠창살이 끼워져 있기 때문에 방 안이 꽤 어두웠다. 햇빛은 아침에만 들었다. 베가는 문간에 서서 코트를 입은 채, 마치 새 방이라도 구경하듯이 놀란 표정으로 자기 방을 살펴보았다. 여기서라면 즐겁게 지낼 수 있겠다! 테이블보는 바꾸는 것이 나을지 모른다. 그리고 쌓인 먼지를 털어내야 했다. 벽에는 백야의 페트로파블로프스크 요새(레닌그라드에 있음) 알루프카의 검은 측백나무 사진이라도 걸어두어야겠다.

그러나 코트를 벗고, 앞치마를 두른 후에 그녀는 우선 부엌으로 갔다. 부엌에서 할 일이 있을 것 같은 막연한 생각이 머리에 떠올랐던 것이다. 그렇지! 우선 석유 풍로에 불을 붙이고 뭐든 먹을 것을 준비해야겠다.

그러나 학교를 중퇴한 건장한 체격의 옆방 외아들이 부엌 한가운데에 오토바이를 들여다놓고, 휘파람을 불며 분해 소제를 한참 하고 있어서 바닥에는 지저분한 부품이 잔뜩 널브러져 있었다. 부엌 쪽은 석양이 비쳐서 아직 꽤 밝았다. 부품을 헤치고 개수대까지 갈 수는 있었지만, 식사 준비의 의욕이 갑자기 사라졌다.

그래서 자기 방으로 돌아와, 만족스럽게 문고리를 걸었다. 오늘은 방에서 밖으로 나갈 일은 전혀 없었다. 과자 상자에는 초콜릿이 들어 있으니, 그것을 조금씩 씹고 있으면…….

베가는 어머니가 남긴 장롱 앞에 무릎을 대고, 무거운 서랍을 잡아당겼다. 거기에 테이블보가 들어 있었다.

아니야, 우선 먼지를 털어야 해!

그보다 먼저 옷을 갈아입어야지.

먼저 요새와 측백나무의 사진을 옮겨놓을까? 아니야, 그러려면 망치와 못이 필요해. 남자들이 할 일은 하기 싫었다. 얼마간 그대로 두자.

베가는 걸레를 쥐고, 콧노래를 부르며 방 안을 거닐었다.

그런데 곧 허리통이 굵은 향수병에 세워둔 엽서가 눈에 띄었다. 어제 받았던 엽서인데, 빨간 장미꽃과 파란 리본이 그려지고 푸른색으로 8이라는 숫자가 쓰여 있었다. 뒤에는 까만 타이프 문자로 축하의 말이 인쇄돼 있었다. 지방위원회에서 보낸 국제 부인의 날(러시아에서는 매년 3월 8일을 국제 부인의 날로 기념한다) 기념엽서였다.

고독한 사람한테는 모든 축제일이 괴롭지만, 더욱이 이제 젊지도 않은 독신 여인에게 부인 경축일은 견디기 어려웠다. 미망인이나 애인이 없는 젊은 여자들이 모여서 포도주를 마시거나 노래를 부르지만 그녀들은 정말 즐거울까? 이 아파트 뜰에서도 어제 한바탕 그런 시끄러운 모임이 있었다. 그런데 유독 어느집 남편 하나가 그 속에 끼여서, 술 취한 여자들한테서 순번으로 키스를 받았다. 지방위원회의 인사말은 설마 비웃는 소리는 아니겠지. "하시는 일의 발전과 사생활의 행복을 기원합니다."

사생활…… 허우적거리는 가면극, 죽어서 내버려진 애벌레. 베가는 엽서를 네 쪽으로 찢어서, 쓰레기통에 버렸다. 그리고 향수병과 크리미야 풍경이 들어 있는 유리 피라미드, 라디오 곁의 레코드 상자와 전축의 플라스틱 덮개에서 먼지를 정성껏 닦아냈다. 이제는 언제라도 좋아하는 레코드를 들을 수 있겠다. 괴롭고 슬픈 노래를 들을까?

「어제도 오늘도

나만이 홀로……」

그러나 베가는 다른 레코드를 선택해서 전축을 틀어놓고, 어머니가 물려준 안락의자에 양말을 신은 채 다리를 꼬고 앉았다. 지금 그녀는 자기가 좋아하는 음악을 듣는 데 정신이 팔려서, 한 손에 쥐고 있는 걸레가 돛대의 밧줄처럼 마룻바닥에 축 늘어졌다.

이미 방 안은 어두컴컴해서, 전축의 파란 불빛이 뚜렷이 돋보였다. 레코드는 '잠자는 숲속의 미녀'의 조곡이었다. 아다지오로 시작되었다가 '요정의 출현'으로 옮겨갔다. 베가는 귀를 기울이고 있었으나, 그것은 자기 혼자를 위해 듣는 것은 아니었다. 비에 젖어 통증으로 고생하며 죽음이 선고된 사람, 일생 동안 단 한 번도 행복을 모르고 살던 사람이 오페라 극장 이층 관람석에 앉아서 그 아다지오를 듣는 모습을 상상하려는 것이었다.

같은 레코드를 다시 한 번 걸었다. 또 다시 한 번.

베가는 마음속으로, 둥근 테이블을 사이에 두고 파란 불빛을 받으면서, 코스토글로토프가 이 방에 있다고 가정하고 상상의 대화를 주고받았다. 베가는 하고 싶었던 말을 다했고, 그의 이야기에 귀를 기울였다. 상대방이 틀림없이 대답하리라는 것을 마음의 귀로써 듣고 있었다. 어떤 대답을 할지는 예측하기 어려웠으나, 이 대화는 그럭저럭 이어졌다.

오늘 있었던 일, 그때는 말할 수 없었으나 지금이라면 말할 수 있는 것을, 베가는 보충하듯이 말하면서 남자와 여자에 대한 제나름의 생각을 이야기했다. 헤밍웨이의 초남성적인 주인공들은 실은 인간 이전의 생물에 지나지 않는다. 헤밍웨이는 스케일이 작았다(물론 코스토글로토프는 헤밍웨이를 읽지 못했다고 투덜대겠지. 오히려 자랑스럽게 군대에도, 수용소에도 헤밍웨이의 책은 없었다고 말할 거야). 여자가 남자를 필요로 하게 되는 것은 결코 그런 것이 아니다. 부드러운 마음, 함께 있을 때 느끼는 안전감. 보호해 주고 감싸주는 느낌이 필요한 것이다(모든 시민적인 권리를 빼앗긴 코스토글로토프한테서 베가는 어쩐지 이러한 든든한 느낌을 받았다).

한편 여자는 남자 이상으로 오해를 받고 있었다. 가장 여성다운 여자로서 카르멘을 든다. 적극적으로 쾌락을 바라는 여자가 가장 여성적이라는 것이다. 그러나 그것은 사이비 여자이고 여장을 한 남자이다. 그밖에도 할 말은 많았다. 그러나 이러한 이야기에 익숙하지 않은 코스토글로토프는 당황하게 되어 생각에 잠기곤 할 것이다.

베가는 다시 같은 곡의 레코드를 걸었다. 방 안은 이미 캄캄했다. 청소 생각은 말끔히 잊어버렸다. 전축의 파란 불빛은 점점 더 밝아지고 신비스럽게 온 방 안을 비추고 있었다. 전등불을 켜고 싶지 않았으나, 꼭 보아야 할 것이 있었다. 베가는 어둠 속에서도 그 사진이 든 작은 액자를 정확히 찾아서, 벽에서 떼어서 전축 불빛 곁으로 가져왔다. 전축의 희미한 빛이 없었다 해도 베가는 그 사진을 세세하게 언제까지라도 바라보고 있었을 것이다. 그 소년다운 깨끗한 얼굴. 악한 것은 하나도 안 본 듯한 깨끗한 눈. 흰 셔츠와 처음으로 맨 넥타이. 처음 입어보는 신사복의 접어 넘긴 깃에는 단정하게 배지가 꽂혀 있었다. 희고 동그란 바탕에 까만 옆얼굴. 사진은 가로 6센티미터, 세로 10센티미터이므로 배지는 아주 작았지만 지금도 기억을 더듬으면 그 얼굴이 잘 보인다. 레닌의 옆 얼굴이다.

"나는 다른 훈장이 필요 없어."

소년은 웃으며 말했었다. 용설란이 일생에 단 한 번만 꽃을 피우고 죽어버리듯이 간가르트의 사랑도 일생에 단 한 번 꽃을 피우고 죽어버렸다. 베가 간가르트의 사랑은 용설란의 꽃을 닮았다. 아주 어렸을 때, 학생 때의 사랑. 소년은 전사했다. 베가에게는 그 후 어찌되건 알 바가 아니었다. 정의의 싸움이건, 영웅적 싸움이건, 조국 전쟁, 성전聖戰, 뭐라고 불러도 그것이 베가에게는 최후의 전쟁이었다. 그 전쟁에서 약혼자와 함께 베가도 죽었다.

자기도 함께 죽어지기를 얼마나 바랐던가! 베가는 학교를 졸업하자마자 전선으로 갈 것을 지원했다. 하지만 독일 사람이라서 채용되지 않았다. 개전 후 3개월 동안 둘은 함께 있었다. 그가 곧 군대에 갈 것이 명백했는데 왜 그때 결혼하지 않았을까? 10년이 지난 지금, 그 이유를 남한테 설명한다는 건 매우 어려운 일이었다. 결혼을 하지 않고, 그 최후의 몇 달 동안, 귀중한 몇 달을 왜 허비했을까? 무슨 미래를 꿈꾸고 있었을까?

그래, 꿈꾸고 있었던 것이다. 지금에 와서 그것을 누구한테도 변명할 여지는 없게 되었다. 자기자신에게도 변명할 수 없다.

'베가! 나의 베가! 나는 당신을 남겨놓고 죽을 수는 없어. 만일 사흘 동안이라도 휴가를 받으면, 아니면 부상해서 병원에 들어가면, 당신과 곧 결혼을 할 테야! 좋지? 괜찮지?'

'내가 이런 말을 쓰더라도 슬퍼하지 말아요. 나는 앞으로 누구와도 결혼하지 않겠어요. 당신의 베가.'

베가는 확신을 가지고 그렇게 썼다. 그때 그는 아직 살아 있었다! 그런데 그는 휴가도 받지 못하고, 부상해서 병원에 입원하는 일도 없었다. 그는 금방 죽었다.

그는 죽었어도 그의 별은 계속 빛났다. 그러나 허무한 빛이었다. 별이 폭발한 후에 지구에 와 닿는 빛, 그런 허무함이 아니다. 별은 지금도 한창

빛나고 있는데, 그 빛이 누구에게도 보이지 않는 허무함이었다.

죽고 싶다는 그녀의 희망은 받아들여지지 않았다. 그래서 사는 수밖에 없었다. 의과대학에 들어가서 그룹의 리더가 되고, 근로봉사나 일요동원에서 항상 선두에 서서 일했다. 대학을 우수한 성적으로 졸업하고 실습을 지도했던 닥터 오렌시첸코프가 베가를 돌봐주었다. 그것은 기대하지 않았던 행운이었다. 환자를 치료하는 일이 자기를 구원하는 일이었다. 물론 프리들란드식으로 생각한다면, 이것은 무의미하고, 비정상이고, 광적인 것이다. 죽은 사람을 잊지 못해서 산 사람을 찾지 않는다는 것은 세포 조직의 원칙, 호르몬의 원칙, 연령의 원칙과 맞지 않는다는 것이다.

하지만 베가에게 그런 원칙은 존재하지 않았다. 베가 자신이 그것을 확실히 의식하고 있었다. '영원히 당신의 것'이라는 약속에 묶여서가 아니었다. 너무나도 가깝던 사람은 완전히 죽지 않는다는 것은 사실이다. 이 사람이 어디선가 보고 듣고 있는 것이다. 항상 가까이에 있었다. 무엇을 할 힘도 없었고, 아무런 말도 못했지만, 우리의 배신을 조용히 지켜보고 있다.

그런데 그러한 남성이 달리 또 한 사람 있는 것이 아니라면 세포의 성장, 반응, 분비의 법칙이 어떻게 있을 수 있겠는가! 그러한 사람은 있을 수 없어! 그렇다면 세포가 어떻다는 걸까? 반응이 어떻다는 걸까?

그런데 해가 갈수록 우리는 둔해져 간다. 피곤해진다. 우리는 진정 슬퍼할 재능도 잃었으며, 마음속으로부터 성실할 수 있는 재능도 잃었다. 그러한 재능은 세월에 빼앗겼다. 매일 먹을 것을 삼키고 손가락을 빠는 일, 이것을 사양하지는 않았다. 이틀 동안만 굶으면 우리는 정신을 잃고 무슨 짓을 할지도 모른다. 우리의 인류는 얼마나 변할 수 있는 것인가! 베가는 변하지 않았으며, 마음의 상처도 낫지 않았다.

거기에 어머니마저 돌아가셨다. 베가는 어머니와 오랫동안 둘이서 살

왔다. 기술자였던 외아들, 베가의 오빠는 1940년에 투옥되었다. 몇 년 동안 '부리아트 몽고 자치 공화국'의 주소로 소포를 보냈는데, 어느날 우체국에서 내용을 알 수 없는 통지가 왔고, 어머니는 많은 스탬프가 찍혀서 반송된 소포를 유골상자처럼 안고 돌아왔다. 이 일은 어머니의 마음을 아프게 했다. 아들의 약혼녀가 거리낌없이 시집을 가버린 데에도 상처를 받으셨다.

그래서 베가는 혼자 남게 되었다. 물론 이 나라에는 혼자 사는 여자가 꽤 있다. 그런데 혼자 사는 여자들을 훑어 보면 대부분 베가와 같은 세대이다. 전쟁터에서 남자들이 쓰러진 세대. 전쟁은 남자들만 잡아갔다. 여자들은 뒤에 남아서 생을 마칠 때까지 고독하게 지내야 했다. 전쟁의 폐허에서 돌아온 남자들은 이미 같은 세대의 여자가 아니라, 더 젊은 여자를 택했다. 아예 아랫세대, 전혀 전쟁을 모르는 아이들을 택했다.

전쟁이 끝났어도 베가는 항상 가스 마스크를 쓰고 생활했다. 혐오스러운 고무줄로 단단히 죄어놓은 마스크. 그러다가 이대로는 넘어져버릴 것 같을 때 가스 마스크를 벗어던졌다. 그리고 인간적인 생활을 하려고 노력했다. 더 상냥하려고 했고 복장에도 신경을 썼다.

정절에는 고도의 만족감이 따랐다. 자기가 정절을 지킨다고 결코 남에게 알리지 않았다. 그리고 칭찬을 받고 싶지도 않았다. 그런데 정절로써 무엇인가 움직일 수 있다면! 그러나 혹시 아무것도 움직이지 못한다면? 어느 누구에게도 그 정절은 필요치 않는 것이 아닐까? 가스 마스크의 둥근 눈이 아무리 커도, 그것을 통해서는 사물이 잘보이지 않았다. 가스 마스크의 유리가 없어진 지금, 베가는 분명히 사물이 잘 보일 것이다.

그런데 잘 보이지 않았다. 걷는 데 익숙하지 못한 맹인처럼 여기저기에 머리를 부딪쳤다. 조금만 방심해도 곧 헛디뎠다. 다소 유머러스한 근시 상태는 베가의 생활에서 긴장을 제거하고 밝은 기분을 가져올 줄 알았는데 오히려 기분을 상하게 하고 어둡게 했다. 순수함을 잃고, 질서는 파괴되었다. 그렇다고 해서, 지금 새삼스럽게 잊는다는 것은 불가능했다. 기억을 지워버릴 수는 없었다.

그러나 가볍게 생활을 받아들인다는 것은 베가로서 쉬운 일이 아니다. 인간은 섬세하면 섬세할수록, 자기와 닮은 사람과 접근하려면, 몇 백 가지의 유사점이 필요했다. 각자의 새로운 유사점은 거의 조금씩 접근을 촉진하지만, 하나라는 상이점이 있으면, 모든 것이 수포로 돌아갈지 모른다. 그러한 상이점이 어떤 경우에도 재빨리 나타나, 뚜렷이 표면으로 튀어나오는 것이다. 도대체 어떻게 처신하고 산단 말인가? 그것을 누구한테서 배울 수 있을까?

사람은 다 제 먹을 복을 타고 난다. 베가는 아이를 얻어다 기르라는 권유를 꽤 받았다. 그런 일을 놓고 여러 여자들과 오랫동안 세세한 이야기를 나눴으며, 베가도 마음이 솔깃해져서 고아원을 찾은 적도 있었다. 그러나 역시 그만두고 말았다. 결심만 가지고, 또 별다른 도리가 없다는 이유로 갑자기 아기를 사랑한다는 것이 베가로서는 불가능했다. 그것보다도 위험한 것은, 후에 아기가 싫어질지도 모른다는 것이었다. 그리고 더욱 위험한 것은 성장했을 때 어떤 아이가 될지 모른다는 것이었다. 자기의 아이, 진짜 자기 딸을 바랐다(여자애라면 자기 멋대로 기를 수 있었으나, 사내애는 그러지 못할 것이다). 그러나 알지 못하는 남자와 그 진흙길을 다시 한 번 걷는다는 것도 베가로서는 할 수 없었다.

저녁 때부터 생각하던 일은 전혀 손대지 않고, 전등불을 켜는 일조차 잊은 채 베가는 한밤중까지 안락의자에 앉아 있었다. 전축의 빛만으로도 충분히 밝았으며, 그 부드러운 파란 불빛과 까만 눈금의 선을 보고 있으면 마음이 가라앉는 것 같았다.

레코드를 많이 들었으나, 아무리 비통한 음악도 어쩐지 가볍게 들렸다.

행진곡도 들었다. 행진곡의 음률은 개선 행렬처럼, 베가의 눈앞에서 어둠 속으로 사라져갔다. 베가는 높은 등받이가 달린 위엄이 있고 낡은 안락의 자에 날씬한 다리를 구부리고 비스듬한 자세로 정복자처럼 앉아 있었다.

그녀는 열네 개의 사막을 지나와서 지금 여기에 이르렀다. 정신 없이 14년을 빠져나와 이제야 옳았다는 것이 증명되었다! 긴 세월에 걸친 베가의 정절은 마침 오늘 새로운 완결된 의미를 가졌다. 완전한 신의. 그것은 정절이라고 하지 않을 수 없다. 중요한 것은 정절이었던 것이다.

그런데 더욱이, 지금 비로소 베가는 고인을 소년으로 느끼게 되었다. 같은 세대의 남성이 아니다. 이 사진의 주인공은 남성 특유의 그 침착한 무게가 없다. 그것이야말로 여자가 숨을 수 있는 집인데. 그는 삶을 하나도 몰랐다. 언제까지나 청순하고 해맑은 눈을 가진 젊은이였던 것이다.

베가는 누웠으나, 쉽게 잠들 수가 없었다. 잠을 이루지 못해도 조금도 괴롭지가 않았다. 이윽고 잠이 들었으나 밤중에 여러 차례 눈을 떴고, 하룻밤에 꾸는 꿈으로서는 너무나 많은 꿈을 꾸었다.

아침에 가벼운 기분으로 잠에서 깼다. 버스는 만원이어서 떠밀리고 밟히고 시달렸지만 조금도 화가 나지 않았다. 가운으로 갈아입고 회의에 가는 도중에, 아래층 복도에서 크고 다소 괴상한 고릴라같이 생긴 모습이 저만치에서 오고 있는 것을 보고 베가는 웃음이 나왔다. 베가는 모스크바 출장에서 돌아온 레프 레오니도비치를 처음 보았다. 그 사람의 어깨에서 무겁게 내려드리운 이상스럽게 큰 팔은 전체의 균형을 잃게 했으나 그에게 호감을 느끼게 하는 장식처럼 보였다. 걸을 때는 언제나 눈을 가늘게 뜨고, 좀 위협적인 표정이었으나, 얼굴 표정을 조금만 바꾸면 그것이 조소하는 표정이 된다는 것을 베가도 잘 알고 있었다.

베가와 반대쪽 복도에서 나와서 큰 층계 밑에서 마주친 지금도 레프 레오니도비치의 얼굴 표정은 그렇게 바뀌어지고 있었다.

"잘 다녀오셨어요? 쓸쓸했어요. 선생님이 안 계셔서!"

베가가 먼저 인사했다. 그는 활짝 미소를 지어 답하고는 베가의 팔꿈치 언저리를 잡고 층계를 함께 올라가기 시작했다.

"아주 즐거운 것 같군. 무슨 좋은 일이 있었나?"

"별일 없었어요. 출장은 어떠셨어요?"

레프 레오니도비치는 한숨을 쉬었다.

"좋은 일도 있었고, 나쁜 일도 있었지. 모스크바는 자극이 너무 강해."

"좀 자세히 얘기해 주세요."

"당신에게 줄 레코드를 사 왔어요. 석 장."

"어머, 어떤 레코드죠?"

"나는 생상스라나 뭐라나, 그런 음악가를 도저히 기억할 수 없어서…… 국영백화점 레코드 판매부에 가서, 당신이 준 종이 쪽지를 내밀었더니 점원이 석 장을 포장해 주더군. 내일 가져오겠어. 그런데 베가, 오늘 재판 구경을 가지 않겠어?"

"재판이라뇨?"

"모르고 있었어? 제3병원 외과의사가 재판에 회부되었소."

"진짜 재판?"

"지금은 심문 같은 것이지만. 그래도 심리가 벌써 8개월째예요."

"왜요?"

야근을 끝마친 간호사 조야가 층계를 내려와서, 두 의사에게 인사를 했다. 금빛 속눈썹이 반짝 빛났다.

"수술 후에 아기가 죽었어…… 내가 나가서, 좀 강력히 말해줘야겠어. 모스크바 여행의 여세를 몰아서 말이야. 이제 다음 주면 결판이 날 거야. 같이 갑시다."

그러나 베가가 결심을 말하기도 전에 두 사람은 이미 회의실에 도착하였다. 커버를 씌운 안락의자와 밝은 하늘색 테이블보가 덮인 회의실이었다. 베가는 레프 레오니도비치와의 교제를 아주 정중하게 여기고 있었다. 돈초바를 제외하고 그가 여기서는 제일 친절한 사람이었다. 두사람의 교제에는 흔히 있는 독신남성과 독신여성 사이에서는 잘 볼 수 없는 귀중한 면이 있었다. 레프는 의미심장한 눈짓을 하거나 암시를 하거나 넘겨짚거나 추궁하는 일이 절대 없었고, 그건 베가도 마찬가지였다. 두 사람은 서로 피해를 입히지 않는 친구관계이며 거기에는 조금도 다른 감정은 끼여들지 않았다. 그런데 두 사람의 대화에는 연애나 결혼도 등장하지 않았다. 베가한테 필요한 것은 바로 이러한 교제라는 것을 아마 그는 미리 알았을는지도 모른다. 레프는 이혼남으로 누군가와 '친밀한 관계'라는 소문이 있었다. 병동 여자들의 소문에 의하면, 레프는 수술실 간호사와 관계가 있는 것 같았다. 외과의 젊은 여의사 안젤리나는 그것이 틀림없다고 확언했는데, 그 안젤리나가 레프를 좋아하고 있다는 소문이 났었다.

회의 내내 돈초바는 종이에 사각형을 반복적으로 그리다가 종이에 구멍을 냈다. 베가는 그것과는 대조적으로 이상하게 조용히 앉아 있었다. 자기 자신도 매우 침착해지는 것을 뚜렷이 느끼고 있었다.

이윽고 회의가 끝나고, 베가는 큰 여자병실의 회진을 시작했다. 거기는 환자가 많아서 항상 회진이 오래 걸린다. 베가는 한 사람씩 환자의 침대에 걸터앉아 진찰하거나 낮은 목소리로 얘기를 했으나, 그러는 동안 병실의 환자들에게 정숙하라고 요구하지는 않았다. 그런 걸 일일이 말하다간 오히려 시간만 허비되고 게다가 여자들을 조용하게 한다는 것은 불가능한 일이었다(여자 병실에서는 남자들을 다루는 이상으로 실수 없이 신중하게 처신할 필요가 있었다. 여기서는 의사의 의미나 권위가 무조건 인정되지는 않았다. 베가가 평상시보다 좀 기분이 좋거나, 혹은 일이 순조롭게 되어간다고 말하면, 금방 환자들은 노골적으로 비꼬는 눈초리로 바라보는 것이었다. '당신은 속도 편하네요. 아파보지 않았으니까, 당신은 몰라요.' 같은 심리요법의 하나로 베가는 여자 환자들이 낙심하지 않도록 더 몸을 가꾸고 머리도 다듬고 립스틱도 바르도록 권했으나, 막상 베가 자신이 이런 데 열중하면 금세 좋지 않은 평판이 돌았다)

베가는 이 침대 저 침대로 옮겨다니며, 될 수 있는 한 조심스럽게 행동했으며 병실 안의 소음 같은 것에는 신경을 쓰지 않고, 환자의 이야기에는 바짝 긴장해서 귀를 기울였다.

갑자기 퉁명스러운 목소리들이 반대편 벽 쪽에서 떠들어댔다.

"정말, 환자들은 가지가지야! 색골 같은 녀석이 활개를 치고 다니니! 더벅머리에 군대 허리띠를 맨 녀석, 그 놈이 간호사 조야하고 시시덕거리더군. 조야의 야근 때는 항상 그짓이야!"

"네? 뭐라구요?" 간가르트는 그 환자에게 다시 물었다. "지금 뭐라고 하셨지요?"

환자는 다시 말해 주었다.

(조야는 지난밤 당직 근무를 했다! 다이얼의 파란 불빛이 빛나고 있던 지난 밤에⋯⋯.)

"미안하지만, 다시 한 번 말해 줘요. 좀 더 자세히!"

26. 좋은 경향

노련한 외과의가 초조해지는 경우는 언제일까? 수술 도중은 아니다. 수술은 모든 일이 공개적으로 착실히 진행되는데, 수술 순서 정도는 환히 꿰고 있다. 나중에 후회하지 않도록 절개 부위를 철저히 제거하려고 노력했다. 물론 환자의 상태가 갑자기 악화되거나 출혈이 멈추지 않으면, 라자포드가 탈장 수술 중에 죽은 일이 생각나기도 한다. 그러나 사실 외과의의 걱정은 수술 후부터 시작된다. 환자의 열이 낮아지지 않거나 복부 팽창감이 줄어들지 않는 경우가 있다. 그러면 지난 시간을 후회하면서, 메스를 사용하지 않고, 마음속에서 환부를 절개하고 관찰하고, 과오를 규명하면서 고쳐가야 한다.

그래서 레프 레오니도비치는 회의 전에 자기가 수술한 환자의 상태를 보러가는 습관이 있었다. 내일은 수술일이니까 시간이 많이 걸리더라도 오늘 회진을 마쳐야 했다. 레프는 그때까지 한 시간 반 동안, 위수술을 받은 환자의 상태와 좀카의 상태를 보러 갔다. 위수술 환자는 상태가 나쁘지 않아서 간호사에게 마실 것을 주도록 지시했다. 그리고 좀카까지 합해서 두 사람이 누워 있는 작은 병실에 들렀다. 한 사람은 회복되어 퇴원했기 때문에 창백한 얼굴의 좀카 혼자 가슴 위까지 담요를 덮고 똑바로 누워 있었다. 소년은 천장을 바라보고 있었는데, 눈동자는 가만 있지 않았다. 눈 언저리의 근육을 긴장시키면서 천장 근처의 작은 것을 열심히 식별하려는 것처럼 보였다.

레프는 두 발을 벌리고 좀카를 향해서 좀 비스듬한 위치에 잠자코 서 있었다. 두 팔은 축 늘어져 있었으나, 오른쪽 팔을 몸에서 떼고 어쩐지 험악한 눈초리로 소년을 노려보고 있어서, 마치 그 손으로 좀카의 턱에 한 대 먹이려는 자세 같았다. 좀카가 얼굴을 돌려서 의사의 모습을 보더니 웃음지었다. 그러자 위협적이며 엄한 외과의의 표정도 얼마간 풀리면서 희미한 미소가 나타났다. 레프는 마음이 통하는 친구끼리 만났을 때처럼 좀카에게 윙크했다.

"그래, 괜찮은가? 정상적인가?"

"정상적이라뇨?" 좀카는 할 말이 산더미 같았지만, 남자 대 남자로서 푸념을 할 수는 없었다.

"아픈가?"

"네."

"같은 부위?"

"네."

"당분간은 아플 거야, 좀카. 내년쯤 돼서 아무것도 없는 데를 잡아보면 비로소 생각나는 때가 있을 거야. 그리고 아플 때는 이젠 다리가 없다고 생각하면 돼요. 그렇게 하면 편해지니까. 중요한 것은 이것으로 목숨을 건졌다는 사실이야. 알겠어? 다리는 그것을 위한 희생이었어."

레프의 말은 너무나 경솔한 것이 아닌가!

"그럼 또 오지!"

이제 5분밖에 남지 않았다. 마지막 환자를 보고 늦지 않게 공기를 헤치듯이 뛰어갔다. 니자무트진은 지각을 싫어했다. 가운 앞자락은 몸에 달라붙고, 뒤는 어쩐지 맞지 않아서, 마치 무슨 가장假裝처럼 윗도리의 등이 노출돼 있었다. 병원 안을 거닐 때도 그는 빠른 걸음이었고, 손발을 크게 움직이며 층계를 한 단 건너뛰어 올라가는 것이었다. 그 손발을 움직이는 것만 보아도, 그가 결코 빈둥거리거나 시간을 낭비하지 않는다는 것을 환자들은 잘 알고 있었다.

이제부터 30분간의 회의가 시작된다. 니자무트진은 절대로 서두르지도 않고, 어디까지나 공정하게(자기 나름으로 공정하게) 회의를 진행하려고 애쓰고 있었다. 그 말하는 폼이 마치 자기 목소리에 도취한 것 같았으며, 하나하나의 몸 움직임이나 손짓이 미리 다 계산된 것 같았다. 자기 자신이 얼마나 확고하고, 권위 있고, 교양 있고 현명한 사람인가를 냉정하게 의식하고 있었던 것이다. 니자무트진은 그의 고향에서는 이미 전설적인 인물이었고, 이 고장에서도 저명인사의 한 사람으로 신문에 가끔 이름이 오르내렸다.

레프 레오니도비치는 비어 있는 의자에 앉아서 책상다리를 하고, 벌린 두 손의 손가락을 허리를 졸라맨 흰 허리띠 안쪽에 집어넣고 있었다. 얼굴은 언짢게 찌푸리고 있었으며, 상사 앞에서는 대체로 이렇게 찌푸둥한 얼굴을 하는 습관이 있어서, 주임의사도 이것을 나쁘게 받아들이는 것 같지는 않았다.

주임의사는 자기의 지위를 인내와 노력이 필요한 직무로서가 아니라, 마치 피아노 건반처럼 여러 가지 권리와 보수가 뒤따르는 항구적인 명예라고 생각했다. 일단 주임의사로 불리고 나서부터 자기가 정말 의사들의 우두머리이며, 자질구레한 것은 제쳐놓고 일반적으로, 이 병원의 어느 의사보다도 넓은 지식을 가지고 부하의 치료 상황을 완전히 파악하며, 교정과 지도에 의하여 부하들을 과오에서 지켜주어야 한다고 그는 믿고 있었다. 그랬기 때문에 그는 정례회의를 늘 길게 하면서, 누구에게나 유쾌한 시간일 것이라고 굳게 믿었다. 그리고 여러 가지 특권이 주임의사로서의 책임보다 훨씬 능가하고 있었으므로 사무원이나 의사나 간호사를 자신의 의사에 따라 간단히 병원에 채용하고 있었다. 주 보건부 당국이나 시 당위원회 혹은 자기의 논문을 제출하게 될 대학으로부터 전화로 부탁을 받거나, 어느 회식 때 약속하거나, 아니면 같은 고향의 집안이라고 해서, 그는 사람을 마구 받아들였다. 그리고 각 과의 과장들이 신규채용된 자가 아무것도 모른다고 불평을 하면 놀라면서 말하곤 했다. "그렇다면 가르쳐요! 그것이 여러분이 할 일이 아닙니까?"

천재이건, 바보이건, 헌신적인 사람이건, 사기꾼이건, 활동가이건, 게으름뱅이건, 일정한 나이가 되면 거룩한 후광처럼 백발이 나서 가무스름한 살결이 그 백발과 아주 잘 어울렸다. 사상적인 고민을 맛보지 못한 사람한테 저절로 표시되는 태평스러운 태도로써 니자무트진은 지금도 부하 의사들을 보고, 일하는 데 어떤 점이 좋지 않으며, 귀중한 인간의 생명을 지키기 위해서는 어떻게 올바로 싸워야 하는지를 설교하고 있었다. 관청에서 사용하는 것과 같은 등받이가 똑바른 긴의자나, 안락의자, 보통 의자에는 니자무트진이 아직 목을 자르지 않았던 사람과 이미 채용된 사람들과 마주앉아서, 공작새의 날개처럼 푸른 테이블보를 바라보며, 옆에서 보기에는 열심히 그들의 주의를 집중시키고 있는 것 같았다.

레프 레오니도비치가 앉은 자리에서 잘 보이는 곳에 곱슬머리 할무하메도프가 앉아 있었다. 그는 '콕 선장 항해기'의 삽화에서 튀어나온 것 같이, 지금 막 정글 속에서 나온 사람처럼 보였다. 머리에는 머리카락이 울창한 숲처럼 엉켜 있고, 청동색 얼굴에는 석탄같이 까만 반점이 있고, 히죽 웃으면 큼직한 흰 이가 드러나고, 코걸이를 하지 않은 것만이 한 가지 중요한 것을 빠뜨렸다는 느낌이었다. 물론 문제는 이 사람의 용모가 아니고, 의과대학의 졸업증서도 아니며, 그가 단 한 번도 수술을 제대로 하지 못했다는 사실이었다. 레프 레오니도비치는 그 사람에게 두 번 수술을 맡겼다가, 다시는 맡기지 않겠다고 결심했다. 그렇다고 그를 병원에서 쫓아낼 수는 없었다. 그런 짓을 하다가는 소수민족 요원을 박해했다는 비난을 면할 길이 없다. 이리하여 그는 4년 동안을 병상카드를, 그것도 되도록 간단한 병상카드만을 정리하고 회진에 따라다니며 처치실의 일을 도왔다. 밤 당직 때는 잠만 자면서도 떳떳이 특근수당까지 타먹지만, 막상 저녁때는 일찍 퇴근해 버렸다.

지금 이 회의실에서 정식 외과의사 자격을 가진 여의사는 둘이다. 판체히나는 마흔 살 가량의 뚱뚱한 여의사로, 두 번의 결혼으로 낳은 여섯 아이들을 기르기에 경제적으로 시간적으로 쫓기기 때문에 수심이 가득했다. 또 한 사람은 안젤리나라는 졸업한 지 3년된, 앳되고 작은 빨강머리 아가씨였다. 그녀는 자기 일을 조금도 돌봐주지 않는다고 레프 레오니도비치를 미워했으며, 지금은 외과에서 레프레오니도비치 반대파의 최선봉이었다. 둘 다 외래환자 진찰만 했을 뿐, 메스를 쥐는 수술은 어림없었다. 그런데도 주임의사에게는 이들을 해고시킬 수 없는 어떤 중대한 이유가 있는 것 같았다.

이래서 외과에는 의사가 다섯 명 있어서 다섯 명 분의 수술이 잡히지만, 실제로 수술을 할 수 있는 사람은 두 명뿐이었다. 이 회의에는 간호사들도 출석하고 있었다. 그들 중 몇몇도 무능하기 이를데 없었지만 니자무트진의 비호를 받고 있었다.

이따금 레프 레오니도비치는 숨이 막혀서, 여기서는 하루도 더 일할 수 없다고 생각하였다. 어떻게든, 이곳에서 나가고 싶었다! 하지만 도대체 어디로 간단 말인가? 어느 병원에도 주임의사는 있다. 여기보다도 못된 주임의사가 있을는지도 모르며, 오히려 건방지고 일할 줄도 모르는 녀석들이 있을지도 모른다. 병원 하나를 전적으로 맡기고, 극히 능률적으로 인원 배치를 허락한다면 이야기는 달랐다. 일을 못하는 사람이 없는 병원을 만든다면 얼마나 좋을까. 하지만 레프 레오니도비치는 주임의사로 임명될 만한 입장이 못되었으며, 설사 임명된다고 해도 변방의 땅으로 보내지게 될 것이 뻔했다. 모스크바에서 여기로 온 것도 꽤 먼 곳으로 오게 된 것이 아닌가.

그러나 자기 자신이 남한테 권력을 휘두르고 싶은 생각은 추호도 없었다. 관리직이라는 입장이 일의 발전을 저해한다는 것을 너무나 잘 알고 있었기 때문이다. 그리고 또 그가 살아오는 동안에 몰락한 사람들을 수없이 보았으며, 그것으로 권력의 공허함을 알게 되었다. 오히려 당번 병사가 되고 싶다는 사단장을 만나본 적도 있었으며, 처음 실습을 지도해 주던 외과의 코랴코프가 술에 취해서 오물구덩이에 빠진 것을 건져준 일도 있었다.

그러나 때로는 상황이 다소 나아지고 원활해져서 모든 걸 참을 수 있으며 굳이 병원을 그만둘 필요는 없다고 생각될 때도 있었다. 그런 때는 오히려 자기나 돈초바나 간가르트가 쫓겨나지나 않을까 걱정이 되었다. 정세는 해가 갈수록 복잡해지는 느낌이었다. 그리고 이제는 인생의 번거로움을 참는다는 것은 쉬운 일이 아니었다. 어쨌든 마흔 살에 가까워지면서, 육체는 이미 안락과 안정된 생활을 요구하게 되었다.

레프 레오니도비치는 요즘 인생에 대한 고민이 많았다. 여기서 영웅적인 비약을 할 것인가, 아니면 흐르는 대로 맡겨서 흘러가기만 할 것인가. 그도 처음에는 화려하게 시작했었다. 언젠가는 스탈린상 수상에 근접해지기까지 했다. 그러나 곧 그의 업적은 거품처럼 사라져버렸다. 지나친 초조로 말미암아 연구는 전체가 파열되고 논문은 스탈린상의 후보에조차 오르지 못했다. 그 책임의 절반은 코랴코프에게도 있었다. 그는 원래 가끔 이런 말을 했었다. '어쨌든 일을 해요! 일을! 쓰는 것은 언제라도 할 수 있어요.' 그런데 그것이 언제란 말인가? 아니면 쓴다는 것은 하찮은 일이라는 뜻일까?

주임의사에 대한 반감을 얼굴에 나타내지 않고 레프 레오니도비치는 눈을 가늘게 뜨고 경청하는 척했다. 무엇보다도 다음 달에는 최초의 흉곽 성형수술을 하여야 했다.

회의가 끝났다. 서서히 회의실에서 나온 외과의사들은 층계참에 모였다. 여전히 두 손을 허리띠 안쪽에 찔러넣은 레프 레오니도비치는 우울하고 정신나간 사령관처럼 선두에 서고, 그 뒤를 야위고 백발이 섞인 예브게냐 우스치노브나, 흐트러진 곱슬머리 할무하메도프, 뚱뚱한 판체히나, 붉은 머리 안젤리나, 그리고 두 사람의 간호사가 함께 뒤따르며 회진이 시작되었다.

급하게 서둘러야 할 바쁜 회진은 이 병원에서는 별로 이상할 게 없었다. 오늘도 급하지 않은 건 아니었지만 시간의 할당으로 보아 오늘만은 서두르지 않아도 되는 총회진이었으므로 외과환자 침대를 하나라도 그냥 지나칠 수 없었다. 모두 일곱 사람이 천천히 병실마다 한 번씩 들어가 약 냄새와 침침한 공기, 게다가 환자들의 몸에서 나는 냄새가 코를 찌르는 분위기에 휩싸여, 서로의 어깨 너머로 들여다보았다. 그러나 한 침대를 에워싼 일곱 사람은 그 환자의 고통 속으로 들어가야 했다. 그 고통, 그 감정, 병력, 치료의 진행 상황, 지금의 병세 등 이론과 임상 실무의 가능한 범위까지는 알아보아야 했다.

만일 회진 의사 수가 더 적다면, 각자가 유능하다면, 봉급만을 위해서 일하는 게 아니라면, 각자 30여명의 환자를 담당해야 해서 병상카드를 형식적으로 기록하지만 않는다면, 더욱이 이들이 자기들은 이러한 고통과는 관계가 없다는 안도감이 피부나 뼛속에, 또 기억이나 존재 감각까지 스며들어 있지 않다면 이러한 회진은 틀림없이 가장 좋은 치료 방법이 될 것이다.

그러나 이러한 조건을 전혀 갖추지 못했다고 회진을 전면적으로 그만두거나, 다른 방법으로 바꿀 수는 없었다. 그래서 레프 레오니도비치는 관례대로 의사들을 끌고 다니며, 얌전하게 눈을 가늘게 뜨면서 한 사람씩 환자의 상태를 담당의사로부터 들었다(담당의사는 그것을 암기하고 있지 않아서 그저 병상카드를 죽죽 읽었다). 환자의 주소, 입원 날짜(낯익은 환자는 기억하고 있었다), 입원 이유, 어떠한 치료를 받아왔으며, 약의 복용량, 혈액의 상태, 수술을 받기로 결정되었는지 아닌지, 수술의 장해가 되는 것은 무엇인지……. 레프 레오니도비치는 그 보고를 다 듣고난 다음, 환자의 침대에 걸터앉아, 때로는 환부를 관찰하고 촉진하고 담요를 덮어주었다. 가끔은 수련의들에게 촉진을 시켜보았다.

중환자는 이러한 회진만으로는 어찌할 도리가 없기 때문에, 나중에 병실 밖으로 불러서 개별적으로 진료해야 한다. 회진 때 사실 그대로 말하는 것은 금기였다. 가령 병세가 악화되고 있다면 '경과가 좀 예민해지는데…….' 라는 식으로 에둘러 말해야 한다. 이때는 무엇이든 반쯤 돌려서 기호를 사용하고(때로는 암호를 그대로 사용한다), 어떤 때는 현상과 정반대로 말해야 한다.

암, 육종 같은 단어들은 말할 것도 없고, 환자들이 어렴풋이 알아챌 만한 기호들, '칸채르'나 '칸채로마'라든가 'C밀리뢴트겐', 'SA' 따위의 암호도 입 밖에 내지 못했다. 그 대신 무난한 궤양, 위 카타르, 염증, 용종 등을 사용했는데, 정확한 뜻은 의사들도 회진이 끝난 후에 다시 이야기를 했다. '흉강의 그림자가 확대되고 있다.'라거나 '이런 것은 별게 아니다.'라거나 '예후불량이 있겠다(수술대 위에서 죽을지 모르겠다).'라고도 말했다. 그것으로도 표현이 부족하면 이렇게 말했다. "병상카드를 따로 둬요."

회진 인원이 많으면 의사들끼리 진단도 어렵고, 환자들과의 대화도 어려우니까, 레프 레오니도비치는 환자에게 기운을 돋구어 주는 것에서 의의를 찾았다. 환자를 격려하는 일이야말로 회진의 주요 목적이라고 생각한 것이다.

"상황불명입니다(병세가 전혀 변화하지 않았다)."

의사가 이렇게 말하면 레프 레오니도비치는 기쁜 듯이 끄덕이면서 환자에게 확인하듯 물었다.

"그래? 좀 편해졌지요?"

"네, 좀……." 여자환자는 다소 놀라면서도 동의했다. 자기로서는 나은 것 같지도 않았으나, 의사가 그렇게 말하니까 좀 나아진 것 같았다.

"그럼 그렇지! 이제부터 점점 좋아질 겁니다."

또 다른 여자환자가 겁에 질린 듯이 말했다.

"선생님! 척추가 왜 이렇게 아플까요? 척추 종양이 아닐까요?"

"그럴 리가 없어요." 레프 레오니도비치는 웃으면서 천천히 말했다. "그것은 이차적 현상이라는 거예요." 그것은 거짓말은 아니었다. 전이가 이차적 현상인 것은 틀리지 않았다.

무섭게 여위고, 얼굴빛은 죽은 사람처럼 창백했으며, 겨우 입술만을 움직이는 노인의 침대 앞에서 의사는 이렇게 보고했다.

"이 환자는 강장제와 진통제를 먹고 있습니다(이제 틀렸다, 너무 늦었다. 치료할 방법이 없다. 앞으로는 고통을 덜어주는 것밖에 방법이 없다)."

그리하여 레프 레오니도비치는 무슨 어려운 설명을 할 때처럼 양미간을 찌푸리며 말했다.

"그럼, 솔직히 말씀드리죠! 지금 노인이 느끼고 있는 아픔은 예전의 치료에 대한 반동인 거예요. 그러니까 우리를 너무 서두르게 하지 말고, 얌전하게 누워 계시면 꼭 나을 겁니다. 누워 있게만 하고 특별한 조치를 하지 않는 것처럼 보이지만, 실은 우리의 힘을 빌려서 몸이 저절로 저항력을 가지게 되는 겁니다."

운명이 정해진 노인은 끄덕였다. 솔직히 얘기해 주는 말은 조금도 두려운 것이 아니었다! 오히려 노인에게 희망의 등불을 켜주었다.

"복부에 이런 타입의 종양이 있습니다."

의사가 엑스선을 보이면서 설명하면, 레프는 필름을 불빛에 대고 바라보면서 끄덕였다.

"매우 훌륭한 사진이군! 대단히 좋아요!"

여자환자는 되살아난 표정이었다. 그저 좋은 것이 아니라, 무척이나 좋았기 때문이다. 그러나 사진이 대단히 좋다는 것은, 종양의 크기와 경계선을 뚜렷하게 보여주고 있으니 재촬영이 필요 없다는 뜻이었다.

총회진 90분 동안 외과과장은 쓸데없는 소리를 하지 않으려고 조심했다. 그와 동시에 부하 의사들이 병상카드에 적절한 것을 써넣을 수 있도록 마음을 써야 했다. 반쯤은 마분지같이 글을 쓰기 어려운 거친 종이를 철한 병상카드를, 후에 누구나 판독할 수 있도록 요령있게 기입해야 하니까. 레프 레오니도비치는 한 번도 급하게 서두르거나, 걱정스러운 표정은 짓지 않았다. 그 호의에 넘쳐, 좀 지루한 듯한 표정을 보고, 환자들은 자기들의 병이 예전부터 흔히 있는, 별다른 병이 아니며, 중한 상태가 아니라고 느꼈다.

배우를 뺨칠 만한 연기와 진료행위가 뒤섞인 90분 동안 레프는 피로를 느꼈으며, 주름을 펴듯이 이마의 피부를 몇 번 움직였다. 그러나 한 노파가 아주 오랫동안 진찰을 받지 못했다고 불평을 말해서 레프가 진찰해 주었다.

"이봐요, 내가 당신한테 할 말이 있는데!"

노파는 자기 병의 경과에 대해 자기 나름대로 해석하고 지껄여댔다. 레프는 참을성 있게 귀를 기울이며, 가끔 끄덕이고 있었다.

"그러니까 선생님 의견을 듣고 싶습니다."

외과과장은 미소를 지었다.

"글쎄 무슨 이야기를 할까요? 당신과 저의 관심은 완전히 일치하고 있어요. 당신은 병이 낫고 싶고, 우리는 병을 고치고 싶어요. 그러니까 앞으로 서로 협력해서 치료해 봅시다."

우즈베크인 환자에게 그는 간단한 우즈베크말로 이야기했다. 안경을 끼고 교양 있게 보이는 여자가 가운을 입고 처량하게 침대에 누워 있었으나 레프는 사람들 앞에서 진찰하자고 하지는 않았다. 어머니 곁에 있는 일곱 살짜리 사내아이에게 정중하게 악수를 했다. 그리고 그의 배를 손가락으로 퉁기고 함께 낄낄대고 웃었다. 신경과 의사한테 상담하는 편이 어떻겠느냐고 건방진 소리를 하던 여교사한테만은 그리 정중하지 못한 말투로 대답했다.

이제 마지막 병실이었다. 대수술을 하고 난 뒤처럼 피곤한 얼굴로 병실을 나온 레프는 의사들에게 말했다.

"5분 휴식."

그리고 예브게냐 우스치노브나와 함께, 회진의 즐거움은 마치 이것밖에는 없다는 듯이 재빨리 담배연기를 뿜어내기 시작하였다(환자들에게는 담배가 암을 일으키기 때문에 절대로 피워서는 안된다고 항상 엄격히 말해왔다).

얼마 후 모두 작은 방으로 들어가, 회의용 테이블에 마주앉았다. 회진 때의 환자들 이름이 의사들 입에 오르게 되었으나, 제삼자에게는 회복이나 쾌유의 징후로 보였을지도 모르는 회진의 분위기가 여기서는 일변해 버렸다. 어떤 여자환자는 상황불명의 증세였으며, 엑스선 요법을 계속하는 것은 직접적인 고통을 제거하기 위한 목적이었을 뿐 치료 효과는 없었다. 레프가 악수했던 사내아이는 암의 전형적인 경과를 거친 치료불가능의 증세였으며, 부모의 간곡한 희망으로 할 수 없이 병원에 두고 있었다. 진찰을 받지 못했다는 노파에 대해서 레프는 말했다.

"그 환자는 예순여덟이야. 엑스선 치료를 계속하면 일흔 살까지 살지도 모르지만, 수술을 하면 1년도 못 가요. 그렇지요, 예브게냐 우스치노브나?"

레프와 같이 메스를 믿고 있는 사람이 수술을 하고 싶지 않다면, 예브게냐 우스치노브나한테는 물론 이의를 제기할 이유가 없었다.

그러나 레프는 결코 메스를 믿는 사람은 아니었다. 그는 의심이 많은 것뿐이었다. 어떤 기구를 사용하든 육안 이상으로 잘 보이는 것은 있을 수 없었다. 그리고 또 환부를 잘라내는 수단으로서는 메스 이상의 것도 없었다.

자기로서는 수술에 동의할 결심을 하지 못해서, 친척과 상의해 달라고 부탁한 환자에 대해서 레프는 지금 이렇게 말했다.

"이 환자의 친척은 먼 시골에 살아요. 연락하고 상담하는 사이에 환자가 죽어. 어떻게든 설득을 해서 수술을 해야 해요. 꽤 위험이 따를지도 모르지만 각오해야지. 일단 째고 나서 그냥 꿰매는 결과가 될지도 몰라요."

"만일 수술 도중에 사망하면?" 할무하메도프가 신중한 표정으로 물었다. 마치 자기 생명이 위험에 처해지거나 한 것 같은 말투였다.

"만일이라는 말을 붙일 수 있으면 그래도 낫지. 수술을 안 하면 100퍼센트 사망이야." 그는 잠시 생각에 잠겼다. "이 병원의 환자 사망률은 아직 낮으니까, 이 정도의 모험은 허용될 거야."

과장은 이것저것을 캐물었다.

"그밖의 의견은 없어요?"

하지만 그에게 중요한 것은 예브게냐 우스치노브나의 의견뿐이었다. 경험이나 연령, 성격이 서로 다른데도, 두 사람의 의견은 대부분 일치하곤 했다. 이것은 이성적인 인간은 쉽게 서로를 이해할 수 있다는 증거일 것이다.

"그 노란머리 여자아이요, 그밖에 다른 방법이 없을까요, 예브게냐 우스치노브나! 꼭 잘라야 할까요?"

"다른 방법은 없어요. 꼭 잘라야 합니다." 그녀는 립스틱을 칠한 입술을 찡그렸다. "수술 후에는 상당량의 엑스선 조사도 필요합니다."

"가엾게도!" 레프는 저도 모르게 한숨이 터져나왔다. 뒷머리가 튀어나온 길쭉한 머리가 괴상한 모자와 함께 앞으로 숙여졌다. 손톱 검사라도 하듯이 큼직한(이상하게 큰) 엄지손가락으로 나머지 네 손가락을 어루만지면서 그는 중얼거렸다. "저런 어린아이를 수술할 때는 이 손에 반항하고 싶어요. 어쩐지 자연의 섭리를 거역하는 기분이야."

그리고 이번에는 집게손가락 끝으로 엄지손가락의 손톱을 어루만졌다. 물론 이 이야기는 그 이상 어찌할 수가 없었다. 레프는 머리를 들었다.

"그리고 여러분! 슐루빈을 알고 있나요?"

"CR 레크티(직장암)입니다." 판체히나가 말했다.

"물론 CR 레크티지만, 문제는 그것이 어떻게 발견되었나 하는 거야. 이것이야말로 우리의 암 예방운동과 종양상담소의 공적이지. 언젠가 회의에서 오렌시첸코프 선생이 좋은 말씀을 하셨어. 환자의 항문에 손가락을 넣기를 싫어하는 의사는 의사가 아니라는 거야! 슐루빈은 여러 병원의 외래진찰실을 전전하며 빈번한 변의, 혈변, 통증을 호소했어. 그런데 갖가지 검사를 하면서 가장 간단한 검사, 촉진을 아무도 안 한거야. 그래서 치료 효과를 못 보다가, 어떤 병원의 외래진찰실의 벽에 암 예방운동의 포스터가 붙어 있어서, 그는 교양있는 사람이니까 그것을 읽고, 생각나는 것이 있었지! 그래서 자기가 직접 손가락을 집어넣고 종양을 찾아낸 거야! 왜 의사가 반년 전쯤 그것을 몰랐을까?"

"위치가 깊은가요?"

"괄약근 바로 안, 7센티미터쯤 안이지. 좀 더 빨리 발견했으면 괄약근 기능은 살렸을 텐데, 지금은 이미 괄약근을 침해당해서 직장을 절제해야 해요. 옆구리에 배설주머니를 달아야 한다는 거지. 그렇게 살아서야 인간다운 삶이라고 할 수 있을까? 좋은 분인데……."

모두 다음날의 수술 리스트를 작성하기 시작했다. 환자들 중에서 누구누구에게 어떤 방법으로 저항력을 길러줄 것인가가 검토되었다. 누구를 목욕시키고, 누구는 시키지 않고, 누구한테는 무슨 준비를 시킬 것인가 등등.

찰르이에게는 저항력을 길러줄 필요가 거의 없을 거라고 레프는 말했다. 위암이면서 그렇게 기운이 좋은 예는 매우 드물었다(찰르이가 매일 아침 술의 힘으로 저항력을 기르고 있는 줄은 아무도 몰랐다!)

누가 누구의 조수가 되고, 누가 수혈을 담당한다는 것이 정해졌다. 레프의 조수는 또다시 안젤리나가 맡았다. 그렇게 되면 내일 안젤리나는 레프와 마주 서며, 수술실 간호사는 두 사람 곁에서 바쁘게 오가야 한다. 안젤리나는 자기 일에 성의를 갖지만, 항상 레프와 수술실 간호사의 사이를 유심히 살폈다. 간호사도 좀 괴상한 아가씨여서 다루기 힘들었지만, 수술에 쓰이는 명주실이 소독되었는지를 누가 확인해야 할 것인가? 수술의 성패는 거기에 달려 있는데…… 망할 여자들! 남자라면 상식적인 일인데도 그녀들은 그것을 모르고 있단 말이야. 수술하는 동안의 일들을…….

신통치 않은 부모는 딸에게 천사(안젤리나)라는 이름을 붙였으나, 그 딸이 성장해서 악마가 될지는 상상도 하지 못했을 것이다. 레프는 젊은 아가씨의 귀여운, 그러나 좀 여우와 비슷한 얼굴을 곁눈으로 바라보며 마음속에서 이렇게 중얼거렸다.

'이봐요, 안젤리나, 아니면 안젤라, 어느 쪽이건 당신이 좋아하는 이름으로 부르지! 당신은 능력이 아주 없는 건 아니니까, 결혼상대를 찾는 데 쏟는 관심을 의학에 쏟는다면 당신도 일을 잘 할 수 있어요. 그러니까 이제는 싸우지 말자구. 그래도 우린 같은 수술대 옆에 서 있는 사이가 아닌가…….'

그러나 이런 말을 입 밖으로 내기만 하면, 안젤리나는 그가 자기의 공격에 견딜 수 없어서 항복했다고 해석할 것이다.

레프는 어제 있었던 재판에 대하여 누구하고 자세히 얘기를 나누고 싶었다. 그러나 예브게냐 우스치노브나는 아까 휴식시간에 잠시 이야기했으며 그밖의 동료들과는 이야기하고 싶지가 않았다. 그래서 회의가 끝나자마자 담배에 불을 붙이고, 기다란 팔을 활개치며 빠른 걸음으로 방사선과 방으로 향했다. 소형 엑스선 장비가 있는 방에는 간가르트가 돈초바와 함께 서류를 쌓아놓은 책상에 마주앉아 있었다.

"점심시간입니다! 의자를 빌립시다!"

그리고 의자를 끌어다가 주저앉았다. 그는 즐거운 듯이 신나게 이야기를 시작하려고 했으나, 이내 멈칫했다.

"왜 그렇게 무서운 얼굴로 나를 노려봅니까!"

돈초바는 굵은 안경테를 손가락으로 만지작거리며 얄팍한 웃음을 띠었다.

"그렇지 않아요. 오히려 어떻게 하면 당신의 환심을 살까 생각했어요. 날 수술해 줘요."

"당신을? 천만에!"

"왜요?"

"왜냐하면, 만일 내가 당신을 쨌다고 한다면, 그것은 당신의 방사선과 보다 일을 잘못한 시기심 때문에 저지른 범행이라고 할 겁니다."

"아니, 농담이 아니에요. 레프 레오니도비치, 정말 부탁해요."

돈초바는 농담하는 사람이 아니었다. 베가는 추운지 어깨를 움츠리고, 쓸쓸하고 딱딱한 얼굴을 하고 있었다.

"머지않아 돈초바 선생님이 투시를 할 거예요, 레프. 전부터 위가 아팠지만 말씀하시지 않으셨대요. 명색이 종양학자라는 의사가 말예요!"

"그럼 암이라는 증거는 다 갖췄겠군?" 레프는 관자놀이를 묘하게 이은 눈썹을 찡긋 움직였다. 아무런 우스운 점도 없는 일상대화에서도 이 사람의 표정은 누구를 비웃기라도 하는 것처럼 보였다.

"아직 완전한 것은 아니에요."

"그럼 어떤 증상이 있는데요?"

돈초바는 몇 가지를 말했다.

"충분하지 못해요! 라이킨(유명한 희극배우)은 아니지만, 충분치 못해! 베가의 서명이 있는 진단서를 가지고 온다면, 다시 이야기합시다. 나는 곧 나의 병원을 갖게 될 것 같은데 그렇게 되면, 진단의 명수인 베가를 데려가야겠어요. 양보해 주시겠지요?"

"베가는 절대 안 돼요! 다른 사람이라면 몰라도!"

"아니, 베가가 아니면 절대 안 돼요! 그렇다면 무엇 때문에 당신의 수술을 해줍니까?"

그는 담배를 마지막 한 모금까지 피우고 떠들면서 장난스럽게 말했지만, 사실 진지한 마음이었다. 코랴코프 선생이 항상 말하던 것처럼, 젊은 이는 경험이 부족하고, 나이 먹은 사람은 기운이 없다. 그러나 현재의 간가르트는 경험이라는 이삭이 무르익었고, 기운이라는 줄기는 아직도 든든하였으며, 인생 최고의 원숙기에 있었다. 무엇보다도, 아직 아무것도 모르던 인턴에서 현재와 같이 정확한 진단을 내릴 수 있는 의사로 성장하는 것을 시종 지켜봐 왔기 때문에 레프는 돈초바에 못지않게 간가르트를 신뢰했다. 외과의는 설사 회의론자라 할지라도 정확한 진단을 내릴 수 있는 의사에게 의지하여 일한다. 다만 여성일 경우는 그 원숙한 기간이 남자보다 짧았다.

"도시락을 가져왔겠죠?" 레프는 베가에게 물었다. "어차피 먹지 않고 집으로 도로 가져갈 거라면, 내가 먹어 주지!"

모두가 웃음을 터뜨리고 있는 가운데, 정말 치즈를 넣은 샌드위치가 나와서, 레프는 그것을 넙죽넙죽 먹으면서 권하기까지 했다.

"당신도 좀 들어요! 그런데 어제 그 재판에 갔다 왔어. 당신들도 갔으면 좋았을 텐데! 정말 교훈적인 광경이었어요. 초등학교에 400명 정도가 모여들어서 좋은 구경을 했지. 아이가 장폐색증인지 장염전증인지로 수술을 받았는데, 수술이 무사히 끝나서 며칠간 잘 놀기까지 했다가 갑자기 급성재발하고 사망했대요. 그 외과의사 심리가 벌써 8개월째야. 어제 재판에는 시 보건당국 직원들과 외과의사회 회장, 검사들, 의과대학의 교수들 등이 다 몰려 왔어요. 그 사람들이 다들 입을 모아서 '범죄적인 태만'이라고 하는 거야! 증인으로 부모도 불려나오고, 제법 증인 출정까지 했지! 그러고는 다들 쓸데없는 소리를 길게 늘어놓았어! 방청인들이 멍청하게 쳐다보면서, 정말 의사가 나쁘다는 표정들이었지. 방청인 속에는 의사도 많았는데, 다들 부모의 증언이 어리석고 틀렸다는 걸 알면서도 가만히 있더라고. 나도 모스크바에서 금방 돌아오지 않았다면 역시 가만히 있었을 거야. 그래도 2개월 동안의 모스크바 생활은 신선한 것이었어. 여기에 돌아와서는, 여태껏 철로 된 울타리처럼 보였던 것들이 실은 썩은 나무울타리였다는 것을 똑똑히 알게 되었단 말이오. 그래서 내가 나가서 연설을 했지."

"연설을 해도 괜찮았어요?"

"토론처럼 돼버렸어. 나는 이렇게 말했어. 이런 연극 같은 짓을 하면서도 당신들은 창피하지 않습니까? (내가 큰소리로 외쳤기 때문에 '집어치워라!'는 야유가 들려왔어.) 의학상 과오보다 재판상 과오가 적다고 생각합니까? 이러한 사건은 학술 심리 대상이지, 법정 심리 대상은 아닙니다! 의사들만이, 그것도 자격 있는 의사들이 모여서 심리해야 할 일입니다. 외과의는 늘 지뢰밭을 걸어가듯 위태롭습니다. 그럴 때 우리가 하는 일의 근본은 신뢰입니다. 부모는 우리를 믿고 아기를 맡기면 되는 것이지, 법정에 증인으로서 출두한다는 것은 말도 안 되는 일입니다!"

레프는 새삼 흥분하면서 목소리가 떨리고 있었다. 그리고 샌드위치를 먹는 것을 잊어버리고, 반쯤 빈 담뱃갑을 찢고 담배 한 대를 꺼내 불을 붙였다.

"그리고 그 사람은 러시아인 의삽니다! 만일 독일인이나 지지드(유대인)라면 몰라도." 입술을 비죽이 내밀고 '지'음을 길게 울리면서 발음했다. "금방 사형에라도 처했을지 모르지…… 나의 발언을 듣고 모두 박수를 쳤어요! 어떻게 참을 수 있단 말이오? 동료의 목을 조르는 밧줄을 보면 어떻게든 그것을 잘라버려야지!"

베가는 레프의 이야기를 들으면서 감동한 듯이 고개를 여러 번 끄덕였다. 그녀의 눈은 그를 이해하려고 하면서 총명하게 빛나고 있었다. 레프는 그런 베가의 눈을 바라보면서 이야기하는 것이 좋았다. 그러나 돈초바는 불만스러운 얼굴로 듣고 있다가, 짧은 회색머리를 세게 옆으로 저었다.

"난 찬성할 수 없어요! 의사라고 해서 별도로 취급해야 할 이유가 어디 있어요? 냅킨을 뱃속에다 집어넣고 꿰맨 의사도 있었어요! 노보카인(중독성이 적은 코카인 대용품) 대신에 식염수를 주사하기도 하고! 깁스로 다리를 마비시켜 버리고! 약의 분량을 한 단위 틀리고! 다른 혈액형의 피를 수혈하고! 환자에게 화상을 입히기도 하고! 의사만을 별도로 취급해야 합니까? 우리가 어린애들처럼 머리채가 잡혀서 끌려다녀도 할 수 없어요!"

"그건 너무 심한 소리군요, 돈초바 선생! 어떻게 당신이 그렇게 말할 수 있는지 모르겠어요! 그것은 의학 이전의 문제가 아닙니까? 사회 전체의 성격을 개선하지 않고서는 어찌할 도리가 없는 문제입니다."

"그거예요, 필요한 것은! 그것이 필요하단 말입니다!" 마구 휘둘러대는 두 사람의 팔을 잡으면서 간가르트는 중재했다. "의사의 책임감을 높이는 것은 물론 필요하지만, 그러려면 일의 양도 지금보다 반을 줄여야 해요! 지금의 3분의 1로! 한 시간에 아홉 사람을 진찰하면서 일일이 기억

한다는 것은 무리예요! 좀 조용히 환자와 이야기하고, 생각할 시간이 있어야 해요. 수술도 외과의사 한 사람이 하루에 한 번이어야 해요. 세 번은 무리예요!"

돈초바와 레프는 좀체로 의견이 일치하지 않아 잠시 큰소리가 오갔다. 그래도 베가는 두사람을 타이르고 나서 물었다.

"그래서 결국 재판은 어떻게 끝났지요?"

레프 레오니도비치는 실눈을 하면서 미소를 지었다.

"그 의사는 겨우 처벌을 면했어요. 재판이라는 것도 아주 무의미한 것은 아니었어. 병상카드 기입 방법이 틀렸다는 것이 확인되었지. 아니, 잠깐만, 이것으로 끝나지 않았어! 판결 후에 시 보건국 직원이 연설을 했어요. 이것은 의학교육의 결함이며, 환자에 대한 교육의 부족, 조합 계몽 활동의 부족이었다는 거였어. 또 마지막으로 외과의사회 회장이 연설을 했어요. '여러분 의사를 재판에 회부한다는 것은 좋은 경향입니다. 아주 좋은 경향이란 말입니다!'"

27. 재미있는 일도 사람 나름

평일이었다. 평상시와 같은 회진이 있었다. 베가 간가르트는 혼자서 방사선 치료 환자를 보러 가면서, 이층 입구에서 간호사와 합류했다. 조야였다.

두 사람은 시브가토프의 침대 곁에 잠시 서 있었으나, 여기서 모든 새로운 시술은 돈초바의 결정에 달려 있기 때문에, 시브가토프한테 그다지 오래 지체하지 못하고 병실로 들어갔다.

두 사람은 키가 비슷해서 입술, 눈, 모자가 같은 높이에 있었다. 그러나 살이 찐 탓인지 조야 쪽이 훨씬 커 보였다. 2년 후에는 아마 간가르트보다 더 의젓한 여의사가 될 것이다.

진찰을 코스토글로토프의 반대쪽 줄부터 시작했기 때문에 잠시 동안, 코스토글로토프한테는 두 여인의 등만 보였다. 간가르트의 모자 밑으로 비죽이 나온 밤색 머리카락과 조야의 모자 밑으로 나온 금발.

그쪽 줄은 모두가 방사선 치료 환자여서 회진이 더뎠다. 간가르트는 침대마다 걸터앉아서 환부를 살피고 환자와 대화했다. 그녀가 아흐마드잔의 피부를 관찰하고, 병상카드와 최근 실시한 혈액검사의 결과를 보면서 말했다.

"엑스선 조사는 곧 끝납니다. 집에 돌아갈 수 있어요!"

아흐마드잔은 흰 이를 드러냈다.

"집은 어딘가요?"

"카라바이르예요."

"이제 곧 갈 수 있어요."

"완전히 나았어요?" 아흐마드잔의 얼굴이 밝아졌다.

"네."

"완치가 된 거죠?"

"지금으로서는 완전해요."

"그럼 다시 오지 않아도 되지요?"

"반년 후에 오세요."

"또 옵니까, 완전히 나았는데?"

"그냥 진찰만 하는 거예요."

간가르트는 회진 내내 코스토글로토프에게 등만 보이고 한 번도 뒤돌아보지 않았다. 조야는 단 한 번 그에게 시선을 던졌다.

바짐의 진찰에 간가르트는 꽤 시간을 지체했다. 다리를 살펴보고, 다음은 서혜부를 촉진하더니 배와 명치끝을 어루만졌다. 촉진을 하면서 줄곧 기분이 어떠냐고 물었으며, 그밖에도 새로운 질문을 던졌다. 즉 식사 후의 기분, 여러 가지 먹고 난 다음의 느낌을 꼬치꼬치 물었다.

그 질문의 소리는 조용했으며, 바짐은 긴장하고 있었으나, 역시 나지막한 소리로 대답했다. 느닷없이 명치끝의 오른쪽 언저리를 촉진하면서, 음식물에 대해 질문을 했을 때, 바짐이 물었다.

"간을 조사하는 겁니까?"

집을 떠나기 전에 어머니가 그것과 똑같은 자리를 만져보던 일을 바짐은 생각하고 있었다.

"무엇이든 알지 않고는 견디지를 못하는군요?" 간가르트는 고개를 저었다. "환자들이 이렇게 유식해져서 이젠 이 흰 가운을 벗어야겠어요."

바짐은 찌르는 듯한 눈초리로 여의사를 바라보았다. 새하얀 베개 위에 머리카락은 까맣고, 얼굴빛은 누르스름하고 가무잡잡했으며, 마치 성상 중의 어린 소년처럼 보였다.

"난 알고 있단 말입니다." 그는 조용히 말했다. "책에서 봤어요."

그 말에는 반항심이나 거만한 태도가 없어서, 간가르트는 동의하지 않을 수 없었다. 그래서 마치 죄인처럼 그의 침대에 걸터앉은 채 얼마나 당황했던지 무슨 말을 해야 할지 몰랐다. 이 환자는 미남인데다가 젊었다. 아마 재능이 뛰어난 사람일 것이다. 간가르트는 예전에 가족과 친하게 지내던 젊은 남자가 앓던 일이 생각났다. 그 청년의 의식은 끝까지 말짱하였으며, 오랫동안 생사의 기로를 헤맸으나, 의사들은 결국 그를 돕지 못했다. 그 청년 때문에 당시 8학년생이었던 베가는 과학 기술자가 되려던 꿈을 버리고 다시 생각하여 의과 대학을 지망하게 되었었다. 그러나 지금 이 청년에게도 아무런 도움을 줄 수가 없다.

창가에 놓인 작은 병에는 흑갈색의 자작나무의 버섯을 달인 액이 들어 있었다. 다른 환자들은 부러운 듯이 그 병을 구경하러 왔다.

"마시고 있어요?"

"네."

간가르트는 자작나무 버섯의 효력을 믿지 않았다. 그런 것이 효력이 있다는 것을 듣거나 배운 적도 없었다. 하지만 이것은 바곳 뿌리와는 달라서 해롭지는 않았다. 환자가 믿기만 한다면 무슨 도움이 될지도 몰랐다.

"콜로이드 금은 어떻게 되었어요?"

"얻을 것 같습니다. 가까운 시일 안에요." 여전히 긴장되고 어두운 표정으로 바짐은 말했다. "하지만 직접 넘겨주지 않고 병원을 통해서 보내온다면…… 앞으로…… 2주쯤 걸린다면…… 이미 간에 전이돼 버릴 텐데?"

"아뇨." 간가르트는 자신만만하고, 힘있게 거짓말을 했다. 그는 속은 것 같았다. "당신이 알고 싶다면 얘기하지요. 전이에는 몇 달이 걸립니다."

그렇다면 무엇 때문에 명치끝을 촉진하고 식사 후의 기분을 물었을까? 바짐은 여의사를 믿게 되었다. 믿는 편이 오히려 편했다…….

간가르트가 바짐의 침대에 앉아 있는 동안에 조야는 아무런 할 일도 없어서, 옆 창가에 놓여 있는 코스토글로토프의 책을 바라보고 그에게 눈짓으로 무엇인지 물었다. 그러나 무엇을 묻고 있는지 알 수가 없었다. 눈썹을 치켜올린 뜻있는 눈짓을 보내는 조야는 아주 귀여워 보였지만, 코스토글로토프는 아무 표정도 짓지 않았다. 지금까지는 회진 때마다 조야와 시선의 불꽃 모스 부호를 주고받았다. 그런데 최근에 와서는 이러한 일이 줄어들었다.

코스토글로토프는 조야에게 화가 나 있었다. 며칠간이나 끈질기게 접근하고 열정적으로 설득해도 그녀는 입술과 손 외에는 응해주지 않았다. 그래서 이제 코스토글로토프는 오히려 외면하고 있었다. 모든 것이 지나가 버린 지금, 왜 의미 있는 듯한 시선을 주고받아야 하는지 도무지 알 수 없었다. 그의 냉정한 시선에는 이런 기분이 스며 있었다. 이런 장난에 빠지기에는 그의 나이가 너무 많았다.

오늘 같은 회진의 경우 언제나 하는 것처럼 코스토글로토프는 파자마의 윗도리를 벗고, 아랫도리를 걷어올릴 차비를 했다. 그러나 간가르트는 바짐의 진찰을 끝마치고, 두 손을 닦으면서 그쪽을 바라보았으나, 코스토글로토프한테는 미소도 보내지 않고, 상태를 자세히 물어보지도 않고 침대에 앉지도 않았다. 이번에는 당신의 차례라고 알리는 데에 필요한 절차로써 흘끔 그를 내려다볼 뿐이었다. 그 짧은 순간의 시선에서 코스토글로토프는 자기들의 소원해진 사이를 깨달을 수 있었다. 수혈하던 날 발산하던 그 독특한 밝음도, 기쁨도, 이전의 상냥한 마음씨도, 더욱이 예전의 자상한 동정도, 모든 것이 흔적도 없이 눈에서 사라져버렸다. 눈은 텅텅 비어 있었다.

"코스토글로토프 씨." 간가르트는 오히려 루사노프 쪽을 바라보며 말했다. "치료는 여전해요. 그런데 이상하군." 여의사는 조야를 바라보았다.

"호르몬 요법 반응이 좀 약해요."

조야가 어깨를 움츠렸다. "혹시 체질 탓이 아닐까요?"

그녀는 의학도인 자기한테 여의사 간가르트가 조언을 청하고 있다고 받아들였다. 하지만 간가르트가 조야의 의견을 들은 체도 하지 않았다.

"주사는 어느 정도로 정확하게 진행되고 있지요?"

눈치 빠른 조야는 잠시 머리를 치켜들더니, 눈을 크게 뜨면서 놀란 듯이 똑바로 여의사를 바라보았다.

"무엇을 의심하십니까? 결정된 처치는…… 언제나 그대로 실행하고 있어요! 적어도 제 당직 때는 말입니다……."

'적어도'라는 말이 아주 빠르고 휘파람과 같은 소리와 함께 발음되어서 그것이 어쩐지 조야가 거짓말을 하고 있음을 확신시켜 주는 것 같았다. 주사의 효력이 전면적으로 나타나지 않는다면, 누군가가 주사를 놓지 않은 게 틀림이 없었다! 그게 마리야일 수는 없다. 올림피아다일 수도 없다. 조야의 야근 때의 소문대로라면…….

그러나 간가르트는 도전하는 듯한 조야의 시선을 보면서 증명이 불가능하다는 것을 깨달았다. 이러한 사실을 누구한테도 말하지 못하게 해야 한다고, 조야는 이미 결심했던 것이다. 그 저항과 결의의 힘은 너무나 강렬했으며, 간가르트는 눈을 감지 않고는 견딜 수가 없었다.

간가르트는 불쾌한 사람을 생각할 때는 눈을 감았다. 죄라도 지은 사람처럼 눈을 감고 있는 그녀에게 승리를 거둔 조야는 상처 입은 솔직한 시선을 계속 퍼부었다. 그러나 조야는 승리 후에 위험을 직감했다. 돈초바가 직접 이것저것 묻기 시작하거나, 환자들 중에서 누군가가, 만일 루사노프라도 지껄여서 조야가 코스토글로토프에게 주사를 놓지 않았다고 증언하면, 학교 성적에 나쁜 영향을 주고 최악의 경우는 해고된다. 무엇 때문에 그런 모험을 했을까? 이제는 시들어진 장난 때문에, 그 비현실적인 우시 체레크에 내 인생을 걸다니 어리석은 일이었다! 조야는 코스토글로토프에게 몰래 '계약 해제'의 눈짓을 보냈다.

코스토글로토프로는 이제 얼굴조차 대하고 싶지 않다는 베가의 기분을 분명히 느낄 수 있었는데, 왜 갑자기 그러는지 감을 잡을 수 없었다. 따로 무슨 일이 일어났을 리도 없다. 아무런 징조도 없었다. 어제 입구 쪽에서 만났을 때 여의사는 얼굴을 돌렸으나 그것은 우연한 일로 생각되었다. 이것이 여자의 마음이라는 것을 그는 잊고 있었다. 지금도 조야까지 저렇게 코스토글로토프를 괴롭히고 있었다. 간가르트는 어떻게 할 셈일까? 주사를 얌전하게 맞으라고 할 건가? 그런데 왜 그들은 주사로써 위협을 할까? 그렇게 상냥한 마음씨를 보였는데, 너무 지나치지 않은가?

그녀가 루사노프 침대로 옮겨가서, 정중하고 따뜻한 말을 던졌다. 코스토글로토프한테 거칠었던 것과 비교되어서 한결 더 돋보였다.

"이제는 우리들의 주사에 익숙해지셨지요? 주사를 맞은 후에도 아무렇지도 않고. 오히려 주사를 다 맞고 나면 서운할지도 몰라요."

루사노프는 자기의 차례를 기다리는 동안에 간가르트와 조야의 충돌을 목격했다. 그는 옆에서, 간호사가 애인을 위해 거짓말을 하는 줄 알고 있었다. 이것이 코스토글로토프만의 일이었다면, 루사노프는 회진 때 터놓고 말할 수가 없다면 의사 방으로 가서라도 틀림없이 말했을 것이다. 그렇지만 조야를 괴롭힐 생각은 전혀 없었다. 이 병원에 한 달 동안 있으면서 깨닫게 된 것은, 하잘것없는 간호사 나부랭이라도 환자에게 고통을 주고 보복할 수 있다는 것이다. 병원에는 독특한 질서가 있어서, 여기에 누워 있는 한, 설사 간호사와도 자질구레한 일 때문에 충돌하는 것은 결코 이롭지 않았다.

그리고 또 코스토글로토프가 그냥 기분으로 주사를 거부했다면, 병세가 악화되어 자업자득이 될 것이다. 혹시 죽어도 할 말이 없었다. 루사노프는 그래도 자기는 죽지 않는다는 것을 확신했다. 종양은 급속히 작아지고, 그것을 의사들이 확인해 주는 매일의 회진을 지금은 즐겁게 기다리고 있었다. 오늘 간가르트도 확인한 일이지만 종양은 계속 줄어들고, 치료는 잘 되어가고 있었다. 피로감과 두통은 언젠가 시간이 경과하면 해결될 것이다. 수혈은 계속하여야 한다.

지금 루사노프한테 귀중한 것은 자기의 종양을 처음부터 알고 있는 환자들의 증언이었다. 코스토글로토프를 제외하고 이 병실에 남아 있는 사람은 아흐마드잔과 또 한 사람, 사흘 전에 외과병동에서 돌아온 페제라우였다. 페제라우의 목의 상처는 예전의 예프렘과는 달리 날마다 나아가고 있었으며, 목에 감은 붕대의 부피도 바꿀 때마다 작아졌다. 페제라우는 찰르이의 침대를 쓰는 루사노프의 두 번째 이웃이었다.

루사노프는 두 사람의 유형수 사이에 누워 있어야 한다는 것이 운명의 조롱 같았다. 다행히 종양에 시달린 이 5주 동안 루사노프는 다소 사람이 좋아졌다. 페제라우도 루사노프의 종양이 3분의 2 크기로 줄었다고 함께 기뻐해주는 착한 사람이었다. 또 페제라우는 남이 잘사는 얘기를 잘 들어줬다(미래에는 모든 사람이 그렇게 살 수 있을 테니까). 루사노프가 자기집의 세 개의 방 배치와 장치, 그리고 발코니의 구조에 대해서 몇 번 상세히 이야기했다. 루사노프는 기억력이 좋아서 옷장이나 긴 의자의 하나하나에 대해서, 그것을 언제 어디서 얼마에 샀으며, 그 장점이 무엇인지 똑똑히 기억하고 있었다. 무엇보다도 욕실에 대해서는 옆사람에게 할 이야기가 산더미같이 많았다. 마루와 벽에는 어떤 타일을 붙였으며, 욕조 가장자리에 사기를 썼다는 것, 비누를 놓을 자리, 욕조의 머리 쪽 부분을 둥글게 만들었던 일, 더운 물이 나오는 수도꼭지에 대한 것, 샤워기로 바꿨던 일, 타월걸이 등등. 이것들은 결코 자질구레한 일이 아니며, 이러한 세부적인 일이 모여서 생활을, 나아가서는 존재를 형성하게 되고, 그리고 그 존재는 의식을 결정하기 때문에 생활은 즐거운 것이라야 했었다. 이러한 생활에서라야 올바른 의식이 생겨날 것이다. 건전한 정신은 건전한 육체에 있다고 고리키는 말했다.

　머리카락도 눈썹도 빛깔이 흐려서 탈색된 것 같은 페제라우는 입을 뻐끔히 벌리고 루사노프의 이야기에 귀를 기울였다. 그는 한 번도 반대 의견을 말하지 않고, 목의 붕대가 허용하는 한 고개를 끄덕였다. 독일인이고 유형수지만 얌전하고 예의바른 인간이었다. 게다가 형식상 당원이었다. 루사노프는 솔직한 천성 탓으로 그에게 터놓고 말했다.

　"페제라우, 당신이 추방된 것은 국가적으로는 필요한 조치였어요. 그걸 이해하겠어?"

　"이해하고 있어요. 이해하고말고."

　"그밖에는 달리 취할 방법이 없었던 거야."

　"그래, 물론이겠지요."

　"국가의 조치라는 것은 추방처분도 포함해서 올바로 해석하지 않으면 안돼요. 어쨌든 당신은 평가되고 있는 셈이에요. 당에 남게 되었으니까."

　"네, 물론이죠! 물론이고말고……."

　"당원으로서의 직책 같은 것은 가지고 있지 않았겠지?"

　"네, 없었어요."

　"그저 일반 노동자였었군요?"

　"항상 기계공이었어요."

　"나도 예전에는 일반 노동자였어, 그런데 보란 말이야, 이렇게 승진했어!"

　두 사람은 서로 아이들에 대해서도 자세히 이야기했다. 페제라우의 딸 겐리예타는 지방 사범대 2학년이었다.

　"그것 봐요! 이러한 것을 인정하지 않으면 안돼요. 당신은 유형수인데도 딸은 대학에 다니고 있잖아요! 제정시대 러시아에서는 이러한 것을 상상할 수나 있었겠어! 지금은 아무런 장애도 없으며, 아무런 제한도 없어요!"

여기서 페제라우는 처음으로 반대했다.

"제한이 없어진 것은 금년부터예요. 전에는 감독조사국의 허가가 필요했어요. 그리고 여러 대학에서 그 애의 원서를 되돌려 보내왔어요. 성적이 나쁘다는 구실이었으나, 알아보니까 그렇지 않았어요."

"그래도 당신의 딸은 대학 2학년이 아닌가!"

"그 애는 농구선수라서 입학된 겁니다."

"어떠한 이유로 입학되었거나 공정하게 생각해야 돼요. 금년부터는 그런 제한도 없어졌으니까."

페제라우는 농업 일꾼이었고, 루사노프는 공업 일꾼이었기 때문에, 루사노프가 두둔해서 이야기하는 것이 당연한 것처럼 보였다.

"1월 총회의 결정이 있은 뒤부터 당신네들의 사정이 날마다 좋아지고 있어요."

"네, 물론이죠."

"각지의 트랙터 스테이션에 지도자 그룹을 창설한다는 것은 대단히 중요한 일입니다. 거기에서 여러가지 일들이 파생하게 됩니다."

"네, 네."

그러나 그저 '네'로만은 마음이 놓이지 않았다. 진정으로 이해시키지 않으면 안되었다. 그래서 루사노프는 얌전한 이웃 사람에게, 왜 트랙터 스테이션이 지도자 그룹의 창설에 의하여 강화되는지를 자세히 설명했다. 그리고 또 공산주의 청년 동맹 중앙위원회의 옥수수 재배에 대한 호소에 대해서 설명하고, 올해는 청년층이 옥수수 재배에 열을 올릴 것이라고 말했다. 이것도 또한 농업의 양상(마침 흐루시초프가 소련 수상이 되어 곡식과 사료 문제를 해결하기 위해 러시아 북부에 대대적으로 옥수수를 심게 했다)을 일변시키게 될 것이라고 했다. 혹은 또 어제 신문에 난 것을 보았더니, 농업 생산계획 자체도 변경될 것 같았다. 이렇게 해서 그들의 화제는 그치지 않았다!

페제라우는 가까운 이웃이었으며 루사노프는 때때로 신문 기사를 소리내서 읽어주기도 했다. 그중에는 한가한 병원생활이 아니면 절대 읽을 수 없는 기사가 많았다. 왜 독일 아닌 오스트리아와 조약을 체결할 수밖에 없었던가 하는 이유를 실은 성명문, 부다페스트 라코시(헝가리 공산주의의 지도자)의 연설, 수치스러운 파리협정에 반대하는 투쟁, 나치의 강제 수용소 관련자의 재판이 서독에서 흐지부지된 일…….

그런데 아무리 나지막하게 말해도 언제나 슐루빈이 엿들었다. 하나 건너 침대에서 움직이지도 않고, 시종 잠자코 있는 부엉이. 슐루빈의 존재는 루사노프한테 끊임없는 압박감이 되었다. 그는 무거운 눈초리로 이쪽을 바라보며 분명히 모든 것을 듣고 있었다. 루사노프는 그에게 도대체 무엇을 생각하고 있으며, 혹은 적어도 병의 종류 같은 것을 묻고 싶었으나, 슐루빈은 언제나 침울하게 말수가 적었으며 자기의 종양에 대해서 별 말이 없었다.

침대에 걸터앉아도 무슨 고행하듯 바른 자세로 앉아서 휴식처럼 보이지 않았다. 그래서 그 자세가 일종의 경계심 표시처럼 보였다. 앉는 데 지치면 일어섰는데, 다리를 저니까 움직이지는 않고 가만히 서 있었다. 이것도 괴상하고 우울해 보였다. 그런데 슐루빈은 자기 침대 곁에 서 있을 수가 없어서 코스토글로토프의 창문과 바짐의 창문 사이의 벽에 심술궂은 파수병처럼 서서 루사노프의 식사나 언동을 일일이 바라보는 것이었다. 몇 시간이라도 계속 서 있기도 했다.

오늘도 회진 후에 거기에 서 있었다. 코스토글로토프와 바짐의 시선이 마주치는 지점에 우뚝 선 그 모습은 벽에 새겨진 조각처럼 보였다.

코스토글로토프와 바짐은 서로 침대의 위치 관계로 자주 시선이 마주쳤으나, 별로 대화를 나누지 않았다. 일단 두 사람 다 구토증에 시달려서 쓸데없이 이야기를 하는 것이 괴로웠으며 또 바짐은 오래 전에 병실 사람들에게 이렇게 경고한 일이 있었다.

"여러분, 말하는 데 소요되는 에너지로써 한 컵의 물을 따뜻하게 하려면, 조용히 이야기할 경우는 2천 년이 걸리지만 큰소리로 외치면 75년이 걸립니다. 물론 컵의 열이 전혀 빼앗기지 않는다는 가정에서의 이야깁니다. 그러니 말하는 것으로 에너지를 낭비하는 일이 없어야겠습니다."

그리고 또, 아마 악의에서 한 말은 아니지만 두 사람은 서로 상대방의 기분을 나쁘게 했다. 바짐은 코스토글로토프에게 말했다. "싸워야 했소! 왜 그때, 당신들이 싸우지 않았는지 알 수 없어요."

코스토글로토프는 자기들도 물론 싸웠다는 것을 새삼스럽게 말할 기분이 나지 않았다. 그래서 이렇게 되받아쳤다. "도대체 그놈들은 누구를 위해서 콜로이드 금을 가지고 있는데? 당신 아버지는 조국을 위해 목숨을 바쳤는데, 왜 콜로이드 금을 주지 않는단 말인가?"

사실 최근에는 바짐도 그렇게 생각하고 있었다. 하지만 제삼자에게 그런 말을 들으니 화가 치밀어올랐다. 한 달 전만 해도 어머니가 분주하게 다니는 일이 쓸데없는 일이었고, 아버지의 이름을 팔면 안 된다고 생각했다. 그러나 지금은 어머니로부터의 좋은 소식을 학수고대하면서, 어머니의 노력이 좋은 결실을 맺도록 진심으로 바라는 것이 아닌가! 바짐은 무엇보다도 고독으로 맥박이 뛰고 치가 떨렸다. 왜 아무도, 의사도, 콜로이드 금 관리자들도 바짐이 오래 사는 것이 얼마나 중요한 일인지 이해하지 못하는가. 그래서 요즘 바짐은 책을 읽지 못하고 염소가 산을 헤매듯 이리저리 상념에 시달렸다.

바로 그 옆 벽에서 슐루빈이 그 고통과 침묵을 지켜보았다. 침대 발치에서는 코스토글로토프가 머리를 내려뜨리고 잠자코 누워 있었다. 동화 속의 세 마리 왜가리들처럼 셋은 언제까지나 그대로 있을 것 같았다.

그런데 셋 중 가장 오래 침묵을 지킬 것 같던 슐루빈이 느닷없이 바짐에게 질문을 했다.

"당신은 자기 스스로를 괴롭히기 위해서 그런 학문을 하는 거지? 다른 것도 아닌 그런 학문을?"

바짐은 고개를 들었다. 그 기다란 질문이 노인의 입에서 튀어나왔다고는 믿지 못하겠다는 듯이. 혹은 질문 그 자체에 놀란 듯이. 하지만 노인은 빨갛게 충혈된 눈으로 즐거운 듯이 바짐을 처다보았다. 바짐은 낡은 태엽처럼 나지막하고 의미심장하게 대답했다.

"재미있기 때문입니다. 저는 더 재미있는 것을 알지 못하니까."

제아무리 초조하고, 다리가 아프고 또 운명의 8개월이 아무리 빨리 지나간다 해도 바짐은 자신의 인내와 끈기에 만족을 느끼고 있었다. 마치 아무런 고민도 없이, 여기가 암병동이 아니고 휴양소나 되는 것처럼.

슐루빈은 마룻바닥을 내려다보았다. 그리고 몸체는 움직이지 않고 머리만을 이상하게 돌려서, 목을 나선형으로 움직였다. 마치 목을 빼고 싶은데, 아무래도 빠지지 않는 것처럼……

"재미있다는 것은 말도 안되는 소리야. 장사도 재미는 있어요. 돈 벌고, 돈 세고, 재산 늘리고, 그러면 재미있어. 그런 이유에서라면 과학은 이기주의에 지나지 않고 부도덕한 일련의 일보다 한층 더 낫다고는 감히 말할 수 없어요."

묘한 사고방식이었다.

"하지만 정말 재미있으니까 별 수 있나요? 더 재미있는 일이 없다면 말이에요."

"이 병원에서 말인가, 아니면 세상에서 말인가?"

"이 세상에서."

슐루빈은 한쪽 손가락을 쭉 폈다. 손가락에서 딱딱 소리가 났다.

"그런 생각을 가지고 있는 동안에는 도덕적인 것은 절대 안 생겨나요."

이것은 정말 괴상한 의견이라고 할 수밖엔 없었다.

"과학은 도덕적 가치를 창조할 필요는 없지 않을까요?" 바짐은 반대했다. "과학은 물질적인 가치를 창조하는 거예요. 그래서 존중되고요. 그런데 노인은 어떤 것을 가지고 도덕적이라고 말하는 겁니까?"

슐루빈은 천천히 눈을 깜박거렸다. 그리고 신중히 말을 꺼냈다.

"인간이 서로의 정신을 해명하려는 방향으로 행한 모든 것."

"과학도 해명할 수 있습니다."

"아니야, 정신을 해명하지는 못해! 만일 재미있다면, 당신은 집단 농장의 닭장에 단 5분만이라도 있어 봤소?"

"없습니다."

"그럼 상상해 봐요. 지붕이 낮고, 길쭉한 창고란 말이야. 어두컴컴해. 왜냐하면 창문이란 것이 틈새만큼 작은데다 닭이 도망쳐 나가지 못하게 그물을 쳤어요. 한 닭장 안에 2,500마리의 닭이 있어요. 마룻바닥이 아니고 땅바닥이기 때문에 닭은 쉬지 않고 흙을 파서, 닭장 안에서는 방독면이라도 쓰고 싶을 정도로 먼지투성이에요. 게다가 절인 멸치를 온종일 뚜껑도 덮지 않은 솥에 끓이고 있어서 지독한 냄새가 나요. 그런데 이 일을 여자 혼자서 하고 있었어. 새벽 3시부터 저녁까지. 아직 30대의 여인이었는데, 쉰 넘은 할머니같이 보였어. 이 닭장을 맡은 여인은 이 일이 재미있다고 생각했을까?"

바짐은 깜짝 놀라며, 눈썹을 치켜올렸다.

"왜 제가 그 문제를 해결하지 않으면 안될까요?"

슐루빈은 바짐을 향해 손가락 하나를 세워보였다.

"그런 소리는 장사치도 할 수 있어."

"결국 그 여자의 고생도 과학이 발달되지 않았기 때문일 거예요."바짐은 힘찬 대꾸를 찾아냈다. "과학이 발달하면, 닭장도 더 청결해집니다."

"발달하기 전에는 매일 아침 세 마리씩 털을 뽑아서 솥에 끓여야겠군. 발달하기 전에는 당신 같으면 일을 거절하겠지?" 슐루빈은 한쪽 눈을 감고 한눈으로 상대방을 불쾌하게 바라보았다.

"그 사람에게는 재미없는 일이지, 그 일은!" 침대에 축 늘어진 상태에 있던 코스토글로토프가 거칠은 목소리로 참견했다.

슐루빈이 농업에 대해서 자신 있게 말하는 것을 루사노프는 예전에도 들은 적이 있었다. 언젠가 루사노프가 곡물에 대해 말하자 슐루빈이 참견해서 틀린 점을 정정했었다.

"혹시 당신은 치미랴제프 농과대학 출신인가요?"

슐루빈은 몸을 부르르 떨며, 놀란 듯이 루사노프를 보았다.

"그래요, 치미랴제프 출신이오."

그러고는 갑자기 의젓한 표정을 하면서 등을 둥글게 구부리고 날갯죽지를 잘린 새처럼 어색한 동작의 절름발로 자기 침대에 돌아갔다.

"그런데 왜 도서관 같은 데서 근무했지요?"

루사노프는 추궁하다시피 다시 물었다. 그러나 상대방은 이제 잠자코 대꾸하지 않았다. 마치 나무 그루터기처럼. 인생의 오르막길에 있는 것이 아니라 내리막길을 지나고 있는 인간을 루사노프는 존경할 수가 없었다.

28. 어디로 가나 비극뿐

레프 레오니도비치가 병실에 처음 나타났을 때부터 코스토글로토프는 그를 일밖에 모르는 사나이라고 단정지었다. 그리고 회진 때마다 아무 일도 하지 않고 그를 관찰해 보았다. 모자는 절대로 거울을 봤을 리 없이 대충 눌러 쓰고, 지나치게 긴 팔은 주먹을 쥐거나 밋밋한 가운의 앞 호주머니에 찔러넣고, 입술은 휘파람을 불듯 오므리고 있었다. 힘세고 다부진 몸인데, 의외로 말씨에 위트가 넘쳤다. 코스토글로토프는 여러 가지로 이 의사가 마음에 들었다. 이 의사와 언젠가 천천히 이야기를 나누고 싶었다. 여의사들이 대답하지 못했던, 혹은 대답해 주지 않던 것들을 물어보리라.

그러나 좀처럼 기회가 오지 않았다. 레프 레오니도비치 외과의는 회진할 때 외과환자만 쳐다보면서, 방사선과 환자의 침대는 마치 보지 못하는 것처럼 지나쳤다. 복도나 층계에서 인사를 받으면 가볍게 목례는 했지만, 그 얼굴은 언제나 근심에 젖었고 바쁘게 서두르고 있었다.

한 번은 거짓말을 했던 환자가 결국에는 고백하더라는 이야기를 하면서 "역시 토했군!"라며 웃었다. 이 말이 코스토글로토프를 놀라게 했다. 그 말은 한정된 공간에서 특정한 인간에게만 의미가 있는 말이기 때문이었다.

최근 코스토글로토프는 그다지 병원 안을 돌아다니지 않았기 때문에 외과과장과 마주치는 일이 드물었다. 그런데 레프 레오니도비치가 수술실 옆 작은 방의 자물쇠를 열고 들어가는 것을 우연히 목격했다! 그래서 코스토글로토프는 때문은 유리문을 노크하고 열었다. 외과 과장은 방 중앙에 하나만 놓인 책상 앞의 의자에 이미 걸터앉아 있었다. 그다지 오래 앉아 있지 않을 모양으로 옆을 향해 앉았으나, 그래도 벌써 무엇인가 쓰고 있었다.

"네?" 그의 얼굴에는 조금도 놀라는 빛이 없었다. 그리고 무엇을 쓸 것인지 생각하는 것처럼 긴장된 표정이었다.

항상 모든 사람은 바빴다! 순간적으로 결심해야 하는 일들이 일생 동안 강요되고 있는 것이다.

"실례합니다, 레프 레오니도비치. 바쁘신 줄 알지만, 선생님 아니고는 상의할 분이 안 계셔서…… 2분만, 괜찮습니까?"

그는 끄덕였다. 그것은 분명히 다른 생각을 하고 있는 얼굴이었다.

"실은 저는 호르몬 요법으로서 시네스트롤 근육주사를 맞고 있습니다만, 그게……." 의사들이 사용하는 용어를 써먹는 것을 코스토글로토프는 자랑으로 알았다. 그것은 또 상대방에게 솔직하게 말하기를 요구한다는 의미도 지니고 있었다. "호르몬 요법의 작용이라는 것은 축적되는 겁니까, 아닙니까?"

이 질문으로, 약속된 120초 중 20초를 소비했다. 나머지 100초는 상대방 나름이었다. 두 손으로 뒷짐을 지고, 앉아 있는 의사를 내려다보는 모양으로, 후리후리한 몸을 기울이고 서서 코스토글로토프는 잠자코 있었다.

레프 레오니도비치는 자세를 바꾸면서 이마에 주름을 모았다.

"축적이 되지 않는 것으로 돼 있어요."

그러나 뭔가 결정적인 대답이라는 느낌이 아니었다.

"그런데 저는 뭔가 축적되는 기분입니다." 마치 그것이 바람직하다는 듯이, 그렇지 않다면 레프 레오니도비치를 그다지 신용할 수 없다는 듯이 코스토글로토프는 계속해서 말했다.

"그럴 리가 없는데." 여전히 확정적으로 단정할 수 없다는 듯이, 레프는 대답했다. 전문분야가 아니기 때문인지, 아니면 여태껏 생각하던 일에서 머리를 전환하기 어려워 그러는지 구분하기 힘들었다.

"저는 꼭 알고 싶습니다! 이 요법을 받은 후에는…… 그…… 여자를 대하는 능력을 완전히 상실되나요? 아니면 능력이 일정 기간 동안만 약해지는 걸까요? 체내에 주입된 호르몬이 밖으로 배출됩니까, 아니면 영구히 남습니까? 아니면 얼른 다른 주사를 맞아서 호르몬 요법의 영향을 없앨 수 있을까요?"

"아니, 그것은 권하지 못하겠어. 그것은 안 돼요. 그런데 왜 그런 것을 알고 싶은 거지요? 잘 모르겠군요."

레프 레오니도비치는 까만 머리가 헝클어진 환자를 흘끔흘끔 쳐다보았으나 주로 그 흥미있게 생긴 상처를 관찰하고 있었다. 이 상처로 외과에 들어왔다면 우선 어떤 처치를 할 것인가를 생각해 보고 있었다.

"모르시겠다고요?" 혹시 이 유능한 의사도 다른 대부분의 의사들처럼 그냥 환자를 고분고분하게 하려고 어르는 건가?

이때 레프 레오니도비치가 옛친구에게 하듯 이야기를 시작했다. 그는 코스토글로토프를 알고 있었고, 또 성품이 교만하지 않기 때문이었다.

"여자를 인생의 꽃이라고 말하는데, 정말일까요? 여자는 쉽게 싫증나는 동물입니다. 어떤 중요한 일을 하는 데에 방해물이에요……."

그러나 코스토글로토프는 이 말을 이해하지 못했다! 싫증이 난다니, 지금의 코스토글로토프로서는 상상도 할 수 없다!

"내 생활에 그 이상으로 진지한 것은 아무것도 남아 있지 않습니다."

외과의 젊은 여의사가 문가에서 기웃거리다가 스르륵 들어왔다. 굽 높은 힐을 신어서 걸을 때 몸 전체가 흔들거렸다. 코스토글로토프의 옆을 태연하게 지나서 레프 레오니도비치의 바로 곁으로 가서 검사실에서 가져온 서류를 책상 위에 놓고, 자기도 의자에 걸터앉아(조금 떨어진 코스토글로토프가 있는 데서 바라보면 레프 레오니도비치한테 딱 붙은 것처럼 보였다), 상대방의 이름도 부르지 않고 느닷없이 말했다.

"저, 오브지엔코의 백혈구가 1만이 되었어요."

바람에 흐트러진 붉은 머리카락 한두 올이 연기처럼 레프 레오니도비치의 얼굴 복판에 떠 있었다.

"그게 어쨌다는 거지요?"

"백혈구가 불었다고 해서 좋아할 수만은 없어요. 그 환자는 단지 염증이 생겼을 뿐이니까. 엑스선 요법으로 억제해야 돼요." 젊은 여의사는 신이 나서 떠들기 시작했다. 어깨로 레프 레오니도비치의 팔을 밀어내고, 그가 쓰던 서류도 내동댕이치고, 손가락 사이에 낀 펜을 빙글빙글 돌렸다.

안젤리나는 뒤돌아보더니, 아직 코스토글로토프가 거기에 있는 것을 보고 놀랐다. 그러나 레프 레오니도비치는 어쩐지 유머러스한 표정이 되었다. 그 표정에 힘입어서 코스토글로토프는 말을 계속했다. "레프 레오니도비치, 또 하나 물어보겠습니다. 챠가라는 자작나무 버섯을 들어 보셨습니까?"

"있습니다." 의사는 즐겁게 대답했다.

"어떻게 생각하십니까?"

"어려운 일입니다. 어떤 종류의 종양이 그 버섯에 대해서 민감하다는 것은 인정합니다. 예를 들어서 위암 같은 것이요. 지금 모스크바에서 화제가 되고 있어요. 모스크바에서 반경 200킬로미터 이내의 버섯은 모조리 채집되어서 지금은 숲 속에 들어가도 하나도 없다더군요."

안젤리나는 책상에서 자기의 서류를 집어들고 경멸하는 표정으로 새침하게(그러나 즐거운 표정으로) 몸을 흔들면서 나갔다. 방해자가 사라졌지만 이제까지의 대화는 이미 깨져버렸다. 여성이 인생에 무엇을 가져오는가 하는 문제를 지금 새삼스럽게 다시 끄집어낼 수는 없었다. 그러나 레프 레오니도비치한테서 엿본 가볍고 즐거운 시선과 지금 바로 전의 노골적인 행동에 힘을 얻고서 코스토글로토프는 준비했던 제3의 질문, 이 것 역시 중대하다고 생각되는 질문을 했다.

"레프 레오니도비치, 실례가 되는 질문입니다만, 혹시 제가 잘못 알았 다면, 이 이야기는 없었던 것으로 해주십시오. 선생은……." 그는 목소리 를 낮추고, 한쪽 눈을 가늘게 떴다. "노래와 춤의 천국에 계시지 않았습니 까?"

레프 레오니도비치는 활기 있는 표정을 지었다.

"그렇습니다!"

"역시, 그랬군요!" 코스토글로토프는 기쁜 듯이 말했다. 이제는 두 사 람이 대등한 것이 아닌가! "그럼 형법 몇 조에 걸린 겁니까?"

"아니, 난 죄수가 아니라 일반 사회인으로 있었습니다."

"아, 죄수는 아니었군요!" 코스토글로토프는 실망했다.

"그런데 어떻게 알게 되었지요?"

"토했다는 한마디 말로 알았습니다. '즈나치카'(안다는 말의 파생어)라 는 말도 하신 것 같았어요."

레프 레오니도비치는 웃었다. "역시 버릇은 버릴 수가 없군."

대등하든 아니든, 어쨌든 두 사람 사이는 이제까지보다 훨씬 친근해 졌다.

"그럼 오래 계셨나요?" 코스토글로토프는 주저없이 물었다. 그는 어쩐 지 자세도 바르게 되고 얼굴도 성성해 보였다.

"한 3년쯤요. 군에서 나와 파견되었는데, 도무지 빠질 수가 없었어요."

마지막 말은 하지 않는 편이 좋았을 텐데.

"어떤 일을 하셨습니까?"

"의료부 주임이었어요."

그렇군! 마담 두빈스카야처럼 사람을 마음대로 죽이거나 살렸겠지. 그러나 그 여자라면 구실을 붙이지 않았을 거야. 하지만 이 사나이는 도망쳐 나왔다.

"그럼 선생은 전쟁 전에 대학을 졸업하셨겠군요?"

그는 그를 놓치지 않겠다는 듯 새로운 질문들을 잇달아 던지고 있었다. 졸업 연도 따위는 소용도 없는 질문인데, 그저 감옥에서의 습관으로 튀어나왔다.

"4학년을 마치고 전쟁 중에 임시 군의관에 지원했어요." 레프 레오니도비치는 쓰기 시작하던 서류에서 떠나 재미있다는 듯이 코스토글로토프에게 접근하여 얼굴의 흉터를 만져보았다.

"이것은 거기서?"

"네."

"잘 꿰맸어요. 훌륭해요. 죄수 의사가 꿰맨 겁니까?"

"네."

"이름은 알지 못합니까. 코랴코프가 아닌가요?"

"호송 도중의 감옥이었는데, 잘 생각나지 않습니다. 그 코랴코프는 무슨 죄목이었지요?"

"아버지가 제정시대의 육군대장이었어요."

그런데 이때 일본인 눈매의 간호사가 들어와서 레프 레오니도비치를 처치실로 불렀다. 코스토글로토프는 다시 구부정한 자세로 복도로 나왔다. 분명치 않은 데가 있는, 한 인간의 생애. 아니, 두 사람이었다. 분명치 않은 곳은 대개 추측할 수 있었다. 여러 가지 경로로 사람들은 그곳에 모여들고…… 아니, 그렇지는 않았다. 즉 병실에 누웠거나, 복도를 걷거나, 정원을 산책할 때, 바로 옆에 또 한 사람의 사나이가 있었다. 그런데 맞은편에서 다른 한 사나이가 걸어오고 있었다. 이쪽에서도 저쪽에서도 서로 부르면서 '여보게, 옷깃을 뒤집어 보게!' 하고 말하지는 않는다. 옷깃 안쪽에는 비밀 배지가 있었다. 그것은 서로 관련되고, 협력한다는 표시였다! 또 이런 사람이 얼마나 더 있을까? 그러나 침묵은 모든 것을 덮고 있었다. 밖으로 보아서는 무엇 하나 추측조차 할 수 없었다. 얼마나 교묘하게 은폐된 것일까!

그런데 여자한테 싫증을 느낄 정도로 오래 살다니, 얼마나 괴상한 노릇인가! 인간이 그토록 권태를 느낄 수 있을까? 상상할 수 없는 일이었다. 역시 이 정도에서 이제 모든 것을 끝내야 했다. 모든 것을……. 코스토글로토프에게는 수용소의 감시탑이 영구추방으로 바뀌었을 뿐이다. 살아 남았어도 살아가는 목적을 알 수가 없었다.

무심코 걸어가는 사이에 코스토글로토프는 복도를 잘못 들어가서 멈칫했다. 그런데 세 번째 문이 열리면서 흰 가운이 나타났다. 베가! 그녀가 이리로 오고 있었다!

그 회진일로부터 사흘이 지났다. 베가는 여전히 냉담하고 사무적이었으며 그 눈에서 친절도 사라졌다. 처음에 그는 멋대로 하라고 생각했다. 자신도 의연한 태도를 보이고 절교하자 싶었다. 그러나 베가한테 상처를 주는 것은 안될 일이었다. 그리고 자기 자신도 측은하게 여겨졌다. 이제 어떻게 될 것인가, 남처럼 지나쳐버릴 것인가? 잘못한 것은 코스토글로토프였을까? 아니, 주사로 코스토글로토프를 먼저 속인 건 베가다!

베가는 지나쳐버리려고 했다. 그런데 그는 생각과는 정반대로 오히려 애원하듯이 낮은 목소리로 말했다.

"베가 간가르트……."

(바보스러운 말투지만, 그다지 나쁘지는 않군.)

여의사는 차가운 눈초리로 코스토글로토프를 주시했다.

(아니야, 사실 이렇게 간단히 용서할 수는 없어.)

"베가 간가르트, 다시 수혈을 받을 수 없을까요?"

(겸손하게 들리지만 그다지 나쁘진 않았다.)

"수혈은 질리지 않았어요?"

그녀의 눈매는 여전히 냉담했지만 어딘가 허전해 보였다. 아름다운 커피색의 눈매.(베가가 그녀 나름대로 잘못이 없다고 생각한다면 그런대로 별다른 도리가 없었다. 여하튼 모른 체하고 지낼 수는 없다.)

"그때는 흡족했어요. 다시 한 번 해줘요."

그는 미소를 띠었다. 이때 흉터가 다른 때보다 잠깐 일그러졌다.

(지금은 우선 용서해 주고, 이야기는 다음에 해야지.)

무엇인가가 여의사의 눈 속에서 움직였다. 후회하는 빛인가?

"내일 전문가가 오세요."

여의사는 기둥에 기대선 듯 안정적인데, 코스토글로토프는 안절부절 못하고 있었다.

"아니 당신이 해줘요! 꼭 당신이! 안 그러면 수혈을 받지 않을 거예요!"

그를 쳐다보지 않으려고 애쓰면서 여의사는 고개를 가로저었다.

"그건 내일 가봐야 알 수 있어요."

그러고는 가버렸다. 아름다웠다. 역시 아름다워……

그런데 코스토글로토프는 무엇 때문에 열을 올렸을까? 영구추방된 몸으로 무엇 때문에 열을 올린단 말인가?

멍청하게 복도에 서 있는 사이에 돌연 목적지가 생각났다. 그래, 그렇지! 좀카를 보러 가던 길이었다. 좀카는 2인실에 들어갔는데, 이미 다른 환자가 퇴원하고 새 환자는 내일 올 예정이어서, 지금은 혼자 있었다. 벌써 1주일이 지나서 통증은 가라앉았지만, 좀카는 여전히 상상 속의 통증에 시달렸다. 발가락 하나하나의 통증까지 또렷이 느끼고 있었다.

코스토글로토프의 얼굴을 보자 좀카는 친형이라도 만난 듯 기뻐했다.

좀카는 똑바로 누워서 발을, 넓적다리의 중간에서 절단된 다리의 나머지를 붕대로 둘둘 감아서 그 부분을 쉬게 하고 있었다. 그러나 머리와 두 팔은 자유롭게 움직였다. 그들은 악수를 했다.

"건강하시군요, 올레그! 어서 앉으세요. 요새는 어때요, 병실이?"

"별일 없었어." 코스토글로토프는 좀 야위고 누렇게 된 좀카의 얼굴을 바라보았다. 볼에는 괴상하게 주름살이 모였고, 눈썹 언저리와 코, 턱도 이상하게 평평하고 또 뾰족했다.

"모두 잘 있어요?"

"다 잘 있지."

"바짐은요?"

"바짐도. 콜로이드 금을 아직 얻지 못해서 전이 걱정이 커."

"안됐어요." 좀카가 동생을 걱정하듯 눈살을 찌푸렸다.

"그러니까 좀카, 일찍 다리를 자르게 된 것을 하느님께 감사해요."

"저도 아직 전이의 위험은 있어요."

"괜찮을 거야."

파멸을 가져오는 고독한 세포들, 어둠속을 잠행하는 상륙용 배처럼 어디를 어떻게 표류하다가 어느 기슭에 정착할 것인지 의사들조차 예견하는 사람은 아무도 없었다.

"엑스선 조사는 받고 있나?"

"휠체어로 다니고 있어요."

"그럼, 이제 앞으로 나갈 길은 명백해졌어. 하루빨리 완쾌하여 목발을 잘 사용하는 일이야. 목발은 어디서 만들어 주지? 여기서?"

"정형외과에서요."

"무료인가?"

"네, 신청서를 냈어요. 저는 돈을 치를 수가 없으니까."

소년은 한숨을 쉬었다. 자나깨나 무엇 하나 즐거움이 없는 사람한테 붙어다니는 한숨을.

"내년에 10학년을 끝마치는 일이 큰일인데?"

"여간 열심히 하지 않으면 안될 겁니다."

"어떻게 살아가지? 이제 선반 일도 할 수 없을 텐데."

"근무불능으로 취급될지도 몰라요. 아마 제2급이 되리라고 생각하지만, 혹시 제3급이 될지도 몰라요."

"제3급은 뭔데?" 코스토글로토프는 민법은 잘 몰랐다.

"최저선이에요. 빵값은 되지만 설탕은 살 수 없는 보수."

　좀카는 어른처럼 무엇이든 다 알아보고 있었다. 종양은 소년의 인생을 크게 파괴했으나, 소년은 끝까지 자기의 계획을 관철하려고 했다.

"대학은?"

"어떻게 해볼 거예요."

"문과로?"

"네."

"이봐, 좀카, 처음으로 충고하지만, 그것은 파멸의 근원이야. 라디오 수리라도 해요. 그런 편이 조용히 살 수도 있고 돈벌이도 돼."

"라디오라니? 창피해요. 저는 진실을 쓰고 싶어요."

"그러니까 라디오를 수리하면서 진실을 쓰는 거야. 바보같으니라구!"

　두 사람의 의견은 일치되지 않았다. 이런 저런 이야기가 나왔다. 코스토글로토프의 일도 화제에 올랐다. 이것도 또한 좀카가 어린애답지 않은 점이었다. 즉 남의 일에 관심을 가지고 있다는 점, 젊은이들은 대부분 자기 일만 염두에 두고 있는 것이 보통이다. 코스토글로토프는 어른과 이야기하듯 자기의 현재 사정을 말하고 있었다.

"거참, 우울하게 됐군요……."

"어떤가, 이제는 나 같은 입장이 되고 싶지는 않겠지?"

"그렇게 말씀하시지만……."

이제 좀카는 앞으로 한 달 반 동안 엑스선 조사와 목발 짚는 연습을 하게 되면 5월에는 퇴원할 수 있었다.

"처음에는 어디로 가지?"

"우선 동물원에 갈 거예요!"

좀카는 코스토글로토프에게 동물원 이야기를 여러 차례 했다. 둘이 병동 앞 층계에 나란히 서면, 좀카는 강 건너 빽빽이 우거진 나무 그늘에 가려 보이지 않는 동물원 쪽을 자신있게 가리켰다. 좀카는 여러 동물들을 책에서도 보고 라디오에서도 들었지만 여우, 곰, 호랑이나 코끼리 등을 본 적은 한 번도 없다. 소년이 살던 고장에는 동물원이나 서커스단이나 숲 같은 것도 없었다. 그래서 어려서부터의 꿈은 동물원을 구경하는 일이었으며, 이런 꿈은 해가 갈수록 점점 더 커지고 있었다. 소년은 동물들과 만나게 되는 것에 무슨 특별한 기대를 가지고 있었다. 아픈 다리를 끌면서 이 병원에 처음 왔던 날, 소년은 곧바로 동물원에 가보았으나 마침 그날은 휴일이었다. "좋은 생각이 났어요. 올레그! 당신은 이제 곧 퇴원하시게 되죠?"

코스토글로토프는 등을 구부린 채 앉아 있었다.

"아마 그렇게 되겠지. 혈액이 꽤 나빠지긴 했지만. 구토증도 나고."

"그럼 동물원에 다녀갈 수 없어요?" 그가 꼭 다녀가 주도록 애원하는 것같이 좀카는 말했다.

"그래 가도록 하지."

"아니, 꼭 가야 해요! 부탁이에요. 가요! 구경하고 나서 엽서로 소식을 전해줘요. 그다지 번거로운 부탁은 아니지요? 그러면 난 말할 수 없이 기쁠 거예요. 그 엽서에 지금은 어떤 동물이 있고, 무엇이 제일 재미있는지 알려줘요. 저는 한 달 전부터 정보를 얻은 셈이 되거든요. 가주시겠지요? 엽서를 보내주시는 거지요? 악어나 사자도 있다던데!"

코스토글로토프는 약속했다. 그리고 나가버렸으나(자기도 눕고 싶어졌던 것이다), 조그마한 방에 혼자 남은 좀카는 얼마 동안은 책도 보지 않고 천장이나 창문을 쳐다보면서 생각에 잠겼다. 창문에는 부채꼴 모양의 쇠창살이 끼워져 있었고, 그밖에는 막혀 있어서 병원의 담장만 보였다. 벽에 직사광선이 비치지는 않았으나 흐린 날씨는 아니며, 구름이 다소 가렸지만 아주 덮여 있는 것도 아니고, 이 방으로 희미한 햇빛을 던져주고 있었다. 밖에는 덥지도 않고, 밝지도 않고, 어딘가 우울한 봄날이어서, 사람들은 묵묵히 봄 일에 힘을 쏟고 있을 것이다.

좀카는 가만히 누워서 즐거운 공상에 사로잡혔다. 잘라버린 다리는 차차 아무것도 느끼지 못하게 될 것이다. 그리고 좀카는 목발을 짚고, 민첩하고 교묘하게 걷게 될 것이다. 잘되면 퇴원은 화창한 5월에 하게 되며, 아침부터 마지막 전차의 시각까지 동물원에 있을 수 있을 것이다. 그 후에도 시간은 얼마든지 있으니까, 학교 공부를 빨리 해버리고, 지금까지 시간이 없어서 보지 못했던 재미있는 책을 얼마든지 읽어야지. 친구들은 댄스하러 나가지만, 자기는 이제 그렇게 시간을 허비할 일은 두 번 다시 없을 것이다. 불을 켜고 공부하는 거야.

이때 문을 두드리는 소리가 들렸다.

"들어오세요!"('들어오세요'라는 말을 입밖에 내는 것이 소년한테는 얼마나 즐거운 일인지 몰랐다. 방으로 들어오는 사람이 노크하는 이런 환경에 살아본 것은 난생 처음이었다).

문이 활짝 열리고 아샤가 들어왔다. 누구에게 쫓기는 것처럼 급하게 밀어닥치듯이 들어온 아샤는 문을 닫은 채 그대로 한 손으로 손잡이를 잡고 다른 한 손으로 가운의 앞가슴을 여미고 넋을 잃은 채 문가에 섰다.

그 모습은 '사흘간의 검사'로 왔고, 금방이라도 한겨울 경기장으로 날아갈 듯 보이던 사람이 아니었다. 파리해진 얼굴에 온몸은 생기를 잃었고, 단시간 내에 변할 리가 없는 그 노란머리가 지금은 보기에도 측은하게 흩어져 있었다. 가운만은 똑같았다. 때묻고, 단추가 떨어지고, 여러 환자들이 입어서 낡아빠진, 언제 소독했는지도 모르는 가운. 그 가운이 지금은 어쩐지 소녀한테 잘 어울렸다.

겨우 눈썹을 움직이며, 아샤는 좀카를 바라보았다. 왜 이리로 뛰어왔을까? 다른 곳으로는 도망칠 데가 없었을까? 그러나 아샤는 이미 좀카의 1년 위의 상급생도 아니며, 세 번씩이나 먼 여행을 한 인생 경험이 풍부한 소녀도 아니며, 좀카와 대등한 처지였다. 소년은 그녀를 기쁘게 맞이했다.

"아샤! 앉아요! 웬일이에요?"

지금까지 그들은 여러 번 만나서, 좀카의 다리에 대해 이야기했으며 (아샤는 절대 잘라서는 안된다는 의견이었다), 수술 후에는 아샤가 두 번 찾아와서 사과나 비스킷을 주곤 했다. 처음 만났던 밤부터 그들은 친해졌는데 그 후에는 점점 가까워졌으며 아샤는 금방 말하지는 않았지만 곧 자기 병의 비밀을 털어놓았다. 오른쪽 유방에 멍울이 생기고 아파서 엑스선 조사를 받으며, 또 혓바닥 밑에 알약을 물고 있다고 했다.

"앉아요, 아샤! 앉으라구!"

소녀는 문의 손잡이를 놓고, 한 손으로 벽을 더듬듯이 걸어와서 좀카 머리맡 의자에 걸터앉았다. 그런데 좀카로부터 눈길을 돌리고 담요만 보았다. 그녀는 좀카를 향하여 바로 앉지 않았다. 좀카는 좀 어리둥절했다.

"왜 그래요?" 오히려 좀카가 어른스러워 보였다. 베개 위의 머리를 소녀쪽으로 돌렸다. 그녀는 입술을 떨면서 눈을 깜박였다.

"아센카!"

좀카는 용기를 내서 불렀다(이토록 소녀를 가엾게 생각하지 않았다면 절대 애칭을 부를 용기는 나지 않았을 것이다). 그러자 소녀는 갑자기 좀카의 베개에 얼굴을 파묻었다. 머리와 머리가 맞닿으면서 머리채가 소년의 귀를 간지럽혔다.

"자, 아셴카!"

소년은 말하며, 담요 위를 더듬어 소녀의 손을 잡으려고 했으나 잡히지 않았다. 그런데 소녀는 베개에 얼굴을 파묻은 채 울음을 터뜨렸다.

"어떻게 된 일이지? 말해 봐요!" 그러나 좀카는 대강 사정을 알고 있었다.

"잘라야 한대요, 으으음!"

소녀는 울음을 터트리고 신음했다. 좀카는 이렇게 고통스러운 신음소리는 처음 들어보았다.

"아직 확실히는 모르잖아요. 수술을 하지 않아도 되지 않을까요?"

좀카는 달래면서도, 이 탄식을 멈출 수는 없다고 느꼈다. 소녀는 베개에 얼굴을 대고 계속 울었다. 소년의 머리까지 눈물이 축축하게 번졌다. 좀카는 그녀의 손을 찾아 쓰다듬기 시작했다.

"아셴카! 걱정말아요, 어떻게 잘되겠지."

"틀렸어요…… 금요일에 수술한댔어……."

그 신음소리는 좀카의 마음을 휘저어 놓았다. 소녀의 우는 얼굴은 보이지 않았으나, 그 머리채만은 바로 눈앞에 뚜렷이 보였다. 부드럽고 간지러운 머리카락. 좀카는 무엇인가 말하고 싶었으나, 할 말이 생각나지 않았다. 그래서 그냥 소녀의 손을 꼭 잡았다. 이제는 자기 자신보다 아샤가 불쌍해 견딜 수가 없었다.

"무엇 때문에 살아야 하죠? 무엇 때문에……."

이 질문에 대해서 좀카는 자기의 막연한 경험으로 무슨 이야기든 할 수 있을 것 같았으나 삶의 목적을 간단히 설명할 수는 없었다. 하지만 지금은 어떤 말로도 아샤의 탄식을 잠재우지는 못할 것이다. 소녀의 인생 경험으로는 단 한 가지 결론뿐이다. 더 살아갈 이유가 없어진 것이다!

"날…… 이제는…… 누가…… 사랑해 주겠어?"

소녀는 몸부림치며 울었다. 좀카의 뺨까지 축축해졌다. 소년은 그녀의 손을 꽉 잡으며 위로했다.

"괜찮아. 눈으로 바라보기만 해도, 성격만으로도……."

"성격을 좋아한다는 건 바보예요!" 말이 앞발을 쳐들듯이 소녀는 갑자기 상체를 일으키고, 얼굴에서 손을 뗐다. 좀카는 비로소 소녀의 우는 얼굴을 보았다. 붉은 반점이 나타나 있었다. 가련하고 눈물에 젖은 화난 얼굴이었다.

"유방이 하나밖에 없는 여자 따위를 누가 사랑해요! 누가! 난 열일곱 살이에요!"

모든 책임이 좀카한테 있다는 듯이 소녀는 큰소리로 말했다. 좀카는 갑자기 위안의 말이 생각나지 않았다.

"해수욕장에는 어떻게 가! 그렇지, 바다에 그런 꼴로 어떻게 들어가?"

소녀는 몸을, 나선형으로 떨어지는 비행기처럼 떨기 시작했다. 그리고 손으로 머리를 움켜쥐고 좀카 곁에서 떨어져 마룻바닥에 주저앉았다. 아샤는 갖가지 수영복들을 생각하며 견딜 수가 없었다. 끈 달린 또는 끈이 없는 스타일, 원피스 혹은 투피스 스타일, 현재와 미래의 여러 종류의 수영복 모드. 오렌지색, 파란색, 진홍색, 생생한 바다빛 단색이나 줄무늬의 레이스가 달린 것, 아직 입어보지 못했으며, 또 입고 거울 앞에 서보지 못했던 여러 가지 수영복, 이런 모든 수영복을 다시는 사지도 못하게 되고, 입어볼 수도 없게 되는 것이다! 해수욕장에 간다는 생활의 한 측면이 없어진다는 것이 아샤로서는 가장 괴로운 일이었으며, 창피스러운 일로 생각되었다. 그것만으로도 산다는 의미의 모든 것이 끝나버리고 말았다…….

그런데 높은 베개에서 좀카는 뜻밖에도 엉뚱한 소리를 중얼댔다.

"만일 누구도 당신과 결혼하지 않는다면…… 이런 형편이지만 나라면 언제든지 기꺼이 당신과 결혼하겠어요. 약속해도 좋아요……."

아샤는 벌떡 일어나 눈물이 말라버린 눈으로 소년을 바라보았다. "그렇다면 당신은 최후의 사람이에요! 이것을 볼 수 있고 키스할 수 있는 최후의 사람이에요! 이제는 누구도 키스하지 않을 거예요! 좀카! 하고 싶으면 해요, 키스를! 당신이라도!"

소녀는 가운의 앞가슴을 헤치고, 울음소리도 신음소리도 아닌 소리를 내면서 속옷의 앞자락을 헤쳤다. 거기에 절단의 운명에 처한 오른쪽 유방이 비죽이 나왔다. 그것은 직사광선처럼 빛나고 있었다! 방 전체가 갑자기 환해졌다. 장밋빛 젖꼭지가(좀카가 상상했던 것보다는 컸다) 소년의 시야에 날아 들어왔다. 그것은 눈이 부셔서 견딜 수 없는 장밋빛이 아닌가!

아샤는 소년의 머리 위에 바싹 가까이 가서 몸을 굽혔다.

"키스해 줘요! 키스해 줘!"

앞가슴의 훈훈한 공기를 맡으며 감사하고 황홀해진 소년은 황급히 새끼 돼지처럼 달라붙었다. 제 모습을 그대로 지닌 탱탱한 유방이 얼굴로 다가왔다. 어떤 그림이나 조각보다 아름답고 부드러운 곡선.

"기억해 줘요! ……이것이 여기에 있었다는 것을 기억해 줘요!"

짧게 깎은 소년의 머리에 아샤의 눈물이 떨어졌다. 소녀는 유방을 거두어 넣으려고 하지 않았고, 좀카는 다시 장밋빛 젖꼭지를 물고 아기처럼 입술을 부드럽게 놀렸다. 아샤의 미래의 아기도 이제는 절대 이 젖꼭지를 빨 수 없겠지. 소년은 얼굴 위에 축 늘어진 기적을 마음껏 빨고 있었다. 오늘은 기적이지만 내일은 쓰레기통에 버려질 것을…….

29. 부드러운 말, 엄격한 말

유라는 출장에서 돌아오자마자 곧장 병원으로 왔다. 루사노프가 집에 전화를 걸어서 가져다 달라고 했던 신발, 외투, 모자를 가져왔다. 루사노프는 미련한 놈들이 침대에서 뒹굴면서 실없는 소리나 지껄여대는 병실 분위기에 질려버렸고, 휴게실에도 싫증이 나 있는데다가, 몸이 많이 쇠약해져서 바깥의 신선한 공기를 마시고 싶었던 것이다.

루사노프는 외투 위에 머플러를 둘러서 종양을 감췄다. 종양은 머리를 움직일 때 거북하기는 했지만 예전보다는 한결 작아졌다. 구내 가로수길에서 아는 사람을 만날 염려는 별로 없었지만, 혹시 마주친대도 보통 복장을 했으니까 눈에 띄지 않을 것이다. 루사노프는 마음 편히 산책에 나섰다. 아들은 팔짱을 껴서 아버지를 부축했고, 아버지는 아들을 꼭 붙들었다. 깨끗한 아스팔트를 밟으며 걷는 기분도 좋았지만, 그것보다 더 기뻤던 것은 이렇게 걷고 있으면 퇴원할 날이 가까워졌다는 것이 실감이 되었기 때문이다. 퇴원하면 우선 그리웠던 집에서 푹 쉬고, 그러고 나서 사랑하는 직장으로 돌아가야지. 루사노프는 치료뿐만 아니라 병상의 침체되고 무기력한 생활에도 싫증이 나 있었다. '중요한 큰기관의 핵심 간부'라는 사실이 빠지니까 갑자기 존재의 이유까지 없어지는 느낌이었다. 모두가 자기를 좋아하는 곳, 자기가 없이는 아무 일도 할 수 없는 곳으로 한시라도 빨리 돌아가고 싶었다.

이번 주 내내 축축한 비가 내려서 건물 뒤편은 아직도 서늘하고 눅눅했는데, 양지쪽은 햇살이 매우 따스했다. 루사노프는 봄코트가 거추장스럽게 느껴져서 맨위의 단추를 풀었다. 아들과 진지한 대화를 나누기에 안성맞춤의 기회였다. 오늘 토요일은 출장의 마지막 날이어서, 유라가 서둘러 직장에 돌아갈 필요가 없었다. 루사노프야 바쁜 일이 있을 턱이 없었다. 아버지는 최근 큰아들과의 관계가 소홀해진 것이 내심 마음에 걸렸다. 문병을 온 아들도 자꾸 시선을 돌리고 아버지의 얼굴을 마주보지 않으려는 것 같았다. 어릴 때는 유라도 솔직한 아이였는데 사춘기가 되면서부터는 이런 태도를 보였고, 유독 아버지를 대할 때 심해졌다. 루사노프는 그 애매하고 소심한 태도에 화가 치밀어서 "좀 당당하게 고개를 들어!"라고 소리를 지르곤 했다.

그러나 오늘은 화내지 않고 깊은 대화들을 해보리라고 마음먹었다. 그래서 아들에게 '출장에서 공화국 검사국 대표로서 어떻게 활약했는지 들려달라'고 말했다. 하지만 유라는 여전히 이야기를 하면서 한두 마디마다 걸핏하면 시선을 돌렸다.

"더 얘기해 봐, 더!"

부자는 햇볕이 쏟아져서 빗물이 다 마른 벤치에 나란히 앉았다. 유라는 가죽점퍼에 털가죽 모자를 쓰고 있었다(아무리 권해도 펠트 모자는 좋아하지 않았다). 진실되고 남자다운 얼굴인데, 내면의 연약함이 그 매력을 반감시키고 있었다. 유라는 땅바닥을 보면서 말했다.

"운전사 사건이 있었어요……."

"운전사 사건이라니?"

"어떤 운전사가 한겨울에 소비조합의 식료품을 운반했대요. 70킬로미터 거리였는데, 도중에서 심한 눈보라를 만나서 차가 꼼짝없이 갇혀 버렸대요. 눈보라가 24시간이 넘어가자 운전사는 너무 추워서 차를 비우고 숙소를 찾으러 나왔죠. 그런데 이튿날 아침에 눈보라가 멈춰서 운전사가 트랙터를 타고 차로 돌아가 보니까 마카로니 상자 하나가 없어졌대요."

"화물 발송인이 누군데?"

"발송인이 바로 운전사였습니다. 그래서 혼자 운전했던 겁니다."

"그런 엉터리가 어디 있나!"

"그렇습니다."

"그럼 그 녀석은 이익을 봤겠군."

"그런데 아버지, 그 없어진 상자의 대가가 너무나 비싼 것이었습니다! 그 상자 한 개로 5년형을 받았습니다. 같은 차에 실었던 보드카 상자는 모두 무사했는데."

"유라, 그렇게 사람을 마냥 좋게만 생각해서는 안 돼. 그리고 그렇게 심한 눈보라 속에서 훔치러 올 사람이 어디 있겠니?"

"말을 타고 올 수도 있지 않습니까! 아침까지는 발자국도 없어집니다."

"범인이 아니라 해도, 일단 장소를 이탈했잖아! 국가의 재산을 내버리고 가버렸다는 것은 괘씸한 짓이야!"

명백한 사건이고 판결도 적절했다. 루사노프 생각에는 오히려 가볍게 느껴지기도 했다. 그런데 아들은 그렇게 생각하지 않다니! 유라는 마음이 여리면서도 쓸데없는 고집을 피울 때는 당나귀처럼 완강했다.

"아버지, 상상해 보십시오. 눈보라가 치고, 기온은 영하 10도입니다. 운전석에서 잤다면 동사했을 겁니다."

"동사? 동사라니? 보초병은 다 어떻게 되겠니?"

"보초병은 두 시간마다 교대를 해요."

"만일 교대하지 못할 경우는? 전선이었라면? 어떤 날씨에도 군인은 부서에서 이탈하지 않는 거야! 잘 생각해 봐! 만일 그 사람을 용서하면, 다른 운전사들까지도 앞으로는 모두 제멋대로 부서에서 이탈할 테고, 그러면 국가 재산을 모두 도난당할 거야. 알겠니?"

하지만 유라는 이해하지 못했다! 시무룩하게 침묵을 지키는 걸로 봐서 이해하지 못한 게 분명했다.

"그래, 좋아, 넌 아직 어리니까 네 의견을 그렇게 말할 수는 있어. 정식으로 서류로 작성한 건 아니지?"

아들이 마르고 튼 입술을 움직였다.

"저는 항소문을 작성해서 판결 진행을 중지시켰습니다."

"중지시켰어? 그럼 재심을 하는 거냐? 이거 참!"

루사노프는 손으로 얼굴을 반쯤 가렸다. 그가 걱정하던 대로 된 것이 아닌가! 유라는 일을 망치고, 자신을 망치고, 아비에게까지 검은 그림자를 던졌다. 눈치가 없고 우둔한 자식한테 자기의 명석하고 민첩한 생각을 전할 수 없는 아버지의 무력함이 분노와 함께 메스껍게 치밀어 올랐다.

루사노프는 자리에서 일어나 걷기 시작했다. 유라는 얼른 뒤따라 와서 아버지의 팔짱을 꼈다. 하지만 루사노프는 그것에 만족하지 않고, 아들에게 무슨 과오를 저지른 것인지 이해시키려고 애쓰기 시작했다. 일단 '합법성'을 설명했다. 법이란 경솔하게 바꿀 수 없는 견고한 존재이고, 검사국의 일원은 그 사실을 지켜가야 한다는 것이다. 여기서 루사노프는 조건을 하나 달았다. 즉 진리란 구체적인 것이니 항상 구체적인 시간과 장소와 상황을 고려해야 한다는 것이다. 또한 모든 재판과 모든 국가기관의 말단 조직은 유기적으로 연결되어 있다는 것도 설명했다. 공화국의 전권을 위임받고 벽지에 갔다고 고자세를 취할 게 아니라, 오히려 그 지방의 조건들을 상세히 고려하고 그곳 실정에 밝은 지방 관리들과의 대립을 피해야 한다는 것이다. 그러니까 그 운전사가 5년형을 받았다면 그 지방에서는 그럴 필요가 있었다는 뜻이라는 거다.

그들은 병동 건물의 응달로 들어가기도 하고 또 나오기도 하면서, 보도나 구불구불한 길, 그리고 냇가의 길을 따라 계속 걸었다. 유라는 아버지의 이야기를 얌전하게 듣고 있다가 갑자기 혼잣말처럼 말했다.

"피곤하시죠? 아버지. 좀 앉으실까요?"

'고집쟁이 녀석, 아무것도 모르고 있어! 운전석이 영하 10도라는 것밖에는 이 사건에서 알고 있는 것이라곤.'

루사노프는 물론 피곤했고, 코트가 더워서 나무숲 그늘의 벤치에 앉았다. 나무숲이라도 이제 막 드문드문 새싹이 움트기 시작할 때라서 나뭇가지들 사이로 환히 뚫려 있었다. 햇볕이 좋았다. 루사노프는 안경을 쓰지 않아서, 얼굴과 눈도 충분히 휴식을 즐기고 있었다. 낭떠러지 밑에서 졸졸 개울물 흐르는 소리가 들렸다. 루사노프는 생각에 잠겼다. 죽지 않고 살아서 또다시 봄을 맞이했구나. 햇살을 쬐고 새싹을 보고 개울물 소리를 듣는 것은 얼마나 즐거운 일인가.

그러나 유라와의 관계는 원만하게 해야 했다. 함부로 화를 내서 아들을 더 멀어지게 해서는 안 된다. 루사노프는 한숨 돌리고서, 출장 이야기를 더 들려달라고 부탁했다. 유라는 눈치 빠른 아이는 아니었지만, 아버지가 무엇을 칭찬하고 무엇을 싫어하는지 잘 알고 있었기 때문에, 이번에는 아버지가 칭찬할 만한 얘깃거리를 꺼냈다. 그러나 역시 시선을 피했기 때문에, 아버지는 무언가 감추고 있다고 민감하게 느꼈다.

"다 이야기해 봐, 다! 이 애비의 충고는 틀리는 적이 없다. 난 너를 위해서, 네가 과오를 저지르지 않기를 바랄 뿐이야."

유라는 한숨을 내쉬더니 이야기를 시작했다. 출장 중에는 낡은 법률 서적이나 법원 기록을 가지고 다니며 읽기도 하는데, 그런 서류 중에 5년 전의 것이 있었다. 그런데 1루블이나 3루블짜리 수입인지가 붙어 있어야 될 곳이 비어 있었다. 붙였던 자국만 있고 인지는 떼어져 있었다. 이상해서 조사해 보니까 최근 서류에 붙어 있는 인지가 재활용처럼 약간 찢어진 것을 발견했다. 그래서 유라는 '문서 보관소 담당의 아가씨들, 카차나 니나 중 한 명이 새 인지 대신에 낡은 인지를 붙이고, 뒷돈을 받고 있는 것이 틀림없다.'는 결론을 내렸다. 루사노프는 흥분해서 두 팔을 내저었다.

"그래 그렇지! 빠져나갈 구멍은 얼마든지 있어! 공금을 횡령할 구멍은 많으니까! 많고 말고!"

그런데 유라는 아무에게도 알리지 않고 은밀히 조사를 진행했다. 둘 중 누가 공금 횡령자인지 찾아내기 위해서 처음에는 카차에게, 다음에는 니나에게 영화를 보자고 제안했다. 나중에 그 집까지 바래다주면서 가구나 융단을 살펴보면, 좋은 것을 가진 쪽이 범인이리라고 생각했던 것이다. 루사노프는 손뼉을 치면서 기뻐했다.

"좋은 생각이군! 정말 머리가 좋구나! 놀이와 일로 일석이조를 노리다니, 됐어!"

그러나 유라는 '하나는 부모와 함께 살고 하나는 동생과 사는데, 둘 다 가난했다.'고 했다. 융단은 고사하고 필수적인 가구들도 없는 형편이었다. 그래서 유라는 고민 끝에 법원 판사에게 의논하고 '법적 처벌보다는 훈계로 끝내자.'고 부탁했다. 판사는 유라가 이 사건을 표면화시키지 않는 것을 매우 기뻐했다. 이것이 밖으로 알려지면 판사의 입장도 난처해지기 때문이다. 판사는 두 처녀를 한 사람씩 불러서 몇 시간 심문한 끝에, 모두에게 범행을 자백받았다. 그들은 각자 매달 100루블씩을 착복했다고 했다.

"정식으로 처리를 했었어야지! 아아, 정식으로 서류를 꾸며뒀어야 했어!"

루사노프는 자기가 실수한 것처럼 분개했다. 물론 판사의 입장을 고려한 유라의 처리는 잘한 일이지만.

"최소한 착복한 전액을 변상시켜야 했어!"

유라의 말투가 느려졌다. 결국 유라는 이 사건의 의미를 이해하지 못한 것이다. 판사에게 이 문제를 공표하지 않도록 제안할 때는 스스로가 관대하다고 느꼈다. 죄를 자백하고 처벌을 각오했을 때 뜻밖에 용서받는다면 얼마나 기뻐할까. 그래서 유라는 판사보다 먼저 두 처녀를 향하여, 당신들의 행위는 창피하고 비열하다고 나무라고, 훔칠 수 있는 장소에 있으면서 그런 짓을 하지 않았던 정직한 사람들의 실례를 자기의 23년 생애에서 찾아내서 엄격한 목소리로 말했다. 그 엄격한 말은 뒤에 용서하는 말로써 장식될 것을 충분히 감안했기 때문에 한 것이다. 그런데 처녀들은 용서를 받고 물러간 후에, 관대한 처분에 대한 감사는커녕 유라와 마주치면 모르는 체하고 지나갔다. 유라는 영문을 알 수가 없었다. 법원에 근무하고 있으니 자기들이 어떤 위험에서 벗어나게 된 것인지는 모를 리가 없는데! 유라는 참을 수가 없어서, 니나에게 기쁘지 않느냐고 물어보았다. "무엇이 기쁘죠? 난 근무처를 바꿔야 해요. 지금 받는 월급으로는 생활해 나갈 수가 없어요." 조금 예쁘다고 생각되는 카차한테는 다시 한 번 영화를 보러 가자고 했다. "아니, 나는 얌전히 혼자 산책하고 싶어요."

유라는 출장에서 돌아온 후로 줄곧 그 일을 생각하고 있었던 것이다. 처녀들이 고맙게 생각하지 않은 일은 이 청년에게 큰 상처가 되었다. 융통성이 없이 정직한 아버지가 말하는 것처럼 인생은 단순하지 않다는 것을 이전부터 느끼고 있었지만, 현실은 너무나 복잡했다. 대체 어떻게 행동했어야 했을까? 그 처녀들을 용서하지 말고 처벌했어야 했나? 아니면 죄를 모르는 체했어야 했나? 하지만 그러면 자기의 직무는 무슨 소용이 있는가?

아버지는 이제 아무것도 묻지 않았다. 유라도 잠자코 있었다.

아버지는 이 작은 사건, 잘못 처리해서 망쳐버린 사건에서, 최종 결론을 내리고 있었다. 어려서부터 용기가 없던 아이는 커서도 역시 마찬가지구나! 제 자식이지만 너무 답답하고 불쌍하게 여겨졌다. 그들은 너무 오래 앉아 있었다. 루사노프는 다리가 시리기 시작하더니 눕고 싶어서 견딜 수가 없었다. 그래서 아들과 작별하고 병실로 돌아왔다.

병실에서는 모두들 신이 나서 떠들어대고 있었다. 제일 열심히 지껄이는 사람은 목소리가 잘 나오지 않던, 한때 이 병실에 있었던 풍채 좋은 철학강사였다. 목수술을 받으러 갔다가 사흘 전에 다시 외과에서 방사선과로 옮겨왔다. 목의 제일 눈에 띄는 위치에 소년단 넥타이핀 같은 작은 쇠붙이를 끼고 있었다. 이 강사는 교양 있고 선량한 사람이어서 루사노프도 되도록이면 호의적으로 대하려고 했고, 그 쇠붙이가 빠져나온 모양이 아무리 보기 흉해도 아무말도 하지 않았다. 말소리를 내려면 줄곧 그 쇠붙이 위에 손가락을 대고 있어야 했지만, 이 사람은 그토록 좋아하는 말하기 능력을 수술로 되찾고 마음껏 발산하고 있었다. 철학강사는 속삭임보다는 크지만 그래도 겨우 들리는 소리로 말하고 있었다.

"그리고 여러 물건을 수집했어! 크지 않은 방에 황금빛 소파 세트를 놓았지. 등과 팔걸이에는 엷은 자색 우단이 씌워져 있었어. 이런 의자가 넷, 긴 의자 하나. 도대체 어디서 가져왔을까, 루브르 박물관인가?" 철학강사는 웃음을 참지 못했다. "같은 방에 또 다른 소파 세트도 있었어. 푹신푹신하지 않고 까만 등받이가 높은 모양이었어. 그리고 피아노는 오스트리아 빈에서 만든 거야. 한 테이블은 바이마르식 조각이 되어 있는데, 그 위에 마룻바닥에 늘어지는 반짝이는 파란 테이블보를 덮었어. 또다른 탁자 위에는 청동 장식품이 있었는데 등잔불을 손에 들고 몸을 구부린 나체 아가씨였어. 등잔에 불이 켜지지 않았으나, 그것이 얼마나 큰지 천장에 닿을 것 같았어. 공원에 놓아도 될 만큼……. 시계도 셀 수 없을 만큼 많았는데 대부분 바늘이 멈춰 있었어. 박물관에서 가져온 듯한 멋없이 큰 화병에 오렌지꽃 한 송이만 꽂혀 있고, 내가 들어가 본 두 개의 방에만도 거울이 다섯 개나 걸려 있더군. 조각이 된 참나무 액자에 끼운 것, 대리석 속에 끼운 것들이었어. 그림도 많았어. 바다 풍경, 산 풍경, 이탈리아의 거리 풍경 등……." 철학강사는 웃었다.

"그런 것들을 어디서 가져왔을까?" 버릇처럼 허리에 두 손을 올린 시브가토프가 기가 찬다는 듯 말했다.

"일부는 전리품이지만, 위탁받은 것도 있는 것 같았어. 그놈이 거기서 여점원과 알게 되고…… 그 여자의 가구를 평가하러 갔던 것과 인연이 되어서, 같이 사는 거야. 그 후부터는 부부가 골동품 수집을 하고 있지."

"그 사람 근무처는?" 아흐마드잔이 덩달아 물었다.

"그 사람은 근무하지 않아. 1942년부터 연금을 받아 살지. 그런데 그는 장작이라도 팰 수 있을 것 같은 단단한 이마를 갖고 있단 말이야! 같은 집에서 의붓딸과 그 아이들이 사는데, 그들에게 몹시 뽐내고 있었어. 내 명령이야! 이 집 주인은 나야! 이 집을 내가 지었어! 이렇게 말이야. 외투 호주머니에 손을 찔러넣고, 원수나 된 듯한 폼으로 걸어다녀. 본명이 예멜리얀이라고 했는데 어찌된 영문인지 집에서는 사시크라고 불렀어. 그런데도 이 사람은 자기 인생에 만족하지 않았지. 그 사람의 옛 상관이 키슬로보드스크(북카프카즈의 유명한 요양지)에 사는데, 그 상관 집이 방이 열 개에 전속 보일러맨이 있고, 차도 두 대나 있는 모양이야. 사시크는 자기가 그만 못한 것이 분해서 밤잠도 제대로 못 잔다는 거야!"

웃음이 터져나왔다. 그러나 루사노프는 이 이야기가 우스꽝스럽지도 않았고, 이 자리에 어울리는 이야기같지도 않았다. 슐루빈도 웃지 않았다. 잠을 방해받았다는 듯이 모든 사람을 힐끔거렸다. 코스토글로토프는 드러누운 채 말참견을 했다.

"정말 우스운 이야기로군. 어떻게 그런 것을 다……."

"최근에 신문에도 난 적이 있어요."

그러자 이야기를 듣던 몇몇이 그 기사를 기억하고 말했다.

"공금으로 자기 집을 지었는데 발각됐지. 그래서 자기비판을 하고, 그 집을 유치원에 기부하고 표창을 받았대요. 당에서 제명되지도 않고 말이야."

"그랬었지!" 시브가토프도 생각이 났다. "무엇 때문에 표창했을까? 왜 고발당하지 않았을까?"

철학강사는 그 기사를 읽지 않아서 잠자코 있었는데, 그 대신 루사노프가 입을 열었다.

"이미 후회하고 잘못을 인정해서 집을 유치원에 기부한 사람에게 어떻게 엄격한 조치를 하겠어? 휴머니즘은 우리나라의 기본으로……."

"정말 우스꽝스러운 이야기로군." 스토글로토프가 말을 자르더니 철학강사에게 물었다. "이걸 철학적으로 어떻게 해석하죠? 사시크와 집 사건을."

철학강사는 한쪽 팔을 벌리고 어깨를 으쓱했다(한 손은 목을 누르고 있었다).

"유감스럽게도, 부르주아 근성의 잔재지요."

"어떻게 그것이 부르주아 근성이오?" 코스토글로토프가 중얼거렸다.

"부르주아가 아니라면 누구의 근성이겠어요?" 바짐이 경계하듯이 말했다. 오늘 바짐은 모처럼 책 읽을 기분이었는데 모두가 떠들어서 언짢았다.

코스토글로토프는 누웠던 자세에서 몸을 일으키고 바짐과 환자들이 잘 보이게 베개에 기댔다.

"그것은 인간의 욕망의 깊이를 말하는 것이지, 부르주아 근성은 아니에요. 부르주아 이전에도 욕심 많은 녀석은 있었고, 부르주아 이후에도 반드시 있어!"

루사노프는 아직 눕지 않았기에, 옆 침대 코스토글로토프를 내려다보면서 훈계하듯이 말했다.

"그런 인간의 출신계급을 조사해 보면 꼭 부르주아란 말야."

코스토글로토프는 침을 뱉듯 머리를 흔들었다.

"출신계급이라니, 쓸데없는 소리야!"

"쓸데없는 소리라니?"

루사노프는 놀라서 저도 모르게 배를 움켜잡았다. 아무리 코스토글로 토프래도 그토록 대담한 소리를 할 줄은 예상하지 못했다. 바짐도 검은 눈썹을 치켜올랐다.

"쓸데없는 소리란 무슨 뜻이죠?"

코스토글로토프가 약간 긴장한 표정으로 상체를 일으켰다.

"그것은 말하자면, 당신들 머리에 쑤셔넣은 말에 지나지 않는다는 뜻이야."

"쑤셔넣다니 무슨 소린가? 당신은 당신의 말에 책임을 지겠지?" 갑자기 어디서 힘이 생겼는지 루사노프가 버럭 소리를 질렀다.

"당신들이란 누굴 말하는 겁니까?" 바짐도 무릎 위에 책을 가지런히 올려놓은 채 자세를 바로했다.

"당신들 말이야."

"우린 로봇이 아니야! 무턱대고 아무거나 믿는 게 아니에요." 바짐은 꿋꿋하게 머리를 저었다.

"우리들이란 누굴 두고 하는 말이지?" 코스토글로토프는 낄낄 웃었다. 흐트러진 머리카락이 얼굴에 늘어졌다.

"우리들은 우리들이지! 우리 세대 말이야!"

"그런데 왜 출신계급 따위를 믿게 되었나? 그것은 마르크스주의가 아니고, 인종차별에 지나지 않아요."

"뭐?" 루사노프는 크게 충격을 받아 짐승처럼 을부짖었다.

"인종차별이란 말이오!" 코스토글로토프도 소리를 질렀다.

"모두 다 들었지? 들었지요?" 루사노프는 좀 비틀거리며 두 손으로 병실 사람들을 불러 모으는 시늉을 했다. "모두 증인입니다! 모두 증인이 돼주시오! 이것이야말로 사상 교란이 아닌가?"

이때 코스토글로토프는 재빨리 두 다리를 침대에서 내려놓고, 루사노프를 향해 두 팔로 상스러운 제스처를 취하면서 벽 낙서에서나 보는 상스러운 욕설들을 퍼부었다.

"XXX 같은 것들, 뭐가 사상 교란이야! 조금이라도 의견이 달라도 이내 사상 교란의 딱지를 붙여버리다니, XXX!"

루사노프는 천박한 욕설에 데어버린 것처럼 숨을 죽이고 떨어지려는 안경을 고쳐 썼다. 코스토글로토프는 병실 전체에 대고, 복도까지 쩡쩡 울리도록 고함을 질렀다(조야가 놀라서 출입문 입구에서 들여다보았다).

"당신들은 주문처럼 언제나 '출신계급, 출신계급' 뇌까리지? 20년대에는 뭐라고 했는지 알아? 당신 손바닥 굳은살 좀 봅시다! 당신 손이 그렇게 흰 것은 무슨 까닭이죠? 그래도 마르크스주의 운운할 거야!"

"나도 노동은 했어, 노동은!" 루사노프는 소리를 질렀으나, 안경이 흘러내린 것을 고치지 않아서 욕쟁이를 똑똑히 볼 수가 없었다.

"하기야 했겠지!" 코스토글로토프는 내뱉듯이 말했다. "토요일 노동에 한 번쯤 나가서, 나무 한 토막쯤 들어다 도중에 내버렸겠지! 난 제3 계급인 상인의 아들이지만 태어나서부터 지금까지 노동의 연속이야, 보라구, 이 굳은살을! 그래도 내가 부르주아란 말인가? 아버지에게서 받은 적혈구가 다른 사람들과 틀리다는 거야? 그래서 당신 견해는 계급이 아니라 인종에 있다고 말하는 거야. 당신은 인종차별론자란 말이야!"

"누가? 내가?"

"그래, 당신이 바로 인종차별론자란 말이야!" 코스토글로토프는 벌떡 일어서면서 다짐하듯이 말했다.

부당하게 모욕을 받은 루사노프는 고함을 질렀다. 바짐도 높은 소리로 재빨리 지껄였는데, 일어서지 않아서 무슨 말인지 알아들을 수가 없었다. 철학강사는 곱게 빗어넘긴 당당하고 커다란 머리를 저으면서 나무라는 듯한 표정으로 말하고 있었지만, 아무에게도 들리지 않았다. 그러자 코스토글로토프 옆으로 바싹 다가와서 한숨을 돌리면서 속삭이듯 말했다.

"'선조 대대의 프롤레타리아'라는 표현을 알고 있습니까?"

"아니, 10대 조상부터 프롤레타리아여도 자기가 일하지 않은 놈은 프롤레타리아가 아니야!" 코스토글로토프는 고함을 질렀다. "그놈은 욕심쟁이지, 프롤레타리아가 아니야! 그놈은 개인연금을 받으려고 우물쭈물하고 있다는 걸 다 들었어!" 루사노프가 무슨 말인가 하려고 하자 코스토글로토프가 다시 공격하기 시작했다. "당신이 사랑하는 것은 조국이 아니라 연금이야! 이제 겨우 마흔다섯인데! 나는 보로네지 전투에서 부상을 입었지만 얻은 것은 아무것도 없고, 장화는 더덕더덕 기웠지만 그래도 조국을 사랑하고 있어요! 조합에 들어가지 못해서 이 두 달 동안은 봉급도 한푼 못 받았지만 그래도 조국을 사랑하고 있어!"

그리고 긴 팔을 휘젓다가 하마터면 루사노프를 칠 뻔했다. 그런데 코스토글로토프는 느닷없이 화가 치밀어올라서 이 논쟁을 시작했지만, 수용소 시절에도 이런 논쟁은 열 번쯤은 되었다. 그래서 지금은 죽은 사람이 된 이들에게 들었던 말과 문구들이 부지불식간에 마구 튀어나왔다. 흥분한 코스토글로토프의 눈에는 이 침대와 사람들을 빽빽이 수용하고 있는 병실이, 수용소 감방처럼 보였다. 지저분한 말을 던진 것도, 쉽사리 덤빌 기세를 보이게 된 것도, 그래서였는지 모른다.

코스토글로토프가 격분해서 때리려고 달려들지도 모른다고 느껴지자 루사노프는 이내 입을 다물었다. 하지만 눈은 여전히 울분으로 불타고 있었다. 루사노프도 생각나는 대로 지껄여댔다.

"나는 연금 같은 건 필요 없어! 재산이라곤 쥐꼬리만큼도 없지만, 그것이 나의 자랑이야! 재산을 모을 생각도 없어! 봉급을 많이 받는 걸 바라지도 않고, 오히려 그것을 경멸해, 그까짓 것!"

"쉿! 쉿!" 철학강사는 말을 제지했다. "사회주의는 임금 격차를 부정하지 않습니다."

"임금 격차 같은 건 집어치워요!" 코스토글로토프는 끝끝내 완고히 부정했다. "그럼, 뭔가? 공산주의로 가는 과정에서도 일부 사람들은 특권을 더 많이 가져야 한다는 말인가? 평등하기 위해서는 우선 불평등해야 한다는 건가? 그것이 변증법이라는 건가, 그래?"

계속 고함을 질렀더니 명치끝이 아파오고 목소리가 잠겼다. 바짐은 아까부터 여러 번 말하려고 했지만, 그때마다 코스토글로토프가 새로운 토론의 씨를 하나하나 마치 볼링의 핀처럼 넘어뜨렸기 때문에 끼어들 수가 없었다.

"올레그!" 비로소 바짐이 끼여들었다. "올레그! 개발도상국을 비판하는 일만큼 쉬운 일은 없어요. 우리나라도 아직 시작된지 40년이 지나지 않았다는 사실을 잊으면 안 돼요."

"난 이 사회보다도 나이가 어리잖아! 그러니까 나더러 일생 잠자코 있으란 말이야?"

자기 목을 고려해 달라는 듯이 한 손으로 상대방을 제지하면서 철학강사는 알기 쉬운 예를 들었다. 병원 마루를 청소하는 사람과 보건 위생을 지도하는 사람과는 사회에 대한 공헌 정도가 다르다는 것이었다. 코스토글로토프가 다시 경박한 언행을 퍼부으려고 하는데, 갑자기 멀리 문 옆 한구석에서, 모두가 잊고 있던 슐루빈이 나왔다. 마치 한밤중에 두들겨 일으킨 사람처럼 가운의 앞가슴을 흐트러 놓고 꼴사나운 모습으로 절름발을 끌면서 코스토글로토프에게 다가갔다. 모두들 놀라서 지켜보았다. 노인은 철학강사 앞에 멈춰서서, 손가락 하나를 세우고, 조용한 가운데 질문했다.

"당신은 4월 테제(레닌이 1917년 4월 스위스에서 돌아온 후에 주창한 혁명 계획)를 알고 있나요?"

"그야 누구든지 알고 있지요!" 철학강사는 미소를 띠었다.

"조항을 낱낱이 열거할 수 있어요?" 탁한 목소리로 슐루빈이 질문했다.

"꼭 열거할 필요는 없잖아요? 4월 테제는 부르주아 민주주의 혁명에서 사회주의 혁명으로 옮겨가는 과정에 관한 문제를 제기한 겁니다. 그러니……."

"이런 조항이 있어요." 슐루빈은 빨갛게 충혈된 눈 위의 숱 많은 눈썹을 움직였다. "관리의 봉급은 숙련 노동자의 평균 임금보다 높아서는 안 된다!"

"정말인가요?" 철학강사는 놀란 것 같았다. "몰랐어요."

"집에 돌아가면 조사해 봐요. 즉 주 보건당국 직원은 여기 넬랴보다 보수가 낮아요."

그는 철학강사의 눈앞에 위협하듯이 손가락 하나를 움직이고는 절름발을 끌고 제 침대로 돌아갔다.

"하하! 하하!"

코스토글로토프는 뜻밖의 원군을 얻고서 기뻤다. 빼놓았던 논증의 근거를 노인이 찾아준 것이 아닌가!

"어때, 들었어?"

철학강사는 당황하면서 목의 쇠붙이에 손을 댔다.

"그렇지만 넬랴는 아무리 보아도 숙련 노동자 같지는 않아요."

"그럼 안경 쓴 잡역부라도 좋아요. 둘 다 봉급 액수는 똑같으니까."

루사노프는 침대에 뒤돌아 앉았다. 이제 코스토글로토프의 얼굴만 보아도 가슴이 움찔했다(그 억센 주먹을 보기만 해도 행정적인 수단에 호소할 결심이 쏙 들어갔다). 그리고 또 그 기분 나쁜 부엉이가 처음부터 마음에 들지 않았던 이유도 알았다. 주 보건당국 직원과 청소부를 함께 취급하다니, 얼마나 바보같은 논리인가! 이제 아무말도 하지 말아야지!

병실은 갑자기 조용해졌다. 이제 코스토글로토프의 논쟁 상대는 어디에도 없었다. 코스토글로토프도 역시나 되는 대로 소리를 질러댔기 때문에 너무나 피곤해졌다. 여기다가 한 번도 침대에서 일어나지 않았던 바짐이 코스토글로토프를 자기 침대로 불러서 소곤소곤 말하기 시작했다.

"올레그, 당신의 논증 방향은 틀렸어요. 당신의 착오는 미래의 이상을 기준으로 하는 데 있어요. 1917년 이전의 러시아 역사의 여러가지 병폐와 부패를 비교 대상으로 해야 합니다."

"그 시대에 살지 않았으니까 나야 모르지." 코스토글로토프는 하품을 했다.

"살지 않았더라도 조사하면 알 수 있어요. 살트이코프 시체드린만 있으면 다른 책은 읽을 필요가 없어요. 그렇지 않으면 서구 민주주의가 좋은 견본이지. 거기서는 인간의 권리도, 정의도, 단순한 인간적인 생활까지도 모두 박탈당하고 있으니까."

코스토글로토프는 다시 한 번 하품을 했다. 논쟁의 원동력이었던 화가 차츰 풀려서 사라지고 있었다. 폐의 운동 탓으로 위나 종양이 대단히 자극을 받은 것 같았다. 큰소리를 내지 말았어야 했다.

"당신은 군대 경험이 있어요, 바짐?"

"아뇨, 왜?"

"용케 군대에 안 가고 버텼군요?"

"그 대신, 학교에서 군사훈련을 받았어요."

"나는 군에 7년 있었어. 상사였었지. 당시 우리 군대는 노동자·농민의 군대로 불렸는데, 분대장 봉급이 20루블이고 소대장은 600루블이었어. 알겠어? 전선에 나가면 장교는 특식을 받아. 비스킷, 버터, 통조림 같은 것. 그러면 그들은 그것을 우리들 눈에 띄지 않은 곳에 숨어서 먹더군.

창피하게 생각했던 거야. 참호를 팔 때도 우리는 우리들의 것보다 장교의 것을 먼저 팠던 거야. 되풀이하지만 난 상사였어."

"그런데 그런 소리를 저한테 하는 이유는 도대체 뭡니까?"

"이런 경우에 부르주아 근성은 어디에 있는지 묻고 싶었어. 누가 부르주아인가 말이야."

오늘 코스토글로토프는 쓸데없는 말을 너무 많이 했다. 하지만 이젠 잃을 것도 없다는 쓸쓸한 안도의 기분 같은 것을 맛보았다. 그는 다시 큰 소리로 하품을 하면서 침대로 돌아가 누웠다. 또 하품이 나왔다. 또 다시 한 번. 피로 때문인지, 병 때문인지, 하품이 연속해서 나왔다. 혹은 지금까지의 논쟁이나 악의에 찬 시선이 이 병실 환자들의 병이나 죽음에 비긴다면, 겨우 호수의 잔물결 정도에 지나지 않을 것이라고 생각했던 탓일까?

무엇인가 전혀 다른 것을 만지고 싶었다. 깨끗한 것. 확고한 것. 그러나 어디에 그런 것이 있는지 코스토글로토프는 알지 못했다. 오늘 아침 카드민 부부의 편지를 받았다. 닥터 니콜라이 이바노비치는 코스토글로토프의 물음에 해답을 적어 주었다. '부드러운 말은 뼈를 부순다.'는 15세기 러시아의 필사본 《구약성서 이야기》에 나온다는 것이다(니콜라이 이바노비치는 옛일을 잘 알고 있었다). 키토브라스는 도시로부터 외떨어진 광야에 살았는데 똑바로 걷는 것밖에 몰랐다. 솔로몬 왕이 키토브라스를 불러들여서 몰래 쇠사슬로 묶어서 채석장으로 데리고 갔는데, 키토브라스는 똑바로만 걷기 때문에 예루살렘의 거리를 걸을 때에는 통행에 방해가 되는 집들을 부수지 않을 수가 없었다. 그런데 키토브라스의 행로에 한 과부의 집이 있었다. 과부는 죽은 남편의 집을 부수지 말도록 울면서 키토브라스에게 부탁했다. 그는 그 부탁을 들어주려고 몸을 무리하게 굽히며 지나가다가 갈비뼈를 부쉈다. 다행히 집은 무사히 남았다. 그러자 키토브

라스는 이렇게 말했다. '부드러운 말은 뼈를 부수고, 냉랭한 말은 분노를 부른다.'

'키토브라스나 15세기의 작가들은 얼마나 인간적인가. 그들에 비한다면 우리는 늑대야. 요즘 누가 부드러운 말 때문에 자기 갈비뼈를 희생하는가.' 그러나 카드민 부부의 편지는 그 말부터 시작한 것은 아니었다(코스토글로토프는 머릿장에 팔을 뻗어서 그 편지를 집었다).

「그리운 올레그!

불행한 사건이 있었습니다.

쥬크가 죽었답니다.

마을 사무실에서 들개를 사냥하려고 사냥꾼을 두 명 고용했는데, 그들은 거리를 걸어다니면서 마구잡이로 총을 쏘아댔어요. 토비크는 숨었는데, 쥬크는 뛰어나가서 사냥꾼에게 짖어댔죠. 쥬크는 카메라 렌즈까지도 두려워하는 예민한 개였는데! 쥬크는 눈을 맞고 수로 옆에 쓰러져서, 거기에 머리를 축 늘어뜨리고 있었어요. 그렇게 큰 몸집이 경련을 일으키는 것을 바라보면서 겁이 났습니다.

집이 쓸쓸해졌어요. 쥬크에게 미안한 생각이 들어요. 꼭 붙잡아 매놓았더라면……. 우리는 쥬크를 마당 구석의 정자 옆에 묻었습니다…….」

코스토글로토프는 천장에 쥬크의 모습을 그려 보았다. 죽은 쥬크, 눈에서 피를 흘리고 수로에 머리를 축 늘어뜨린 쥬크가 아니라, 코스토글로토프의 오두막집 창문에 두 앞다리와 곰 같은 귀와 양순한 눈을 가지고 불쑥 나타난 쥬크를. 빨리 문을 열라고 재촉하던 그 모습.

그 개가 죽었다.

무엇 때문에?

30. 노의사

올해 일흔다섯인 닥터 오렌시첸코프는 반세기 동안 환자를 치료해 왔다. 으리으리한 석조 저택은 못 지었어도 1920년대에 작은 뜰이 있는 목조 단층집을 사서 그곳에서 죽 살고 있었다. 집은 가로수가 심겨진 조용한 거리에 있었고, 인도도 넓어서 집과 도로의 간격이 15미터가 넘었다. 인도 위에는 지난 세기부터 자라난 굵직한 가로수들의 가지가 좍 펴져서 여름이면 녹색 지붕을 이뤘다. 사람들은 햇볕이 따가운 날이면 이 길을 걸으면서 상쾌해했다. 인도와 가지런히 파인 수로에는 찬 물이 흐르는데 보도블록으로 덮여 있었다. 활 모양으로 휘어져 있는 안쪽이 이 거리에서도 가장 깔끔하고 아름다운 장소였고, 그 길의 자랑이었다(하지만 시 의회에서는, 그 제멋대로 지은 단층집들이 너무 산만하니까, 찻길도 정리할 겸 구획정리를 해서 5층 건물을 짓겠다는 말이 나오고 있었다).

버스가 닥터 오렌시첸코프의 집 근처까지 들어가지 않기 때문에, 돈초바는 그 길을 걸었다. 따뜻하고 습도가 낮은 공기가 상쾌한 저녁이었다. 아직 황혼까지는 시간이 있었다. 밤맞이를 위해서 머리를 푼 듯한 크고 작은 나무들과 아직 푸른 새싹이 전혀 보이지 않는 포플러가 촛대처럼 눈에 띄었다. 그러나 돈초바는 위가 아니라 아래만 보고 걸었다. 이 봄이 전혀 설레지 않았다. 이 새싹들이 누런 낙엽으로 떨어질 무렵에 자신의 운명은 어찌될까 싶은 허무감마저 들었다. 잠시 발걸음을 멈추고 하늘을 바라보고 차분히 생각해볼 새도 없이 바쁘게만 살아왔다.

닥터 오렌시첸코프의 집 대문은 작은 쪽문과 호화스러운 큰 문이 나란히 달려 있었다. 대개 이런 경우 큰 문은 잠궈 두고 쪽문으로 출입하는 경우가 많다. 그러나 여기는 큰 문 앞의 2층 돌계단에 풀이나 이끼도 끼지 않았고, '닥터 오렌시첸코프'라고 예쁜 글씨가 새겨진 동판도 새것처럼 깨끗하게 닦여 있었다. 초인종 상자도 낡지 않았다. 돈초바는 그 초인종을 눌렀다. 발소리가 들리더니, 전에는 고급이었지만 이제는 다 낡은 갈색 양복을 입고 셔츠의 윗단추는 편하게 풀고 있는 오렌시첸코프가 문을 열었다.

"돈초바가 아닌가?"

입술 양쪽 끝이 약간 치켜 올라갔을 뿐이었으나, 그것이 이 노인의 가장 즐거운 미소였다.

"기다리고 있었어, 들어와요. 만나서 기뻐요. 아니, 기쁘기도 하고, 기쁘지 않기도 하고 그러네. 자네가 이 노인 집을 찾아왔을 때는 틀림없이 뭔가 좋지 않은 일이 있는 거겠지."

돈초바는 미리 전화로 방문 허락을 받았다. 그러나 전화로는 실례가 되는 것 같아서 용건은 이야기하지 않았다. 돈초바가 죄송스러워서 변명을 하려고 하는데, 노인이 돈초바에게 외투를 벗어달라고 재촉했다.

"괜찮아, 괜찮아, 내가 아직 그렇게 늙지는 않았어."

그러더니 많은 환자나 방문객을 예상해서 만든 잘 닦인 길쭉한 까만 옷걸이에 돈초바의 외투를 걸고, 매끄러운 나무 바닥 복도를 앞장서서 걸어갔다. 집 안에서 가장 밝은 방 앞을 지났다. 악보가 악보대에 펼쳐진 그랜드피아노가 있는 그 방은 오렌시첸코프의 맏손녀의 방이었다. 그 다음은 식당이었다. 아직 잎이 나지 않은 포도덩굴이 뜰로 향한 창문을 덮었고, 구석에 고급 대형 전축이 있었다. 그 다음이 노인의 서재였다. 사방에 책장이 둘러져 있고, 가운데 묵직한 구식 책상과 긴 의자와 안락의자가 있었다. 돈초바가 눈을 가늘게 뜨고 사방 벽을 둘러보았다.

"선생님, 전보다 책이 많아졌어요."

"아니, 그게 아니고." 오렌시첸코프는 주저하듯 큰머리를 약간 흔들었다. 몸짓을 되도록 하지 않으려는 몸짓처럼 보였다. "최근에 20권쯤 샀지. 누구에게 샀는지 알아?" 살짝 즐거운 표정이 스쳐갔다. 그와 이야기를 하

는 사람은 그 미묘한 뉘앙스를 잘 읽어야 한다. "아즈나체예프! 예순밖에
안 됐는데 연금으로 사는 사람이지. 사실은 그가 방사선 의사가 아닌 줄
근래에야 알았어. 양봉을 좋아하니까 앞으로도 양봉을 하면서 살고, 의학
따위는 알고 싶지도 않다는 거야. 그게 뭐야? 그렇게 양봉이 좋았다면, 왜
의학 때문에 좋은 세월을 다 잃은 거지? 자, 어디 앉아야지. 그 안락의자
에 앉아요. 앉기가 편할 거야."

"아니에요 선생님, 그렇게 오래 있지는 않겠어요."

돈초바는 이렇게 말하며 앉았는데, 그 부드러운 의자에 파묻히자 뭔가
좋은 생각이 떠오를 것 같은 확신이 들었다. 항상 책임을 지고, 사람을 지
도하고, 인생을 스스로 결정해 가야 한다는 마음의 무거운 짐이 외투를
벗으면서 아주 조금 어깨에서 떨어져 나갔는데, 이 안락의자에 앉은 순간
아주 말끔히 사라져버리는 것 같았다. 돈초바는 차분하게 서재를 둘러보
았다. 돈초바에게는 낯익은 광경이었다. 구석의 오래된 대리석 세면대도
그대로였다. 개수대는 세면대 밑에 양동이를 놓는 구식이었지만, 뚜껑을
덮어서 매우 청결했다.

돈초바는 오렌시첸코프를 마주 바라보았다. 이 분이 살아 계셔서 얼마
나 다행인지! 노인은 아직도 구부정하지 않고 꼿꼿이 바른 자세로 섰다.
예전부터 그의 모습에는 '남들 병은 내가 다 치료하겠지만, 나는 결코 병
나지 않는다.'는 자신감이 넘쳤다. 턱 중앙에 잘 손질한 수염을 은빛 폭포
처럼 드리고 있었다. 아직 머리숱도 많았고 완전히 백발이 되지도 않았으
며, 가리마도 여전히 뚜렷했다. 얼굴은 늘 냉정하고 차분해서 감정이 드
러나지 않았고, 다만 아치 모양의 눈썹이 감정의 기복을 했다.

"나는 책상에 앉겠어. 나쁘게 생각지는 말아요. 관료 흉내를 내는 게 아
니라, 그저 이렇게 앉는 것이 버릇이 돼놔서."

그렇게 앉는 버릇이 생긴 이유가 있었다! 예전만큼 환자가 밀리지는

않지만, 지금도 가끔 서재로 찾아와서 오래 앉아서 미래에 대한 여러 가지 심각한 이야기를 하는 사람들이 있었다. 복잡하게 얽힌 사연을 털어놓는 환자들은 계속해서 단단한 암갈색 레이스의 녹색 테이블보나, 낡은 목제 종이칼이나, 니켈 도금을 한 면봉(목구멍 진찰용)이나, 컵 속에서 식은 진한 홍차 등에 신경을 썼다. 그러면 의사는 책상에 마주앉아 있다가 이따금 일어서서 세면대나 책장 쪽을 거닐었는데, 환자를 자기의 시선에서 해방시켜 주면서 생각할 여유도 주기 위함이었다. 그럴 때를 제외하고는 닥터 오렌시첸코프의 냉정하고 주의 깊은 시선은, 1분 1초도 불필요하게 곁눈질로 창문을 보거나 책상 위 서류를 보는 일이 없이 환자나 방문객에게 꽂혀 있었다. 그 눈은 닥터 오렌시첸코프가 그들의 기분을 받아들여서 자기의 결정을 전하는 가장 중요한 도구였다.

오렌시첸코프는 살면서 수많은 박해를 받았다. 일단은 1902년의 혁명 운동에 가담했고(다른 학생들과 함께 1주일 정도 투옥되었다), 죽은 부친이 성직자였고, 제1차 제국주의 전쟁(러시아에서 제1차 세계대전을 부르는 말) 때 황제군의 군의관이었다(그것도 보통 군의관이 아니라, 증인들의 말에 의하면 부대가 패주하기 시작할 때 말을 타고 병사들을 격려해서 부대를 다시 제국주의 전쟁터로 몰아넣어 독일 노동자들과 싸우게 한 군의관이었다) 등의 이유였다. 그러나 여러 박해 중에서 가장 끈질기고 심했던 것은 오렌시첸코프가 개업의의 권리를 완강히 주장했던 일이었다. 개업의는 사적 사업 활동 및 사적 이익의 원천이어서 '쉽게 부르주아를 만드는 착취 행위'로 분류해서 어느 도시나 엄금하고 있었다. 그래서 오렌시첸코프는 몇 년 동안은 개업의 간판을 떼고 환자들이 제아무리 부탁해도 다 되돌려 보냈다. 왜냐하면, 돈을 받거나 자원해서 재정국 스파이가 되는 자들이 많았고, 환자들이 캐물으면 대답하지 않을 수가 없었으며, 그 결과 오렌시첸코프는 모든 일을 잃을 뿐만 아니라 살고 있는 집까지 빼앗길지 모르는 상황에 있었기 때문이다.

그렇지만 무엇보다도 그는 개업의의 권리를 그의 의료 활동 중에서 가장 중요한 것으로 생각했다. 개업의 간판을 문 앞에 걸지 못하는 생활은, 그에게 남의 이름으로 사는 삶과 같았다. 그는 자격논문이나 박사논문 같은 것은 일체 쓰지 않았다. 학위논문이 의료 활동의 성공을 증명하는 것이 아니고, 오히려 환자는 주치의가 의학박사이면 주저하게 되기 때문에 학위논문보다 임상에 힘을 기울여야 한다고 주장했다. 오렌시첸코프는 대학병원에서의 30년간 내과, 소아과, 외과, 격리동, 비뇨기과, 안과에서 두루 일한 후 방사선과 종양의 전문의가 되었다. 그는 언젠가 '명예교수'를 어떻게 생각하느냐는 질문을 받자 '살아 있는 동안에 명예교수라는 칭호를 받는다면 끝장'이라고 말했다. 너무 좋은 의복은 몸의 동작을 방해하듯, 명예도 치료를 방해한다. 사도를 거느리듯 '명예교수'를 거느리고 다니면, 과오를 범할 권리와 깊이 생각할 권리도 빼앗기고, 권태롭고 이완되며, 시대에 뒤떨어져도 그것을 감쪽같이 감추고, 모든 사람들은 기적적인 치료만 고대하게 된다. 오렌시첸코프는 이런 것이 질색이었다. 그래서 개업의 간판을 내걸고, 누구라도 누를 수 있는 초인종을 달아두는 게 소원이었다.

그런데 행운은 찾아왔다. 오렌시첸코프가 빈사 상태에 빠졌던 이 고장 정치인의 아들을 구한 것이다. 그 다음에는 그 정치인도 구하고, 또 다른 거물급의 생명도 구했다. 이후로도 여러 유명인의 가족들을 고쳐주었다. 오렌시첸코프는 여행을 하지 않기 때문에, 그 모든 일들이 이 도시에서 일어났다. 그래서 도시 유력자들 사이에 닥터 오렌시첸코프의 명성이 자자해졌고, 이 의사를 변호하는 후광이 되었던 것이다. 오렌시첸코프는 다시 간판을 내걸고 환자를 치료하기 시작했고, 전쟁 후에는 아예 근무를 없애고 몇 개 병원의 고문직과 학회 출석만 하면서 개업의에 매진했다.

그렇게 그는 예순다섯에 비로소 처음으로, 스스로 생각하는 가장 이상적인 의사생활을 시작했다.

"저, 오렌시첸코프 선생님, 실은 부탁이 있어서 찾아뵈었습니다. 한 번 병원에 오셔서 제 위 검사를 해주시면 좋겠습니다만…… 언제 오실 수 있을까요? 그 날에 맞추어서 저희도 준비를 해야할 테니까……."

여의사의 얼굴이 생기를 잃어 갔고 목소리도 가늘었다. 오렌시첸코프는 쉽사리 움직이지 않는 냉정한 시선으로 상대방을 바라보았다. 눈썹도 조금도 꿈틀대지 않았다.

"알겠어, 돈초바. 날짜를 정하지. 하지만 역시 자네의 입에서 증상을 들어야겠군. 자네 자신은 어떻게 생각하는지 듣고 싶어."

"증상은 이제 말씀드리겠지만, 제 생각은…… 아무것도 생각하지 않으려고 애쓰고 있습니다. 혹시 제가 너무 지나치게 생각하면 밤에 잠을 이룰 수가 없으니 저로서는 아무것도 모르는 편이 편하다고 생각해요! 진심이에요. 선생님이 정양을 권하시면, 정양하겠어요. 하지만 병세는 알고 싶지 않습니다. 수술을 받게 된대도 자세한 진단은 듣고 싶지 않아요. 안 그러면 수술 도중에 지금은 무엇을 한다, 지금 무엇을 들어내고 있다 등을 상상하게 되니까요. 제 기분을 아시겠어요?"

안락의자가 큰 건지, 어깨를 너무 쑥 내리고 있는 건지, 돈초바가 체격 좋은 부인으로 보이지 않았다. 그녀는 어딘가 줄어든 것 같았다.

"알긴 알겠어, 돈초바. 하지만 공감할 수는 없군. 왜 갑자기 수술 이야기가 나왔지?"

"여러 가지를 고려해 보니……."

"그렇다면 왜 더 빨리 오지 않구? 자네라면 모를 리가 없었을 텐데."

"그렇습니다, 선생님! 왠지 요즘은 매일 바빴어요. 더 빨리 찾아뵈었으면……." 돈초바는 한숨을 내쉬며 토로하다가, 갑자가 재빠른 사무적인 말투로 되돌아갔다. "하지만 그냥 내버려둔 것은 아니에요, 그렇게 생각지는 마세요. 그런데……." 그랬다가 돈초바가 다시 하소연조가 되었다. "왜 이런 불공평한 일이 생길까요? 종양의 전문의가 왜 종양한테 당해야 하는지 모르겠어요. 증세나 후유증이나 발병 후 일들을 너무나 잘 알고 있는 제가……."

"조금도 불공평하지 않아요." 낮고 신중한 목소리는 설득력이 있었다. "거꾸로 그것은 대단히 공평한 거야. 의사가 자기 전문 영역의 병에 걸린다는 것은, 어찌 보면 참으로 성실한 경험이라고 말할 수 있어요." (이런 경우에 무엇이 공평하고, 무엇이 성실하단 말일까? 선생은 자기가 병에 걸리지 않았으니까 이렇게 말할 수 있는 것인지도 모른다.)

"간호사 파냐 페도로바를 알지? 그녀는 이렇게 말했어. '점점 환자들한테 불친절해지는 것 같으니, 스스로 다시 제가 입원해 봐야겠다.'고."

"하지만 이렇게 괴로운 줄은 생각도 못했어요!"

"어떤 증세가 있었나?"

여의사는 꽤 막연한 일반적인 증상을 얘기했다. 그러나 오렌시첸코프는 더 상세한 징후를 요구했다.

"선생님, 모처럼의 토요일 밤을 이런 이야기로 보내게 해드려 죄송해요! 혹시 엑스선으로 진찰하게 되면 그때……."

"내가 이단아인 것은 자네도 알고 있지? 엑스선 이전에 20년이나 일하면서 어떻게 진단을 내려왔는지를 말이야. 엑스선은 사진의 노출계나 시계 같은 거야. 그 도구가 옆에 없으면 눈으로 노출을 정하고 감각으로 시간을 알 수 있다는 걸 잊고 있어요. 그래서 도구 없이는 긴장해 버리고. 그렇다면 의학은 정말 발전했을까? 의학은 새로운 것을 조금 얻었지만, 결국 이전의 좋은 것들은 손가락 사이로 싹 도망쳐버렸어……."

그래서 돈초바는 여러 증상들을 고르게 간추려서, 중대한 진단을 끄집어낼지도 모르는 자세한 증상을 빠뜨리지 않고 말하기 시작했다. 그런데 무의식중에 불길한 증상은 생략하면서 '그건 별것 아니야.' 라는 말을 기대하고 있었다. 혈액검사 결과가 신통치 않았던 것과 혈침이 증가하고 있다는 것도 여의사는 말했다. 오렌시첸코프는 주의 깊게 귀를 기울이면서 간간이 질문을 던졌다. 듣는 내내 '그건 흔한 일이다, 당연한 일이다.'라는 듯 고개를 끄덕였지만 '별것 아니다.'라고는 하지 않았다. 돈초바는 노의사가 기초 진단을 이미 내린 것 같은 느낌이 들었다. 엑스선 검사를 기다리지 않고 지금 당장에 여쭤볼까. 하지만 지금 곧 실례를 무릅쓰고 질문해서, 만약 무엇을 알게 된다면, 지금 당장 알게 되는 것이 몹시 두려웠다. 역시 다만 며칠만이라도 여유기간을 두어야겠다!

학회 등에서 만나면 노의사와 돈초바는 서로 얼마나 다정했던가. 그런데 돈초바가 집에 찾아와 범죄를 고백하듯 자신의 병에 대해 이야기한 순간부터는, 두 사람의 평등 관계는 끊어져 버렸다. 아니, 애초에 스승과 제자 사이니까 평등하지는 않았다. 그보다 사태는 좀 더 비참한 것, 즉 돈초바는 의사라는 고귀한 신분에서 환자라는 의지할 곳 없는 납세 계급으로 강등당하고 말았다. 물론 오렌시첸코프는 지금 당장 환부를 촉진하겠다고 하지는 않았다. 돈초바도 환자가 아니라 손님을 대하듯 말하고 있었다. 하지만 이미 낙심한 여의사는 지금까지의 태도를 되찾을 수가 없었다. 간신히 매일 일과에 쫓길 때의 빠른 말투로 이야기를 꺼냈다.

"베가 간가르트도 지금은 정확한 진단을 내릴 수 있게 되었으니까, 그 애한테 부탁해도 됐을 텐데, 선생님이 계시는 동안에는 그래도……."

"제자의 부탁을 거절하고 지낼 수 있다면 나도 꽤 마음이 편하겠어." 오렌시첸코프는 여의사를 계속 응시했다. 지금 돈초바는 잘 볼 수 없었지만, 그의 의연한 눈매에 죽음의 그림자가 깃든 지는 이미 2년이 지났다. 아내가 죽은 후에 나타난 그림자였다. "그럼, 만일…… 휴가를 받은 후의 치료는 베가한테 맡긴단 말이지?"

('휴가를 받는다!' 얼마나 부드러운 표현인가! 역시 아무렇지 않다고는 할 수 없는 상황인 건가?)

"네, 그 애는 이제 실력자예요. 충분히 방사선과를 이끌어갈 수 있을 거예요."

오렌시첸코프는 끄덕이면서 턱수염을 매만졌다.

"훌륭하게 된 것은 좋은데, 결혼은?"

돈초바는 고개를 가로저었다.

"우리 손녀도 마찬가지야." 오렌시첸코프는 그럴 필요가 없는데 목소리를 낮췄다. "상대자를 찾지 못했어. 쉬운 일이 아니야." 눈썹이 꿈틀 움직이고 불안한 표정이었다.

의사는 연기할 문제가 아니라면서 월요일에 돈초바를 진찰하러 가기로 약속했다.

(왜 이렇게 서두를까?)

이야기가 잠시 멈췄다. 여기서 일어나 인사를 드리고 가는 것이 좋겠다. 돈초바는 자리에서 일어섰다. 그러나 오렌시첸코프는 차를 들고 가고 꼭 붙잡았다.

"아니에요, 마시고 싶지 않아요."

"내가 마시고 싶단 말이야! 마침 차 마실 시간이야."

의사는 그녀를 병고의 환자에서 건강체의 사람으로 끌어냈다.

"그런데 젊은 분은 없습니까?"

젊은 분이라지만 나이는 돈초바와 비슷한 정도를 얘기하는 것이었다.

"아니, 없어. 지금 손자도 없고, 혼자야."

(그것도 모르고 서재에서 사무적인 이야기만 했었군! 오렌시첸코프는 서재가 아니면 의사로서의 체통이 서지 않는다고 생각했다.)

"그럼 선생님께서 차를 끓이신단 말입니까? 그건 안 됩니다!"

"끓이지 않아도 돼요. 보온병에 가득 들어 있어. 무슨 과자도 있는 것 같고, 찻잔은 찬장에 있고…… 그래, 괜찮다면 자네가 가져다 주게."

두 사람은 식당으로 옮겨가 구석의 네모진 참나무 식탁에 마주앉아 차를 마셨다. 코끼리가 올라가 춤춰도 될 만큼 크고 튼튼한 식탁이었다. 어떤 문으로도 운반할 수 없을 것 같았다. 역시 옛날 벽시계가 걸려 있는데, 보니까 아직 시간은 그다지 늦지 않았다.

오렌시첸코프는 손녀 자랑을 시작했다. 손녀는 최근 피아노 음악학교를 졸업했는데, 실력도 있고 영리하며 매력적이라고 말했다. 손녀의 최근 사진도 한 장 보여주었다. 그러나 어떤 이야기도 무수한 파편으로 산산조각이 난 돈초바의 마음을 다시 모을 수는 없었다. 이미 이쪽의 병세를 짐작하고 있는 사람과 마주앉아서 조용히 차를 마시는 건 얼마나 어색한 일인가. 그는 아마 속으로는 병세를 예견하고 있겠지만, 겉으로는 말없이 비스킷을 집어들 뿐이었다.

돈초바는 털어놓을 얘기가 또 있었다. 딸아이의 골치아픈 이혼 이야기가 아니라, 아들에 관한 것이었다. 아들이 8학년이 되더니 사춘기인지 갑자기 학교에 안 가겠다고 선언했다. 부모가 하는 온갖 설득의 말들은 아들의 이마에 부딪쳐서 튕겨져 나왔다. 사람은 공부를 해야 한다고 하면 "왜요?", 교양 있는 사람이 되어야 한다니까 "가장 중요한 것은 즐겁게 사는 거예요!", 교양이 없으면 훌륭한 전문가가 못 된다니까 "전 전문가가 될 생각이 없어요.", 보통 노동자가 되겠느냐니까 "악착같이 일하는 건 싫어요.", 일하지 않고 무엇으로 생활하겠느냐니까 "요령만 있으면 어떻게든 되겠죠." 아들이 불량배들과 사귀는 것 같아서 돈초바는 걱정이 이만저만이 아니었다.

오렌시첸코프는 그런 얘기라면 듣지 않고도 알겠다는 표정이었다.

"젊은이를 지도하는 사람은 많지만, 가장 중요한 사람이 빠져 있어요. 상담역이 되는 의사가 있어야 해! 여자는 열네 살, 남자는 열여섯이 되면, 꼭 의사와 대화를 가져야 해요. 교실에서 40명씩 한꺼번에 하거나 양호실에서 한 사람씩 불러서 3분씩 하는 거 말고. 대화 상대가 되는 의사는 어려서부터 그 애의 목을 들여다보고, 그 집에 차 마시기 위해 다니는 아저씨여야 해. 그래서 창피하기는 해도 흥미진진한 이야기를 그 공평하고 선량하고 엄한 아저씨, 부모에게 하듯 떼쓰거나 눈물을 흘릴 수 없는 아저씨가 자신들의 방에서 들려주면 어떨까? 묻기 전에 미리 애들의 질문을 알아차리고 관심은 있어도 묻기 어려웠던 것을 척척 대답해 준다면? 그렇게 두세 번 말해주면 아이들은 과오나 그릇된 충동이나 육체의 손상으로부터 보호받을 수 있고, 세상에 대해서 깨끗하고 바른 이미지를 가질 수 있어요. 그래서 제일 큰 불안, 제일 큰 의문에 대해서 자기들이 이해했던 이상으로, 다른 점에 대해서도, 아이들은 주변의 몰이해에 절망하는 일이 없어진다고 생각해요. 그 순간부터 아이들 귀에는 부모가 말하는 것이 잘 들리게 되는 거야."

노의사는 돈초바가 자식 얘기를 물어봤기 때문에 이런 얘기를 하고 있었다. 오렌시첸코프는 아직 그렇게 늙었다고 느껴지지 않게 울림 좋은 경쾌한 음성으로 말하고 있었다. 그러나 돈초바는 서재 안락의자에서 느끼던 맑고 안락한 기분도 사라져버린 탓에, 자꾸 어둡고 쓸쓸한 생각이 치밀어 올라왔다. 노인의 신중한 이야기를 들으면서도, 지금 무언가를 잃고 있어서 당장 일어나서 나가야겠다는 초조함이 들었다. 돈초바는 건성으로 대꾸했다.

"참 그래요. 우리나라에서는 성교육을 아주 등한시하고 있어요."

"우리나라에서는 아이들에게 동물처럼 모든 것을 경험으로 알아가라고 하고 있어. 또 성격이 비뚤어지는 것도 예방할 필요가 없다는 거야. 건강한 사회에서는 모든 아이들은 성격적으로 정상일 것이라는 이론이지. 하지만 아이들은 어른들로부터 숨어서, 비뚤어진 자세로 서로 지식을 받아들이려고 해."

"그럴 수도 있겠군요."

"있고말고!"

오렌시첸코프는 자신있게 말했다. 그는 돈초바의 얼굴에 나타난 불안과 초조를 보았지만, 그녀가 월요일 엑스선 진단 전에는 아무것도 알고 싶지 않다고 말한 이상 이 토요일 밤에 구체적인 증상을 말할 필요는 없었다. 이럴 때에는 잡담으로 마음을 푸는 게 최선이다.

"여하튼 어릴 때부터의 상담의사는 일생을 살면서 가장 필요한 존재인데, 그것을 없애 버렸어. 상담의사가 없다는 건 문명사회에 있어서의 가족 그 자체가 존재하지 않는다는 거야. 어머니가 가족 각각의 식성을 알고 있듯, 상담의사는 개개인의 고민을 알아. 그래서 상담의사에게는 시시콜콜 호소해도 창피하지 않지만, 큰 병원 외래진찰실에서는 도저히 그럴수 없지. 번호표를 받고 한참을 기다리지만 달랑 6~7분 진찰받고 나오고. 그나마 상세하게 호소해도 놓치게 되면 병은 점점 악화되지. 많은 사람들이 지금, 바로 이 순간에도 자기의 남모르는 걱정 혹은 부끄러운 걱정거리를 털어놓을 수 있는 의사를, 말할 상대를, 혈안이 되어 찾고 있는지도 몰라. 하지만 의사를 찾고 있다고 친구에게 말하겠어, 신문에 광고를 내겠어. 배우자를 찾는 것만큼 은밀한 일이니까! 아마 요즘은 신부감 찾기가 더 쉬울 걸. 제 마음대로 단골로 와주는 의사, 환자의 모든 것을 완전히 이해해 주는 상담의사를 찾기보다."

돈초바는 이마에 주름을 모았다. 추상론이야. 돈초바의 머릿속에는 여러 가지 증상의 무리가 밀어닥쳐서 좋지 않은 대열을 짜기 시작했다.

"그런데 그러한 개업의가 몇 명 정도 있으면 될까요? 그것은 이미 전 국민을 무료로 치료하는 우리나라의 의료 제도에는 적합하지 않을 겁니다."

"무료가 꼭 좋은 것만은 아니야."

"하지만 무료진료는 우리나라 의료 제도의 최대 성과예요."

"글쎄, 대체 그 성과가 어느 정도일까? 무료란 어떤 것일까? 의사는 결코 무보수로 일하지 않아. 다만 지불하는 주체가 환자가 아니라 국가예산인 거지. 그런데 세금을 내서 국가예산을 만드는 사람이 바로 그 환자들이 아닌가. 이것은 무료진료가 아니라, 무책임한 진료란 말야. 이러한 진료에는 돈을 내놓기가 아까울 거야. 그러나 정말 필요하다면 지금의 다섯 배라도 낼 걸."

"그렇게 되면 환자의 부담이 커질 거예요!"

"건강하지 못하면 새 옷도, 새 신발도 소용없잖아! 지금보다 더 잘해준다면, 환자를 정성껏 돌봐주는 의사에게는 결코 돈을 아끼지 않아. 하지만 그런 의사는 어디에도 없어. 가는 곳마다 그래프, 작업 기준. 유료 종합병원에서 진료 속도는 훨씬 빠르지. 무엇을 그렇게 우왕좌왕하는가를 보았더니, 조사다, 해임이다, 노동능력 심의회다, 의사는 환자의 속임수를 간파해야 한다…… 환자와 의사는 원수가 되었어. 이것이 의술일까? 약재만 해도 그래. 1920년대에는 우리나라의 모든 약품이 무료였어. 알고 있겠지?"

"그랬던가요? 그런 것 같기도 해요. 잊었어요."

"그랬어, 다 공짜였어. 그런데 이 제도가 폐지됐지. 왜일까?"

"국가예산 관계일까요?" 돈초바는 애써 대꾸하면서 계속 눈을 깜박였다.

"그게 아니야. 제도 자체가 무의미했던 거야. 공짜라고 하니까 환자가 제멋대로 약을 왕창 가져가서 반 이상을 버렸거든. 물론 모든 진료를 다

유료로 하자는 건 아니고, 초진 요금만은 절대적으로 받자는 거야. 이후에 환자가 입원하고 치료가 궤도에 올랐을 때 무료로 전환하는 게 옳다고 생각해. 자네 병원도 수술이 가능한 의사는 둘뿐이고, 나머지 셋은 멍하니 구경만 하잖아? 아무것도 안 해도 봉급을 받으니까. 환자에게서 직접 돈을 받아야 하는데 환자가 하나도 안 온다면, 할무하메도프는 당황할 걸! 판체히나도! 돈초바, 어쨌든 의사는 자기가 환자에게 주는 인상으로 판가름되지."

"환자들도 별 사람이 다 있어요! 예를 들면, 말썽을 일으키는 폴리나 자보드치코바 같은"

"그래, 그런 여자한테도 좌우돼야 하지."

"그렇게 되면 의사가 너무나 비참하지 않습니까!"

"주임의사의 안색에 좌우되는 것은 비참하지 않단 말인가? 공무원처럼 매달 경리과에서 봉급을 타는 것은 창피하지 않단 말이야?"

"하지만 까다로운 환자도 있어요. 라비노비치라든가 코스토글로토프처럼 이론적인 질문으로 의사를 괴롭히는 거예요. 그런 환자들의 질문에도 대답을 해야 할까요?"

오렌시첸코프의 반듯한 이마에는 당황하는 주름살 하나 보이지 않았다. 그는 예전부터 돈초바의 실력이 수준 이상이라는 것을 알고 있었다. 돈초바는 아주 어려운 증례를 혼자의 힘으로 연구하고, 해결해냈다.

"그럼, 그런 질문에도 대답을 해야지."

"그럴 틈이 없어요!" 돈초바가 갑자기 분개하면서 대화가 활기를 띠었다. 노의사는 여기서 슬리퍼나 끌고 다니기 때문에 이런 한가한 이야기를 할 수 있는 것이다! "지금 병원의 바쁜 정도를 선생님은 모르세요. 선생님이 계실 때의 병원과는 다릅니다. 의사 한 명당 환자가 몇 명이나 되는지 아세요?"

"초진의 방법을 올바르게 바꾼다면, 환자는 더 적어지고 진찰 시간도 늘어나요. 초진 의사는 환자를 하나의 복합체로서 치료해야 해. 개개의 병을 치료하는 것만으로는 야전병원 수준일 뿐이야."

"아아," 돈초바는 피곤한 듯이 한숨을 쉬었다. 이렇게 개인적인 이야기로 인해 무엇을 변화시킬 수 있겠는가. 전체의 흐르는 줄기를 고칠 수 있을까! "환자를 하나의 복합체로 본다는 것은 듣기만 해도 두려운 생각이 들어요."

오렌시첸코프도 이쯤 해두어야겠다고 생각했지만, 나이가 들면서부터 점점 수다스러워지는 경향이 있었다.

"그렇지만 환자의 육체는, 우리들의 지식이 다 쪼개져 있는 줄을 몰라. 육체는 분할되어 있지 않은데. 볼테르가 말한 대로, 의사는 자기가 처방하는 약을 알지 못하고 환자의 육체에 대해서는 더욱 모르고 있지. 해부학자가 측량기사처럼만 시체를 해부하고, 살아 있는 육체는 전문분야가 아니라고 무시해 버린다면 어떻게 될까? 유능한 방사선 전문의인데 소화기 계통은 전혀 모른다고 말한다면? 환자는 마치 농구공처럼 이 전문가에서 저 전문가로 옮겨다니게 되지. 그래, 의사가 양봉을 취미로 가질 수도 있어. 그러나 만일 환자를 하나의 복합체로 이해하려면, 다른 취미를 가질 여유는 없지! 우선 의사 자신이 하나의 복합체가 되지 않으면 안되니까! 의사 자신이 말이야!"

"의사 자신이!" 돈초바는 쓸쓸하게 중얼댔다. 머리가 개운하고 기운이 날 때라면, 이 끊임없이 솟아나는 토론이 물론 흥미가 있겠지만, 지금은 피로를 느낄 뿐이며 도저히 정신을 집중할 수가 없었다.

"자네도 그런 의사의 한 사람이니까, 스스로를 소홀히 해서는 안 돼. 이런 사태는 어제 오늘에 시작된 게 아니야. 우리 같은 시골의사는 모두 연구를 겸한 의사이며 관리직과는 달라. 그런데 이 지역 병원의 주임의사

같은 친구들은 전문의를 10명이나 붙여주지 않으면 아무일도 할 수 없다니……."

노의사는 돈초바의 피로한 얼굴을 보고, 마음을 가라앉히려던 이야기가 아무 소용도 없다는 것을 알아차리고 얘기를 멈췄다. 그때 베란다로 통하는 문이 열리며 개가 들어왔다. 덩치는 큰데 순해보이는, 사람이 어떤 이유로 네 발로 걷기라도 하는 것같은 느낌을 주는 개였다. 돈초바는 물릴까봐 겁이 났지만, 그 슬픈 눈이 똑똑한 사람의 눈처럼 보여서 두려움은 곧 사라졌다.

자기가 들어오면 누가 놀라지나 않을까 걱정하는 듯이 개는 조용하고 조심성 있게 들어왔다. 다만 들어 왔다는 인사로 빗자루처럼 털이 수북한 흰 꼬리를 공중에서 한 번 흔들고는 축 늘어뜨렸다. 아래로 늘어진 까만 귀를 제외하고는 온몸이 갈색과 흰색으로 무늬를 이루고 있었다. 등은 흰 옷을 입은 것 같고, 옆구리는 밝은 갈색이며, 엉덩이는 오렌지색에 가까웠다. 개는 돈초바에게 다가와서 잠시 무릎 근처의 냄새를 맡았는데, 경계하는 눈치는 아니었다. 그리고 보통 개처럼 오렌지색 꼬리를 테이블 가까이에 내려놓고, 자기머리보다 좀 높은 테이블 위의 음식에는 관심도 보이지 않았다. 네발로 서서 일체의 욕망을 초월한 듯이 윤기 있는 갈색의 크고 둥근 눈으로 테이블 위의 공간을 바라보고 있었다.

"이 개는 무슨 종류예요?"

돈초바는 오늘밤 처음으로 자기 병에 대해서 잊고 있었다.

"세인트 버나드. 다 좋은데 귀가 너무 길어서 마나가 밥을 줄 때마다 화를 내지. '귀를 붙잡아 매야지, 밥그릇에 빠지겠어!'라고 말이야."

돈초바는 그 개가 탐이 났다. 이런 개는 혼잡한 거리에는 갈 수도 없고, 대중교통을 태우지도 못할 것이다. 눈사람이 히말라야에서만 살 수 있는 것처럼, 이 개도 뜰이 있는 단층집에서만 살 수 있겠지.

오렌시첸코프가 고기만두 한 조각을 개에게 먹였다. 마치 사람에게 주 듯 고기만두를 손바닥에 담아 내미니, 개도 대등한 존재처럼 점잖게 만두를 집었다. 그다지 배가 고프지 않지만 예의상 받는다는 듯이.

이 조용하고 조심성 있는 개 덕분에, 어딘가 상쾌하고 즐거운 기분이 된 돈초바는, 돌아가려고 테이블에서 떠나면서 생각했다. 설사 수술을 받는다고 해서 모든 일이 끝장이 나는 것은 아니다. 그런데 오늘밤은 오렌시첸코프의 이야기를 제대로 듣지도 못했다.

"정말 미안합니다! 제 병 때문에 선생님 안부는 묻지도 못했어요. 어떠세요?"

그는 돈초바의 앞에 서 있었다. 좀 뚱뚱해진 것 같은 당당한 체격이었으며, 눈빛도 아직 날카롭고 귀도 밝았다. 돈초바보다 스물다섯 살이나 많다고는 믿어지지 않았다. 그가 그다지 따뜻하게 느껴지지는 않았으나, 꽤 선의에 찬 미소를 띠었다.

"지금은 괜찮아. 난 죽기 전에는 앓지 않기로 했지. 죽을 땐 갑자기 죽는 것이 제일이야."

돈초바를 보내고 식당으로 돌아온 노인은 흔들의자에 앉았다. 오래 써서 등 부분은 닳아서 누렇게 변했고, 전체는 검은색이 나는 좀 휘어진 흔들의자였다. 노인은 의자를 조금 흔들어 움직였다가, 그것이 저절로 멈춘 후에는 다시 움직이려고 하지 않았다. 그는 흔들의자가 제멋대로 흔들고 멈추고 하는 대로 내맡기고 얼어붙은 사람처럼 오래도록 움직이지 않았다.

최근에 이렇게 휴식하는 경우가 잦았다. 그의 육체가 힘의 회복을 요구하는데 못지않게 정신은 외부의 소리, 대화, 일의 예정에서 벗어나고 의사로서의 입장을 떠나서 조용히 명상에 잠기기를 요구했다. 특히 아내가 죽은 후로는 내면이 깨끗하고 투명한 상태를 요구했다. 그런데 지금 이렇게 몸을 움직이지도 않고, 가만히 마음에 떠오르는 여러 가지 일들을 생각하고 있으면, 자기도 모르게 마음이 저절로 깨끗해지며 충실해지는 것이다.

이런 때 존재이유는, 긴 과거로부터 짧은 미래에 이르는 자기 자신의 존재이유, 그리고 죽은 아내의, 어린 손녀의, 모든 인간의 존재이유는 결코 일하는 속에 있는 것이 아니라는 생각이 들었다. 사람은 자나깨나 일에만 전념하고, 일에만 관심을 보이며, 다른 사람은 일에 의하여 그 사람을 판단하게 되는 것이다. 그러나 존재이유는 거기에 있는 것이 아니고, 한 사람 한 사람의 배후에 던져진 영원한 모습을 어디까지나 흩뜨리지 않고, 흔들리지 않고, 훼손하지도 않은 채 보전할 수 있다는 점에 있는 것이다.

마치 잔잔한 연못에 비친 은빛색의 달처럼…….

31. 시장의 우상

내부에 어떤 긴장감이 생겨서, 좀처럼 사라지질 않았다. 그것은 지루한 긴장이 아니라 즐거운 긴장이었다. 그 긴장이 어디에 자리잡고 있는지도 뚜렷하게 느낄 수 있었다. 가슴의 앞 부분, 갈비뼈 바로 안쪽이었다. 이 긴장은 뜨거운 공기처럼 가슴을 짓누르며 즐겁게 울렁거렸다. 소리도 나는 것 같았으나, 그것은 귀로 들을 수 있는 소리는 아니었다. 지난 몇 주간 밤마다 조야에게 끌리던 감정과도 달랐다. 그 감정의 자리는 가슴에 있지 않았다.

코스토글로토프는 자기 내부에 그 긴장을 간직하면서, 줄곧 그 소리에 귀를 기울였다. 이제 와서 생각났지만, 코스토글로토프는 어렸을 때 이러한 긴장을 경험한 적이 있었고, 이후 깨끗이 잊어버리고 있었다. 이것이 대체 무슨 감정일까? 어느 정도까지 진실한 감정일까? 이 감정을 불러일으킨 여인에게 언제까지라도 계속되는 것일까. 아니면 여자가 자기의 것이 되지 않을지도 모르는 수수께끼에서, 친밀한 사이가 되지 않았다는 수수께끼에서 사라져버리는 것은 아닐까?

그렇지만 친밀한 관계라는 표현은, 지금 코스토글로토프에게는 아무 의미도 없었다. 의미가 있다면, 이 감정이 가슴속에 남은 유일한 희망이기 때문에 소중하다는 것이다. 그것은 인생을 충실하게 하고, 인생을 장식하는 가장 소중한 것이 되어 있었다. 생각하면 이상한 일이었다. 베가의 존재는 암병동 전체를 흥미 있고 화사한 장소로 바꾸며 베가와 사이좋게 이야기를 나누는 것만으로도 이 병동은 메마른 장소가 아니었다. 하지만 코스토글로토프는 베가와 만날 기회가 적었고, 때때로 흘끔 그녀를 쳐다볼 뿐이었다. 이틀 전에는 다시 수혈을 받았다. 간호사가 있어서 완전히 자유롭지는 않았지만, 두사람은 즐겁게 얘기를 주고받을 수 있었다.

이전에는 그토록 도망치고 싶던 곳인데, 퇴원일이 가까워지는 요즘 코스토글로토프는 못 견디게 서운한 생각이 들었다. 우시 체레크에 돌아가면 베가를 만날 수 없다. 그러면 어떻게 될까? 오늘은 일요일이니까 베가를 볼 가능성은 전혀 없다. 화창하게 개인 하늘, 바람 한 점 없어서 일광욕하기 딱 좋은 봄날이었다. 코스토글로토프는 산책을 하면서 베가가 이 일요일을 어떻게 보내고 있을지 생각해 보았다.

그의 걸음걸이가 전과 달리 기운이 없고 조심스러웠다. 직선 코스를 곧게 걸어가서 끝에 다다르면 오른쪽으로 돌아 걷던 걸음이 아니다. 벤치를 보자마자 걸터앉고 빈 벤치가 나오면 드러누워서 몸을 쭉 폈다. 오늘도 가운 앞자락을 헤쳐 놓은 모습으로 구부정하게 천천히 걸었고, 이따금 멈춰 서서 나무를 올려다 보았다. 파란 새순이 반쯤 내민 나무도 있었고, 4분의 1쯤 내민 나무도 있었으나, 떡갈나무는 아직 움이 돋아나지 않았다. 그러나 모든 것이 아름다웠다! 소리도 없고 기척도 없이 어느새 돋아난 풀의 새싹들이 여기저기서 자라고 있었다. 파란색이 진하지 않다면, 작년의 풀과 혼동할 만큼 크게 자라나 있었다.

코스토글로토프는 가로수길 양지 쪽에서 슐루빈을 만났다. 노인은 좁다란 널빤지로 등받이 없이 조잡하게 만든 벤치에 앉아 있었다. 넓적다리의 중간쯤을 걸치고 앉아서 앞으로나 뒤로 넘어질 것 같이 불안해 보였다. 깍지낀 두 손을 무릎에 얹고, 예리한 광선과 그늘 속의 외딴 벤치에 고개를 숙이고 앉아 있는 모습은 〈의기소침〉이라는 제목의 조각작품처럼 보였다.

코스토글로토프는 그 옆에 가서 나란히 앉을까 싶었다. 노인과는 조용히 이야기를 나눌 기회가 별로 없었다. 수용소 시절의 경험에 비추어보면, 주로 침묵을 지키는 사람들이 속이 알찬 사람이다. 게다가 슐루빈이 논쟁을 할 때 자기를 도와준 일은 아주 마음에 흡족했다. 그러나 역시 그냥 지나치기로 했다. 이것도 또한 수용소 시절에 배웠던 것이지만, 고독을 즐기는 것은 모든 사람의 신성한 권리인 것이다. 노인의 방해가 되어서는 안 된다.

코스토글로토프는 장화로 자갈을 밟으면서 지나쳐 가고 있었다. 슐루빈이 장화를 바라보고 고개를 들었다. 그 시선은 '아, 한 병실 환자로군.' 하는 정도의 표정밖에 보이지 않았다. 그런데 두어 발짝 지나쳐 갔을 때 슐루빈이 질문하듯이 권했다.

"앉지 않겠어?"

슐루빈은 얼마 남지 않은 백발을 드러내고 있었다. 코스토글로토프는 벤치에 가까이 가서 걸터앉았다. 그대로 계속 걸어도 상관은 없었지만 좀 앉는 것도 좋을 것 같았다. 어떤 이야기부터 시작하더라도 코스토글로토프는 중요한 질문을 슐루빈에게 던질 것 같은 기분이었다. 인간 전체에 대한 문제가 드러나는 중요한 질문이었다. 그러나 첫 질문은 가볍게 던졌다.

"모레군요, 알렉세이 필리포비치?"

슐루빈의 수술이 모레로 결정된 것은 병실에서 누구나 다 알고 있었다. 하지만 병실에서 말수가 적은 슐루빈의 이름을 부칭으로 불러주는 사람은 한 사람도 없으니까, '알렉세이 필리포비치'는 의미가 있는 말이었다. 그것은 노병이 노병을 향해서 부르는 호칭이었다. 슐루빈은 고개를 끄덕였다.

"최후의 일광욕이야."

"최후라니, 그럴 리가요?"

그러나 곁눈으로 슐루빈의 모습을 바라보며, 혹시 정말 최후가 되는지도 모르겠다고 생각했다. 최근 슐루빈은 힘이 쑥 빠져 보였고, 아주 조금밖에 먹지 못했다. 먹은 후에 고통이 심했기 때문에 조심했던 것이다. 코스토글로토프는 슐루빈의 병명을 알고 있었지만 확인하듯 솔직하게 물었다.

"그럼 결심했어요? 옆구리에 구멍을 내기로?"

슐루빈은 다시 끄덕였다. 잠시 침묵이 흘렀다.

"암에도 여러 종류가 있어." 슐루빈이 눈앞을 응시하면서 말하기 시작했다. "암에서 또 다른 암이 생기는 거야. 제아무리 나쁜 상태라도 더 나쁜 상태가 있는 거지. 내 병은 남에게 말할 수도 없고, 상의할 수도 없어."

"제 병도 마찬가지예요."

"아니, 내가 더 심해요! 내 병은 특히 치욕적이라고 할까, 사람을 바보로 만드는 병이란 말이야. 수술 결과도 겁나. 만일 내가 살아난다고 해도, 사람들이 내 곁에 가까이 오거나 가까이 앉기를 꺼릴 거야. 다들 두어 발짝 떨어지려고 하겠지. 설사 누군가 가까이 온대도 그 사람이 싫어도 참는 거지. 말하자면 세상 사람과 교제를 할 수 없게 된다는 거지."

코스토글로토프는 가늘게 휘파람을 불면서 잠시 생각에 잠겼다. 입술로 부는 것이 아니라 마주 댄 이빨 사이로 숨을 내보내서 메마른 소리를 냈다.

"대체로 말해서, 누가 더 괴로운지를 판단한다는 것은 어려운 일이야. 뚜렷한 결과를 알 수 있는 경쟁과는 달라. 누구든지 자기의 불행이 제일 큰 거라고 생각하지. 난 내 삶이 가장 비참하다고 생각해. 하지만 어찌 보면 자네가 훨씬 더 괴로웠는지도 모르지. 옆에서 판단하기는 어려운 일이지."

"판단하지 않는 것이 좋아요, 그렇지 않으면 틀린 판단을 내리게 되니까." 슐루빈은 머리를 돌리고 그 너무나 표현력이 풍부한, 핏발이 선 큰 눈으로 코스토글로토프를 바라보았다.

"바닷속으로 들어가는 사람, 흙을 파내는 사람, 사막에서 물을 찾는 사람이 가장 괴로운 생활을 한다고는 할 수 없어요. 가장 괴로운 생활을 보내고 있는 사람은 매일 아침 집을 나올 때, 낮은 문지방에 머리를 부딪치는 사람이야. 듣자 하니 자네는 전쟁에 나갔다가 수용소로 갔다더군?"

"그래서 대학에도 못 가고 장교도 못 되었지요. 지금은 영구추방 신세고요." 코스토글로토프는 담담하게 열거했다. "게다가 암이에요."

"암이야 피차일반이고. 다른 것이라면 젊다는 것."

"제가 젊어 보입니까? 제가 아직 멍청해지지 않았다는 건가요, 보기에 어려보인다는 건가요?"

"자네는 거짓말을 덜 했다는 것일세. 굴복하는 일이 적었단 말이야. 이것은 알아두어야 해! 자네 같은 사람들은 체포되었고, 우리는 집회에 불려나가서 자네들을 두들겨 패도록 요구되었어. 자네들은 판결을 받았지만, 우리는 낭독하는 판결문에 박수갈채를 보내도록 강요되었단 말이야. 박수뿐만 아니라 총살을 요구하게 되었어! 신문에는 이렇게 보도되지. '유례없이 비열하고 악랄한 행위를 알게 된 전 소비에트 인민은 마치 한 사람같이 동요하여……' 우리는 각자 다른 사람인데 갑자기 한 사람같이라니! 주위 사람이나 의장단에 잘 보이도록, 될 수 있는 한 손을 높이 쳐들고 박수를 쳐야 했어. 목숨이 아깝지 않는 사람이 어디에 있겠어? 누가 당신을 변호하던가? 누가 탄핵 했지? 그들은 지금 어디에 있을까? 산업당 사건에서 체포된 사람들의 총살을 투표로 결정할 때 지마 올리츠키라는 사람이 기권을 했어. 반대투표가 아니라 기권이었어. 그러자 모두가 외쳤어. '해명을 하라! 해명을 하라!' 올리츠키는 일어서서 메마른 목소리로 말했어. '혁명 12년째 되는 오늘날, 유해분자를 근절하는 데에는 다른 방법이 있다고 생각해요……' '저, 악당! 공범자! 스파이!' 이튿날 국가 보안부에서 호출장이 나왔고 올리츠키는 종신형을 받았지."

슐루빈은 고개를 나선형으로 돌리는 것 같은 이상한 동작을 취했다. 불안한 모습으로 벤치에 앉아 있는 노인은 지금도 역시 나무 위에 앉아 있는 큰 새를 연상시켰다. 코스토글로토프는 그의 말에 들떠서는 안 된다고 생각했다.

"슐루빈 씨, 입장이 다를 뿐 아닐까요. 당신이 제 입장이어도 괴로움을 당했을 거고, 제가 당신이었대도 순응했을 거예요. 하지만 한 가지 확실한 것은, 괴로워하는 사람은 당신처럼 사태를 이해하고 있는 사람뿐이라는 겁니다. 일찍이 사태를 이해한 사람 말입니다. 무작정 믿던 사람은 편했습니다. 아무것도 모르니까요. 그런 사람들은 아무리 손이 더럽혀져 있어도 실은 더럽혀져 있지 않는 것과 같아요."

노인은 무엇인가 찾기라도 하듯이 두리번거렸다.

"믿고 있는 건 누군데?"

"저도 믿었어요. 핀란드 전쟁 전까지는."

"믿고 있는 사람들이 과연 얼마나 됐을까? 몇 사람이나 이해하지 못하고 있었을까? 아이들은 계산에 넣을 수 없어. 아니, 우리나라의 민중이 갑자기 정신박약자가 되었다는 그런 사고방식은 용납할 수 없어요! 난 반대야! 옛날에 농부들은 주인이 층계 위에서 무슨 말을 하든지 그저 싱글벙글했다는 거야. 주인이 보고 있고, 옆에 감독이 지키고 있었으니까. 하지만 인사를 할 때는 '한 사람같이' 했어. 이런 것은 농부가 주인을 믿었기 때문일까? 대체 믿기 위해서는 어떤 인간이어야 하나?"

어느새 슐루빈은 흥분하기 시작했다. 감정이 고조되면서 그의 얼굴은 생김새가 바뀌며 일그러져서 조용할 때와는 다른 얼굴이 되었다.

"모든 대학교수와 모든 기술자가 갑자기 유해분자가 되었다고 하면 민중이 그것을 믿겠나? 국내전 시대의 우수한 사단장들이 실은 독일이나 일본의 스파이였다는데, 믿을 수 있나? 레닌 친위대가 한 사람도 빠짐없이 사상적 변절자라고 말한다면 어떻게 믿겠는가? 그의 친구나 아는 사람은 모조리 인민의 적이었다고? 수백만의 러시아의 병사가 조국을 배신했다고? 노인, 아이 할 것 없이 러시아 온 국민이 제거되었다면, 도대체 그것을 어떻게 믿겠는가? 인민이 바보 집단인가? 인민은 영리하단 말이야! 죽고 싶지 않을 뿐이야. 그래서 모든 것을 참아내고, 살아 남는 것, 그것이 위대한 인민의 법칙이란 말이야. 우리들 한 사람 한 사람의 무덤 위에서, 후세의 인간들이 이것은 누구였는가를 묻게 될 때, 그 대답이 될 수 있는 것은 푸슈킨의 시 구절뿐이야.

'이 지겨운 세기에서는

어디로 가나 인간은 폭군이나 배신자

아니면 죄수인 것이다!'"

코스토글로토프는 몸을 떨었다. 처음 듣는 시였지만, 거기에는 확실히 시인과 진실이 완전히 일체가 되었을 때 생기는, 무서운 확신이 스며 있었다.

"푸슈킨까지도 바보라고는 하지 않겠지!" 슐루빈은 위협하듯이 커다란 손가락을 휘저었다. "세상에 바보가 있다는 것은 푸슈킨도 알고 있었을 거야. 그렇지, 우리에게 남겨진 길은 셋뿐이에요. 난 감옥에 간 적도 없고, 폭군이 된 적도 없으니까……." 슐루빈은 미소를 지으며, 헛기침을 했다. 헛기침을 할 때 몸이 앞뒤로 흔들렸다. "어떤가, 이런 인생이 자네의 인생보다 편하다고 생각해? 공포의 연속이야. 당장에라도 누구와 바꿨으면 좋겠어."

코스토글로토프도 폭이 좁은 벤치 위에서 등을 구부리고 노인처럼 앞뒤로 흔들었다. 볏이 달린 새가 횃대에 앉았을 때처럼. 눈앞 땅바닥에 다리를 오그린 두 사람의 그림자가 비쳤다.

"아니 슐루빈 씨, 그것은 지나치게 조급한 결론입니다. 너무 참혹해요. 배신자는 밀고서를 쓰고 증인으로서 법정에 출두하는 인간을 말하는 거예요. 그런 사람도 몇 백만은 될 겁니다. 수형자 두 사람 아니면 세 사람에, 한 사람만 밀고자가 있다고 쳐도 몇 백만이에요. 그렇지만 모든 사람을 배신자로 보는 것은 지나친 겁니다. 푸슈킨은 극단적인 말을 한 것에 불과해요. 폭풍에 나무가 넘어지고, 풀이 바람에 쓰러져 버린다고 해서 풀이 나무를 배신한 것이 될까요? 저마다 자기의 생활이 있는 거예요. 당신 자신도 말하지 않았나요? 살아 남는 것이 인민의 법칙이라고."

슐루빈은 온 얼굴에 주름살을 모았다. 너무 주름이 많이 잡혀서 입이 몹시 작아졌으며, 눈이 덮일 것 같았다. 크고 둥근 눈이 사라지고, 주름투성이의 피부를 가진 소경이 되었다. 주름은 곧 사라졌다. 담배 빛깔 눈동자가 핏발 선 흰자위에 싸여 있었는데, 그 눈이 어딘가 깨끗하게 맑아 보였다.

"다시 말하면 고급 동물의 무리와 같은 거야. 혼자가 되는 것이 두려우니까, 집단 밖에 있는 것이 두려운 거야. 이것은 새로운 일은 아니야. 16세기에 프란시스 베이컨은 '우상의 학설'이라는 것을 제창했어. 인간들은 순수한 경험으로 살기를 좋아하는 것이 아니라, 편견으로 경험을 더럽히려는 경향이 있다고. 그 편견이 우상이야. 그 종족의 우상인 거지. 또 동굴의 우상이라는 것도 있는데……."

코스토글로토프는 동굴의 광경을 상상해 보았다. 중앙 모닥불의 불꽃과 연기. 미개인들이 고기를 굽는다. 그리고 안쪽에 희미하게 보이는 푸르스름한 우상.

"극장의 우상이 어디 있게? 극장 입구에 있을까? 아니야, 극장 앞 광장 한복판에 있어. 그러니까 극장의 우상이란, 권위 있는 남의 의견을 말하지. 사람들은 자기가 경험하지 못한 일을 해석할 때 남의 의견에 따르기를 좋아하지. 그래서 때로는 자기가 경험했던 일까지도 남의 의견에 따라 해석해 버린단 말이야. 자기를 믿지 않는 편이 편하다는 거지."

"그런 사람들도 꽤 있지요"

"그리고 극장의 우상에는 또 하나, 과학을 과신하는 것이 있어. 남의 잘못을 자발적으로 받아들이는 일이지."

"그렇지!" 코스토글로토프는 그 표현이 아주 흡족했다. "남의 잘못을 자발적으로 받아들이는 것! 그렇고말고!"

"그리고 또 하나는 시장의 우상이야."

아아, 그것은 쉽게 생각할 수 있어! 시장에 운집한 군중의 머리 위에 우뚝 솟은 석고상.

"시장의 우상이란 것은 인간의 상호관계나 공동생활에서 생기는 잘못을 말해. 이것은 인간이 자기의 이성을 말살하려는 공식적 표현을 쓰는 데 따르는 잘못인 거야. 예를 들어 인민의 적! 이단자! 배신자! 이렇게 부르면, 모두 도망쳐버릴 거야."

슐루빈은 한 마디씩 외칠 때마다 오른손이나 왼손을 흔들었다. 그것은 마치 깃이 잘린 새가 날아보려고 꼴사납게 날갯짓을 되풀이하는 것처럼 보였다. 봄날 같지 않게 따가운 햇볕이 두 사람의 등에 뜨겁게 내리쬐었다. 새싹이 돋은 나뭇가지 하나하나가 엇갈리지 않아서, 조금도 그늘을 만들어주지 못했다. 아직 작열하는 햇볕은 없었으며 하늘에는 군데군데 흰 뭉게구름이 떠 있고 그 구름 사이에는 푸른 하늘이 남아 있었다. 그러나 그것을 보지도 않고, 슐루빈은 머리 위에 올린 손가락 하나를 휘둘렀다.

"그 모든 우상의 머리 위에는 공포의 하늘이 있었어! 회색 구름이 낮게 덮인 공포의 하늘. 이따금 저녁 무렵에 태풍도 아닌데 진한 회색빛 두꺼운 구름이 낮게 드리우고, 평소보다 일찍 어두컴컴해지고, 우울한 분위기에 잠기게 돼요. 사람은 한시라도 빨리 돌집이나 지붕 밑으로, 불 곁으로, 친한 사람 곁에 숨고 싶어지지. 그런 하늘 아래서 나는 28년을 살아온 거야. 구원은 오직 머리를 숙이고, 침묵하는 것뿐이었어. 나는 침묵을 지켰어. 때로는 마누라를 위해서, 때로는 아이들을 위해서, 또 어떤 때는 죄많은 나의 육신을 위해서. 하지만 마누라는 죽고, 지금 내 육신은 똥자루에 지나지 않잖아. 그런데 아이들은 어찌된 탓인지 몰인정해지고 말았어. 딸아이가 느닷없이 편지를 보내기 시작했는데 알고 보니 당조직에서 아버지와의 관계를 정상화하라고 했나 봐. 그래서 2년간 집으로 3통을 보냈더라고. 그나마 아들놈은 그런 요구조차 없었던 모양이야……."

슐루빈이 숱 많은 눈썹을 꿈틀대며 코스토글로토프 쪽으로 돌아앉았다.

"아아, 생각이 났어! '루사르카'(다르고므이스키가 쓴 러시아의 고전적 오페라)에 나오는 미치광이 방앗간 주인과 똑같아. '나는 누구일까, 방앗간 주인이라구? 아니야, 난 큰 까마귀야…….' 이제 생각하면 자식은 그저 꿈처럼 생각되거든. 사실은 자식이 존재하지 않았던 게 아닐까? 인간이란 통나무 같은 건지도 몰라! 혼자 뒹굴든지, 다른 통나무와 함께 있든지. 내가 기절해서 마루에 죽어 넘어져도 며칠 후에나 이웃 사람들이 발견하게 될 거야. 지금 나의 생활이 이런 형편이야. 그렇지만 들어봐요. 잘 들어봐! 나는 주위를 살피며 경계하는 일을 여전히 계속하고 있단 말이야! 요전번에는 병실에서 어쩌다가 말이 튀어나오고 말았지만 코칸드(우즈베크의 도시)에서는 그런 말은 절대 못 해요. 직장에서는 입도 뻥긋 못하지. 지금 당신한테 이렇게 지껄이는 것도 수술이 가까워졌기 때문이고 당신밖에 없기 때문이야. 다른 사람이 있다면 절대로 지껄이지 않아.

내가 이런 사람이 되고 말았어. 사적 유물론과 변증법적 유물론을 공부하고, 모스크바 농과대학 전문과정의 강의 몇 개를 하던 내가 말이야. 거물들이 먼저 당하기 시작했거든. 농과대학에서는 무랄로프 교수가 당했어. 수십 명의 교수가 쫓겨났지. 반성하라고 하더군! 그래서 나는 반성했지! 살아남은 사람 속에 낀 거야. 나는 생물학 분야로 물러났지. 안전한 항구로 대피하게 된 거야! 그런데 그 분야에서도 숙청이 시작되었어, 오히려 더 맹렬하게! 생물학과 교수진이 모조리 쓸려나갔어. 교수직을 그만두라고? 좋다, 나는 그만두었지. 나는 조수가 되었어. 나에게 직위는 중요하지 않았으니까.”

병실에서는 그렇게 침묵하던 슐루빈이 이렇게 유창했다니! 연설쯤은 식은죽 먹기라는 듯 술술 청산유수로 말문이 열렸다.

“위대한 학자들의 교과서가 폐기되고, 교육계획이 바뀌더군. 난 따랐어. 새 커리큘럼으로 가르치려고 했지. 그랬더니 조수도 그만두라더군! ‘좋습니다, 그렇게 하지요. 나는 분류학자가 되지요.’ 그 정도의 희생으로는 부족하다, 분류학자도 그만둬라. ‘알겠습니다, 좋습니다, 도서관원이 되지요.’ 멀리코칸드의 도서관원말이야! 나는 얼마나 양보했는지 몰라! 덕분에 나는 살아 남았고, 아이들은 대학을 나올 수 있었어. 그런데 도서관원에게 비밀지령이 내려졌어. 사이비 과학인 유전학의 관계 서적을 없애라! 누구누구의 책은 모조리 없애라! 그것을 내가 못할리 없었지. 25년 전, 변증법적 유물론의 강의를 들을 때, 상대성이론은 반혁명적 반개화주의라고 말한 사람이 바로 나였으니까. 그리하여 나는 서류를 작성하고, 당 기관과 특별위원회가 그것에 서명을 하게 되었지. 그러고 나서 유전학 책을 페치카에 던져버리게 되었어! 전위예술의 책도! 윤리학도! 사이버네틱스(인공두뇌학)도! 초등 산수도…….”

노인은 또 낄낄대고 있었다. 미친 큰 까마귀!

“거리의 한복판에서 책을 불사를 필요는 없었어. 그러한 지나친 극적 효과가 무슨 소용이 있겠는가? 우리는 잠자코 페치카에 집어던질 뿐이었어. 그런데 지금 난 여기까지 쫓겨났지. 페치카까지…… 그 대신, 나는 가족을 부양했어. 딸은 지방 신문사 기자가 되어서 이런 서정시를 썼지.

‘아니, 난 한 걸음도 물러서지 않으리!

용서를 바라지도 않으리,

싸우려면 더욱 철저히!

아버지, 그의 목을 잡고서라도!'"

힘을 잃어버린 날개처럼 노인의 가운이 축 늘어져 있었다.

"그렇군요……. 잘 알겠어요, 당신도 저보다 편하지는 못했군요."

슐루빈은 한숨을 돌리고, 자세를 편히 한 뒤, 조용히 말하기 시작했다.

"역사상 여러 시기의 변천의 비밀은 어디에 있을까? 같은 국민이 10년쯤 지나는 동안에 사회적 에너지를 아주 상실하고 용감한 충동이 비굴한 충동에 자리를 물려주게 되는 거야. 나도 1917년부터 볼셰비키였었으니까. 탐보프 시 의회에 사회 혁명당이나 멘셰비키를 쫓아낸 적도 있어. 입에 손가락 두 개를 꽂고 휘파람을 불었을 뿐이지만. 국내전에도 참가했었어. 그 무렵에는 생명 따위는 조금도 아깝지 않았지! 세계 혁명을 위하는 거라면 기쁘게 목숨을 내던질 기분이었어! 그런데 왜 우리는 이렇게 변했을까? 왜 굴복했을까? 공포? 시장의 우상? 극장의 우상? 물론 나 같은 것은 보잘것없는 사람이지만, 나제지다 콘스탄치노브나 크루프스카야(레닌의 미망인)는? 그녀는 알지도 못하고 눈치채지도 못했을까? 왜 그녀는 입을 다물고 있었을까? 혹시 생명의 위험이 있었다 해도 한 번쯤이라도 발언을 했다면 어떻게 되었을까? 우리는 아마 사람이 변한 것처럼 참고 견디어 냈기 때문에 사태가 그 이상 진행되지 못한 게 아닐까? 오르죠니키제(1930년대 소련 공업화의 책임자. 1937년에 자살했다)는 어떻게 됐지? 그 사람을 우리는 독수리라고 불렀어! 실리셀리부르그 감옥도, 시베리아의 유형도 그를 굴복시키지는 못했어. 그러한 그 사람이 단 한 번이라도 스탈린을 반대하는 발언을 하지 않았단 말인가? 둘 다 수수께끼의 죽음, 자살을 택했던 거야. 그것이 용기일까? 내게 가르쳐주게나."

"제가 가르치다니요! ……당신이 저한테 가르쳐줘요."

슐루빈은 한숨을 쉬고, 벤치 위에서 고쳐 앉으려고 했다. 그러나 어떤 자세로 앉아도 통증은 가라앉지 않았다.

"내가 묻고 싶은 것은 다른 얘긴데, 자네는 혁명 후에 태어난 사람이야. 그런데도 수용소에 들어갔어. 어떤가? 사회주의에 실망하지 않았나?"

코스토글로토프는 애매한 미소를 지었다.

"모르겠어요. 수용소에서는 너무나 고통을 받아, 자포자기가 되어서, 별소리를 다 지껄였지만."

슐루빈은 아까부터 벤치를 짚고 있던 한쪽 손을 들어서 그 힘없는 손을 코스토글로토프의 어깨에 얹었다.

"젊은이! 그러한 잘못을 저질러서는 안돼요! 자기의 고통이나 이 참혹한 시대 때문에 사회주의가 잘못이라는 결론을 내려서는 안돼. 당신이 어떻게 생각하는지, 역시 자본주의는 역사의 흐름에서 부정되고 말았어."

"수용소에서는 모두들 개인기업이 좋은 점이 많다는 논의가 있었어요. 생활이 편해진다는 거죠. 아시겠어요? 물건이 언제나, 무엇이든 다 갖춰 있고, 어디에 가면 살 수 있는지 분명하거든요."

"그건 속물들의 생각이야! 개인기업은 확실히 유연한 것처럼 보이지만, 그 좋은 점은 좁은 범위 안에서만 성립되는 거야. 개인기업은 브레이크를 걸어두지 않으면 반드시 동물인간, 거래인간이라고나 부를 만한 놈들로 변하지. 한없이 욕망 만족을 위해서만 달려가는 놈들. 자본주의는 말이야, 경제적으로 파탄하기 전에, 이미 윤리적으로 파탄하고 있어! 벌써 예전에!"

"하지만 말이에요." 코스토글로토프는 얼굴에 주름을 모았다. "한없이 욕망을 만족시키는 것밖에 모르는 놈들은, 솔직히 말해서, 여기서도 이따금 볼 수 있어요. 감찰을 가진 수공업자뿐만 아니고요. 예를 들면 예멜리얀 사시크 같은……."

"그렇지!" 코스토글로토프의 어깨를 짚은 손에 힘이 꽉 들어갔다. "그것은 즉 올바른 사회주의가 아니기 때문이야. 사회가 급격히 변할 때, 우리는 생각했었지. 생산수단을 바꾸는 것만으로도 충분하며, 인간은 곧 변한다고 말이야! 하지만 어림도 없어요! 인간은 조금도 변하지 않았어. 인간도 생물의 일종이었으니까! 그것이 변하는 데는 몇 천 년이 걸려!"

"그럼 어떤 사회주의라야 할까요?"

"어떤 사회주의가 좋을까? '민주주의적' 사회주의라고 말하는 사람도 있지만 그것은 피상적인 표현일 뿐이야. 사회주의의 본질을 말하는 것이 아니라, 도입 형태를, 즉 국가 기구의 질을 지적하고 있을 뿐이야. 그것은 함부로 사람의 목을 자를 것이 아니라는, 말하자면 권리의 주장이며, 그 사회주의가 무엇 위에 세워지는가 하는 점에 대해서는 한 마디 말도 없었어. 사회주의는 물질의 과잉된 상태에서는 건설할 수 없어요. 들소처럼 되어버린 인간은 그 물질까지도 짓밟아버리니까 말이야. 그리고 지치지도 않고 증오에 찬 말로써 사회주의를 비판하는 것도 좋지 않은 일이야. 사회생활을 증오의 기초 위에 세운다는 것은 불가능한 일이지. 해마다 점점 더 증오를 불태우고 있는 인간은 언제까지라도 계속 증오하면서, 가까이에서 증오의 대상을 찾아내게 되는 거지. 헤르베그(19세기 독일의 정치 시인)의 시를 당신은 아는지 모르겠어.

'우리는 오래도록 너무나 사랑해 왔어…….'"

코스토글로토프는 재빨리 이어받았다.

"'이제 우린 증오할 때가 왔어!'

그 이상은 잘 모르겠어요. 우리는 학교에서 암송도 했는데."

"그렇겠군, 학교에서 배웠을 거야! 하지만 이 시는 무서워! 학교에서는 이 시를 거꾸로 가르치지 않으면 안되겠지.

'우리는 오래도록 너무나 증오해 왔어.

이제 우린 사랑할 때가 왔어!'

과거의 증오는 이제 그만두고, 우리는 이제 사랑할 때가 왔어! 이러한 사회주의가 되지 않으면 안돼요."

"그럼, 그리스도교적 사회주의인가요?"

"그리스도교와는 달라. 히틀러나 무솔리니의 압제에서 벗어난 사회에는 이러한 명칭의 정당이 있었으나, 도대체 누가 누구와 손을 잡고 그러한 사회주의를 건설한다는 것인지, 어딘가 분명치 않아. 지난 세기 말에는 톨스토이가 이 사회에 실제로 그리스도교를 심어보려고 했으나 톨스토이가 제창하는 복장은 현대에는 전혀 어울리지 않고 그 설교도 현실과 아무런 연관을 가지지 못했지. 내 생각으로는 다른 나라라면 몰라도 이 러시아, 우리의 온갖 회한과 고백과 반란의 나라, 도스토예프스키나 톨스토이나 크로포트킨을 낳은 이 러시아에 있어서 올바른 사회주의는 오직 하나밖에 없어. 즉 도덕적 사회주의! 이것만이 현실적인 것이야."

코스토글로토프는 얼굴을 찌푸렸다.

"그런데 그 도덕적 사회주의란 것을 어떻게 이해하고 어떻게 설명하면 될까요?"

"설명은 간단해!"

노인은 다시 신이 났다. 그 당황하는 큰 까마귀, 방앗간 주인 같은 표정은 엿보이지 않았다. 좀 밝은 표정으로 기운이 나서 코스토글로토프를 설득하려고 했다. 학교 교사처럼 한마디 한마디를 또렷이 발음했다.

"모든 인간관계, 모든 원리, 모든 법률이 도덕에서, 오직 도덕에서만이 나올 수 있는 사회를 전 세계에 보여야 하는 거야. '아이들을 어떻게 기를 것인가? 아이들에게 무엇을 가르칠 것인가? 어른은 무슨 목적으로 일할 것인가? 또 여가는 어떻게 보낼 것인가?' 이러한 문제는 모두 도덕이 명령하는 것에 따라서 결론이 내려지지 않으면 안돼. 학문은? 그것은 도덕을 말하며 무엇보다도 우선 학자 자신을 손상시키지 않는 학문이 되어야 해. 외교 문제도 마찬가지야! 그밖의 어떤 분야의 문제도 모두가 똑같은 거야. 그 행위가 우리들을 얼마나 풍족하게 하며, 어느 정도 강화하는가, 혹은 우리의 위신을 어느 정도 높이는가 하는 것이 아니라, 그 행위가 얼마나 도덕적인 것인가, 그것만을 생각하면 돼."

"그것은 실현 가능성이 적어요. 앞으로 2백 년쯤 걸려야 하는 것이 아닐까요! 그리고 아직 이해가 안되는 것도 있어요. 물질적 기반은 어떻게 됩니까? 경제 문제를 역시 우선적으로 생각해야 되지 않을까요?"

"우선적으로? 그것은 사람 나름이야. 예를 들어, 블라지미르 솔로비예프(19세기 러시아의 종교사상가)는 도덕적 기반 위에 경제를 이룩할 수 있으며, 또 이룩해야 한다고 꽤 납득할 수 있는 이론을 전개했어."

"뭐라고요? 우선 도덕, 그리고 경제라구요?"

"그렇고말고! 당신은 러시아 사람이지만 블라지미르 솔로비예프는 물론 한 줄도 읽지 않았겠지?"

코스토글로토프는 입술을 깨물었다.

"하지만 이름쯤은 들었지?"

"수용소에서 들었어요."

"그러면 크로포트킨은 한 페이지쯤 읽었겠군.《상호부조론》이라도……."

코스토글로토프의 동작은 여전했다.

"아니, 크로포트킨은 옳지 않은 거니까 당신은 읽었을 리가 없겠지. 그럼 미하일로프스키는? 아아, 그래, 그것도 반론이 나와서 금지되어 절판되고 말았지."

"읽을 여가도 없어요! 책도 없었고요!" 코스토글로토프는 화난듯이 말했다. "저는 일생 동안 노동의 연속인데, 주위에서는, 이것을 읽었나? 저것을 읽었나? 물어대기만 했어요. 군대에서는 1년 내내 삽자루를 손에서 놓아보지 못했고 수용소에서도 마찬가지였어요. 지금은 추방된 몸에 작업복이에요. 책 같은 것을 언제 읽습니까?"

그러나 둥근 눈에 짙은 눈썹, 슐루빈의 얼굴에는 드디어 중요한 대목에 이르렀다는 흥분의 빛이 번쩍였다.

"여하튼 도덕적 사회주의란 것은 그러한 거야! 인간은 행복을 지향하는 것이 아니라(행복이란 것도 또한 시장의 우상이니까) 상호부조를 지향하지 않으면 안돼요. 먹이를 찾아다니는 짐승에게도 행복은 있어. 상호부조를 할 수 있는 것은 인간만이야! 이것이야말로 인간이 할 수 있는 최고의 것이란 말이야!"

"아니, 행복만은 남겨둬요!" 코스토글로토프는 힘있게 주장했다. "죽기 전의 다만 몇 달 동안이라도 행복은 남겨둬요! 그렇지 않다면 도대체 무엇 때문에……."

"행복은 환상이야." 최후의 힘을 흔들어 짜내기라도 하듯이 슐루빈은 주장했다. 그 얼굴은 창백했다. "아이들을 키우던 시절 나는 행복을 느꼈어. 그런데 아이들이 내 마음에 침을 뱉기 시작했지. 그런 행복을 위해서 나는 진실한 서적들을 페치카에 태운 거야. 하물며 소위 '미래 세대의 행복'이라는 것을 누가 알 수 있을까? 누가 미래의 세대에게 물어보았단 말인가? 미래의 세대가 어떤 우상을 믿게 될 것인지를. 시대와 함께 행복의 개념은 자꾸만 달라지고 있어서, 행복을 미리 준비한다는 것은 꽤 용기가 필요해. 흰 빵을 짓밟으며 우유를 실컷 마셨다고 해서 행복해지는 것은 아니야. 그러나 굶주린 사람에게 빵을 나누어주면, 오늘 당장 우리는 행복해지는 거지! 만일 행복과 번식만을 생각하고 있으면 인구는 무의미하게 증가되어서 무서운 사회가 되고 말아. 아아, 기분이 좋지 않군. 웬일이지…… 좀 누워야겠어……."

슐루빈의 얼굴이 마치 임종하는 사람처럼 핏기를 잃고 있었다.

"제 손을 잡으세요. 자, 손을!"

슐루빈은 벤치에서 일어나는 것만으로도 괴로운 것 같았다. 두 사람은 아주 천천히 걷기 시작했다. 가벼운 봄기운이 그들을 감쌌으나, 두 사람은 지구의 인력에 괴로움을 느꼈다. 뼈도, 살도, 의복도, 신발도, 그들에게 내리쬐는 햇볕까지도 무거운 짐이 되었으며, 압력이었던 것이다.

이야기에 지쳐 그들은 묵묵히 걷고만 있었다.

암병동 층계 앞에 와서, 이미 건물 그늘 안으로 들어선 슐루빈은 코스토글로토프에게 기댄 채 머리를 들어 밝은 하늘을 쳐다보며 말했다.

"메스 밑에서는 죽고 싶지 않아. 무서워. 앞으로 생명이 얼마 남았는지, 어떤 비참한 여생이라도 역시……."

그들은 현관으로 들어갔다. 퀴퀴한 냄새, 악취. 천천히 한 계단씩 밟으며 그들은 층계를 올라가기 시작했다

코스토글로토프는 물었다.

"아까 말한 것은, 25년 동안 생각한 겁니까? 굴욕과 후회를 느끼면서 말입니다……."

"그래, 후회하며 또 생각했어." 낮은 목소리로 허무하고 무표정하게 슐루빈은 대답했다. "책을 페치카에 던져 넣으면서도 생각했어. 그렇지 않다면, 난 너무나 비참하지 않은가? 그토록 고생하고, 그토록 배신한 난데, 그래도 조금은 생각이 있었을 게 아닌가……."

32. 안쪽에서

수없이 반복해서 종횡으로 낱낱이 알고 있는 줄 알았던 사실이 이렇게 낯설어지다니, 돈초바로서는 생각지도 못했던 일이었다. 30년을 남의 병 치료로 보냈고, 그중 20년을 엑스선 스크린 앞에 앉아서 감독하고 필름을 판별하며 보냈다. 검사 결과와 참고서의 데이터를 비교해서 논문도 쓰고, 동료들과 논쟁도 하며, 환자와 다투기도 하는 동안에, 돈초바의 경험이나 관찰력은 점차 확고해졌으며 의학이론은 한층 논리가 잡혀갔다. 병의 원리나 증상, 진단, 경과, 치료, 예방, 예후 등을 충분히 관찰해 왔다. 한편, 환자의 저항, 의혹, 공포감은 인간의, 당연한 약점으로서 의사의 동정은 살지라도 의학적인 비중은 제로에 가까웠으며, 논리적으로도 무시될 수밖에 없었다.

돈초바로서는 지금까지 인간의 육체를 다 똑같은 구조로 보았다. 해부도 한 장이면 모든 것이 해명되었다. 일상생활의 생리도 감각도 모두 같은 것이었다. 정상적인 모든 것과 정상이 아닌 모든 것은 권위 있는 서적에 의하여 합리적으로 설명할 수가 있었다. 그런데 갑자기 이 며칠 사이에 자신의 육체가 그 질서정연한 위대한 시스템으로부터 굴러나와서, 단단한 땅바닥으로 추락해버렸다. 그래서 육체가 여러 가지 장기를 쑤셔넣은 보잘것없는 주머니로 여겨졌다. 어느 장기가 언제 발병할지 알 수 없었던 것이다. 며칠 동안에 모든 것이 뒤죽박죽이 되었으며, 이미 훤히 알고 있는 요소로 이루어진 것들이 돌연 미지의 두려운 대상으로 변해버리고 마는 것이다.

아들이 어렸을 때, 돈초바는 아들이 그린 그림을 보고 놀란 적이 있었다. 방 안에 있던 주전자, 숟가락, 의자 등을 이상한 관점에서 비슷하지도 않게 그린 그림이었다. 자기 병의 진행 상황이나, 치료에 있어서의 자기의 새로운 입장 같은 것이, 지금 돈초바로서는 마치 아들의 그림처럼 이상하게 보였다. 이제 돈초바는 유능한 의료인으로서 치료에 종사할 수 없는, 한낱 고달프고 무능한 덩어리에 지나지 않았다. 발병은 돈초바를 개구리처럼 짓밟았다. 그래서 앓고 있는 나날이 견딜 수가 없었다. 세상 모든 질서가 뒤집혀 버렸다. 하룻밤 사이에 생활의 모든 것과 인연을 끊고, 창백한 그림자가 되어서 고생하지 않으면 안되었다. 죽을 때까지 계속 고생할 것인지, 아니면 생활에 복귀하게 될지 그것은 아직 알 수 없었다.

돈초바의 과거 생활은 화려하지 않고 그저 일의 반복이었지만, 지금 와서 보니 그 생활이 얼마나 즐거운 것이었던가. 그 생활에 이별을 고한다는 것이 눈물겹게 괴로웠다. 일요일은 휴일이 아니었다. 엑스선 검사에 대비해서 마음의 준비를 해야 한다.

약속대로 월요일 오전 9시 15분, 오렌시첸코프와 베가 간가르트, 그리고 또 한 사람의 여의사가 엑스선 검사실의 불을 끄고, 어둠에 눈을 익히고 있었다. 돈초바는 옷을 벗고 스크린 뒤로 들어갔다. 잡역부로부터 바륨 용액이 담긴 컵을 받다가 하마터면 엎지를 뻔했다. 이 방에서 고무장갑을 끼고, 수많은 환자를 능숙하게 촉진했던 돈초바의 손이 지금 떨렸던 것이다.

익숙한 진찰 방법이 진행되었다. 촉진, 압박, 몸의 방향을 바꾸어서 손들기, 심호흡, 이번에는 침대에 누워서 여러 각도의 사진, 그리고 바륨이 소화 기관에 퍼지기를 잠시 기다린다. 그 사이에는 엑스선 장치를 놀리지 않기 위해서 젊은 여의사가 담당환자를 불렀다. 돈초바는 곁에 앉아서 거들어주려다가 어쩐지 기분이 언짢아져서 도울 수가 없었다. 이윽고 시간이 되어서 다시 스크린 뒤로 가서 사진을 찍었다.

평상시 진찰이라면 침묵 가운데 이따금 짧은 명령 소리만 들렸을 텐데, 오늘 오렌시첸코프는 줄곧 젊은 여의사와 돈초바를 놀려대면서 농담을 했다. 학생 시절에 모스크바 예술극장에서 쫓겨났던 이야기도 늘어놓왔다. 《어둠의 힘》(톨스토이의 희곡) 상연 첫날에 주인공 농부 아킴이 지독히 자연주의적으로 코를 풀고 각반을 동여매고 있어서 오렌시첸코프는 친구와 둘이서 야유를 했었다. 그후부터 예술극장에 갈 때마다 얼굴을 기억하고 쫓아내지 않을까 겁냈다고 했다. 오렌시첸코프뿐만 아니라 모두가 잡담을 하면서 분위기를 즐겁게 하려고 애썼다. 하지만 간가르트는 가냘프고 목쉰 소리였다. 돈초바는 젊은 여의사의 기분을 알 수 있었다!

돈초바 자신도 우울한 기분을 감주고 싶었다. 그래서 바륨을 마시고 난 입을 닦으면서 다시 한 번 말했다.

"환자는 모든 것을 알고 있어서는 안 돼죠! 제 의견은 조금도 달라지지 않았어요. 그래서 당신들이 토의하는 동안에 나는 방에서 나가 있겠어요."

돈초바는 밖으로 나가, 시간을 보낼 소일거리를 찾으려고 했다. 그러나 엑스선 검사원의 지도, 병상카드의 정리 등 일감은 많았지만 어느 것도 내키지 않았다. 부르는 소리를 듣고 검사실로 돌아가기까지 그냥 서성대고 있었다.

검사실로 돌아가자 별말 없이 다시 투시와 촉진이 시작되었다. 진찰하는 측의 명령에 일일이 따르면서, 돈초바는 그 명령의 의미를 생각한 것이 저절로 입에서 튀어나왔다.

"아까부터 진찰하는 것을 보니, 위치를 찾고 있는 모양이군!"

보아하니 위의 출구가 아니라 입구 근처에 종양이 생긴 것이 아닌가 싶었다. 그렇다면 이것은 더욱 어려운 증세이다. 수술할 때 흉곽을 부분적으로 절개해야 한다.

"돈초바!" 어둠 속에서 오렌시첸코프의 목소리가 울렸다. "자네는 조기진단을 주장하고 있겠지. 그러니까 진찰하는 방법도 달라지는 거야! 웬만하면 석 달쯤 기다려, 결론이 날 테니까."

"좋아요, 필요하다면 얼마든지 기다리겠어요!"

큰 엑스선 사진이 나왔는데, 돈초바는 그것을 보려고도 하지 않았다. 평상시의 남성적인 단호함은 사라지고, 빨간 램프 아래 의자에 얌전히 앉아서, 오렌시첸코프의 말을 기다렸다. 진단이 아니라 확진의 말을!

"자, 그러면 돈초바 선생, 결론을 말하지요." 오렌시첸코프는 부드럽게 말했다. "명의인 우리 의사들의 의견이 갈라지고 말았어요."

오렌시첸코프는 돈초바의 당황하는 모습을 지켜보았다. 오렌시첸코프의 평소 지론을 뒷받침해 주는 반응이었다. 현대인은 죽음 앞에서는 무력하고, 죽음을 맞이할 각오가 전혀 되어 있지 않다는 의견이었다. 돈초바는 웃어보이려고 애쓰며 물었다.

"비관적으로 생각하는 것은 누구예요?"

(돈초바는 그가 오렌시첸코프 선생이 아니기를 바랐다!)

"비관적으로 보는 것은 자네 조수들이야. 아마 자네 교육의 성과겠지. 하지만 나는 낙관적으로 봐요."

노인의 입술 구석이 조금, 아주 호의적으로 일그러졌다. 간가르트는 마치 자기의 선고를 기다리기나 하듯이 창백한 얼굴을 하고 앉아 있었다. 돈초바는 약간 마음이 가벼워졌다.

"매우 고맙습니다. 그럼…… 어떻게 됩니까?"

진단 후에 한숨 돌리는 순간이 얼마나 두려운 것인지 여의사는 비로소 알게 되었다!

"말하자면 이런 거야, 돈초바. 세상은 공평치가 못해요. 자네가 집안사람이 아니라면, 양자택일하라고 진단서를 붙여서 외과에 보냈을 거야. 외과에서는 적당히 어디라도 잘라서 무엇이든 절제할지 몰라요. 무능한 외과의는 배를 갈라놓고 거기서 무슨 선물을 떼내지 않고는 견디지 못하는 거니까. 여하튼 수술을 하게 되면 누구의 진단이 정확했는지는 알게 돼요. 하지만 자네는 집안사람이잖아. 모스크바의 방사선연구소에는 자네도 알지만 레노치카와 세료자가 있어요. 그래서 우리가 내린 결론인데 자네가 모스크바에 가면 어떨까? 거기라면 우리의 진단서를 읽고, 다시 진찰해 줄 거야. 그러면 데이터가 더 늘지. 만일 수술 결론이 나와도 거기에 훌륭한 외과의와 시설이 있으니까. 어때?"

"그렇다면 결국…… 복잡한 수술이라서, 여기서는 할 수 없는 건가요?"

"아니, 그렇지는 않아요!" 오렌시첸코프가 얼굴을 찌푸렸다. "내 말에 무슨 다른 뜻이 있는 건 아니야. 우리는 자네를…… 뭐랄까…… 특별취급을 하고 있을 뿐이야. 믿을 수 없다면, 거기……." 턱짓으로 책상을 가리켰다. "사진을 직접 봐요."

그래, 그것은 아주 간단한 일이 아닌가! 손만 내밀면, 돈초바가 쉽게 분석할 수 있는 자료가 거기에 있었다. 하지만 돈초바는 엑스선 사진을 밀어내는 시늉을 했다.

"아니, 아니에요. 보고 싶지 않아요."

이렇게 해서 결론이 났다. 돈초바는 공화국의 후생성으로 나가서 지체 없이 출장허가증을 받았다. 언뜻 돈초바는 '20년을 일한 이 고장에서 나를 붙잡는 게 아무것도 없다.'는 생각이 들었다. 결국 돈초바의 예상이 맞았던 것이다. 만약 누구 한 사람에게라도 발병 사실을 털어놓았다면, 모두가 전력을 다해서 움직이게 되고, 이쪽은 이제 아무 할 일이 없게 되어 버릴 것이다. 모든 일상적인 관계, 항구적인 것으로 보였던 인간관계는 며칠이 아니라 몇 시간 사이에, 찢기고 망가질 것이다. 병원에서나 가정에서 없어서는 안 될 사람, 바꿀 수 없는 사람이었던 돈초바가 점점 불필요한 존재가 되어갔다.

제아무리 이 땅 위에 집착하여도, 영원히 존속할 수 없는 우리들!

그렇다면 미룰 필요가 어디 있을까? 그 주 수요일에 돈초바는 방사선과의 주임업무를 인계 받은 간가르트와 함께 마지막 회진을 나갔다. 회진은 점심 때까지 계속되었다. 돈초바는 간가르트한테 기대를 걸었으며 간가르트는 돈초바만큼 입원환자에 대해 자상했지만, 적어도 한 달간(어쩌면 영원히) 이 환자들을 못 본다고 생각하니 머리가 개운해지고 기운이 솟아나면서 환자에 대한 관심이 갑자기 되살아났다. 그래서 출근할 때는 되도록 빨리 일을 인계하고 집으로 돌아갈 생각이었으나 그런 생각은 어느새 사라져버렸다. 돈초바는 무엇이건 자기 혼자서 챙기는데 익숙해 있어서, 오늘도 한 사람 한 사람의 환자에 대하여 앞으로 한 달 동안의 병의 진척이나, 필요할지도 모르는 새로운 치료법이나, 예상되는 불행한 사태 따위를 생각하지 않을 수 없었다. 최근에 가장 즐거운 회진 시간이었다.

그녀는 비애에 익숙한 여인이었다.

그와 동시에, 지금 돈초바는 무슨 용서할 수 없는 행위로 인해서 자격을 빼앗긴 인간, 즉 의사로서의 권리를 잃은 인간이었으나, 이 일은 다행히 환자들에게는 알려지지 않았다. 돈초바는 귀를 기울이며, 지적하고, 지시하면서 허세에 찬 눈초리로 환자를 바라보는 동안 줄곧 등골로 차가운 기운이 스치고 지나가고 있었다. 이제는 남의 생사를 판가름할 수는 없었다. 며칠 후에는 자기도 똑같이 가련하고 어리석은 환자로서 병원의 침대에 누워서, 외모 같은 것에는 무관심해지겠지, 그리고 선배나 경험자의 얘기를 들으면서 통증을 두려워하겠지. 그리고 아마 좋지 않은 병원에 입원했다고 후회하고, 치료가 제대로 되는지를 의심하게 될 것이다. 또 환자용 파자마를 입고 싶지 않다거나, 밤마다 집으로 가고 싶다거나, 그러한 자질구레한 평소의 권리가 마치 최고의 행복처럼 그립게 될 것이다. 그렇게 생각하기 시작하자, 명석한 판단이 당장에 흐려졌다.

한편 간가르트는 이런 식으로 바라지도 않았던 책임자 자리가 오는 것이 싫었지만, 부득이하게 맡았다. 간가르트는 세 사람의 의사 중에서 제일 비관적인 진단을 내리고, 만성 방사선 장해에 지친 엄마의 몸이 도저히 견딜 수 없을 만큼 무서운 수술을 예상하고 있었던 것이다. 오늘 엄마와 함께 회진하면서도 혹시 이것이 마지막이 될지 모른다고 생각했다. 이제 앞으로 몇 년이고 간가르트는 이 침대 사이를 누비면서 자기를 의사로 길러준 사람을 매일같이 생각하면서 가슴이 아플 것이다. 간가르트는 살며시 손가락으로 눈물을 닦았다.

간가르트는 오늘, 그 어느때보다 병상을 정확히 알아두고, 중요한 질문을 하나도 빼놓아서는 안되었다. 이 50여명의 생명이 이제 간가르트의 어깨에 달려 있고, 물어볼 사람도 없어졌다. 이렇게 불안과 허탈한 마음이 뒤섞인 회진이 반나절이나 계속되었다. 처음, 두 여의사는 여자병실을 돌았다. 그 다음에 층계참이나 복도에 누워 있는 환자를 진찰했다. 시브가토프의 침대에도 물론 들렀다.

이 얌전한 타타르인에게 얼마나 정성을 쏟았던가! 하지만 병세는 매달 질질 끌고 있었다. 이 입구의 어두컴컴하고 바람도 잘 통하지 않는 구석에서 참으로 가엾은 생활을 보내고 있었다. 이미 엉치등뼈에는 전혀 힘이 없어서 시브가토프는 튼튼한 두 팔을 뒤로 돌려서 겨우 상체를 지탱했다. 산책은 옆 병실 사람들의 이야기를 듣는 것으로 만족했다. 공기는 먼 데 있는 환기창에서 불어오는 바람뿐이며, 머리 위에는 천장밖에 보이지 않았다. 그러나 이 비참한 생활, 진료와 잡역부들의 욕지거리, 좋지 못한 식사, 도미노 놀이 이외에는 아무것도 없었다. 이 비참한 생활에 감사하듯이 그는 등의 통증을 참고, 회진 때마다 피로에 지친 눈을 반짝였다.

시브가토프는, 돈초바가 오늘로 병원을 그만두리라는 풍문을 들었다. 말없이 그들은 서로 바라보았다. 두 사람 다 지쳐 있었지만, 믿을 수 있는 동지였다. 이제 곧 승리자의 채찍에 쫓겨서 그들은 사방으로 흩어져야 했다.

'알아줘요, 시브가토프.' 돈초바는 눈으로 말했다. '나는 힘껏 했어요. 하지만 나도 상처를 받고 넘어지고 말았어.'

'알고 있어요, 어머니.' 타타르인도 눈으로 대답하고 있었다. '저를 낳아주신 분도 당신 이상으로 돌봐주지는 않았어요. 하지만 지금 저는 당신을 구할 도리가 없군요.'

아흐마드잔의 경과는 훌륭했다. 병을 일찍 발견해서인지 모든 것이 순리대로 이루어지고, 이론대로 효과가 나타나고 있었다. 치료에 사용된 방사선의 총량을 계산하고 돈초바는 불현듯 입을 열었다.

"퇴원이에요!"

수간호사에게 부탁해서 의복 보관소에서 옷을 받기 위해서는, 아침 일찍 이 일을 알려야 했다. 지금은 벌써 좀 늦었으나, 그래도 아흐마드잔은 목발을 사용하지 않고 아래층 미타에게로 뛰어갔다. 하룻밤이라도 여기서 보내기는 싫었다. 구시가에는 친구가 있어서 오늘 밤은 거기서 지낼 수가 있었다.

바짐도 돈초바가 방사선과를 그만두고 모스크바로 가는 것을 알고 있었다. 어제 어머니로부터 두 통의 전보를 받은 것이다. 한 통은 바짐에게, 또 하나는 돈초바에게 쓴 것이었다. 드디어 콜로이드 금이 이 병원으로 발송되었다는 전문이었다. 바짐은 곧 절름발을 끌며 아래층으로 내려갔으나 돈초바는 후생성으로 가고 없었고, 대신 간가르트가 방사선 기사 엘라 라파일로브나를 소개해 주면서 '콜로이드 금이 도착하는 대로 이 사람이 치료를 담당하게 된다.'는 것이었다. 바로 이때 지쳐보이는 돈초바가 돌아와서 전보를 읽고, 얼빠진 표정을 짓고, 잘됐다는 듯이 끄덕였다.

어제는 너무나 기뻐서 잠도 제대로 자지 못했다. 오늘 바짐은 아침부터 생각에 잠겼다. 그 콜로이드 금은 언제쯤 도착하게 될까? 만일 어머니한테 직접 전해졌다면 오늘 아침에는 벌써 여기에 닿았을 것이 아닌가. 사흘 정도 걸리지 않을까? 혹시 1주일이 걸릴지도 몰라. 우선 이 일에 대하여 바짐은 옆에 있는 두 여의사한테 물었다.

"사나흘이면 와요, 사나흘!" 돈초바가 말했다.

(하지만 이 사나흘은 믿을 수 없는 통계치다. 모스크바 연구소에서 조직견본을 '라잔' 병원에 발송해야 하는데 발송계 여자가 '카잔'으로 썼고, 관리사무소에서는 '카자흐'로 잘못 읽고서 알마마타로 보내버린 사건이 있었다!)

기쁜 소식은 사람을 이렇게 바꾸어 놓을까! 최근에 그렇게 우울했던 검은 눈동자가 지금은 희망에 빛났다. 주름이 잡히고 불만스럽게 부었던 입술이 다시 펴지며 생기가 돋아나고, 깨끗이 면도하고 몸단장을 한 바짐의 모습은, 아침부터 선물을 옆에 놓은 어린애처럼 기뻐하고 있었다.

지난 2주일간 왜 그렇게 기운이 없고, 의지가 약했을까! 구원은 의지에 달렸으며, 의지는 모든 것이 아닌가! 이제부터는 경주다! 암세포가 30센티미터를 전이하는 것보다 빨리 콜로이드 금이 3,000킬로미터의 거리를 날아 와주기를! 이 경주를 이긴다면 콜로이드 금은 바짐의 서혜부를 지키고, 남은 몸 전체를 지켜줄 것이다. 다리는 이제, 하나쯤 희생시켜도 무방했다. 혹시 방사능을 가지고 있는 금은 그 위력을 발휘해서 다리까지도 치료해 줄지도 모르는 일이 아닌가?

바짐이 살아남는다는 것은 정당하며 타당한 일이다! 죽음과 타협하는 것, 검은 표범에 먹힌다는 것은 생각만 해도 우둔하고 약하고 무가치한 것이었다. 자기 재능의 빛으로 살아남아야 한다! 치밀어 오르는 기쁨으로 한밤중에 눈을 뜬 바짐은, 콜로이드 금을 넣은 납상자가 지금쯤 어디에 와 있을까를 생각해 보았다. 화차 안에 있을까? 아니면 비행장으로 운반되는 도중일까? 혹은 또 비행기에 실려 있을까? 바짐은 3,000킬로미터의 공간을 생각하며 어둠을 응시했다. 빨리, 좀 더 빨리, 만일 천사라는 것이 있다면 도움을 청했으면 좋겠다.

바짐은 회진 의사들의 행동을 의심스러운 눈초리로 바라보았다. 의사들은 불길한 것은 말하지도 않고, 얼굴은 어디까지나 무표정하였으나, 그래도 바짐을 촉진하였다. 간장뿐만 아니라 여러 곳을 만지며, 몇 마디 의견을 교환했다. 다른 장소보다 간장에 중점을 두고 촉진하지나 않는지 바짐은 신중히 관찰했었다.

(여의사들은 이 환자가 아주 신경질적이고 관찰력도 예리한 줄 알고 있었기 때문에 비장언저리까지 일부러 만지는 척했다. 그러나 이 촉진의 진정한 목적은 역시 간장의 변화를 조사하는 일이었다.)

루사노프의 진찰도 간단히 끝낼 수가 없었다. 그는 항상 의사의 특별배려를 기대하였다. 최근 루사노프는 여의사들에게 호의를 갖게 되었다. 여기 의사들은 명예교수도 평교수도 아니지만 루사노프의 종양을 고쳐준 것만은 사실이었으니까. 목의 종양은 이제 작아지고 납작해졌다. 혹시 처음부터 그다지 위험한 것도 아닌데, 괜히 겁을 집어먹었는지도 몰랐다.

"잠깐만, 저는 어쨌든 이제 주사는 지쳤어요. 벌써 20회가 넘었잖아요. 이것으로 충분하지 않을까요? 혹시 마지막 주사는 집에서 맞을 수 없을까요?"

루사노프는 혈액이 부족해서 수혈을 네 번이나 받았지만 상태가 그다지 좋지 않았다. 얼굴이 누렇게 뜨고 말라서, 타타르식 둥근 모자가 보기 흉하도록 커보였다.

"여하튼 돈초바 선생님, 고마워요! 입원할 때 저는 잘못 생각했어요." 루사노프는 자기의 잘못을 시인하기를 꽤 좋아했다. "선생님 덕택으로 회복된 겁니다. 감사합니다."

돈초바는 애매하게 끄덕였다. 그것은 겸손도 당황도 아니고, 이 환자가 되지도 않는 소리를 했기 때문이었다. 그의 종양은 이제 또 어느 임파선에 전이할지 알 수 없었다. 수명이 앞으로 1년 남았을지 어떨지는 전이의 속도에 달려 있었다.

돈초바 자신도 마찬가지였다.

돈초바와 간가르트는 루사노프의 겨드랑이 밑과 쇄골 윗부분을 촉진했다. 그 압박이 너무나 강했기 때문에 루사노프는 잠시 몸을 오그라뜨렸다.

"거기는 괜찮아요!"

루사노프는 아무렇지도 않다는 듯이 말했다. 이제 생각하면, 의사들이 협박을 한 것이 명백해졌다. 하지만 루사노프는 그 위협을 용케 넘겼다. 자기가 그렇게 참을성이 많은 사람이라는 것이 자랑스러웠다.

"괜찮다면 좋지만, 매우 주의해야 합니다. 루사노프 씨. 앞으로 한두 번 주사를 맞으면 퇴원할 거예요. 그래도 한 달에 한 번은 꼭 진찰을 받으러 오셔야 해요. 이상징후를 느낄 때마다 언제든 달려와 줘요."

하지만 기쁨에 넘친 루사노프는 자의적으로 해석했다. 정기적인 진찰이란 형식적인 것이고 통계에 필요한 것일 뿐이지. 그는 이 반가운 소식을 집에 알리려고 전화를 걸러 갔다.

코스토글로토프의 차례가 왔다. 그는 착잡한 기분으로 의사들을 맞게 되었다. 의사는 그를 구해준 것 같기도 하고 악화시킨 것 같기도 했다. 통 속에서 벌꿀이 타르와 혼합되어서, 식용도 못 되고 차바퀴에 바르지도 못하게 된 것이다. 간가르트 혼자 왔다면 무엇을 묻든 어떤 지시를 하든, 즐겁게 그녀의 얼굴을 쳐다보고만 있었을 것이다. 자기의 몸을 기형으로 만드는 주사를 집요하게 계속 맞으면서도, 어찌된 영문인지 1주일 전부터 이런 데 대해서는 간가르트를 용서하고 있었다. 자기의 몸을 자유롭게 처리할 권리를 간가르트한테 맡긴 것은 어쩐지 유쾌했다. 회진 때마다, 코스토글로토프는 여의사의 작은 손을 만지거나, 개처럼 코끝을 그 손에 비벼대고 싶었다. 그러나 오늘의 회진은 두 사람이 함께 했으므로 돈초바도 간가르트도 일에 얽매인 단순한 의사에 지나지 않았다.

"어떻습니까?"

돈초바가 침대에 걸터앉으면서 물었다. 간가르트는 돈초바의 뒤에 서서 살며시 그에게 미소를 던졌다. 볼 때마다 약간이라도 미소를 지어보인다는, 배려 또는 불가피한 습관이 다시 간가르트에게 되돌아와 있었다. 그러나 오늘의 미소는 마치 안개 너머에서처럼 희미했다.

"그저 그래요." 침대 밖으로 내려뜨렸던 머리를 베개에 도로 놓으면서, 코스토글로토프는 피로에 지친 목소리로 대답했다. "잘못 움직이면 누가 꽉 잡기라도 하는 느낌이…… 이 가슴 안쪽에 느껴집니다. 하지만 대체로 나은 기분이에요. 이젠 끝난 것으로 해줘요."

그 말투에는 이전처럼 열의가 없었고, 마치 남의 말을 하듯 했으며, 강조할 필요조차 없는 당연한 것을 말하는 것처럼 무관심하게 들렸다. 돈초바도 아무런 거리낌없이 지친 음성으로 말했다.

"당신의 기분이 어떻든, 치료는 아직 끝나지 않았어요."

여의사는 조사 부분의 피부를 살펴보기 시작했다. 피부 상태로 보아서는 치료가 끝나가고 있었다. 표피 반응은 조사가 끝난 후에도 강해질 가능성은 있었다.

"엑스선은 이제 하루에 두 번씩 받지는 않지?"

"이제는 1회씩입니다." 간가르트가 대답했다.

생명이 통하는 기묘한 실오리가, 마치 여자의 긴 머리카락처럼, 간가르트를 이 환자에게 연결시키고 있었다. 그 실이 팽팽하게 잡아당기거나, 끊겼을 때 아픔을 느끼는 쪽은 간가르트이고 코스토글로토프는 조금도 아픈 것 같지 않았다. 조야와 그가 밤마다 만난다는 소문을 들었던 날, 실이 완전히 끊긴 줄 알았다. 그때 끊어지는 편이 차라리 좋았을지 모른다. 남자는 같은 세대의 여자보다는 더 젊은 여자를 찾는다는 법칙을 간가르트는 불현듯 생각하고 있었다. 자기가 적령기를 놓쳤다는 생각이 다시 상기되었다.

하지만 그후 코스토글로토프는 간가르트를 길에서 기다리고 있다가 붙잡고 늘어지고, 달콤한 말과 부드러운 눈길로 낚아챘다. 그리하여 실낱같은 관계가 다시 이어졌다. 이것이 과연 무엇일까? 말로 설명하거나 무슨 목적이 있는 것도 아니었다. 코스토글로토프는 얼마 후 퇴원할 것이다. 이제는 여기에 다시 돌아오지 않게 되겠지. 꽤 사태가 악화되기 전에는, 죽음에 쫓기지 않는 한, 돌아오지 않을 것이다. 건강하면 할수록 여기로 돌아올 가능성은 적어진다.

"시네스트롤 양은 지금까지 얼마나 되지요?"

"필요 이상의 양이에요." 간가르트가 입을 열기도 전에 코스토글로토프는 언짢은 눈초리로 바라보며 말했다. "앞으로 일생 동안 주사를 맞지 않아도 될 정도의 양이에요."

평소의 돈초바였다면 환자의 이런 난폭한 언사는 결코 용서하지 못하고 엄하게 책망했을 것이다. 그러나 지금 돈초바는 회진 때문에 아주 지쳐 있었고, 일을 정리하는 시점에 개인적으로 코스토글로토프한테 반감을 가질 필요도 없었다. 하기야 이것은 야만적인 치료법이었다.

"내가 한 가지만 충고할게요." 다른 환자들이 들을 수 없게 나직막한 목소리로 타이르듯 돈초바는 말했다. "당신은 가정의 행복을 바라지 않는 편이 좋습니다. 또 앞으로 오랫동안 남들처럼 가정을 꾸릴 수는 없으니까."

간가르트는 눈을 감았다.

"그 이유는 병을 오래 방치했기 때문이에요. 여기 오는 것이 늦었어요."

코스토글로토프는 자기의 상태가 그토록 좋지 않다는 것은 알고 있었으나, 막상 돈초바한테서 직접 듣자 입을 멍하니 벌렸다.

"그래, 그렇겠군요." 코스토글로토프는 신음소리를 냈다. "가정을 이룬다는 것은 어차피 정부도 허락하지 않을 거야."

"간가르트 선생, 이 분에게는 체잔과 펜탁실 주사를 계속해 주세요. 하지만 퇴원해서 휴식할 필요도 있군. 그럼 이렇게 하죠, 코스토글로토프씨. 퇴원할 때 시네스트롤 3개월치를 처방해 줄테니, 약국에서 사서 자택에서 치료를 계속해요. 만일 집에서 주사를 놓아줄 사람이 없다면, 정제를 사세요."

코스토글로토프는 그 말에 대답을 하려고 입술을 움직였다. 첫째로 내겐 집이 없고, 둘째로 돈이 없으며, 셋째로 서서히 자살할 만큼의 바보가 아니라고. 그러나 지쳐서 잿빛이 된 여의사의 얼굴을 보자 말이 쑥 들어갔다.

회진은 끝났다.

아흐마드잔이 뛰어왔다. 이야기가 잘되어서 보관소에서 옷을 꺼내준다는 것이다. 오늘 밤에는 친구들과 함께 한 잔 나눠야지! 진단서는 내일 받으면 된다. 이제까지 한 번도 본 적이 없었을 정도로 아흐마드잔은 흥분하여 큰소리로 빨리 말하고 있었다. 몸동작도 지난 두 달 동안 이 병실에 있었다고 생각할 수 없을 만큼 힘이 넘쳤다. 짧게 자른 검은 머리와 중유처럼 검은 눈썹 밑에서 술취한 사람처럼 눈이 번쩍이고 있었으며, 등은 생활의 기대감으로 떨고 있었다. 짐을 챙기다가 뛰어나가서, 점심은 아래층에서 먹을 테니까 거기에 준비해달라고 외치기도 했다.

코스토글로토프는 방사선실로 불려갔다. 거기서 잠시 기다린 후에 기계 아래에 누워 있었으며, 그것이 끝나자 현관으로 잠시 나갔다. 왜 오늘은 이렇게 침침할까. 온 하늘에 잿빛 구름이었고, 저편에서 보랏빛 구름이 나타나기 시작했다. 기온이 꽤 높으니까 비가 내려도 훈훈한 봄비가 될 것이다. 산책하기에는 날씨가 좋지 않아서 그냥 병실로 올라가기로 했다. 흥분한 아흐마드잔의 큰소리가 복도 아래까지 들려왔다.

"그놈들의 식사는 군인들보다 좋단 말이야! 더 좋지 않대도 결코 나쁘진 않아! 전부 200킬로그램이나 소비해요. 그런 놈들한테는 여물이나 먹여야 하는 건데! 그러면서 제대로 일하지도 않아! 출입금지구역(수용소의 가시철조망 양쪽 2미터 지역)까지 데려가면, 그 다음에는 제멋대로 흩어져 으슥한 곳에 숨어서는 하루 종일 잠을 자는 거야!"

코스토글로토프는 살며시 문을 열었다. 시트와 베갯잇을 벗긴 침대 옆에, 준비된 짐을 손에 쥔 아흐마드잔이 서서 한 손을 흔들면서 병실 사람들에게 의기양양하게 마지막 잡담을 하고 있었다. 병실의 구성 인원은 모두 바뀌었다. 페제라우도 없었고, 철학강사도, 슐루빈도 없었다. 아흐마드잔은 이전 사람들이 있었을 때는 이런 이야기를 한 적이 없었다.

"그래서 그들이 아무것도 세우지 못했단 말인가?" 코스토글로토프는 조용히 물었다. "출입금지구역에다 무슨 건물을 세우진 않았어?"

"세우긴 했지." 아흐마드잔은 좀 당황했다. "하지만 그놈들의 일은 형편없었어."

"그럼 당신들이 좀 도와주었다면 좋았을 텐데."

"우리는 소총을 겨냥하는 일, 그놈들은 삽을 잡는 일을 한 거야!"

코스토글로토프는 아흐마드잔의 얼굴을 바라보았다. 마치 처음 보는 사람의 얼굴 같았다. 어쩌면 모피 외투 깃 속에 얼굴을 파묻고 자동소총을 겨냥하는 모습을 바라보고 있는지도 몰랐다. 아흐마드잔은 도미노 말고는 아무런 오락도 모르는, 성실하고 솔직한 사람이었다. 앞으로 몇 십년 동안 그 장소의 실정을 이야기하지 않으면, 인간의 기억은 희미해져서, 같은 나라 사람의 기분을 이해하는 것이 화성인을 이해하는 것보다 더 어려워질 것이다.

"그런데 도대체 그건 무슨 이야기지? 사람에게 여물을 먹이라고 하던데. 그것은 농담이겠지?"

"농담이 아니야! 놈들은 인간이 아니야! 절대 인간이 아니야!"

다른 환자들도 사실로 들은 이상 코스토글로토프도 설복할 수 있을 것이라고 생각했던 모양이었다. 코스토글로토프가 유형수라는 사실은 아흐마드잔도 알고 있었지만, 수용소에 있었다는 것은 전혀 알지 못했다. 코스토글로토프는 루사노프의 침대 쪽을 슬며시 바라보았다. 왜 그놈도 아흐마드잔에게 가세하지 않는지 의아했다. 그의 침대가 비어 있었다. 코스토글로토프는 천천히 말했다.

"당신을 군인으로만 알고 있었어. 그랬었군, 그런 군대에 근무하고 있었군. 그럼 당신은 베리야(수백만의 사람을 강제수용소로 보냈으나 결국 '인민의 적'으로 총살됨)의 졸개란 말이지?"

"난 베리야를 알지도 못해요!" 아흐마드잔은 낯을 붉히며 화를 냈다. "윗사람이 누구건 나와는 관계가 없어요. 나는 선서를 하고 근무했을 뿐이야! 맡겨진 부서에 근무한 것뿐이야……."

33. 행복한 종말

낮에 내리기 시작한 비가 밤새 계속되더니 바람도 점점 세차고 쌀쌀해 졌다. 목요일 아침에는 진눈깨비마저 내리기 시작했다. 봄을 기대하고 병실 이중창을 열었던 사람들은 그저 묵묵히 입을 열지 않았다. 목요일 오후부터는 진눈깨비가 그치고 바람이 잦아들면서 어두침침하고 쌀쌀했다. 저녁 무렵에는 서쪽 하늘가에 가느다란 황금빛 햇살줄기가 반짝이며 나타났다.

루사노프가 퇴원하는 금요일 아침, 하늘에는 구름 한 점 없었다. 이른 아침의 햇살이 아스팔트 위에 고인 빗물웅덩이나 잔디밭 사이 오솔길의 진창에서 말라가고 있었다. 이제는 정말 봄이 온 것 같아서, 환자들은 창문 문풍지를 뜯어내고 이중창을 열어젖혔다.

아침식사 직후에 가족들이 마중을 왔다. 바로 어제 운전면허를 받은 라브리크가 운전을 하고 왔다! 어제부터 방학이라고 했다. 라브리크는 파티를, 마이카는 피크닉을 기대하며 한껏 들떠 있었다. 카파는 큰 애들은 집에 두고 어린 아이들만 데려 왔다. 라브리크는 아버지를 집까지 태워다 드리고 나면, 친구들과 드라이브를 하겠다고 했다. 유라가 없어도 제법 운전을 할 줄 안다는 것을 보여주고 싶어했다.

필름을 거꾸로 감듯이, 무엇이든 입원할 때와 정반대로 진행되었다. 그러나 얼마나 즐거운 일인가! 루사노프는 파자마를 입고 수간호사실로 들어갔다가 회색 신사복 차림으로 나왔다. 라브리크는 새로 맞춘 신사복을 입고 있어서, 현관에서 마이카와 장난치고 떠들지만 않았다면 제법 어른스러워 보였을 것이다. 가죽끈에 매단 자동차 열쇠를 라브리크는 자랑스럽게 손가락으로 빙빙 돌렸다.

"오빠, 차 문 닫았어?"

"응."

"창문도 닫고?"

"가서 니가 봐."

마이카가 검은 머리카락을 흔들며 뛰어갔다가 금세 돌아왔다.

"꼭 닫혔어." 그러더니 또 생각난 듯 잠깐 놀라며 물었다. "트렁크도 닫았어?"

"가보렴."

소녀는 다시 뛰어갔다.

아래층에서는 여전히 누런 액체가 들어 있는 유리 용기를 검사실로 나르고 있는 사람이 있었다. 지친 얼굴로 자기의 순번을 기다리다가 벤치에 늘어져 자는 사람도 있었다. 루사노프는 이러한 광경을 사뭇 느긋한 기분으로 바라보았다. 자기는 결국 역경을 극복한 강인한 인간이니까.

라브리크는 아버지의 트렁크를 옮겼다. 큰 단추가 달린 살구빛 스프링 코트를 입고, 기쁨으로 젊어진 듯한 갈색 머리의 카파는 이제는 용건이 다 끝났다는 듯이 수간호사에게 끄덕이고, 남편의 팔을 잡았다. 아버지 반대쪽 팔에 마이카가 매달렸다.

"이것 좀 보세요, 이 애 모자! 어때요, 새 모자예요. 무늬가 예쁘지요!"

"파샤, 파샤!" 뒤에서 누군가가 불렀다.

모두 뒤돌아보았다. 수술실 복도에서 찰르이가 걸어오고 있었다. 이제는 얼굴빛도 누렇지 않고 꽤 활기 있어 보였다. 환자복이나 슬리퍼를 신지 않았다면 환자인 줄 몰랐을 것이다. 루사노프는 경쾌하게 찰르이의 손을 잡았다.

"카파, 병실 영웅을 소개하지! 위를 잘려도 웃음을 잃지 않는 사나이야."

카파를 소개받은 찰르이는 우아한 몸짓으로 두 무릎을 모으고, 고개를 약간 기울였는데, 그 모습은 겸손하기도 했고, 익살맞기도 했다.

"파샤, 전화번호를 가르쳐주게! 적어달라구!"

루사노프는 문 여는 시늉을 길게 하며 못들은 체하였다. 찰르이는 확실히 좋은 사람이었으나, 생활환경이 달랐고, 사고방식이 달랐다. 너무 가까이 않는 것이 현명한 처신 같았다. 루사노프는 거절하기 좋은 구실을 찾고 있었다.

일행이 층계로 나가는 것을 보고 찰르이는 곧 모스크비치 승용차를 보았다. 라브리크가 벌써 시동을 걸고 있었다. 찰르이가 값을 따져보는 눈치였다.

"몇 킬로나 달렸지?"

"아직 15,000킬로미터도 못 달렸을 거야."

"그런데 왜 저렇게 타이어가 나빠졌을까?"

"그래, 나쁜 것이 걸려들었어…… 이렇게 나쁜 것을 만들어내다니 큰일이야……."

"좋은 걸 구해줄까?"

"자네가 할 수 있어, 막심?"

"어렵지 않지! 간단해! 전화번호를 주게!" 찰르이는 손가락으로 루사노프의 가슴을 찔렀다. "퇴원하면 1주일 이내에 구해주겠어!"

거절할 구실을 찾을 필요는 없었다! 루사노프는 수첩장을 찢어서 근무처와 집 전화번호를 막심에게 적어주었다.

"그래! 그럼 전화할게!"

마이카는 앞자리에 뛰어오르고, 아버지와 어머니는 뒷자리에 앉았다.

"몸조심하게!" 막심은 외치며 군대식으로 경례를 했다.

"자아," 라브리크는 마이카를 시험하듯이 말했다. "여기서 어떻게 하는 거지? 곧 출발할까?"

"틀렸어! 우선 기어의 상태를 알아보는 거야!" 마이카가 종알댔다.

차는 군데군데 남아 있는 물구덩이의 물을 튀면서 달렸다. 정형외과 병동 모퉁이를 돌 때 꾀죄죄하고 키가 큰 환자가 장화를 신고 천천히 걸어가고 있었다. 루사노프는 대번에 누구인지 알았다.

"자, 경적을 눌러라!"

라브리크는 짧고 요란스럽게 경적을 울렸다. 사나이는 옆으로 급히 피하면서 뒤돌아보았다. 차는 배기가스를 뿜어내면서 그 사람의 10센티미터 옆을 스치고 지나갔다.

"저놈 별명이 오글로예드야. 정말 불쾌하고 질투가 많은 녀석이지. 얼굴을 봤지, 카파."

"할 수 없잖아요, 여보! 행복한 사람이 있으면, 꼭 질투하는 사람이 있는 거예요. 그러니 행복해지기 위해서는 꼭 질투하는 사람과 부딪치게 되는 거예요."

"계급의 적이란 말이야. 이곳이 병원만 아니었으면 그냥……."

"그렇다면 받아버릴 걸 그랬죠. 왜 경적을 누르라고 하셨어요?" 라브리크는 웃으면서 흘끔 뒤돌아 보았다.

"한눈 팔면 안 돼!" 어머니는 놀라서 말했다.

정말 차가 크게 흔들렸다.

"한눈 팔면 안 돼!" 마아카가 엄마의 말을 되풀이했다. "난, 한눈 팔아도 되죠, 엄마?" 그리고 일부러 머리를 이리저리 돌렸다.

"너는 당분간 여자아이를 태우고 드라이브해선 안 돼, 알았지?"

차가 병원의 구내를 나오자 카파는 창문 유리를 내리고 무슨 가루 같은 것을 뒤로 뿌리면서 말했다.

"이제 다시는 여기에 오지 않도록! 모두들 뒤돌아보면 안 돼요!"

코스토글로토프는 그 차를 향해 실컷 욕설을 퍼부었다. 그러나 병원을 이렇게 아침 일찍 나가는 게 아주 현명한 방법이라고 생각했다. 낮에 퇴원하면 어디로 가기도 전에 저녁이 되니까. 코스토글로토프의 퇴원은 내일이다.

햇볕이 따사로운 화창한 날이었다. 모든 것이 점차 따뜻해지고 마르기 시작했다. 우시 체레크에서도 지금쯤은 아마 밭을 갈기 시작하고, 관개수로의 청소도 하고 있겠지. 얼마나 다행한 일인지 모른다. 살을 깎는 듯한 바람이 휘몰아치던 겨울에 반죽음의 상태로 이곳을 찾아왔으나 지금, 봄이 한창일 때 돌아가서 자기의 작은 채소밭에 씨를 뿌릴 수 있게 되었다. 땅에 씨앗을 뿌리고 그것이 싹트는 모습을 지켜보는 기쁨보다 더한 것이 있을까? 다만 누구든 두 사람이 밭일을 같이 하지만 코스토글로토프는 혼자서 할 것이다.

걸어다니는 동안에 수간호사를 만나보고픈 생각이 났다. 미타가 빈 침대가 없다고 쌀쌀맞게 대하던 것은 옛일이다. 지금은 아주 가까운 사이가 되었다. 미타는 큰 층계 밑의 창문 없는 작은 방에 전등을 켜고 앉아 있었다. 밖에서 안으로 들어왔을 때 이 방은 꽤나 눈이 견딜 수 없을 정도로 답답하게 느껴졌다. 수간호사는 조사카드 같은 것을 열심히 옮겨 적고 있었다.

코스토글로토프는 허리를 엉거주춤하면서 위쪽을 비스듬히 자른 문을 열고 들어가 대뜸 입을 열었다.

"미타! 부탁이 있어요. 매우 중대한 거야."

미타는 길쭉하고 까칠한 얼굴을 들었다. 그 얼굴은 날 때부터 예쁘지 않아서, 40세가 된 지금까지 누구도 그 얼굴을 끌어당겨 키스하거나 손으로 만지지도 않았을 뿐만 아니라 그 얼굴에 생기가 돌 만한 부드러운 빛은 한 번도 나타내보지도 못하고 늙어버렸다. 미타는 그저 일하는 말처럼 돼버렸다.

"뭔데요?"

"난 내일 퇴원해요."

"잘됐군요!" 첫인상은 심술궂었는데 뜻밖에 그녀는 선량한 사람이었다.

"내일 저녁 기차로 출발하려는데, 낮에 시내에서 할 일이 많아요. 그런데 보관소에서 옷을 꺼내려면 항상 시간이 걸리거든. 그러니 내 짐을 오늘 꺼내서 어디 감춰주지 않을래요? 내가 내일 아침에 바로 갈아입을 수 있게."

"규칙위반인데." 미타는 한숨을 지었다. "주임의사가 알게 되면……."

"알 리가 있나! 규칙위반인 줄은 알고 있어. 하지만 미타, 규칙을 어기지 않고는 사람이 살 수가 없잖아!"

"혹시 갑자기 내일 퇴원하지 못하게 되면 어떡하죠?"

"간가르트 선생이 분명히 약속했어요."

"그래도 한 번 확인해 봐야 해요."

"좋아, 그럼 지금 내가 가서 다시 한 번 확인해 보겠어."

"그건 그렇고, 뉴스 들었어요?"

"아니, 무슨 뉴스?"

"금년 안에는 우리들 모두가 자유롭게 된대요! 꽤 확실한 소문이에요!" 그 소문을 말할 때만은 못난 얼굴이 귀엽게 보였다.

"우리들이라는 건 누구 얘긴데? 당신 같은 사람 말이오?"

"우리들도, 당신들도 말예요! 믿지 않는군요?"

미타는 불안스럽게 상대방의 의견을 기다렸다. 코스토글로토프는 정수리를 긁적이면서 얼굴을 찌푸리고 한쪽 눈을 감아보였다.

"믿을 수도 있어요. 아마 그럴 수 있겠지. 하지만 그 따위 소문은 여태껏 꽤 많이 들었어. 그냥 기뻐할 수만은 없어요."

"하지만 이번에는 틀림없대요, 정말!" 미타는 믿고 싶었다. 믿지 않고는 견딜 수 없었다!

코스토글로토프는 입술을 꽉 다물고 생각에 잠겼다. 물론 최고재판소 경질도 있었으니 충분히 가능한 일이었다. 하지만 사태의 추이가 너무 느려서, 한 달이 지나도록 아무 일도 없으니 다시 믿음을 버린 것이다. 우리들의 생명과, 우리들의 마음에 대해서 역사의 움직임은 너무나 느렸다.

"참, 고마운 일이군." 코스토글로토프는 미타를 위해서 말했다. "만일 그렇게 되면 당신은 어떻게 하겠어? 어디로 가겠어?"

"글쎄, 어떻게 할까." 손톱이 큼직한 손가락으로 정리가 덜 된 낡은 카드를 누르면서 낮은 목소리로 미타는 말했다.

"당신은 살리스크(남러시아 로스토프 자치주의 도시) 사람이죠?"

"그래요."

"옳아, 역시 거기가 좋지요?"

"자유스러우니까요." 그러나 좀 더 정확히 말하자면, 고향에 돌아가 결혼하려는 것인지도 몰랐다.

코스토글로토프는 간가르트를 찾으러 나갔다. 방사선실에만 가면 있을 줄 알았는데 외과에 가 있다고 했다. 이윽고 레프 레오니도비치와 함께 복도를 가고 있는 것을 보고는 다급히 쫓아갔다.

"간가르트 선생! 1분만 시간을 내주지 않겠어요?"

간가르트한테 말을 건네는 것은 어쩐지 즐거운 일이었으며, 자기의 목소리가 다른 사람과 말할 때와는 달라지는 것을 스스로도 느껴졌다. 여의사는 뒤돌아보았다. 그녀의 몸을 기울이는 모습이나, 손의 위치, 그리고 걱정스러운 표정에는 사무적인 습관이 배어 있었다. 그러나 여의사는 이내 평소처럼 상냥한 얼굴이 되면서 걸음을 멈췄다.

"뭐예요?"

코스토글로토프 씨라고 이름을 덧붙이지는 않았다. 의사나 간호사가 있을 때만 그렇게 불렀었다. 둘 뿐일 때는 이름은 전혀 부르지 않았다.

"간가르트 선생, 중요한 부탁이 있어요…… 내가 내일 틀림없이 퇴원한다는 것을 직접 미타에게 말해줘요."

"왜요?"

"그럴 필요가 있어요. 난 내일 저녁 기차로 떠날 거예요. 그러려면……."

"료바(레프의 애칭), 먼저 가세요! 곧 갈 테니까요."

레프 레오니도비치는 두 손을 가운 앞 호주머니에 찔러 넣고, 묶은 끈이 벗겨질 만큼 팽팽한 등을 보이면서 몸을 기우뚱거리며 가버렸다. 그리고 간가르트는 코스토글로토프에게 말했다.

"제 방으로 가요."

그녀는 앞장서서 가벼운 걸음걸이로 걸어갔다. 그들은 언젠가 코스토글로토프가 돈초바와 장시간 언쟁을 벌였던 소형 엑스선 장치가 있는 방으로 들어갔다. 그녀가 대패질만 한 허술한 탁자 앞에 앉으며, 그에게 의자를 권했다. 하지만 코스토글로토프는 앉지 않았다.

방에는 아무도 없었다. 창문에서 비스듬히 내려비치는 황금빛 광선 속에서 작은 먼지가 춤추고 있었다. 그 빛에 엑스선 장치의 니켈도금을 한 부분이 반사했다. 눈부시게 밝고 쾌적한 기분이었다.

"혹시 내일 퇴원이 되지 않으면 어떡하죠? 말하자면 최종 진단서를 쓰지 않으면 안되니까요."

코스토글로토프는 도무지 이해할 수가 없었다. 여의사가 사무적으로 하는 말인지, 아니면 농담인지 알 수가 없었다.

"최종?"

"최종 진단서…… 치료의 최종적인 결론이에요. 그것이 작성되지 않으면 퇴원할 수 없어요."

여의사의 작은 어깨에 참으로 많은 일이 걸려 있었다! 사방에서 기다리고 있고 불러대고, 지금도 코스토글로토프한테 시간을 빼앗기고, 또 최종 진단서를 작성해야 했다. 그러나 여의사는 밝은 표정으로 앉아 있었다. 호의에 넘친 부드러운 눈이었고, 밝게 반사되는 빛이 여의사의 몸을 부채꼴로 감쌌다.

"어떤 일이 있더라도, 내일 안으로 출발해야 해요?"

"그렇지는 않아요. 이 고장에 남을 수만 있다면 얼마나 좋겠어요. 하지만 묵을 곳이 없어요. 역에서 자기는 싫구요."

"참, 당신은 호텔에 유숙하지 못하지요. 항상 환자들을 묵게 하던 아주머니가 공교롭게도 휴가 중이라서, 어떻게 한담……." 여의사는 윗입술을 깨물면서 종이에 비스킷 모양의 낙서를 하고 있었다. "그럼…… 괜찮다면…… 우리집에 묵어도 좋아요."

뭐라고? 그녀가 말한 건가? 잘못 들은 것 아닐까? 그러나 다시 물어볼 수는 없지 않은가!

그녀의 뺨이 장밋빛으로 물들었다. 전에도 그랬듯이 그의 눈길을 피해 이리저리 둘러보았다. 그러나 마치 환자가 의사의 집에 묵는 일이 아무 거리낌없는 일인 듯이 간가르트는 말했다.

"내일 저의 예정은 평소와는 좀 달라서, 아침에 두 시간만 병원에 나왔다가 그 후에는 집에 죽 있을 거예요. 그리고 저녁식사 후에는 또 외출하고…… 난 아는 사람이 집에서 자는 것쯤 아무렇지도 않아요……."

그러고는 코스토글로토프를 찬찬히 바라보았다! 볼은 불그레했으나, 눈은 밝고, 순진하게 반짝이고 있었다. 지금 그 말을 그대로 받아들여도 괜찮을까? 코스토글로토프에게 그런 제의를 받아들일 자격이 과연 있을까?

도저히 이해할 수가 없었다. 여자가 이렇게 말한다는 것은 대단히 의미심장한 것이 아닐지, 아니면 무슨 다른 뜻이 있지나 않을까? 하지만 코스토글로토프는 생각할 겨를도 없었다. 여의사는 얌전히 바라보며 기다리고 있었다.

"고마워요. 그것은…… 물론, 대단히 좋아요. 좋기는 한데…… 선생의 잠자리를 뺏는다는 건 부끄러운 일이군요."

"그런 걱정은 마세요. 수일 내에 무슨 좋은 방도를 생각하기로 해요. 당신은 이 고장을 떠나고 싶지 않지요?"

"그야, 물론…… 그렇지만! 그렇게 되면 퇴원 일자를 내일로 하지 말고 모레로 해야 돼요! 그렇지 않으면, 왜 빨리 출발하지 않느냐고 감독조사국의 의심을 사게 되니까. 그럼 또 붙잡혀 가요."

"알겠어요, 잘해 봐요. 오늘 미타한테 통지하고, 내일 퇴원 수속을 하고 진단서의 일자는 모레로 하는 거죠. 복잡하군요. 당신은 말예요!"

하지만 여의사의 눈은 그 번잡한 일이 싫지 않다는 듯이 여전히 미소를 지었다.

"복잡한 것은 내가 아니에요, 간가르트 선생! 제도가 그런 거예요. 그리고 진단서는 보통 사람은 한 통만 필요하지만 나는 두 통이 있어야 돼요."

"왜요?"

"한 통은 여행의 이유를 설명하는 용도로 감독조사국에 제출하고, 한 통은 내가 가지는 거예요."

감독조사국에는 한 통밖에 없다고 제출하지 않을 생각이다. 그러나 여분의 것을 예비로 남겨두지 않으면 안된다. 진단서 때문에 지금까지 너무나 시달렸으니까.

"그럼 철도역에 제출할 것이 또 한 통 필요하겠군요." 여의사는 종이 쪽지에 몇 마디 적었다. "이것이 저의 주소예요. 길을 설명할까요?"

"아니, 찾아가겠어요. 간가르트 선생!"

농담이 아니었던가? 그녀가 진심에서 나를 초대했단 말인가?

"그리고……." 이미 준비해 뒀던 기다란 종이 쪽지를 주소와 함께 주었다. "이것은 돈초바 선생이 말하던 그 처방이에요. 분량이 좀 적지만, 지금까지 쓰던 약과 똑같아요."

그 처방이군! 그녀는 그것은 아무것도 아니라는 투로 말했다. 주소를 알려주는 김에 잠깐 말해둔다는 정도였다. 두 달 동안 코스토글로토프를 치료하는 사이에 간가르트는 그 일에 대해서는 한 번도 입을 열지 않았었다. 그것도 또 교묘한 수단인지 몰랐다. 여의사는 벌써 일어나서 문쪽으로 향했다. 레프가 기다리고 있다…….

방 안 전체에 가득한 부채꼴의 빛 속에서 코스토글로토프는 여의사의 모습을 찬찬히 바라보았다. 마치 지금 처음 보기라도 하듯이, 희고 가뿐하고 날씬한 허리의 그 모습, 이해와 우정, 그 모든 것을 지닌 여인! 코스토글로토프는 갑자기 유쾌한 마음으로 터놓고 물었다.

"간가르트 선생! 왜 당신은 오랫동안 저한테 화를 내셨지요?"

빛 속에서 밝은 미소를 띠면서, 여의사는 그를 쳐다보았다.

"그럼 당신은 나쁜 짓을 한 적이 없어요?"

"없어요."

"아무 짓도?"

"아무 짓도!"

"잘 생각해봐요."

"생각나지 않아요. 힌트를 좀 주세요!"

"이제 갑시다……."

여의사는 열쇠를 꺼내들었다. 문을 잠가야 했다.

가야 한다. 이 짧은 시간이 참으로 좋았다! 온종일 서 있어도 좋은 것만 같았다.

여의사의 모습은 복도 안쪽으로 사라졌다. 코스토글로토프는 뒷모습을 바라보다가 다시 산책을 나갔다. 봄 공기는 아무리 마셔도 싫증이 나지 않았다. 두 시간쯤 거닐면서 따스한 공기를 가슴 가득 마셨다. 지금에 와서는 자기를 붙잡고 있는 이곳에서 떠난다는 것이 서운한 기분마저 들었다. 아카시아 꽃피는 곳도, 떡갈나무 새 잎도 이제 다시는 볼 수 없다는 것이 안타까웠다.

오늘은 메스꺼운 기분도 거의 느끼지 못했으며, 허탈감도 없었다. 당장이라도 농사일을 할 수 있을 것같이 기운이 났다. 단 하나, 부족한 기분이 드는 이것은 무엇일까? 문득 생각이 났다. 꿈속에서라도 피우면 안 되는 것, 담배! 안 돼, 금연이야, 금연!

마음을 다잡고, 코스토글로토프는 미타에게 갔다. 미타는 용감한 여자였다. 코스토글로토프의 짐을 벌써 보관소에서 끌어내 욕실에 감춰두었다. 욕실의 열쇠는 야근하는 잡역부에게 맡겨놓았다. 이제는 오늘 저녁, 외래진찰실로 가서 진단서를 받으면 된다. 그의 퇴원은 점점 기정사실이 되고 있었다.

그는 큰 층계를 올라갔다. 이 층계를 오르내리는 것도 거의 마지막이다. 층계를 다 올라갔을 때 조야와 마주쳤다.

"안녕하셨어요, 올레그?" 조야는 가볍게 물었다.

그 꾸밈새 없는 말투는 놀랍게도 자연스럽게 몸에 배어 있었다. 두사람 사이에는 아무 일도 없었던 것 같았다. 서로 궁리해낸 다정한 별명도, 방랑자의 춤도, 산소통도. 조야의 태도는 옳았는지도 몰랐다. 사실, 언제까지나 과거에 집착하여, 잊지 않고 샐쭉해 있을 필요가 있단 말인가?

조야의 얼마 전 야근부터 코스토글로토프는 조야 곁을 서성대지 않고 침대에서 잤다. 조야도 어느 밤부터 태연하게 주사기를 가지고 가까이 왔고, 코스토글로토프는 팔을 걷고 주사를 맞았다. 그때의 산소흡입 고무주머니처럼 두 사람 사이에 팽팽했던 것이 갑자기 없어졌다. 남은 것이라곤 친절한 인사밖엔 없었다.

"어떻게 지내셨어요, 올레그?"

코스토글로토프는 긴 두 팔이 의자에 닿았으며, 흐트러진 까만 앞머리가 늘어져 있었다. "백혈구가 2,800. 어제부터 엑스선 조사는 받지 않아요. 내일 퇴원이야."

"그래요? 잘됐군요! 축하해요!"

"아니, 축하할 것까지는 없어."

"참, 은혜를 모르는 사람이군요!" 조야는 머리를 설레설레 저었다. "처음 이리로 와서 층계 밑에 있었던 일을 잘 생각해 봐요! 그때 1주일이라도 더 살 것 같았어요?"

그것은 역시 사실이었다. 그런데 조야는 참으로 착한 여자였다. 명랑하고 일 잘하고 성실했다. 일단 서로가 속이고 있는 듯한 그 울적한 기분에서 벗어나자, 다시 그들이 친구가 되는 데에는 아무 문제가 없었다.

"그렇게 됐어." 코스토글로토프는 미소를 띠었다.

"그랬군요." 조야도 미소지었다. 자수실에 대해서는 입을 열지 않았다.

이것으로 끝이다! 조야는 매주 네 번씩 이 병원에 다닐 것이다. 교과서를 암기하겠지. 자수를 놓기도 하겠지. 시내에서 댄스파티가 끝나면 어딘가에서 누군가를 부둥켜 안겠지. 스물세 살의 조야는 세포의 구석구석까지, 피 한 방울까지 건강이 넘쳐 흘렀다. 그 사실에 화를 낸들 무슨 소용인가!

"그럼, 안녕!"

"올레그, 잠깐!"

코스토글로토프가 뒤돌아보았다.

"시내에 유숙할 곳이 없지요? 우리 집 주소를 적어둬요."

'웬일까? 이 여자도?'

코스토글로토프는 의아스러운 눈으로 바라보았다. 이것은 그가 상상도 하지 못했던 일이었다.

"전차정류소 바로 옆이니까, 아주 편리해요. 할머니와 둘이서 살지만, 방은 두 개니까 괜찮아요."

"참 고맙군." 내민 종이쪽지를 그는 멍하니 받아들었다. "하지만 아마…… 자칫하면……."

"그럼, 오겠어요?" 조야는 옅은 웃음을 띠었다.

참으로 여자의 기분이란 밀림 속의 길보다 더 헤아리기 어려웠다.

두어 걸음 가고 있는데 시브가토프의 모습이 눈에 띄었다. 입구의 곰팡이 냄새가 풍기는 구석에 단단한 널빤지를 깔고, 그 위에 반듯이 누워 있었다. 오늘 이렇게 화창한데, 이 구석은 열 번도 더 반사된 희미한 빛뿐이었다.

시브가토프는 천장을 응시하고 있었다. 요 2개월새 꽤 야윈 것 같았다. 코스토글로토프는 널빤지 끝에 걸터앉았다.

"시브가토프! 확실한 정보인데, 추방 해제가 될 것 같아요. 강제이주된 사람도, 행정사범도 말이지."

시브가토프는 천장을 쳐다본 채 코스토글로토프에게 시선을 옮기지도 않았다. 말소리는 들리지만, 말의 뜻은 이해하지 못한 것 같았다.

"들리나? 당신네들도, 우리도 말이야. 확실한 소문이야."

그는 아직 알아듣지 못했다.

"믿어지지 않아? 집으로 가지 않겠어?"

시브가토프가 천장에서 눈을 떼지 않은 채 입술을 힘없이 움직였다.

"나는 이미 늦었어."

코스토글로토프는 시브가토프의 손에 자기 손을 포갰다. 타타르인의 손은 죽은 사람처럼 가슴 위에 얹어졌다.

그 곁을 넬랴가 병실을 향해 힘차게 지나가고 있었다.

"당신한테는 접시가 남아 있지 않아요?" 그리고 코스토글로토프를 바라보았다. "이봐, 털보! 왜 식사를 안 하는 거지? 빨리 접시를 내놔야지. 언제까지 이렇게 기다려야 한담."

참, 그렇군! 코스토글로토프는 점심 먹는 것조차 까맣게 잊고 있었다. 무척 들떠 있었던 것 같았다! 그런데 한 가지 납득이 안 가는 것이 있었다.

"왜 당신이 접시 참견을 하는 거지?"

"왜라니? 난 배식계원이 됐단 말예요! 어때요, 이 가운, 깨끗하지요?"

코스토글로토프는 일어서서 마지막 점심을 먹으러 갔다. 눈에 보이지도 않고 소리도 들리지 않는 엑스선이 어느 틈에 식욕을 몽땅 빼앗아갔지만, 환자 규칙에 의해서 식사는 절대 남겨서는 안되는 것이었다.

"자, 빨리 먹어요!"

넬랴가 가운만이 아니라, 곱슬머리의 매무새까지 달라져 있었다.

"당신, 사람이 달라졌군!" 코스토글로토프는 놀란 듯이 말했다.

"당연하지! 350루블의 봉급으로 언제까지 마루를 기어다닐 수 있겠어! 그래도 아직 배불리 먹을 수는 없어"

34. 더 괴로운 사람

같은 연배의 친구들을 먼저 보낸 노인이 '나도 빨리 가야지' 하는 불만스러운 생각에 사로잡히듯, 그날 밤 코스토글로토프도 내내 차분해지지 않았다. 새로 입원한 환자들로 채워진 병실에는 여전히 이야기꽃이 피어나고 있었다. 암일까? 암이 아닐까? 나을까? 낫지 않을까? 병원 말고 좋은 치료법이 없을까? 마침내 콜로이드 금이 도착해서 마지막으로 남아 있던 바짐이 다른 병동으로 옮겨간 것이다. 침대 하나하나를 보면서 입원 당시를 떠올려 보니, 막상 그렇게 많이 죽은 건 아니었다.

코스토글로토프는 병실 안이 무더워서 창문을 조금 열었다. 봄바람이 흘러 들어왔다. 병원 담장 바로 바깥에 군데군데 있는 작은 집들에서 나는 소리들도 들려왔다. 벽돌담 때문에 보이지는 않아도 문을 여닫는 소리, 아이들 울음소리, 고성방가, 레코드 음악 소리 등이 뚜렷이 들렸다. 한바탕 떠들썩하다가 잠잠해지더니, 성량이 풍부한 여자의 노랫소리가 들렸다.

"탄광에서 귀여운 젊은이를
우리 집으로 데려와서……"

노래는 늘 그런 내용이다. 모든 사람들이 그런 생각만 하나 보다. 하지만 코스토글로토프는 무엇인가 다른 것을 생각해야만 했다.

'내일은 아침부터 서둘러야 하니까 오늘 밤 푹 쉬어서 힘을 키워 놔야지.'

하지만 잠이 오지 않았다. 오만 가지 생각들이 머릿속에서 뒤엉켰다. 루사노프와 끝맺지 못한 토론, 슐루빈과 못다한 이야기, 바짐에게 지적해 주고 싶던 사실들, 살해된 쥬크, 석유 램프 노란빛에 비친 카드민 부부의 얼굴……. 돌아가면 그들에게 이 도시의 온갖 인상을 들려줘야지. 그러면 그들은 마을의 새소식들과 그동안 들었던 음악 이야기를 해주겠지. 납작한 오두막에 전 세계가 꽉 찰 거야. 얼빠진 듯하면서도 교만한 열여덟 살

인나 슈트롬에게는 앞으로 접근하지 않겠어. 그런데 이 두 여인의 초대는 어떡하지?

코스토글로토프가 경험했던 냉혹한 세계에서는 '이해를 초월한 친절한 행위' 따위는 존재하지 않았다. 그래서 코스토글로토프는 지금 그 초대들을 단순한 친절이 아닌, 특정한 계략이나 동기로 설명하는 것이 더 편했다. 그런데 그것이 무엇인지 도대체 알 수가 없는 거다.

그는 몸을 이리저리 뒤척거리다가, 기어이 자리에서 일어나 병실 밖으로 나갔다. 문 앞에서 시브가토프는 여느 때처럼 엉치등뼈를 만지면서 대야에 엉거주춤 앉아 있었다. 그러나 그 모습에는 예전 같은 희망 섞인 인내가 없고 무서운 절망만 엿보였다.

시브가토프에게 등을 돌리고 당직 간호사 책상에 앉아 있는 사람은 키가 작고 아담한 부인이었다. 오늘밤 당직은 투르군인데, 아마 회의실에서 잠들어버렸나 보다. 이상하게 교양이 있는 엘리자베타 아나톨리예브나가 책을 읽고 있었다. 코스토글로토프는 그녀가 환자들이 잠들어 있을 때 침대밑까지 기어들어가서 부지런히 마루를 닦는 모습을 여러 번 보았다. 그녀는 코스토글로토프가 숨겨둔 장화에 여러 번 부딪쳤지만 한 번도 잔소리를 하지 않았다. 그녀는 간호사들이 하기 싫어하는 일들을 도맡아서 했다. 걸레로 벽을 닦았고, 타구를 비워서 깨끗이 닦아서 돌려주었고, 변기를 번쩍이도록 닦았다.

그녀가 일을 조용히 하면 할수록, 이 병동에서 그녀의 존재는 눈에 띄지 않았다. 그런데 괴로운 생활은 시력을 강하게 만들었다. 이 병동에는 얼굴을 보자마자 서로의 신분을 알아볼 수 있는 사람들이 몇 있었다. 견장이나 제목이 없어도 쉽사리 서로의 존재를 식별할 수 있었다. 손바닥이나 발바닥에 낙인이라도 찍힌 것처럼(사실 표시는 수없이 있었다. 무심코 내뱉은 한 마디, 말을 하다말고 입술을 깨무는 버릇, 남이 진지하게 말할 때

웃는 얼굴, 남이 웃을 때 진지한 얼굴 등등), 우즈베크인이나 카라칼파크인이 이 병원에서 쉽게 자기 동료를 분간해내는 것처럼, 이들도 가시철조망의 그림자가 비쳤던 서로를 이내 알아보았다.

코스토글로토프와 엘리자베타 아나톨리예브나도 이미 오래 전부터 서로 알아차리고, 이해한다는 눈짓으로 인사를 나눴다. 하지만 대화할 시간은 없었다. 코스토글로토프는 상대방이 놀라지 않도록 일부러 슬리퍼의 소리를 내면서 다가갔다.

"안녕하세요, 엘리자베타 아나톨리예브나!"

그녀는 안경을 쓰지 않은 채 책을 읽고 있었다. 뒤돌아보는 목의 움직임이 어딘지 모르게, 근무 중에 불렀을 때의 움직임과 달랐다.

"안녕하세요."

그녀의 웃는 얼굴에서는 저택에서 손님을 맞는 중년 귀부인티가 났다. 그들은 호의적인 눈초리로 정중하게 마주보았다. 그것은 언제라도 힘이 돼주겠다는 표현이었다. 코스토글로토프가 더벅머리를 쑥 내밀어서 그녀가 보는 책을 기웃거렸다.

"또 프랑스어 책이군요. 무슨 책이지요?"

그녀는 '엘' 발음을 부드럽게 울리면서 대답했다.

"클로드 팔레르(프랑스 소설가. 이국적인 모험소설을 썼다)."

"그런 프랑스어 책은 어디서 구하나요?"

"시내에 외국도서 전문도서관이 있어요. 그리고 외국어 책을 많이 가지고 있는 할머니가 계세요."

"그런데 왜 항상 프랑스어 책만 읽지요?"

부인의 눈가와 입술가에 부채꼴로 잡힌 잔주름은 나이와 생활고와 지혜를 동시에 나타내고 있었다.

"이런 것은 읽어도 싫증이 나지 않아요." 그 목소리는 여전히 나지막하고 부드러웠다.

"싫증이 나는 책은 읽지 않나요?" 그는 오래 서 있기가 괴로웠다. 부인이 눈치를 채고 의자를 권했다. "우리나라에서는 언제부터였을까? 아마 200년 전부터, 모두가 파리! 파리! 하고 떠들었어. 귀에 혹이 날 지경으로요. 거리 이름, 술집 이름까지 다 회자되었죠. 난 정말 싫어요. 파리 같은 데는 전혀 가고 싶지 않아요."

"전혀 가고 싶지 않아요?" 잡역부는 웃었고, 코스토글로토프도 덩달아 웃었다. "감독조사국이 있는 도시가 더 좋다는 말이에요?"

두 사람의 웃음은 비슷한 데가 있었다. 웃기 시작했다가 이내 멎어버렸다.

"그렇게 지껄이던 녀석치고 참을성이 있던 사람은 없었죠. 이내 또 경박하게 유행을 쫓아다니까." 코스토글로토프는 무뚝뚝하게 말했다. "어쩐지 그런 녀석들은 무릎을 꿇리고 싶어요. 이놈들! 삽을 들어본 적이 있는가? 배곯고 일해본 적이 있는가?"

"너무 지나친 소리예요. 그들은 이미 우리 사회에서 떠났어요."

"그럴 겁니다. 나도 샘이 나서 그러는지도 몰라요. 하지만 그런 생각이 나요."

코스토글로토프는 의자에 앉자마자, 긴 몸통을 주체하지 못하듯이 좌우로 몸을 움직였다. 그러다가 느닷없이 화제를 바꾸었다.

"그런데 당신은 남편 때문인가요, 아니면 자신의 사건인가요?"

그녀는 일 이야기라도 하듯이 태연하고 거침없이 대답했다.

"가족 전체요. 누구 때문인지 알 수 없어요."

"그럼 지금 가족들은 같은 곳에 있겠군요?"

"아뇨. 딸은 이주된 곳에서 죽었어요. 나머지는 전쟁 후 이리로 옮겨졌는데, 두 번째 숙청이 나면서 남편이 끌려갔지요. 수용소로요."

"그럼 지금 당신은 혼자인가요?"

"자식이 있어요. 여덟 살짜리가." 부인의 표정은 냉정했다.

"두 번째 숙청이라면, 1949년의 것?"

"네."

"그렇군요. 수용소는 어디였죠?"

"타이세트 지구예요."

"알겠어요. 호수 수용소군요. 레나강 쪽에 있는."

"당신도 거기에 있었나요?"

"아뇨, 그래도 알아요. 죄수들끼리는 연락이 되니까."

"두자르스키! …… 만나본 적이 있어요? 어디서?" 역시 부인은 희망을 버리지 못했다. "연락이 있었다면…… 말해줘요."

코스토글로토프는 고개를 갸우뚱했다. 만난 적이 없었다.

"1년에 편지가 두 통밖에 오지 않아요!"

코스토글로토프는 끄덕였다. 그게 정상이었다.

"지난 해에는 단 한 통뿐이었어요. 5월에, 그 후에는 한 통도……."

엘리자베타의 목소리는 떨려서 겨우겨우 이어졌다. 역시 여자다!

"심각하게 생각하진 마세요! 한 사람이 1년에 두 통밖에 편지를 못하는 건 검열관들이 게을러서 그래요. 수용소 인원 전체로 보면 수만 통이거든요. 스카스크 수용소에서는 페치카 수리공인 죄수가 여름에 페치카를 고치러 갔더니, 검열관 집 페치카에서 발송하지 않은 편지가 200통이나 나왔다는 거예요. 태워버리는 것마저 잊은 거죠."

코스토글로토프의 이야기는 차분했다. 엘리자베타는 이런 이야기에 꽤 익숙해 있었지만 그래도 역시나 놀라고 있었다.

"그럼 아이는 추방지에서 출산했나요?"

엘리자베타는 끄덕였다.

"그럼 당신의 봉급만으로 자식을 키워야겠군요? 좀 더 조건이 좋은 직장에 취직할 수는 없었나요? 사는 집도 형편이 없겠어요?"

질문 같지 않은 질문이었다. 대답을 듣지 않아도 될 만큼 너무나 당연한 일인 것이다. 이 나라 책과는 종이의 질부터 다른 호화로운 장정본이었지만, 이미 오래 전에 가장자리가 몽땅 닳아버린 책에 엘리자베타는 가볍게 손을 얹고 있었다. 세탁과 마루닦기와 부엌일로 거칠고 멍들고 찢긴 손을.

"집이 형편없는 것쯤은 그래도 괜찮아요. 제일 곤란한 것은 아이가 점점 철이 들어서 질문을 해대는 거예요. 어떻게 길러야 할지 모르겠어요. 어떻게 모든 것을 사실대로 말하겠어요? 어른들도 들으면 식은땀이 나는 여러 가지 사연들을, 가슴이 터질 것만 같은 사연들을요! 하지만 사실을 숨기면, 생활에 잘 적응할 수 있을지, 그게 옳은 건지, 애 아버지는 이럴 때 어떻게 했을지……."

"당연히 사실대로 가르쳐야죠!" 코스토글로토프는 책상 위의 유리판을 손바닥으로 눌렀다. 그것은 마치 자기가 큰 흠 없이 여러 자식을 키우기라도 한 사람 같은 태도였다.

엘리자베타는 두 손을 관자놀이에 대고 불만스럽게 코스토글로토프의 얼굴을 쳐다보았다. 그의 말이 부인의 심기를 건드렸다.

"아버지가 없이 자식을 기르는 건 아주 어려운 일이에요! 생활의 지침을 어디에 둬야 할지 몰라서 허둥지둥하게 돼요……."

코스토글로토프는 잠자코 있었다. 이런 이야기는 전에도 들은 적이 있었다. 하지만 그때는 조금도 이해하지 못했었다.

"그래서 프랑스 고전소설을 읽는 거예요. 이 소설들은 본질적인 문제들로부터 자유롭거든요. 그저 조용히 읽을 수 있어요."

"마약 같은 겁니까?"

"아니, 구원이에요. 사실 대개의 책은 사람을 불쾌하게 해요. 독자를 바보 취급하거나, 작자가 지나치게 자만하거나. 그런데 대시인이 18XX년에 어느 시골길을 걸었다느니, 그 시집 몇 페이지에 묘사된 부인은 실재했던 누구라느니, 그런 연구는 안전하죠! 현재 고통 받고 사는 사람들로부터 자유로운 거예요."

이 부인은 젊었을 때 릴랴라는 애칭으로 불렸을 것이다. 아직 콧등에 안경 자국도 없었겠지. 처녀는 윙크하고 미소 짓고 깔깔대고 웃기도 했겠지. 생활에는 라일락꽃이 있고, 상징파의 시가 있었을 것이다. 이 먼 아시아의 구석에서 잡역부로 생애를 마치리라고는 집시 여인도 예언하지 못했을 것이다.

"제아무리 비극적인 소설이라고 해도, 우리들의 실제 경험에 비하면 귀여운 이야기가 되어버리죠. 아이다는 사랑하는 사람이 있는 지하감옥에 내려가서 함께 죽을 수 있게 허락받아요. 하지만 우리는 사랑하는 사람의 소식마저 들을수 없어요. 혹시 제가 수용소로 찾아가면……."

"가지 말아요! 소용없는 일이에요."

"학교에서는 아이들에게 '안나 카레니나의 불행하고 비극적이고 파멸적인 생애'에 대한 작문을 시켜요. 안나가 불행했다고요? 그녀는 정열적으로 살았고, 그 대가를 치른 것뿐이에요. 행복한 인생이었어요! 그녀는 자유분방하고 교만한 여성이었어요! 하지만 우리는 뭘 어쨌는데요? 태어나서부터 살고 있던 단란한 집에 군인들이 들이닥쳐서 24시간 내에 손에 들 수 있는 물건만 가지고 떠나라는데……."

부인의 눈에서는 벌써 예전에 눈물이 다 말라버렸다.

"문을 열고 행인들에게 무엇이든 사라고 해도, 거지에게 적선하듯이 잔돈푼을 내던졌어요! 그런데 냄새를 맡은 장사꾼들은 찾아왔죠. 언젠가 머리에 벼락을 맞을 사람들! 어머니가 물려주신 피아노를 몇 푼에 팔라는 거예요. 머리에 나비 리본을 맨 딸애가 마지막으로 모차르트를 쳐보겠다면서 피아노 의자에 앉는 걸 보고, 왈칵 울음을 나왔어요. 이래도 제가 《안나 카레니나》만 읽고 있어야 할까요? 우리들의 일은 언제쯤 소설이 될까요? 100년 이상이 지나야 할까요?"

고함치고 싶었지만, 긴 세월을 공포에 시달린 부인은 큰소리를 낼 수 없었다. 그 목소리는 코스토글로토프한테만 들렸다. 어쩌면 시브가토프까지는 들렸겠다.

"레닌그라드였나요? 1935년도?" 코스토글로토프가 추측해 보았다.

"어떻게 알아요?"

"집이 어디쯤이었나요?"

"푸르쉬타드 거리예요." 비통한 목소리였으나, 그래도 조금은 기쁜듯했다. "당신은요?"

"자하리예프 거리예요. 이웃이었군요!"

"정말 그렇군요. 그때 몇 살이었지요?"

"열넷."

"그럼 다 기억이 나겠네요?"

"조금은요."

"생각 안 나요? 대지진 같은 소동이었는데. 모든 집의 현관문을 열고 제멋대로 드나들면서 짐을 실어냈어요. 그때 시내 인구의 4분의 1이 추방되었을 거예요. 그런데도 기억이 안나요?"

"조금은 기억이 나요. 그러나 부끄러운 이야기지만 그땐 큰 사건이라고 생각지 않았어요. 학교 선생님이 추방의 필요성을 설명해 주었거든요."

그녀가 고개를 힘차게 끄덕였다.

"레닌그라드 봉쇄에 대해서는 모두 무슨 이야기가 있겠지요! 봉쇄에 대한 시詩까지 나왔으니까! 그것은 해결된 일이었으니까. 그리고 봉쇄 이

전엔 아무런 일도 없었다는 듯이."

그때도 시브가토프는 저기에 있었다. 조야가 책상에, 코스토글로토프가 여기 앉아서 스탠드 빛 아래서 이런저런 이야기를 나눴을 때……. 코스토글로토프는 손으로 턱을 괴고 쓸쓸하게 엘리자베타를 바라보았다.

"부끄러운 일이에요."

왜 우리는 우리 자신과 친한 사람들에게 재난이 닥치고 있는데도 가만히 있기만 했을까? 사람의 마음은 왜 이럴까? 사실 그때 코스토글로토프는 이성 문제에 더 관심이 많았다.

"그 몇 해 전에도 레닌그라드에서 귀족들이 강제이주를 당했어요. 역시 몇 만이 추방되었을 텐데, 우리들은 그것을 알았죠. 의지할 곳 없는 노인과 아이들만 남은 것을 보았지만, 보고도 태연했어요. 자기들에게 덮친 재난이 아니었기 때문이죠."

"그래서, 피아노는 팔았나요?"

"아마 팔았다고 생각돼요. 그래요, 팔았지요."

자세히 보니 이 부인은 아직 40대밖에 안되었다. 그런데 흰머리가 많아서 거리에서 마주치면 노파로 보일 것이었다.

"당신들은 왜 이주된 건가요?"

"유해분자! 소예(SOE), 사회적 위험분자라고 하던가요? 재판도 아무것도 없었으니까, 아무렇게나 불러도 괜찮아요."

"주인은 어떤 분이었지요?"

"평범한 사람이에요. 오케스트라에서 플루트를 불었어요. 술을 마시면 토론하기를 좋아하고요."

코스토글로토프는 돌아가신 어머니 생각이 났다. 어머니도 이 부인처럼 나이에 비해 늙어보였고, 착실한 독서가였고, 과부였다. 같은 고장에서 산다면 어떻게든 이 여인에게 도움을 주고 싶었다. 아이에게 공부를 가르칠 수도 있었다. 하지만 서로 다른 상자에 핀으로 꽂힌 곤충처럼 두 사람은 같은 고장에서 살 수는 없었다.

"제가 아는 집에서는……." 한번 침묵을 깨뜨린 여인은 걷잡을 수없이 말을 했다. "꽤 성장한 아들과 딸이 있었는데, 둘 다 열렬한 공산 청년 동맹원이었어요. 그런데 느닷없이 가족 전체가 강제이주를 당했죠. 두 아이는 공산 청년 동맹 지구위원회에 뛰어가서 돌봐달라고 부탁을 했대요. 그랬더니 위원회 사람들이 대신 각서를 쓰게 했어요. '오늘부터 나는 누구의 아들, 혹은 딸이라고 생각지 말아주시길 바랍니다. 나는 사회유해분자인 그들과 인연을 끊고, 앞으로는 그들과 어떠한 관계도 가지지 않겠습니다.'라고."

코스토글로토프는 등을 구부리고, 뼈가 앙상한 어깨를 움츠리며 고개를 숙였다.

"그렇게 쓴 애들이 많이 있었어요?"

"그 아들과 딸은, 생각해보겠다고 말하고 집으로 돌아와서 공산 청년 동맹의 신분증을 페치카 속으로 던져버리고, 자기들도 이주할 준비를 했어요."

시브가토프가 침대를 붙잡고 대야에서 일어섰다. 엘리자베타가 서둘러서 대야의 물을 버리러 갔다. 코스토글로토프도 일어서서, 잠자리에 들기 전에 다녀와야 할 곳을 향해 층계를 내려갔다. 아래층에는 좀카가 자고 있는 작은 방 문이 눈에 띄었다. 좀카 다음으로 들어온 환자는 수술을 끝마친 슐루빈이었다. 항상 꼭 닫혀 있던 그 문이 반쯤 열려 있었다. 캄캄한 방 안에서 고통스러운 숨소리가 들려왔다. 간호사는 보이지 않았다.

좀카는 잠들어 있었다. 고통스러운 숨소리는 슐루빈의 것이었다. 코스토글로토프는 안으로 들어갔다.

"알렉세이 필리포비치."

숨소리가 멎었다.

"알렉세이 필리포비치! 어디가 많이 아파요?"

"아!" 그것은 숨소리와 똑같았다.

"어디 불편하세요? 무엇을 가져다 드릴까요? 불을 켤까요?"

"당신은 누구요?" 노인이 놀라서 기침을 했다. 기침이 너무 고통스러
웠는지 다시 신음을 했다.

"코스토글로토프예요. 올레그예요. 무엇을 도와드릴까요? 간호사를 부
를까요?"

"괜……찮……아."

이번에는 기침이 나지 않아서 노인은 신음소리를 내지 않았다. 코스토
글로토프의 눈에 차차 노인의 얼굴이 구분되기 시작했다. 베개 위의 머리
카락까지 분간할 수 있었다.

"전부 죽는 건 아니야. 전부가 아니야, 죽는 건."

슐루빈이 헛소리를 하는가. 코스토글로토프는 담요 위의 뜨거운 손을
찾아서 가볍게 잡았다.

"알렉세이 필리포비치! 괜찮아요! 꼭 잡으세요. 알렉세이 필리포비
치!"

"부서진 조각이야…… 조각……."

문득 코스토글로토프는 노인이 수술 직전에 하던 이야기가 생생하게
떠올랐다. 그는 헛소리를 하고 있는 게 아니었다.

"나의 내부는 전부가 나의 것이 아니야. 이따금, 분명히 그렇게 느끼게
돼. 절대로 근절할 수 없는 아주 고귀한 것이 내부에 도사리고 있어요!
세계 정신의 조각과도 같은 것이야. 당신은 그런 것을 느껴보지 못했어?"

35. 천지창조의 첫날

아직 모두가 잠든 이른 새벽, 코스토글로토프는 조용히 자리에서 일어나, 담요를 규칙대로 네 번 접어두고 무거운 장화를 신은 발끝으로 걸어서 병실을 나갔다. 당직 간호사 책상에서 투르군이 펼쳐진 교과서 위에 두 팔을 얹고 잠들어 있었다.

아래층의 나이 많은 잡역부가 열어준 욕실에서 두 달만에 사복으로 갈아입었다. 수용소 시절에 소중하게 입던 낡은 군복 바지와 작업복 상의와 외투. 작업복에만 허리띠를 매고 외투는 그냥 풀어두었다. 이런 모양으로 거리를 걸으면 해방 농노나, 감옥에서 도망친 병사처럼 보일 것이다. 겨울용 모자는 우시 체레크에 와서 산 민간인용이어서 사이즈가 좀 작았는데, 어차피 날이 따뜻하니까 쓰지 않고 배낭 속에 쑤셔넣었다. 기름 자국, 모닥불에 그을린 자국, 총알에 뚫려서 기운 자국까지 있는 이 군용배낭은 숙모가 감옥으로 차입해 준 물건이었다. 수용소에는 좋은 물건을 들여보낼 수 없어서 이 배낭을 보내주었던 것이다. 그러나 코스토글로토프는 환자복을 벗고 사복을 입은 것만으로도 활기와 젊음과 건강을 느꼈다.

코스토글로토프는 방해물이 생기기 전에 밖으로 나가려고 서둘렀다. 잡역부가 현관문 빗장을 벗기고 그를 내보냈다. 층계를 내려가다가 걸음을 멈추고 신선한 공기를 들이마셨다. 눈앞에는 싱싱하고 파란 세계가 펼쳐져 있었다. 고개를 드니 새벽 하늘 새털구름이 장밋빛으로 붉게 물들기 시작했다. 이 구름들은 이 시각에 하늘을 쳐다보는 몇몇 사람을 위해서, 아니, 이 고장에서는 오직 올레그 코스토글로토프 단 한 사람만을 위해서 잠시 존재했다가는 사라져버리는 것 같았다. 이런 구름 조각, 구름 레이스, 솜털 구름 들을 가로지르면서 하얗게 빛나는 조각배 하현달이 떠가고 있었다. 이것이야말로 천지창조의 아침이 아닌가! 오직 코스토글로토프의 사회 복귀를 위해서 세계가 재창조되고 있는 것이다! 자, 살아라!

세계가 그에게 외치고 있었다.

코스토글로토프는 새 아침의 기쁨에 넘쳐서 낯익은 가로수길을 걷기 시작했다. 나이 많은 잡역부 이외에는 아무도 보이지 않았다. 걷다가 뒤돌아서 암병동을 보았다. 70년된 잿빛 벽돌건물이 길쭉한 빗자루 모양 포플러에 가려서 잘 보이지 않았다. 코스토글로토프는 걸으면서 구내 나무들에게 작별 인사를 했다. 단풍나무는 벌써 귀고리 같은 잎을 달고 있었다. 일찍 핀 꽃은 알르이챠(중앙아시아산 살구나무의 일종)였는데, 하얀 꽃이 잎에 가려서 연두색으로 보였다. 벚꽃이 한창이라는데 한 그루도 보이지 않았다. 천지창조의 첫날 아침, 누군들 차분히 행동할 수 있을까? 코스토글로토프는 갑자기 여러 계획들을 다 미루고 당장 구시가지로 가서 벚꽃 구경을 하기로 했다.

금단의 문을 지나자, 아직 인적이 드문 전차 종점이 보였다. 1월, 코스토글로토프가 비에 흠뻑 젖어서 죽음을 각오하고 들어섰던 문을 나서는 감회는, 감옥을 나오는 것과 비슷했다. 올 때는 만원 전차에 끼어서 기진맥진하며 왔었는데, 나가는 지금은 창가에 편히 앉아서 전차의 삐걱대는 소리마저 유쾌하게 즐기며 세상을 구경하고 있었다.

전차가 다리를 건넜다. 강가에 늘씬한 버드나무들이 늘어서서, 파릇파릇 새싹이 돋아난 긴 가지를 흙탕물의 빠른 물결 위로 늘어뜨리고 있었다. 인도의 나무들도 초록빛이었지만 아직 집을 가릴 정도는 아니었다. 어느 집이고 다 튼튼한 단층 석조건물이었다. 이런 집에서 사는 사람은 얼마나 행복할까! 그 거리는 놀라울 만큼 아름다웠다. 널찍한 인도, 널찍한 거리. 하긴 이른 아침 장밋빛 속에서 바라볼 때 아름답지 않을 거리가 있을까!

거리의 모습이 점차 변했다. 인도가 없어지고 도로 폭이 좁아지더니, 서둘러서 날림으로 지은 집들이 보였다. 아마 전쟁 전에 지은 것들이겠지. 그런데 낯익은 거리 이름이 보였다. '저 거리를 어디서 들었더라.' 급히 종이쪽지를 꺼내 보니 조야가 사는 거리였다! 그래서 다시 차창 밖을 내다보며 전차 속력이 조금 줄었을 때 건물을 확인했다. 창문이 많은 이층집. 대문이 활짝 열려 있다. '이쯤에서 내려야지.' 코스토글로토프는 이 시내에 의지할 데 하나 없는 신세가 아니었다. 그는 엄연히 이곳에 사는 처녀의 초대를 받았다!

그러나 코스토글로토프는 여전히 좌석에 앉아서 전차의 진동과 소음을 즐기고 있었다. 전차는 아직 혼잡하지 않았다. 앞자리에 선생 티가 나는 안경을 쓴 우즈베크 노인이 앉아 있었다. 노인은 차장으로부터 받은 분홍색 차표를 돌돌 말아서 귓구멍에 꽂더니 전차에 몸을 맡긴 채 흔들리고 있었다. 이 소박한 모습이 코스토글로토프의 기분을 한결 밝게 만들어 주었다.

그러는 사이 창밖의 길이 더 좁아졌고 작은 집들이 다닥다닥 붙어 있었다. 창문이 별로 없고 큰길에 면한 곳은 어디나 진흙담장이 솟아 있었다. 담 위로 보이는 곳은 창이 없이 평평한 진흙벽뿐이었다. 벽의 군데군데에 낮고 작은 쪽대문이 보였다. 전차 승강구에서 인도까지 한 발짝이면 뛰어내릴 수 있게 붙었고, 인도의 폭이 한발 너비밖에 되지 않았다. 거리 전체가 전차에게 양보한 듯했다. 여기가 구시가지였다. 살풍경한 길가에는 벚꽃은 고사하고 나무 한 그루도 없었다.

이 이상 타고 가는 것이 무의미해서 코스토글로토프는 전차에서 내렸다. 전차 소음이 멀리 사라지자, 어떤 철물 두들기는 소리가 들렸다. 흑백무늬의 타타르 모자를 쓰고, 검정 솜옷을 입고, 장밋빛 허리띠를 동여맨 우즈베크인이 단선 철로 한복판에 쭈그리고 앉아서 호미끝을 망치로 두들겨 펴고 있었다(그 허리띠가 장밋빛을 조금씩 빨아들여서 하늘이 점점 푸르게 변하는 것 같았다). 이것이 구석기 시대부터 내려오는 공통의 전통일가! 우시 체레크도 그랬다. 쇠가 부족하기 때문에 망치로 두들기는 받침대로 전차 레일만한 것이 없었다. 다음 전차가 올 때까지 우즈베크인이 일을 끝마칠 수 있을지를 지켜보았다. 우즈베크인은 조금도 서두르지 않고 차분하게 일을 계속했고, 전차가 거의 눈앞으로 다가왔을 때 슬쩍 반걸음 뒤로 물러섰다가 전차가 통과하면 다시 쭈그려 앉았다. 코스토글로토프는 괜시리 이 우즈베크인이 친구, 형제처럼 느껴졌다. 봄날 아침에 호미를 두들기는 것, 이것이야말로 생활의 복귀가 아니겠는가? 얼마나 좋은가!

코스토글로토프는 천천히 걸으면서 열린 대문을 찾았다. 담장 안을 보고 싶었기 때문이다. 그러나 다들 굳게 닫혀 있어서 안으로 밀고 들어가기가 망설여졌다. 마침 열린 쪽대문 하나가 보여서 허리를 낮추고 대문을 통과해서 뜰로 들어섰다. 뜰에도 아직 새벽잠이 내려앉아 있었지만, 여기서 생활이 이루어진다는 것은 쉽사리 짐작할 수 있었다. 한 그루 나무 밑에 벤치가 고정되어 있고 꽤나 현대적인 어린이 장난감이 흩어져 있었다. 가까이에는 급수탑과 세탁통이 있었다. 모든 창문은 앞뜰을 향해 나 있었다. 길가로 향한 창은 하나도 없었다. 코스토글로토프는 다시 길가로 나와서 다른 쪽대문으로 들어가 보았다. 거기도 비슷한 풍경이었는데, 보랏빛 숄을 걸치고 길고 까만 머리를 허리까지 늘어뜨린 젊은 우즈베크 아가씨가 어린애들과 놀고 있었다. 아가씨는 그를 보아도 본 체도 하지 않았다.

이것은 러시아와 아주 달랐다. 러시아는 농촌이든 도시든 창은 무조건 길을 향하고 있다. 주부들은 창가 화분이나 커튼 뒤에 몸을 숨기고 행인을 살펴 보고, 누가 어느 집에 무슨 볼일로 들어가는지 관찰했다. 그러나 코스토글로토프는 동방 민족의 사고방식을 재빨리 이해했다. '당신이 어떻게 살아가는지 알고 싶지 않으니 당신도 우리를 들여다보지 말라.'

는 것 아닌가! 항상 경계와 감시와 주목을 받는 수용소 생활을 해온 사람에게 이보다 좋은 생활 형태가 있을까? 코스토글로토프는 구시가가 점점 더 마음에 들었다.

그는 아까부터 집들 사이사이에 찻집이 있는 것을 보았는데 이제 조금씩 주인이 일어나서 나오고 있었다. 길보다 높은 곳에 발코니가 있는 찻집이 열었길래 올라가 보았다. 진한 빨강과 파랑 무늬의 타타르 모자를 쓴 사내들 몇, 그리고 가지각색의 색실로 수를 놓은 흰 두건을 쓴 노인 한 사람이 벌써 탁자에 앉아 있었다. 여자는 한 명도 없었다. 이전에도 찻집에서 여자 손님은 한 번도 본 적이 없었던 일이 생각났다. 출입금지 팻말은 없어도 여자 손님을 반기지는 않는 모양이었다. 이 새로운 생활의 첫날, 모든 것이 새롭고 난해하게 받아들여졌다.

코스토글로토프는 난간 가까이의 탁자에 앉았다. 그 좌석에서는 길이 잘 보였다. 거리가 차츰 떠들썩해졌지만 도시인처럼 빠르게 걸어다니는 사람은 없었다. 행인들이 율동적으로 움직였다. 찻집 손님들도 그저 고요히 앉아 있었다.

생각해 보면, 군대 상사였던 코스토글로토프, 죄수 코스토글로토프는 사람들이 요구했던 일들을 충실히 이행하고, 병이 요구했던 고통을 실컷 감수한 뒤 지난 1월에 죽었다! 지금 휘청거리는 다리로 병원에서 나온 것은, 말하자면 새로운 코스토글로토프, 수용소에서 말하는 '휘청거리고 투명한' 코스토글로토프였다. 앞으로는 완전한 생활이 아니라, 덤으로 사는 생활, 규정량의 빵에다 이쑤시개로 덤으로 붙여 놓은 빵 같은 생활이 될 것이다. 빵은 빵이지만 전혀 다른 조각인 것이다. 이 덤으로 붙여진 짧은 여생을 오늘부터 시작하면서, 그는 과거의 생활과는 아주 다른 것이 되기를 기대했다. 이제 실수는 두번 다시 되풀이하지 않아야 한다.

하지만 차 주문부터, 이미 실수는 시작되고 있었다. 보통 차를 주문할 것을 괜히 이국적인 정서를 맛보겠다고 녹차를 주문했다. 차맛 같지 않은 맛이 나고 찻잔 속에 남은 찌꺼기도 도무지 삼킬 마음이 나지 않아서, 버리는 도리밖엔 없는 그런 것이었다.

그 사이에 거리는 더 시끄러워졌고, 해가 뜨기 시작했고, 코스토글로토프는 배가 고파졌다. 이 찻집은 두 종류의 차, 그것도 설탕을 넣지 않은 차밖에는 팔지 않았다. 하지만 절대 서두르지 않는 이 고장의 방식을 본받은 코스토글로토프는, 곧장 일어나서 먹을 것을 찾으러 나가지 않고 의자의 방향만 조금 바꿔서 계속 앉아 있었다. 그때 찻집 발코니에서 내려다보이는 이웃집 앞뜰에서 직경이 6미터쯤 되는 붉은 것이 보였다. 장밋빛으로 그렇게 큰 물체는 난생 처음 보았다. 살구꽃일까? 서두르지 않기를 잘했다고 생각하면서, 난간에 기대어 그 장밋빛 기적을 뚫어지게 응시했다. 천지창조날의 선물.

진흙담으로 둘러싸인 뜰 안, 그 집에 사는 사람들에게는 하나의 방과 같은 그 앞뜰 한가운데에는, 마치 북국에서 방을 장식한다는 크리스마스 트리처럼 살구나무 한 그루가 우뚝 서 있었다. 그 나무 아래에서 아이들이 놀고 있었으며, 까맣고 파란 두건을 쓴 부인이 흙을 파고 있었다. 자세히 보니, 촛불과 비슷한 살구꽃 봉오리는 암갈색이었고, 피기 시작한 꽃의 표면이 장밋빛이었으며, 다 핀 꽃은 사과나무꽃이나 벚꽃 같은 흰빛이었다. 그것이 전체적으로 어우러져서 풍기는 색채가 그윽하고 부드러운 장밋빛이었다. 코스토글로토프는 그 색깔을 잘 기억하고 있다가 카드민 부부에게 이야기해 주려고, 온 신경을 눈에 집중시켰다.

고대했던 꿈이 기적처럼 나타났다. 오늘 방금 태어난 세계에는, 수많은 여러 가지 기쁨이 코스토글로토프를 기다리고 있는 것이 틀림없다…….

조각배 상현달은 완전히 사라졌다. 코스토글로토프는 층계를 내려와서 길가로 돌아갔다. 모자를 쓰지 않은 머리에 내려쬐는 햇볕이 조금씩 뜨겁게 느껴지기 시작했다. 흑빵만 400그램 정도 사서 간단히 요기를 하고 시내 중심으로 가야겠다. 사복으로 갈아입은 탓인지, 오늘은 메스꺼움이 전혀 없고 발걸음도 매우 가벼웠다.

그때 노점을 발견했다. 교통에 방해가 되지 않게 진흙벽의 움푹 들어간 곳에 맞춰서 만든 노점이었다. 두 개의 기둥이 차양처럼 된 아마포 지붕을 받쳐들고 있었고, 차양 밑으로 검은 연기가 올라왔다. 몸을 구부려 들어가서 쭈그려 앉으니, 철제 풍로가 판매대를 온통 차지하게 놓여 있었다. 풍로 한쪽에서 빨간 불이 타오르고, 다른 쪽은 흰 재가 수북했다. 길고 뾰족한 알루미늄 꼬챙이에 작은 고깃조각을 꿰어놓은 것이 열다섯 개쯤 불 위에서 지글거렸다. '이게 샤실르이크(숯불구이 양고기)인가 보군!' 수용소에서 먹는 얘기가 나올 때마다 꼭 나왔던 메뉴다. 이것도 새롭게 창조된 세상의 기적이다!

샤실르이크 냄새의 유혹은 강렬했다. 연기와 고기가 뒤범벅이 된 냄새! 꼬챙이에 꿰인 고기는 까맣게 타지도, 갈색으로 변하지도 않고, 연분홍색 그대로 구워졌다. 기름이 번드르르한 둥근 얼굴의 노점 주인이 천천히 꼬챙이 몇 개를 뒤집고, 다시 꼬챙이 몇 개를 불 쪽에서 재 쪽으로 가져갔다.

"얼마요?"

"3." 주인이 졸리고 피곤한 목소리로 대답했다.

3이라고? 3코페이카는 너무 싸고, 3루블은 너무 비싼데. 세 꼬챙이에 1루블이라는 뜻일까? 수용소를 나온 후로는 항상 이런 불편이 따라다녔다. 물가를 도저히 짐작할 수가 없었다.

"3루블에 몇 대라고요?" 코스토글로토프는 그럴싸하게 질문했다.

주인은 말하기 귀찮다는 듯 꼬챙이 하나를 집어서 코스토글로토프 눈앞에 흔들어 보이고는 다시 불 위에 내려놓았다.

한 꼬챙이에 3루블씩이나? 코스토글로토프는 5루블을 가지고 하루를 살아야 한다. 하지만 너무 먹고 싶어서 가장 맛있어 보이는 것을 유심히 골라보는데, 어느 꼬챙이든 제나름의 매력들이 있었다.

곁에 운전수 세 사람이 기다리고 있었다. 트럭을 가까이에 세워놓고 들른 것 같았다. 부인 1명이 들어오다가 노점 주인이 우즈베크말로 뭐라고 지껄이자 불만스러운 얼굴로 나가버렸다. 그런데 주인이 느닷없이 모든 꼬챙이를 접시 하나에 옮겨서 다진 파와 소스를 뿌렸다. 운전수들이 거기에 있는 꼬챙이를 모조리 사버린 것이다. 한 사람이 다섯 대씩! 단순한 군것질(샤실르이크가 아침식사일 리는 만무하다.)에 15루블씩이나 쓰는 운전수들이라니!

"이젠 없어요." 주인이 코스토글로토프에게 말했다.

"없어요? 하나도?" 코스토글로토프는 애석했다. 망설였기 때문이야! 처음이자 마지막 기회였는지도 모르는데!

"오늘은 가져온 건 떨어졌어요." 주인은 뒷정리를 시작했다.

코스토글로토프는 운전수들에게 애원했다.

"부탁해요! 나에게 하나만 줘요. 부탁이야! 하나면 돼요!"

얼굴은 몹시 햇볕에 그을렸으나, 수염이 아마빛인 젊은 운전수가 끄덕이더니 한 대를 양보했다.

"자, 들어요."

운전수들은 아직 돈을 내지 않았다. 코스토글로토프는 호주머니에서 녹색 지폐를 꺼냈다. 주인은 손에 쥐지도 않고 빵부스러기나 쓸듯 돈궤짝 속으로 쓸어넣었다.

코스토글로토프는 배낭을 땅바닥에 내던지고 두 손으로 알루미늄 꼬챙이를 잡았다. 고깃조각의 수를 세어본 뒤(6점인데, 마지막 하나는 반밖에 없었다) 고기를 꼬챙이에서 하나씩 천천히 빼먹기 시작했다. 개가 안전한 구석으로 가져가 자기 몫을 먹는 것처럼 조심스럽게 먹고 있었다. 그리고 먹으면서 생각했다. 인간의 욕망은 참으로 간단히 생겨날 수 있다고. 그리고 일단 생긴 욕망을 참는 일은 진짜 어려운 거라고. 흑빵 한 조각이 이 세상 최고의 선물이었던 시절이 불과 몇 년전이다. 방금까지도 흑빵을 사려고 하지 않았던가. 그런데 검은 연기에 끌려서 이 한 대의 꼬챙이를 뜯고 보니, 그 순간 흑빵을 경멸하는 마음까지 생겨버렸다.

운전수들은 이미 다 먹고 떠났는데, 코스토글로토프는 아직도 천천히 맛을 음미하고 있었다. 야들야들한 고기에서 스며나오는 국물의 맛, 그 향기, 알맞게 익은 육질에서 느껴지는 동물의 원시적인 힘 같은 것을 입술과 혀로 맛보았다. 샤실르이크를 맛보면 맛볼수록, 조야에게 향하던 마음이 닫혀갔다. 전차를 타고 그 건물 앞을 지난다 해도 내리지 않으리라는 생각이, 샤실르이크 꼬챙이를 먹는 사이에 분명해졌다.

코스토글로토프가 아까와 반대 방향의 전차를 탔다. 이번에는 전차 안이 꽤 붐볐다. 코스토글로토프는 조야의 집 앞 정류장을 지나쳐 버리고 '어디서 내릴까' 고민할 때 문득 정류장에서 신문을 파는 한 여자를 보았다. 그는 그 광경을 자세히 보려고 전차에서 내렸다. 거리의 신문팔이는 아주 어렸을 때나 보았는데, 더군다나 이 신문팔이는 동작이 굼뜬 중년 러시아 부인이었다. 거스름돈 계산도 쩔쩔매면서도 어떻게든 전차가 올 때마다 몇 부씩 팔고 있었다. 코스토글로토프는 곁에서 잠시 지켜보다가 물어보았다.

"경찰이 뭐라고 하지 않아요?"

"발각되지 않았어요." 신문팔이 부인이 얼굴의 땀을 닦았다.

코스토글로토프는 자신의 몰골을 잊고 있었다. 경찰이 검문을 한다면 신문팔이가 아니라 그에게 먼저 신분증명서를 요구할 것이다.

길가 전기시계의 바늘이 오전 9시를 가리키고 있었지만, 벌써 기온이 꽤 높아져서 더웠다. 코스토글로토프는 외투의 후크를 끌렀다. 그가 느리게 걸었기 때문에 사람들이 그를 앞지르거나 밀어젖혔지만, 그는 광장 가까이의 양지바른 인도를 걸으면서 눈을 가늘게 뜨고 태양을 바라보고 미소를 띠었다.

'오늘 더 많은 기쁨을…….'

이 봄까지 살아 남지 못할 줄 알았는데, 지금 그 봄의 태양이 빛나고 있었다. 어쩌면 이것이 최후의 봄인지도 모른다. 다음 봄은 못 볼지도 모른다. 하지만 지금의 봄은 덤이다! 이 얼마나 감사한가! 코스토글로토프를 반기는 행인 하나 없어도, 그는 모든 사람의 모습이 정겨웠다. 그들은 코스토글로토프의 인생 복귀를 기뻐해주지 않아도, 코스토글로토프는 그들 곁으로 돌아온 것이 좋아서 견딜 수가 없었다! 거리의 모든 것이 즐거웠다! 새로 태어난 이 세계에는 재미없고, 불쾌하고, 추악한 것이 하나도 없었다! 인생의 기나긴 세월도, 오늘 이 하루에 비할 수는 없었다.

종이컵에 담은 아이스크림을 팔고 있었다. 이런 종이컵을 마지막으로 봤던 기억이 까마득하다. 그는 1루블 15코페이카를 내고 두 손으로 컵을 쥐고, 작은 나무스푼으로 조금씩 떠먹으면서 더 천천히 걸었다. 쇼윈도에 사진을 내붙인 사진관 앞에 오자, 쇠난간에 두 팔꿈치를 대고 그 안의 얼굴들을 유심히 바라보았다. 젊은 아가씨 사진이 제일 많았다. 세상에 이렇게 미인이 많다니 어쩐지 즐거워졌다. 잃어버린 긴 세월을 위해서, 잃어버린 수명을 위해서, 잃어버린 모든 것을 위해서 코스토글로토프는 염치도 잊고 보고 또 보았다. 그러는 동안 아이스크림을 다 먹었다. 종이컵과 스푼은 1회용이었지만 깨끗하고 편리한 물건이길래 배낭 속에 넣어두었다.

사진관 앞에 약국이 있었다. 깨끗한 카운터에 나란히 있는 장방형 유리상자는 하루 종일 바라보아도 싫증나지 않을 것 같았다. 수용소 생활 때문에 보지 못했던 진기한 것들뿐이었다. 몇 개는 예전에 본 기억도 났지만 용도가 전혀 생각나지 않았다. 코스토글로토프는 니켈도금 컵이나 플라스틱 용기도 찬찬히 뜯어보고, 약초 상자들이 효능 설명서와 함께 진열된 것도 읽어 보았다. 알약으로 되어 있는 새로운 약도 많았다. 그는 카드민에게 부탁받은 온도계, 소다, 표백제 가격을 물어보았다. 온도계와 소다는 품절이었고, 표백제는 3코페이카였다. 그는 조제실 앞 줄에 끼어서 10분쯤 기다리면서 계속 갈등을 했다. 그러다가 어제 베가에게 받은 처방전 1장을 창구에 내고 '약이 품절이면 그만이니까' 하고 운에 맡겼다. 그러나 약이 58루블짜리 계산서와 함께 나왔다. 코스토글로토프는 피식 웃음이 나왔다. 그의 인생에는 '58'이라는 숫자가 따라다니는 모양이다(그는 소련 형법 58조의 언도를 받았다). 그러나 처방전 3장을 다 합하면 175루블이나 된다. 1달 생활비로도 충분한 돈이다. 코스토글로토프는 다른 처방전을 찢어서 몰래 버리려다가, 베가가 물어볼 경우에 대비해서 배낭에 쑤셔 넣었다.

유리알처럼 닦아 놓은 약국에서 나오기가 싫었다. 그러나 즐거운 하루가 그를 불러내고 있었다! 오늘 아직도 많은 기쁨이 남아 있을 것이다. 그는 거리로 나와서 천천히 쇼윈도들을 구경하고 다녔다. 우체국이 나타나더니 그 창문에 '사진으로 전송하세요'라는 광고가 나붙어 있었다. 이거 참 멋있군! 10년 전에는 공상과학소설에나 있던 것인데! 코스토글로토프는 안으로 들어가서 살펴 보았다. 전송사진을 보낼 수 있는 도시가 30여군데가 표시되어 있었다. 어디의 누구한테 보낼까? 아무리 봐도 6대륙 어느 도시에서도 코스토글로토프의 필적을 기뻐할 사람이 있는 것 같지는 않았지만, 그냥 견문을 넓히려고 창구로 가서 '용지 종류와 글자 사이즈'를 물어보았다.

"지금 기계가 고장입니다."

아, 고장이로군! 할 수 없지. 어쩐지 마음이 놓였다.

코스토글로토프는 길거리 광고들을 읽으면서 걸어갔다. 서커스와 영화 등이 소개되었다. 낮 상영도 있었는데, 새로운 세계를 구경할 하루를 그런 것에 쓸 수는 없었다.

이제는 베가의 집을 찾아가도 될 시간이었다.

정말 찾아간다고?

아니, 못 갈 이유가 어디 있어? 베가는 친구가 아닌가. 그녀는 진심으로 초대했었다. 좀 멋쩍긴 해도, 이 고장에서 유일한 친구를 찾아가지 못할 이유는 없다. 사실 코스토글로토프는 줄곧 베가의 집에 찾아갈 일만 생각하고 있었다. 시내 구경도 집어치우고 곧바로 가고 싶었다. 하지만 여러 가지 구실이 자꾸 떠올랐다. 아직 너무 이르지 않나? 베가가 아직 병원에 있으면? 왔어도 방 치울 시간을 줘야지. 좀 더 있다가······. 사거리가 나올 때마다 코스토글로토프는 어디로 갈지 머뭇거렸다. 그러다가 마음 내키는 길로 걸어갔다.

그렇게 가다 보니 주점으로 들어가게 되었다. 술병이 아니라 술통이 있는 진짜 주점이었다. 어두컴컴하고, 눅눅하고, 시큼한 냄새가 풍기는 예전 느낌 그대로의 주점이었다. 주인은 통 옆구리 마개를 뽑고 포도주를 컵에 따라주었다. 별로 독한 포도주가 아니었지만 환자인 그는 금방 거나해졌다. 그래서 주점을 나설 때는 아침부터 코스토글로토프에게 호의적이던 인생이 더 홀가분해져 있었다. 이제 누구도, 무엇도 코스토글로토프의 기분을 망칠 수 없었다. 그는 인생의 온갖 불행을 닥치는 대로 맛보고 경험했기 때문에 앞으로는 좋은 일만 남아 있을 것이다.

가다가 주점이 나오면 한 잔 더 마시려고 했다. 그런데 주점은 없고, 얼마쯤 가니까 사람들이 인도에 떼로 나와서 차도까지 점령하고 서서 일제히 돌층계를 바라보고 있었다. '중앙백화점'이라고 쓰여 있었다. 개점 시간이었던 것이다. 코스토글로토프도 군중 속에 끼어서 기다려 보았다.

불과 몇 분만에 두 사람이 큰 문을 열더니 옆으로 비껴섰다. 기다리던 군중들이 맹렬한 힘으로 빨려들어갔다. 코스토글로토프는 사람들에게 휩쓸려서 단숨에 계단을 올랐다. 2층에 이르자 매끄러운 나무 마룻바닥 위에서 사람들이 세 방향으로 흩어졌다. 코스토글로토프는 가장 자신 있게 달리는 사람들 뒤를 따라 달렸다. 달려간 곳은 메리야스 제품 판매장이었다. 푸른 가운을 입은 여자 판매원은 이 법석이 눈에 보이지 않는다는 듯 지루하게 하품을 하며 걸어다니고 있었다. 이게 무슨 일인가 싶어서 옆 사람에게 물어보니, 부인용 가디건이나 스웨터를 사는 행렬이라고 했다. 코스토글로토프는 투덜거리면서 그곳을 빠져 나왔다.

다른 두 무리들은 어디로 갔는지 보이지 않았다. 사람이 바글대는 곳으로 가보았다. 수프 접시를 싸게 판다면서 판매원이 상자 속에서 수프 접시를 꺼내고 있었다. 우시 체레크에서는 수프 접시를 전혀 팔지 않아서, 카드민 부부는 이가 빠진 것을 썼다. '이 접시 세트를 우시 체레크에 가져가서 팔면 돈벌이가 되겠군. 도착하기 전에 산산조각만 나지 않는다면 말이야.'

코스토글로토프는 백화점 전층을 자유롭게 구경하며 다녔다. 전쟁 전에는 도무지 구경할 수 없었던 카메라가 부속품과 함께 잘 진열되어 있었다. 사진은 코스토글로토프가 어린 시절 품었던 꿈 중 하나다. 남성용 레인코트도 눈길을 끌었다. 그는 남성의 의복 중에서 레인코트가 제일 멋있다고 생각했다. 전후에 하나 장만하려다가 못 샀는데, 지금은 350루블이나 해서 살 수가 없다. 하지만 아무것도 사지 않아도 '돈이 잔뜩 든 지갑을 가지고 있으면서도 필요한 물건이 없어서 사지 않는 기분'이었다.

화학섬유의 루바시카도 팔고 있었다. 코스토글로토프의 마음에 꼭 들어서 '산다면 파란 바탕에 흰 무늬가 있는 것을 사야지' 하고 생각했다

(60루블이나 했다). 이때 멋진 외투를 걸친 사람이 비단 루바시카 판매원에게 다가가서 점잖게 물었다.

"이봐요, 이 50번 루바시카 말인데, 칼라 사이즈 37인 것도 있나요?"

코스토글로토프는 소름이 끼쳤다. 줄칼로 양옆구리를 긁힌 것 같았다. 그는 홱 돌아서서 그를 보았다. 털모자를 쓰고, 하얀 와이셔츠에 넥타이를 맨, 말끔하게 면도를 한 사람이었다. 코스토글로토프는 뺨을 얻어맞고 홧김에 층계에서 밀어뜨리기라도 하겠다는 듯 그를 뚫어지게 바라보았다. 많은 사람들이 참호 속에서 죽고, 수용소로 끌려가서 추위에 곡괭이질을 해대고, 구멍난 솜옷 한 벌로 추위를 면하는데, 이 인간은 자기 루바시카 사이즈는 물론이고 칼라 사이즈까지 아는 호화로운 생활을 한다니! '칼라 사이즈'라는 폭격이 코스토글로토프를 아찔하게 했다. 칼라에까지 사이즈가 있는 줄은 꿈에도 생각하지 못했다!

가정용품 판매대를 지나다가 카드민 부인이 가벼운 증기다리미를 갖고 싶어 하던 일이 생각났다. 품절이기를 바라면서 물어봤는데(품절이어야 그의 양심도, 어깨도 다리미 무게로부터 가벼워질 것이다) 판매원이 물건을 내놓았다.

"아가씨, 이거 진짜 개량된 가벼운 다리미인가요?" 코스토글로토프는 믿지 못하겠다는 듯이 다리미의 무게를 손으로 달아보았다.

"아니, 무엇 때문에 거짓말을 합니까?" 판매원이 입술을 삐죽했다.

"거짓말이라는 게 아니라 잘못 살까 봐서요."

판매원 아가씨는 만사가 귀찮다는 듯이 다리미를 꺼내서 그의 앞에 꺼내 놓았다. 직접 비교해 보니 신형이 확실히 1킬로그램 정도 가벼웠다. 의무감은 그것을 사라고 재촉했다. 아가씨는 다시 피로한 손가락을 움직여서 전표를 기입하고 힘없이 "현금수납계로 가세요."라고 했다(현금수납계? 그 다음은 무엇을 하지? 그는 모든 순서를 잊었다. 이 세계로 복귀한다는 것은 얼마나 거추장스러운 일인가!). 값을 치르고 나서 다리미의 사용법까지 배웠다.

다리미를 넣자 배낭이 갑자기 무거워졌다. 외투 때문에 견딜 수 없이 더웠다. 한시바삐 백화점에서 나가야 했다.

그런데 그때 마루에서 천장까지 이르는 커다란 거울에서 코스토글로토프는 자기의 모습을 보았다. 남자가 걸음을 멈추고 거울에 비친 자기 모습을 들여다보는 건 창피한 일이지만, 이렇게 큰 거울은 우시 체레크에 없었다. 또 이렇게 거울에 비친 자신의 전신을 보는 것이 10년만이었다. 남들이 보든 말든 코스토글로토프는 점점 거울에 다가서고 있었다.

예상대로 군인 티는 이제 많이 가셔 있었다. 그러나 외투가 외투로 보이고, 장화가 장화로 보이는 것은 멀리서 볼 때뿐이었다. 어깨를 움츠리고 있어서 전체적인 자세가 일그러져 보였다. 만일 모자와 허리띠가 없었더라면, 군인이라기보다는 차라리 도망친 죄수나, 시내로 농작물을 팔러 온 시골 젊은이처럼 보였다. 더군다나 씩씩한 데라고는 티끌만큼도 없고, 지치고, 빈곤함을 풍기는 꾀죄죄한 모습이었다.

제 모습을 보지 말 걸 그랬다. 그는 스스로를 씩씩하고 전투적인 인간이라고 생각해서, 사람들을 거만하게 내려다보는 마음이었다. 그러나 지금은 군인의 말끔함이 사라져서, 그저 거지 보따리 같은 배낭을 맨, 그곳에서 손을 내민다면 잔돈푼을 던져줄 법한 몰골이 되어 있었다. 이런 꼴로 베가에게 어떻게 가는가.

그 앞에 유리, 보석, 금속, 플라스틱 등으로 만든 자질구레한 여성 장신구를 파는 판매대가 있었다. 참새처럼 재잘거리며 물건을 고르는 여자들 속에 뺨에 흉터가 있는, 군인인지 거지인지 모를 남자가 멍하니 서 있었다. 판매원들이 깔깔대고 웃었다. 이 시골뜨기가 마을 계집애한테 줄 선물이라도 사려나? 무엇을 훔칠까 봐 경계하는 눈치도 보였다. 그러나 그는 아무것도 보지 않고, 아무 부탁도 하지 않고, 그저 고개를 숙이고 서 있었다.

그는 알고 있었다. 한 여인에게 장신구를 사서 목에 걸어주는 것이 얼마나 멋진 일인지를. 몰랐으면 모르지만, 그것을 절실하게 느끼고 나니 선물 없이 베가의 집을 찾아갈 자신이 없었다. 좀 싼 물건으로 사볼까? 이 브로치는, 유리알이 많이 박힌 육각형 펜던트는 좋은 건가? 취미가 고상한 여자라면 만지지도 않을 그런 물건은 아닐까? 너무 유행에 떨어져서 아무도 쓰지 않는 건 아닐까? 하룻밤 묵어가려면서 부끄럽게 어떻게 싸구려 브로치를 준담?

여러 걱정들이 잇따라 밀려들어서 코스토글로토프를 볼링핀처럼 쓰러뜨려댔다. 이 세계의 복잡한 모든 일들이 코스토글로토프 앞으로 몰려왔다. 이 세상을 살아가려면 여자들의 유행을 알아야 했고, 액세서리를 잘 고를 줄 알아야 했고, 거울 앞에 서서도 부끄럽지 않을 복장이어야 했고, 자기 옷의 칼라 사이즈를 알아야 했다. 베가는 이런 세계에 살고 있었다. 코스토글로토프는 당황해서 기운이 차차 빠져감을 느꼈다. 베가에게 가려면 지금 가야 했다. 바로 지금! 그러나 갈 수가 없었다. 그는 기력을 잃었다. 용기를 잃었다. 백화점이 두 사람 사이를 갈라놓았다…….

그는 아까 욕망에 사로잡혀서, 시장의 우상이 명령하는 대로 맹렬한 힘으로 뛰어든 이 저주스러운 장소에서 두들겨 맞은 것처럼 풀이 죽어서 밖으로 나갔다. 수천 루블을 쓰고, 모든 판매대를 샅샅이 돌아보고, 막대한 꾸러미를 사서 짊어진 피로감이었다. 그러나 사실 그가 산 물건은 다리미 하나뿐이었다. 장밋빛 하늘이 그에게 약속해주던 아침은 도대체 어디로 가버렸지? 그 정성껏 아로새긴 새털구름은? 구름 사이를 헤엄치고 있던 조각배 같은 달은? 그 천진무구했던 정신은 어디로 사라졌을까? 백화점에서? 그 전에 포도주를 마셨을 때? 아니 그전에 샤실르이크를 먹었을 때다.

코스토글로토프는 메스꺼웠다. 그것은 쇼윈도나 간판 때문만은 아니고, 점차 불어나는 행인들, 걱정스럽게 보이는 사람들 혹은 유쾌한 얼굴을 하고 있는 사람들 사이에서 비비적거렸기 때문이었다. 강변의 나무 그늘에서라도 누워서 쉬고 싶었다. 이 시내에서 그럴 만한 곳은 좀카가 부탁하던 동물원뿐이다. 그런데 어쩐지 지금은 동물의 세계에서 위로를 받을 수 있을 것 같았다.

외투가 덥게 느껴지는 것도 피로해진 이유의 하나였으나, 어쩐지 벗고 싶지 않았다. 길을 물어서 동물원을 찾아가니, 정문 앞은 아이들의 천국이었다. 봄방학인데다가 날씨가 너무 좋았다. 입장하자마자 뿔이 나선형으로 구부러진 산양이 보였다. 울타리 안에 가파른 바위 언덕도 있고 낭떠러지도 있었다. 그 낭떠러지의 바위 옆에 앞 다리를 놓은 산양이 어쩐지 자신만만해 보였다. 사람들은 우리 앞에서 산양이 그 튼튼한 발굽으로 미끄러운 바위 언덕을 내려오는 것을 보고 싶어했다. 그러나 산양은 이미 오래 전부터 조각처럼, 바위 언덕의 일부처럼 서 있었다. 바람이 불지 않아서 머리카락 같은 갈기도 움직이지 않아서, 죽었거나 모형이 아닌지 의심될 정도였다. 코스토글로토프가 기다리던 5분도 꼼짝도 하지 않았다. 그는 감탄하면서 산양을 떠났다. 사람도 이만큼 참을성이 강하다면 인생의 고통을 견딜 수 있을 것이다.

다른 오솔길 입구에 주로 아이들이 많이 모여 있었다. 다람쥐 한 마리가 미친 듯이 쳇바퀴를 돌리고 있었다. 왜 쳇바퀴를 돌릴까? 설명판에 본능이라고 쓰여 있었다. 우리 안에는 큰 나무가 하나 있고, 무수한 가지 중 하나에 쳇바퀴가 달려 있었다. 다람쥐는 누가 강요하거나, 먹이를 미끼로 꼬인 것도 아닌데, 그 바퀴 속으로 들어가 있었다. 다람쥐는 아마 그 허황된 행위, 허황된 운동에 마음이 끌렸을 것이다. 처음에는 그저 호기심에서 발판에 가볍게 밟아 보았을 것이다. 그것이 얼마나 잔인하고 끝없는 놀음이 될 줄은 몰랐을 것이다(몇 천 번째인 지금은 알 텐데도, 역시나!). 다람쥐는 온 힘을 심장이 터지도록 집중해서 달음박질을 하고 있었다. 하지만 다람쥐의 앞발은 결코 층계를 올라갈 수가 없었다. 쳇바퀴를 멈추게 하거나 다람쥐를 바퀴에서 구출하려는 외적인 힘이 없었다. 다람쥐에게 '그만 둬요! 그건 쓸데없는 짓이야!'라고 가르쳐줄 아무것도 없었다. 그렇다, 해결책은 딱 하나, 다람쥐의 죽음인 것이다. 코스토글로토프는 그것까지 바라볼 수가 없어서 자리를 떴다.

은빛, 금빛, 붉고 푸른 깃털을 자랑하는 공작 우리 앞으로 갔다. 장밋빛과 황금빛 술이 달린 1미터나 되는 꽁지는, 단조로운 추방생활과 단조로운 병원생활과 달리 색채의 향연이었다. 여기는 덥지도 않았다. 동물원의 나무들은 벌써 응달을 만들어주고 있었다. 그것이 휴식이 되었는지 코스토글로토프는 마음이 차차 풀려서 안달루시아산 닭, 툴루즈와 홀모고르이산 거위를 지나서, 학과 매가 사는 언덕으로 갔다. 동물원에서 가장 높은 위치에 서커스 텐트 같은 거대한 새장이 쳐져 있고, 그 안에 흰머리매가 살았다. 설명판을 보지 않았으면 대머리독수리와 혼돈할 뻔했다. 새장은 꽤 컸지만, 그래도 침울한 새는 날개를 파닥이며 갇힌 답답함을 토로했다. 코스토글로토프는 매의 고통을 보다가 무의식적으로 어깨뼈를 빙글빙글 움직였다(다리미가 꽤 무거웠다).

어떤 우리 앞에는 이런 설명이 있었다. '부엉이는 갇혀 있는 생활을 싫어합니다.'. 그렇게 잘 알고 있으면서 가둬 두다니! '고슴도치는 밤에 활동하는 동물입니다.' 알고 있어. 밤 9시 반에 불려갔다가 아침 4시에야 해방이 되는 그런 생활인 게지. '오소리는 깊고 복잡한 굴 속에서 삽니다.' 우리와 같은 생활이다! 제법이야. 그밖에 무슨 공통점이 있을까? 그 줄무늬의 콧등, 그것도 죄수를 닮고 있었다. 백화점에서와 마찬가지로 여기에도 오지 않는 편이 나았다.

답답한 마음에 곰을 보러 갔다. 반달곰이 쇠창살의 안쪽쇠그물에 코를 누르고 있다가 갑자기 펄쩍 뛰어서 앞발로 쇠창살에 매달렸다. 흰 반점이 성직자의 가슴에 있는 흰 십자가처럼 보였다. 뛰고, 매달리고! 그밖의 무슨 수단으로 자기의 절망을 전할 수 있을까? 암곰과 새끼곰은 옆 우리에 있었다. 그 옆 우리에 갈색 곰이 쉴새없이 제자리걸음을 했는데, 우리 폭이 제 몸 폭의 3배도 되지 않아서 방향을 바꿀 수가 없었다. 방이 아니라 상자였다.

"야, 저놈한테 돌을 던져봐. 먹이인 줄 알 거야!"

아이들은 자기들끼리 떠들었다. 코스토글로토프도 아이들에게는 돈 내지 않고도 구경할 수 있는 여분의 동물일 뿐이었다.

개울을 따라 내려가는 언덕길에 북극곰 두 마리가 함께 있었다. 그들은 두 마리가 함께 있었다. 두 마리는 시멘트 테라스를 서성대다가 몇 분마다 인공연못에 뛰어들어 더위를 식혔다. 북극 태생의 이 곰들은 이 고장에서 섭씨 40도의 여름을 어떻게 지내고 있는 걸까?

동물들의 감금생활에 대해서 가장 큰 모순은, 동물 편인 코스토글로토프가 충분한 힘을 가지고 있어도 현재로서는 그들을 해방시켜 줄 수 없다는 것이다. 왜냐하면 동물들은 고향에서 떨어져 나온 순간부터 분별력을 잃기 때문에, 돌연한 해방은 무서운 난동으로 번질 것이다. 이제 코스토글로토프의 머리는 무엇을 보든지 거기서 회색 망령을 보고 있었다.

누구보다 더 뛰어놀고 싶지만 공간이 없어서 슬픔에 잠긴 사슴 우리를 지나서, 신성한 인도 흑소와 황금색 어구티(남미 들쥐의 일종) 앞을 지나서, 다시 언덕 끝까지 올라가니까, 원숭이 우리가 나왔다. 어른 아이 할 것 없이 함께 장난을 치면서 먹이를 던져주고 있었다. 코스토글로토프는 웃지도 않고 지나쳐 버렸다. 바리캉으로 깎은 것 같은 얼굴로 제 널침대 위에서 원시적인 기쁨이나 슬픔에 잠긴 원숭이들은, 많은 면에서 옛 친구들을 연상시켰다.

그런데 유독 무리에서 떨어져 수심에 잠긴 침팬지 한 마리가 퉁퉁 부은 눈으로 두 손을 무릎 사이에 축 늘어뜨리고 있었다. 슐루빈이 떠올랐다. 그 노인도 이런 포즈를 취하곤 했다. 이 맑고 따뜻한 날에 슐루빈은 침대 위에서 생사의 기로에서 헤매고 있을 것이다.

원숭이 우리가 즐겁지 않아서 그냥 빠르게 지나치려는데, 좀 떨어진 우리 앞에서 사람들이 설명판을 읽고 있었다. 우리가 비어 있고 '짧은꼬리원숭이 요양 중'이라는 팻말 아래 설명이 자세히 쓰여 있었다. '여기에 사육되던 원숭이는 구경꾼 한 사람의 잔악한 장난 때문에 눈이 멀었습니다. 그 나쁜 사람은 원숭이의 눈에 담뱃가루를 뿌렸던 것입니다."

코스토글로토프는 자신이 얻어 맞기라도 한 것 같았다. 너그러운 구경꾼의 미소가 싹 걷히고 갑자기 동물원 전체를 향해서 울부짖고 싶었다. '왜 그랬어? 왜? 왜 그렇게 무의미한 짓을 했어?' 시치미를 떼고 유유히 떠나갔을 그 사람에 대해 비정하다는 말은 쓰여 있지 않았다. 미국 제국주의의 스파이라고 어디에도 쓰여 있지 않았다. 그저 나쁜 사람이라고만 했을 뿐이다. 왜 그저 나쁜 사람일 뿐일까? 어린이 여러분! 나쁜 사람이 되어서는 안돼요! 여러분! 약한 자를 학대해선 안돼요!

코스토글로토프는 파충류와 맹수가 군림하는 곳으로 터벅터벅 걸어갔다. 비늘 있는 동물들이 몸을 서로 기대니까, 모래 위에 비늘이 돋은 돌처럼 보였다. 이놈들은 어떤 자유로운 운동을 상실한 걸까? 무쇠솥 색깔의 커다란 중국산 악어가 누워 있었다. 이 악어는 날씨가 더워지면 고기를 매일 먹지는 않는다고 쓰여 있었다. 이 악어는 먹이 걱정 없는 이 세계, 동물원이라는 억압에 만족하고 있는 걸까? 거대한 비단구렁이가 굵은 고목처럼 나무 옆에 나란히 있었다. 구렁이는 조금도 움직이지 않았으며,

다만 끝이 뾰족한 헛바닥만 날름날름 움직였다. 유리 뚜껑 밑에서 독사가 또아리를 틀고 있었다. 살무사도 몇 마리 있었다. 코스토글로토프는 자꾸 눈먼 원숭이 생각이 떠올랐다.

맹수들이 있는 오솔길에 들어섰다. 제각기 특색 있는 탐스러운 털을 가진 살쾡이, 표범, 잿빛 퓨마, 아메리카 표범 등이 있었다. 그놈들도 자유를 빼앗긴 죄수였으나 코스토글로토프는 이것들을 도적으로 간주하였다. 아메리카 표범은 하루에 고기를 140킬로그램이나 먹는다는 것이다. 수용소 1주일분 고기도 그보다 적었다. 그것을 아메리카 표범은 순살코기로만 하루에! 수용소에서 호송이 끝난 마부들이 말 먹이를 훔쳤다는 이야기를 떠올렸다. 마부들은 말 먹이인 귀리를 뺏어 먹으며 연명했다.

호랑이의 포악성은 이미 누런 눈과 수염에 나타나 있었다. 머릿속이 혼란해진 코스토글로토프는 멈춰서서 증오의 눈빛으로 호랑이를 쏘아보았다. 투루한스크(혁명 전에 스탈린이 유배되었던 곳) 유형지에서 늙은 정치범이 들려준 호랑이 눈 이야기가 있다. '벨벳 같은 검은눈'은 거짓말이고, 호랑이의 눈은 누렇다는 것이었다.

그런데 왜 그런 장난을 했을까? 왜 그랬을까?

코스토글로토프는 더 이상 동물원에 있을 수가 없었다. 도망치고 싶었다. 그래서 사자 우리도 건너뛰고 출구를 찾았다. 얼룩말도 외면해 버렸다. 그러다가 갑자기 나타난 기적 앞에 멈춰 섰다.

피에 굶주린 놈들을 보고 난 후에, 이 무슨 기적적인 일일까. 밝은 갈색 털, 미끈한 다리의 영양. 신중했지만 겁내지는 않는 표정의 영양이 철망 곁에 서서 코스토글로토프를 바라보고 있었다. 신뢰에 찬 크고 귀여운 눈으로! 그렇다, 너무나 닮았다. 이젠 참을 수 없다! 영양은 부드럽게 책망하는 것 같은 눈초리를 코스토글로토프한테 던지며 이렇게 묻고 있었다. '왜 오지 않아요? 벌써 반나절이 지났는데, 당신은 왜 오지 않아요?'

그것은 놀라운 현상이었다. 이것은 영혼의 전이가 아닐까. 분명히 영양은 거기에 서서 코스토글로토프를 기다리고 있었던 것이다. 그가 가까이 다가서면, 책망을 하듯이 부드러운 눈초리로 묻는 것이다. '왜 오지 않아요? 오지 않을 거예요? 난 기다리고 있는데.'

그래, 왜 가지 않았을까? 왜 그랬지!

코스토글로토프는 기운을 차리며 재빨리 출구를 향했다.

지금 바로 가면 되겠지!

36. 최후의 날

지금 코스토글로토프가 베가를 생각하는 마음에는 탐욕도 격정도 없었다. 그저 지치고 가련한 개처럼 베가의 발 아래 엎드리고 싶을 뿐이었다. 개처럼 엎드려서 그녀의 발에 코를 댈 수 있다면 무엇보다도 행복하리라. 그러나 진짜 그렇게 동물적인 행위로 그녀를 찾아갈 수는 없다. 어떤 예절을 차리는 말을 해야 했고, 베가도 같은 말을 할 것이다. 그것이 수천 년을 내려오는 관습이다.

어제 그녀가 '내 집에 와서 묵어도 좋다.'고 말하면서 얼굴을 붉히던 일이 눈앞에 선했다. 그 볼의 장밋빛을 보상해야 했다. 예의바르고도 유머스러운 첫마디를 생각해야겠다. 담당의사였던 젊은 독신 여성의 방에 자러 간다는 어색한 일을 부드럽게 만들려면 말이다. 하지만 실은 문밖에서 그녀를 바라보기만 해도, 베가라고 부를 수만 있어도 충분했다. '베가! 내가 왔어요.'

병실이나 처치실이 아닌 보통의 방에서 단둘이 이야기를 나눌 생각만 해도 행복했다. 코스토글로토프는 아마 많이 실수할 것이다. 인간적인 생활에서 너무나 오랫동안 떨어져 있었으니까. 그러나 그때마다 그의 눈에는 모든 것이 나타날 것이다. '나를 불쌍하게 여겨줘요! 당신 없이는 살아갈 수 없는 나를 불쌍하게 생각해 줘요!'

지금까지 너무 시간을 허비했어! 왜 곧장 베가에게 가지 않았을까. 베가가 외출해 버렸으면 어쩌지? 그는 빠른 걸음으로 걸었다. 시내를 반나절이나 배회한 덕분에 방향을 짐작할 수 있었다. 그는 계속 걸었다.

서로의 친절만으로도 충분했다. 담소만으로도 즐거운 일이다. 그러다가 그녀의 손목을 잡고 어깨를 안고 눈을 들여다볼 수 있다면, 그것으로도 충분하지 않을까? 단지 그것만으로는 충분하지 못할까? 물론 조야에게는 충분치 않을 것이다. 하지만 베가는? 베가의 손목을 잡을 생각만으로도 코스토글로토프는 긴장이 되었다. 베가도 그것만으로는 불충분할까?

베가의 집이 가까워질수록 흥분이 더해 갔다. 그것은 가장 현실적인 두려움이었다. 그러나 행복한 두려움, 숨막힐 듯한 기쁨이었다. 자기의 두려움을 의식한다는 것, 그 자체가 지금 코스토글토토프의 행복이었다.

거리 이름을 주의할 뿐 상점이나 쇼윈도, 전차 행인도 눈에 들어오지 않았는데, 문득 번잡한 거리 한 모퉁이의 노파가 푸른색 꽃을 파는 것이 보였다. 코스토글로토프는 여자 집을 방문할 때 꽃을 들고 간다는 관습을 깨끗이 잊고 있었던 것이다. 그렇다, 그 꿈같던 젊은 시절에는 코스토글로토프에게도 여자에게 꽃을 주는 습관이 있었다.

"이게 뭡니까?" 코스토글로토프는 우물쭈물하면서 노파에게 물었다.

"뭐라니, 제비꽃 아니오. 한 묶음에 1루블." 노파가 톡 쏘았다.

제비꽃? 시에 잘 나오는 제비꽃? 기억 속의 제비꽃 모양과 어쩐지 달라 보였는데, 이 고장에서만 피는 제비꽃인지도 모를 일이었다. 그럼 얼마나 사면 될까? 한 묶음은 너무 적은 것 같고, 세 묶음은 너무 비쌌다. 그는 점잖게 2루블을 내밀고 두 묶음을 받았다. 향기가 코를 찔렀다. 그러나 그 향기도 청년시절의 제비꽃 향기, 시인들이 노래하던 제비꽃 향기와 다른 것 같았다.

이렇게 향기를 맡으며 걸어가는 것은 좋았으나, 모자를 벗은 부상병이 배낭을 매고 제비꽃을 든 것처럼 보여서 우스꽝스러웠다. 어떻게 들어도 맵시가 안 나길래 할 수 없이 외투의 소매 속에 감췄다.

베가의 집에 도착했다! 일단 앞뜰로 들어가라고 했지. 그리고 왼쪽으로. 시멘트로 지은 길쭉한 공용 베란다가 있고, 그 위에 차양이 쳐 있었다. 난간 밑에는 작은 막대를 얽어놓은 비스듬한 격자가 달려서 빨랫감들이 널려 있었다. 어쩐지 베가가 사는 집으로는 어울리지 않았다. 널려 있는 홑이불 밑을 빠져나온 코스토글로토프가 간신히 출입문을 찾았다. 밝은 갈색 칠이 군데군데 벗겨지고, 파란 우편함이 달려 있었다.

코스토글로토프는 외투 소매에서 제비꽃을 꺼내 들고, 흐트러진 머리를 손질했다. 가슴이 즐겁게 두근거렸다. 가운을 벗고, 평상복을 입은 그녀의 모습은 어떨까……. 코스토글로토프가 걸어온 길은 단지 동물원에서 여기까지가 아니었다. 넓은 이 나라의 끝에서 끝까지, 14년이라는 기나긴 세월을 지나온 것이다! 그리고 지금 겨우 해방되어서 이 문앞에 당도한 것이다. 한 여인이 말없이 14년을 기다리던 이 방문 앞까지.

손가락 끝으로 문을 건드려 보는데 불쑥 문이 열렸다(베가가 벌써 알아차린 것일까? 창문에서 내다본 것일까?). 들창코의 건강한 청년이 새빨간 오토바이를 끌고 나왔다. 코스토글로토프는 이해할 수가 없었다. 왜 젊은이가, 혼자 사는 베가의 집에서 나오고 있을까? 공동주택이라는 것이 있다는 걸 제아무리 코스토글로토프라도 잊었을 리는 없다. 하지만 그렇다고 꼭 기억하고 있는 것도 아니었다. 수용소 가건물에서 생각했을 때의 자유로운 이미지는 공동주택 따위가 아니었고, 우시 체레크는 시골이라서 공동주택이 없었다.

"저, 잠깐."

그러나 젊은이는 문을 열어둔 채로 멀어져가고 있었다. 코스토글로토프는 머뭇거리다가 안으로 들어갔다. 컴컴한 복도 안쪽에 문이 여러 개 있었다. 어느 문일까?

갑자기 한 여인이 나타나서 앙칼지게 쏘아붙였다.

"누굴 찾아왔지요?"

"간가르트 선생을……." 코스토글로토프는 여느때 같지 않게 더듬거렸다.

"없어요!" 그녀는 베가의 방에 가서 알아보려고도 하지 않았다.

"문을 노크해 볼 수 없을까요? 오늘은 출근도 안 했을 텐데요."

"알고 있어요. 하지만 없어요. 조금 전까지는 있었는데 나갔어요."

이마가 좁고 볼이 움푹 패인 여인이 제비꽃 다발을 힐끔 보았다. 이 꽃다발만 들키지 않았더라면 '간가르트가 언제 나갔는지, 언제 돌아올지, 전하는 얘기가 없었는지' 따져물었을 것이다. 그런데 제비꽃을 들킨 것이 괜히 쑥스러워져서 그는 그냥 베란다로 나갔다. 볼이 움푹 패인 여자는 그를 계속 관찰하고 있었다. 앞뜰에서 소음 장치가 없는 오토바이가 귀청이 떨어질 것 같은 폭발음을 내더니 이내 멎었다. 다시 폭발했다가 또 멎었다.

베가는 약속을 했으면서 왜 나갔을까? 아니, 약속대로 기다리다가 내가 늦어서 나간 거겠지. 얼마나 슬픈 일인가! 이것은 잘못도 아니며, 화낼 일도 아니다. 슬픈 일이다! 코스토글로토프는 제비꽃을 쥔 손을 마치 잘라버린 것처럼 외투소매에 쑤셔 넣었다.

"그럼, 다시 돌아올까요, 아니면 직장으로 나갔을까요?"

"아무튼 나갔어요."

이것은 대답이 아니었다. 그렇다고 그녀 앞에서 마냥 기다릴 수도 없었다. 오토바이가 경련이라도 일으키듯이 계속 폭발을 되풀이하고 있었다. 난간 위에서 베개, 요, 담요 등이 햇볕에 일제히 말라가고 있었다.

"어떡하실 거죠? 기다리실 건가요?"

요새처럼 진지를 구축하고 있는 침구들 때문에 코스토글로토프는 전혀 생각을 가다듬을 수가 없었다. 여자의 시선과 오토바이의 격발도 도움이 안 됐다. '돌아가면 안 된다. 베가는 곧 돌아올 것이다! 금방 돌아오겠지! 베가가 돌아와서 분하게 여기겠지!' 그러나 그 일상적인 장면들이 내뿜는 공격에서 그는 위축되었다. 그는 그만 퇴각해 버렸다.

그놈의 오토바이가 아직도 엔진이 걸리지 않았군!

문밖으로 나가자 오토바이의 소음이 좀 줄어서 코스토글로토프는 그곳에 서서 좀 더 기다리기로 했다. 베가가 돌아온다면 여기를 지나겠지. 그러면 웃으면서 재회의 기쁨을 나눌 거야. 이미 시들어버린 제비꽃을 외투 소매에서 꺼내 주면, 함께 앞뜰로 걸어들어가겠지. 그런데…… 그곳에는 침구의 요새가 있다. 그곳을 도저히 나란히 지나갈 수가 없다……. 그때 새빨간 오토바이가 앞뜰에서 튀어 나와서, 코스토글로토프에게 최후의 폭음을 뿌렸다.

코스토글로토프도 그 자리를 떠났다. 제비꽃은 소매단 안에서 선물이라고 할 수 없을 만큼 망가져 버렸다. 저쪽에서 까만 머리를 똑같이 땋은 우즈베크 소년단 소녀 둘이 오고 있었다. 코스토글로토프는 소녀들에게 꽃다발을 내밀었다.

"자, 이걸 가져요."

두 소녀는 놀라서 코스토글로토프를 보더니, 자기들끼리 우즈베크 말로 이야기를 주고받았다. 주정이나 놀림이 아니라, 군인의 슬픔 정도로 이해한 것 같았다. 둘은 꽃다발을 받아들고 허리를 굽혀서 인사하더니, 빠른 걸음으로 사라졌다.

코스토글로토프는 기름과 땀에 절은 배낭을 고쳐 매면서 처음부터 다시 생각하기 시작했다. 어디서 묵을 것인가.

여관은 안 된다.

조야의 집도 안 된다.

베가의 집도 글렀어.

오늘 아침에는 왜 그토록 이 거리가 마음에 들었던 걸까. 오늘 아침에는 무엇이 그렇게 즐거웠을까. 되찾은 건강이 이제는 어떤 특별한 선물로 생각되지 않았다.

한 블록을 다 걷기도 전에 시장기가 밀려오고, 발이 아프고, 몸의 피로와 또 근절되지 않은 종양이 몸 속에서 움직이는 것을 느꼈다. 그렇다면 어서 한시라도 빨리 기차를 타는 편이 낫다. 그러나 우시 체레크로 돌아간대도 고민은 여전히 계속될 것이다. 어쨌든 현재는 어떤 장소도, 어떤 물건도 코스토글로토프를 행복하게 하지 못했다. 베가뿐이다. 그녀에게 돌아가서 발 아래 엎드려 말하고 싶다. '나를 쫓아내지 말아요, 제발! 내 잘못이 아니야!'

그러나 이것은 불가능하다기보다는 금지된 일이었다.

행인에게 시간을 물어보았다. 2시가 지났다. 결단을 내려야 한다.

감독조사국으로 가는 번호의 전차가 눈에 띄었다. 코스토글로토프는 그 전차를 탔다. 전차는 좁다란 돌길을 느릿느릿 달려서 스산한 공장 거리에 도착했다. 거기서 스산한 공장 거리의 넓다란 길을 1.5킬로미터쯤을 걸어가야 감독조사국이 나온다. 차도에 트럭과 트랙터가 쉴 새 없이 오갔고, 인도는 길다란 돌담을 따라 있었다. 돌담이 끊기자, 길은 공장 전용 선로를 가로지르고, 석탄재를 깔아놓은 데를 지나서, 기초공사 구덩이를 파놓은 공터 옆을 지났다. 그 앞에는 또 선로가 있고, 또 돌담이 있고, 그 다음에 겨우 목조 가건물들이 나왔다. 가건물이지만 수십 년째 그냥 서 있는, 그런 가건물이었다. 코스토글로토프가 감독조사국을 처음 방문했던 1월에는 비가 와서 온통 진창이었다. 지금은 진창은 사라졌지만 그래도 가로수길이 있고, 굵은 떡갈나무와 키 큰 포플러가 자라고, 그 아름다운 살구꽃이 핀 이 고장에 이렇게 음침한 장소가 있으리라고는 도무지 믿어지지가 않았다.

감독조사국이 제아무리 이렇게 해야 한다, 이것이 옳다, 이것으로 됐다고 자기를 납득시키려 든다 하더라도 결국에는 반드시 심한 감정의 폭발이 일어나고야 말 것이다. 모든 유형자의 운명을 좌우하는 감독조사국이 이런 변두리의 외딴 곳에 있는 것은 무슨 영문일까?

근무시간에도 좀체로 나오지 않던 감독조사관의 추악한 표정을, 그놈과 만났을 때의 기억을 더듬으며, 코스토글로토프는 지금 감독조사국 가건물 복도에서 포커페이스 연습을 했다. 조사국 녀석들이 웃어도 나는 절대 웃지 않으리라. 나는 아직도 과거의 모든 것을 기억하고 있음을 보여주리라.

문을 노크하고 들어갔는데, 첫번째 방에는 집기도 비품도 사람도 없었다. 등받이가 없는 길쭉한 벤치만 두 개 놓여 있고, 난간이 달린 칸막이 뒤에 탁자가 있었다. 아마 그 탁자에서 한 달에 두 번 죄수 등록의 비밀 행사가 있을 것이다. 안쪽방 문에 '감독조사관' 팻말이 붙어 있었다. 문은 열려 있었다. 코스토글로토프는 그 앞에 가서 위엄 있게 물었다.

"들어가도 됩니까?"

"어서 오십시오, 어서."

매우 상냥한 목소리였다. 이런 말투는 여태껏 내무성에서 한 번도 들은 적이 없다! 감독조사관 한 명이 책상에 앉아 있었다. 예전의 그 위인이 아니고, 상냥하고 지적인 얼굴의 아르메니아인이었다. 그는 제복이 아니라 가건물에 어울리지 않을 정도의 최고급 신사복을 입고 있었다. 그는 마음씨 좋은 극장 검표원처럼 상냥하게 웃었다.

코스토글로토프는 수용소에서 아르메니아인에게 좋은 인상을 받지 못했다. 그들은 수는 많지 않지만 자기들끼리 똘똘 뭉쳐서 일한 것보다 더 많은 식량을 얻어냈다. 그러나 냉정하게 생각해 보면 그들의 잘못은 아니다. 그들이 시베리아 유형이나 수용소를 생각해낸 것이 아니니까. 그러나 지금 이 명랑하고 호의적인 아르메니아인이 관료로 앉아 있는 것을 보니, 그들의 빈틈없는 수완이 떠올랐다.

감독조사관은 코스토글로토프가 임시명부에 등록했다는 말을 듣더니, 일어나서 서류함 하나를 열고 서류를 찾기 시작했다. 코스토글로토프를 지루하지 않게 하려는 듯 쉴 새 없이 무의미한 감탄사나, 명부 속의 다른 이름을 중얼거렸다. 다른 사람의 이름을 알리는 것은 금지사항인데.

"그렇다면 자…… 봅시다, 칼리포치드이…… 코스란치이니…… 어서, 앉으세요…… 쿨라예프…… 카라무리예프, 이런! 서류의 귀가 다 떨어졌군…… 카즈마고마예프…… 코스토글로토프!" 그는 또 내부성 규칙을 어기고, 코스토글로토프에게 묻는 것이 아니라, 자기가 직접 이름과 부칭을 말했다. "올레그 필리모노비치?"

"그렇습니다."

"그렇군요…… 금년 1월 23일 이후부터 암병동에서 요양, 그런데……." 그가 서류에서 생기에 넘치는 인간적인 눈을 들었다. "어떻습니까? 몸은 좋아졌습니까?"

코스토글로토프는 감동으로 목이 메었다. 얼마나 간단한 일인가. 이 저주스러운 데스크에 호의적인 인간이 앉은 것만으로도 벌써 생활은 급속히 달라졌다. 코스토글로토프는 이미 긴장을 풀었다.

"네, 뭐라고 할까요. 잘된 데도 있고, 더 나빠진 데도 있어서(나빠졌다고? 얼마나 못된 놈인가! 자리에 누워서 죽음을 기다리는 것보다 나쁘다면 도대체 어떻단 말인가?) 대단치는 않습니다."

"그것 참 잘됐군요! 자, 어쨌든 앉으세요."

그는 도장을 찍고, 펜으로 날짜를 써넣고, 두꺼운 장부에 기입하고, 다른 장부의 것을 지웠다. 그 모든 수속을 아르메니아인은 즐겁고 신속하게 처리하고, 코스토글로토프의 여행 허가증을 돌려주었다. 그것을 내주며 의미심장한 눈짓을 하면서 전혀 관리답지 않은 목소리로 덧붙였다.

"이젠 걱정하지 말아요. 이런 일은 이제 곧 없어질 겁니다."

"이런 일이라뇨?"

"이 등록 말입니다. 추방 말이에요. 나의 이 일요." 아르메니아인은 즐거운 듯이 미소를 띠었다(그는 아마 다른 즐거운 일이 기다리고 있는 것 같았다).

"뭐라고요? 그럼, 이미…… 지령이 내려왔어요?"

"지령이 내려온 것은 아니지만……" 감독조사관은 한숨을 쉬었다. "그 럴 예정이지요. 확실한 정보니까 틀림없어요. 그러니까 참고 기운을 내요. 다시 자유로운 생활로 돌아가는 겁니다."

코스토글로토프는 일그러진 미소를 띠었다.

"이제 자유로운 생활은 다 잊어버렸어요."

"당신의 전공이 무엇이죠?"

"특별한 것은 없습니다."

"결혼은 했나요?"

"아닙니다."

"그건 잘했군요! 유형수의 부인은 대개 이혼을 하기 때문에, 그것을 다 시 복원하려면 엄청 복잡해요. 하지만 당신은 자유로운 몸이니까, 고향으 로 돌아가셔서 결혼하면 됩니다."

결혼?

"그럼, 대단히 감사합니다." 코스토글로토프는 자리에서 일어섰다.

감독조사관도 호의적으로 인사를 건넸지만, 역시 악수를 하려고는 하 지 않았다.

방 두 개를 돌아 나오면서 코스토글로토프는 생각했다. 그 감독조사관 은 왜 그런 태도를 취했을까? 타고난 성품일까, 아니면 시대에 뒤떨어지 지 않으려는 것일까? 이곳 상근일까, 임시일까? 특별히 임명받은 사람인 가? 생각할수록 궁금했지만, 하지만 되돌아가서 물어볼 수는 없는 일이 었다.

가건물을 빠져나와서 선로를 가로질러, 석탄재를 밟고, 길고 긴 공장 거리를 걸었다. 빨리 걸으니까 더워져서 외투를 벗었다. 그동안 감독조사관이 불어넣은 기쁜 소식을 곱씹었다. 코스토글로토프는 관료들을 믿지 않았다. 그들은 사리사욕을 위해서 언제든 헛소문을 유포하니까. 이 아르메니아인도 어쩐지 직위에 비해서 지나치게 정보통인 것처럼 말했다.

'하지만 나 역시 단편적인 신문 기사들에서 이런 징후를 읽어오지 않았던가? 그렇다면 지금이 그 시기가 아닐까?'

코스토글로토프는 다시 행복한 기분이 됐다. 결국 그는 죽지 않았던 것이다. 곧 레닌그라드로 가는 차표도 얻게 될 지 모른다! 레닌그라드! 아아, 정말 성이삭 사원의 둥근 기둥을 다시 만져보게 될까? 가슴이 찢어질 것 같구나……. 아니, 성이삭 사원이 뭔가! 지금은 무엇보다도 베가야! 머리가 빙빙 돌고 있다. 정말로 만일 진지하게…… 하지만 이것은 꿈은 아니야! 이 고장에서 그녀와 살 수만 있다면! 베가와 함께 산다! 사는 거야! 함께! 상상하기만 해도 가슴이 벅차오른다.

지금 찾아가서 이 말을 해주면 베가가 얼마나 기뻐할까! 왜 이야기해선 안 될까? 왜 찾아가지 못한단 말인가? 베가가 아니고, 그 누구와 이야기할 수 있을까? 코스토글로토프의 자유를 기뻐해 줄 사람이 또 어디에 있을까?

정류장에 도착했다. 전차를 선택해야 했다. 역으로 갈까? 아니면 베가한테로? 빨리 결정하지 않으면 그녀는 외출할 것이다. 이미 해가 서쪽으로 기울어졌다. 베가에게로! 그는 다시 행복한 기분이 되었다. 왜 죄인처럼, 천민처럼, 그녀를 피해야 한단 말인가? 이제는 어떤 일이 있어도 베가에게로!

코스토글로토프는 전차 승강구를 향해 뛰었다. 정류장에서 기다리던 사람들이 모두 이 전차로 몰려왔다. 코스토글로토프는 한 손에 외투를, 다른 손에는 배낭을 들고 있어서 난간을 잡을 수가 없었지만, 군중에게 끼어서 차 안으로 밀어 올려졌다. 어쩌다 보니 여학생 같은 두 처녀의 뒤

에 서 있었다. 금발과 까만 머리의 두 처녀에게 그의 입김이 가서 닿을 정
도로 가까웠다. 그의 팔이 처녀들에게 딱 달라붙어서 여차장에게 돈을 지
불하기는 커녕, 옴짝달싹할 수가 없었다. 외투를 쥔 손은 까만머리 아가
씨를 껴안은 모양이 되었고, 금발 아가씨에게는 전신이 찰싹 달라붙어서
무릎에서 턱까지 모든 부분으로 처녀의 육체를 느꼈다. 그녀도 그를 느끼
지 않을 수 없었다. 제아무리 열렬한 연애감정이라도 이 혼잡만큼 사람들
의 육체를 밀착시키지는 못할 것이다. 낡은 옷 너머에서 처녀의 체온과
부드러움과 젊음이 전해져 왔다. 까만 머리 처녀가 학교 이야기를 해도,
금발 아가씨는 대답하지 않았다.

우시 체레크에는 전차가 없었다. 대중교통이라야 마차 정도이고, 여자
손님은 많지도 않았다. 이 감각! 우시 체레크에 몇 십 년 있어도 맛볼 수
없는 이 감각은 신선하면서도 한층 강렬한 것이 아닌가! 하지만 이것은
행복이 아니라 슬픔이었다. 이 감각에는 분명한 한계가 있었고, 그 한계
를 넘을 수 없었다. 그는 이미 경고를 받은 대로, 리비도는 남았다. 리비
도만 남았다!

이런 상태로 두 정류장쯤 지났다. 그 다음부터는 혼잡하기는 해도 아
까처럼 밀리지는 않아서 몸을 조금 뗄 수가 있었다. 하지만 그는 그대로
있었다. 이 쾌락과 괴로움을 중단하고 싶지 않았다. 이대로만 있고 싶었
다. 전차는 이미 구시가지로 들어섰지만, 알 바가 아니었다. 전차가 밤새
달려도, 세계일주를 해도 좋았다. 그는 최고의 행복을 연장시키면서 처녀
의 목덜미와 머리를 기억에 새겨두려고 했다(처녀의 얼굴은 결코 볼 수가
없었다).

그런데 금발 처녀가 몸을 앞으로 움직이면서 두 사람의 몸은 떨어졌
다. 그 순간 코스토글로토프는 깨달았다. 베가의 집에서 기다리는 것은
고통과 착각에 지나지 않는 것이라고. 코스토글로토프는 자신에게 요구

하는 것 이상으로 베가에게 요구하려고 했었다! 여자처럼 감상에 사로잡히지 말고 좀 더 현명해야 한다. 역까지 가야 한다. 그래서 그는 두 여학생쪽을 바라보지도 않고, 승객들을 헤쳐서 욕설을 받으면서 뒷문으로 뛰어내렸다. 길가에서 여전히 제비꽃을 팔고 있었다.

해는 이미 지평선에 기울어져 있었다. 코스토글로토프는 외투를 입고, 역으로 가는 전차로 갈아탔다. 그 전차는 그다지 붐비지 않았다. 역에서는 4개의 매표구에 각각 150명에서 200명 가량의 사람이 줄을 서고 있었다. 이런 것은 낯선 광경이 아니다. 줄 서는 시간을 줄이려면 특수한 신분증이나 증명서가 있으면 된다. 그 증명서가 현재 코스토글로토프에게 있다.

온몸에서 땀이 흘렀지만, 그래도 배낭에서 털모자를 꺼내서 억지로 쓰고 배낭을 한쪽 어깨에 걸쳤다. 그는 레프 레오니도비치가 집도하는 수술대에 누운 지 2주일도 지나지 않은 환자의 표정과 눈빛으로 매표구로 다가갔다. 경찰이 서 있어서 매표구 가까이에서 싸우는 사람은 없었다. 코스토글로토프는 보기에도 애처로운 동작으로 윗옷 호주머니에서 증명서를 꺼내 공손하게 경찰에게 내밀었다.

수염을 기른 젊은 우즈베크 청년인 경찰은 젊은 장군을 연상케 하는 신중한 표정으로 증명서를 읽더니 앞줄의 사람들에게 말했다.

"이 사람을 넣어 줘요. 갓 수술 받은 환자예요."

코스토글로토프는 피로에 지친 눈동자로 줄에 서 있는 사람들을 바라보기만 하고 스스로 비집고 들어가지 않자, 접시 모양으로 생긴 큰 차양이 달린 갈색 벨벳 모자를 쓴 뚱뚱한 중년 우즈베크 부인이 그를 줄에 끌어넣었다.

매표구 가까이에 서 있는 것은 즐거운 일이었다. 매표구 여자의 손가락이나 내던지는 차표가 보였다. 여행자들은 안주머니나 허리띠 안쪽에서 좀 여분 있게 꺼낸 돈을 땀에 젖은 손아귀에 꼭 쥐고 있었다. 여행자들의 애걸하는 목소리와 매표원의 퉁명스러운 대답이 반복적으로 들렸다.

코스토글로토프는 창구에 몸을 구부리고 말했다.

"한타우까지 3등표 한 장이요."

"어디요?"

"한타우요."

"들어본 적이 없어요." 그녀는 커다란 철도 안내서 페이지를 뒤지기 시작했다.

"왜 당신은 3등표를 사죠?" 뒤의 부인이 동정하듯 말했다. "수술 후인데 3등이라니? 그러다간 수술자리가 벌어져요. 지정좌석표를 사요."

"돈이 없어요."

"그런 역은 없어요!" 매표구 여자가 안내서를 탕 접으면서 소리를 질렀다. "다른 역을 말해요."

"그럴 리가 없는데. 1년 전부터 있던 역인데요. 올 때도 그 역에서 탔어요. 이럴 줄 알았다면 차표를 가지고 있을걸."

"안내서에 없으면 없는 거예요!"

"있어요!" 수술 직후의 환자로는 좀 지나칠 정도로 힘있는 말투로 코스토글로토프는 항의했다.

"이봐요, 표를 사지 않으려면 비켜 줘. 다음 분!"

"그래요, 시간이 없어요." 뒤의 손님들이 떠들었다. "살 수 있는 곳까지 사면 될 것 아냐! 수술을 받은 사람이 생떼를 쓰다니."

코스토글로토프는 여기서 논쟁을 벌이고 싶었다. 역장을 불러서 호통을 치고 싶었다. 그놈들을 철저히 혼내고 나의 정당성을 증명하면, 얼마나 기분이 좋을까! 그러나 조금 전에 지정좌석표를 사라고 말하던 친절한 부인은 코스토글로토프의 어깨 너머로 돈을 내밀고 있었고, 그를 줄에 끼워 주었던 경찰은 그를 집어내려고 했다.

"그 역은 집까지 30킬로미터지만, 다른 역에서는 70킬로미터나 돼요."

하지만 소용이 없었다. 그래서 코스토글로토프는 재빨리 타협안을 내놓았다. "그럼 추 역으로 하지요."

그 역이라면 매표구 여직원도 알고 있었으며, 운임도 기억하고 있었다. 코스토글로토프는 차표를 받아들고 그 자리에서 꼼꼼히 검사했다. 그러고 나서 그를 수술 직후 환자라고 생각하는 사람들 옆을 떠나서, 조금씩 등을 펴고 궁상스러운 모자도 벗어서 배낭에 넣었다. 발차 시간까지는 두 시간의 여유가 있었다. 차표를 사고 남는 시간은 천천히 먹고 마실 수 있는 즐거운 시간이다. 우시 체레크에는 없는 아이스크림도 먹고, 크바스(보리나 기타 곡물로 만든 러시아인이 좋아하는 음료수)도 먹어야지. 여행 중에 먹을 흑빵도 사고, 설탕도 사야지. 물통에 따뜻한 물도 챙겨 넣고. 죄수 호송 열차와 달라서 얼마나 한가할까. 승차 때 몸 수색을 당하지도 않고, 경비원에게 감시받으며 땅바닥에 앉아야 할 이유도 없고, 꼬박 이틀을 갈증으로 고통받지도 않을 것이다. 게다가 만일 제일 윗단의 화물 시렁을 차지할 수만 있다면 몸을 죽 펴고 잠잘 수도 있다! 눕기만 하면, 종양의 고통도 다 잊게 될 것이다. 이것이 행복이 아니고 무엇인가! 그는 행복했다. 불평할 구실이라곤 하나도 없었다.

그리고 또 감독조사관이 말한 특사도 있었다. 오래 기다렸던 인생의 행복이 찾아온 것이다! 그런데 코스토글로토프는 왜 그것을 금방 알아차리지 못했을까. 베가에게는 결국 '당신'이라고 부르는 '툐바'가 있지 않은가. 또다른 사람이 있을지도 모른다. 가능성은 얼마든지 있다. 한 사람의 생애에 다른 사람이 홀연히 나타날 수 있는 것이다.

이제는 플랫폼으로 나갈 시간이다. 개찰 시간 훨씬 전에 나가서 기다리다가, 빈 열차가 들어올 때 재빨리 뛰어가서 선두에 서야 한다. 시간표를 확인하니까 반대쪽 플랫폼에서 나가는 제75열차의 개찰이 이미 시작되어 있었다. 그래서 코스토글로토프는 일부러 숨을 헐떡이면서 개찰구로 뛰어가 닥치는 대로 물어봤다. 물론 개찰원한테도 물어봤다(그의 손에는 차표가 있었다).

"75열차는 벌써 개찰을 시작했나요? 75열차 말입니다……."

75열차에 늦을 것 같은 연기는 너무나 그럴 듯해서 개찰원은 차표를 보지도 않고, 불룩한 등의 배낭을 거들어주면서 그를 플랫폼으로 밀어냈다.

플랫폼에 나와서 코스토글로토프는 천천히 걷다가 걸음을 멈추고 돌층계에 배낭을 내려놓았다. 그는 예전에 이것과 비슷한 우스운 사건을 생각하고 있었다. 1939년의 스탈린그라드(지금의 볼고그라드). 코스토글로토프에게는 최후의 자유로운 나날이었다. 린베 트로프와 조약을 체결한 후이며, 몰로토프의 연설이나, 19세의 동원령이 나오기 전의 일이었다. 그 해 여름에 코스토글로토프는 친구와 함께 보트를 타고 볼가강을 내려가 스탈린그라드에 도착하면, 그 보트를 팔아서 기차로 돌아오기로 했었다. 친구는 그때 상점에서 확성기를 샀다. 상자가 없는 큰 나팔형이었다.

당시 확성기는 귀한 물건이었다. 친구는 기차에 타면 확성기가 망가지지 않을까 걱정했다. 스탈린그라드 역은 트렁크, 주머니, 상자를 들고 있는 사람이 꽉 들어차서, 정각보다 일찍 플랫폼에 나가는 것이 엄격하게 금지되어 있었다. 그 기차에 못 타면 여관에 묵을 돈도 없고 스탈린그라드에서 두 밤을 더 지내야 했다. 그래서 그들은 꾀를 냈다. 확성기를 들고 직원 전용 통로 입구로 가서, 근무 중인 여직원에게 유리창 너머로 확성기를 들어 보였더니 직원이 입구 문을 열어 주었다. '이것만 실으면 다 된다.'고 너스레까지 떠니까 여직원은 힘들겠다는 듯이 고개를 끄덕였다. 그래서 기차가 들어오자 코스토글로토프는 맨앞으로 뛰어가 화물 시렁

두개를 확보했었다.

16년이 지나도 달라진 것은 없었다. 그는 플랫폼을 거닐면서 자기처럼 교활한 놈들을 발견했다. 역시 다른 기차를 타는 체하면서 들어와, 짐을 가지고 기다리는 녀석들이었다. 꽤 많은 사람이었으나, 그래도 플랫폼은 대합실이나 역전 광장보다는 비어 있었다. 이미 제75열차의 지정석을 확보한 잘 차려입은 사람들은 누구한테 좌석을 빼앗길 염려도 없이 플랫폼을 유유히 산책하고 있었다. 선물 꽃다발을 든 여인, 맥주병을 든 남자들, 사진을 찍는 사람들…… 코스토글로토프로서는 가질 수 없는 세계였다. 따스한 봄날 저녁, 지붕이 씌워 있는 기다란 플랫폼은 어렸을 때 가본 적이 있는 남국의 요양지, 미네랄리느에 보드이(북카자흐의 온천 도시)를 연상시켰다.

그때 플랫폼의 한쪽 구석에 우편 취급소가 있고 그 앞에 책상까지 놓여 있는 것을 보았다. 코스토글로토프는 마음이 초조해졌다. 어차피 써야 할 편지니까, 지금 써버리는 것이 좋겠다. 아직 인상이 사라지기 전에.

봉투 두 장과 편지지 두 장, 그리고 엽서 한 장을 사서 플랫폼으로 돌아왔다. 다리미와 흑빵 덩어리가 든 배낭을 두 발 사이에 놓고, 책상에 앉아서 가장 간단한 엽서부터 쓰기 시작했다.

「잘 지내고 있나, 좀카!

동물원에 다녀왔어! 가볼 만한 곳이더군! 처음 보는 것들이었어. 백곰을 상상이나 했겠어? 악어, 호랑이, 사자…… 안에서 고기만두도 파니까 하루 종일이라도 구경할 수가 있지. 나선형 뿔을 가진 산양도 있어. 우리들 앞에서 멈춰 서서 여러 가지 생각을 했어.

원숭이도 많이 있었어. 그런데 한 마리가 없었어. 어느 나쁜 녀석이 원숭이의 눈에 담뱃가루를 넣었대. 아무 이유도 없이. 그저 장난으로 그 원숭이는 눈이 멀고 말았어.

이제 곧 기차가 올 것 같아, 여기서 실례. 빨리 완쾌되어서 원하는 대로 살도록 빌겠네! 자네한테 기대를 걸었어. 알렉세이 필리포비치 씨에게도 안부를 전해주게. 빨리 완쾌되도록.

안녕. 올레그.」

문장은 쉽게 나왔으나, 펜대를 잡기가 힘들어서 펜촉이 자꾸 종이에 걸렸고, 잉크병에 먼지가 들어 있어서 아무리 정성껏 써도 글씨가 아주 흉했다.

「나의 꿀벌, 조야!

내가 입술로써 진실한 생명에 접할 수 있도록 허락해 준 데 대해 감사합니다. 그 몇 밤이 없었더라면, 나는 정말 질식했을 겁니다. 당신은 나보다도 분별력이 있는 사람이라서, 덕분에 지금 나는 양심의 가책 없이 떠날 수 있습니다. 모처럼 초대해 주었는데, 집으로 찾아뵙지 못했습니다. 감사합니다. 하지만 나는 생각했습니다. 지금 이대로가 좋으며 이런 상태를 깨뜨리지 말자고 말입니다. 당신에 대한 모든 기억은 감사하는 마음과 함께 영원히 기억에서 사라지지 않을 것입니다. 당신에게 가장 행복한 결혼 생활이 있기를 충심으로 기원합니다.

올레그.」

마치 유치장과 같았다. 신립서를 쓰던 날에도 마치 이것과 비슷한 조잡한 펜과 잉크가 주어졌다. 코스토글로토프는 다시 읽어 보고, 편지지를 접어서 봉투 속에 넣고, 봉하려고 했으나(편지를 봉투에 잘못 넣어서 사건이 생기는 탐정소설을 어렸을 때 읽었던 기억이 났다) 풀이 없었다.

세 자루의 펜 중에서 되도록 좋은 것을 골라, 코스토글로토프는 마지막 편지에 대해서 생각하였다. 지금까지는 책상 앞에 꿋꿋이 서서 얼굴에 미소마저 띠고 있었으나, 지금은 모든 것이 다 흔들리고 있었다. 시작은 '간가르트 선생'이라고 쓰려고 했으나, 손이 저절로 이렇게 쓰고 있었다.

「귀여운 베가! (당신을 항상 이렇게 부르고 싶었어요. 이렇게 부르게 해주십시오.)

솔직히 써도 괜찮겠지요? 당신과 나와는 말은 없었지만, 같은 것을 생각하고 있었을 겁니다. 의사가 자기의 방과 침대를 제공할 수 있다면 단순한 환자에 지나지는 않을 겁니다.

오늘, 당신의 집으로 갔었습니다. 한 번은 방 앞까지 갔으며 당신한테로 가면서, 열여섯 살 소년처럼 가슴이 두근거렸습니다. 흥분하고, 망설임과 들뜸 속에서 두렵기도 했답니다. 신이 베풀어주신 은총을 이해한다는 것은 많은 인생 경험이 필요했어요.

그러나 베가! 혹시 오늘 당신과 만났다면, 우리들 사이에 어떤 부정한 일이나 고민을 강요하게 될 일이 생겼을지도 모릅니다. 집을 나와 걸으면서, 결국 당신과 만나지 못했던 것이 오히려 잘됐다고 생각했습니다. 지금까지의 당신의 괴로움과 나의 고통의 모든 것은, 적어도 명분이 있었으며 고백할 수도 있습니다. 하지만 당신과 나 사이에 시작되었을지도 모르는 일은, 누구에게도 고백하지 못합니다. 당신과 나 사이의 그것은 잿빛의 병든, 그러나 계속 자라나는 뱀과도 같은 것입니다.

나이나 경험에서 나는 당신보다는 연상입니다. 그러니 믿어주십시오. 당신은 모든 점에서 옳았습니다. 과거에 있어서나, 또 현재에 있어서…… 그렇지만 미래를 점친다는 것은 당신의 힘에 벅찰 것입니다. 긍정하실 수 있을지 모르지만, 나는 그것을 예언할 수 있습니다. 모든 일에 무관심한 노년이 되기 전에, 당신이 나와 운명을 함께 하지 않았던 오늘을 축복하게 될 것입니다(나의 추방생활을 말하는 것은 아닙니다. 그것은 이제 곧 끝이 난다는 소문도 있습니다). 당신은 자기 생애의 전반을 마치 어린 양처럼 희생했습니다. 그렇다면 후반은 더욱 소중해야 합니다.

어쨌든, 이 고장을 떠나려고 결심한 지금(만일 추방이 해제된다고 해도,

앞으로의 검진이나 치료를 당신의 병원에서 받지 않을 것이므로 말하자면 이제는 영영 이별이 되는 겁니다), 솔직하게 말씀드리겠습니다. 당신과 정신적인 이야기를 나눌 때에도 나는 줄곧 당신을 포옹하고 입 맞추고 싶었습니다. 이만 줄입니다.

지금도 허락없이 키스를 합니다.

올레그.」

그의 뒤쪽에서 큰 소동이 일어났다. 조심성 있게 머리를 썼던 일이 허사가 되고 말았다. 이미 열차가 플랫폼에 들어와서 사람들이 달리고 있지 않은가! 코스토글로토프는 배낭을 집어들고, 봉투를 쥐고, 우편물 취급소에 뛰어들었다.

"풀! 아가씨! 풀 없어요, 풀!"

"글쎄 아무리 내놓아도 가져가 버려요!" 처녀는 큰소리로 말하고, 코스토글로토프의 얼굴을 쳐다보며, 마지못해 풀병을 내밀었다. "여기서 쓰세요! 저리 가져가지 말고."

끈적거리는 검은 풀 속에는, 마른 풀과 새 풀이 엉켜 붙은 작은 학생용 붓이 들어 있었다. 그밖에 도구는 아무것도 없어서 코스토글로토쓰는 그 붓을 사용해서 봉투에 풀을 흠뻑 바르고, 검은 표시에서 흘러나오는 것을 손가락으로 훔쳐내고 봉한 다음, 다시 흐르는 것을 손가락으로 또 훔쳤다.

풀을 금방 처녀에게 돌려주고, 배낭을 들고(도둑맞지 않도록 계속 다리 사이에 끼고 있었다), 편지를 우체통에 넣고 달렸다.

어쩐지 힘이 빠져버린 것처럼 잘 달려지지 않았다. 무거운 짐을 플랫폼에서 선로로 떨어뜨리고, 그것을 제2플랫폼으로 옮기면서, 개찰구에서 계속 밀려오는 인파를 가로질러 코스토글로토프는 20명째에 설 수 있었다. 뒤에서 뛰어오는 사람들이 계속 늘어나 어느새 30명이 되었다. 이쯤 서게 되면 화물 시렁을 두 개나 차지한다는 것은 무리이나, 다리를 쭈그리고 자면 된다. 짐을 올려놓지 못하게 해야지.

누구나 다 똑같은 모양의 짐을 들고 있었다. 양동이를 든 사람도 있었다. 채소가 들어 있을까? 찰르이가 말했듯이, 당국의 공급 착오를 정정하기 위해서 카라간다로 가져가는 것이 아닐까?

"차량 옆으로 줄을 서시오, 아직 타지 말아요, 모두 앉을 수 있어요."

하지만 백발의 늙은 차장도 외치면서 확신이 없는 목소리였다. 코스토글로토프 뒤로 줄이 점점 더 늘어났다. 코스토글로토프는 걱정하던 움직임이 시작된 것을 알아차렸다. 줄을 헤치고 앞으로 나오려는 움직임이었다. 처음 그 혼란을 일으킨 사나이는 몹시 흥분한 험상궂은 얼굴로, 사정을 모르는 사람이 보면 정신병자라고 느낄 인물이었다. 미친 사람이라면 줄을 흐트러놓아도 대범하게 봐주어야 했다. 하지만 코스토글로토프는 그 미치광이가 사실은 정상인임을 알아차렸다. 그 사나이의 뒤를 따라, 생각했던 대로, 다른 얌전한 사람들이 앞으로 걸어나왔다. 그 사람이 앞에서 새치기하는 것이 허락된다면 자신들이라고 안될 것이 없지 않겠냐는 듯이.

물론, 코스토글로토프도 그 움직임에 편승해서 재빨리 자기의 자리를 확보할 수도 있었으나, 과거의 생활을 새삼 생각나게 하는 아귀다툼은 하고 싶지 않았다. 늙은 차장이 시키는 대로 공정하게 질서를 지키고 싶었다.

차장은 흥분한 사나이를 완강하게 막았지만, 그는 노인의 가슴을 계속 두들기면서 온갖 욕설을 퍼부었다. 줄에서는 동정하는 소리가 들렸다.

"태워줘요! 아픈 사람이니까!"

그때 코스토글로토프는 흥분한 사내 옆으로 성큼성큼 걸어가서, 귀에 대고 귀청이 떨어지게 고함을 질렀다.

"이봐! 나도 역시 거기서 온 사람이야!"

흥분한 사나이는 귀를 막으며 비켜섰다.

"거기라니, 어딘가?"

지금 싸울 기력은 없었지만, 싸움이 벌어진대도 코스토글로토프는 두 손이 비어 있고 사내는 바구니를 들고 있었다.

"아흔아홉 사람이 울고, 한 사람이 웃는 곳 말이야."

줄에 서 있는 사람들은 무슨 뜻인지 몰랐다. 미치광이는 갑자기 조용해지고, 외투를 입은 키다리 사나이한테 윙크를 보내며 말했다.

"알았어, 아무 말도 안 할 테니, 당신 먼저 타요."

그러나 코스토글로토프와 그 사나이는 차장 곁에 서 있었다. 모처럼 여기까지 나왔으니까, 여기서 타지 않으면 손해가 된다. 그런데 초조한 사람들이 줄을 흐트리기 시작했다.

"여러분! 순서대로 타요!"

바구니와 양동이를 든 사람들은 순서대로 올라탔다. 덮어놓은 자루 밑에서 연분홍빛의 크고 길쭉한 빨간 무가 눈에 띄었다. 승객 세 사람 중의 두 사람은 카라간다행의 차표를 가지고 있었다. 코스토글로토프가 질서를 지켜준 사람은 이러한 사람들이었다. 일반 여행자도 타고 있었다. 푸른 자켓을 입은 귀티나는 부인도 끼여 있었다. 코스토글로토프가 올라타자 미치광이 사나이도 뒤를 따랐다.

차 안을 빠른 걸음걸이로 다니면서 코스토글로토프는 아직 텅 비어 있는 화물 시렁을 찾아냈다.

"그렇지!" 코스토글로토프가 크게 말했다. "이 바구니를 치우는 거야!"

"치우다니? 무엇을?" 절름발이이긴 하지만 건강해 보이는 사람이 당황하여 말했다.

"이것 말이야!" 코스토글로토프는 벌써 시렁 위에서 대답했다.

"사람이 눕는 데 방해가 되니까."

화물 시렁을 재빠르게 정돈했다. 다리미를 꺼낸 배낭은 베개 대신 사용했다. 외투는 벗어서 펼쳐놓았으며 작업복을 벗어던졌다. 높은 화물 시렁에서는 마음대로 할 수가 있었다. 이윽고 코스토글로토프의 장화를 신은 발이 정강이의 반쯤부터 통로 위에 늘어졌으나, 높은 곳에 있었으므로 통행에 방해가 되지는 않았다.

밑에서는 모두가 짐을 챙기며, 자리를 잡고 인사를 나누고 있었다.

절름발이 사내는 말하기를 좋아했다. 예전에 수의사의 조수였다고 했다.

"왜 그 일을 그만뒀지?"

"말도 말아요. 양 한 마리 죽을 때마다, 그 사인 조사로 법원에 끌려다녀요. 근무 불능 신고를 하고, 채소 암거래를 하는 편이 오히려 나아요!"

"그렇구말구!" 푸른 자켓의 부인이 말했다. "야채나 과일을 운반하는 것을 단속한 건 베리야 시대의 이야기예요. 지금은 일용품만 잡히지요."

벌써 해가 질 무렵이었으나, 역의 건물에 가려서 보이지 않았다. 객실 아래는 아직 밝았으나 높은 곳은 어두컴컴해지기 시작했다. 1, 2등실 손님들은 아직도 플랫폼에서 산책하고 있었으나, 여기서는 모두가 자기 자리에 앉아 짐을 챙기고 있었다. 코스토글로토프는 몸을 길게 폈다. 얼마나 기분이 좋은가! 죄수 호송열차에서 이틀 밤을 다리도 펴보지 못한 채 고생을 했었다. 이것과 똑같은 객실에 열아홉 사람이 타게 되어 혼이 난 적이 있었다. 스물세 사람을 쓸어넣어서 심하게 고생하던 기억도 났다.

다른 동료들은 살아남지 못했다. 그러나 코스토글로토프는 살아남았다. 그는 암으로 죽지 않았다. 추방생활은 이제 달걀 껍질처럼 깨지려고 한다.

그는 결혼을 하라던 감독조사관의 충고를 생각하고 있었다. 이제 모든 사람들이 그런 충고를 또 하게 될 것이다. 눕는 것이 편했다. 기분이 좋았다.

그러나 기차가 덜컹거리며 요동할 때마다 심장 근처나 아니면 영혼이 자리잡은 가슴의 깊은 곳을, 누구에게 갑자기 잡힌 것 같은 느낌이 들었다. 코스토글로토프는 몸을 돌려서 외투 위에 엎드리며, 눈을 감고, 빵덩어리로 울퉁불퉁한 배낭에 얼굴을 파묻었다.

기차는 계속 달리고 있었고 코스토글로토프의 장화는 아래로 늘어져 통로 위에서 시체처럼 흔들리고 있었다.

나쁜 인간이 원숭이의 눈에 담뱃가루를 뿌려넣었다. 단순한 장난으로 그와 같은…… 일을…….

러시아 문학의 전통을 추구하면서
도덕과 정의의 힘을 갖춘 작가, 솔제니친

1917년 로마노프 황실의 '러시아 제국'이 무너지고, 1922년 12월 30일 '소련(USSR. 소비에트 사회주의공화국 연방)'이 탄생합니다. 전 세계가 이 신생국의 행보를 주목합니다. 제국주의의 식민지 쟁탈전이 극에 달하던 때에 '공동 생산, 공동 분배'라는 실험이 성공할지 궁금했고, 자본주의가 극도로 발달해야 일어난다던 프롤레타리아 혁명이 '농노가 노동자보다 많은 사회, 러시아'에서 일어난 것도 특이했기 때문입니다. 하지만 누구보다도 기대감과 불안감이 컸던 것은, 별안간 '러시아 백성'에서 '소련 국민'이 된 사람들이었을 것입니다.

그런데 소련은 불과 건국 2년 후인 1924년, 사상적 지도자 레닌이 죽으면서 스탈린 독재 시대가 되어 버립니다. 스탈린은 베리야(비밀경찰의 수장)와 함께 반대파들에게 '피의 숙청'을 감행했고, 사회 전체에 감시·밀고의 분위기를 조성해서 '반체제 언행'이 신고만 되어도 사람들을 강제노동수용소·유형지로 보내 버렸습니다. 제2차 세계대전이 터지자 적국과의 내통을 막는다면서 '소수민족 강제이주 정책'까지 시행합니다.(1937년 연해주의 한민족들이 중앙아시아로 강제이주를 당한 것이 그 시작이었습니다. 봉오동 전투의 용장 홍범도 장군이 이때 카자흐스탄으로 갔고, 그곳에서 75세로 사망합니다. 그 결과 현재 카자흐스탄에는 130개가 넘는 민족들이 살아가며, 그들 중에는 한민족의 후예인 카레이스키도 있습니다).

악명 높은 스탈린의 공포정치는 30년 가까이 이어져서, 1953년 3월 5일 스탈린이 죽어서야 끝납니다. 그러자 이번에는 흐루시초프의 반동 정치가 시작됩니다. 그동안의 부패·부당함을 바로잡겠다는 것이었지만, 스탈린 시대와 입장이 역전된 고발들이 속출합니다. 억울하게 수감되었던 이들이 자신의 고발자를 고발하고, 숙청하던 이들이 숙청되는 것입니다. 입장만 바뀌었을 뿐 여전히 내일 일을 기약할 수 없는 불안정한 사회에 국민들의 불안감을 줄어들지 않습니다.

알렉산드르 솔제니친은 바로 이 시기를 관통해서 살아가면서, 소련 사회의 성장·변화·모순을 그려낸 작가입니다. 그는 볼셰비키 혁명의 이듬해인 1918년 남부 러시아인 카프카즈(프로메테우스가 제우스에게서 불을 훔쳐낸 죄로 독수리에게 간을 쪼이던 그곳)에서 유복자로 태어나서, 대학을 졸업한 후 작가의 꿈을 품은 평범한 시골교사로 부임합니다. 그러던 그의 인생이 제2차 세계대전의 발발로 포병 대위로 근무하다가 하루아침에 뒤바뀝니다. 1945년 개인적인 편지에 스탈린을 비판하는 글귀를 적었다는 이유로 체포되어서 '강제노동수용소 8년형, 영구추방 3년형'을 선고받은 것입니다. 그는 스탈린이 죽고 흐루시초프가 집권한 1956년에야 복권됩니다.

솔제니친은 복권된 후 자신이 유형지에서 경험한 것들에 기반한 작품들을 발표합니다. 1962년 발표한 중편《이반 데니소비치의 하루》로 단번에 세계적인 작가로 떠오르고, 인텔리 장교의 숙청을 그린《크레체토프카 역에서 생긴 일》, 전후 사회를 살아가는 농촌 노파의 이야기《마트료나의 집》, 소련 관료제를 비판한《공공을 위해서》등의 단편을 연이어 발표한 후, 자신이 수감 생활 중에 직접 입원·수술을 경험했던 병원을 배경으로 장편《암병동》의 집필에 들어갑니다. 하지만 소련 당국이 반체제적 작가인 그를 집중 검열하자 소련작가동맹 제4차 대회에 '검열 폐지'를 호소하는 공개편지를 보냈다가, 아예 작품 출간을 금지당합니다. 이 때문에《암병동》은 1968년 국외에서 출간하는데, 그 일로 1969년 소련작가동맹에서 제명당하고, 1970년 노벨문학상을 수상합니다. 그러다가 1974년 파리에서 '강제노동수용소의 내막을 폭로한 문제작'《수용소 군도》를 출간한 일로 기어이 국외 추방을 당하고 맙니다. 그래서 솔제니친은 20년간 해외를 떠돌다가 1994년 귀국했고, 국가공로훈장을 받은 이듬해인 2008년 모스크바에서 사망합니다.

《암병동》은 스탈린 사후 2년, 스탈린의 공포정치가 무너지고 흐루시초프의 반동정치로 바뀌는 바로 그 시기가 배경입니다. 1955년 2월~3월, 중앙아시아 우즈베크 공화국의 한 병원에 모인 환자와 의사 들이 '신종 불치병, 암'을 치료하기 위해서 노력합니다. 밀고로 성공한 사람, 밀고로 수용소에 갇혔던 사람, 수용소를 지켰던 군인 등 사회에서는 적이었던 이들이지만 암이라는 절대적인 적 앞에서 그런 것은 무의미해집니다. 의사들은 방사선으로 기적의 의술을 행한다는 자부심에 차 있다가 '방사선이 환자와 의사 자신을 해쳤다.'는 새로운 사실에 당황하고 갈등합니다.

이처럼《암병동》은 당대 소련 사회의 축소판입니다. '죽음의 극단에 내몰려서 삶을 강렬하게 소망하는 암환자'들과 '병원 관계자'들의 시선이, '스탈린 치하에서 죽음에 가까운 고통을 경험했던 피해자'과 '밀고로 출세가도를 달려온 가해자'의 시선과 어지럽게 얽히면서, 정치적 회오리에

휘말린 모두가 사실은 소박하고 평범한 사람들일 뿐이라고 말해줍니다. 가령 스탈린에게 충성을 맹세하고 적극적인 밀고로 출세가도를 달려온 관료의 전형 '루사노프'는 죽음의 공포(스탈린 시대의 몰락)가 닥치자 누구보다도 비굴하게 삶에 집착합니다. 수용소와 유형지로 쫓겨다니면서 인간 존엄성의 나락을 경험한 '코스토글로토프'는 '치료를 위해서'라면서 환자의 인권을 무시하는 의사들의 의료 행위에 분개하고 저항하는데, 이것은 '국민을 위해서'라는 명목으로 인권을 탄압하는 소련 사회의 모순을 떠올리게 합니다.

1918년   12월 11일 카프카즈의 키슬로보드스크 시에서 유복자로 태어난다. 교사였던 아버지는 돌아가셨지만, 로스토프 시 속기사이던 어머니 밑에서 교육을 받으며 자란다.

1923년(5세)   남러시아 돈강 유역으로 이사한다.

1936년(18세) 로스토프 10년제 중학교를 졸업한다. 어릴 때부터 관심이 있던 글쓰기를 전공하고 싶었지만, 병든 어머니와 함께 지내기 위해서 로스토프 대학 물리·수학과에 입학한다.

1939년(21세) 같은 대학 동창이던 나탈리야 레슈토프스카야와 결혼한다.

1941년 (23세) 로스토프 대학교를 졸업. 시골학교 교사로 부임했다가 6월에 입대한다.

1942년 (24세) 포병 중대장으로 독일과의 전투에서 전공을 세워서 '조국 전쟁 제2급 훈장'과 '붉은별 훈장'을 받는다.

1945년 (27세) 동프로이센에서 포병 대위로 근무할 때, 개인적인 편지에 스탈린을 비판하는 글을 썼다는 이유로 체포. 강제노동수용소 8년형을 선고받는다.

1950년 (32세) 북 카자흐스탄 공화국 탄광지대로 이송. 여기서 종합병원에 입원해서 수술을 받는다.

1953년 (35세) 카자흐스탄의 남서쪽 코크체레크로 추방. 여기서 타슈켄
트 종합병원에 입원한다.

1956년 (38세) 제20차 소련공산당대회에서 복권되니, 추방지를 떠나 러
시아 중앙부로 돌아온다.

1957년 (39세) 랴잔 시 중학교 교사로 부임. 본격적으로 창작 활동을 시
작한다.

1962년 (44세) 11월 중편《이반 데니소비치의 하루》를 발표하며 유명작
가로 도약, 소련작가동맹에 가입한다.

1963년 (45세) 전쟁 중 인텔리 장교의 숙청에 대한 책임을 묻는《크레체
토프카 역에서 생긴 일》, 전후 사회를 살아가는 농촌 노
파의 이야기《마트료나의 집》, 소련 관료제를 비판한《공
공을 위해서》 등 단편을 다수 발표한다. 이후 소련 당국
의 집중 검열 대상이 된다. 장편《암병동》의 집필을 시작
한다.

1964년 (46세) 《이반 데니소비치의 하루》로 레닌문학상 후보에 오른다.

1966년 (48세) 《암병동》 1부를 완성한다.

1967년 (49세) 《암병동》 2부까지 완성하지만, 소련작가동맹 제4차 대회
에 '검열 폐지'를 호소하는 공개편지를 보낸 일 때문에
국내 출간이 금지된다.

1968년 (50세) 《암병동》이 독일, 프랑스, 영국, 이탈리아에서 출간된다.
장편《연옥 속에서》도 국외에서 출간된다.

1969년 (51세) 국외에서 출간된 문제작들 때문에 반소 작가로 지목당해
서, 소련작가동맹으로부터 제명당한다.

1970년 (52세) 10월 8일, 스웨덴 왕립 아카데미에서 노벨문학상 수상자

로 결정되지만, 소련 정부의 방해로 참석하지 못한다.

1971년 (53세) 파리에서 《1914년 8월》을 출간한다.

1974년 (56세) 파리에서 '강제노동수용소의 내막을 폭로한 문제작'《수
용소 군도》를 출간한 것 때문에 소련 당국으로부터 국외
추방을 당한다. 스위스로 건너가 체류한다.

1975년 (57세) 《1916년 10월》을 집필한다.

1994년 (76세) 러시아로 귀환한다.

2007년 (89세) 국가 공로 훈장을 받는다.

2008년 (90세) 모스크바에서 사망했다.

암병동

초   판 | 1쇄 발행 1993년 12월 30일
개 정 판 | 1쇄 발행 2015년 6월 25일

지 은 이 | 알렉산드르 솔제니친
옮 긴 이 | 홍가영

발 행 처 | 홍신문화사
발 행 인 | 지윤환
출판등록 | 1972년 12월 5일 (제6-0620호)
주   소 | 서울 동대문구 용두2동 730-4(4층)
전   화 | 02) 953-0467
팩   스 | 02) 953-0605

ISBN 978-89-7055-818-9
ISBN 978-89-7055-800-4 (세트)

* 가격은 뒤표지에 있습니다.
* 잘못 만들어진 책은 바꿔 드립니다.